LE PUITS AUX FRELONS

DU MÊME AUTEUR

Rue Paradis, Archipoche, 2009.

La Maîtresse du moulin, L'Archipel, 2008.

Néoules en Provence : écrevisses et bénitier, Ville de Néoules, 2002.

La Dérive, Éditions Blanc, 1998.

Des astres en politique, Acropole, 1991.

Vincent ou la Vertu déshabillée, Belfond, 1990.

ARLETTE AGUILLON

LE PUITS AUX FRELONS

roman

LE GRAND LIVRE DU MOIS

www.editionsarchipel.com

Si vous désirez recevoir notre catalogue et être tenu au courant de nos publications, envoyez vos nom et adresse, en citant ce livre, aux Éditions de l'Archipel,
34, rue des Bourdonnais 75001 Paris.
Et, pour le Canada, à
Édipresse Inc., 945, avenue Beaumont,
Montréal, Québec, H3N 1W3.

ISBN 978-2-286-05549-3

Vous qui raffolez des squelettes
Et des emblèmes détestés,
Pour épicer les voluptés,
(Fût-ce de simples omelettes !)

Vieux Pharaon, ô Monselet !
Devant cette enseigne imprévue,
J'ai rêvé de vous : *À la vue*
Du Cimetière, Estaminet !

CHARLES BAUDELAIRE,
« Un cabaret folâtre sur la route de Bruxelles à Uccle »,
Les Fleurs du mal.

1

L'étourneau est un oiseau migrateur appartenant à l'ordre des passereaux. Migrateur ne signifie pas, comme l'a écrit Maurice Castinel dans sa composition d'histoire naturelle – ce qui lui a valu un zéro pointé –, « qui se gratte d'un seul côté ». Non. Les oiseaux migrateurs ont simplement inventé le tourisme saisonnier quelques millénaires avant Gilbert Trigano. Et, parmi eux, en bonne place, l'étourneau. L'astucieux volatile passe l'été à traquer le moustique sur les terres d'Écosse et de Scandinavie (l'étourneau est essentiellement insectivore, l'ai-je dit ?), puis, dès que les premiers froids raréfient ce succulent gibier, il se réunit en bande et, dès lors, conforté par le soutien de ses compagnons, s'envole à tire-d'aile vers l'Afrique du Nord où le moustique ne connaît pas de morte saison. Le voyage est long et périlleux. Aussi, avant de s'élancer au-dessus de la Méditerranée, les étourneaux font-ils une halte automnale en Provence pour reprendre des forces. Là, plus de moustiques en cette saison fraîchissante, mais d'enivrants moucherons engraissés au pur jus de raisin. Les malheureux vrombissent, innocentes proies, autour des grappes oubliées par les vendangeurs. Quelle aubaine ! Les étourneaux sont à la fête. Leur séjour provençal est d'autant plus agréable que les chasseurs ne les inquiètent guère. L'oiseau, en effet, est médiocrement comestible. Il faut être bien pauvre pour s'abaisser à le croquer. À Sollières, seul Adalbert, le fossoyeur, en faisait sa pâture. À raison d'un étourneau par cochon, afin de diluer le fumet suspect de sa chair filandreuse, il en confectionnait du pâté dit « de sansonnet », qui ne valait guère plus que la roupie du même nom. Encore s'appliquait-il, avant de le passer à la casserole, à lui arracher la langue car c'est, dit-on, dans cet organe que réside le principe de l'amertume qui rend l'étourneau impropre à la consommation des gourmets. N'en va-t-il pas ainsi, hélas, d'une autre espèce à deux pattes ? se disait quelquefois le brave homme, car il se piquait de philosophie.

Mais revenons à notre affaire. Ce mépris de l'amateur n'ôte rien, bien au contraire, à la joie de vivre de notre petit ami emplumé. On peut le voir, avec ses congénères, voler pour le plaisir dans le ciel pâli de novembre. C'est comme une grande aile noire qui plane, s'étire, vire de bord, se rassemble, danse tout à coup comme un nimbus d'orage, puis se dilue en pointillés juste avant de s'abattre dans les vignes. L'homme, toujours prompt à s'émerveiller, se demande souvent quel fluide surnaturel habite ces vols en équipe, qui fait se mouvoir mille corps comme un seul. Les étourneaux ne sont pourtant pas *réunis par une tendance commune vers le même point aimanté.* On regarde mal quand l'esprit de poésie nous habite. Un observateur moins exalté qu'Isidore Ducasse, autoproclamé comte de Lautréamont, verrait que les individus ne se meuvent pas dans un ensemble parfait, mais avec un léger décalage, un infime temps de retard. C'est d'ailleurs ce qui donne cette souplesse au céleste ballet, cette merveilleuse élasticité qui enchante l'œil. Chaque oiseau observe donc celui qui le précède et l'imite aussitôt, à la manière des supporteurs qui, au stade, se livrent à la *ola.* Il advient qu'un supporter distrait laisse passer la vague. Il advient qu'un étourneau en fasse autant.

C'est ce qui arriva, ce jour-là, à cet étourneau-là. Une fraction de seconde de distraction, et il ne vit plus, devant son bec, la queue largement étalée de son compagnon, mais un bon mur de pierre, aux joints un peu effrités par les ans. Il n'eut d'autre ressource, pour éviter de se fracasser contre l'obstacle, que de replier ses ailes et de se laisser tomber comme un plomb. À peine eut-il atterri qu'il songea à redécoller. Mais il se trouvait sur une place fermée entourée de hauts murs. Aussi décida-t-il de se chercher un perchoir élevé, approprié à un essor sans histoire. Il sautilla sur un rebord de fenêtre, puis, de là, sur la grille à barreaux qui la protégeait des maraudeurs. C'était un bon terrain de décollage. Juste en face, une première brèche ouverte par l'automne entre deux branches laissait voir le ciel dégagé. Avant de s'élancer, il jeta un coup d'œil oblique à l'intérieur de la pièce. Le soleil bas y entrait à flots. Il projetait l'ombre rayée de la grille sur trois personnages debout, si préoccupés d'eux-mêmes qu'ils ne le remarquèrent pas. Toutefois, une petite fille, ou plutôt un bébé, le vit qui s'affermissait sur ses pattes fines. Elle tendit vers lui sa menotte. L'oiseau sourit. Mais qui peut voir un sourire d'oiseau ?

*

Angelo se délectait de l'affolement qui tourbillonnait dans les yeux d'Héloïse. L'idée lui vint de ces matous téméraires tombés à la merci du mâtin qu'ils ont provoqué. Aussi ne tendit-il pas une main que, par désarroi ou bravoure désespérée, elle eût peut-être griffée. Ah ! la garce ! Elle était atterrée. Son souffle, précipité. Son trouble, visible. Palpable. Elle berçait nerveusement sa fille, l'enfant qu'elle lui avait fait dans le dos. La petite – qui avait déjà oublié l'oiseau – tripotait un camée agrafé au corsage trop échancré de sa mère. Angelo baissa les yeux sur la menotte indiscrète. Les rondeurs laiteuses de la gorge, magnifiées par le noir de la robe et le busc du corset, lui donnèrent une émotion imprévue. Il toussota pour la chasser. Y parvint mal. Contracta les mâchoires. Furieux contre elle. Contre lui.

« *Putana !* pensa-t-il. Tu comptais allumer ton créancier... »

Il se courba néanmoins avec courtoisie, un sourire crispé plaqué sur les lèvres.

— *Signora...*

Héloïse était étranglée par la surprise comme un lapin pris au collet. Vingt questions à moitié formulées se bousculaient dans sa cervelle.

« Qui... comment... où... et pourquoi ? » Oui, pourquoi était-il revenu ? Pas pour lui offrir des fleurs, tiens ! Après ce qu'elle lui avait fait... mais aussi... à qui la faute ? Il n'avait qu'à... allons... à quoi bon ressasser ? Il fallait faire front ! Tout de suite !

Vivement, elle se tourna vers le notaire. Il la trouva d'une pâleur à tomber par terre.

— Alors ? Qu'est-ce qu'on attend ? siffla-t-elle.

Maître Revest se mit à balbutier :

— Ben... c'est-à-dire... si vous voulez bien vous avancer... j'ai rédigé l'acte... il ne reste qu'à le signer...

— Eh bien, signons ! lança-t-elle, hargneuse.

Le vieux tabellion était déçu. Il avait espéré un peu de cérémonie. Peut-être, même, un échange mondain. Ce M. Mazzola avait une telle allure ! Et puis il aimait les actes et les contrats conclus dans une ambiance chaleureuse. Scellés par un petit verre de muscat. C'était sa façon à lui d'être notaire. Pas seulement officier ministériel. Notaire de famille. Ami. Comme les médecins de campagne. Qui savent se réjouir des petits bonheurs de leurs patients. Et passer de la pommade sur leurs blessures.

Héloïse se dirigea d'un pas ferme vers les deux fauteuils placés côte à côte, face au bureau. Comme elle allait s'asseoir, Angelo se précipita. Il lui avança le siège avec un empressement excessif, quasi narquois. Elle lui jeta le regard qui tue. Maître Revest se méprit sur l'échange.

« Il est bien élevé, c'est indiscutable. Toutefois, il faut reconnaître que 27 % est un taux d'intérêt usuraire. Mais pourquoi ne discute-t-elle pas ? Il me semble que... »

Il n'alla pas jusqu'au bout de sa pensée. Héloïse lui tendait déjà une main nerveuse pour se saisir du porte-plume. Il tiqua.

— Excusez-moi, mais auparavant je dois lire l'acte. C'est la règle.

Héloïse leva les yeux au ciel, exaspérée.

— Lisez, *comandatore* ! dit Angelo, très détendu.

Ce sabir pittoresque, qui eût classé le charbonnier parmi les rustres, pouvait passer pour une coquetterie dans la bouche du dandy. Le notaire, légèrement inquiet, les regarda tour à tour par-dessus ses lunettes. Puis il toussota afin de se mettre en voix.

— *Ce jour, ont comparu devant nous, d'une part la dame Héloïse Pascalet veuve Garrassin, meunière, née le 1er juillet 1849 à Sollières, Bouches-du-Rhône, agissant au nom de sa fille Félicité Garrassin, mineure, et d'autre part, le sieur Angelo*

Mazzola, célibataire, propriétaire, né le 3 mai 1850 à la Bandita di Cassinelli, Piémont, Italie.

« Il est plus jeune que moi ! », ragea Héloïse. Et elle maudit maître Revest de lui dévoiler son état civil. Elle avait tort. Angelo, s'il comptait remarquablement en italien, hésitait encore sur les chiffres français. Il n'entendait d'ailleurs rien au galimatias juridique. Mais il l'écoutait avec plaisir car il voyait que chacun des mots sortis de la bouche du notaire exaspérait sa voisine. Bientôt on arriva au fameux taux d'intérêt. Héloïse se raidit. Angelo ne broncha pas. Après un silence circonspect, le notaire poursuivit :

— *En cas de non-respect des échéances, qui se feront mensuellement en l'étude le 10 du mois en cours, le créancier se trouverait fondé à faire valoir ses droits hypothécaires sur le moulin à farine situé au lieu-dit des Négadis, et ce, dans les modalités conformes à l'acte ci-annexé.*

Ayant terminé sa lecture, il écrasa le pli du feuillet, le posa devant Héloïse et lui tendit le porte-plume.

— Paraphez chaque page et signez pour finir, dit-il, retrouvant, dans l'exercice de sa fonction, le vouvoiement professionnel.

Un instant, Héloïse ferma les yeux pour une ultime et fervente prière.

« Bonne Mère ! S'il vous plaît ! Faites un geste ! J'ai dû hypothéquer *notre* moulin... Laisserez-vous faire une chose pareille ? »

Aucune réponse. *Notre* moulin ! Ce toupet ! La Madone en avait assez gros sur le cœur pour mépriser cette proposition d'association qui fleurait l'opportunisme.

« Tant pis ! Vous l'aurez voulu... », pensa Héloïse.

Avec un soupir, elle saisit la plume. Résolument, elle ceintura Félicité, puis se pencha sur l'acte. Mais la petite, mécontente d'être maintenue trop serrée dans le giron maternel, se mit à protester. Elle se tortillait comme un ver coupé, se débattait pour échapper à l'étreinte. Comment signer correctement avec un bébé en colère sur les genoux ? Héloïse lutta un moment, engageant la petite à se tenir mieux. Mais la teigneuse ne voulait rien entendre. Et elle était d'une vigueur ! Elle donnait des coups de reins, battait de ses petits pieds, s'agrippait aux volants du corsage, poussait des grognements de porcelet, sans aller, toutefois, jusqu'à pleurer, ce qui est toujours agaçant. Si bien que le spectacle demeurait charmant de cette tendre bagarre entre la mère et la fille. Angelo ne put réprimer un sourire.

— Ah ! cette Félicité ! Quel petit diable ! minauda le notaire, enchanté de l'heureuse diversion qui venait à point détendre l'atmosphère.

Peut-être, à ce moment, la Sainte Vierge sentit-elle fléchir sa résolution ? Peut-être ce tableau touchant de mère à l'enfant lui rappela-t-il quelque lointain souvenir ? Comment savoir ? Toujours est-il qu'Héloïse eut l'une de ces inspirations que, généralement, elle lui attribuait. Elle saisit à deux mains la petite qui gigotait, la souleva et la posa avec autorité sur les genoux d'Angelo. De saisissement, le malheureux faillit la laisser tomber. Félicité, dégourdie comme un petit singe, se rattrapa de justesse à sa montre, puis elle se hala en tirant sur la chaîne.

— *Piano piano, bambola** !

Cette fois, Angelo riait franchement. Et de le voir rire, la petite riait aussi, découvrant deux dents flambant neuves baignées de salive cristalline.

Héloïse étouffa un cri de triomphe. L'air détendu, elle signa posément. Elle enjoliva même son paraphe de quelques fioritures. Puis elle poussa l'acte vers Angelo et le regarda avec effronterie. Les yeux d'or flambaient. Ils semblaient dire : « Et maintenant, signe donc si tu l'oses ! Signe, avec ta fille sur les genoux, ce misérable chiffon qui la met sur la paille ! »

C'était bien joué. Mais Angelo n'était pas un perdreau de l'année. Il avait trop remâché sa rancœur pour baisser la garde d'un coup. Entre eux, il y avait ce bébé intrépide qui lui plaisait infiniment. Il y avait le souvenir d'étreintes à couper le souffle. Mais il y avait aussi le fléau de balance avec lequel elle avait tenté de lui fendre le crâne. Il y avait les gendarmes qu'elle avait appelés pour l'emmener. Il y avait la prison, l'humiliation d'être tondu et reconduit à la frontière. Aussi lui rendit-il Félicité comme on renvoie à l'expéditeur un message importun : le pigeon est inconnu à cette adresse. La petite, qui l'avait sur-le-champ adopté, eut beau ronchonner, couiner, s'accrocher à lui,

* « Doucement, poupée ! »

rien n'y fit. Calme, mais déterminé, il la remit entre les bras de sa mère.

— *Ora, stai zitta*[*] *!* ajouta-t-il en agitant sous le petit nez un index sévère.

Domptée par cette autorité dont elle était peu coutumière, car sa mère lui passait tout, la fillette renonça aussitôt à son caprice et se tint coite.

— Bravo, monsieur Mazzola ! Vous savez vous y prendre avec les enfants ! dit le notaire, réjoui par la scène.

Angelo lui adressa son sourire le plus italien :

— *Si, comandatore*... avec les enfants, et même... quelqué-fois aussi... avec les femmes !

Le notaire rit de l'allusion un peu leste. Angelo prit la plume et signa d'un paraphe énergique où se heurtaient, en lignes brisées, le *A* et le *M* de ses initiales. Après quoi il fit claquer le porte-plume sur le bureau et, se tournant à demi vers Héloïse, lança avec un rien d'insolence :

— *Ecco*[**] *!*

Héloïse comprit que la partie ne faisait que commencer. Elle se leva d'un bond et fit une sortie pétaradante.

Sur le seuil, elle se heurta à Solange, collée au battant.

— Tiens ! dit-elle, acide, la gazette est déjà imprimée ?

— Qu'est-ce que tu vas chercher..., dit la vieille bonne, confuse d'être surprise en flagrant délit d'indiscrétion.

— Moi ? Rien ! Mais toi, des oreilles pour t'écouter...

— Penses-tu ! Je suis muette comme une tombe !

Héloïse eut un ricanement :

— Si toutes les tombes étaient muettes comme toi, on prendrait le cimetière pour un opéra.

Vexée, Solange pinça les lèvres. Héloïse sortit le menton haut.

Avant de s'engager sur la place, elle regarda d'un œil neuf l'élégant tilbury. La voiture était luxueuse, le cheval, racé. C'était un hongre fin mais solide, mordoré avec des reflets roux.

« Ça, par exemple, se dit-elle, mais d'où sort-il tous ces sous, celui-là ? Et moi qui le prenais pour... Mais alors, qu'est-ce qu'il

---

* « Maintenant, tais-toi ! »

** « Voilà ! »

fabriquait là-haut, dans les collines ? Peut-être qu'il se cachait ? De qui ? De quoi ? La politique ? Ou alors... si ça se trouve... un crime ? Ma foi... En tout cas, quel bel homme ! Et au fond, pas si bête... »

Bizarrement, la fermeté avec laquelle il avait repoussé son attaque frontale l'avait fait grimper dans son estime. Car si les performances sexuelles de l'ex-charbonnier lui avaient laissé un grand souvenir, elle n'eût guère, jusque-là, parié sur ses capacités intellectuelles. C'était un mâle anonyme qu'elle avait utilisé pour la procréation, comme un bouc ou un verrat, avant de l'éliminer. Et voilà que lui revenait un monsieur avec un nom, de la fortune, un mystère et surtout l'air de vouloir se venger. Toute autre qu'elle eût commencé à trembler. Mais Héloïse était une coriace. Elle aimait les manœuvres, l'affrontement, les feintes, le combat, et l'excitation de la partie qui commençait était de loin plus forte que la peur. Déjà, dans sa cervelle cabocharde, s'ébauchait une stratégie. Elle s'engagea dans la rue Basse en se disant que, pour rentrer à Font Trigance, il serait obligé de passer devant le moulin. Si elle prenait son temps, il la dépasserait...

Bientôt, le raisonnement topographique porta ses fruits : elle entendit derrière elle le trot du bel alezan que soulignait comme un trait d'aquarelle le crissement des roues du tilbury. Cela n'avait rien à voir avec le pesant charroi des fardiers, le cataclop rustique des percherons de trait. Le cheval était ferré léger, comme, jadis, Robespierre, que son frère avait vendu à un médecin de Gardanne avant de partir pour l'Algérie. Quel imbécile, ce Jean-Jacques ! Elle soupira. Mais la nostalgie n'était pas son fort. Un problème autrement urgent devait être réglé. Elle tendit l'oreille. Les fins ressorts d'acier amortissaient le bruit, le rendaient presque soyeux. Comme le cheval avançait plus vite qu'elle, le froissement se rapprochait.

« Il me regarde, c'est sûr, il me regarde... », se disait-elle.

À présent qu'elle le sentait dans son dos, elle marchait d'un pas alerte. Un coup à droite, un coup à gauche, elle balançait sa jupe avec adresse, remontait de temps en temps la petite dans ses bras, ce qui lui permettait de cambrer la taille et de plier gracieusement le cou.

« *Putana*..., se disait Angelo, troublé par cette danse, tu sais que je te regarde ! »

Comme le mur du moulin apparaissait entre les peupliers, la voiture parvint à la hauteur des promeneuses. Tandis qu'Héloïse regardait droit devant elle, jouant de sa nuque blanche où frisottaient des petits cheveux, Félicité s'intéressait à l'attelage par-dessus l'épaule de sa mère. Tout à coup, elle reconnut le monsieur qui l'avait, tantôt, fait si délicieusement sauter sur ses genoux. Avec l'impulsivité des enfants, elle se jeta de côté, lui tendit les bras. Déséquilibrée par le porte-à-faux imprévu, Héloïse trébucha. Elle fit quelques pas précipités pour tenter de se redresser, mais la pointe de sa bottine se prit dans l'ourlet de sa jupe. Elle tomba d'autant plus lourdement qu'elle mit tous ses soins à protéger la petite plutôt qu'à se sauvegarder elle-même.

Angelo assista, impuissant et stupéfait, à la chute qui précipita les deux malheureuses dans les jambes du cheval. Il bondit de son siège. Félicité hurlait. Elle agitait ses quatre pattes comme une tortue tombée sur le dos. Héloïse, agenouillée dans la poussière, cherchait fébrilement une blessure dans les cotillons retroussés de la petite. Comme Angelo se penchait sur le drame, elle leva vers lui un visage irradié de bonheur.

— Elle n'a rien ! dit-elle.

En revanche, la meunière avait sérieusement pâti du vol plané. Un sabot du cheval avait heurté son front. Au ras des cheveux, une coupure saignait abondamment. Elle n'y prenait pas garde et s'affairait à consoler la petite, laquelle hoquetait de tout son cœur. Angelo regardait, fasciné, le filet de sang qui dessinait la tempe, la pommette et le creux de la joue, gouttait à la pointe du menton, puis tombait en lourdes larmes rouges dans l'ombre rousse entre les seins. Comme un automate, il avança la main. Une main qui ne lui appartenait plus. Et il se mit à étaler le sang sur le cou et la gorge. Héloïse, interdite, leva les yeux. Elle croisa le regard vert, mat, fixe, sans expression. Presque bestial. Elle ne put le lâcher. Elle tenta de protester, mais aucun son ne franchit ses lèvres. Sa bouche resta ouverte. Stupide. Une torpeur la prit à la nuque, comme un vertige, une attaque des nerfs, un transport au cerveau. Elle ferma les yeux.

— Madame Héloïse ! Et la petite demoiselle ! Mon Dieu ! Quel malheur !

C'était la brave Marthe qui arrivait les mains à la tête, en se tordant les pieds sur le mauvais chemin.

« Toi, on peut dire que tu tombes à pic ! », pensa Héloïse, dégrisée.

Leste, elle se mit debout, planta Félicité dans les bras de la gouvernante et entreprit d'épousseter sa robe noire à grandes claques dans le taffetas. Lorsqu'elle leva la tête, elle vit que le tilbury avait repris sa route. D'Angelo, elle ne voyait plus que la silhouette en contre-jour sur le ciel rouge du couchant.

— Ça, par exemple ! glapit Marthe indignée, il se prend pour qui, celui-là ? Il vous renverse avec sa voiture et il s'en va sans un mot d'excuse ?

Héloïse leva les bras pour remettre de l'ordre dans sa coiffure.

— Je crois qu'il reviendra…, dit-elle avec un long sourire.

Et elle replanta dans son chignon défait une longue pique de jais qui le traversa d'un coup. Comme une épée.

2

Tous les jeudis, c'était la même chose. Après s'être promis monts et merveilles de ce jour sans école, les garçons traînaient, désœuvrés, autour de la fontaine. Car si elle est toujours aguicheuse vue de loin, la liberté peut se révéler décevante lorsqu'elle vous tombe dans les bras.

— Finalement, on s'embête..., dit Maurice Castinel, le fils du forgeron.

— Oui..., répondit sombrement Gabriel.

Et tout de suite, jetant un œil torve vers le Café des Chasseurs où sa mère passait un coup de torchon sur le marbre des guéridons :

— Si on reste ici, *elle* va nous faire ranger le bois et les bouteilles consignées...

Évaluant le danger qui les menaçait, les deux grands s'enfournèrent dans la rue Basse, suivis par le groupe des moyens, Marius Baude et les deux Barras, Joseph et Hubert, collectivement appelés « Jobert », ce qui économisait la salive.

— Attendez-moi ! cria Ludovic, le benjamin des Juvénal, en voyant s'envoler la raille* comme un essaim de mouches chassé par un courant d'air.

Gabriel soupira d'agacement. Son petit frère leur causait toujours des problèmes. D'abord, il marchait lentement. Et puis il semblait attirer les catastrophes. Tantôt il se couronnait un

* Bande de garnements, en provençal.

genou, tantôt il se faisait piquer par une guêpe, tantôt il se mettait un bout de bois dans l'œil. Lorsqu'il le ramenait à la maison, éclopé, la mère le grondait, quand le père ne lui allongeait pas une calotte pour avoir mal surveillé son cadet.

— Allez, zou ! Dépêche-toi un peu ! dit le grand, énervé.

Ludovic prit un pas de course maladroit entravé par ses genoux cagneux. Il rattrapa les autres et disparut avec eux derrière le parapet où tous s'aplatirent car, déjà, la voix de Thérèse claironnait là-haut :

— Gaby ! Lulu ! Venez descendre les casiers de limonade à la cave !

— Ouf ! souffla Gabriel, on l'a échappé belle.

Et tous de rire en silence derrière leur main. Cependant, s'ils avaient évité de justesse la corvée, ils n'étaient pas pour autant sauvés de l'ennui.

— Qu'est-ce qu'on pourrait bien faire ? demanda Joseph, s'adressant successivement à Maurice et à Gabriel.

Les deux s'entreregardèrent, perplexes.

— Du temps de mon frère, on s'embêtait jamais ! dit Marius.

Gabriel écarta les bras en un geste d'impuissance. C'était vrai, Philibert leur manquait. Sans parler des brassadeaux* rassis qu'il chipait à son père et leur distribuait généreusement à quatre heures. Mais que faire ? Philibert avait passé son certificat et il était entré tout de suite au petit séminaire. Depuis, la raille décapitée avait perdu le goût de vivre. Et les goûters, leur opulence byzantine. Deux chefs, c'est un de trop. Pourtant, Gabriel et Maurice n'étaient pas rivaux. Ils s'étaient mis d'accord pour assurer une direction bipartite : l'un serait le cerveau, l'autre la musculature. Hélas, Philibert était les deux à la fois, ce qui lui donnait le charisme irrésistible d'un véritable meneur d'hommes. Et la troupe, orpheline de son général, se morfondait en tas, accroupie derrière le parapet.

« C'est tout de même dommage de faire curé quand on peut donner des coups de poing pareils ! », se disait Gabriel, qui ne savait rien de Don Camillo.

— Si on allait démolir la cabane des filles ? proposa Joseph.

---

* Brioches en forme de couronne.

Un silence morose accueillit cette suggestion.

— Ou alors, on pourrait peut-être jeter des feuilles dans le lavoir pour faire maronner les femmes…, ajouta-t-il.

— Ou aller frapper à la porte de Mlle Latil…

— Où balancer des pierres dans le jardin d'Adalbert…, acheva Marius, sans grande conviction.

Visiblement, aucun de ces projets ne soulevait l'enthousiasme indispensable à une expédition réussie. C'était pourtant le genre d'activités récréatives que leur proposait Philibert, l'année précédente. Mais Philibert savait donner à tout déplacement de la raille l'allure excitante d'une opération militaire. Il désignait un guetteur, déployait des tirailleurs, constituait une arrière-garde. Soucieux de l'offensive comme du repli, il restait toujours maître du terrain, avec panache et modestie.

— Moi, j'ai une idée ! lança Ludovic.

Tous le regardèrent, légèrement méprisants. Sans s'offusquer, le petit reprit :

— Si on allait à Font Trigance ?

Les yeux s'allumèrent. Font Trigance était le théâtre d'exploits mémorables. Ils y avaient connu de grosses émotions, lorsque, par exemple, ils avaient traversé le bassin à plat ventre sur des douves de tonneaux. Ou cette autre fois, où ils avaient défoncé la porte de la cave et cassé toutes les bouteilles de vin qui restaient dans les casiers. Toutes sauf une, qu'ils avaient bue à la régalade. Sans parler de la fameuse bataille de tuiles contre ceux du Tholonet ! Font Trigance, c'était tentant. Ce nouveau propriétaire… ces travaux en cours… Au village, on ne parlait que de ça. Et ils n'étaient pas encore allés voir. Pourtant, Gabriel hocha négativement la tête :

— C'est loin, Font Trigance ! Tu es trop petit !

Car l'idée perfide lui était venue de mettre à exécution le projet de son frère, en le laissant sur le carreau à trimbaler tout seul les casiers de limonade. Cependant, Ludovic avait flairé l'arnaque. Il se fit menaçant :

— Si vous m'emmenez pas, j'appelle maman !

Il se leva et ouvrit grand la bouche sur un projet de hurlement. Gabriel le força à se rasseoir en tirant sur sa manche.

— Bon ! Ça va ! On t'emmène, dit-il, vaincu par le chantage.

Et ils partirent aussitôt en file indienne, courbés pour rester à couvert du parapet, chacun ramassant un morceau de bois mort ou une canne sèche pour se donner l'air guerrier. Le temps de dépasser le tournant du Quartier bas, Ludovic, distancé par les grands, n'était déjà plus en vue. Gabriel s'arrêta avec un soupir accablé. Mais le petit arriva, tout essoufflé d'avoir couru. Il portait, passé autour de l'épaule, un gros rouleau de corde.

— Une corde, ça peut toujours servir ! dit-il pour devancer l'objection de son frère.

C'était l'évidence même. Gabriel reprit sans piper la tête du convoi. Ils passèrent devant le moulin la tête haute et le regard perdu dans les lointains.

— Tiens ! Qu'est-ce que vous mijotez encore comme mauvais tour ? lança gaiement Héloïse, amusée par leur air farouche.

— On va à Font Trigance ! répondit Maurice Castinel d'une voix claire d'estafette en mission.

Le nom du domaine prit la meunière de court. Elle se sentit rougir et détourna les yeux, comme si les petits avaient pu y lire son émoi.

— Si on marchait au pas ? suggéra Joseph.

— Bonne idée ! acquiesça Gabriel. « Âne, deux... âne, deux... »

Le bataillon avait déjà dépassé le cimetière au pas cadencé, lorsque Adalbert sortit de sa remise. Il lança la main en aveugle pour saisir le rouleau de corde qu'il avait tantôt déposé sur le seuil. Rien.

« Bon sang de bonsoir ! grommela-t-il, j'aurais pourtant juré... pauvre de moi, je perds la tête ! »

Et il retourna fourrager dans le coin où il rangeait les courroies, les sangles, les longes et les bouts de ficelle.

*

Les garçons avaient investi un pin penché d'où ils avaient une vue plongeante sur le domaine. Perchés à différentes hauteurs selon leur grade, ils pouvaient embrasser du regard le bâtiment et une partie des terres qui descendaient jusqu'à l'Arc. Quel chantier ! Devant, il y avait la machine à arracher les vignes, une grande sauterelle de fer, actionnée par deux hommes arc-boutés sur les manivelles. Des racines d'une incroyable longueur sortaient lentement de terre en y ouvrant des gerçures rouges, comme de sang séché. On les rassemblait en tas sur la lisière du champ, afin de les brûler dès qu'elles auraient séché. Mais ils étaient habitués à ces tâches agricoles, surtout Joseph et Hubert Barras, dont le père était vigneron. En revanche, les travaux de maçonnerie les passionnaient. Sur le toit, un bataillon de couvreurs posait sur des quartons neufs de longues tuiles rousses. (C'est qu'ils avaient fait un carnage à bombarder la maison de pierre depuis la hauteur !) En dessous, un grand échafaudage habillait tout le côté sud-est de la bastide. Quatre ouvriers s'agitaient sur les passerelles, occupés à piqueter le crépi de la façade. La bande connaissait Ange Espanet, le maître maçon qui, d'en bas, donnait des ordres à ses ouvriers. Tout à coup, Joseph s'écria :

— Regardez ! L'Italien vient de sortir !

Debout sur le perron, Angelo, le bras tendu, montrait quelque chose au patron, du côté des génoises. Les garçons étaient trop loin pour entendre les paroles échangées, mais ils voyaient que le maçon opinait gravement.

— Coquin de sort ! Qu'est-ce qu'il est grand ! dit Joseph. Il dépasse le père Espanet de toute la tête !

— Il doit être drôlement costaud..., dit Ludovic avec envie, car on le traitait souvent de *gisclé**.

— Tu as raison, reprit Hubert, j'aimerais pas le trouver en colère sur mon chemin...

— L'autre jour, au magasin, ma mère a dit que si elle le trouvait dans sa chambre, elle n'irait pas dans la remise..., dit Marius en ouvrant de grands yeux pour signifier son incompréhension.

Maurice, qui allait sur ses treize ans, donna un coup de coude dans les côtes de Gabriel. Les deux grands pouffèrent en échangeant un clin d'œil égrillard.

— Bon ! dit l'un d'eux, on bouge ? On va pas rester ici jusqu'à Noël !

Disciplinée, la troupe dévala de son perchoir et se retrouva en bon ordre et presque au garde-à-vous sur les aiguilles de pin.

---

* « Maigrichon ».

Après l'examen qu'ils venaient de faire de Font Trigance, il était clair que cette terre d'aventures leur était désormais interdite. Mais son observation ne manquait pas d'intérêt. Pourquoi ne pas y établir un poste de guet ?

— Si on construisait une cabane ? proposa Gabriel en montrant deux grosses branches tombées qui formaient naturellement un début de charpente.

— D'accord ! approuva Maurice. Allez ! On cherche de grosses pierres pour faire les murs !

Tous s'égaillèrent dans les fourrés piquetés de rouge par les térébinthes. Les lauzes ne manquaient pas sur ces terrasses abandonnées, dont les murs de soutien s'effondraient, minés par les racines. La cabane commençait à prendre forme sous les mains habiles des deux aînés, lorsque les Barras arrivèrent tout excités :

— Hé ! Les gars ! Venez voir ce qu'on a trouvé !

Tous les suivirent à travers les taillis, insensibles aux piquants bleus des genévriers. Bientôt, ils s'arrêtèrent devant un muret de pierre recouvert d'un enchevêtrement de lierre et de salsepareille.

— Regardez : c'est un puits !

Marius eut un mouvement instinctif de recul :

— Ma mère dit qu'il ne faut jamais s'approcher des puits...

— Oui, mais ta mère, elle confond la remise et la chambre..., dit Maurice en rigolant.

Gabriel gloussa. Marius haussa les épaules. Ludovic était déjà couché sur le bord irrégulier. Ses petits pieds alourdis de galoches décollaient du sol. On voyait les clous des semelles, brillants de s'être frottés aux cailloux du chemin.

— Oh ! *fan* ! Il y a un nid de *bombes**, gros comme une bonbonne de dix litres, dit le petit...

Aussitôt tous s'écartèrent : il était bien connu que trois piqûres de *bombes*, même espacées de plus de dix ans, entraînaient un décès immédiat dans d'atroces souffrances. Il fallait donc conserver en tête le compte exact des accidents. Au premier : rien. Au deuxième : rien. Au troisième : LA MORT !

---

* « Frelons ».

— C'est bon ! Vous pouvez revenir ! Il est sec ! dit le petit qui touillait avec un bâton cet explosif à retardement.

Tous se rapprochèrent, rassurés et légèrement penauds. Mais Ludovic était déjà passé à autre chose :

— Vous croyez qu'il y a de l'eau ?

Gabriel le tira en arrière.

— Fais attention ! Si tu te noies, papa, il me tue !

— Je me noie s'il y a de l'eau, répondit le petit. Mais s'il n'y en a pas...

— S'il n'y en a pas, tu t'ensuques, c'est pas mieux !

— Normalement, quand il y a de l'eau, on voit briller au fond..., dit Hubert, indifférent à la querelle familiale des Juvénal.

Maurice se pencha.

— Tu vois briller, toi ?

— Non. Mais peut-être que c'est trop profond...

— Pour savoir, il n'y a qu'à jeter une pierre, proposa Joseph. Si ça fait plouf, c'est bon !

Il ramassa un petit caillou et, le bras tendu au-dessus du trou, le laissa tomber. Un léger cliquetis métallique parvint à leurs oreilles.

— Vous avez entendu ? dit-il, il y a quelque chose au fond...

Et tout de suite :

— Si ça se trouve, c'est un trésor...

Tous se turent, haletants d'excitation.

— Attendez ! Je recommence, reprit-il, soucieux de vérifier son hypothèse.

Malheureusement, le second caillou ne rendit qu'un son mat, ainsi que les suivants, qu'ils mirent un point d'honneur à jeter l'un après l'autre.

— Il n'y a peut-être qu'une pièce..., déplora Hubert, déçu.

— Peut-être, dit Marius, mais une pièce d'or, même toute seule, ça vaut le coup...

Car, à l'évidence, la pièce ne pouvait être que d'or : pourquoi jeter un sou troué dans un puits ?

— Il faudrait aller voir..., glissa timidement Joseph.

— Oui, mais va savoir combien ça fait de profondeur ? objecta son frère.

— Il n'y a qu'à mesurer avec la corde à Lulu...

À ce possessif grammaticalement incorrect, le petit se rengorgea.

— Mais peut-être que la corde sera trop courte, déplora Marius qui, visiblement, préférait une brillante hypothèse à une éventuelle déception.

— Ça coûte rien d'essayer ! décida Gabriel que la curiosité titillait et qui, en tant que cerveau, se devait de faire preuve d'initiative.

Aussitôt, il prit les opérations en main. Il attacha une grosse pierre à l'une des extrémités de la corde et tendit l'autre à Maurice.

— Tiens bon ! dit-il, moi, je laisse filer…

La pierre descendait lentement en tournoyant chaque fois qu'elle heurtait la paroi. Puis elle disparut dans le noir. Tout à coup, Gabriel ne sentit plus son poids. La corde faseyait.

— Ça y est, cria-t-il. J'ai touché le fond ! Lulu ! Fais une marque sur la corde !

— Avec quoi ?

— Avec ce que tu veux !

Le petit se racla la gorge et cracha avec précision. Gabriel commença à remonter. Une fois la corde allongée sur l'herbe, il apparut qu'entre la pierre et le crachat il y avait un peu moins de cinq mètres. L'étalon portatif était Ludovic en personne : le père l'avait mesuré la veille, raide contre le chambranle de la cave, pour s'assurer que l'huile de foie de morue prescrite par le docteur Portal servait à quelque chose, car elle coûtait les yeux de la tête. En effet, le dernier des Juvénal grandissait mal, et le médecin le pensait atteint de rachitisme. Hier soir, enfin, le mètre fatidique avait été atteint, ce qui avait fait pleurer la mère de bonheur.

Cinq mètres, c'était peu de chose, comparé à la profondeur des puits du village, dont certains en faisaient douze et même davantage.

— On pourrait presque y descendre, dit négligemment Hubert.

— Oui, mais pour ça, il faudrait pas avoir peur, soupira Marius.

Tous se regardaient. Peur ? Qui avait peur ? Personne n'avait peur ! Mais personne ne se proposait pour descendre… Et puis, tout à coup :

— Moi, j'y vais ! dit crânement Ludovic en rejetant en arrière sa tignasse rêche d'enfant chétif.

Un silence gêné accueillit la proposition.

— D'un côté, c'est pas bête, dit Maurice. Il est le plus léger : il sera plus facile à descendre et à remonter.

— Oui, mais s'il se fait mal, c'est moi qui vais morfler, ronchonna Gabriel.

— Pourquoi je me ferais mal ? dit fermement le petit. Tu m'attaches, et vous me descendez comme une botte de foin.

Aussitôt dit, aussitôt fait. Gabriel passa la corde autour de la taille du petit et l'assujettit par un double nœud. Puis il entreprit de s'attacher à l'autre extrémité. Ludovic tiqua :

— Je préférerais Maurice...

Gabriel lui jeta un regard ulcéré :

— Je suis ton frère ! Tu me fais pas confiance ?

— Si, répondit le petit, mais Maurice, il est plus lourd !

Ce qui n'était pas bête. Tous approuvèrent. Maurice s'encorda, et Gabriel, passant la corde autour de ses reins, se retrouva dans le rôle peu glorieux mais indispensable de la poulie. Ludovic grimpa sur la margelle effritée et se pencha un peu en arrière, raide comme un piquet, pour tendre la corde. Gabriel, arc-bouté sous le poids de son frère, cala ses pieds contre la base du mur. Autour du puits, la bande regardait avec admiration le maigrichon intrépide qui se tenait tout droit au-dessus de cinq mètres de vide.

— Vas-y ! dit le petit, descends-moi !

La corde glissait lentement dans les mains de Gabriel. Ludovic s'enfonça en arrière dans le goulet, stabilisé par ses deux pieds écartés, appuyés contre le mur orbe. Au fur et à mesure qu'il descendait, les têtes se penchaient par-dessus bord. De temps en temps, Maurice, qui pour l'instant ne servait à rien, demandait par mesure de sécurité :

— Ça va, Lulu ?

— Ça va !

Peu à peu sa voix, étouffée par la profondeur, prenait un timbre sourd ; le petit avait disparu dans le noir. Seule la corde, tendue par son poids, signalait encore sa présence. Les « ça va ? » inquiets se multipliaient, auxquels Lulu répondait toujours. Un écho se mit de la partie qui leur donna la chair de poule. Tout à coup, comme tantôt avec la pierre, Gabriel ne sentit plus le poids de son frère.

— Oh ! Lulu ! cria-t-il, malade d'angoisse, tu es toujours là ? comme si le petit avait pu se dématérialiser et passer directement du puits à l'enfer. Mais d'en bas, l'autre lança :

— C'est bon-on-on... J'ai touché le fond-on-on...

— Alors ? Qu'est-ce qu'il y a ? demanda Joseph, impatient.

— Attends-en-en... Je m'habitue au noi-oi-oir...

Un silence. Et puis, tout à coup :

— Oh-o-o ! *fan* des pieds-é-é !

Penchés sur la margelle et prêts à basculer, tous écarquillaient les yeux pour tenter de comprendre ce qui motivait ses exclamations.

— Alors ? Tu l'as trouvée, cette pièce ? demandèrent les deux Barras à l'unisson.

Comme ils n'obtenaient pas de réponse, ils reprirent un ton en dessous :

— Tu as trouvé quelque chose ?

— Oui-i-i..., répondit l'écho.

L'espoir repartait à fond de train.

— C'est une pièce d'or ?

— Plus pi-i-ire !

Plus pire qu'une pièce d'or ? C'était quoi, alors ? Un trésor ? Et tous voyaient, net comme une chromo d'almanach, un vieux coffre ferré entrouvert sur un dégorgement de perles et de pierreries. La corde se mit à bouger.

— Remontez-moi-oi-oi..., cria le petit.

— Tu peux *le* soulever ? lui demanda Hubert, qui se voyait déjà marchandant âprement une pièce d'or à son père contre l'autorisation de monter sur le dos du cheval.

— Non-on-on... Mais je vous en monte un morceau-o-o...

Tous se mirent à tirer avec allégresse. Lulu remonta deux fois plus vite qu'il n'était descendu. Lorsque sa tête dépassa du trou, il leva le bras, et dit à son frère :

— Tiens ! Attrape !

Le grand faillit s'étrangler, car ce que le petit lui tendait, le pouce et l'index crochés dans les orbites, c'était une tête de mort. De saisissement, il lâcha la corde. Lulu redescendit d'un coup sur au moins trois mètres. Maurice, projeté en avant, se retrouva le ventre bloqué contre la margelle. En bas, le petit, qui n'avait pas eu le temps de s'équilibrer avec les pieds, allait et venait dans le conduit, comme un balancier de pendule. Et il n'était pas content.

— Grand couillon-on-on ! bramait-il. Je vais le dire à maman-an-an !

Malgré la menace, on le remonta. On l'aida avec mille précautions à reprendre pied sur l'herbe, on lui épousseta le dos et les épaules avec soin, Gabriel lui passa même la main dans les cheveux pour le recoiffer.

— Alors ? demandèrent-ils en chœur, lorsqu'il fut un peu remis de sa chute.

— Alors… en bas… il y a le type entier… en *esquelette* !

— En *esquelette* ! s'écrièrent-ils ensemble et à plusieurs voix.

— Parfaitement ! reprit Ludovic, avec le sang-froid de qui à vu la Bête au fond des yeux et a soutenu son regard. Une *esquelette* couchée en travers de tout son long !

Les garçons se regardaient, interdits.

— Qui ça peut bien être… ? risqua Gabriel, formulant la question collective qui leur brûlait la langue.

— Si au moins on avait la tête…, déplora Maurice, car, dans l'effroi causé par son apparition, le crâne était retombé dans le puits en même temps que Lulu, lequel ricana :

— Une tête de mort, c'est que l'os. On peut pas la reconnaître, et même…

Tous se serrèrent autour du petit, impressionnés par cette sagacité précoce jusque-là méconnue.

— … et même, on peut pas savoir si c'est un homme ou une femme, parce que la *sinse*, c'est rien que de la viande…

Tous soupirèrent, déçus, sauf Maurice qui eut un léger haussement de sourcils. L'idée lui était récemment venue d'une sorte d'os rétractile, comme les griffes des chats…

— Alors ? Qu'est-ce qu'on fait ? dit-il malgré tout.

Mais Gabriel-le-Cerveau se disait déjà que, s'ils en parlaient aux parents, il devrait avouer avoir descendu son frère dans le puits au bout d'une corde, et là… le derrière lui cuisait déjà de la fessée qu'il allait prendre.

— À mon avis, tenta-t-il, on devrait d'abord jurer de garder le secret.

Un serment sur un sujet aussi macabre, c'était drôlement excitant. Sans discuter, ils se rapprochèrent à se toucher les épaules et tendirent la main droite avec noblesse. Tous sauf Marius, qui avança la gauche. Ce fut un concert de protestations :

— La main gauche, c'est la main des traîtres ! dit Maurice.

— Oui, mais je suis gaucher, plaida petitement l'accusé.

— Nous, on s'en fout ! À l'école, le maître te force à écrire de la main droite. Alors, nous aussi ! dit Gabriel qui avait toute confiance en l'école publique, laïque et obligatoire.

Mais l'autre se mit à pleurnicher :

— La main droite, c'est ma main obligée, tandis que la gauche...

Et, tout à coup, il eut une inspiration :

— ... la gauche, c'est ma main du cœur !

C'était trop beau pour ne pas être vrai. Tous s'inclinèrent devant la poésie de la formule. Ils jurèrent croix de bois croix de fer, crachèrent sur les aiguilles de pin, puis se regardèrent avec les yeux mouillés de qui vient de recevoir l'Eucharistie.

— Bon, dit Maurice, pratique, maintenant, c'est tard : il faut rentrer, sinon, on va prendre la rouste !

— Moi, dit Lulu, je crois qu'on devrait revenir pour sortir l'*esquelette*...

— Oui, mais demain il y a école, et à la sortie, le temps de venir ici et il fera nuit..., objecta Gabriel.

Car tous n'avaient qu'une seule consigne : rentrer à la maison avant la tombée du jour. Où ils allaient, ce qu'ils faisaient, leurs parents s'en foutaient, pourvu que l'heure solaire fût respectée. L'été, ils pouvaient traîner jusqu'à 22 heures, mais, en hiver, dès 17 heures, c'était le couvre-feu.

— Alors, on n'a qu'à revenir dimanche matin ! lança Ludovic qui comptait poursuivre l'exploration.

— Dimanche matin, c'est impossible, pleurnicha Marius, je dois aller à la messe...

Tous ces fils de libres-penseurs mesurèrent les limites de la tolérance à l'inconvénient d'avoir un *capelan** dans la bande. Ludovic résuma le démocratique sentiment général :

---

* « Un curé ». Employé aussi par les mécréants pour qualifier les dévots.

— Ça, c'est ton affaire ! Tu vas où tu veux ! Nous, on s'en fout ! Mais, comme on est la majorité, on viendra sans toi !

Marius se raidit :

— Si vous venez sans moi, je parlerai !

— Tu ne peux pas : tu as juré ! jubila Joseph.

— Oui, mais..., j'ai juré de la main gauche..., dit le petit, finaud.

L'indignation fut à son comble. Tous tendaient vers lui un doigt vindicatif :

— Si tu parles, on te... on te... on te...

Mais comme *on* ne trouva pas ce qu'*on* pourrait bien lui faire, *on* décida, finalement, de revenir dimanche après-midi. Et la troupe se rabattit en bon ordre sur le village, sans se douter qu'elle venait de se trouver un nouveau chef, un gamin rachitique qui mesurait un mètre de hauteur et avait tout juste sept ans.

3

Adeline Loisel comptait et recomptait les jours sur le calendrier de carton que ses petites élèves utilisaient pour y inscrire leur jour de service. Lundi : Berthe Baude ; mardi : Louise Sévère ; mercredi : Andréline Castinel ; vendredi : Marthe Barras ; samedi : Berthe Baude. Deux fois dans la semaine, Berthe Baude ? Elle était trop gentille, Berthe. Les autres l'avaient encore roulée, bien qu'elle fût la plus âgée. Pauvre Berthe...

Ah ! Il s'agissait bien de Berthe ! La vérité, c'était que Mademoiselle ne consultait pas le calendrier pour vérifier l'équité de la répartition des jours de service. La vérité, c'était que l'on venait de passer la Toussaint et qu'elle n'avait pas *vu* depuis... depuis le départ de Jean-Jacques Pascalet, tiens !

Son cœur s'étouffait dans sa poitrine. Ses joues la brûlaient. Ses yeux se remplissaient de larmes. Était-ce possible ? Elle n'avait failli qu'une fois ! Une seule malheureuse petite fois ! Et elle se retrouvait enceinte. Alors que d'autres roulaient à droite et à gauche en toute impunité ! Quelle injustice ! Pourquoi la Sainte Vierge lui infligeait-elle un si cruel châtiment ? Alors qu'elle avait toujours été si sage, si dévouée, un modèle de patience avec ses élèves, une parfaite ménagère pour son instituteur de frère ! Un faux pas, un seul faux pas de rien du tout, et...

Elle avait du mal à se rappeler avec précision les circonstances fatales de sa chute, tant, avec le recul, l'acte et sa conséquence lui paraissaient disproportionnés. Comment expliquer, aujourd'hui, que lorsque Jean-Jacques lui avait annoncé son départ pour l'Algérie – et plus encore lorsqu'il l'avait enlacée pour lui dire adieu –, elle avait été si totalement convaincue que c'était lui qu'elle voulait ? Lui et pas Maximin, son fiancé officiel, que personne, pourtant, ne l'avait forcée à accepter. Qu'elle avait choisi posément. Comme tout ce qu'elle faisait. Comment avait-elle pu, en un instant, laisser chanceler sa vertu si fermement établie ? Perdre la tête ? Ne plus s'appartenir ? Ah ! le gredin n'avait guère lambiné à tenter de sonder les mystères du cœur féminin !

Ce soir-là, son frère assistait à une séance du conseil municipal. Il devait, la réunion terminée, en rédiger le compte rendu, puis le recopier sur le cahier de délibérations. Dans ce cas, il ne rentrait jamais avant minuit. Il restait seul dans la salle vide après le départ des élus pour terminer sa tâche, car il tenait à ne pas laisser sa charge de secrétaire de mairie empiéter sur sa fonction d'instituteur. Il pouvait être 21 ou 22 heures. Elle avait déjà fait la vaisselle et corrigé ses cahiers. Elle s'était mise en chemise de nuit, avait lâché ses cheveux et s'apprêtait à les tresser avant d'aller au lit, lorsqu'elle avait cru entendre des coups légers frappés, ou plutôt grattés, à la porte d'entrée. Croyant qu'il s'agissait de Théodule, ayant, une fois de plus, oublié sa clé, elle s'était mise à la fenêtre, et…

— Mademoiselle…, avait soufflé Jean-Jacques d'une voix étouffée.

Elle s'était jetée en arrière, le feu aux joues. Mais Jean-Jacques insistait :

— Mademoiselle, descendez, il faut que je vous parle…

Elle avait avancé un timide bout de museau, et :

— Ce n'est pas possible, monsieur Pascalet… je suis en chemise…

On se doute si l'argument était de nature à décourager l'animal !

— Une minute…

— Ce ne serait pas convenable…

— Juste une petite minute…

Adeline était toute retournée. Il lui semblait que la voix, pourtant si habilement contenue – une voix de chenapan habitué à chuchoter sous les balcons –, résonnait d'un bout à l'autre du village. Si quelqu'un l'entendait ? Elle passerait pour... Et comme tant de filles honnêtes, de crainte de passer pour, elle prit le risque de le devenir.

— Chut ! Taisez-vous ! J'arrive, mais juste... juste un instant...

À peine avait-elle entrouvert le battant de chêne que Jean-Jacques s'était faufilé dans l'obscurité du couloir. Des fesses, il avait refermé la porte et s'y était adossé. Elle s'était vivement reculée, le cœur transi. La pleine lune projetait les trois carreaux de l'imposte sur sa chemise blanche et ses petits pieds nus. Ainsi craintive et pâle, avec ses cheveux dénoués, nimbée par la clarté lunaire, elle était ravissante, et sans être à proprement parler le diable, Jean-Jacques était loin d'être un saint. Il s'était avancé. D'un pas encore irrésolu. Mais c'était déjà un pas de trop. Car la masse compacte de l'homme, interceptant le pâle rayon, l'avait plongée dans le noir. Cette ombre qui s'était couchée sur elle l'avait troublée comme une étreinte.

— Mademoiselle Adeline, avait-il murmuré, quelque chose de terrible est arrivé par ma faute... je dois m'en aller...

— Oh ! Oui ! Allez-vous-en..., avait-elle gémi sur un ton qui exprimait absolument le contraire.

Et là, Jean-Jacques, qui était à présent tout près, avait reçu plein les naseaux cette grisante odeur de femme en émoi, à laquelle il ne savait résister. Il n'était pas venu avec le lâche projet de la séduire par surprise. Il voulait simplement dire adieu à une platonique amourette, ce qui ne lui arrivait pas souvent, car, en général, les femmes lui résistaient peu. Il l'avait d'ailleurs choisie comme dépositaire de son secret, car, la sachant honnête, il avait pour elle de l'estime, sentiment noble que le beau sexe lui inspirait rarement. Mais sait-on jamais jusqu'où peut nous conduire une démarche imprudente ? Comme il commençait à bander sérieusement, le but premier de sa visite avait perdu de son urgence et même de sa netteté. Un mois plus tôt, il se repentait de l'avoir, sur un coup de tête, demandée en mariage et craignait de la voir accepter sa proposition. Mais, à ce moment, il était persuadé que la fatalité le contraignait à quitter l'amour de sa vie et qu'il ne s'en remettrait jamais. En conséquence, il avait coulé un bras hardi autour de la taille mince et, lèvre contre lèvre, murmuré :

— Adeline ! Je vous aime !

Et il y croyait dur comme sa queue. Haletante de surprise, de peur et d'une étrange mollesse qui la dissolvait par le milieu, la pauvre Adeline ne savait que répondre :

— Jean-Jacques… je… moi aussi !

Ce qui était touchant comme un extrait de *La Mare au diable*, qu'elle avait lu avec délice, mais pas tout à fait vrai. Car aurait-elle hésité à accepter sa demande, s'il en avait été ainsi ? Aurait-elle prêté une oreille complaisante aux bruits qui lui faisaient une si détestable réputation ? Se serait-elle méfiée ? Aurait-elle, finalement, accepté d'épouser Maximin Revest qui lui paraissait – bien à tort – moins inquiétant ? Non. L'amour, le véritable amour balaie toutes les préventions. Même les plus justifiées. D'ailleurs, Jean-Jacques était en train de lui démontrer qu'elles l'étaient amplement. Car l'art suprême du séducteur est de tromper son monde avec un air de profonde sincérité. Et Jean-Jacques le possédait au point de parvenir à se tromper lui-même.

— Vous m'aimez ?

— Hélas…

Que faire après de si complémentaires, bien que discutables, aveux ? Un baiser ? Un baiser ! Mais pas un de ces chastes frôlements qu'il posait à la sauvette sur sa joue fraîche lorsqu'il lui rapportait des collines une brindille de ciste ou trois feuilles de térébinthe à coller dans son herbier. Un baiser profond et long comme dans les romans. La sage demoiselle ne savait pas que l'on pouvait embrasser avec tant de subtile et progressive pénétration, tant d'affolante lenteur, d'atermoiements, de feintes, de reculs appelant toujours plus d'abandon et, même, suscitant pour finir, comble d'horreur, l'initiative. Si bien que, pantelante, morte de désir et liquéfiée, elle se sentait déjà à moitié déflorée. C'est que la pauvre fille avait affaire à un spécialiste. Un champion du baiser toutes catégories confondues. Avec, de surcroît, un entraînement d'athlète de haut niveau. Ce qui, à tout prendre, n'est pas la pire éventualité pour une néophyte, mais demeure un peu gênant lorsque le moniteur n'est pas le fiancé. Maximin, le charmant Maximin, avec ses pinceaux, ses cheveux fous et son air de rire de tout, était balayé, oublié, nettoyé. Là, on ne riait plus. L'amour, c'est le contraire de l'humour.

À raison d'un baiser par marche, en arrivant à l'étage, Adeline n'était plus en état de refuser quoi que ce soit à ce technicien redoutable qui allait, à moins d'un miracle, devenir son premier amant. Le miracle n'eut pas lieu. Et lorsque la pauvre demoiselle parvint à rassembler un peu ses esprits dispersés, elle constata avec épouvante que les corps du délit gisaient sur l'édredon de son frère, car Jean-Jacques avait ouvert d'une main tâtonnante la première porte qui s'était présentée à lui sur le palier. Pour mettre un comble à son effroi, un coup, un seul, sonna au clocher. Elle bondit sur ses pieds. Un coup ! Quelle heure était-il ? 23 h 30 ? Minuit et demi ? Peut-être 1 heure ? Théodule allait rentrer et... Comme une folle, elle poussa Jean-Jacques dans l'escalier, Jean-Jacques qui n'était pas très fier de lui et à qui revenait tardivement le but premier de sa visite :

— Mademoiselle... Je voulais simplement vous dire que ce... que ce... n'est pas Sidoine Garrassin qui a tué ses trois femmes*...

Non mais sans blague ! Qu'est-ce qu'elle en avait à faire de Sidoine Garrassin à un moment pareil ? Alors que son frère était peut-être en train de sortir de la mairie... de passer le coin de la rue... de traverser la place... de chercher la clé dans sa poche ! Elle poussa sans façon le suborneur vers la porte :

— Allez-vous-en ! Je vous en supplie ! Allez-vous-en !

Jean-Jacques lui jeta un regard tragique :

— C'est entièrement de ma faute ! lança-t-il sur un ton mélodramatique.

Là, elle ne pouvait guère le contredire. Mais quoi ! Ce qui était fait était fait ! Maintenant, ce qu'elle désirait le plus au monde, c'était le voir déguerpir. Pour le faire se hâter, elle prit hardiment sa part du forfait pour couper court à des remords aussi tardifs qu'inutiles.

— Oui, oui, c'est votre faute, mais c'est un peu la mienne aussi !

— Non ! Pas du tout ! C'est ma faute à moi ! Rien qu'à moi ! insistait lourdement Jean-Jacques qui demeurait accroché à son plan Garrassin.

---

* Voir *La Maîtresse du moulin*, L'Archipel, 2008.

Aussi ne vidait-il toujours pas les lieux. Il s'incrustait, inconscient du malentendu. Que fallait-il faire pour le mettre à la porte ? Alors, pour se débarrasser de cette présence compromettante, elle avait dit une chose qu'elle regretterait par la suite :

— Sortez, monsieur Pascalet ! Laissez-moi : j'attends quelqu'un…

C'était là un motif que Jean-Jacques, spécialiste des amours contrebandières, entendait admirablement. Il savait s'éclipser avec la grâce de l'éternel amant qu'il était. Familier des placards, des doubles rideaux et des dessous de lit, champion du saut par la fenêtre, il était capable de débarrasser un plancher en un temps record pour laisser place nette au mari, au fiancé ou au monsieur sérieux. Un cocu était sur le point d'arriver ? C'était un argument que l'on ne discutait pas. Il se retrouva donc dans la rue avant d'avoir eu le temps d'avouer son secret et s'en félicita. Il demeura un instant interdit, puis prenant son parti de l'affaire et retrouvant son sang-froid en même temps que son mauvais esprit de botaniste cavaleur, il se dit : « Bah… C'est tout de même du bon bois ! Encore un peu vert, mais… rempli de sève ! »

Il était rentré chez lui en rigolant : « Tout de même… un autre galant… et qui n'est pas Maximin, puisqu'il est encore à Aix ! Qui aurait dit… cette demoiselle… avec son air de sainte-nitouche… qui profite, pour s'envoyer en l'air, des réunions du conseil municipal ! »

Et au lieu de l'attribuer à un excès d'innocence, il mit la facilité avec laquelle il l'avait séduite sur le compte de la dépravation.

« Et moi qui allais lui dire… non, mais quel imbécile je suis ! Toutes pareilles, tiens ! »

Car, à l'instar de nombre de séducteurs, il ajoutait à son goût déraisonnable pour le sexe des femmes une sordide misogynie.

Adeline avait en vitesse retapé le lit de Théodule et aéré la chambre. Alors, seulement, elle s'était avisée qu'il n'était que 22 h 30. Ces instants d'éternité ne durent jamais aussi longtemps qu'on le croit…

Et voilà que, pour cette demi-heure d'absence, elle voyait aujourd'hui ses sages projets d'avenir chanceler, toute sa vie gravement compromise. Les jambes fauchées, elle se laissa tomber sur une chaise. Que faire ? C'est alors qu'une voix stridente la tira de sa prostration.

— Mademoiselle ! C'est moi ! Sidonie...

Dans son désarroi, Adeline avait oublié que le jeudi était jour de lessive. Sidonie Ardisson, la sœur cadette de Marthe, était debout dans la rue, les poings sur les hanches, entre les brancards de sa brouette, n'attendant que son fardeau de linge pour descendre au lavoir.

— Attendez une minute, Sidonie...

La demoiselle se précipita sur la corbeille d'osier, y jeta pêle-mêle deux chemises de Théodule, sa blouse noire de maître d'école, son propre sarrau de travail, trois torchons à carreaux, une poignée de mouchoirs et un jupon. Elle descendit l'escalier en courant et tendit le tout à Sidonie. La lavandière eut une moue contrariée. En professionnelle avertie, elle ne mélangeait pas le blanc et « le » couleur. Elle prit donc son temps pour séparer la blouse et le sarreau des autres effets. Puis elle leva la tête :

— Mademoiselle... vous avez oublié votre *petit* linge...

Ce terme était une délicatesse de langage pour voiler de bienséante pudeur les affaires de toilette féminine, c'est-à-dire les serviettes hygiéniques menstruelles. Adeline rougit, en même temps que la pénétrait l'odieuse sensation d'être violée dans son intimité. Sidonie connaissait ses époques. Et par Sidonie, les autres lavandières, autant dire le village tout entier. Elle était épiée, comme toutes les filles, par cent paires d'yeux faussement bienveillants. Si elle ne donnait pas à Sidonie ce qu'elle attendait, on commencerait à murmurer...

— C'est vrai ! Excusez-moi ! dit-elle en reprenant l'escalier en sens inverse.

Elle courut jusqu'à l'armoire, en tira six serviettes parfaitement pliées, d'un blanc immaculé, ignominieux. Que pouvait-elle trouver pour simuler le sang ? L'encre rouge ? Il n'y fallait songer. Sidonie était habituée aux chiffons de l'école. Elle ne serait pas dupe. Alors ? Il n'y avait pas deux solutions. Elle ouvrit le tiroir du buffet. En sortit le couteau à pain. La vue de la lame dentelée lui donna un bref frisson. Elle releva sa jupe grise et son jupon de percale, ferma les yeux et s'entailla le gras de la cuisse au-dessus de la jarretière. Le sang jaillit qu'elle épongea par six fois avec le centre des carrés en nid-d'abeilles. Elle roula le tout dans un torchon et dévala l'escalier. Lorsqu'elle lui tendit le petit ballot, Sidonie l'ouvrit et, l'œil critique, évalua le sang frais :

— Vous avez eu du retard ce mois-ci…

Et puis, haussant les épaules :

— Ce doit être le changement de saison…

Adeline battit en retraite vers le couloir. Lorsque la porte claqua derrière elle, elle se laissa tomber sur la première marche de l'escalier et se mit à pleurer. Sans rage. Avec désespoir. Parce que l'urgence lui avait ouvert les yeux. Elle savait à présent ce qu'elle ferait. Ne l'avait-elle d'ailleurs pas toujours su ? Dans un mois, elle épouserait Maximin et elle lui ferait endosser l'enfant de Jean-Jacques. Un enfant qui naîtrait à sept mois et demi. Elle commettrait cette indignité. Parce qu'elle n'était qu'une femme. Et que les femmes n'avaient pas droit au véritable honneur. On leur avait appris trop tôt à le placer trop bas. Entre les cuisses plutôt que dans le cœur. Elle savait que cet honneur-là n'était rien, et pourtant, elle n'avait ni le courage ni la force de se dresser contre tous. Contre les hommes, acharnés à souiller ce qu'ils prétendaient respecter, et contre les femmes, gardiennes absurdes d'une règle qui les opprimait. Adeline pleurait parce qu'elle méprisait sa faiblesse et sa lâcheté. Et comme, dans son affolement, elle s'était coupée sans précaution, le sang, qui avait imbibé le bas, gouttait dans sa bottine.

*

Maurice Castinel : neuf fautes ! Neuf ! Alors que cinq suffisaient pour se voir stigmatisé par la « roue de charrette », allégorie campagnarde du zéro pointé. Maurice n'aurait jamais son certificat ! Et son père en serait désolé.

M. Loisel poussa un soupir et passa au cahier suivant : Gabriel Juvénal. L'écriture était soignée, les pleins et les déliés parfaits, les majuscules calligraphiées, les traits tirés à la règle, sans bavures ni ondulations dues au malencontreux dépassement d'un ongle endeuillé.

« Bien… bien… très bien… très très bien… »

À mesure qu'il lisait la composition, le maître jubilait. Gabriel avait évité les chausse-trapes vicieusement embusquées au fil des lignes. Il avait même réussi l'accord de l'adjectif qualifiant collectivement une kyrielle de noms communs féminins parmi lesquels était dissimulé un seul nom masculin. De plus, ce nom était « lycée », avec sa terminaison perfide ! C'est que M. Loisel était un admirateur de Mallarmé. Il lui arrivait de composer des pensums qui n'étaient pas loin d'égaler la dictée fameuse du fin lettré. Toutefois, il était ravi lorsque ses élèves déjouaient ses traquenards. Aussi était-ce avec un vif plaisir qu'il corrigeait la dictée parfaite de l'enfant du cafetier, lorsque, brusquement, cinq mots avant la fin : « Zut ! La virgule ! Il a oublié la virgule !... *il était temps de s'en aller,* VIR-GU-LE !! *et chacun gagna son lit.* Point final. »

Il souligna d'un arc de cercle l'impardonnable oubli, puis inscrivit dans la marge : ¼, et en haut de la page : 9 ¾ sur 10.

Après quoi il déposa son porte-plume à l'encre rouge dans la rainure de l'écritoire et le cahier de Gabriel sur la pile. Il eût aimé lui mettre 10/10. Mais le quart de faute était là. Il ne pouvait l'ignorer. Indulgence égale injustice. Il se souvenait d'avoir bien marqué le temps d'arrêt, évité soigneusement de faire la liaison. Il n'avait pas dit : *s'en aller* r*'et chacun gagna son lit,* mais : *s'en aller,* un temps*, et chacun gagna son lit.* La virgule avait son importance. Elle était le soupir de la phrase. Comme le point en était la pause. Un barème est un barème. Il devait l'appliquer. Moins ¼ de point pour la virgule ; l'accent coûtait ½ point ; la faute d'usage – double lettre, PH, AU, cédille, Y, et autres singularités – retranchait 1 point, et la faute de grammaire, la plus grave, pluriel ou conjugaison, 2 points. La règle était mathématique. Pourtant, il lui arrivait de le regretter. Comme aujourd'hui avec Gabriel. Parce que le garçon était un excellent élève. Presque aussi bon que Philibert Baude...

À évoquer le nom de son ancien élève, Théodule Loisel sentit sa mâchoire se contracter. Au séminaire ! Ses parents l'avaient mis au séminaire ! Alors qu'il eût pu passer son brevet élémentaire, présenter le concours d'entrée à l'École normale et devenir instituteur. Au lieu de quoi, il serait curé. Le meilleur de ses élèves, curé ! Probablement un excellent curé, d'ailleurs...

Pensez : reçu premier de l'arrondissement, exploit qui lui avait valu d'être félicité par l'inspecteur primaire et le sous-préfet ! Le plus beau fleuron d'une carrière d'instituteur passé à l'ennemi !

Dans son dépit, M. Loisel avait pensé un moment à ne plus aller acheter son pain chez les Baude. Mais le village le plus proche était à huit kilomètres et il n'avait d'autre moyen de locomotion que ses pieds. Alors, il avait continué à *prendre* sa fougasse quotidienne et même, quelquefois – la chair est faible –, un brassadeau. Mais le gâteau dont il faisait autrefois ses délices avait pris, depuis, un goût de lâcheté qui lui gâtait son plaisir.

À présent, il allait se rattraper avec le jeune Juvénal. Les cafetiers étaient des rouges. Avec eux, aucun risque de voir leur rejeton s'égarer au séminaire. Mais accepteraient-ils pour autant de l'envoyer « au collège » ? Malgré la gratuité de l'enseignement, les études coûtaient : il fallait acheter le trousseau, les livres, les cahiers. Il fallait surtout se priver d'une main-d'œuvre bénévole. Le maître avait déjà du mal à convaincre les Solliérains d'envoyer régulièrement leurs enfants à l'école. Au moment des vendanges et de la moisson, la classe était presque déserte. Ses élèves accomplissaient de petites besognes, comme couper les *rapugues** ou glaner, ce qui économisait du personnel. Et même, en dehors de ces périodes d'affolement où il fallait rentrer au plus vite une récolte quelquefois menacée par les intempéries, on leur faisait battre les pois chiches, écosser les haricots secs, trier les lentilles et même carder à la main la laine pisseuse d'un vieux matelas. C'était ainsi depuis la nuit des temps et l'école obligatoire n'y changerait rien avant longtemps. Il devait se battre pied à pied. Au jour le jour. Sans relâche. Avec, dans la ligne de mire, des jours prochains plus lumineux où tous les enfants iraient à l'école jusqu'à quatorze ans et auraient leur certificat.

Une chance pour Gabriel : ses parents n'étaient pas paysans. Les commerçants se montraient plus faciles à convaincre du bien-fondé des études que les vignerons. D'abord, ils étaient souvent plus à l'aise financièrement. Et puis, dans le cas particulier des Juvénal qui avaient trois garçons, l'idée d'en établir un dans l'Administration pourrait faire son chemin. Le café

---

* « Petites grappes de raisin qui mûrissent tardivement ».

reviendrait à Édouard, l'aîné, qui avait été recalé à l'examen, mais faisait la fierté de son père. À quatorze ans, le garçon montrait un sens très précoce du commerce : il était déjà capable de faire mousser la bière afin d'établir, en haut du bock, un faux col lucratif. Quant au petit, que sa mère couvait à cause de son aspect malingre, il saurait se tirer d'affaire, car il était dégourdi. M. Loisel le voyait bien gendarme...

Gabriel, lui, était un peu le souffre-douleur d'une famille où la finesse passait pour une tare. Son père flétrissait sans arrêt son goût pour la lecture : « Arrête un peu de perdre ton temps ! » quand il ne lui mettait pas un teston pour le « réveiller ». Accepterait-il d'envoyer l'enfant qu'il considérait comme un paresseux poursuivre des études ? M. Loisel aurait bien dit son fait au cafetier. Mais à quoi bon, sinon à le braquer davantage ? Aussi avait-il choisi la diplomatie. Afin de se mettre bien avec le tenancier, il n'hésitait pas à payer de sa personne : tous les matins, avant d'ouvrir le portail de l'école, il allait prendre un petit noir au comptoir. De même, le soir, il s'offrait un Fernet-Branca, horrible digestif qui rachetait son titre d'alcool par un goût exécrable, ce qui lui lavait la conscience en même temps que l'estomac. Car l'instituteur était un membre actif de la ligue antialcoolique, sottement ridiculisée par Pasteur quelques années plus tôt. En avait-il causé des cirrhoses, le grand homme, avec son aussi célèbre que malencontreux : *Le vin est la plus saine et la plus hygiénique des boissons.* La maxime, calligraphiée sur une planchette peinte, réclame des vins du Postillon, trônait derrière le zinc, au-dessus des bouteilles d'apéro. Elle servait de devise et d'armoiries à la famille Juvénal.

Si Maurice Castinel avait montré les mêmes dispositions que le petit cafetier, convaincre son père de l'envoyer au collège Mignet eût été un jeu d'enfant. Le forgeron, qui était secrétaire de la Libre-Pensée, n'était pas une brute malgré ses gros bras marqués de cicatrices par les escarbilles. Compagnon du Tour de France, c'était un homme éclairé, à l'esprit ouvert, un artisan habile et inventif. Hélas, son Maurice était fin comme du gros sel. Mystères de l'hérédité...

Mis à part cet homme de bien et, jadis, Jean-Jacques Pascalet, M. Loisel devait convenir qu'il se sentait plus d'affinités avec le clan des blancs qu'avec celui des rouges. Ripert, le charretier, ou encore Justin Partégal du moulin à vent, étaient grossiers comme du pain d'orge. Tandis que le maire, le docteur Portal, et même… le curé avaient de la subtilité. Discuter avec eux, au cours de la partie de manille dominicale qui les rassemblait dans l'arrière-salle du café, était toujours un plaisir. C'était, en leur compagnie, de piquantes controverses qui aiguisaient l'esprit. Tandis que la plupart des rouges n'étaient que les sectaires d'une religion à l'envers, aussi bourrée de dogmes que l'officielle. Peu de philosophie et beaucoup de superstition. Justin Partégal n'était-il pas persuadé que prononcer les mots « minuit chrétien » portait malheur, tout comme ouvrir un parapluie dans la maison ou mettre un chapeau sur un lit ?

« Attention, Théodule, ne te laisse pas gagner par la vanité des notables ! », se disait alors l'instituteur. Comme ses trois partenaires, il avait droit à l'offrande du premier lilas, des premières cerises, du premier melon, des premières jujubes. À la fin de l'été, Sidonie Ardisson faisait le tour du village avec sa brouette remplie de pastèques. Il y en avait une pour le médecin, une pour le maire, une pour l'abbé, et la dernière pour le maître d'école. Chaque automne, cette « présentation de la pastèque » était un sujet de fous rires entre sa sœur et lui. Que faire de cet énorme citre vert totalement immangeable et qui pouvait peser jusqu'à six kilos ? Certaines Solliéraines en fabriquaient une confiture stupéfiante, translucide, qui coulait comme de l'or liquide charriant des pépites d'ambre confit. Cette délicatesse était, avec la pâte de coings, réputée affaire de cordon-bleu. Pour une minute de cuisson de plus ou de moins, elle virait en soupe acide, moisissait, cristallisait ou devenait plus dure que le marbre. Les réputations se faisaient et se défaisaient grâce à ce tour de force culinaire que représente la cuisson du sucre au lissé. Théodule avait entendu Sidonie affirmer que la plus réussie était celle d'Héloïse, enfin… Mme Garrassin. La meunière. Une belle femme. Pétulante. Avec un grand nez, mais beaucoup de chien ! Si sa confiture lui ressemblait, il eût bien aimé y goûter… Pauvre Adeline ! Elle était bien incapable de se lancer dans cette préparation qui oscillait entre la confiserie et l'alchimie ! Aussi devaient-ils débiter à deux la gigantesque courge en petits morceaux, afin de pouvoir l'évacuer sans offenser Sidonie. Cela amusait follement le frère et la sœur. Ils s'en allaient séparément jeter les tronçons dans la rivière, au cours de sorties vespérales qu'ils appelaient leurs « promenades cucurbitacées ».

Ce souvenir lui mit une ombre de tristesse au coin du cœur. Adeline allait se marier. Quitter ce petit appartement modeste mais ensoleillé situé au-dessus de la salle de classe, que la commune mettait gratuitement à leur disposition. Elle irait vivre chez les Revest dans cette belle maison bourgeoise et sombre. Elle allait lui manquer. Que ferait-il, l'année prochaine, tout seul avec sa pastèque ? Et il sentit un picotement dans le nez qui ressemblait à une envie de pleurer.

« Suis-je bête ! se dit-il en reniflant ce brusque accès d'attendrissement. On dirait qu'elle va s'en aller aux antipodes alors qu'elle n'aura que la place à traverser. Nous continuerons à travailler côte à côte. À échanger des projets pédagogiques et des idées. Et puis, elle sera heureuse avec Maximin Revest. Il est bien de sa personne, sympathique et plein de fantaisie, pour un notaire ! Enfin, il a du bien, ce qui ne gâche rien. Elle ne pouvait pas mieux trouver ! »

Restait que le prochain mariage de sa sœur allait le priver d'une bonne petite ménagère qui n'était certes pas une grande cuisinière, mais qui, contrairement aux épouses en titre, ne ronchonnait jamais. Il y avait entre eux une vraie complicité. Dorénavant, il devrait se débrouiller seul. Ou prendre une bonne à tout faire. Voire se marier ? Mais cette dernière éventualité ne l'enchantait guère. Avoir un gouverneur à domicile, merci bien ! Sa sœur avait été une compagne parfaite. Le sexe qu'elle ne pouvait lui offrir ne lui manquait pas. Il n'avait jamais été très porté sur la chose. Et puis, à ne pas s'entraîner, on finit par perdre ses muscles. De même que la fonction crée l'organe, sa suppression l'élimine. Les quelques aventures qu'il avait eues lorsqu'il était élève maître à Aix-en-Provence ne lui avaient pas laissé un grand souvenir. Des demoiselles de magasin à la cuisse légère, prises par un subit désir de respectabilité, qui tentaient de se faire épouser par un futur maître d'école… l'épouse mûrissante et frustrée du directeur… une jeune veuve ennuyeuse… la concierge du petit immeuble dans lequel il vivait… Rien de bien exaltant. Depuis des années, et bien qu'il n'eût pas trente-cinq ans, il vivait aussi chastement que monsieur le curé, uniquement préoccupé de l'avenir de ses élèves, comme l'autre du salut de ses ouailles. En dehors de la pédagogie, il n'avait qu'une seule passion : la timbrologie*. Il consacrait à sa collection le temps libre que lui laissaient l'école et sa charge de secrétaire de mairie.

C'est avec un frisson de plaisir qu'il tira du tiroir de son bureau le grand registre toilé qui contenait ses trésors. Après les pages de garde gorge-de-pigeon, il souleva une rame de feuilles en cartonnette, séparées par des pelures de papier Japon. Là étaient alignées les séries de timbres selon leur couleur et leur valeur fiduciaire. Il aimait détacher les vignettes des enveloppes affranchies en les faisant tremper dans un verre d'eau tiède. Ensuite, il les mettait à sécher entre deux feuilles de buvard dans un dictionnaire. Il les manipulait avec délicatesse au moyen de pinces spéciales, longues et effilées. Après avoir vérifié l'état des dentelures à l'aide d'une loupe, il les collait dans son album grâce à une languette de papier gommé pliée en deux. Ainsi, les timbres pouvaient être soulevés de la pointe de l'ongle, comme des ailes de papillon. Ils en conservaient la vie frémissante. Théodule appréciait particulièrement les timbres étrangers, obtenus grâce aux correspondants de la société aixoise à laquelle il était affilié. Ses vignettes préférées étaient celles à l'effigie de Thomas Jefferson de profil, avec une contre-valeur de vingt et de trente cents. En début de ligne, manquait la vignette de dix cents. Qu'il trouverait et collerait un jour avec un frisson voluptueux de Don Juan voué à la chasteté…

* Une querelle passionnée à propos des termes « timbrologie » et « philatélie » opposa les collectionneurs de timbres de 1864 à 1896. Le second finit par l'emporter. Il reste toutefois, de nos jours, des « timbrophiles » irréductibles.

4

Sidonie, les bras tendus par le poids de la brouette, descendait d'un bon pas vers le lavoir. Elle avait calé la roue ferrée dans une ornière et roulait comme sur un rail. Elle vit, à vingt pas devant elle et appuyé sur son râteau, Adalbert qui contemplait un tas de feuilles de platane auquel il venait de mettre le feu. On ne voyait pas de flammes, simplement une tresse de fumée bleue qui s'étirait dans l'air calme, parfum tristounet d'octobre, douce atmosphère de paix champêtre. Il en eût fallu davantage pour émouvoir Sidonie. Adalbert lui barrait le passage et il allait la contraindre soit à s'arrêter, soit à faire grimper son véhicule instable sur le bas-côté. Elle prit les devants.

— Oh ! Adalbert ! Qu'est-ce que tu fais là, au milieu ?

— Je pense..., répondit le cantonnier-fossoyeur.

— Eh bien, va penser au bord du chemin !

L'homme esquissa un saut balourd qui le plaça à l'endroit voulu. Quand elle fut à sa hauteur, sans s'arrêter, Sidonie lui demanda :

— Sans indiscrétion, tu penses à quoi ?

— À ma corde, répondit l'autre.

Et, enchaînant aussitôt :

— Tu n'aurais pas vu ma corde ?

— Quelle corde ?

— Une corde épaisse comme ça et tant longue ! dit-il en indiquant du pouce et de l'index arrondis un vague calibre, puis, des deux bras écartés, une dimension indéterminée.

— Non…, dit-elle.

Elle voulut hausser les épaules, mais le poids de la brouette l'en empêcha. Si on comptait la caisse de bois et ses coussins, la corbeille et le linge, la lessiveuse étamée, la brosse en chiendent, le battoir, les pièces de savon de Marseille et la bouteille d'eau de Javel, le tout pesait au moins vingt-cinq kilos ! Mais, comme elle aimait plaisanter, elle tordit le cou en arrière et ajouta par-dessus son épaule :

— … mais si tu as dans l'idée de te pendre et que ça presse… je peux t'en prêter une !

Et elle rit toute seule de son bon mot.

*

Auvers-sur-Oise, le 28 octobre

Mon cher Maximin,

À présent que je suis installé, je viens vers toi pour te parler un peu de ma nouvelle vie. J'ai loué une chambre modeste mais fort propre dans une pension située au-dessus d'un café. La veuve Ravoux, une bien bonne personne, tient l'une et l'autre dans une ambiance familiale des plus agréable. Le petit portrait que tu as fait de moi tient la place d'honneur au-dessus de la cheminée et me rappelle avec une certaine nostalgie nos joyeuses bordées aixoises.

Mais, surtout, ne va pas t'imaginer qu'Auvers est ennuyeux ! J'ai fait la connaissance d'un sympathique médecin, le docteur Gachet, qui est un amateur d'art éclairé et un grand collectionneur de gravures. Croirais-tu que ce disciple d'Esculape est lié d'amitié avec tout ce qui compte dans la peinture aujourd'hui ? Chez lui, j'ai eu l'occasion de boire le coup avec Renoir, je dis bien Renoir, le grand Renoir qui rentrait de l'Estaque, tanné par le soleil, riant et déboutonné comme à une partie de campagne. Il tient absolument à ce que je l'appelle Auguste, ce qui me remplit de confusion. D'après lui, Paul devrait passer ici dans les jours prochains pour dire son fait à Zola dont il n'a guère apprécié le dernier roman. Si tu as déjà lu L'Œuvre, *tu comprendras aisément pourquoi… Comme tu dois le savoir, notre ami vient de perdre son père, et, sans vouloir minimiser son chagrin, car il lui fut toujours très attaché (malgré sa pingrerie proverbiale), je gage que ce triste événement va quelque peu changer sa vie, et pas en mal...*

Mais j'ai gardé le meilleur pour la fin. Tiens-toi bien : tu vas être épaté ! Figure-toi que j'ai montré ta toile au cours de l'un de ces dîners de rapins où l'on n'est, comme tu le sais, guère porté à l'indulgence. Eh bien ! Ce fut du ravissement ! Mieux, de l'enthousiasme ! Auguste l'a jugée remarquable et plus que prometteuse. Ce sont ses mots. Quant à notre bon docteur, il aimerait bien, je crois, ajouter un Maximin Revest à sa collection d'impressionnistes. Qu'en dis-tu ? Et toi qui te croyais fini et destiné à t'ensevelir dans le notariat et le mariage !

Je t'adresse, en attendant mieux, une cordiale poignée de main.

Ton ami Félicien Mestre, artiste peintre.

P-S : Pourrais-tu me faire parvenir un mandat de vingt francs ? (Je suis, en ce moment, un peu à court, mais je nourris pour nous de grandes espérances.)

Maximin connaissait ses classiques. Il pouvait réciter par cœur au moins vingt fables de La Fontaine. Il avait pourtant oublié la morale du *Corbeau et le Renard*, à savoir que *« tout flatteur vit aux dépens de celui qui l'écoute »*.

Cette lettre lui parvint dans son appartement atelier du quatrième étage, place d'Albertas. Il faut dire que les Aixois ont eu de tout temps l'extravagante habitude de construire des édicules et autres cabanons sur les toits de leurs belles maisons. Un deuxième Aix vernaculaire et dissonant foisonne au-dessus de l'autre, classique et harmonieux. Au cœur de ce village suspendu à l'architecture approximative, vivaient joyeusement au ras du ciel étudiants, cousettes, bohèmes et demoiselles de magasin. On accédait à ces chambrettes ensoleillées par des escaliers majestueux et sombres où l'on croisait des bourgeois en jaquette. Et c'était un sacré plaisir pour la jeunesse que de s'en aller chahuter sur la tête des grisons !

Par la verrière à carreaux qui donnait du côté du couchant, Maximin regardait souvent, avec un amusement mêlé de pitié, les clercs de maître Laugier, des jeunes gens de son âge, entrer et sortir à heures fixes, sans même jeter un coup d'œil à l'entour. Lui, n'avait pas assez d'yeux pour admirer l'endroit. Son tempérament d'esthète lui avait fait aimer le bel ordonnancement baroque de la place, les rangées de hautes fenêtres surmontées de frontons à figures, les œuvres soulignées de corniches, les pavés disposés en rosace, la délicate fontaine à vasque qui chantait au milieu. On devait ce superbe ensemble XVIIIe à un caprice du marquis d'Albertas qui possédait jadis l'hôtel en vis-à-vis. Las de souiller son noble regard sur les taudis environnants, le bougre avait, avec une belle insouciance, acquis le quartier pour une bouchée de pain et, sans trop s'encombrer d'humanisme, dissimulé ces bicoques lépreuses derrière trois façades à l'antique, simple décor de théâtre sans rime ni raison. Loin de s'indigner d'un tel mépris pour le populo, Maximin trouvait ce geste du dernier chic. Hélas, il devait quitter la place, en même temps que sa vie de garçon qui avait été si délicieuse à son goût, mais un peu trop longue à celui de son père. Les déménageurs emportaient ses dernières nippes dans des malles d'osier.

Avant d'ouvrir la lettre, il s'éventa un moment avec l'enveloppe en soupirant. Jalousie? Tristesse? Il avait reconnu l'écriture de son ami, ce sacré Félicien qui avait décidé de sauter le pas. Bondir dans l'inconnu. Partir tenter sa chance à Paris. Alors que lui, pusillanime, était resté à l'arrière. Il serait notaire. Demain marié. Après-demain ventripotent.

L'effet produit par la lecture du message fut magique. Alors que depuis le matin il allait, morose, d'une pièce à l'autre en poussant des gémissements de condamné à la chaîne, il saisit un cahier Canson sur une pile instable et, d'un allègre Caran d'Ache, se mit à croquer les ouvriers. Chaque fois qu'ils passaient près de lui, les portefaix jetaient un coup d'œil sur ses feuilles et s'extasiaient, car rien ne plaît plus aux profanes que de se faire portraiturer sur le vif. Et, de fait, ses dessins étaient excellents. Son trait incisif et nerveux évoquait Delacroix, qu'il s'était longtemps appliqué à reproduire en humble copiste. Avec un bel optimisme, il ne doutait pas que cette série de croquis jointe à la lettre de Félicien adoucirait son père et qu'il en obtiendrait un sursis. Il savait que c'était sa façon abrupte de poser la couleur qui déplaisait au notaire. Aussi décida-t-il de laisser son travail en l'état, à peine rehaussé d'un soupçon de pastel et d'un lavis sépia pour accentuer le relief, sans toutefois écraser le motif. Ou peut-être les traiterait-il encore plus sobrement en grisaille comme le revers du *Buisson ardent*, gloire – usurpée à son avis – de la cathédrale Saint-Sauveur ? Cette petite concession augmenterait ses chances de convaincre « le vieux grisâtre » comme il l'appelait. Il devait absolument se rendre à Auvers-sur-Oise. Toute sa vie en dépendait. Son mariage avec Adeline ? Au fond, rien ne pressait. On pouvait facilement le reporter au printemps. À présent que Jean-Jacques Pascalet était parti pour l'Algérie, personne ne viendrait la lui souffler...

*

— Tu laves pour M. Loisel ? demanda Marthe dès que sa sœur eut posé à terre les pieds de sa brouette.

— Hum..., marmonna Sidonie, en jetant à l'entour un regard vif, histoire d'identifier les membres du cénacle.

Aujourd'hui, autour du bassin, il y avait Mlle Latil, avec son air de laver sans se mouiller, Marcelline Partégal, du moulin à vent, Julie Castinel, qui brossait mollement les frusques de son mari pour ne pas trop agrandir les *uscles**, Irène Hermitte, la femme du charron, Lucile Ripert, aussi peu loquace que son charretier de mari était bavard, et, à servir chez le notaire depuis plus de vingt ans, Solange des Revest, dont on avait oublié le patronyme mais qui avait gagné une sorte de particule.

— Viens par ici ! Je te fais une petite place..., dit Marthe.

Sidonie alla s'installer avec satisfaction. C'était une bonne place. Tout près du pont, là où l'eau était claire. Place à laquelle elle avait droit aujourd'hui, puisqu'elle lavait le linge du maître d'école et de la demoiselle sa sœur, une vraie jeune fille, pas comme tant d'autres qui... bref ! Si ç'avait été le jour du Café des Chasseurs, il y aurait eu à dire... Car selon l'intangible droit coutumier, l'instituteur venait tout de suite après M. le maire et

---

* « Petits trous faits par des étincelles ».

M. le curé. À égalité avec le docteur Portal. Sauf s'il y avait du linge de bébé. Car les langes abolissaient toute forme de hiérarchie. Ce qui n'allait pas sans poser, parfois, d'autres questions de préséance. Par exemple, lorsqu'il y avait plusieurs nouveau-nés. La classification entre eux devait-elle se faire selon leur date de naissance, leur sexe ou selon le rang social de leurs parents ? En première position, la fille du maire ? Ou alors, d'abord, le fils de l'instituteur ou celui du docteur, vu qu'il y a plus rarement de fils de curé… Cette boutade cent fois rabâchée les faisait toujours rire aux larmes – sauf les dévotes – lorsque l'une ou l'autre la lançait d'un petit air innocent. Et c'était des hypothèses d'école qui compliquaient la situation à plaisir et dont on débattait à perte de vue avec des arguments byzantins.

Après les notables venaient les artisans et commerçants, puis les paysans, soigneusement évalués selon la superficie de leur exploitation. Au fur et à mesure que l'eau s'alourdissait, on baissait dans l'échelle sociale. Après les propriétaires arrivaient les fermiers, puis les ménagers et les employés, enfin les pauvresses reléguées en bout de bassin où elles lavaient leurs hardes dans la crasse des autres, mais en économisant, toutefois, le savon, car l'eau en était saturée. Aucune loi écrite ne régissait cet ordre et aucune autorité n'était habilitée à la faire respecter. Pourtant, alors que leurs maris s'échauffaient sur des points de détail à propos de république et de droits de l'homme, elles restaient cramponnées à des règles dignes de la féodalité. Les trois sœurs Ardisson, lavandières à la journée, en étaient les intraitables gardiennes. Elles ne trouvaient pas choquant de laver les chemises de leurs clients au plus clair de la source, puis d'aller décrasser les leurs dix mètres plus bas dans une eau laiteuse et bleuâtre où chaque vaguelette poussait une frange d'écume.

Mis à part Héloïse, aucune lavandière ne s'était jamais avisée d'enfreindre cette stupide tradition. Aujourd'hui, Héloïse faisait partie des riches. Elle ne lavait plus. Elle avait des domestiques. C'était Marthe qui venait frotter son linge fin et celui de Félicité. Pourtant, son ombre impertinente continuait à planer sur les lieux, sujet de réprobation pour les unes, de nostalgie pour les autres, car sa langue acérée leur avait fait passer de sacrés bons moments ! Elles en oubliaient parfois la température glaciale de l'eau qui jaillissait de la source à 14 °C, hiver comme été. À présent, elles devaient se contenter de parler d'elle, de lui faire des procès par contumace, activité frustrante, car, dans le rôle ingrat de l'avocat commis d'office, la brave Marthe n'arrivait pas à la cheville de sa patronne.

Lorsqu'elle eut installé son matériel autour d'elle, Sidonie s'agenouilla dans sa caisse. Elle tira de la corbeille la blouse de M. Loisel et la fit claquer comme un drapeau avant de l'immerger. La serge noire dégorgea aussitôt une nuée violette qui s'enfuit dans le flux, car le maître d'école avait la déplorable habitude d'essuyer ses plumes sur sa manche.

— Gare à l'encre ! cria Sidonie.

Avec un bel ensemble, toutes celles qui étaient en aval sortirent de l'eau le linge qu'elles étaient en train de laver et attendirent que passe au fil du courant la tache académique.

— Tout de même… il n'est guère soigneux, pour un instituteur ! ronchonna Mlle Latil.

— Les hommes salissent et les femmes nettoient…, déplora Lucile Ripert avec un soupir de résignation qui avait un arrière-goût de révolte.

Toutes opinèrent gravement.

— Ah ! Il a bien de la chance d'avoir sa sœur, celui-là…, dit Marcelline Partégal qui était en train de frotter des culottes encroûtées de meunier avec la brosse en chiendent. Un jus blanchâtre s'en échappait, dense, poisseux, qui coulait à pic.

— Qu'il se dépêche de profiter, va ! Parce que quand elle sera Mme Revest, il faudra bien qu'il se débrouille tout seul ! jubila Irène Hermitte.

Elle en voulait à l'instituteur de n'avoir pas marié sa sœur cadette qu'elle avait fait venir tout exprès de Fuveau. Pourtant, Ernestine était demoiselle des Postes ! Qu'est-ce qu'il lui fallait de plus, à celui-là ? Une princesse ? Et elle s'acharna à grands coups de battoir sur un paquet de chemises sans col, comme s'il se fût agi de la caboche du prétentieux pédagogue.

Au fond, à l'abri sous un petit auvent de tuiles, Julie Castinel surveillait une lessiveuse fumante en équilibre sur son trépied. Le couvercle crachotait des jets de vapeur qui sentaient la cendre. Du coude, elle remonta une mèche de cheveux évadée de sa coiffe.

— N'empêche... moi... je n'aurais pas cru...

— Quoi ? Tu n'aurais pas cru quoi ? demanda Irène, sans cesser de brosser.

Julie essuya du dos de la main ses joues rougies par la chaleur, puis :

— Je n'aurais pas cru que la demoiselle marierait finalement Maximin Revest. Je pensais qu'elle aurait plutôt pris Jean-Jacques. Et que Maximin ferait une fin avec Héloïse. Maintenant qu'elle est veuve, qu'est-ce qui les en empêche ?

Des rires parcoururent les deux côtés du bassin.

— Héloïse et Maximin ? Tu sais bien qu'ils sont frère et sœur..., dit la vieille Solange.

— Oui, mais eux, ils n'en savent rien, insinua Mlle Latil, acharnée à damner son ennemie intime.

— Mademoiselle, vous déparlez ! dit Solange en haussant les épaules. Ils ont toujours été amis, ces deux-là !

— L'amitié entre homme et femme ? Pffff ! grinça la catéchiste, ce qui fit naître quelques sourires en coin.

Solange reprit :

— Moi, je les ai connus hauts comme ça. Déjà ils s'adoraient ! Et puis, maintenant, Héloïse a d'autres chats à fouetter...

Elle piqua du nez sur une coiffe de nuit de Mme Clotilde, la notairesse, cependant que toutes les autres braquaient sur elle des regards avides. Mais la vieille domestique, passée depuis belle lurette maîtresse dans l'art de distiller l'information, savonnait à présent comme si de rien n'était. Ses renseignements de première main, il faudrait les lui arracher comme des escargots jetés dans l'eau bouillante et rencognés au fond de leur coquille.

— Quel genre de chat ? finit par demander Mlle Latil, pantelante de curiosité.

Solange leva la tête et, l'air faussement surpris :

— Comment ? Vous ne savez pas ?

Un concert de « non » à plusieurs voix lui répondit. Alors, elle avala un grand coup sa salive et baissa la voix, ce qui força les autres à tendre le cou et l'oreille :

— Elle a emprunté des sous...

— Ça m'étonnerait ! claironna Marthe. Les sous, elle en a tellement qu'elle pourrait te faire courir jusqu'à Gardanne en te bombardant de pièces et de billets !

— Tu crois ce que tu veux… Moi, je sais ce que je sais… Chez le notaire, on en apprend…

Marthe se mit à ricaner d'indignation, mais Firmine Sévère, dont le mari était une espèce de charognard prompt à se jeter sur les dépouilles des malheureux en difficulté financière, lui intima de la main l'ordre de se taire. Un moulin, c'était un peu gros à avaler pour un corbeau habitué à se repaître de ruines, mais sait-on jamais ? Elle s'adressa à la vieille Solange :

— Vous dites qu'Héloïse a emprunté des sous ?

— Oui !

— Beaucoup ?

— Je comprends !

— Combien ?

— Mille francs !

Toutes se regardèrent, estomaquées :

— Mille francs ? Elle a emprunté mille francs à maître Revest ? résuma un peu hâtivement Firmine.

— Elle ne les a pas empruntés à maître Revest…

— Et à qui d'autre ? À toi, peut-être ? grinça Marthe, qui campait sur ses positions défensives.

Un rire teinté de perplexité courut de part et d'autre du bassin, car Solange passait pour une pauvresse, mais sait-on jamais ! On avait connu des miséreux pleins de puces, morts de faim sur un matelas de billets de banque. Solange baissa encore la voix :

— Elle les a empruntés à…

Et elle les regardait tour à tour, l'œil pétillant de malice, tandis que, suspendues à ses lèvres, elles répétaient :

— À… ?

La réponse tomba, modulée avec art :

— … à l'Italien de Font Trigance !

Toutes se redressèrent suffoquées par la surprise. Solange en profita pour porter l'estocade finale :

— Et il lui fait 27 % d'intérêt !

— 27 % ! crièrent-elles à l'unisson.

— Parfaitement ! 27 % et il a pris une hypothèque sur le moulin !

C'était le coup de grâce. Il ne lui restait plus qu'à prononcer l'extrême-onction. Elle lança sur un ton tragique :

— Il lui réclame la livre de chair...

Ce disant, elle ne savait pas trop à quoi cela faisait référence, mais elle avait entendu maître Revest le dire à son épouse et l'expression lui avait plu à cause de sa cruauté.

Elles reprirent le travail avec entrain, battant, frottant, et faisant gicler de grands jets d'eau savonneuse d'un bord à l'autre du plan d'eau, ravies par ce rebondissement imprévu de l'affaire Garrassin. Si Héloïse empruntait de l'argent, c'est que la fameuse toupine des Garrassin, « remplie d'or jusqu'au bord », était une fable... ou alors que Sidoine l'avait si bien cachée, avant de s'empoisonner, qu'Héloïse ne la trouvait pas...

La légende du trésor perdu était placée sur sa rampe de lancement. On n'avait pas fini d'en parler ! Et de chercher !

Pour Marcelline Partégal, l'information valait de l'or. Si le moulin des Négadis faisait faillite, le sien allait forcément prospérer. Elle se mit à laver avec ardeur, car elle avait hâte d'en finir et de courir informer Justin de l'embellie qui se présentait.

Quant à Mlle Latil, elle comprenait enfin pourquoi Héloïse s'en allait à Aix toute pomponnée une fois par semaine : pour se *prostiputer*, pardi, quelle honte !

Tout à coup, Julie Castinel rompit le silence pour dire d'un air rêveur :

— Moi, si l'Italien de Font Trigance me demandait une livre de chair... je lui en donnerais bien deux... et même...

Elle eut un geste gaillard et généreux des deux mains, offrant comme à l'étalage son opulente poitrine comprimée par la guimpe lacée. Un rire coquin de filles entre elles, ponctué de petits cris et de gloussements, courut tout autour du lavoir. C'était une sacrément bonne journée ! Et qui promettait ! Un trésor fantôme, une hypothèque, une jeune veuve et un bel homme ! Cet hiver, on n'allait pas s'embêter !

Marthe se mordait les lèvres. Devait-elle raconter comment le maître de Font Trigance avait renversé la patronne avec sa voiture, puis était parti sans se retourner ? Comme elle n'était pas certaine que cela servirait Héloïse et qu'elle l'aimait sincèrement, elle préféra se taire. Mais elle décida d'ouvrir l'œil, à présent qu'elle savait pour l'emprunt. Ah ! Si elle avait eu un espion dans la place, par exemple Ange Espanet, le maçon qui crépissait les façades de la bastide… Dans le temps, il avait *carégné** avec Fortunée, sa plus jeune sœur. Et ils étaient restés amis. Même après son mariage « obligé » avec Clémentine Hermitte, la sœur du charron. Si ça se trouve, ils fricotaient encore un peu de temps en temps ? Va savoir !

Il faudrait monter quelque chose de ce côté…

* « Flirté ».

5

— Baude ! Baude ! Attendez-nous !

Philibert s'arrêta et se retourna, ivre de grand air et de lumière, les oreilles bourdonnantes de mistral. En bas, sur le chemin crayeux, le rang noir des pensionnaires du petit séminaire serpentait péniblement, luttant contre la rage du vent. Les pèlerines battaient comme des ailes de corbeau. En tête du cortège, le père Signoretti, la soutane bouffante, une main sur la tête pour maintenir sa barrette, lui adressait des signes désespérés.

« Pauvre de moi ! se dit le garçon, je leur ai encore mis cent mètres dans la vue ! »

Depuis qu'il était au séminaire, Philibert ne vivait que dans l'espoir de la promenade dominicale. C'était comme une trouée lumineuse dans la grisaille du quotidien. Plus le temps était mauvais, plus il était heureux. Le vent, la pluie battante même, lui étaient une délivrance : il pouvait mesurer sa jeune vigueur à la force franche des éléments plutôt qu'à l'autorité cauteleuse ou obtuse des surveillants, tous frères convers, tonsurés et rassis.

La vie dans la sombre bâtisse suintante d'humidité où les murs crachaient le salpêtre, les relations sans joie avec ces hommes lents et noirs, la promiscuité de chaque instant lui étaient un supplice chaque jour renouvelé. Il avait beau offrir sa souffrance à Jésus, le sacrifice lui paraissait de plus en plus douloureux. Jusqu'alors, il avait senti la présence évidente de Dieu dans l'harmonie universelle, avec ses douceurs, comme la main de sa mère sur son front quand il était fiévreux, les abeilles butinant à mille un buisson d'aubépines, ou ses excès, tels les orages de grêle, le mistral et les incendies de forêt. Et voilà que le séminaire lui découvrait un Dieu comptable, tatillon et casanier, un Dieu pisse-froid qui lui paraissait trop petit pour avoir conçu tant de grandes choses.

Des interminables couloirs éclairés de loin en loin par des quinquets fumeux, des salles d'étude aux vitres opaques, du réfectoire imprégné d'écœurants relents de ragougnasse, du dortoir puant où il fallait dormir à plat les bras tendus sur les couvertures, jusqu'à la cour carrée où s'étiolait un micocoulier anémique étranglé par des grilles de fer, rien, dans ce bâtiment qui sentait la prison, ne lui parlait du divin Créateur. Et puis il y avait les autres. Les fils de riches qui regardaient leurs condisciples de haut et que les pères ménageaient. Les enfants pauvres tombés là par malchance et qui étaient l'objet de moqueries et de brimades. Sans parler des contraints, jetés vers la prêtrise par une mère nerveuse ou un tuteur las de nourrir une bouche inutile. Tout ce petit monde jouait des coudes, flattait les pères ou s'en faisait haïr, ce qui n'allait pas sans corrections plus ou moins méritées. Si l'on exceptait les cours de chant grégorien dispensés par l'abbé Grangier – qui était né à Font Trigance –, les études étaient d'un ennui ! Il y avait aussi la collection de timbres du prêtre musicien, qui lui rappelait celle de M. Loisel. Comme il regrettait les leçons d'histoire naturelle de son ancien maître ! Les grandes planches coloriées sur lesquelles s'étalaient une pomme coupée en deux attaquée par la carpocapse, une fresque sur l'extraction du sel marin et du sel gemme, les organes du corps humain, avec un foie sain et brillant que l'on aurait mangé à la persillade et un autre boursouflé, rongé par la cirrhose. Ici, on ne parlait que d'âme, et on représentait cet éther par un petit nuage rond harnaché d'ailes factices, sans rémiges ni rectrices, ni rien de convaincant sur le plan ornithologique. Seule la chapelle échappait à cette impression générale de lèpre, de froid, d'obscurité artificielle, de contrainte stérile, de pauvreté intellectuelle, de tristesse, d'intrigue et de délabrement. Aussi y passait-il le plus clair de son temps. Il s'y précipitait dès qu'il avait terminé ses devoirs. Il s'agenouillait près de l'autel de Saint-Sauveur où il y avait toujours des cierges allumés. Là, dans la lumière des flammes vacillantes, il s'abîmait dans d'étranges prières où « sainte Marie, mère de Dieu » avait un tablier de boulangère et où le « pain quotidien » sentait la fleur d'oranger, comme les brassadeaux sortis du four. Comme ils lui manquaient, ses parents ! Et sa sœur Berthe ! Et son frère Marius ! Sans parler de son ami Gabriel Juvénal ! Depuis qu'il était pensionnaire, il n'avait vu du village que Mme Garrassin. La meunière le faisait appeler au parloir lorsqu'elle venait à Aix pour ses affaires. La première fois, elle lui avait offert une boîte de calissons que le surveillant du dortoir lui avait immédiatement confisquée, sous prétexte que le sucre attirait les fourmis et les rats. Aussi, depuis, lui apportait-elle des livres qu'elle glissait sous sa pèlerine avec un sourire complice. *Le Voyage en Égypte* et surtout *Le Capitaine Fracasse*, deux ouvrages qui lui avaient ouvert des horizons. Et puis, la belle meunière sentait bon. Un parfum compliqué de fleur et d'amande. Un parfum de femme. Qui le suivait jusqu'au dortoir et même plus loin, après l'extinction des feux, lorsque ses bras gelés devenaient de marbre sur la mince couverture. Ah ! le père Joulian lui avait joué un vilain tour en lui peignant le séminaire comme l'antichambre du paradis ! S'il avait su ! Il aurait écouté M. Loisel ! Car Philibert ne se doutait pas que le collège Mignet où comptait l'envoyer son maître d'école ne valait pas mieux, sur le plan sanitaire, que le petit séminaire. Des générations de phtisiques se détérioraient lentement sous ces voûtes insalubres, tant religieuses que laïques. Mais le dimanche après-midi, Philibert retrouvait l'usage de ses yeux, de ses poumons et surtout de ses jambes qu'il avait du mal, dès lors, à contrôler.

Il s'assit sur une grosse pierre pour attendre que les autres arrivent à sa hauteur. Cela prit du temps. Assez de temps pour qu'il se demande une fois de plus ce qu'il faisait au milieu de ces enfants de la ville – teint blafard – jambes de miel – tous des mauviettes ! Il le demanda même au bon Dieu qui ne l'éclaira pas directement, mais dont le silence bienveillant lui fut d'un grand réconfort. Aussi lui adressa-t-il une action de grâce pour le remercier :

« Notre Père qui êtes aux cieux, que votre nom soit sanctifié, que votre règne vienne, que votre volonté soit faite sur la... »

— Baude ! Combien de fois devrai-je vous dire de ne pas courir ?

Le père Signoretti n'était pas content. Il était tout rouge et visiblement en nage malgré le froid coupant, insolite en Provence pour ce début du mois d'octobre.

D'ordinaire, l'hiver ne s'établit qu'en février et pour si peu de temps que déjà les amandiers s'apprêtent à fleurir. Mais le mistral est le serpent de ce jardin d'éden. Il peut, en quelques heures, le figer sous un froid polaire, de son haleine qui a couru sur les neiges du Vercors. Cesse-t-il, et c'est de nouveau l'été.

Le pauvre abbé faisait durement les frais de cette fantaisie climatique et de l'effort qu'il venait de fournir sur le raidillon. Son souffle court écartait par saccades de grosses lèvres violettes d'asthmatique. Il ôta sa barrette pour s'en faire un éventail.

« Tu crois qu'il n'y a pas assez de vent ? », se dit Philibert en étouffant une grosse envie de rire. Et il compensa sur-le-champ cette mauvaise pensée et ce tutoiement incongru par un muet mais fervent : *« Pardonnez-moi, mon père, parce que j'ai... »*

— Que marmonnez-vous dans votre barbe, Baude ? demanda sévèrement l'abbé.

— Je ne marmonne pas, mon père, je prie...

Le père Signoretti ricana :

— Vous priez en courant ?

Cette fois, Philibert ne put contenir sa gaieté :

— Mon père, si j'avais couru, je serais déjà là-haut...

Et du doigt, il montrait le sommet mauve de la Sainte-Victoire qui se détachait sur le ciel outremer. Malencontreusement, il ajouta :

— C'est vous qui avancez comme des limaces...

L'abbé roula des yeux injectés d'indignation :

— Cela suffit, Baude ! Prenez la fin du rang avec interdiction absolue de dépasser !

Philibert obtempéra sans plus protester. La tête basse, il se mit bon dernier. Le rang s'ébranla dans un bruit confus de galoches ferrées, de murmures divers, soupirs et ricanements.

— Silence ! brama l'abbé qui, pour mieux fendre la tourmente, avançait courbé sur le chemin pierreux éclaboussé d'un soleil de glace.

Philibert tentait de régler son pas sur celui de Saint-Gormand, un deuxième année, qui prenait son « Saint » pour une particule. Mais ses jambes étaient longues et musclées, et son pas souple d'arpenteur des collines, difficile à brider.

— Arrête de me marcher sur les pieds ! lui siffla le garçon par-dessus son épaule.

— S'cuse..., grogna Philibert.

Hélas, dix pas plus loin, le même fâcheux incident se reproduisit. Saint-Gormand se tourna à demi et, avec un regard écrasant de mépris, il laissa tomber :

— Paysan !

Philibert n'eut même pas l'idée de lui rappeler que son père était boulanger. Il le retourna d'une seule main, et, le menton prognathe :

— Répète un peu ce que tu viens de dire !

Saint-Gormand crut bêtement que la présence du père surveillant ferait office de sauvegarde. Il reprit en appuyant avec insolence sur la voyelle médiane :

— Pa-ï-san !

— Qu'est-ce qu'...

L'abbé n'eut pas le temps de formuler sa question. Le poing de Philibert était parti, arrivé à bon port, et son destinataire se retrouvait assis sur le cul dans la caillasse, le nez pissant le sang.

— Ah ! c'en est trop, gémissait le pauvre homme, dépassé par la situation, car le rang, divisé en partis adverses, certains pour Saint-Gormand, d'autres pour Philibert, les plus prudents pour l'abbé et même quelques pragmatiques pour se mettre d'abord à l'abri du vent, n'était plus qu'un troupeau en perdition, sans chien ni berger.

— Demi-tour ! cria-t-il. Deux par deux ! En silence ! Et au pas ! Quant à vous, Baude, en rentrant, vous irez voir le père supérieur.

La troupe battit en retraite mais en bon ordre. Le mistral, le sentier abrupt et l'honneur bafoué de Philibert l'avaient vaincue. L'offensé, conforté par une cour servile, reniflait dans son mouchoir taché de rouge, et l'offenseur, contraint au petit pas, grommelait des « sacrés petits couillons d'Aixois… » pas très catholiques.

« Ah ! pensait-il, si les autres étaient là, on leur mettrait une de ces roustes ! Comme la fois où on a trouvé ceux du Tholonet près du bassin de Font Trigance… »

*

Décidemment, construire une cabane à cet endroit avait été une riche idée ! Le mistral sautait par-dessus la crête de la barre, si bien que le soleil chauffait comme en été. Tous les garçons avaient tombé leur chandail de laine vingt fois retricotée, ce qui cartonnait un peu la maille, mais lui donnait de l'imperméabilité. Tous sauf Lulu qui, au fond du puits, rassemblait les os du squelette dans un couffin, puis tirait sur la corde lorsqu'il était plein. En haut, Gabriel dirigeait à son corps défendant l'opération du tri. D'un côté, les os longs, de l'autre, les os courts, et, autour du crâne, les bizarres, troués ou aplatis, dont on chercherait ultérieurement la place.

— Ça va être un drôle de chantier ! dit-il.

Mais, d'en bas, Lulu bramait :

— Ça y est-é-é ! Y'a plus rien-in-in ! Remontez-moi-oi-oi !

Maurice se mit à haler à force de bras. Bientôt Lulu apparut, coiffé du canotier du papet sur les bords duquel il avait collé des morceaux de bougies pour s'éclairer. Cette couronne de flammes lui donnait un air satanique. Marius, toujours prudent, s'empressa de souffler dessus :

— Faudrait pas qu'avec ce vent, on foute le feu…

Ils acquiescèrent, tout en admirant la tête fumante du petit. Lulu posa le canotier sur une pierre plate, puis, se frottant les mains :

— Alors ? On s'y met ?

Ils lui proposèrent de placer la tête, honneur qui lui revenait. Le petit prit le crâne dans ses mains, tiqua et, les fusillant tour à tour de son regard incolore d'albinos manqué :

— Qui c'est qui lui a cassé une dent ?

Et il inspecta avec une cruauté de dentiste le trou laissé par l'incisive brisée au ras de la mâchoire. Tous protestèrent avec fermeté :

— Il était comme ça ! On te le jure ! affirma le grand Castinel sans s'apercevoir qu'il faisait ainsi allégeance à un minot lourd comme une poignée de lentilles.

Lulu, magnanime, lui donna quittance de son serment. Il haussa les épaules :

— Alors, elle se sera cassée quand Gabriel a laissé retomber la tête l'autre jour dans le puits. Tant pis !

— C'est toujours ma faute..., ronchonna Gabriel, vexé.

— Puisqu'on te dit « tant pis ! », dit Lulu avec sévérité. Tu ne vas pas nous chier une pendule avec un ressort en bois !

Bien que passablement éculée, la blague du ressort en bois les fit rire aux larmes. Sauf Gabriel, qui pinçait les lèvres, mortifié. La toute nouvelle autorité de son petit frère commençait à lui porter sur le système. Sans plus faire de commentaires, il se remit à son classement d'os. Tous l'imitèrent, en essayant de se rappeler la planche de l'école, celle qui portait d'un côté les os jaunes et de l'autre les muscles rouges. Pour les membres, ce fut facile. Les vertèbres leur posèrent un problème. Gabriel suscita l'admiration générale en plaçant les omoplates et la clavicule, ce qui redora son blason terni par l'affaire de la dent cassée. Maurice trouva l'emplacement du bassin, non sans faire remarquer que c'était peu d'os pour beaucoup de chair, surtout les fesses. Restait le plus délicat, les mains et les pieds, dont quelques phalanges s'étaient détachées. Peut-être même étaient-elles restées au fond avec la dent ébréchée ?

— Tant pis ! dit Lulu. Si on a le temps, je retournerai les chercher. Le plus important, c'est la tête et les membres !

Et, pour parachever la reconstitution par une touche de poésie, il prit deux escargots endormis pour l'hiver derrière leur opercule et les plaça au fond des orbites. Ils étaient tous penchés sur la dépouille approximative, graves comme des médecins de Rembrandt.

— Quand on pense qu'on a tout ça au fond du corps..., dit Hubert, philosophe.

— Et en plus, le cœur et les tripes ! ajouta Joseph.

— Et le foie ? Tu oublies le foie ! s'indigna Marius dont le père se plaignait souvent de cet organe, traître entre tous, car acharné à signaler aux épouses le moindre écart commis au Café des Chasseurs.

— Le foie, les poumons et l'appendice, compléta Hubert.

— L'appendicite, c'est grave, dit Maurice.

— C'est grave comme l'attaque, reprit Hubert, sagace.

— Où ça se trouve, l'attaque ? demanda Lulu.

— Dans la tête, avec le cerveau, répondit Gabriel qui était le plus savant.

Un silence tomba, lourd de méditation. Et tout à coup, Lulu :

— À mon avis...

Tous le regardèrent, car son avis, méprisé jusque-là, était, depuis son tour de force, examiné avec le plus grand respect.

— À mon avis, on devrait rassembler les morceaux avec des crochets et de la ficelle, et en faire cadeau au maître. Elles en feraient une tête, les filles !

Faire enrager les filles qui plastronnaient avec le squelette que leur avait offert Mme Garrassin, c'était une idée tentante. Depuis la rentrée, on ne pouvait pas les toucher sans que les pestes poussent des cris aigus du genre : « Aïe ! tu m'as froissé le scaphoïde » ou « tu vas me casser le calcanéum ! ». Des os savants qui les humiliaient. Alors qu'il y avait, dans le corps, des os simples et francs avec des formes et des noms d'os que chacun connaissait, comme le fémur, le tibia et le péroné.

— Moi, je crois que si on le porte à l'école, on va avoir des embêtements, dit Gabriel.

— Pourquoi ? demanda Lulu qui tenait à son idée.

— Parce qu'on va nous demander d'où il sort...

— Y'a qu'à dire qu'on l'a acheté !

— Tu connais des marchands d'*esquelettes*, toi ?

— Moi non ! Mais Mme Garrassin, oui ! Y a qu'à lui demander...

Décidément, avec ses « y a qu'à », le petit avait réponse à tout. Gabriel sentait que sa place de demi-chef, gravement compromise depuis l'affaire de la dent cassée, était de plus en plus menacée par les exploits de son cadet.

— N'empêche qu'elle n'est pas blanche comme celle des filles, notre *esquelette*, dit-il, espérant les décourager.

Et, de fait, les ossements, qui, au fond du puits, n'avaient pas bénéficié de conditions de conservation optimales, étaient plutôt rouges et noirs qu'ivoire, couleur *sui generis* de l'os.

— C'est pas grave, dit Lulu qui s'accrochait à son idée. Y a qu'à la faire tremper dans la *javelle*. La *javelle*, ça blanchit tout !

— Et la bassine ? Tu y as pensé, à la bassine ? objecta Gabriel, conscient de se perdre dans l'estime de ses hommes en jouant le rôle peu sympathique du rabat-joie.

— La bassine... on verra bien ! répondit Lulu, optimiste. D'abord, on la ramène !

Gabriel sentit une sueur d'angoisse lui mouiller le dos.

— Où on va la mettre ?

— Dans la remise du corbillard ! Personne n'y va jamais : on sera tranquilles pour la travailler le soir après l'école.

— Oui ! Oui ! Dans la remise du corbillard ! scanda toute la bande, émerveillée par tant d'ingéniosité.

— Et dans quoi on la ramène ? Dans la poche ? persifla Gabriel.

Mais rien ne pouvait plus arrêter Lulu. Il montra du menton la bastide :

— Avec tous ces travaux, il doit bien y avoir des sacs vides de ciment ou de plâtre...

Gabriel tenta encore de mettre quelques bâtons dans les roues, comme quoi il y avait sûrement l'Italien qui... et que... mais il savait qu'il avait perdu. Si Philibert avait été là, il aurait su les empêcher de faire cette grosse bêtise qu'ils finiraient tôt ou tard par regretter, car ce squelette, c'était tout de même les restes d'un mort. Pire : d'un mort inconnu, donc, peut-être, la victime d'un crime. Mais Philibert était à Aix. Il voulait devenir curé. Quelle drôle d'idée ! Soldat, il aurait mieux compris : sous sa férule, la raille avait jadis connu sa grande époque guerrière. Pendant les quelques mois où il avait assuré un pâle intérim, elle s'était ennuyée ferme. Mais aujourd'hui, elle venait d'entrer dans le règne flamboyant de Lulu, et s'ouvrait devant elle une voie exaltante, macabre et dangereuse.

*

Le dimanche n'était pas un bon jour pour Angelo. La bastide, qui, toute la semaine, avait retenti d'appels, de rires et de jurons, retombait dans un silence morne. Même Fortunée Ardisson, la femme de ménage qu'il avait embauchée sur les conseils d'Espanet, le patron maçon, restait au village ce jour-là. Elle lui laissait toujours un peu de fricot ou une viande froide en réserve dans le garde-manger. C'était une brave femme. Mais Dieu qu'elle était laide ! Il lui arrivait de réprimer un mouvement instinctif de recul lorsqu'elle apparaissait sur le seuil, enveloppée dans sa pèlerine. Une chouette empaillée ! Malgré son bon cœur évident, sa disgrâce physique n'incitait guère aux rapprochements. Et Angelo avait un peu honte de ne pas parvenir à établir avec elle des rapports plus chaleureux que ceux de maître à domestique. Il s'en voulait de repousser malgré lui ses accès de familiarité. Pourtant, elle tentait de lui parler, de s'intéresser à sa vie, de le questionner sur l'Italie, sur les vignes, sur ceci et cela, et combien ça coûtait, et *tutti quanti*... Il lui répondait par monosyllabes, et la pauvre s'en allait tristement astiquer la boule de la rampe qui luisait désormais comme un globe d'or pur. Regrettant sa brusquerie, il la complimentait sur son travail et la sotte, ravie, se répandait alors en interminables considérations sur les mérites comparés du blanc d'Espagne et des cristaux de soude. Aussi, plein de remords, le samedi, lorsqu'il la payait, lui faisait-il un compte rond avec la monnaie. De l'argent, il en avait à ne savoir qu'en faire : les actions de Suez que maître Revest lui avait conseillé d'acheter étaient montées en flèche et atteignaient des taux inespérés. Le trésor des Garrassin n'était même pas écorné par l'achat du domaine. Il avait fait des petits...

Autrefois, la misère avait contraint Angelo à la solitude. Aujourd'hui, la fortune en faisait autant. À cette triste constatation s'ajoutait l'humidité glaciale qui régnait dans la bâtisse, dont les murs épais et les étroites fenêtres faisaient barrière au soleil. Pourtant, Angelo n'était pas une petite nature. Il avait vécu à la dure et lutté contre des températures autrement inclémentes. Ce qui le minait, au fond, c'était le cadre. Si pimpant vu de l'extérieur. Si déprimant dès qu'on avait franchi la porte.

Les Grangier n'étaient pas des paysans. Ils étaient bourgeois et, comme tels, entichés de décorum. Aussi avaient-ils embourgeoisé cette bastide, maison de campagne où ils venaient passer au frais les mois de canicule. On n'entrait pas de plain-pied dans une cuisine surchauffée par un poêle poussé au rouge, mais dans un large vestibule pavé d'un damier noir et blanc. Au fond, un escalier à rampe de fer forgé montait vers les étages, deux en tout, sans compter les combles. Du sol au plafond agrémenté de moulures, les murs étaient tapissés d'un papier peint à rayures verticales, brunes et violines, qui avait déjà de quoi démoraliser. On n'avait pourtant pas craint de plomber encore l'ensemble par une double galerie de portraits d'ancêtres aux regards terribles. Il y avait des caciques chenus, la main posée sur un registre, des femmes sans charme boutonnées jusqu'au ras du menton, des soldats médaillés en tenue d'apparat, et des ecclésiastiques avec leur croix pectorale et leur bréviaire. Sur le palier, entre le premier et le deuxième étage, trônait, dans son cadre ovale, un portrait de famille compassé, un de ces premiers daguerréotypes, folie de riches, agrandi jusqu'à la taille d'un tableau. Le père debout, la main posée sur l'épaule de son épouse, une haridelle sans lèvres assise dans un fauteuil exotique, regardait au loin. À ses côtés, un adolescent en culotte courte, les oreilles décollées, l'air content de lui, dissimulait l'un de ses pieds trop grands derrière un garçonnet bouclé, assis en tailleur, figé dans son costume marin par la minute de pose réglementaire. Des bourgeois aussi glacés que le fond de l'air, si l'on exceptait le sourire frondeur du petit, largement ouvert sur des dents écartées, des dents du bonheur, comme on dit. Angelo supposait qu'il devait s'agir de la famille Grangier, immortalisée un quart de siècle plus tôt dans un studio de photographe du cours Mirabeau. Il lui semblait reconnaître, sous les traits de l'adolescent, la mine cauteleuse de l'abbé Grangier. Quant au gamin, il devait s'agir de Philippe, son frère cadet, celui que maître Laugier avait évoqué en l'appelant : « notre Américain ».

Angelo attendait toujours l'ancien propriétaire qui devait venir récupérer « des souvenirs de famille, auxquels il tenait beaucoup ». Cette visite à laquelle il croyait de moins en moins – deux mois déjà étaient passés – l'empêchait cependant de faire un tas de ces reliques et de les foutre au feu. Mais, le jour de la signature de l'acte, il avait promis de les conserver...

Il avait du mal à se remémorer avec quelle allégresse il avait alors acheté Font Trigance. Ce projet de vengeance qui lui tournait la tête le grisait comme un vin pur. Le point culminant de son bonheur avait été lorsque le maire du village, maître Revest, était venu lui demander d'accorder un prêt à la meunière ! La *putana* ! C'était trop beau pour être vrai ! Il avait osé demander 27 % d'intérêt ! Et une hypothèque ! Alors qu'à 20 on passait déjà pour un usurier ! Elle ne pourrait jamais lui rendre une somme pareille. Cela ferait de lui, d'ici un an au plus, le propriétaire du moulin. Avec son propre argent ! Cet argent que le vieux meunier était bêtement venu enterrer sous ses yeux ! Quelle revanche ! Mais ici s'arrêtait sa jubilation. Que ferait-il lorsqu'elle serait ruinée ? À sa merci ? À terre ? Hélas ! Il le savait trop bien, à présent, ce qu'il ferait ! Il ferait ce qu'il avait fait lorsqu'il l'avait vue tomber entre les jambes du cheval. Il tendrait la main. Pas une main vengeresse. Une main envoûtée. Pourquoi s'être donné tant de peine ? Il avait compris, au moment où il l'avait touchée, qu'il n'était pas venu pour se venger, mais parce qu'elle l'attirait avec la force d'une *jettatura** ! À présent, elle le savait, elle aussi. À cause de ce geste qu'il avait eu. Ce geste de trop. Il fallait fuir, ou se retrouver le jouet de cette femme capable de tout. De se faire engrosser par calcul, puis, la saillie réussie, d'éliminer l'étalon sans scrupule. Avec quelle insolence elle lui avait fourré dans les bras cette enfant déjà aussi attirante que sa mère !

Il tournait dans les pièces silencieuses, aveugles et confinées, meublées par d'autres, pour d'autres, en d'autres temps. Sans pouvoir s'empêcher de penser qu'elles pourraient être remplies de lumière, de rires d'enfant et du froissement d'une jupe noire de veuve, recouvrant des dessous affolants comme ceux qu'il avait aperçus lorsque la garce était tombée. Sa vision d'un impossible bonheur tranquille se faisait de plus en plus précise au fur et à mesure que Fortunée, avec son balai, sa brosse et ses chiffons gagnait du terrain sur l'abandon de la vieille demeure.

---

* « Malédiction ».

Le salon du bas était redevenu habitable. Il y avait traîné quelques fauteuils dépareillés, puis installé une méridienne devant la cheminée. Le reste de l'ameublement : un guéridon Louis-Philippe, des sellettes portant des chinoiseries, des chaises graciles sur lesquelles il n'osait s'asseoir, un piano droit désaccordé, un bureau à pente trop petit pour y étaler les plans du cadastre. L'ensemble avait pourtant un certain charme. Mais la maison était immense. Fortunée en aurait au moins jusqu'au printemps. Alors, le dimanche, il la devançait dans les pièces abandonnées.

Il arrachait d'un geste sec des housses qui se déchiraient dans une nuée de poussière. Découvrait ici un vaisselier, là une panetière, plus loin un enchevêtrement de chaises embrassées. En haut, il y avait six chambres. Autant d'armoires. Avec des portes à moulures et des chapiteaux compliqués. Autant de lits. Encaissés dans des alcôves étouffées de rideaux en vieux satin à ramages. À leur tête, des crucifix. Des bénitiers. Une branche de buis séché, témoignant de lointaines obsèques. Sur le sol, des tapis râpés. Aux murs, d'autres tableaux. Noircis. Beaucoup de sujets religieux. Des saint Dominique en robe de bure, des Marie-Madeleine en cheveux, des Vierges éplorées, des Christ. En majesté. En croix. Il y avait surtout, dans la chambre nord-est, un incroyable Sacré-Cœur de Jésus, montrant d'un air navré un viscère sanguinolent environné de rayons aigus comme des lames à désosser. Angelo y revenait malgré lui, partagé entre la fascination et le dégoût. Il se reconnaissait dans ce portrait lamentable d'un malheureux qui découvre sa blessure mortelle d'un air résigné.

Alors, il allait au bûcher, tombait sa jaquette de drap anglais et se mettait à fendre du bois avec rage. Là, au moins, il savait s'y prendre ! Il posait avec précision la bille ronde enveloppée de son écorce. Bien d'aplomb. Il levait la hache et, d'un coup, d'un seul, la partageait en deux éclats qui s'en allaient frapper les murs. Peu à peu, il se chauffait les muscles et se vidait la tête. Il finissait par enlever sa chemise de soie par la tête sans la déboutonner et continuait, torse nu, maître enfin de sa puissance, comme au temps où il était seul dans les collines, comme au temps où, finalement, c'était le bon temps…

*

Le dimanche matin, Héloïse faisait ses comptes. Ce qui n'était pas une partie de plaisir depuis qu'elle devait mettre de côté la somme correspondant à la première échéance. À présent, elle en était quasi certaine : à moins d'un miracle, elle n'y parviendrait pas. Et les miracles sont rares dans un commerce réglé sur le cours des saisons. Son seul espoir était de trouver à Aix d'autres débouchés pour sa farine blanche. Aussi se rendait-elle en ville plus souvent qu'à l'accoutumée. Patiente, tenace, elle avançait ses pions. Elle essuyait quelques rebuffades, car le moulin des Négadis n'était pas le seul à fournir ce nouveau produit. Les fabricants de casse-dents et de biscotins discutaient âprement les prix, exigeaient des remises. Quand elle avait décroché une commande, elle s'offrait un petit plaisir, comme une boîte de calissons ou un livre que le père Matthieu lui choisissait avec soin, en souvenir de l'affreux bon vieux temps où elle était orpheline et lui, l'ancien libraire devenu jardinier du couvent, traqué par la police impériale. C'est un peu par hasard qu'elle était passée, un jour, devant le petit séminaire. Elle avait pensé à ce pauvre Philibert Baude que ses parents y avaient laissé enfermer, sur les conseils du père Joulian. Sa première visite au jeune pensionnaire devait certes plus à son anticléricalisme instinctif qu'à l'affection lointaine que l'enfant lui inspirait. Mais lorsqu'elle l'avait vu, pâli, amaigri, avec son air de chien battu et ses yeux cernés, elle avait serré le garçon dans ses bras. Lui avait longuement caressé les cheveux. Elle lui avait même donné ses calissons. Sans se douter que depuis cette étreinte maternelle mais parfumée, Philibert se demandait si la prêtrise et les divers vœux qui s'y attachaient lui étaient vraiment destinés.

Le dimanche après-midi, Héloïse emmitouflait Félicité dans un châle et s'en allait prendre l'air pour vider ses poumons de la farine que la semaine y avait accumulée. Et là, un fait étrange se reproduisait qui la contrariait : elle avait beau partir tantôt vers le village, tantôt vers le cimetière ou vers la grand-route, c'est-à-dire au nord, au sud et à l'est, elle se retrouvait toujours du côté de l'ouest, perchée sur un petit tertre de terre rouge, au-dessus de Font Trigance. Elle étouffait de fureur, dès qu'elle voyait, étalée à ses pieds, l'insolente prospérité de son créancier. C'est qu'elle avait fière allure, cette maudite bastide ! Les frênes, les peupliers et les saules qui l'entouraient prenaient en cet automne des teintes d'une infinie délicatesse, riche camaïeu de bronze, de cuivre et d'or. Pour peu que le soleil couchant s'en mêlât, c'était un écrin ouvert qu'elle avait sous les yeux, avec, sur son velours de prairies, le joyau de la vieille bâtisse. Vieille bâtisse qui se refaisait une jeunesse comme en témoignaient les échafaudages.

« Ça doit coûter bonbon ! », se disait-elle, la rage au cœur.

Et aussitôt : « Et cette sale bête de Fortunée Ardisson qui travaille pour lui ! Traîtresse, va ! », car elle ne se doutait pas que Fortunée était en service commandé par Marthe.

Ou encore : « Mais qu'est-ce qu'il peut bien faire, là-dedans, le dimanche ? »

Alors, elle l'imaginait dans le salon du bas où elle était entrée une fois avec maître Revest, du temps qu'elle était domestique. Elle avait été éblouie par les fauteuils recouverts de soie à ramages, la cheminée en marbre décorée d'une pendule sous globe et de chandeliers d'argent, le piano poussé dans un coin et, surtout, le bureau à pente en sycomore, dont l'écritoire gainée de cuir s'abaissait sur des consoles dorées. Elle grommelait : « Qu'est-ce qu'il peut bien fabriquer, en bas, tout seul ? »

Alors, elle s'adressait à la petite :

— Tu sais ce qu'il fait ? Il a ouvert son bureau et il fait ses comptes, l'usurier !

Et Félicité, qui ne comprenait rien, riait de toutes ses deux dents.

Au début, elle avait pensé qu'il reviendrait au moulin. Mais plus le temps passait, plus sa venue lui paraissait compromise. Elle se prenait maintenant à douter de ces quelques instants de trêve qui les avaient réunis entre les pieds du cheval. Ne s'était-elle pas trompée sur le sens de son geste ? Contenait-il vraiment le désir qu'elle avait cru y lire ? Ou alors un triomphe bien compréhensible à la voir blessée à son tour ? À l'endroit exact où elle l'avait jadis frappé ? Dans ce cas, elle allait en baver. Car elle ne voyait pas comment elle pourrait réunir la somme qu'elle lui devait. Mais elle trouverait. Il ne l'aurait pas, son moulin. Elle se battrait jusqu'au bout. Et elle gagnerait. L'idée ne lui venait pas qu'elle pouvait utiliser d'autres armes. Des armes de femme. Comme pleurer, demander pardon, faire des promesses et ne pas les tenir. Les vrais hommes sont toujours vaincus par ces arguments de faiblesse. Et Angelo était de ceux-là. Mais contrairement à Mlle Loisel, Héloïse avait un orgueil démesuré. Un orgueil de mâle. Et elle passait ses dimanches à imaginer une nouvelle vengeance en regardant Font Trigance.

Ce dimanche-là ne fit pas exception. Elle se retrouva à la même heure, au même endroit, avec le même bouquet de sentiments violents et contradictoires. Il faisait un vent à étêter un clocher. Le mistral la prenait par-derrière et la poussait si fort qu'elle avait l'impression d'être adossée à un mur de glace.

« Mais qu'est-ce que je fais là encore ? », se dit-elle en serrant Félicité contre elle.

C'est alors qu'elle vit les garçons s'avancer en bas en file indienne, à couvert d'une haie d'aubépines en bordure du bassin. Devant la bastide, il y avait un tas de décombres et, sur le côté, une pile de sacs vides soigneusement pliés, entassés et calés par une grosse pierre car, tout comme les sacs de farine, les sacs de plâtre et de ciment étaient consignés. Brusquement, un petit bondit, poussa la pierre, s'empara d'une brassée de sacs et se rejeta en arrière. Tous partirent alors en courant. Angelo sortit en trombe, faisant de grands signes comme pour dire « Revenez ! ». Mais les gamins galopaient ventre à terre en direction de la colline proche. Ils lui tournaient le dos. Angelo se campa sur ses deux jambes et, les poings sur les hanches, se mit à rire. À ce moment, Héloïse vit qu'il était torse nu, doré comme un bronze à la lumière du couchant. Elle en reçut comme un coup de poing au creux de l'estomac.

— Sainte Vierge ! Regardez ! Il est fou ! Torse nu par un froid pareil ! Il va *nous* attraper la mort…

Car elle partageait cette croyance populaire qui veut que les colosses soient plus fragiles que les gabarits ordinaires. Toutefois, elle se rendit compte qu'elle venait plus ou moins de supplier la Bonne Mère d'épargner l'usurier, et comme la Bonne Mère l'exauçait souvent…

— Eh bien, tant mieux ! Qu'il crève ! Ça fera toujours mille francs et 27 % d'économisés, acheva-t-elle.

Mais la Bonne Mère ne fut pas dupe. Elle savait que seul le premier cri est sincère. D'ailleurs, en bas, Angelo, insensible à la température, s'était mis à rassembler les sacs éparpillés par le mistral. Il allait, venait, se baissait, se relevait, souple, puissant, force simple, animale, et la pauvre Héloïse, au lieu de s'en retourner, restait immobile dans le vent à se mordre les lèvres, fascinée par cette exhibition innocente de muscles et de peau dont elle n'avait pas oublié le goût.

*

Le père Fontanel n'était pas un tortionnaire. Mais il partageait, avec la plupart des éducateurs de son temps, laïques et religieux, la conviction que les jeunes devaient, comme les mulets, être dressés à coups de trique.

La belle maxime de Félix Le Peletier de Saint-Fargeau : *À cinq ans, la Patrie recevra l'enfant des mains de la nature ; à douze ans, elle le rendra à la société* était le credo laïque. Il y souscrivait. À cela près qu'il entendait prolonger et acidifier un peu les macérations afin de laver l'animal du péché originel et le rendre non pas au temporel mais au spirituel.

L'enfant n'était pour lui qu'une larve informe à l'avenir incertain. Seule une friction énergique pouvait dégager la Créature de la gangue de veulerie qui enveloppait sa chrysalide. Et l'énergie du supérieur croissait en proportion de l'espoir qu'éveillait en lui le sujet : il était d'autant plus inflexible que l'élève lui semblait prometteur. Ce qui était malheureusement le cas de Philibert Baude.

L'abbé Joulian le lui avait amené, au début de l'été, pétant de fierté pour son certificat obtenu en qualité de premier d'arrondissement. Fontanel n'avait pas cédé à un enthousiasme prématuré : on peut se retrouver premier sans être forcément un génie, si on s'est mesuré à des imbéciles. Il demandait à voir.

En fait, l'allure du garçon avait éveillé sa méfiance. Grand pour ses douze ans, bien découplé, solide sans être lourd, de grands yeux noirs et des boucles assorties, l'enfant portait avec une surprenante aisance, presque de l'élégance, les rudes vêtements d'usage de son trousseau campagnard. Généralement, ces physiques avantageux s'accordaient avec une morale sinueuse et une intelligence limitée. Le père était donc resté vigilant. Jusqu'à ce que le petit se trouve injustement chargé d'une affaire de chapardage. Au lieu de dénoncer les vrais coupables – Saint-Gormand, pour ne pas le nommer –, il avait accepté la punition, un terrible pensum à propos du vol des poires de Saint Augustin. Et il s'en était mieux que bien tiré. Pas une faute d'orthographe. Un style limpide. Et une habileté à manier la rhétorique très au-dessus de son âge. Déconcerté, il avait convoqué l'enfant pour le sonder sur sa vision de l'avenir. Deuxième surprise. Alors qu'à cet âge, les impétrants s'embrouillaient dans de conformistes « le service de Dieu… le salut des âmes… » et autres resucées apprises par cœur de la bouche de leurs parents, le petit Baude lui avait découvert un véritable projet. Il voulait devenir Père blanc. Et partir en Algérie évangéliser les Berbères. De fait, il avait la stature, le charisme naturel, la robuste santé et les capacités intellectuelles indispensables à ces missionnaires mi-prêtres mi-guerriers, fer de lance de l'Église dans les colonies. De plus, dans cette optique, le goût nettement excessif de l'enfant pour la bagarre n'était plus un handicap, mais un atout. Le bon père ne pouvait deviner la part que prenait dans cette vocation l'orientalisme salonnard de Théophile Gautier, et le désir puéril de rejoindre Jean-Jacques Pascalet, un mécréant de première, dont le père, libre-penseur enragé, avait été proscrit en 1951 ! Il n'avait retenu que l'originalité de l'engagement. Dès lors, il avait resserré les boulons et s'était mis à dresser l'enfant d'une main de fer.

Lorsque le surveillant de la promenade vint lui raconter le dernier exploit de celui qu'il appelait secrètement son disciple, le père Fontanel se frotta les mains : « Ah ! Ah ! Mon gaillard ! On va te passer un petit coup au laminoir ! »

Et il se campa derrière son bureau, les bras croisés, l'air terrible, dans un silence lourd de menace. Il écrasait l'accusé d'un regard implacable. Philibert, la tête basse entre ses épaules remontées, s'attendait au pire, c'est-à-dire au fouet.

— Baude !

Le garçon sursauta comme déjà cinglé par la lanière. Il leva sur le père abbé des yeux de faon traqué, des yeux de velours noir ourlés de longs cils de fille.

« Seigneur… on dirait le *Bacchus* du Caravage…, se dit le père, et il s'en voulut aussitôt d'avoir évoqué cette peinture profane, pire, païenne, plutôt qu'un bon vieux Saint Sébastien qui eût parfaitement fait l'affaire en l'occurrence.

— Baude ! reprit-il d'une voix grondante, le père Signoretti me dit que vous vous êtes encore distingué pendant la promenade !

Et comme le garçon se tassait de plus en plus, il tonna :

— Répondez !

Philibert, qui était excellent en grammaire, n'osa pas lui faire remarquer qu'il n'avait pas posé de question, mais simplement formulé une affirmation. Mais il était aussi prudent. Il se contenta d'opiner du chef.

— Vous avez, sans raison, battu l'un de vos congénères et l'avez grièvement blessé !

Cette fois, Philibert, outré par le mensonge de Saint-Gormand, fit front courageusement :

— Mais, mon père, il m'avait traité de…

— Ne répondez pas ! l'interrompit brutalement l'abbé.

Philibert se renfrogna. Ces contradictions heurtaient son esprit logique.

« Faudrait savoir si je dois répondre ou pas… », pensa-t-il. Mais il garda ses réflexions pour lui. De son côté, l'abbé n'était pas si sot qu'il ne sentît, lui aussi, le défaut de sa démonstration. Il décida de changer son fusil d'épaule :

— Baude ! Voulez-vous dire le Notre Père…

Incrédule et ravi de s'en tirer à si bon compte, Philibert se lança joyeusement dans la prière. Tandis qu'il récitait avec entrain, le père supérieur hochait la tête et agitait sa main avec quelque impatience comme pour dire « passons, passons… ». Mais lorsque le garçon en arriva à *Pardonnez nos offenses comme nous pardonnons à ceux qui nous ont offensés…*, il l'arrêta avec l'autorité d'un chef de gare.

— Comprenez-vous ce que vous dites, Baude, ou récitez-vous comme un perroquet ?

— Je comprends, mon père, risqua Philibert.

— Pardonnons à ceux qui nous ont offensés ! Pardonnons ! s'exaltait l'abbé. Le pardon est la première et la plus belle des vertus chrétiennes ! Comprenez-vous ?

— Je comprends, mon père.

— Vous repentez-vous d'avoir cédé à la violence ?

— Je me repens, mon père.

— Admettez-vous avoir mérité le fouet ?

— Je... je l'admets..., dit Philibert avec réticence, car après ce sermon sur le pardon et la douceur, il lui paraissait étrange de devoir faire les frais de la théorie inverse.

— Combien de coups ? demanda l'abbé.

Philibert hésita. Devait-il demander un grand nombre de coups dans l'espoir que le père, touché par son esprit de sacrifice, adoucirait la punition, ou, au contraire, jouer le tout pour le tout et en proposer peu, au risque de voir durcir la sentence ? Cependant que le prévenu se triturait peu religieusement les méninges sur la stratégie à adopter, le père se souvint tout à coup de la dernière correction reçue par son client.

C'était le père Grangier, responsable des « première année », qui la lui avait infligée, en public selon la règle, afin d'édifier les candidats à la rébellion.

Un sentiment de malaise assez déplaisant lui revint. Il se remémora la scène. D'abord, les coups portés manquaient de conviction. Mais cela pouvait s'expliquer par le fait que le bourreau et la victime étaient originaires du même village. Non. Il y avait autre chose. Quelque chose de trouble, de malsain dans la façon qu'avait eue Grangier de dénuder le dos et de courber le garçon sur le prie-Dieu qui servait d'échafaud.

Ah ! Il n'aimait pas Maxime Grangier ! Cet abbé de salon qui pérorait en ville et portait des souliers à boucle et des bas de soie. Sa collection de timbres, entre autres choses, l'exaspérait. Il parlait de son « *penny black** » comme d'un mythe fondateur. La belle affaire que de coller dans un catalogue des morceaux de papier colorés ! Cela sentait l'idolâtrie ! Le soufre ! Mais que faire ? Le gandin avait ses entrées à l'archevêché. Il servait du tu

* Le premier timbre-poste, de couleur noire et de valeur fiduciaire de 1 penny, édité en Angleterre en 1840 à l'effigie de la reine Victoria.

et du toi à monseigneur. C'est que, dame ! il ne lésinait pas sur les œuvres ! Il en avait les moyens... Bien qu'ayant vendu le domaine familial de Font Trigance, il lui restait une exploitation forestière de fayards dans les Basses-Alpes, sans parler de je ne sais combien d'immeubles de rapport tant à Aix qu'à Marseille. Il pouvait s'en offrir, des soutanes de moire et des étoles de brocart : il était cousu d'or ! Les dames patronnesses en raffolaient. Et monseigneur ne jurait que par lui ! La remarquable qualité de sa manécanterie par-ci, et sa pédagogie novatrice par-là, et patati et patata... N'avait-il pas entrepris d'organiser chaque année, à ses frais, pour ses élèves, un pèlerinage à Rome pour l'assomption de la Vierge ? Il produisait, paraît-il, les meilleurs éléments de son chœur d'enfants sous les voûtes de la chapelle Sixtine – pas moins ! face à la fresque de... Ah ! C'était bien l'enfer qui guettait les candidats au voyage. Et plus encore celui qui les sélectionnait ! Car c'était, parmi eux, une émulation sauvage qui n'excluait pas les coups bas. Il fallait être aveugle, imbécile ou avoir les oreilles bouchées pour ne pas comprendre qu'il ne choisissait pas les plus mélodieux mais les plus jolis ! Que se passait-il, à Rome ? Mystère... Mais, au retour, il y avait souvent un élève qui abandonnait le séminaire pour aller au collège Bourbon (que ces damnés républicains avaient rebaptisé Mignet). Grangier n'avait-il pas eu le front de lui répondre, un jour où il s'était inquiété de trois défections d'un coup :

— Ce pèlerinage aux sources de l'Église est une épreuve : elle nous permet de séparer le bon grain de l'ivraie...

Ah ! S'il n'avait tenu qu'à lui ! Il l'aurait forcé à prendre en charge une paroisse rurale. À La Bouilladisse, à La Destrousse ou à Plan-de-Cuques. Un trou perdu. Voilà qui lui aurait fait les pieds ! Un jour où l'autre, un scandale éclaterait. Et les anticléricaux, qui prenaient du bec, traîneraient, une fois de plus, l'Église dans la boue...

Depuis le temps qu'il était dans les ordres, le père Fontanel n'était plus un enfant de chœur. Il savait que, dans l'esprit de certains religieux, le vœu de célibat n'était pas celui de chasteté et, d'ailleurs, ne concernait que les femmes. Et cela lui faisait une sainte horreur. Tiens ! Il eût parié – si la religion ne l'avait pas interdit – que le petit Baude ferait partie de la prochaine tournée ! N'avait-il pas tantôt remarqué, lui, qui, à force de bromure et, à présent, par la force des ans, avait vaincu les tourments de la chair, l'étonnante beauté de l'enfant ? Non, se dit-il, je ne peux pas, je ne dois pas fermer les yeux. Ce serait un impardonnable péché. Seigneur ! Éclairez-moi !

Et le Seigneur l'éclaira. Le père supérieur leva le menton et dit avec noblesse :

— Baude ! Je vais vous montrer ce qu'est le pardon des offenses !

Philibert leva vers lui ses beaux yeux remplis de points d'interrogation comme d'autant d'étincelles.

— Vous ne recevrez pas le fouet !

Le regard de l'enfant se mouilla de gratitude. Mais sa joie fut de courte durée :

— Vous passerez trois jours au cachot, au pain sec et à l'eau !

6

Marthe était une employée modèle. Contrairement à tant de domestiques qui guignent le départ des maîtres pour éprouver le confort de leurs canapés, elle mettait à profit les absences d'Héloïse pour rattraper un temps perdu qu'elle s'acharnait à retrouver. Il y avait tant d'ouvrage à abattre au moulin que, chaque soir, elle remontait au village fourbue en regrettant de n'avoir pas fait plus. Parfois, il lui arrivait, alors même qu'elle avait endossé sa pèlerine, de s'emparer d'un chiffon et de dépoussiérer en voltige la pendule ou les pots de cheminée. Cette rage de perfection amusait Héloïse qui lui ôtait souvent le torchon des mains :

— Ça suffit, Marthe ! Rentre chez toi ! Il y aura encore de la poussière quand nous ne serons plus là…

Héloïse était de ces maîtres qui se souviennent d'avoir été valets. De cet emploi sans gloire, elle connaissait le poids, les avanies et aussi les ruses. Il était impossible de la rouler. Mais elle n'avait rien d'une esclavagiste. Elle payait pour un service sans exiger de servilité. E, pour cela, entre autres choses, Marthe l'adorait. Elle lui vouait un culte qui dépassait largement ce qu'Héloïse attendait d'elle. Les bonheurs de sa patronne étaient les siens, ses chagrins la terrassaient. Aussi, non contente de tenir la maison, de s'occuper de la cantine et de pouponner Félicité, avait-elle décidé, depuis qu'elle savait pour l'emprunt et l'hypothèque, de lui venir en aide. Comment ? Ses moyens étaient limités. Elle eût, sans le moindre remords, éliminé le *Babbi** qui causait du souci à sa maîtresse. Mais ces méthodes expéditives ne s'exécutent qu'en rêve. Elle avait donc opté pour une lutte à long terme et avait même élaboré une stratégie. D'abord, elle avait placé, par l'intermédiaire d'Ange Espanet, sa sœur Fortunée en poste avancé à Font Trigance. À présent qu'elle avait un espion dans la place, elle savait tout de ce qu'il s'y passait. Ainsi, l'Italien vivait seul. Sans femme, sans enfants et sans autre personnel que Fortunée, si l'on exceptait les ouvriers maçons qui restauraient la bastide et les journaliers occupés à planter les vignes sous la direction de Victor Sévère, le fermier des Revest. Il avait pour unique visiteur régulier le notaire, avec qui il s'isolait parfois dans le bureau du premier étage. Probablement pour remplir des papiers ? Prêtait-il de l'argent à d'autres déshérités ? Bien qu'elle écoutât aux portes avec constance, Fortunée ne pouvait l'affirmer.

Marthe eût aimé que sa sœur lui fît de l'usurier le portrait d'un gandin prétentieux, d'un ladre ou d'un ours mal léché. Hélas, il n'en était rien ! La sotte le trouvait sombre et peu bavard, mais plutôt gentil. Gentil ! Pouvait-on être gentil quand on prêtait de l'argent à 27 % ? Pourtant, Fortunée prétendait qu'il arrondissait largement ses gages. Cela cadrait mal avec l'image de grippe-sou que Marthe s'en faisait. Aussi se demandait-elle si sa sœur, toute disgracieuse qu'elle fût, n'était pas tombée bêtement sous le charme de cet homme dont toutes les femmes de Sollières raffolaient. Au lavoir, quand on évoquait le nouveau propriétaire du domaine, ce n'était que clins d'œil égrillards, coudes poussés, gloussements sexuels de filles chatouillées. Ah ! ces femelles ! Quelle plaie ! Rien ne les séduirait jamais comme un beau ténébreux !

« Je ferais aussi bien d'aller me rendre compte sur place... », se dit Marthe. Et voilà que ça tombait bien puisque, justement, aujourd'hui, on était jeudi et que Mme Héloïse était à Aix !

La vaisselle de la cantine expédiée, un coup de balai prestement envoyé, elle enveloppa Félicité dans un paletot tricoté au crochet, et :

— Viens, ma nine ! On va faire coucou à tatie Fortunée !

---

* Terme péjoratif pour qualifier un Italien.

La petite rit de confiance et lui tendit ses bras potelés. C'était une enfant facile qui mangeait de bon appétit, ne pleurait jamais et faisait ses nuits. Elle pouvait jouer une heure avec une simple cuiller, passait de bras en bras sans rechigner, dispensait à tous des risettes, et savait déjà dire bonjour avec la main. Son seul défaut consistait à tirer la queue de Farine, le chat blanc du moulin, qui venait vicieusement rôder à sa portée et, dès qu'il se sentait percé à jour, prenait des airs de sénateur offensé.

En arrivant sur le pont de l'Ange, Marthe vit Mlle Loisel accoudée au parapet de pierre blanche. La jeune fille, absorbée dans ses pensées, regardait les feuilles des peupliers tomber en pluie d'or dans l'eau, y tournoyer un moment, puis, entraînées par le courant, s'enfuir sur une rapide crête d'écume.

— Dis bonjour à mademoiselle ! lança Marthe de cette voix pointue que l'on prend pour s'adresser aux bébés.

Adeline sursauta, car elle n'avait pas entendu venir les promeneuses. Elle leva la tête et vit la petite qui agitait sa main, car le simple mot « bonjour » éveillait en elle un réflexe de petit animal bien dressé. L'institutrice eut un vague sourire. Déjà, Marthe était tout près d'elle :

— Bonjour, mademoiselle ! Voici Félicité, une future élève, minauda-t-elle en faisant sauter la gamine sur son bras replié.

Et comme la jeune fille ne savait que répondre :

— Elle est d'une intelligence ! Vous allez vous régaler !

— Je n'en doute pas..., répartit Adeline sur un ton mi-figue mi-raisin.

Ayant reconnu la fillette, elle cherchait sur son visage poupin un air de famille avec son oncle, ce gredin qui l'avait engrossée par surprise avant de s'en aller. Mais non. La petite n'avait ni les cheveux dorés, ni le regard d'ambre, ni le grand bec de corbin des Pascalet. Elle était plutôt brune, avec des yeux bleus, un bout de nez retroussé et une fossette ravissante au milieu de sa joue de bébé. Vraiment, elle ne ressemblait à personne. Adeline se détendit.

— Bonjour, bonjour ! dit-elle, tandis que Marthe s'éloignait déjà et que la petite, sollicitée par le mot magique, agitait sa *patouné** dodue par-dessus l'épaule de sa gouvernante.

---

* « Menotte ».

Adeline poussa un soupir. Certes, cette enfant n'avait ni la couleur ni la forme des Pascalet. Elle en avait cependant le charme imprévisible...

À présent, le sentier que Marthe avait emprunté longeait des terres fraîchement défoncées. Pour *planter**, il fallait creuser à la pioche à deux dents une première tranchée, puis une seconde au fond de celle-ci, afin de donner de l'espace aux racines. Contrairement à l'olivier, la vigne passait pour aller chercher sa pitance au centre de la terre. C'était un travail que l'on qualifiait volontiers de « romain », ce qui était d'autant plus approprié que la culture des ceps remontait à ces temps reculés. Une fois la tranchée rebouchée, il ne restait plus qu'à tendre le cordeau à nœuds sur le tumulus, puis à enfoncer au pal, à distance régulière, dans la terre meuble, les jeunes plants dépouillés de leurs racines jusqu'à ne plus présenter qu'un toupet de poireau épluché. Un second coup de pal pour *couter*** et on passait à la vigne suivante.

Ils étaient huit hommes à travailler, car il y avait trente hectares à planter. C'était des journaliers, venus de Gardanne ou de Trets. Avec deux Napolitains facilement reconnaissables à leur teint de mauresques. Marthe n'en connaissait aucun. Ils se courbaient régulièrement, puis avançaient d'un pas, le pal dans une main et un caisson de bois contenant les *mailloux**** dans l'autre. Ils menaient huit rangées de front. Certains, plus dégourdis, prenaient un peu d'avance. Victor Sévère, qui menait le chantier, se gardait bien de modérer leur ardeur. Il préférait soutenir le rythme en stimulant les retardataires à grands coups de :

— Vous vous bougez un peu, *tron de Dieù***** ?

Marthe s'arrêta au bord du champ. Aussitôt, Victor s'approcha, car il était aussi chaleureux avec ses égaux et cauteleux avec ses supérieurs que rogue avec les subordonnés.

— Bonjour, Marthe ! Tu promènes la petite meunière ?

---

* En Provence viticole, le verbe « planter » s'emploie de façon intransitive quand il s'agit de planter des vignes.

** « Tasser la terre contre un plant ».

*** « Plants de vigne ».

**** « Tonnerre de Dieu ».

— Eh oui, comme tu vois… Alors, cette plantation, ça se fait bien ?

— Bah ! dit-il en secouant la tête, avec ces *pilla campi**, ça n'avance pas…

Marthe ne songea pas à s'offusquer. Le sobriquet était si couramment employé qu'on en avait oublié le sens infamant. Toutefois, elle regarda le vigneron de biais avec un sourire au coin des lèvres :

— Mais dis-moi, Victor, ces vignes, elles seraient pas un peu… écartées ?

Le visage jovial de Sévère se figea :

— Ça te regarde ? lança-t-il, agressif.

— Moi non, répondit-elle, mais ton patron… peut-être…

Et elle s'éloigna en rigolant dans sa barbe, tandis que Victor la suivait d'un regard noir chargé à chevrotines.

— Tu vois, ma poupée, ce Victor, c'est un *finachou***… un *finachou*…, dit-elle à Félicité que la finale en *ou* intriguait et qui se demandait si elle devait saluer.

Après une hésitation, elle agita sa petite main, et le *finachou* ne put faire moins que lui répondre, tout en remâchant son dépit.

« Langue de pute ! », grommela-t-il.

Il faut dire qu'à Sollières, chacun disait en parlant de Victor : « Je préférerais lui prêter ma femme que mon porte-monnaie… » Cela en souvenir d'une sortie mémorable de jeunes Solliérains au bordel de Gardanne où, malgré les rires et les quolibets de ses concitoyens, il avait refusé de tirer sa crampe car il lui fallait payer. On n'oublie jamais ce genre d'aventure, et le fermier des Revest avait acquis, par la suite, une solide réputation de filou. Depuis vingt ans, il roulait son patron. Tantôt en lui subtilisant un voyage de raisin, tantôt en lui faisant payer son propre vin, tantôt, comme il était en train de le faire selon une méthode éprouvée, en lui carottant des plants. L'arnaque était astucieuse. Depuis toujours, l'usage voulait que l'on plantât les vignes au

---

* « Pilleur de champs », ou « voleur de récolte » ; autre terme injurieux pour désigner les Italiens.

** « Filou ».

carrément, c'est-à-dire distantes entre elles d'un mètre soixante-quinze en tous sens. Il suffisait donc, pour savoir combien de plants commander à la pépinière, de connaître la superficie de la parcelle et de la diviser par trois. Après quoi, il suffisait d'utiliser un faux cordeau pour les écarter un peu plus et en planter un peu moins. Avec des nœuds distants de 1,80 mètre, on en économisait un sur dix. À 1,85 mètre, un sur sept. À 1,90 mètre, on pouvait aller jusqu'à un sur cinq, mais ça commençait à se voir. Ces plants supplémentaires, Victor les installait gratis sur ses propres terres. Tout le monde le savait. Pourtant, personne n'avait jamais suggéré au notaire d'aller, un mètre pliant à la main, mesurer l'espace entre ses vignes. Victor Sévère agissait impunément. Sauf que la fois où l'idée lui était venue de se présenter au conseil municipal, il n'avait obtenu que deux voix : la sienne et celle de sa dupe. Il avait retenu la leçon. Depuis, il se tenait coi et disait que la politique ne l'intéressait pas…

« Bof ! se dit Marthe en haussant les épaules, après tout, c'est l'usurier qu'il couillonne… À voleur, voleur et demi ! »

Et elle reprit son chemin en susurrant à Félicité ces mille mièvreries qui mettent les bébés en joie. Si bien qu'en arrivant à Font Trigance, la petite était pétulante et tout émoustillée. Elle s'intéressa passionnément aux travaux de restauration, à tel point que deux ouvriers, amusés par ses gloussements, descendirent de l'échafaudage pour venir la voir de plus près.

— C'est la petite du moulin ! disait Marthe pour la présenter.

— Elle est superbe ! disait l'un.

— Et rigolote comme tout ! ajoutait un autre.

Félicité, ravie d'être le centre de tant d'intérêt, battait des mains et faisait son intéressante. Comme Marthe l'avait prévu, l'Italien, attiré par l'attroupement, sortit sur le perron. Maître Revest l'accompagnait. Le contraste était saisissant entre le notable replet, bloqué dans sa vieille redingote et ses vertèbres soudées, et le bel homme élégant, souple comme un matou, légèrement négligé. Il portait une veste de tweed cintrée à l'anglaise, déboutonnée sur une chemise ouverte, une culotte de cheval et des bottes fauves comme jamais Marthe n'en avait vu. Il tenait à la main une grande feuille de papier à demi déroulée, sur laquelle s'étalait un plan du cadastre.

« J'admets qu'il est bien de sa personne… », se dit-elle, et elle lissa les rubans de sa coiffe.

Ce geste de coquetterie amusa Angelo : bien qu'ils affirment haut et fort le contraire, les hommes ne sont pas insensibles aux hommages. Aussi, c'est aimablement qu'il demanda :

— *Piacere** ?

— Nous venons dire bonjour à tatie Fortunée ! dit-elle d'une voix bêtifiante, en agitant la main de la petite, comme l'eût fait un ventriloque avec son pantin de bois.

Mais du pantin, Félicité n'avait que la taille et les belles couleurs. Reconnut-elle le monsieur dont elle avait déjà chevauché le genou ou fut-elle victime d'un second coup de foudre ? En tout cas, elle tendit les bras avec la même impétuosité. Aussitôt, Angelo fit un saut de côté. La vue d'un scorpion ou d'une araignée ne l'eût pas plus vivement secoué. C'est qu'il venait de reconnaître la petite. Et puis la scène était trop semblable à celle qu'Héloïse lui avait déjà jouée. Le procédé lui paraissait déloyal. Pire : grossier ! D'autant que l'échéance du premier versement s'approchait.

« Garce ! pensa-t-il, tu n'oses pas venir me supplier ? Et tu comptes m'attendrir en m'envoyant ta fille avec ta domestique ? Tu peux toujours courir… »

Mais à ce moment il vit, au milieu de la joue gauche de Félicité qui regimbait, un petit creux bridé, une fossette mutine que la *mama* avait et qui rendait, dans le temps, son sourire si frais. Il en fut bouleversé. Il fourra les plans en vrac dans les bras du notaire, puis tendant ses deux grandes mains :

— *Vienni, bambola !*

La petite changea de giron. Aussitôt, elle se calma. Pour affermir sa position, elle coula une main indiscrète entre le cou et la chemise avec une sensualité frondeuse en tout point digne de l'enfant d'Héloïse. Angelo, chatouillé, rentra le cou dans les épaules et, sans plus s'occuper de Marthe ni du notaire, descendit les marches du perron. Il tenait Félicité sur le bras, comme saint Christophe son petit Jésus. Les deux Sollièrains étaient choqués mais la fortune, entre autres privilèges, donne celui d'être impoli. La fillette était aux anges, et Angelo, ému par

* « Plaît-il ? Qu'y a-t-il pour votre service ? »

sa grâce brouillonne, sa vitalité, son parfum vivace de chair fraîche et de lait.

Arrivé au bord du bassin, il s'arrêta. L'idée lui vint de ramasser un caillou et de le jeter dans l'eau pour l'amuser. Mais se pencher, c'était prendre le risque de la laisser tomber. Il mit la main à sa poche et en tira une pièce de monnaie. L'ayant montrée à la petite qui la regarda avec gravité, il la jeta au milieu du bassin. Le plouf mit la gredine en joie. Il en sortit une autre qu'il lui fourra dans la menotte. Maligne comme un singe, Félicité l'imita avec un geste aussi gracieux que maladroit. Enchanté, il en tira une troisième. Alors, tantôt l'un, tantôt l'autre, tantôt les deux à la fois, ils se mirent à cribler le bassin de piécettes sous les yeux de Marthe éberluée. Par exemple ! Jeter des sous à l'eau ! Elle n'avait jamais vu ça !

Maître Revest suivait le manège de son client d'un regard attendri.

— C'est un brave homme, dit-il.

À ces mots, Marthe s'insurgea :

— Un brave homme ? Tout de même… 27 % !

Le notaire, résigné, se dit qu'il ne pourrait jamais garder un secret tant qu'il aurait Solange à son service. De son côté, Marthe, comprenant qu'elle avait trop parlé, s'empressa de changer de sujet :

— Dites-moi, monsieur le maire, tous ces hommes qui travaillent ici, les maçons, les ouvriers agricoles, où est-ce qu'ils mangent, d'après vous ?

Le notaire avoua son ignorance. Aussitôt, une idée lumineuse lui traversa l'esprit.

— Si ça se trouve, ils seraient bien contents de manger au moulin…

— Ça se pourrait, répondit le bonhomme. Tu n'as qu'à le leur demander.

Le temps pour Angelo de vider sa poche et elle avait déjà trois clients, appâtés par un menu pascal.

« En retournant, je parlerai aux *Babbi* du plantier », se dit-elle.

Angelo lui rendit la petite meunière, et elle prit aussitôt le chemin du retour. Elle n'avait pas fait dix mètres qu'un cri strident la fit se retourner :

— Marthe !

C'était Fortunée. Elle l'avait complètement oubliée. Elle lui adressa un signe de la main et s'éloigna en se disant : « Finalement, c'est vrai, cet Italien, il n'a pas l'air méchant… »

Elle n'avait pas utilisé pour le nommer le terme de *Babbi.* Sans bien se représenter que c'était ce genre de revirement qu'elle avait flétri dans la conduite de sa sœur, en l'appelant « tomber sous le charme »…

*

Héloïse ne savait rien de l'expédition de Marthe à Font Trigance. Elle faisait les cent pas dans le parloir du petit séminaire. Une haute pendule de poirier noirci à la mode du Second Empire abattait les minutes. Le temps lui durait. Pour le tromper, elle parcourait du regard les reliures qui rythmaient les rayons de la bibliothèque. Des ouvrages pieux. Une kyrielle de bibles dans plusieurs traductions, dont la Vulgate. Des missels. Des bréviaires. La *Légende dorée.* Les Pères de l'Église. Tout Saint Augustin. À en juger par la fine couche de poussière qui recouvrait les fers et les nervures, ces ouvrages ne devaient pas être consultés souvent. Un lecteur se fût-il malgré tout risqué à tendre vers eux une main curieuse que les grillages des armoires l'en eussent dissuadé. C'était seulement une bibliothèque d'apparat, destinée à intimider les visiteurs.

« Quelle idée ! Des livres en prison… », marmonna la meunière avec un petit rire méprisant. Elle tapota affectueusement le volume illustré d'eaux-fortes qu'elle dissimulait dans les plis de sa pèlerine et qu'elle glisserait tantôt, sous celle de Philibert : *Le Tour du monde en quatre-vingts jours.* Elle se régalait par procuration du plaisir qu'allait prendre son protégé. Elle l'imaginait se délecter en même temps des aventures de Phileas Fogg, gentleman excentrique, et des brassadeaux qu'elle lui avait apportés de Sollières, tout frais sortis du four. Lors de sa dernière visite, elle lui avait trouvé une petite mine et elle s'était creusé les méninges pour trouver un cadeau susceptible de lui remonter le moral.

Elle jeta un autre regard sur le cadran émaillé de la pendule.

« Sainte Vierge, que c'est long ! Mais que peuvent-ils faire ? », murmura-t-elle à l'adresse de la statue de plâtre qui patientait depuis des lustres entre les deux fenêtres.

En fait, elle ne se doutait pas de l'embarras dans lequel sa visite impromptue avait plongé le père supérieur. C'est que Philibert, depuis sa sortie du cachot, lui posait un problème épineux. Au lieu de faire honneur au premier repas servi à sa libération, il l'avait vomi, puis était tombé dans les pommes. Tandis qu'on le transportait à l'infirmerie, l'élève de service préposé au nettoyage des cellules avait découvert sous le lit de fer, tout le pain qu'on lui avait apporté pendant ses trois jours d'isolement. Peut-être, même, n'avait-il pas bu l'eau, car une humidité suspecte suintait entre les dalles. Malgré les soins du frère infirmier, Philibert avait écourté son séjour de malade, ce qui ne s'était jamais vu, car les élèves appréciaient généralement les douceurs de la convalescence au point de feindre la faiblesse. Il fallait les renvoyer au dortoir à coups de pied au cul. Philibert y était retourné de son plein gré, alors que ses jambes, affaiblies par le jeûne, tremblaient encore sous lui. Depuis, il passait son temps en prière, mangeait à peine, sursautait et blêmissait dès qu'on l'appelait. Le père Fontanel n'appréciait guère cette crise de mysticisme juvénile. Il se voyait mal avec un illuminé sur les bras. En revanche, il voyait bien où pouvait mener ce type de comportement : au cimetière. Et pas forcément, par la suite, au paradis.

« Comédie ! », disait en haussant les épaules le père Signoretti, car il sentait que le supérieur lui en voulait d'être, par son manque d'autorité, à l'origine de la punition. Aussi rudoyait-il le garçon lorsqu'il le voyait traîner les pieds le long des couloirs fuligineux.

Ce que personne ne savait, c'est que l'abbé Grangier, profitant de l'isolement forcé de son protégé, lui avait rendu visite au cachot, puis à l'infirmerie. Qu'il lui avait promis, pour le réconforter, de le mettre sur la liste des pèlerins de l'Assomption. Mais qu'il avait eu, pour lui exprimer son affection, des gestes ambigus qui avaient fortement perturbé le garçon. Certes, il était arrivé à M. Loisel de lui frictionner affectueusement la tignasse. Ou à Jean-Jacques de lui bourrer les épaules de virils coups de poing. Mais leurs doigts ne s'étaient jamais égarés sur sa nuque ou dans son cou. Pas plus qu'ils ne l'avaient embrassé en le serrant longuement dans leurs bras. Les hommes se serraient la main. Ce qui permettait, en même temps, de montrer sa force et de se tenir à distance. Avec le père Grangier, tout n'était que rapprochements bizarres, caresses et regards mouillés. Et, sans qu'il y eût rien de brutal ni même de précis dans ces attouchements, cela était très déplaisant. Cependant, cet homme était le seul à lui montrer quelque amitié entre ces murs sombres. Il lui demandait souvent de coller des timbres dans son grand registre toilé. Philibert y prenait un vif plaisir, car il était naturellement minutieux. Ce qui n'empêchait pas son instinct de parler plus fort que sa raison. Alors, ne sachant à quel saint se vouer, ne voyant autour de lui qu'hypocrisie et dureté, le malheureux était fermement décidé à obtenir une réponse de Dieu le Père. Il s'était donc lancé dans les macérations à l'image de Saint Antoine, sans bien se représenter que son modèle se mortifiait parce qu'il était tenté, alors que lui ne l'était pas du tout. Il se faisait, avec sa plume Sergent-Major, des scarifications qui s'envenimaient, et, lorsqu'il n'avait pu résister à une assiette de fricot, il se forçait à la vomir dans les tinettes. Si le Seigneur ne consentait pas à l'éclairer, il mourrait d'inanition. Le plus tôt serait le mieux. L'innocent ne se doutait pas que le père Fontanel eût accueilli ses plaintes avec jubilation, car elles lui eussent permis de remettre enfin à sa place ce prêtre snob et malsain qui, à son sens, déshonorait l'Église. Certes, il n'eût pas eu l'audace de le traîner en justice, mais, au moins, l'opportunité de l'éloigner de son établissement et de l'adulation de l'archevêché.

En attendant, le petit avait fondu. Ses belles joues n'étaient plus qu'un souvenir. Son teint doré était devenu olivâtre. Ses yeux cernés, enfoncés dans les orbites, lui faisaient une tête de tuberculeux. Et le père Fontanel, qui d'une part l'aimait bien et d'autre part tenait à la réputation de sa maison, ne savait quelle décision prendre. Qu'allait donc rapporter aux parents de l'enfant cette dame importune ? Il se tourna vers la croix polychrome qui occupait tout le pan de mur derrière son bureau et interrogea du regard le crucifié, qui semblait, pour l'heure, concentré sur son problème épineux :

— *Alea jacta est*, murmura-t-il en soupirant, ce qui était latin mais pas chrétien.

Puis, sur le même ton :

— Appelez Philibert Baude au parloir.

Héloïse fut atterrée par la mine de son protégé. Toutefois, elle dissimula sa surprise. Elle feignit au contraire l'enjouement :

— Ah ! Bien ! dit-elle, je vois que tu vas mieux !

Elle s'approcha de lui et l'embrassa sur le front. Au lieu de subir passivement cette chaste caresse, l'enfant se serra contre elle. Elle le sentit qui tremblait. Le désarroi du malheureux était si palpable qu'elle faillit appeler le supérieur pour lui cracher à la figure ce qu'elle pensait de son bagne pour enfants.

« Non, se dit-elle. Je ne réussirais qu'à me faire expulser. En rentrant, je parlerai à Anselme. Il n'est pas méchant : il comprendra. »

Cependant qu'elle caressait les cheveux emmêlés qui sentaient la sueur rance, Philibert se saoulait de son parfum. Ah ! Il n'eût pas souhaité mourir, si elle l'avait caressé comme l'avait fait le père Grangier ! Malheur ! Une chose pareille était-elle encore possible « de nos jours » ? Il avait lu, dans un Ancien Testament, l'affaire de Sodome et Gomorrhe :

Appelez ces hommes pour que nous les connaissions...

Il attachait, pour sa part, un sens moins biblique au verbe « connaître » et n'avait compris sa signification si particulière qu'à l'étrange proposition de Loth de livrer ses filles en échange, pour *leur faire tout ce qu'il vous plaira...*

Il savait à peu près tout de ce que l'on pouvait faire aux filles ! On pouvait donc faire les mêmes choses aux garçons ? Quelle horreur ! Fort heureusement, l'Éternel avait mis bon ordre en exterminant les cochons. À la fin de l'épisode, il avait estimé que cette incongruité était, depuis ce coup d'éclat, éradiquée de la surface de la terre. Qu'elle n'existait plus que dans les livres. Comme l'anthropophagie ou les sacrifices humains. Et voilà qu'il devait déchanter. Grangier en était la preuve. Pourquoi l'Éternel n'avait-il pas exterminé le péché en même temps que les pécheurs ? Philibert, qui voulait devenir curé, se sentait bien près de lui en faire reproche. Car, à décortiquer les Textes sacrés, à en commenter les moindres termes, à en faire une exégèse toujours plus affinée, on finit par se muscler les méninges, et les grands hérétiques sont souvent des mystiques mâtinés de rhéteurs.

Profitant de ce qu'ils étaient rapprochés, Héloïse glissa le livre et les brassadeaux sous sa blouse noire.

— Tiens, murmura-t-elle, tu vas te régaler…

Puis elle dit tout haut, afin d'être entendue par le surveillant :

— Eh bien ! Il se fait tard. Je crois que je vais devoir te laisser si je ne veux pas manquer le départ de la diligence. Je dirai à tes parents que tout va bien, n'est-ce pas ? Tout va bien ?

Elle n'était pas loin de le penser, car, à l'odeur des brassadeaux, madeleines du pauvre, le cœur de Philibert s'était emballé. Le brusque afflux de sang lui avait coloré les joues. Par la magie d'une bouffée de parfum, c'était Sollières tout entier qu'il serrait contre lui : sa mère en coiffe et tablier blanc, son père avec sa toque, l'édredon rouge sur son lit de fer, et puis l'école, la fontaine, le Café des Chasseurs, son copain Gabriel, et là-bas, tout autour de la Sainte-Victoire, la crête rectiligne des collines balsamiques, alanguies sous les voiles d'or du couchant.

— Oui, tout va bien…, dit-il, tentant de ravaler deux grosses larmes d'émotion qui lui piquaient les yeux. Mais elles étaient trop lourdes : elles dévalèrent sur les pauvres joues. Héloïse fit semblant de ne pas les voir. Elle s'éloigna le cœur serré en lui faisant un petit signe de la main. La lourde porte claqua dans son dos. Mais Philibert n'était plus seul. Il sortit le paquet qui contenait les brassadeaux, le pressa contre son visage et, les yeux fermés, emplit ses poumons du parfum de fleur d'oranger. Entre le pouce et l'index, il en saisit un, en éprouva le moelleux, en détacha un petit morceau et, avec la ferveur qu'il mettait à recevoir l'Eucharistie, ouvrit la bouche pour…

— Ah ! non ! glapit le père Signoretti en se précipitant, vous allez encore nous attirer les rats et les fourmis, avec vos saletés !

Le religieux avança une main vers le cornet de papier gris. Le garçon fit un saut en arrière. Le père en fit un en avant. Il y eut une échauffourée, chacun tirant à hue et à dia le cornet qui finit par tomber, répandant son contenu émietté sur les dalles. Alors, les yeux de Philibert se remplirent de haine. Dieu venait de parler. Non pas le mystérieux Saint-Esprit avec ses ailes, ni le

Fils de l'Homme qui recommandait de tendre l'autre joue, mais l'Autre, l'Intraitable, l'Ombrageux, l'Éternel de l'Ancien Testament qui, sur un coup de colère, pouvait anéantir deux villes. C'est astucieux, un Dieu en trois personnes qui se contredisent : ça laisse de la place au libre arbitre…

D'un direct au menton parfaitement ajusté, le garçon allongea le surveillant pour le compte. Aux fenêtres qui donnaient sur la cour, une ribambelle d'élèves et de frères mêlés, attirés par l'espoir d'*espincher* la belle visiteuse du « paysan », avaient assisté à la scène, ravis et horrifiés. Le père Fontanel ne pourrait rien négocier. Ni cachot ni fouet. Frapper un maître, c'était presque cracher à la face du Christ. Pour ce forfait impardonnable, tarif unique : renvoi immédiat.

Le crucifié, pourtant, semblait n'avoir pas bougé. *Alea jacta est !* Philibert Baude était sauvé, la consomption lui serait épargnée. Mais il ne deviendrait pas curé. Au nom du Père et du Fils. Car les voies du Seigneur sont impénétrables…

*

M. Loisel était surpris. Surpris et enchanté. Une rage de savoir avait pris ses élèves qui se passionnaient depuis quelques jours pour l'étude du corps humain. Même Maurice Castinel (qui était loin d'être une lumière) posait des questions pertinentes sur l'emplacement de tel ou tel os du squelette et même, plus étonnant encore, sur la façon dont ils s'emboîtaient et coulissaient les uns sur les autres.

De la pointe de sa baguette, le maître montrait, une à une, les vertèbres jaunes de la planche coloriée, présentant le squelette de face et de profil :

— Ici, vous voyez la colonne vertébrale, autrement appelée épine dorsale, qui contient la moelle épinière. Elle se compose de vingt-quatre vertèbres séparées par des disques de cartilage, de cinq vertèbres soudées qui forment le sacrum et se termine par le coccyx.

— Le coccyx ? Le coccyx, on l'a pas ! s'écria Marius Baude, en se retournant vivement vers Gabriel Juvénal, qui était placé juste derrière lui.

M. Loisel sourit :

— Voyons, Marius ! Tout le monde a un coccyx ! Toi, ton père, ta mère, moi-même…

— On dirait une petite queue…, fit remarquer Ludovic Juvénal qui avait l'œil.

— Finement observé ! s'exclama le maître. En fait, ces vertèbres atrophiées sont les restes de la queue qu'ont encore de nos jours tous les mammifères terrestres, comme le cheval, la chèvre, le… ?

— Chat !

— Bien ! Le… ?

— … chien !

— Très bien ! Le… ?

— Coq !

— Non, Ludovic ! Le coq n'est pas un mammifère ! Le coq est un oiseau…

— Pourtant, il a une queue ! s'obstina le petit.

— La truite aussi…

— … elle a une queue, et même…

— … l'écrevisse ! dirent les Barras à deux voix selon leur habitude.

M. Loisel tiqua. Effectivement, son exemple était mal choisi. La queue semblait être, après le bon sens, la chose du monde la mieux partagée. Les mammifères n'en avaient pas l'exclusivité. Il décida de modifier son angle de tir :

— Il s'agit des vestiges d'une queue, encore portée par certains singes. Et chacun sait que l'homme…

— … descend du singe ! reprirent-ils tous en chœur selon le credo darwinien, dont M. Loisel était un fervent adepte.

— Pourtant, Adam et Ève…, risqua Marius Baude qui allait au catéchisme et se sentait investi contre tous du rôle ingrat de défenseur du créationnisme.

— Adam et Ève étaient des singes ! dit Maurice Castinel, péremptoire.

Mais Marius n'entendait pas se laisser confisquer aussi facilement la belle histoire du paradis terrestre. Il tenta d'argumenter :

— Et la pomme ?

— La pomme ? C'était une banane ! repartit Maurice en s'esclaffant, aussitôt imité par toute la classe.

M. Loisel frappa son bureau avec la baguette afin de rétablir le calme. Il avait cependant du mal à retenir son rire, car il trouvait l'iconoclaste saillie de Maurice plutôt amusante. Il ne savait pas qu'elle sortait d'un catalogue de gauloiseries anticléricales d'un goût souvent douteux, en usage chez les libres-penseurs, et délicatement intitulé : *Nouvelles histoires de curés.*

7

Élisabeth Revest s'enfiévrait pour les préparatifs de la noce. En dressant la liste des invités, elle manifestait cet enthousiasme puéril des vieilles filles qui, faute d'expérience, se font du mariage une idée romantique. Ravie du peu d'intérêt que sa mère, son père et son frère semblaient porter à l'événement, elle échafaudait d'improbables merveilles, comme une cérémonie en grande pompe à la cathédrale Saint-Sauveur, suivie d'agapes dans les salons du Grand Hôtel du roi René. L'idée ne l'effleurait pas que sa famille comptait bien se passer de son avis. Mme Clotilde et le notaire estimaient que la cérémonie devait se dérouler dans une chaleureuse simplicité, au village, parmi leurs clients et administrés. Quant à Maximin, il était fermement décidé à repousser l'échéance au moins jusqu'au printemps et même plus tard si cela était possible. Hélas, il ne se sentait guère le courage d'affronter son père et chaque jour qui passait lui rendait l'aveu plus difficile. La procrastination lui gâtait le caractère. Jamais on ne vit à Sollières fiancé plus grincheux. Pourtant, la promise était douce, jolie et pieuse pour une institutrice laïque. Élisabeth se promettait de devenir, pour sa future belle-sœur, une amie en même temps qu'un directeur de conscience. Elle avait en effet remarqué avec satisfaction que la jeune fille, si elle n'assistait pas régulièrement à la messe, se rendait souvent à l'église dans la soirée. Elle l'avait surprise plusieurs fois en prière, et même une fois en larmes – marque d'une foi de qualité – devant la statue dorée de la Vierge Marie entourée d'angelots. Ces bonnes dispositions ne demandaient qu'à être encouragées. Son instituteur de frère allait en faire une tête, le mécréant, lorsqu'il se trouverait, au jour dit, placé à la gauche du père Joulian et à la droite de l'abbé Grangier ! Perfide, ce n'était pas entre deux jupons, mais entre deux soutanes, que la dévote avait coincé le suppôt de Satan sur son plan de table. Pourquoi n'inviterait-on pas, de surcroît, monseigneur ? Aussitôt formulée, cette idée saugrenue lui parut flamboyante. Elle s'étonna même de ne pas l'avoir eue plus tôt. Avec une belle inconscience, elle décida de s'en ouvrir à son père. D'un pas rapide d'insecte débusqué, elle descendit l'escalier, son châle de satinette volant derrière elle comme un élytre.

À sa suggestion imprévue, le notaire resta sans voix. Il la regardait fixement, ses bons gros yeux écarquillés par la stupéfaction. La malheureuse prit sa surprise pour de l'admiration. Elle eut un petit rire suffisant :

— Monseigneur ne vous refusera pas une grand-messe dans la cathédrale. Alors pourquoi refuserait-il d'assister à la collation ? Qu'en dites-vous, père ? N'est-ce pas une excellente idée ?

Sollicité à trois reprises et bien imprudemment, le notaire finit par exploser :

— Folle ! Ma fille est folle !

Le terne visage qui se décomposait ne l'incita pas à une indulgence tardive. Il asséna un formidable coup de poing sur le bureau qui transmit la vibration jusqu'au porte-plume, lequel jaillit de l'encrier pour venir maculer de noir toute une grosse liasse de minutes.

— Et le pape, dis ! Tu ne voudrais pas inviter le pape, aussi ? brama-t-il.

Puis, martelant chaque mot :

— La noce se fera ici ! Dans notre église et dans notre mairie ! Et le repas, dans la grande salle du Café des Chasseurs !

Élisabeth, horrifiée, porta ses deux mains à ses lèvres minces. Un tel abaissement était-il possible ? Depuis le début, elle se doutait que son père désirerait inviter les membres du conseil municipal. Aussi avait-elle mis sur pied ce plan dissuasif. Lesquels, parmi les villageois, se rendraient jusqu'à Aix ? Comment le feraient-ils ? Dans leurs charrettes à foin ? L'expédition pouvait se concevoir en été ou au printemps, mais pas en cette fin d'automne venteux... Hélas ! Le notaire avait prévu la difficulté du déplacement. Puisque ses invités ne pouvaient aller à la noce, la noce viendrait à eux. Et se terminerait, comme de juste, en beuverie. Vers minuit, quand le « linge blanc » aurait évacué l'arrière-salle enfumée, le cafetier déclamerait son ignoble « monologue des bretelles » sous les vivats avinés des rouges. Le souvenir de la chute du morceau – qu'elle avait dû subir lors du mariage d'Héloïse – lui mettait encore le feu aux joues : « Ah ! Chéri ! lançait la mariée, au moment de se mettre au lit, tu en as une belle paire ! » Couvrant alors de sa voix de fausset les gloussements et les rires gras, Louis Juvénal avait conclu avec finesse : « Eh ! quoi ! Qu'est-ce que vous croyez ? Elle parlait de ses bretelles... »

Élisabeth s'enfuit dans l'escalier en larmes. Arrivée à l'étage, elle entra en trombe dans la chambre de son frère occupé à griffonner des pendus sur un coin de buvard, allégorie morose de la corde au cou qui l'attendait. Maximin leva sur elle un regard accablé. Il subit avec résignation les jérémiades entrecoupées de sanglots.

— Je t'en prie, larmoyait la pauvre fille. Tu es le seul à pouvoir lui faire entendre raison.

Alors, brusquement, Maximin se décida. Il ne pouvait plus atermoyer. Il devait parler. Avec la résolution d'un condamné déterminé à mourir dignement, il se leva. Il rafla sur son bureau la lettre de Félicien et les esquisses :

— J'y vais ! dit-il, ce qui la laissa pantoise, car elle était depuis belle lurette résignée à sa passivité.

*

Marius Baude fourrageait dans un tas d'os indéterminés qu'ils n'avaient pas encore su placer. Il en brandit un, petit et plat, en forme de cupule :

— C'est ça, le coccyx ?

— Non ! dit Gabriel, ça, c'est la rotule. Il en faut deux : une pour chaque genou. Cherche encore !

— Je l'ai ! triompha le petit.

— Quoi ? Le coccyx ?

— Non ! L'autre rotule !

— Donne toujours !

Et il repartit, le nez en avant dans la caisse, tandis que Maurice, assis en tailleur devant le cuvier, s'appliquait à brosser une omoplate dans une violente odeur d'eau de Javel. De temps en temps, il levait l'os plat et le mirait dans la chiche lumière qui tombait du soupirail.

— Je n'y vois plus rien ! Allume ! dit-il à l'adresse de Lulu, lequel aidait son frère à reconstituer le squelette sur le plateau du corbillard.

Aussitôt, Lulu transmit l'ordre aux deux Barras. Les jumeaux étaient un poids mort. Ils ne pensaient qu'à s'amuser. Autant les utiliser à des besognes sans spécialité. L'un prit les deux bougies et l'autre le briquet. Il leur fallut un certain temps pour mener à bien l'opération car les mèches des bougies étaient courtes, quant à celle d'amadou, elle était presque épuisée. Finalement, une lumière tremblotante dans chaque main, Joseph demanda :

— Où je les mets ?

— Mets-toi-les au cul ! répondit Lulu, ce qui les fit bien rigoler, car se mettre une bougie à cet endroit… surtout une bougie allumée !

Sans se vexer, les jumeaux en collèrent une sur la ridelle du corbillard et une autre sur une pierre qui dépassait du mur, derrière le cuvier, autant dire sur les deux chantiers. Mais, à présent, que faire ? Ils se trouvaient désœuvrés.

— Je peux prendre la tête ? demanda Joseph.

— Qu'est-ce que tu veux en faire ? s'inquiéta Lulu.

— Tu vas voir…

Aussitôt, sous l'œil critique des autres, il prit le crâne d'une main, la mâchoire inférieure de l'autre, et fit claquer les dents. Le succès fut immédiat. D'autant que l'incisive cassée donnait au squelette un petit air farceur.

— Attends ! cria Hubert, pris d'une subite inspiration.

Il disparut dans le coin obscur où Adalbert rangeait son matériel et revint bientôt, la tête et le corps enveloppés dans le poêle qui servait à recouvrir les cercueils d'enfants, un châle blanc aux franges un peu mitées.

— Hou ! Hou ! Hou ! hululait-il, je suis le fantôôôme de Fanny Garrassin !

Et les deux frères partirent joyeusement en pas chassés autour de la remise, l'un brandissant le crâne cliquetant et l'autre faisant voler le suaire. L'enthousiasme fut à son comble lorsque Lulu décida de coller une bougie sur la tête de mort. L'ensemble était macabre à souhait. Macabre et pourtant gai. Ils s'envolèrent tous à la suite des jumeaux, riant, grimaçant et dansant sur un pied. L'infernale sarabande fut, hélas, de courte durée, car interrompue par le son fêlé de la cloche :

— Le catèche ! dit Marius. Je vais me faire engueuler !

Il enfila son chandail, enfonça son béret et se faufila vers la petite porte du fond. Au moment de partir, il jeta un regard désolé sur ceux qui restaient. Visiblement, ce n'était pas de gaieté de cœur qu'il quittait cet exceptionnel terrain de jeu.

— Surtout, motus ! lui lança Lulu, en faisant claquer son pouce contre les quatre autres doigts de sa main.

— Tu parles ! répondit l'autre avec l'évidence de ses mains écartées.

— Et si tu te confesses ? reprit le petit, soupçonneux.

— Quand je me confesse, je dis mes péchés, et ça, ce n'est pas pécher, c'est juste s'amuser ! J'ai la conscience tranquille !

Marius remonta la rue Basse ventre à terre, espérant que son retard ne serait pas trop remarqué et que le père Joulian n'en profiterait pas pour lui faire balayer la sacristie. Après tout, c'était le travail de Latil ! Qu'est-ce qu'elle avait d'autre à faire, la vieille ? Cependant, tandis qu'il courait, un doute confus mais tenace s'insinuait dans sa conscience pas si tranquille que ça : si ses jeudis en compagnie du squelette et des bouffe-curés n'étaient pas un péché, alors, pourquoi devait-il se cacher ?

*

Maximin dévala les marches et pénétra dans le bureau de son père comme on se jette à l'eau, le souffle bloqué et les paupières serrées. Le silence qui régnait lui fit rouvrir les yeux. La pièce était vide. Le notaire était sorti passer ses nerfs sur le cantonnier. Maximin poussa malgré lui un soupir de lâche soulagement. L'imminence de la confrontation s'étant éloignée, il se laissa aller à un regard condescendant sur le bureau, les fauteuils Voltaire, les doubles rideaux, les rayonnages de minutes qui montaient à l'assaut des murs. Ses yeux s'arrêtèrent sur le tableau accroché entre les deux fenêtres. Un sourire attendri se dessina sur ses lèvres. Il fit un pas en avant pour parvenir à lire le titre de l'œuvre gravé sur la plaque de laiton fixée au cadre. Il connaissait par cœur l'inscription et la signature de l'artiste : *Petite Coquine avec la montagne Sainte-Victoire* par Camille Roqueplan*.

Son sourire s'accentua. C'était cette aimable scène champêtre qui avait éveillé, jadis, son goût pour la peinture. Adolescent boutonneux, il se glissait à l'heure de la sieste dans le bureau de son père, espérant une révélation du regard fripon de Coquine. Cette touche de rose sur son sein dénudé était-elle la fleur sensible du têtin, ou simplement l'ombre de l'églantine qu'elle tenait entre ses doigts délicats ? Aujourd'hui encore, la réponse demeurait en suspens. Mais peut-être le talent de l'artiste était-il tout entier contenu dans ce petit mystère non élucidé ? Ah ! S'était-il épuisé du poignet sur cette image leste ! L'évocation de ces moments d'exaltation intime lui arracha un petit rire. À présent, il était à même d'analyser le tableau avec ses faiblesses (un pastiche certain de Watteau et de Fragonard) mais aussi son originalité (ce paysage réaliste, aussi éloigné des frondaisons tatillonnes des deux peintres galants que du sfumato cher à Léonard), son indiscutable solidité (sa construction en belles horizontales, la ligne de crête de la montagne surlignant celle de la cuisse voilée de soie rose), et enfin son équilibre classique (peut-être un peu conventionnel ?) organisé en un solide triangle. Il eût pu reproduire de mémoire le chapeau garni de fleurs tant il s'y était exercé. Pourtant, Coquine n'avait rien perdu, pour lui, de son charme prude et provocant.

---

* Peintre français de l'école romantique, né à Mallemort en 1803 et mort à Paris en 1855. Ce tableau délicieux est conservé à la fondation Regards de Provence, à Marseille.

La porte du bureau s'ouvrit avec force derrière lui. Fugitivement, il se dit qu'il eût mieux fait de regagner sa chambre, plutôt que de s'attarder à reluquer une fois de plus l'épaule et le sein nu de Coquine. Il se tourna, le cœur serré.

— Ah ! Bien ! Te voilà ! dit le notaire. Tu tombes bien ! J'ai à te parler !

— Moi aussi, je dois vous parler, père.

Mais comme il n'en disait pas plus :

— Allons ! Parle ! Je t'écoute, dit maître Revest, avec une pointe d'agacement.

— C'est... c'est à propos de mon mariage, balbutia le garçon.

Un début de sourire éclaira la face congestionnée du notaire.

Maximin ne put que lui fourrer dans les mains la lettre et les croquis. Le notaire examina les esquisses en opinant du menton.

— Pas mal, pas mal..., marmonna-t-il.

Et, comme il se sentait assuré d'avoir enfin détourné son fils des Beaux-Arts, il ajouta même, jouant les amateurs :

— Sais-tu que tu ne manques pas de talent ?

Maximin sentit un espoir insensé lui dilater les poumons. Il pensa que l'affaire était dans le sac.

— Lisez, père..., dit-il en lui montrant la lettre.

Soudain professionnel, le notaire fronça les sourcils.

— Ah ! lâcha-t-il, rembruni, c'est ce gredin de Félicien Mestre...

Quand il eut terminé sa lecture, il leva sur son fils un regard incisif :

— Eh bien ! J'espère que tu as compris, cette fois, et que tu vas enfin cesser d'entretenir ce jean-foutre...

Maximin se troubla. Il se mit à bégayer :

— P... père... avez-vous bien... bien lu ? Renoir ! Le grand Renoir qui...

— Ah ! l'imbécile ! se mit à hurler le vieil homme. Le voilà qui gobe tout rond les boniments d'un flatteur qui ne songe qu'à lui tirer des sous !

Maximin se raidit :

— Mais, père, vous-même, tantôt, disiez que...

— Hé ! pauvre ensuqué ! Je le disais pour te faire plaisir !

— Vous ne le pensiez pas ?

— Pas une seconde ! lui asséna sans ménagement le notaire, tant sa rage submergeait sa brève indulgence pour la lubie de son fils.

Le jeune homme pâlit.

— Cela ne m'étonne pas ! siffla-t-il. Vous n'avez aucun goût ! Pire : vous avez le goût bourgeois !

Du doigt, il désigna Coquine dont il admirait la grâce l'instant d'avant et, grimaçant de dégoût :

— Depuis vingt ans vous vous extasiez devant cette croûte ! C'est affreux ! Grossier et mesquin à la fois ! Lourd ! Grivois ! Vulgaire ! Ah ! C'est donc cela que vous voudriez me voir peindre ? N'y comptez pas !

— Mais, petit couillon ! s'écria le notaire, retrouvant dans la colère la verdeur de langage des vieux Solliérains, je ne veux pas te voir peindre, je veux te voir travailler !

— Travailler, ce grouillement malsain au milieu des poussières ? Si au moins vous parliez de faucher le blé, fouler la vendange, retourner le foin...

— Ah ! Ah ! Je te vois retourner le foin, avec tes bras comme des allumettes ! On te met trois dossiers dans les mains et tu tombes à genoux !

L'image était très injuste, car Maximin n'était pas si maigrichon. Il était simplement grand et mince. Et plutôt séduisant. Comme Héloïse. Comme Jean-Jacques. Comme tous les Pascalet. Et, bien qu'il ne sût rien de sa filiation illégitime, il avait, presque malgré lui, développé vis-à-vis des siens le sentiment supérieur d'un petit cygne élevé dans une couvée de canards. Aussi, au lieu de baisser la tête sous l'affront, il leva le menton :

— Eh bien, père ! Vous les porterez donc seul, vos si lourds dossiers ! Et pour les alléger, vous pouvez commencer par déchirer mon contrat de mariage : je m'en vais de ce pas à Auvers-sur-Oise !

— Tu t'en vas ?

— Exactement !

— Je te coupe les vivres !

— Je vivrai de mon art !

— Tu iras maigre !

— Je le suis déjà, malgré vos largesses…, dit Maximin avec mépris.

Là-dessus, il fit volte-face et se dirigea noblement vers la sortie.

— Maximin ! hurla le notaire cramoisi, si tu passes cette porte, tu ne mettras plus jamais les pieds dans ma maison !

— J'y compte bien ! répondit l'autre sans se retourner, si bien qu'il ne vit ni le teint virer au violet ni les yeux injectés vaciller dans leurs orbites, ni les deux mains courtaudes tenter de dégrafer le col amidonné.

— Maximin… Max… Maaa…, balbutia le notaire d'une voix brisée.

Le bruit sec de la porte claquant contre le chambranle couvrit celui du corps qui s'affaissait sur le plancher.

*

Adalbert aimait bien l'automne. C'était une bonne saison. Pendant laquelle on mourait peu. En janvier, il enterrait les tuberculeux et les enfants fragiles. En février, les suicidés. À partir de mars, les grabataires qui s'étaient cramponnés tout l'hiver pour voir un printemps de plus. Et en été, les vieux. Mais au mois de septembre, il y avait une trêve des macchabées qui durait souvent jusqu'à Noël. Comme si la Camarde, fatiguée d'usiner, s'était un moment assise au bord du chemin pour souffler, son suaire plié sous son cul de squelette, sa faux couchée dans les regains, pour regarder brûler, le menton dans la main, les petits tas de feuilles de platane.

En automne, Adalbert n'était presque plus fossoyeur. Seulement cantonnier. Un beau métier. Il entretenait avec respect l'œuvre du Créateur et celle, plus modeste, de la République. Il balayait la place, ratissait les feuilles mortes, s'en allait avec sa pelle et sa brouette boucher un trou ou une ornière, relever une borne, éradiquer un jeune saule ou un plant de fenouil, couper une branche morte, changer une vanne, curer un fossé. Il travaillait dehors. Avec, pour plafond, le ciel du bon Dieu. À midi, même s'il était au village, il ne rentrait pas chez lui. Il s'asseyait au soleil sur la place près de la fontaine, tirait de sa musette quatre olives, un oignon et un bout de fromage, coupait son pain sur le pouce d'un bon coup de tranchet puis mangeait sans se presser.

De ce point stratégique de la commune, il pouvait voir les habitués de l'apéritif qui rentraient déjeuner, les femmes partant pour le lavoir, les petits entrer à l'école. Tous le saluaient gaiement, rassurés de le trouver à sa place, comme le banc, les platanes, l'église et le café. Il leur répondait de la main pour ne pas interrompre son travail de mastication. Entre midi et demi et une heure, il y avait toujours un moment creux. Il en profitait pour réfléchir à des choses mystérieuses et belles comme la vie, la mort, les vols d'étourneaux et les champignons des bois qui se vexent et s'arrêtent de pousser si quelqu'un les regarde, preuve que les plantes, elles aussi, ont une âme et du caractère. Et puis il buvait un petit coup de rouge au goulot et clappait de la langue en se disant : « À la tienne, Adalbert ! Mourra jamais que le plus malade et pour le moment c'est pas toi ! ».

La porte de la boulangerie s'ouvrit en faisant tinter sa clochette. Marius Baude en sortit comme un boulet de canon et vint rejoindre les deux Juvénal qui l'attendaient pour entrer dans la cour.

— Maman t'a dit de ne pas courir ! lui cria sa sœur.

Elle referma sagement la porte. En passant devant le cantonnier, le petit lui lança :

— Ça va, Adalbert ?

— Impeccable ! répondit le bonhomme.

— Allons ! Dépêchez-vous ! C'est l'heure ! dit M. Loisel.

— Pour payer, pour mourir et pour aller à l'école, on n'est jamais pressé…, dit Adalbert avec un si bon sourire que les instituteurs ne purent s'offusquer.

— Vous êtes un sage, dit Adeline avec un sourire.

— Faut bien, mademoiselle…, répondit Adalbert en pensant au maire qui lui avait tantôt remonté les bretelles, sous le bizarre prétexte que la tête en bronze de la République qui surmontait la fontaine était couverte de fiente de pigeon.

« Mais qu'est-ce qu'il a, lui, aujourd'hui, à s'énerver pour rien ? Les pigeons, ça se perche et ça chie. Alors, forcément, ça chie où ça se perche ! »

Il jeta un bref coup d'œil à la statue, impassible sous son bonnet de guano.

« Dis, ça te gêne, toi, les merdes de pigeon ? », lui demanda-t-il.

Estimant que son silence valait réponse, il s'étira comme un chat au soleil.

— Il y en a qui ne s'en font pas ! lança Sidonie en passant de son pas précipité devant ce vivant portrait de la sagesse bucolique.

— Hé ! Pourquoi je m'en ferais ? riposta le cantonnier philosophe.

D'un geste précis de la paume, il enfonça le bouchon de sa bouteille. Mais ce bonheur béat semblait défriser la teigneuse. Le désir perfide lui vint de l'assombrir un peu :

— Tu as retrouvé ta corde ? demanda-t-elle, espérant lui perturber la digestion

— Non ! Pourquoi ? demanda Adalbert, placide, car il s'était résigné : une corde de plus ou de moins...

— Pour rien, je me demandais juste, reprit Sidonie, vaguement déçue de constater son impuissance à gâcher cette joie paisible. Et, tout à trac :

— Dis, tu n'aurais pas vu mon cuvier ?

Adalbert eut un fin sourire qui plissa le coin de ses yeux de belette.

— Ton cuvier ? Il a disparu ? Ah ! Je m'en doutais ! Il aura enlevé ma corde ! Pourvu qu'il ne lui fasse pas un enfant !

Et il se mit à rire par à-coups qui secouaient ses larges épaules de brave cantonnier. Sidonie se souvint de la blague qu'elle lui avait faite à propos de cette même corde quelques jours plus tôt.

— Bah, ça finira par un mariage..., dit-elle, car, dans ses bons jours, elle avait de la repartie.

Cette fois, Adalbert partit d'un rire énorme.

Et Sidonie, ravie de ce satisfecit, se mit à rigoler elle aussi, renversée en arrière et se tenant les reins.

— Qu'est-ce que vous avez à rire comme ça tous les deux ? Quelqu'un est mort ? demanda la mère Rancurel avec cet humour noir coutumier aux gens de Sollières et qui défrisait toujours le sérieux M. Loisel.

Le maître d'école se tourna vers ses garçons dont le rang approximatif et bourdonnant, mêlé à celui des filles, prenait des airs de farandole. Il ouvrait la bouche pour rappeler son petit monde au silence et à la géométrie des parallèles, lorsque la porte de l'étude s'ouvrit sur une Solange dans tous ses états :

— Au secours ! Venez vite ! gémissait la vieille bonne à bout de souffle. M. le maire est tombé...

— Gabriel ! Je te nomme responsable ! dit le maître avant de se précipiter.

L'idée n'était pas bonne : Gabriel n'avait aucune autorité. Passant outre à ses pâles menaces d'inscription au tableau, tous les enfants, garçons et filles, emboîtèrent le pas aux deux instituteurs. Bientôt, le bureau de l'étude fut rempli de marmaille qui se faufilait, pour mieux voir, sous les bras des adultes.

Maître Revest était allongé à terre devant son bureau, le visage figé, une main crispée sur sa poitrine, les yeux grands ouverts et déjà vitreux. Élisabeth et Maximin, debout, livides, semblaient changés en statue. Mme Clotilde, agenouillée, en larmes, donnait du pathétique au tableau. On fit place à la mère Rancurel qui s'y connaissait en viande froide, ayant habillé pour leur dernier voyage trois générations de Solliérains. Elle se pencha, glissa deux doigts entre le col et le cou :

— Il est passé..., conclut-elle avant de se signer.

Mme Clotilde redoubla ses sanglots.

« C'est ma faute ! Seigneur, pardonnez-moi », murmura Élisabeth en chancelant sur ses jambes maigres.

« Je suis libre..., se dit Maximin, incrédule. Je suis libre et je suis un monstre... »

« Le mariage va être reporté. Je suis perdue... », pensa Adeline Loisel.

« À présent, qui vont-ils bien pouvoir élire comme maire ? », se demanda son frère.

« Riche ou pauvre, on finit tous par y passer... », philosopha Sidonie.

« Quand on pense qu'il y a *une esquelette* toute maigre, au fond de ce gros ventre... », se dit Gabriel. Une bouffée d'angoisse lui mit le feu aux joues : « Bon sang de bonsoir ! Adalbert va trouver la nôtre dans la remise du corbillard ! On est foutus ! »

Et Adalbert : « Voilà où ça mène de s'énerver... »

La République en conclut qu'elle allait garder encore un certain temps sur la tête son capuchon malodorant.

8

Le front plissé, la bouche amère, le père Fontanel frappait nerveusement son bureau de la pointe de ses dix doigts. Depuis la fin du conseil de discipline, il n'avait pas desserré les dents. Face à lui, les professeurs et les surveillants du petit séminaire macéraient dans un silence lourd. Il leva la tête, les fixa l'un après l'autre sans aménité, puis :

— Mes frères, nous venons de renvoyer notre meilleur élément...

— C'est un fait, reprit l'abbé Grangier en se carrant dans l'unique fauteuil qu'il s'était attribué d'autorité.

Le supérieur lui jeta un regard noir auquel il répondit par un sourire mielleux teinté d'impertinence.

Le père Signoretti, dont le menton enflé virait du rouge au violet, s'agita sur sa chaise et fit mine de vouloir s'exprimer.

— Taisez-vous, l'abbé ! tonna Fontanel.

Et il l'élimina d'un regard écrasant de mépris.

Les épaules du surveillant s'affaissèrent. Il baissa les yeux. Alors, s'adressant aux autres religieux, le supérieur reprit :

— Devrai-je vous rappeler que l'ordre ne s'entend qu'avec la justice ? Que la rébellion n'est pas un péché en soi ? Et qu'elle peut même devenir un devoir lorsque la vérité ou la charité sont bafouées ? Christ nous a enseigné cela dans ses Évangiles...

Les pères, remplis de pitié pour leur collègue meurtri, écoutaient, surpris, ce prône d'un nouveau genre. Pouvait-on imaginer Christ faisant le coup de poing avec les pharisiens ?

Distribuant des taloches aux marchands du Temple ? Des coups de pied au cul aux idolâtres ? Mais Fontanel était rompu à la casuistique :

— Je me trouve aujourd'hui dans la position de Pilate. Je dois faire respecter un décret que je n'approuve pas. Je le ferai. Et j'en assumerai la responsabilité, dans l'intérêt de cette maison dont j'ai la charge. Je le ferai en sachant que j'offense le ciel. Cela m'est in-sup-por-table ! cria-t-il en martelant les syllabes.

Pour ponctuer son homélie, il frappa le bureau du plat de la main, se leva et se mit à arpenter la pièce d'un pas de colonel en campagne. Mis à part le grincement de ses sandales, on eût entendu tomber un confetti. Il fit volte-face comme pour un duel :

— Qui va devoir faire pleurer une mère ? Qui va devoir anéantir un brave homme en prétendant que son fils est un mauvais sujet ? Qui va devoir mentir pour dissimuler la sottise, voire la duplicité de ses collaborateurs ?

Tandis que tous se tassaient sur leur siège, le père Grangier, qui manipulait comme à plaisir une croix pectorale digne d'un cardinal, laissait fleurir sur ses lèvres un sourire horripilant. Si bien que le supérieur finit par dire :

— Cela vous amuse, Grangier ?

— Point du tout, repartit l'autre sans se démonter. Je me disais seulement que je vois un moyen de vous décharger de cet in-sup-por-table fardeau…

Le père Fontanel sourcilla. Grangier reprit :

— Vous savez que l'élève Baude est – comme votre serviteur – natif de Sollières. Aussi, je me propose pour le raccompagner dans sa famille. Je veillerai à ménager les parents qui sont, comme vous l'avez dit fort justement, de braves gens.

Fontanel en eut le souffle coupé. Ah ! C'était un comble ! Il venait d'être contraint par ces imbéciles à renvoyer son meilleur élève. Allait-il en plus devoir l'abandonner sans défense entre les mains de ce… ce… Comment fermer les yeux sur ce qui pouvait se passer en cours de route dans le cabriolet de Grangier ? Cabriolet bien élégant, d'ailleurs, pour une voiture de curé ! Comme sa croix pectorale, tiens ! L'idée de ce tête-à-tête inégal dans la solitude des grands chemins lui donnait des sueurs. Pouvait-il s'en laver les mains ? Mais comment refuser, sans paraître bizarre, une proposition en apparence aussi raisonnable ?

« Ah ! Pilate ! Pilate ! », pensa-t-il à part lui en jetant un regard suppliant vers le grand crucifix de bois. Et, tout à coup, une idée lui vint :

— Grangier ! Vous n'y songez pas ! dit-il sur un ton offusqué.

L'interpellé écarquilla les yeux, se demandant quelle objection on allait lui opposer. Le supérieur reprit avec noblesse :

— L'idée de jeter l'opprobre sur une famille honnête me déplaît fortement, mais nous n'allons tout de même pas raccompagner le matamore chez lui en majesté dans une voiture de luxe ! Ce serait favoriser le péché d'orgueil. La diligence de Trets qui passe par Sollières me paraît suffisante comme équipage ! Si vous désirez – malgré tout – vous charger de cette délicate mission dans ces conditions, je n'y vois aucun inconvénient.

Les yeux de Grangier lancèrent un bref éclair meurtrier. Sous quel prétexte refuser à présent ce qu'il venait lui-même de proposer ? Il prendrait donc la diligence, dans laquelle il n'avait pas mis les pieds depuis le temps où il était jeune pensionnaire de ce même séminaire. Il lui faudrait, comme jadis, subir le voisinage de paysans rugueux, de ménagères caquetantes comme les poules qu'elles portaient dans leurs couffins, l'odeur de pieds mal lavés marinant sur les chaufferettes.

— Eh bien, soit ! dit-il avec un sourire forcé.

*

« Holà ! Ho ! », lança le cocher en tirant sur les rênes de ses chevaux, deux placides bourriques à l'allure de ruminants. Les bêtes obéirent avec un plaisir évident. La diligence s'arrêta. Héloïse en descendit, son chapeau sur la tête, son petit bagage à la main.

— Ça ira, madame Garrassin ? demanda l'homme en penchant son buste.

— On fera aller, répondit la meunière d'une voix enjouée.

— Il fait bien sombre, pour une femme seule, reprit-il, légèrement coquin.

— J'en ai vu d'autres ! reprit-elle, préférant rire que s'offusquer du sous-entendu.

— Prenez ça, sinon vous allez vous casser la figure, dit-il en décrochant une lanterne suspendue au toit de la voiture.

— Merci bien ! dit Héloïse.

Elle saisit l'anneau de métal, et :

— Je la rapporterai demain à votre frère, reprit-elle.

— Demain ou vendredi prochain. Rien ne presse..., dit l'homme en faisant claquer mollement son fouet, ce qui incita les deux chevaux à s'ébrouer mais point encore à se mettre en marche.

— Bonsoir, et faites bien attention ! dit-il encore. La rivière est montée. Il ne faudrait pas que...

Les voix étaient étouffées par la nuit chargée d'humidité.

— Pensez-vous ! l'interrompit Héloïse, l'eau, ça me connaît !

L'homme fit claquer les rênes sur le dos des chevaux en lançant un vibrant « hiii ! » qui donna le signal du départ.

Héloïse regarda la voiture s'éloigner en balançant ses deux loupiotes au rythme des cahots. Elle se trouvait en rase campagne, à une croisée de chemins marquée par une bicoque en ruine qui, dans le temps, avait plus ou moins servi de relais de poste et en gardait le nom. Les propriétaires l'avaient quittée sans même chercher à la vendre au moment du phylloxéra, car personne n'avait plus assez de sous pour manger à la table d'hôte. Mais l'habitude de l'étape était restée sur l'itinéraire, et la diligence des frères Richelme s'y arrêtait, comme du temps où les voyageurs pouvaient y trouver vivres, couvert et paillasse pour la nuit. En général, lorsqu'une femme voyageait seule, elle préférait prendre la voiture du vendredi qui montait jusque sur la place du village. Le croisement de la Poste faisait peur. Surtout la nuit. C'était, disait-on, un repaire de brigands et de chemineaux. Mais Héloïse n'était pas particulièrement craintive. Elle jeta un regard indifférent aux ronciers arborescents engraissés par les étrons des voyageurs qui posaient culotte en attendant la correspondance. Puis elle se tourna vers l'adret. On devinait, plus qu'on ne voyait, le village perché sur sa collinette. Les lignes heurtées des toitures se découpaient en ombres chinoises sur le noir moins dense du ciel. Il y avait un petit kilomètre à faire en prenant le sentier du bas et presque deux par la bonne route qui grimpait la côte. Elle se décida finalement pour le chemin le plus long car l'autre était envahi par les aubépines. Elle craignait d'y déchirer sa jupe. Et puis, en passant par le haut, elle pourrait s'arrêter à la boulangerie pour parler de Philibert à ses parents. À moins que ce ne fût pour passer, incognito, tout près de Font Trigance ?

Elle partit d'un bon pas au centre du chemin tassé par les pieds des chevaux. D'Aix, elle rapportait deux nouveaux clients pour sa farine blanche. Sans parler d'un ancien qui l'avait mise en joie. Comme elle s'étonnait de la quantité commandée par maître Escoffier, la sole de pain azyme de ses calissons n'étant guère épaisse, le confiseur lui avait confié :

— C'est que, voyez-vous, avec votre extrablanche, nous fabriquons aussi des hosties.

Devant sa surprise, il avait insisté pour lui faire goûter son produit, non pas la mesquine rondelle destinée au *vulgus pecum*, mais la grande, la belle, utilisée par les prêtres lors de l'élévation. Ainsi, la petite assistée, à qui sœur Sidonie pronostiquait autrefois qu'elle « finirait au bagne comme son père », fournissait aujourd'hui les églises et les couvents ! Elle se surprit à fredonner :

— *De-ci de-là ! Cahin-caha ! Va, chemine, va, petit âne...*

Après le mistral de la semaine passée, il s'était mis à tomber des pierres de moulin. La terre, séchée par un automne ardent, n'avait pu absorber l'orage. Il s'en était allé tout droit à la rivière, gonflée d'un courant rapide couleur chocolat. Le ruissellement laissait partout des ravines. La terre rouge en était comme gercée. Héloïse s'arrêta sur le pont pour évaluer le niveau de l'eau. Elle se demanda si Pellegrin avait pensé à ouvrir l'écluse pour évacuer le trop-plein vers l'aval. Sinon, le bief risquait de déborder et de noyer les œuvres mortes du moulin.

« Bah, se dit-elle, ça chassera au moins les rats ! », car elle savait que sa maison était solidement bâtie sur de profondes fondations de pierre, ce qui la garantissait des fantaisies de l'hydrologie.

L'air était vif sans être vraiment froid. Le flot, à cet endroit, battait si violemment contre la berge qu'une sorte d'embrun s'élevait à sa surface. En y tourbillonnant depuis la nuit des temps, l'eau y avait creusé une vasque aux bords lisses, une sorte de marmite géante où fourmillaient les écrevisses. L'été, lorsque le niveau baissait, et que le flot calmé s'alanguissait dans l'ombre des saules vrombissants de libellules, on en devinait la profondeur au dégradé de vert, vif comme une émeraude au milieu du trou. Les garçons jouaient alors à sauter du pont. C'était à qui exécuterait le plongeon le plus parfait ou le plus ridicule. La tête la première, en bombe ou les pieds devant, ils s'enfonçaient en poussant de grands cris dans un pétillement de lumière. Et puis, ils se faisaient sécher en contrebas, tout nus, sur une plage de gravette apportée de la Sainte-Victoire par les crues de l'hiver. Les filles se contentaient de venir parfois y tremper le bout de leurs pieds, rougissant de leur audace.

Héloïse respira avec volupté le parfum de l'eau, puis elle laissa glisser un regard tendre sur le torrent labouré d'écume. Cette forte rivière rousse, c'était le muscle de son moulin. Du milieu du pont, on pouvait en suivre le tracé sinueux jusqu'aux Négadis, cachés au cœur d'un bouquet d'ormeaux, dans le creux du méandre. Mais si on se retournait vers l'aval, c'était la bastide de Font Trigance que l'on voyait, toute proche, presque à portée de main, pimpante au sommet de son pré en pente. Par le petit chemin qui entaillait le talus puis traversait la prairie, il fallait moins de cinq minutes pour s'y rendre et frapper à la porte. Un filet indécis de fumée s'échappait de la cheminée neuve. Héloïse se redressa, le cœur durci :

— Sale bête ! maugréa-t-elle. Je t'aurai !

Mais elle ne savait pas trop, en utilisant cet auxiliaire passe-partout, si c'était à l'homme ou à l'usurier qu'elle s'adressait.

*

— C'est fermé ! brailla Louis.

M. Loisel, qui venait boire son Fernet-Branca quotidien, eut une moue dubitative. Il jeta un coup d'œil par-dessus l'épaule du cafetier et vit que la salle était comble. Louis étalait vainement sa médiocre stature afin de lui masquer l'intérieur du café.

— Mais, monsieur Juvénal, il me semble que vous avez des clients, non ?

— Justement ! répondit le cafetier.

Il claqua la porte et tira le verrou à la barbe du pédagogue, vexé de n'être pas admis à ce qu'il pensait être une première réunion politique en vue du remplacement du maire défunt. Il rentra chez lui en formant des projets vengeurs.

— Je vais leur donner ma démission de secrétaire ! Ah ! ils seront jolis, les comptes rendus de séance, avec trois fautes par mot !

Il était d'autant plus ulcéré qu'il avait toujours plus ou moins rêvé de devenir maire à la place du maire, fumeuse fantasmagorie qui prenait corps depuis la mort subite du titulaire.

Louis se tourna vers la salle surchauffée. D'un côté, il y avait les garçons en rang d'oignons, misérables comme des chats mouillés, et de l'autre leurs parents furieux, les poings sur les hanches, la menace aux lèvres. Entre les deux, tout le matériel chapardé qu'Adalbert avait découvert dans sa remise quand il était allé dépoussiérer le corbillard pour préparer les obsèques de maître Revest. Le cafetier enfla encore la voix :

— Tu vas nous le dire, oui ou non, où vous l'avez trouvée, cette *esquelette* ?

Gabriel se faisait petit. La tête rentrée dans les épaules, le coude levé pour protéger son visage, il attendait avec fatalisme la calotte qui ne pouvait tarder à tomber. Mais il ne disait toujours rien. Ce qui épatait drôlement les autres accusés, que l'on n'avait pas encore soumis à la question. Lulu, parce qu'il était le plus petit, les deux Barras, parce qu'ils étaient menteurs, Marius Baude, parce qu'il les attendrissait avec ses yeux de fille, et Maurice Castinel, parce qu'il passait pour ne pas avoir inventé le fer à friser le persil. Du coup, le cadet des Juvénal se voyait investi du grade encombrant de chef, honneur qu'il briguait vainement depuis trois mois, mais dont il se fût, à ce moment, bien passé. Cela lui paraissait d'autant plus injuste qu'il avait été le seul, au moment de l'exhumation, à élever une objection raisonnable.

Depuis presque une heure que durait l'interrogatoire, il avait réussi à ne pas desserrer les dents. Mais tiendrait-il le coup lorsque son père tirerait sa ceinture ? Et il ne manquerait pas de le faire dès que ses complices et leurs parents auraient évacué le café. Autant en finir tout de suite :

— On l'a trouvée au… au cimetière ! pleurnicha-t-il.

Ce qui ne manquait pas de logique.

Adalbert, rouge de colère, fit un bond en avant. Sa grosse paluche rasa la tête du parjure sans toutefois la percuter – châtiment réservé au chef de famille –, mais y soulevant un toupet de cheveux rebelles :

— Répète un peu ce que tu viens de dire, petit merdeux !

— Oui ! Oui ! au cimetière ! reprirent en chœur tous les autres, enthousiasmés par la réponse astucieuse de leur porte-parole.

Des visages réprobateurs se tournèrent vers le fossoyeur. Adalbert devint tout pâle :

— Eh bien ! Si vous croyez que je laisse déterrer les morts sans broncher dans *mon* cimetière, je n'ai plus qu'à donner ma démission, dit-il avec dignité.

Et il se tourna, avec l'air de vouloir vider les lieux. Mais il le fit très lentement, ce qui laissa au boulanger le temps d'intervenir :

— Allons, Bert ! Ne te formalise pas ! On te fait confiance ! On comprend bien qu'ils mentent !

À ce moment, Édouard, l'aîné des Juvénal, laissa tomber de sa voix qui muait :

— Moi, je le sais, où ils l'ont trouvée…

Toutes les têtes se tournèrent vers l'adolescent dont la lèvre supérieure s'endeuillait des prémices d'une moustache. Sans ajouter un mot, le faux jeton leur montra du menton les sacs de ciment et de plâtre que l'on avait exposés avec la corde, le couffin, le canotier, les bouteilles vides d'eau de Javel et le cuvier, en tant que pièces à conviction. Les jurés échangèrent en silence des regards perplexes.

— À Font Trigance ? risqua Sidonie qui avait l'esprit de déduction.

— Oui ! Oui ! à Font Trigance, dirent tous les garçons en même temps.

Et les Barras ajoutèrent même à deux voix :
— C'est plein...
— ... de sacs...
— ... remplis d'os...
— ... à Font Trigance !
C'était un pas de trop. Louis Juvénal tiqua. Il saisit le canotier du papet qui portait encore, tout autour de la coiffe, sa couronne de bougies. Il les regarda longuement, et :
— Non ! Vous l'avez trouvée dans un endroit sombre...
L'effort de réflexion lui plissait le front :
— ... un trou, une grotte, une cave ou...
Brusquement son regard s'éclaira. Il saisit la corde d'Adalbert et la fit tournoyer comme un lasso :
— ... un puits ! Vous l'avez trouvée dans un puits ! Vous êtes descendus dans un puits, petits malheureux ?
Les tripes cisaillées par la clairvoyance de son père, Lulu se jeta dans les jupes de sa mère en criant :
— Maman ! J'ai mal au ventre !
Ce qui valait aveu. Mais personne n'avait violé le serment. Ouf ! Hélas, l'interrogatoire n'était pas terminé :
— Quel puits ? demanda froidement Louis en rivant sur son fils un regard implacable.
Gabriel jeta un coup d'œil désespéré à ses acolytes. L'un après l'autre, ils haussèrent les épaules, résignés. Au point où ils en étaient...
— Le puits des Blancannes, souffla le garçon dans un soupir de soulagement.
— Il y a un puits, là-haut ? s'étonna Anselme en haussant les sourcils.
— Oui, répondit Marceau Barras, un puits sec. Qui date d'avant la guerre. Tu te rappelles Bastien Guigues ? Le beau-frère d'Auguste Latil. Il était de Fuveau. Il se disait sourcier. Il a creusé des puits un peu partout sans jamais trouver une goutte d'eau. À la fin, il est même allé en creuser un devant Font Trigance. Au ras de l'Arc. Eh bien, même là, dans cette terre trempée comme une éponge, il s'est débrouillé pour faire chou blanc ! Un tour de force ! On l'appelait l'Anti-sourcier...

Et tous, oubliant un moment le squelette, se mirent à rigoler au souvenir de cette réjouissante histoire d'eau. Mais, tout à coup, Anselme vint jeter un froid dans l'hilarité générale :

— Oh, mais dites ! Si elle était au fond d'un puits, cette *esquelette*, c'est un suicide ou un assassinat…

Tous se tournèrent, émus, vers le cuvier. Adalbert, qui était habitué aux restes humains, se pencha et prit le crâne dans ses mains. Ils grimacèrent diversement selon leur degré de sensibilité. Le fossoyeur eut un hochement de tête et, regardant avec gravité la tête de mort dans les yeux, il dit :

— Ça, il n'y a que lui qui pourrait nous le dire…

L'unique témoin, on s'en doute, n'avoua rien. Il opposait au fossoyeur son rire hermétique de citoyen d'outre-tombe. L'incisive cassée en biais lui donnait même un petit air mutin. C'était d'ailleurs un squelette de bon aloi, propre et net, parfaitement blanchi par le trempage dans l'eau de Javel qui lui avait donné un beau ton ivoire, fort éloigné de l'ocre rouge macabre que prenaient en général les ossements dans cette terre ferrugineuse.

— Moi qui ai l'habitude, je peux vous dire, en tout cas, que c'est un homme, dit Adalbert, sentencieux.

Puis il se pencha avec un certain respect au-dessus du cuvier pour y déposer la dépouille. Les assistants observèrent quelques secondes réglementaires de silence, en signe de recueillement. Dans l'accalmie, on entendit un tintement de grelot. Adalbert, surpris, n'acheva pas son geste pieux. Il prit la tête à deux mains et la secoua un peu.

Le crâne faisait « drelin-drelin ».

— Mais qu'est-ce qu'il y a, là-dedans ?

— Ce doit être une petite pierre, suggéra Louis.

— Oui, mais par où elle est entrée ? marmonna le fossoyeur en examinant avec soin les os plats et parfaitement lisses de la boîte crânienne. Bizarre…

Tout à coup, il enfonça un index dans l'orbite gauche.

— Oh ! putain ! cria-t-il, un trou de balle…

L'auditoire se précipita en désordre pour examiner l'orifice avec un délicieux frisson d'effroi. Les plus culottés y mirent le doigt. C'était bien un trou de balle. Un trou rond et net, légèrement effrité sur les bords, comme ils en trouvaient quelquefois dans le frontal de sanglier quand ils faisaient le fromage de tête.

— Tu veux dire que ce type a été tué d'un coup de fusil dans l'œil ? demanda Anselme en grimaçant.

Tous l'imitèrent en sentant ces fourmis sous les pieds qui viennent à l'évocation des horreurs.

— Et que la balle est restée dedans ! compléta Adalbert. Forcément : de face, une orbite, c'est creux, mais vu de l'intérieur, c'est bombé…

Bien qu'aucun n'eût jamais visité l'intérieur d'une tête de mort, tous, frappés par l'évidence, hochèrent la tête, méditant cette capitale question de géométrie sur la complémentarité du concave et du convexe.

— Faudrait la sortir…, dit Sidonie.

— Oui ! faudrait…, reprit Marceau.

Assuré de l'indulgence et même du soutien de ses amis, Adalbert se mit à secouer le crâne dans tous les sens. L'orbite en haut. L'orbite en bas. Long balancement. Mouvement giratoire. Renversement subit. Rien à faire !

— C'est comme si on voulait remplir un entonnoir par le petit bout…, dit-il.

Cherchant une autre solution, il leva le crâne au-dessus de sa tête et ferma un œil, pour viser à travers le trou occipital. Il faisait noir, là-dedans. Mais il voyait quelque chose passer et repasser. Quelque chose de trop gros pour s'échapper.

— Louis, donne-moi un couteau, que j'élargisse ce trou !

Le cafetier lui tendit un couteau suisse. Tous les instruments y passèrent, du poinçon au tournevis en passant par l'ouvre-boîte et le tire-bouchon. Rien à faire. Le renflement du rachis, à la base du crâne, était trop dur pour céder à ces outils ménagers. Finalement, il posa le crâne sur le zinc :

— Dis, tu n'aurais pas une chignole ?

Il y eut un bref mouvement d'indignation. Puis tous admirent qu'il n'y avait pas d'autre solution. Louis disparut dans la cave et revint cinq minutes plus tard, en brandissant un vilebrequin long comme l'avant-bras :

— J'ai mis une mèche de 12. Ça ira ?

— Largement ! Qui est-ce qui perce ? demanda Adalbert qui bloquait déjà le crâne sur le comptoir dans l'étau improvisé de ses mains calleuses.

Ils reculèrent instinctivement. Percer du bois, de la brique, de la pierre et même de la tôle, d'accord ! Mais percer un crâne humain...

— Allez, zou, Théodore ! Toi qui as l'habitude des choses dures...

— Ce n'est pas une question de dureté, répondit le forgeron en détournant la tête avec dégoût.

— Alors toi, Anselme ?

— Oh non ! Moi je ne peux pas, se récusa le boulanger qui passait, à juste titre, pour un cœur sensible.

— Et toi, Marceau ?

L'interpellé avança avec un air de vouloir reculer. Il prit l'outil d'une main tremblante, engagea la pointe dans le trou. Mais au moment de le mettre en mouvement, il devint tout blanc, eut un haut-le-cœur et laissa retomber l'engin.

— Bande de couilles molles ! brama Louis.

Il empoigna la vrille et se mit à tourner. Malheureusement, le crâne, posé à l'envers sur le zinc, basculait, si bien que la mèche se trouva presque aussitôt coincée.

— Il faudrait un étau, dit Adalbert.

— Qu'est-ce que tu me chantes ? Pas besoin d'un étau ! lança Louis qui venait de dégager son outil d'un coup de poing qui expédia la tête de mort dans la bassine où il rinçait les verres.

Il la sortit, la secoua comme un panier à salade et la posa bien à plat sur le comptoir. Il pointa sa chignole sur le sommet du crâne et, en deux tours de manivelle, l'enfonça avec tant d'énergie qu'après avoir perforé la voûte crânienne et le voile du palais, la pointe vint marquer le zinc du comptoir. Ravi d'avoir mené à bien cette première intervention de médecine légale, il poussa un soupir satisfait.

— Ce n'est pas plus difficile que ça ! dit-il, glorieux, en levant le bras comme un *imperator*.

On l'applaudit. Ludovic se dit que son père était un homme et Gabriel qu'il n'était qu'une brute. Mais déjà, Adalbert avait renversé le crâne. L'opération eut un succès immédiat. Une grosse olive de plomb, aplatie du bout, roula sur le comptoir. Louis la recueillit dans le creux de sa main et l'examina avec attention. D'un côté, il y avait une marque bizarre. Une double encoche en croix, comme taillée dans le métal tendre avec le tranchant d'un couteau. Une de ces pratiques de soldat, destinée à optimiser la performance du projectile.

— Jamais vu ça..., maugréa-t-il, perplexe, car il avait été réformé, ayant les pieds plats.

Vivement, il jeta un coup d'œil vers la porte vitrée que la buée rendait opaque :

— J'ai rudement bien fait de mettre l'instituteur dehors, dit-il. Il aurait voulu appeler les gendarmes...

Tous acquiescèrent gravement. Un silence méditatif s'établit.

Trois coups énergiques frappés à la vitre les firent sursauter. Les têtes se tournèrent vers l'entrée avec un bel ensemble.

— Qui ça peut bien être ? murmura Louis en roulant des yeux effrayés.

— Comment veux-tu qu'on le sache ? répondit Anselme en haussant les épaules.

Le cafetier s'approcha sur la pointe des pieds et, de la pulpe d'un doigt, il effaça un petit rond de buée en forme de judas.

— C'est Héloïse, dit-il par-dessus son épaule. Je lui ouvre ?

La question était superflue car Héloïse n'était pas, comme M. Loisel, de ces gens que l'on peut laisser à la porte. Déjà le bec-de-cane s'agitait avec frénésie et Louis comprit que, s'il n'ouvrait pas, elle allait lui casser une vitre.

— Voilà, voilà ! dit-il en faisant sauter le verrou.

Héloïse bondit plus qu'elle n'entra dans la salle. Elle venait de passer à la boulangerie et avait trouvé le fournil désert, tous feux éteints. Sur la place, M. Loisel l'avait informée du décès de maître Revest et du complot, probablement réactionnaire, qui se tramait au café, car il avait aperçu, dans la salle, des tenants de la calotte : Adalbert, Sidonie Ardisson et, le pire de tous, le boulanger, qui avait envoyé son enfant au petit séminaire au lieu de le confier à l'éducation républicaine du collège Mignet. La meunière jeta autour d'elle un regard courroucé :

— Anselme est ici ? Je voudrais lui parler ! jeta-t-elle à la cantonade.

Mais son regard tomba sur le cuvier rempli d'os en vrac, puis sur le crâne percé qui trônait sur le zinc entre la chignole et une tasse à café. Elle écarquilla ses yeux jaunes :

— Vous dites une messe noire ? Devant les enfants ? Bravo !

— Mais non ! dit Louis avec un bon sourire.

Et, lui désignant la tête de mort du menton :

— On se demande simplement qui c'est…

— … et aussi qui peut bien l'avoir tué ? C'est tout ! compléta Adalbert d'un ton paterne.

Pour étayer son argumentation, il enfonça un doigt dans l'œil du macchabée.

— Louis, montre-lui la balle ! dit-il.

Le cafetier tira la bille de plomb de la boîte de sucre où il l'avait rangée. Héloïse la saisit. Elle la fit rouler dans sa paume avec perplexité, puis elle s'approcha du crâne et le scruta au fond de son orbite trouée :

— D'où sort-il, celui-là ?

— Les petits l'ont trouvé dans un puits au-dessus de la route entre Font Trigance et tes oliviers.

Le nom de la bastide lui propulsa d'un coup le sang à la figure.

« Bonne Mère ! pensa-t-elle. Et si… et si c'était un bandit de grand chemin ? Voilà d'où viendraient ses sous ! Le jour, il fait le charbonnier, et la nuit, il estourbit les voyageurs et les balance dans un puits ! Et moi qui… Oh là là ! Pauvre de moi ! Si j'avais su… »

— Dites-moi, dans ce puits, il y avait un seul squelette ? demanda-t-elle d'un air suspicieux.

— Tu crois que ce n'est pas suffisant ? répondit Louis en roulant des yeux indignés.

L'assemblée se mit à rire à cette idée incongrue d'un puits rempli de squelettes jusqu'à la margelle. L'atmosphère s'était détendue. Gabriel se dit qu'il échapperait peut-être à la fessée.

— Tu voulais me parler ? demanda Anselme, histoire de changer de sujet.

— Oui… non… demain…, bredouilla Héloïse, car l'affaire Philibert lui paraissait, tout à coup, moins urgente. Elle affermit son chapeau, fit volte-face et s'en alla aussi vite qu'elle était venue.

« Toi, mon gaillard, je te tiens ! », grommela-t-elle entre ses dents en traversant la place obscure.

— Qu'est-ce qui lui prend ? dit Anselme, en regardant la silhouette s'éloigner d'un pas ferme.

Louis haussa les épaules.

— Ma foi..., dit-il. Allez ! je paie ma tournée !

Il aligna les verres sur le comptoir. Les femmes acceptèrent un petit verre de muscat, pendant que leurs hommes s'envoyaient deux fines coup sur coup. Gabriel, qui avait la gorge sèche à force d'émotion, dit d'une toute petite voix :

— J'aimerais bien un sirop vert...

Son père le fusilla du regard :

— Dis ! Tu en veux deux ?

— Non, un seul, ça ira, reprit le petit, craintif, en remontant les épaules.

On rit à cet involontaire trait d'esprit.

— Et lui ? dit tout à coup Adalbert en désignant du menton le crâne qui était resté sur le zinc.

— Lui, ça fait longtemps qu'il n'a plus soif ! dit le cafetier. Sa plaisanterie fut accueillie par une autre salve de rires. Ils étaient vraiment impayables, ces Juvénal ! Mais ils avaient de qui tenir. Le papet, dans le temps, les avait bien fait rigoler.

— Non, dit Adalbert, je veux dire : qu'est-ce qu'on en fait ? On ne peut pas le laisser dans ce cuvier.

— C'est sûr ! dit Sidonie, mon cuvier n'est pas un cercueil : j'en ai besoin pour travailler !

— On devrait peut-être l'enterrer ? proposa le fossoyeur, professionnel. Ce serait plus convenable, plus... chrétien !

— Qui te dit qu'il était chrétien ? lança Louis, prêt à entamer l'éternelle controverse sur l'Église et la Libre-Pensée.

Comme Adalbert levait les yeux au ciel, excédé, il poursuivit avec véhémence :

— Moi, ça me contrarierait qu'on me mette une croix sans me demander mon avis.

— Et moi, ça me contrarierait qu'on ne m'en mette pas ! reprit le fossoyeur sur le même ton.

Ils étaient presque front à front. Leurs yeux lançaient des éclairs. Théodore Castinel s'interposa, comme un arbitre de ring entre deux boxeurs. Bien qu'il fût secrétaire de la Libre-Pensée, il devait souvent tempérer l'anticléricalisme basique du cafetier, le plus pétroleur de ses sociétaires. Il se dit que le maire, qui avait réussi à établir vingt ans de trêve – de trêve armée, mais de trêve tout de même – entre les rouges et les blancs, allait bien leur manquer.

— Doucement ! dit-il. Maître Revest n'est pas encore froid et vous vous bouffez déjà le nez ? Par simple respect pour sa mémoire, il me semble que…

Il n'acheva pas sa phrase.

Louis n'avait pas oublié la discrétion du notaire après sa visite incongrue à l'étude, le jour de la mort du papet. Il se redressa et prit un air solennel :

— Moi, je propose qu'on aille tous à sa messe d'enterrement avec le drapeau de la Libre-Pensée !

Ajouter la provocation à l'impiété était bien dans son caractère, mais pas dans celui de Théodore. Le forgeron tiqua. Le drapeau rouge dans l'église ne serait peut-être pas du goût de la famille. Ni de celui du curé. En revanche, le drapeau tricolore… De toute façon, comme premier adjoint, il assurait l'intérim jusqu'aux prochaines élections. Au plus tard dans trois mois. D'ici là, c'était lui qui décidait. En faisant avaler aux autres qu'il était l'émanation de la majorité. C'est ça, la politique républicaine !

Comme de juste, il fut convenu à l'unanimité que ceux qui voudraient aller à la messe iraient – sans obligation – et que l'on apporterait le drapeau bleu-blanc-rouge, plutôt que celui de la Libre-Pensée, que l'on mettrait en berne à la porte du café.

— Vous devriez vous cotiser pour acheter une couronne de perles, proposa Marceau.

— Du moment que ce n'est pas toi qui payes, ronchonna Louis, mais comme l'idée ne lui semblait, malgré tout, pas mauvaise, il ajouta, histoire de se l'approprier :

— Une couronne de perles rouges !

Sidonie pinça les lèvres :

— D'abord, ça n'existe pas les perles rouges ! Les couronnes mortuaires, c'est noir, gris, mauve ou blanc !

Louis se tassa sous l'avoinée. Ne sachant que répondre, il changea de sujet et entreprit l'éloge funèbre du défunt :

— Lui, au moins, c'était un brave homme ! Il sera difficile à remplacer...

Un concert à plusieurs voix entrecoupé de soupirs développa sur plusieurs modes le riche thème selon lequel ce sont toujours les meilleurs qui s'en vont les premiers.

— Vous n'avez qu'à prendre son fils...

C'était Lulu qui avait parlé d'une voix fluette, encore détimbrée par la grosse émotion qu'il devait à l'affaire du squelette. Estomaqués par son culot, tous se tournèrent vers le benjamin des Juvénal.

— De quoi je me mêle ? brailla le cafetier.

Mais les autres, Théodore en tête :

— Attends un peu, ce n'est pas bête ce qu'il dit, ton petit. Maintenant que son père est mort, Maximin va reprendre l'étude et comme il doit marier la demoiselle, si ça se trouve, elle nous fait secrétaire gratis. En plus, tout le monde le sait, Maximin, c'est presque comme s'il était rouge puisque c'est un...

— Chut ! l'interrompit Sidonie en roulant des yeux qu'elle croyait discrets dans la direction des enfants.

Mais Lulu ajouta sur un ton qui prenait de l'assurance :

— Va ! Nous aussi, on le sait, que Maximin Revest est un Pascalet...

Tous décidèrent d'en rire plutôt que de s'en offusquer, le propre des secrets de famille étant d'être aussi ceux de Polichinelle et de se transmettre de génération en génération au nez et à la barbe des principaux intéressés. Personne ne songea à faire remarquer que cette transmission de la mairie de deux pères en un fils n'était pas très légitime et encore moins républicaine.

Comme il commençait à se faire tard, on transféra le squelette dans un casier de limonade et on confia ce cercueil d'autant plus provisoire qu'il était consigné à Adalbert. Marceau et Joséphine Barras s'en allèrent avec leurs jumeaux, les boulangers avec leur marmaille, Théodore avec son simplet et Sidonie avec son cuvier. Les cafetiers déplièrent l'accordéon de bois qui protégeait leur porte vitrée, tournèrent les molettes des deux lampes à pétrole, mirent le poêle Godin sur « feu continu » puis montèrent se coucher.

M. Loisel qui, embusqué derrière les volets clos de sa chambre, surveillait le parvis du café, ne se doutait pas que son espoir de devenir maire était gravement compromis. Il risquait même de se faire éjecter de son poste ingrat de scribe communal maigrement appointé. Malgré sa belle instruction acquise à l'École normale, il n'avait pas compris que la seule façon pour un Aixois de prétendre à la mairie était d'être naturalisé Sollié-rain. Pour cela, il devait se dénicher au fond du cadastre soit un cabanon en ruine, soit quelques arpents de friche ancestrale, soit un lointain cousinage. Soit épouser la fille d'un voisin. Voire sa veuve…

9

Courbé à la gueule de son four qui soufflait chaud, Anselme, en tricot de corps, passait l'écouvillon sur les dalles de la sole. C'était une serpillière de gros coton, amarrée par quatre tours de fil de fer à un rejet de platane, bois réputé incombustible. Tous les trois ans, au moment de la taille, Léandre, le menuisier, choisissait les plus belles branches, longues et bien droites, pour en faire, dans le droit fil, des pelles et des outils de boulanger qu'on venait lui acheter de loin. C'est que Sollières, établi tout près de l'Arc, passait pour avoir les plus beaux platanes des Bouches-du-Rhône. Ceux du cours Mirabeau, pourtant de haute lignée, ne leur arrivaient pas à la cheville, chétifs platanes des villes, comparés à ces époustouflants platanes des champs. C'était du moins ce que tout un chacun pensait à Sollières...

D'un geste vif, le boulanger expédiait la perche flexible jusqu'au fond de la cavité, puis la retirait en zigzag pour nettoyer le plus de surface possible. Le chiffon fumant, lourdement mouillé, rapportait jusqu'à l'abattant les brindilles brûlées, les cailloux rôtis et les cendres mortes qui avaient échappé au bras métallique du tire-braise. Une vapeur blanche, qui sentait l'incendie de forêt, sortait par bouffées et posait sur son front plissé par l'attention de grosses gouttes de sueur. De temps en temps, il les essuyait de l'avant-bras pour ne pas en être aveuglé. Entre chaque passage, il trempait son torchon dans un seau d'eau noircie de débris, à la surface de laquelle flottaient des fragments de charbon.

Derrière lui, Héloïse transpirait de plus en plus dans cette chaleur d'étuve. Le fournil était hermétiquement clos. Le long des vitres embuées de la porte et de la fenêtre, la condensation dégringolait en rigoles qui goûtaient sur le sol cimenté. La meunière trépignait d'impatience.

— Ho ! Anselme ! Tu m'écoutes ?

— Oui, oui ! répondit distraitement le boulanger sans cesser d'actionner son balai.

Il lui donnait l'impression déplaisante de lécher son four avec une gourmandise légèrement lubrique.

— Alors arrête-toi un moment et regarde-moi ! lança-t-elle avec autorité, car parler à un dos commençait à lui porter sur les nerfs.

— Pourquoi ? repartit Anselme, acide, tu arrêtes ta roue, toi, quand tu as de la visite ?

— Ce n'est pas une visite ! C'est un avertissement ! Si tu ne le sors pas tout de suite de cette prison, ton Philibert va revenir à Sollières les pieds devant !

— Tu exagères toujours, dit Anselme. Tu es la reine de l'exagération !

Mais, comme il avait enfin terminé sa tâche, il redressa l'écouvillon à la verticale et l'appuya, tel un drapeau, contre la façade du four carrelée en quinconce de briques flammées. Il ferma posément le portillon de fonte, puis en fit glisser le loquet brûlant à l'aide d'une poignée de bourre. Alors, il s'étira en arrière, les mains au creux du dos pour se remettre les reins en place.

— Pas malheureux ! s'exclama Héloïse.

D'une main ferme, elle poussa la porte qui donnait sur la rue et l'ouvrit en grand. L'air froid du dehors fit un bond en avant.

— Malheureuse ! Ferme-moi ça tout de suite ! brama Anselme. Tu veux me faire tomber la pâte ?

Tandis qu'elle s'exécutait en vitesse, un peu confuse de sa maladresse, il inspecta un à un les pâtons de navettes et de fougasses, puis les deux plaques de brassadeaux qui *piquaient** tranquillement sur le tour, afin de s'assurer que le bref courant d'air ne leur avait pas coupé le nerf. Tout paraissait

* « Levaient ».

en ordre mais sait-on jamais ! Rien n'est susceptible comme la pâte levée.

— Si je fais *chouille**, ce sera ta faute ! lança-t-il sur un ton rogue.

Héloïse haussa les épaules :

— Là, c'est toi qui exagères !

Conscient d'avoir repris l'avantage, et visiblement charmé de la faire bisquer, Anselme allait son train de sénateur, maître chez lui entre son four et son pétrin, le chef-d'œuvre de Pascal. C'était une caisse de bois trapézoïdale, trois fois plus longue et large qu'un pétrin domestique, et décorée sur le devant des initiales BP (Baude-Passerel) gravées en intaille. La cuve était assez grande pour que le patron, qui n'était pas petit, puisse, lorsque les pâtons levaient, s'y allonger et piquer un somme. Cette couchette, qui évoquait fâcheusement un cercueil, ne l'inquiétait pas. Au contraire. Il se disait même qu'il aimerait être enterré dedans, car il y dormait bien, ce qui n'est pas à négliger quand on envisage le repos éternel.

Tandis qu'Héloïse bouillait d'impatience, il posa un tréteau métallique face au four, vérifia sa position, la rectifia au centimètre près, puis, avec une lenteur exaspérante, descendit du support où ses pelles étaient rangées, un plateau carré solidement emmanché. Il équilibra l'engin entre l'abattant du four et le tréteau puis, les deux poings sur les hanches :

— Alors ? Qu'est-ce que tu attends ? Je t'écoute.

— Alors, voilà ! dit-elle à toute vitesse, hier, je suis passée au petit séminaire. D'abord, je lui ai trouvé une tête à faire peur et quand je lui ai donné les brassadeaux, eh bien, tu sais ce qu'il a fait ?

— Tiens ! Justement ! dit Anselme. Fais-moi passer les deux plaques de brassadeaux qui sont sur le tour ! Maintenant, le four est un peu *tombé***...

Héloïse était si surprise qu'elle lui obéit sans rechigner. L'une après l'autre, elle lui tendit les plaques de tôle sur lesquelles étaient couchées en rond les petites couronnes levées à point.

---

* Faire chouille : « rater sa fournée ».

** « Descendu en température ».

Anselme les enfourna sans hâte, en les faisant glisser du plateau d'un coup sec. Puis il referma le portillon avec soin. Dans cette brève manipulation, le parfum de fleur d'oranger s'était développé dans la pièce saturée de vapeur. Anselme saisit un réveil de métal jaune posé sur une étagère. Il lui donna un tour de clé.

— Vingt minutes, marmonna-t-il comme pour lui-même. Pas une de plus, pas une de moins : la pâte briochée, ça se cuit vite et à grand four.

— Encore heureux ! ronchonna Héloïse. Si tu avais fait des sablés, j'en avais jusqu'à demain...

Anselme ne put s'empêcher de sourire. Au fond il était content de parler à quelqu'un qui s'y connaissait. Qui savait comme lui que les sablés, contrairement aux brioches, doivent cuire lentement et à petit four. D'où leur nom.

Il tourna vers Héloïse un visage détendu :

— Tu disais ? Qu'est-ce qu'il a fait, Philibert, quand tu lui as donné les brassadeaux ?

Héloïse comprit qu'elle ne devait pas trop lambiner, sans quoi il allait lui demander de racler le pétrin ou de balayer le fournil. Elle lança tout à trac :

— Il s'est mis à pleurer !

Anselme ricana.

— À pleurer ? Philibert ? Ça m'étonnerait ! Il n'a même pas pleuré le jour où il a reçu la masse de Théodore sur le pied ! Et pourtant, tous les ongles lui ont sauté.

— C'est pour ça que c'est grave ! Si c'était ton Marius, qui pleurniche pour un oui pour un non, je dirais comme toi : il pissera une fois de moins ! Mais Philibert...

Anselme souleva sa toque blanche et se gratta la tête. À ce moment, Marité arriva du magasin en nouant à l'aveugle son tablier blanc derrière son dos :

— Ils sont cuits, ces brassadeaux ?

Anselme jeta un coup d'œil au réveil :

— Encore un petit quart d'heure.

— Si la diligence arrive avant, on va manquer la vente, ronchonna la boulangère.

— Eh, ce n'est pas ma faute ! Elle me fait perdre mon temps ! rétorqua Anselme en lui montrant Héloïse d'un revers du pouce.

Marité, qui aimait bien la meunière, eut un rire coquin :

— Tu viens lui faire l'attaque ? demanda-t-elle. Tu seras déçue, il n'est plus ce qu'il était...

— Tu veux que je lui montre ? repartit Anselme en martelant son torse comme un gorille en rut.

Marité rit avec la tranquille assurance d'une femme qui est sûre de son homme. Héloïse et Anselme rirent aussi. Entre eux, il y avait une bonne grosse amitié d'enfance. Rien de plus.

— Blague à part, qu'est-ce qui t'amène ? demanda la boulangère.

Anselme anticipa la réponse d'Héloïse :

— D'après elle, Philibert ne se ferait pas au pensionnat, dit-il en haussant les épaules afin de bien montrer qu'il n'en croyait rien.

— Ah bon ? dit Marité, soudain inquiète, car si elle était fière d'avoir son grand fils au séminaire, elle craignait toujours pour la santé de sa portée.

Assurée d'avoir enfin touché le cœur sensible d'une mère, Héloïse en ajouta une couche dans le tragique :

— Parfaitement ! Il est plus maigre que le petit Lulu, blanc comme un linge, avec les yeux au fond des trous et les joues comme ça !

Ce disant, elle aspira les belles rondeurs des siennes et loucha légèrement, ce qui lui donna une tête de moribonde.

— Quoi ! s'exclama Marité. Plus maigre que Lulu ?

Héloïse se dit qu'elle avait frappé juste en évoquant le petit rachitique : l'enfant malingre était une tache qui ternissait l'aura des cafetiers, une sorte d'écharde plantée dans leur honneur de parents. De plus, Thérèse et Marité étant cousines, cette sorte d'amitié malveillante propre aux relations familiales les animait, si bien que chacune, en faisant mine de les déplorer, se réjouissait secrètement des déboires de l'autre. La boulangère savait que la cafetière lui enviait ses rejetons, tous gracieux, sains et vifs comme des petits lapins. C'est que les trois Baude avaient fort opportunément reçu en partage la belle carrure de leur papa et la jolie figure de leur maman. Pour les Juvénal, c'était tout le contraire. Mais qu'y faire, sinon s'en désoler en pouffant sous cape ? Les chromosomes ont de ces fantaisies !

— Plus maigre que Lulu ! Exactement ! confirma Héloïse.

Marité commença à se tordre les mains :

— Tu vois, Anselme, je l'avais dit, on n'aurait pas dû le mettre tout de suite en pension. Il fallait le garder un an de plus à la maison, il est encore trop petit.

— Trop petit ? À douze ans ? Ça, par exemple ! Moi, à son âge, j'étais mitron à Gardanne ! Je passais toutes mes nuits à charrier des balles de farine et des corbeilles de pain sur mon dos ! Et M. Philibert, qui a des bras plus gros que moi, serait trop faible pour tenir un porte-plume ? Et il pleure en mangeant mes brassadeaux ! Tu veux dire qu'il *parpelège** avec ses cils de fille ! Gnangnan, va ! Un bon coup de pied au cul, oui !

De rage, il prit une poignée du levain qui s'arrondissait sur le tour et la jeta de toutes ses forces à travers le fournil. La boule de pâte se colla contre le mur du fond, puis elle s'étira comme de la chique et finit par tomber sur le sol avec un bruit flasque. L'incident rendit son ire jupitérienne un tantinet ridicule. Dans la colère, il faut briser, broyer, concasser, pas malaxer… La résistance au choc de l'objet sacrifié doit souligner par une explosion spectaculaire la démesure du sentiment.

— C'est pas des façons, ça… pas des façons…, pleurnichait néanmoins Marité en essuyant ses beaux yeux noirs – les mêmes que ceux de Philibert – du coin tortillé de son tablier, sans trop savoir si elle déplorait le courroux de son homme ou la pâte à pain bêtement gaspillée.

Héloïse, de son côté, se félicitait d'être veuve. Un sourire lui vint qu'elle réprima, en se représentant que Sidoine, de son vivant, n'aurait jamais jeté une poignée ni même une pincée de farine. *De profundis !* conclut-elle en hommage impertinent au défunt, car elle n'avait pas digéré son ultime perfidie, emporter le trésor des Garrassin avec lui.

Cependant, Anselme, ému par le chagrin simulé de sa moitié, s'appliquait à la consoler en tapotant son épaule ronde, sanglée dans le caraco. Finaude, la boulangère redoublait ses faux sanglots, en laissant aller son front contre la forte épaule poudrée de farine. Chacun savait, à Sollières, que ces deux-là avaient fait,

---

* Parpeléger : « battre des cils ».

contre leur famille, un mariage d'amour. Et, quinze ans après, il en restait quelque chose. Quand on parlait d'un couple uni, on disait, avec un peu d'envie : comme Anselme et Marité. Après tout, c'était peut-être pour cette raison qu'ils avaient fait de beaux enfants ? Qui sait ? On se rappelait que le vieux Passerel avait dans l'idée de marier sa fille unique à Sidoine Garrassin, afin d'unir pour le meilleur et pour le pire la boulangerie au moulin. Et qu'il avait piqué une grosse colère lorsqu'elle s'était entichée de ce mitron sans le sou mais costaud comme un Turc, venu de Gardanne pour le remplacer pendant sa pleurésie. Il faut dire qu'il avait lui-même épousé contre les siens une Italienne qui l'avait encorné avec une constance qui tenait de la fidélité. Cocu chronique et pas content pour autant, il se méfiait des mariages d'amour. Il avait tenu le coup pendant deux ans et puis, finalement, il avait baissé pavillon lorsque le fils du meunier avait épousé la fille des Tanneries. Puisqu'il ne pouvait pas avoir ce qu'il voulait, autant vouloir ce qu'il avait. Malgré tout, pour marquer le coup et souligner sa réprobation, il avait décidé de lever la parole à son gendre, lequel ne s'était pas fait prier pour lui emboîter le pas. À la suite de quoi, les deux grincheux avaient passé leur temps face à face, de part et d'autre de la table familiale, à ne se parler que par le truchement de Marité :

— Tu diras à ton mari que je suis allé au moulin commander la farine.

— Tu demanderas à ton père combien de balles il a prises.

Et Marité, placide, continuait à faire passer le pain et le fricot, sans se donner la peine de répéter un message qui était, à l'évidence, parvenu à destination.

Finalement, le vieux avait pris un coup de chaud en allant couper de l'herbe pour les lapins. On l'avait ramené à la boulangerie, violet comme une aubergine, avec les yeux injectés de sang. La mère Rancurel avait vainement tenté de lui lever le soleil* : le verre d'eau, les prières, rien n'y avait fait.

— Tu diras à ton père que ça me fait de la peine de le voir comme ça, avait ronchonné Anselme qui avait mauvais caractère mais bon cœur.

* Pratique de rebouteux visant à soulager une insolation.

Le père Passerel était mort dans la nuit, veillé par ses deux enfants, assis l'un à droite, l'autre à gauche du lit de noyer. Avant de passer, il s'était tourné vers Marité qui lui tenait la main et lui avait murmuré :

— Tu demanderas à ton mari ce qu'il met dans ses brassadeaux pour qu'ils soient meilleurs que les miens…

Le gendre avait levé la tête vers sa femme dont le regard venait de s'allumer. Enfin, elle allait connaître « le secret des brassadeaux » qu'Anselme prétendait préparer « en se bandant les yeux ». Malheureusement, après quelques secondes d'hésitation, le bougre s'était penché vers le père mourant et lui avait glissé trois mots à l'oreille.

— Tu diras à ta femme que je m'en doutais…, lui avait soufflé le vieux en guise de dernier soupir.

Héloïse se remémorait la belle histoire qui avait fait rire et pleurer tout Sollières. En regardant le couple enlacé, elle se dit qu'il devait être doux de simuler un chagrin et d'avoir un homme pour jouer tendrement les dupes et vous réconforter. Un homme grand et solide comme… comme Anselme, tiens ! Pourquoi aller chercher ailleurs une comparaison ? Mais l'idée de pleurer sur l'épaule d'Anselme lui donna envie de rigoler. « Bah ! se dit-elle, j'en aurais vite assez… » Brusquement, l'image fugace d'une autre épaule, aussi brune et ferme que celle d'Anselme paraissait blanche et molle, lui mit le ventre à l'envers. « Un assassin ! Merci bien ! », murmura-t-elle sans parvenir pour autant à chasser la violente flambée de désir qui l'avait embrassée par surprise. Elle mordait encore ses lèvres lorsque tinta la clochette de la porte du magasin. Consolée en un clin d'œil, Marité se précipita après avoir, d'un geste vif, défroissé son tablier :

— Oh là là ! C'est la diligence ! Pourvu qu'ils veuillent bien attendre !

Demeurés seuls dans le fournil, Héloïse et Anselme échangèrent un sourire complice. Un cri terrible leur fit sauter le cœur dans la poitrine. Ils bondirent en même temps, se percutèrent au passage de l'étroite porte de communication. Au milieu de la boutique, Marité étreignait à pleins bras son Philibert, pantelant d'émotion. Auprès d'eux, un prêtre en tenue de voyage, soutane et pèlerine, contemplait ces retrouvailles d'un air attendri. Au premier coup d'œil, Anselme reconnut le père Grangier. Au second, il jugea qu'Héloïse n'avait pas exagéré : son garçon n'était plus que l'ombre de lui-même. Une sourde colère lui monta dans la gorge. Il adressa au curé un regard sourcilleux :

— Qu'est-ce qui se passe ? Il est malade ?

Grangier eut un sourire contraint. Il massa un moment son menton glabre :

— Eh bien... C'est-à-dire... Pour être tout à fait franc, il se trouve que Philibert va rester chez vous quelque temps, attendu que...

Philibert se dégagea de l'étreinte maternelle. Il se tourna vers Grangier et, tout à trac, le front buté :

— Pas la peine de mentir, mon père !

Puis, faisant face aux siens, avec le désespoir d'un gladiateur qui n'attend pas de quartier du public :

— Ils m'ont foutu à la porte !

— Ils t'ont foutu à la porte parce que tu es malade ? lâcha Anselme, stupéfait.

Grangier fit un pas en avant en se raclant la gorge, mais il n'eut pas le temps de lancer le discours qu'il avait fignolé pendant le voyage.

— Ils m'ont foutu à la porte parce que j'ai cassé la figure à un surveillant ! avoua Philibert, non sans une pointe de fierté.

L'abbé eut un mouvement de tête dépité. Par sa brutale franchise, le garçon venait de lui couper l'herbe sous le pied. Il avait espéré gagner, au prix d'un mensonge, la confiance que l'enfant lui refusait, établir enfin entre eux une complicité, peut-être une forme de chantage affectif qui pourrait, peu à peu, avec le temps, l'amener à... Hélas ! S'il était ombrageux, Philibert était aussi sans détour, ces deux traits de caractère allant souvent de pair. Marité devint toute blanche et Anselme, cramoisi :

— Petit malheureux ! Tu as cassé la figure à un surveillant ! Dis, tu veux savoir combien je chausse ? gueula le boulanger en montrant son espadrille enfarinée.

Mais, s'il promettait souvent d'expédier son 46 fillette au cul de ses rejetons, Anselme ne le faisait jamais. Les petits Baude le savaient bien. Aussi n'étaient-ils ni menteurs ni dissimulés comme leurs amis qui connaissaient le goût de la ceinture et craignaient les fessées. De son côté, Marité avait recommencé à tortiller le coin de son tablier pour en éponger ses yeux secs. Dans le silence tendu, ce fut Héloïse qui posa la bonne question :

— Tu as cassé la figure à un surveillant ? Pourquoi ? Qu'est-ce qu'il t'avait fait ?

— Il m'avait pris les brassadeaux que vous m'aviez apportés..., hoqueta Philibert.

Et il s'abattit en sanglotant sur la belle poitrine de la meunière, cette poitrine moyennement maternelle qui avait hanté tant de tristes nuits du jeune séminariste. Héloïse referma des bras protecteurs sur le dos maigre et se mit à bercer tendrement le garçon.

— Et voilà ! déclama-t-elle sur le ton emphatique d'un avocat en cours d'assises, il lui a cassé la figure parce que le brigand lui avait VOLÉ ses brassadeaux !

On s'attendait à l'entendre poursuivre sa plaidoirie par un vibrant appel aux jurés, lorsque Anselme porta les deux mains à sa tête :

— Coquin de sort ! Les brassadeaux !

Il se précipita dans le fournil. On entendit grincer la porte du four, puis les tôles claquer sur l'abattant. Deux minutes plus tard, le boulanger était de retour. Il jeta sur le comptoir une plaque contenant une douzaine de ses spécialités, fâcheusement brunics par les minutes de cuisson superflues. Philibert saisit aussitôt l'une des petites couronnes, la rompit et s'en fourra une moitié dans la bouche :

— Ah ! F'est faud ! souffla-t-il en ouvrant grand sa bouche pleine.

Alors, Anselme écarta les bras en signe d'impuissance :

— Prenez-en un, mon père ! Et toi aussi, Héloïse ! On ne peut pas les vendre, alors autant les manger entre nous !

Il regardait d'un air lourd de reproches son fils qui mastiquait avec volupté :

— Qu'est-ce qu'on va faire de toi, maintenant, dis ? Mitron ? C'est bien la peine d'avoir bonne tête !

Grangier ouvrit la bouche, mais Héloïse lui coupa la parole :

— Je vais le prendre avec moi au moulin. Je lui apprendrai la comptabilité.

Le curé lui jeta un regard meurtrier qu'elle soutint avec insolence. Ils venaient de se déclarer la guerre.

— Ça te dit, la comptabilité ? demanda Anselme.

Philibert acquiesça frénétiquement de la tête, car il avait encore la bouche pleine. Au fond, la comptabilité lui importait peu. En revanche, travailler avec la meunière...

— Eh bien, va pour la comptabilité ! dit Anselme avec un soupir résigné.

Le visage de Grangier se contracta imperceptiblement. Il prit pourtant un timbre onctueux pour dire à la meunière :

— Nous avons projeté un pèlerinage. J'espère que vous lui accorderez quelques jours de congé, ma chère enfant.

Héloïse se cabra à l'énoncé de cette filiation saugrenue. Elle était l'enfant d'Octave Pascalet et de Flora Garrassin. Elle n'était pas celle de ce *capelan* efféminé. Mais elle avait du savoir-vivre :

— Je lui accorderai tout ce qu'il voudra... monsieur le curé !

Mais à la place de la joie qu'elle attendait, elle vit passer une ombre dans les beaux yeux de Philibert. Quelque chose comme un refus affolé qui ne laissa pas de l'interpeller.

*

Angelo regardait, se détachant des hachures des peupliers dépouillés, la silhouette noire qui se dirigeait vers Font Trigance. Qui cela pouvait-il bien être ? Fortunée ? Ou alors une quelconque femme du village ? Peut-être une promeneuse furtive ? Il pensa à sa débitrice dans sa robe de deuil qui ressemblait si fort à une robe de bal. Peut-être, informée par sa gouvernante de l'attitude familière qu'il avait eue avec la petite, s'était-elle décidée à venir lui demander un sursis ? Qu'allait-il faire ? Et dire ? Son cœur, pris de court, se lança dans un galop endiablé. Mais non, la *putana* était plus mince, plus grande, son pas plus vif, plus alerte, plus dégagé... Tout à coup, la forme s'étant rapprochée, il s'avisa que ce qu'il avait pris pour une jupe était une soutane. Il rit de sa méprise. Son cœur reprit son rythme de croisière :

— *Ma che ! un padre ! cosa vuol ? Danaro*[*] ?

Son passage chez les garibaldiens, tous plus ou moins bouffe-curés, lui avait laissé des séquelles d'anticléricalisme. Chaque fois que lui venait cet ancien réflexe, il avait une pensée tendre pour la *mama*, furieuse catholique à l'italienne, et la priait mentalement de lui pardonner son esprit sacrilège. Et comme la *mama* lui avait toujours tout passé – y compris son engagement dans les Chemises rouges –, ses mânes lui passaient aussi son accès d'impiété. Pauvre femme ! Elle, fille mère et lui, enfant né « de père inconnu », ils en avaient bavé dans cette foutue Bandita vouée à une Madone implacable ! Tout au long de sa petite enfance, il avait été le *bastardo* montré du doigt. Jusqu'à ce que sa stature décourage les quolibets et les pouces mordus. Ce père disparu sans laisser d'adresse devait être un lâche, mais aussi un fameux gaillard !

Sans doute le prêtre l'avait-il aperçu, car il lui adressait, de loin, de grands signes d'amitié. De plus en plus surpris, Angelo sortit sur le perron pour recevoir le visiteur. L'autre agitait toujours ses bras comme un sémaphore :

— Mazzola ! Mon cher ami ! maître voici ! Quel bonheur de vous revoir après tout ce temps !

— *Padre* Granzier ?

Un peu abasourdi, Angelo dut subir l'accolade vibrionnante de l'ancien propriétaire. Il était étonné de le voir arriver à pied, car il connaissait, pour l'avoir entrevu à Aix lors de la transaction, son train de maison qui était rien moins que modeste.

— maître ferez-vous l'amitié de m'accorder l'hospitalité un jour ou deux, dans cette belle demeure qui fut si longtemps celle de mes aïeux ?

Angelo fronça le sourcil. Il avait, certes, fait des progrès en français, mais point encore assez pour saisir ce langage précieux. Comprenant sa bévue, Grangier lui posa la même question par gestes : la joue couchée sur les deux mains jointes et les yeux clos pour signifier « dormir » ; le pouce et l'index de la main droite brandis afin d'indiquer la durée.

* « Par exemple ! Un curé ! qu'est-ce qu'il veut ? Des sous ? »

— *Si ! Si !* Deux zours ! Avé plézir ! répondit Angelo qui n'en pensait pas un mot, car il n'éprouvait aucune sympathie pour le bonhomme.

Grangier l'entraîna à l'intérieur avec autant de familière autorité que s'il eut encore été le maître des lieux. Cela déplut à Angelo à qui l'armée avait donné le sens de la hiérarchie. Aussitôt parvenu dans le vestibule, le prêtre promena autour de lui un regard ébloui.

— Ma-gni-fique ! s'exclama-t-il.

C'est que, lassé d'attendre sa venue, le nouveau propriétaire s'était résolu à faire décrocher les tableaux et à décoller l'abominable papier peint. Dans l'entrée et tout au long de la cage d'escalier, il avait fait passer un badigeon marbré d'ocre et de roux, comme il en avait vu autrefois dans ces *palazzetti* campagnards des environs de Rome où étaient souvent cantonnés les garibaldiens. Ainsi font souvent les nouveaux riches : ils reproduisent avec plus ou moins de bonheur dans leurs maisons neuves les décors pompeux qu'ils ont enviés du temps où ils étaient sans le sou. Là, par chance, ce petit air d'Italie s'accordait avec l'ampleur générale des volumes, la hauteur des plafonds, la majesté de l'escalier. L'effet était superbe de cette lumière poudrée d'or qui jetait des reflets précieux sur le fer forgé de la rampe et sur sa boule de cuivre. Habitué à passer de la chaux partout, Ange Espanet avait d'abord ronchonné. Et puis il s'était pris de passion pour cette nouvelle manière, au point de la proposer à tous ses clients comme une création personnelle. Certains indécis se laissaient convaincre. D'ici à quelques décennies, Sollières aurait peut-être l'air d'une enclave italienne au cœur de la Provence. Toutefois, ne connaissant rien à la technique *a fresco*, il avait fermement refusé de peindre des motifs directement sur les murs, comme le lui avait demandé son client. D'autant que les sujets proposés lui semblaient, comment dire, un peu…

— Oune femme nue, *con* fleurs *nei capelli**.

* « Dans les cheveux ».

— Nue avec une fleur au *chapeau*[*]? Non, ça, monsieur Mazzola, il faudrait le demander à Maximin Revest, le fils du maire. C'est lui, l'artiste !

Angelo en avait donc touché deux mots au notaire qui passait presque tous les jours par Font Trigance au cours de sa promenade de santé. Mais le brave homme, tout en saluant l'originalité de son projet, n'avait pas paru enchanté à l'idée de voir son fils jouer les Michel-Ange. Angelo avait cru comprendre qu'il désirait surtout voir le garçon (probablement un jean-foutre) lui succéder à l'étude. Aussi n'avait-il pas insisté. Les murs étaient donc restés en l'état. Seules les corniches de stuc avaient été soulignées par une grecque exécutée avec un poncif dans un ocre rouge tout à fait pompéien. Revenu de sa contemplation émerveillée, Grangier se tourna vers lui :

— Sans doute vous demandez-vous ce qui m'amène... à pied ! dit-il en montrant ses souliers vernis crottés de boue.

Le geste, cette fois encore, était éloquent. Angelo confirma d'un hochement de tête.

— Eh bien, j'ai été contraint de prendre la diligence pour ramener dans ses foyers l'un de nos pensionnaires qui a fait une sottise, dirons-nous...

Angelo n'avait rien compris. Le regard interrogateur, il attendait de la suite un complément d'information. Qui ne vint pas. Au fond, que lui importait ? Quelques mots lui parvenaient qu'il tentait, vaguement, de combiner, pour en construire des phrases à sa portée. Pataugeant dans ce torrent de verbes, il entreprit de conduire son hôte dans la *gatouille*[**] où il avait fait entreposer par Fortunée les toiles et les photographies décrochées. Grangier continuait à parler :

— Lorsque j'ai appris le décès de maître Revest, j'ai décidé de rester jusqu'à demain pour assister aux obsèques.

Cette fois, Angelo dressa l'oreille. Le nom du notaire lui était familier, mais les mots « décès » et « obsèques » demeuraient obscurs.

— Décès ? répéta-t-il en levant un sourcil.

---

[*] En provençal, le mot « chapeau » se dit *capeù*.

[*] « Arrière-cuisine, souillarde, cellier ».

— Décès ! Mort ! répéta Grangier avec un geste peu révérencieux de la main abattue de haut en bas.

Et il ajouta :

— Apoplexie.

Angelo ressentit un chagrin inattendu. Il avait toujours eu plaisir à voir le chapeau noir du vieil homme, duquel dépassait, sur le front et la nuque, un mouchoir immaculé, se diriger vers Font Trigance. Quand il arrivait au promeneur de manquer un jour ou deux, il se surprenait à l'espérer. C'est que le bonhomme savait s'adresser à lui avec des mots simples qu'il comprenait. Souvent, il n'était question, entre eux, que de la pluie et du beau temps. Mais parfois, la conversation roulait sur les Solliérains et plus particulièrement sur la meunière, que le notaire semblait tenir en grande estime. Il vantait volontiers son courage, son ardeur au travail, son intelligente gestion du moulin, ses belles qualités de patronne et de mère, si bien qu'Angelo l'eût prise pour une véritable sainte, s'il n'avait senti, encore douloureuse, sous la densité de ses cheveux bouclés, la cicatrice qu'il lui devait. Jour après jour, il avait donc reconstitué son histoire édifiante : la mère morte à sa naissance, le père déporté, l'orphelinat, et puis le mauvais mariage avec un homme que, un homme qui... enfin, un homme qui ne la valait pas !

Invariablement, l'avisé tabellion qui espérait œuvrer ainsi pour sa cliente terminait son panégyrique par un admiratif :

— Elle sait tout faire, tout !

« Et tou né sais pas cé qu'elle sait faire au lit... », pensait alors Angelo en se mordant l'intérieur des joues.

En un rien de temps, il avait à peu près tout appris sur Héloïse qui, ne sachant toujours rien de lui, en était toujours réduite aux conjectures.

Ainsi, le bon notaire avait quitté ce monde. Cet étrange lien à sens unique tissé, grâce à lui, avec la *putana* venait de se dénouer. Angelo était déconcerté. Comme quelqu'un qui vient de perdre l'adresse d'un quidam à qui il ne compte pas écrire, mais qu'il conserve sans trop savoir pourquoi.

— Demain, jé vais avé vous *al campo santo**, dit-il.

---

* « Au cimetière ».

— C'est une excellente idée ! répondit Grangier tout en se disant : « Voilà qui m'évitera de faire le chemin à pied ! »

Comme ils étaient arrivés devant la théorie de tableaux appuyés au pied du mur, le prêtre se pencha et se mit à les passer rapidement en revue. De temps en temps, il en sortait un, hésitait, puis passait outre ou le mettait de côté.

— Cette fois, je ne peux pas les emporter, dit-il, mais je reviendrai.

Angelo étouffa un soupir de contrariété. Mais, à ce moment, Grangier venait de tirer du lot la photographie de famille. Il la leva pour la contempler dans la faible lumière qui tombait du soupirail. Son sourire s'était accentué. Angelo attribua ce changement à un accès d'émotion. Que n'eût-il donné pour avoir un portrait de sa mère ! Du coup, il songea à la petite qui s'appelait, comment déjà ? Ah ! oui ! Félicité ! *Felicita*... Et qui semblait particulièrement douée pour porter ce prénom prometteur. Allait-il, lui, son père, en poursuivant sa vengeance, jeter la première ombre sur ce destin en plein devenir ? Ne devrait-il pas plutôt...

— Je monterai celui-ci dans ma chambre, dit Grangier.

Le possessif offusqua Angelo, d'autant que l'autre, son tableau sous le bras, s'engageait déjà dans l'escalier. Il ne put que le suivre. Lorsqu'ils parvinrent à l'étage, le curé se dirigea d'un pas assuré jusqu'à la pièce sud-est, la plus grande et la mieux disposée. Il allait poser une main décidée sur la poignée lorsque Angelo s'interposa :

— *No !* dit-il, *questa è mia* * *!*

Grangier eut un léger haussement d'épaules, mi-beau joueur mi-dépité. Angelo le conduisit avec un rien de perfidie jusqu'à la chambre qu'il appelait *del macellaio* ** à cause du Sacré-Cœur sanglant qui la décorait. L'abbé semblait contrarié. Il tenta même de protester :

— C'est la plus froide..., déplora-t-il, espérant sans doute attendrir son hôte.

Angelo lui montra du menton la cheminée :

— En bas, il y a dou bois...

---

* « C'est la mienne ! »

** « Du boucher ».

Au regard surpris de l'ecclésiastique, il comprit que jamais de sa vie le bonhomme n'avait dû allumer un feu, et encore moins se charger de monter des bûches à l'étage.

— Zé vé vous aider, dit-il.

Comme l'autre attendait, il l'entraîna jusqu'au rez-de-chaussée, puis, de là, dans la grange où était entreposé le bois qu'il avait coupé. L'agencement des stères, montés à la perfection sur leurs angles croisés, tenait de la sculpture. C'est qu'Angelo n'avait pas oublié la technique du charbonnier ! Mais Grangier n'était guère à même d'apprécier ce type de savoir-faire. C'était un homme de salon qui ne mettait jamais les pieds dans les communs. Encore moins dans les dépendances. Ses domestiques se chargeaient de la manutention et de l'intendance. Aussi regardait-il les rondins alignés avec l'air d'un convive attablé à qui l'amphitryon propose une poule vivante. Angelo prit un malin plaisir à lui charger les bras de rondins fraîchement fendus qui sentaient encore le sous-bois.

— Assez ! Assez ! s'exclama le pauvre homme lorsqu'il en eut posé trois.

Jouant les sourds, Angelo en posa trois autres, si bien que ce fut en titubant sous le poids du fardeau que le malheureux gravit les marches du perron, puis celles de l'escalier.

« Ah ! Tou té crois chez toi ? Tou veux révénir ? se disait Angelo. Zé vais té montrer… »

Il déposa contre l'âtre les bûches qu'il avait lui-même montées, une bonne douzaine, et le planta là en lui lançant depuis le seuil :

— Zé vé préparer à manzé !

Grangier n'en revenait pas. Ainsi, ce type vivait tout seul dans cette grande maison ? Sans bonne à tout faire, ni cuisinière ni jardinier ? Était-ce un rustre ? Ou un original ? Il pencha plutôt pour la seconde hypothèse, car il le trouvait vêtu avec recherche. Et puis la façon dont il avait fait restaurer la bastide tenait plutôt du prince que du manant. Il ne se doutait pas que seule la modestie d'Ange Espanet avait empêché la décoration de sombrer dans un pastiche consternant.

« Il a dû être beau à damner un saint ! », se dit-il, rêveur, car s'il avait du goût pour les éphèbes, il n'en avait aucun pour les hommes faits. Du coup, l'idée germa dans son esprit de lui faire embaucher Philibert afin de le soustraire à l'influence de la meunière, en qui il avait tout de suite flairé une ennemie.

10

— *Les pauvres ont un enterrement, les riches des obsèques et les grands des funérailles.* Point final. Jules Vallès. Questions : 1) soulignez les trois synonymes ; 2) nature et fonction des mots soulignés ; 3) faites l'analyse logique de la phrase ; 4) que signifie, dans ce contexte, le mot « grands » ?

Gabriel posa son porte-plume dans la rainure du bureau, puis il fit craquer ses jointures pour détendre ses doigts.

« Facile ! », se dit-il, car il était bon en dictée et meilleur encore en questions.

Toutefois, avant de se lancer dans la composition, il se demanda si maître Revest avait eu des obsèques ou des funérailles. En tout cas, ça n'avait certainement pas été un enterrement !

D'abord, il y avait eu deux curés pour dire la messe. Ensuite, le drapeau bleu-blanc-rouge porté par M. Castinel, ce qui donnait un peu de gaieté. Ensuite, au cimetière, le chant des enfants des écoles devant le cercueil recouvert du drap noir frappé d'une croix d'argent.

Il y était allé de tout son cœur ! À pleine voix ! Il adorait chanter :

Gloire à notre France éternelle
Gloire à ceux qui sont morts pour elle…

Au fait, maître Revest était-il mort pour la France ? Pas sûr… L'apoplexie, c'était moins glorieux que la guerre. Mais il était maire. C'était important, maire. Une sorte de roi républicain. En tout cas, la cérémonie avait été superbe. Forcément, il se sentait moins triste que pour la mort du papet, ce qui était normal puisque le notaire n'était pas de la famille. Pourtant, il avait pensé avec émotion à la pièce d'un sou que le brave homme lui donnait lorsqu'il allait, comme tous les enfants du village, lui souhaiter la bonne année. Devrait-il, dorénavant, aller présenter ses vœux à Mme Revest ? Et sortirait-elle son porte-monnaie ? Va savoir !

En tout cas, Philibert Baude était revenu du séminaire et, ça, c'était une rudement bonne nouvelle ! Même si ses parents disaient qu'il était malade. Malade, ça lui passerait vite, ici ! Et puis il aurait certainement son idée à propos de l'*esquelette*, pardon DU squelette : M. Loisel avait dit que « squelette » était masculin, malgré sa terminaison. Dommage qu'il n'ait pas encore pu lui en parler à cause de l'enterrement, ou des obsèques, ou des funérailles… du maire.

Le soir, depuis le seuil du café, il le voyait passer rapidement, puis s'engouffrer dans l'église. Il lui faisait un petit signe de la main, auquel l'autre répondait d'un air désolé. Puis, il entendait monter un chant mélodieux, amplifié par la voûte sonore. Ah ! ces cantiques à plusieurs voix ! C'était autre chose que les chants rustiques enseignés par M. Loisel : « Les Montagnards », « Les Gens de mer » ou « Mon vieux chalet » ! Le maître était plein de bonne volonté, mais il ne connaissait pas grand-chose à la musique. Tandis que l'abbé Grangier… Gabriel tendait l'oreille et, comme justement il en avait, les mélodies s'imprimaient en lui, avec les trilles délicieux et les mots remplis de mystère, si bien qu'il lui arrivait de fredonner sans même s'en apercevoir :

— *Glooooo-oooooo-ooooooria ! In exelcis Deo…*

— Gabriel ! tonna M. Loisel en passant derrière lui.

L'enfant tressaillit, rougit violemment et piqua du nez sur son cahier. Il jeta un coup d'œil sur celui de Maurice Castinel qui venait de souligner hardiment : *povre, entairement* et *gran.* Il eut un soupir. Cela lui remit en mémoire la seule ombre qu'il y avait eue au beau tableau de la cérémonie. On l'avait chargé de porter, avec son cancre de voisin, la couronne en perles de verre offerte par la Libre-Pensée. C'était une belle couronne. Haute.

Large. En relief. Pas rouge, mais violet vif avec le cœur des fleurs doré. Malheureusement, sur la bande de taffetas qui la traversait, on pouvait lire en lettres de métal embouti : À NOTRE MÈRE...

Gabriel ne savait pas que l'inscription était de la plume de son père, ce qui l'eût rempli de confusion. En effet, Louis, qui ne doutait jamais de rien et surtout pas de lui-même, avait griffonné les trois mots sur un bout de papier qu'il avait confié à Ripert, lequel devait le transmettre à Juste Coste, lors de sa livraison de farine. Le marbrier de Gardanne, décorateur funéraire à ses heures, revendait avec un coquet bénéfice les couronnes fabriquées pour trois fois rien par les locataires de la prison d'Aix. Il ne lui restait qu'à choisir la banderole *ad hoc* pour personnaliser l'œuvre d'art. Au vu du papier, il s'était exécuté sans broncher, car il y avait plus de « mères » que de « maires » parmi ses clients. Il avait confié la couronne fin prête au charretier qui l'avait embarquée après l'avoir glissée dans un sac de farine consigné. Malheureusement, Louis n'avait qu'une connaissance très imparfaite des homonymes. Son orthographe n'était pas meilleure que celle de son père, qu'il eût peut-être épelé *paire* bien qu'il en eût un seul. Contrairement à certains...

*

Maximin Revest se sentait léger comme une bulle de savon. Dans les premiers instants qui avaient suivi le décès de son père, le sentiment de sa culpabilité l'avait anéanti. Prendre la place du mort à l'étude, puis épouser la sœur du maître d'école comme le défunt l'avait souhaité lui paraissaient, sous le coup de l'émotion, un juste châtiment à peine digne de racheter sa faute. Et puis, peu à peu, les heures succédant aux heures dans cette maison figée où il n'avait plus sa place, il avait senti son esprit de sacrifice s'effriter. Sa noble détermination s'était mise à branler. D'autant que la petite Loisel, venue présenter ses condoléances, lui était apparue moins appétissante que dans son souvenir. Elle avait perdu – mais l'avait-elle jamais eue ? – cette fraîcheur naïve que Coquine conservait malgré les ans dans son cadre doré. Le teint cireux, les joues creuses, les yeux cernés, le sourire contraint, la demoiselle découvrait imprudemment avant l'heure ce qu'elle risquait de devenir dès qu'elle serait mariée : une institutrice, femme de notaire de surcroît. Sombre pronostic.

Cependant qu'il suivait le corbillard, sa mère et sa sœur, voilées de noir, pesant doublement à ses bras, il se disait que le fardeau de trois femmes et d'une étude risquait d'être bien lourd. Si par malheur quelque enfant – ce qui était probable et lui donnait déjà des sueurs – venait s'y ajouter, ne serait-ce pas plus qu'il n'en pourrait porter ?

Par moment, un crottin fumant lâché par le cheval le contraignait à un pas de côté. Il l'exécutait avec la légèreté de l'excellent danseur qu'il était, puis reprenait la ligne droite, qui est, comme chacun sait, le plus court chemin pour aller d'un point à un autre, donc à plus forte raison au point final du cimetière. Réjouissante pensée.

Le cortège serpentait sur le chemin creux bordé de peupliers dépouillés. Là-haut, un ciel de novembre, irrégulier, rayé de nuages bas. Dans le cortège, on avait apporté des parapluies au cas où. Mais il ne pleuvrait pas. Ou alors à peine une bruine. C'était juste un temps gris. Plat. Sans charme. Peu de lumière. Pas une ombre. Un temps d'enterrement. Alors, ne sachant trop que faire, Maximin s'était adressé mentalement au défunt qui allait son train les pieds devant pour ce dernier voyage : « Ah ! père ! Nous voilà bien… »

Mais c'était surtout à lui qu'il pensait, vu que le destin du mort paraissait, à présent, scellé : à en juger par la ferveur des prières des croyants et par les dithyrambes des libres-penseurs, c'était le paradis en droite ligne, sans même une semaine d'escale au purgatoire ! Soupir…

« Adieu, père… Je vous ai toujours aimé ! Aimé, respecté et admiré ! »

Le couvercle du cercueil ne se soulevant pas sous une brusque poussée d'indignation, il avait poursuivi : « Aussi, père, je vais respecter vos dernières volontés. Oui. Je vais les respecter scrupuleusement. Toutefois… »

À ce moment, la roue avant gauche du corbillard avait donné dans un trou qu'Adalbert avait négligé de boucher. Tout le véhicule en avait été ébranlé, déporté de côté, prêt à se désarticuler sur ses essieux grinçants de vieille charrette qui ne sert pas souvent. Les flammes de bois ornant le baldaquin du toit s'étaient mises à vibrer comme des corbeaux prêts à prendre leur envol. Le cercueil avait tressauté sur le plateau avant de retomber un peu de travers. Maximin en avait eu la chair de poule. Mais après le cahot en rappel de la roue arrière qui avait ramené le cercueil à sa place, tout était rentré dans l'ordre. Le reste du chemin était plat comme la main. Alors, rasséréné, il avait repris son oraison :

« ... vous me permettrez, auparavant, d'aller rendre une visite – la dernière – à mon ami Félicien Mestre qui s'est installé, comme vous le savez, à Auvers-sur-Oise. »

Pas de réaction. S'il n'avait eu la veuve et l'orpheline pendues chacune à un bras, il se fût frotté les mains. Car il venait de découvrir que les morts sont toujours d'accord avec les vivants qui s'adressent à eux avec suffisamment de politesse et de mauvaise foi. À la suite de quoi il avait suivi la cérémonie avec sérénité, ce qui ferait dire aux assistants qu'il avait du courage et même de l'allure (forcément, un Pascalet !). Au moment où on avait déposé sur le tombeau la couronne qui portait l'inscription À NOTRE MÈRE, il avait su conserver une mine de circonstance, contrairement à Héloïse qu'il avait vue mordre ses lèvres et détourner les yeux. Pour les condoléances, reçues par la famille à la porte du cimetière selon la coutume, il avait stoïquement serré une quantité de mains et bisouillé des joues de matrones plus ou moins fraîches. Jusqu'au tour de l'abbé Grangier qui était passé en dernière position, accompagné de ce grand type, un Italien, à qui il avait vendu récemment Font Trigance. Eh oui ! les Grangier avaient vendu ! Qui l'eût cru ? Avec les Revest, les Grangier étaient les piliers de Sollières. Leur établissement dans le coin remontait à la nuit des temps. Comme quoi, il ne faut jurer de rien. L'un vivait désormais à Aix et l'autre à New York ! Ah ! ce devait être quelque chose New York par rapport à ce patelin de culs-terreux !

Ensuite, il y avait eu ce moment de flottement où, la cérémonie terminée, on ne sait trop quelle contenance adopter pendant que le curé plie son étole et que l'enfant de chœur enroule la chaîne de l'encensoir. On esquisse des sourires douloureux. On se donne des nouvelles : « Comment ça va ? », « Ça va, mais dans de tristes circonstances », « Eh oui, malheureusement c'est la vie... » Et puis l'Italien avait courtoisement proposé de raccompagner les affligées au village dans son tilbury. Grangier en avait profité pour s'éviter le retour à pied. Mais, lui, Maximin, avait refusé. Sa décision enfin prise de s'offrir le sursis d'un petit voyage, il se sentait presque léger pour attaquer le raidillon. Son mariage serait forcément reporté pour cause de deuil réglementaire. Demain il prendrait le train et... et c'est à ce moment que Théodore Castinel l'avait abordé :

— Ça va, Maximin ?

— On fait aller...

— Tu sais, c'était quelqu'un, ton père !

— Eh oui...

— Nous, à la Libre-Pensée, on l'aimait beaucoup ! On a toujours voté pour lui.

— Je sais...

— Alors, tu vois, on a bien réfléchi et on s'est dit que, finalement, pour le remplacer comme maire il n'y a que toi !

— Moi ?

Ce cri du cœur lui avait coupé les jambes. Il s'était arrêté, saisi, sur le bord du chemin. Lui ? Maire de Sollières ? Sans blague ! Se méprenant sur son exclamation, Théodore lui avait pris le bras et, baissant le ton :

— Ne t'inquiète pas. Ça va marcher comme sur des roulettes. Les blancs vont voter pour toi, forcément... Et nous aussi ! Tu vas être élu en première ! À l'unanimité !

Comme il demeurait pantois, les yeux écarquillés, le forgeron avait ajouté avec un clin d'œil :

— D'ici à moins de dix ans, je te vois conseiller général !

Conseiller général ! Quelle horreur ! Maire, à la rigueur, passe encore. Il y avait un je-ne-sais-quoi de vaguement romain dans cette charge. Un clin d'œil à César : *le premier dans son village...* Mais conseiller général ! Pouvait-on imaginer quelque chose de plus petit ? De plus provincial ? Ils comptaient donc l'emprisonner à vie, ces diables de Sollièrains ? Lui confisquer ses rêves, ses espoirs ? Le descendre tout vif dans le tombeau de pierre grise constellé de lécanores ? Il voyait déjà son épitaphe, gravée sous celle, apocryphe, de la grand-mère « de » Leuze : maître Maximin

Revest, maire et conseiller général. Pourquoi pas chevalier du Mérite agricole ? Comme il ne parlait toujours pas, le forgeron avait un peu tiré sur la manche de son manteau de bonne coupe :

— Alors ? Qu'est-ce que tu en dis ?

Et là, brusquement, au moment de passer en catimini derrière l'horizon, le soleil couchant avait percé les nuages dans une gloire de pourpre et d'or. Les barres d'encre qui encombraient le ciel s'étaient frangées de cuivre incandescent. On ne distinguait plus les formes dans cette débauche de couleurs. C'était brutal et beau comme un Monticelli. Alors, tout était devenu simple. Il avait souri avec bienveillance à l'homme dont le teint déjà coloré virait au rouge brique dans ce flamboiement d'incendie :

— Croyez bien, Castinel, que ce que vous venez de me dire me touche é-nor-mé-ment ! Malheureusement, ce sera impossible : j'ai décidé de vendre l'étude et de m'établir à Auvers-sur-Oise !

Le forgeron n'en revenait pas. Ses sourcils en broussaille stationnaient au milieu de son front :

— Auvers-sur-Oise ? Où c'est, ça ?

— Près de Paris.

Le seul fait de prononcer le nom de la capitale lui avait comme dilaté les poumons. L'air lui paraissait fluide, pur, inépuisable. Avec un goût grisant d'alcool fort. C'était donc si simple ? Briser d'un seul coup tous les barreaux de la prison ! Non pas temporiser, mais vendre. Comme les Grangier. Pourquoi ne l'avait-il pas envisagé plus tôt ? Son père ? Bah ! Il serait fier de lui lorsqu'il verrait le nom des Revest briller au firmament des arts ! Restait à rompre ses fiançailles avec la petite Loisel. Ce serait facile. Il lui servirait l'alibi commode des cavaleurs, celui qu'il employait avec ses amourettes lorsqu'elles devenaient importunes : « Vous êtes trop bien pour moi ! »

Théodore hochait la tête, désarçonné. Il répéta :

— Près de Paris ! *Fan* des pieds !

*

Le petit Ludovic avait de la suite dans les idées. À présent que le maire était mort et enterré, ce qui avait occupé tout le monde, il était temps de retourner aux choses sérieuses. D'abord, trouver l'endroit où Adalbert avait entreposé l'*esquelette* – une minutieuse inspection du cimetière au cours des récentes obsèques l'avait convaincu que nulle part la terre n'avait été retournée –, ensuite compléter le puzzle, car le coccyx n'y était pas. Sans parler de la dent cassée.

À la récréation du matin, il s'approcha de Maurice et de Gabriel qui discutaient, appuyés à la grille.

— Dites, les gars, quand est-ce qu'on y retourne ?

— Où ça ? s'étonnèrent les deux grands.

— Au puits de l'*esquelette* !

Ce fut un tollé :

— S'il te plaît ! Ne recommence pas avec ton *esquelette* ! Fiche-nous la paix !

Pour bien lui montrer leur détermination à l'ignorer, ils lui tournèrent le dos. Ludovic se retrouva tout bête au milieu de la cour. Il semblait bien que son heure de gloire était passée. Déçu et humilié, il se rabattit sur les deux Barras, gibier moins prestigieux, mais faute de dix-cors, on chasse le renard.

— Hé ! Jobert ! Ça vous dirait de remonter là-haut ? demanda-t-il jovialement aux jumeaux.

Mais il obtint pour seule réponse :

— Jamais...

— ... de la vie !

Il ne restait plus que Marius, qui était à peine plus grand que lui et n'avait jamais été le plus intrépide. C'est sans grand espoir qu'il lui proposa l'expédition. Aussi ne fut-il pas surpris lorsque l'autre lui répondit sans tourner autour du pot :

— Non !

Visiblement, ses comparses ne tenaient pas à recevoir la raclée à laquelle ils avaient miraculeusement échappé.

« Couilles molles ! », se dit le petit.

Le dernier recours était Philibert. Un soir, il attendit l'ancien chef à son retour du moulin et décida de l'aborder en douceur :

— Dis, Philibert, ton frère t'a parlé de notre *esquelette* ? demanda-t-il, mine de rien.

— Mouais..., répondit l'autre sans enthousiasme.

Comme il s'apprêtait à rentrer dans la boulangerie, le petit laissa tomber :

— Figure-toi qu'il lui manque le coccyx. Le coccyx et une dent.

— Ah bon ! marmonna le grand, indifférent.

— C'est dommage, insista Ludovic.

— Bof..., fut la seule réponse qu'il obtint, car l'ancien séminariste avait d'autres chats à fouetter.

Notamment l'abbé Grangier, qui ne se décidait pas à retourner à Aix et passait sans arrêt à la boulangerie où ses parents ne juraient que par lui. Ne leur avait-il pas proposé de le prendre chez lui comme secrétaire appointé, ce qui paraissait plus intéressant à Anselme que de le voir s'occuper, pour pas un sou, de la comptabilité du moulin ? Fort heureusement, pour le moment, Marité temporisait, car elle craignait de voir son fils repartir pour cette ville infernale qui lui avait miné la santé. Mais jusqu'à quand résisterait-elle ?

— Tu ne veux pas venir m'aider à chercher les morceaux qui manquent ? demanda Ludovic.

— Les morceaux, quels morceaux ? demanda Philibert d'un air absent.

Le petit comprit qu'il n'en tirerait rien. Le grand ne l'écoutait même pas !

— Tiens ! dit-il d'un air bravache, puisque c'est comme ça, j'irai tout seul !

Philibert se contenta de hausser les épaules. Et il entra dans la boulangerie, laissant le petit du café plus que désappointé.

11

Héloïse pelait des pommes de terre pour préparer une purée à Félicité. À dire vrai, elle eût pu confier à Marthe cette tâche ménagère. Mais Marthe, conditionnée par des années de misère, faisait des pelures si minces que des traînées vertes demeuraient attachées à la chair blanche des tubercules. Or, le vert passait pour donner des coliques aux nourrissons. Rien n'étant trop bon ni trop beau pour Félicité, et Héloïse taillait quasiment ses patates au carré pour n'en garder que le cœur laiteux. Au fur et à mesure, elle les jetait dans une bassine en fer-blanc à moitié remplie d'eau froide qui, peu à peu, se troublait d'amidon. À chaque plouf, la fillette agitait en riant de plaisir son hochet maison, une petite courge sèche dans laquelle crépitait une poignée de graines. Sa mère lui souriait. Distraitement. Car elle se remémorait le déroulement de la cérémonie de la veille.

Comme elle avait tressailli lorsqu'elle avait vu Angelo aider Élisabeth à monter dans le tilbury ! Les grandes mains qui avaient soulevé la vieille fille, elle les avait senties autour de sa taille. Oh ! elles n'avaient plus grand-chose à voir avec les pattes calleuses du charbonnier, ces mains d'homme soigné. Sinon la taille. Et le pouce, si étonnamment courbé qu'elle l'avait gardé gravé en mémoire alors même qu'elle avait oublié la couleur de ses yeux. Verts. Qu'elle n'avait pas pu croiser une fraction de seconde. Alors qu'il était à trois pas d'elle. Immobile. Les mains dans le dos. Le front baissé. L'air recueilli. Ses yeux dérobés. Avec une telle application qu'elle ne pouvait s'empêcher de penser qu'il l'avait fait exprès. Et s'il l'avait fait exprès…

« Ah ! Bonne Mère ! Que je suis bête ! Se mettre dans des états pareils ! À mon âge ! Il m'a regardée, je l'ai regardé, gna gna gna ! On dirait une gamine de quinze ans à son premier émoi ! »

Elle avait beau se dire : « Un assassin ! Un sale assassin ! », rien n'y faisait. Et même, c'était peut-être pire ! Cette inquiétude qu'il lui inspirait à présent, cette inquiétude d'autant plus trouble qu'il avait l'air si net, soulevait au fond de son ventre des ondes glauques, des touffeurs de marécage, des désirs abjects d'avilissement, de complicité. Un poids engourdissant oppressait sa poitrine. Lui faisait battre les tempes. Et une rage ! Une jalousie ! Tiens ! Elle n'avait plus dû se sentir, l'autre pécore, quand il l'avait touchée. Touchée. Ah ! comme elle aurait aimé qu'il la touche ! En passant. Comme par mégarde. Pas une étreinte, non, juste un frôlement. Pour le petit choc électrique…

En attendant, il était parti avec toute la tribu Revest-Grangier qu'elle se prenait à détester en bloc, alors qu'elle avait toujours eu de l'affection pour Mme Clotilde. Le dépit rend toujours injuste. Ainsi, elle se surprit à rêver de catastrophes, immolant sans remords la veuve et l'orpheline sur le bûcher de son amertume : « Ah ! Qu'il verse donc, ce foutu tilbury ! » Et qu'il écrabouille tous ses passagers dorés sur tranche ! Cette nichée de sales bourgeois ! Qui roulaient en voiture de luxe tandis qu'elle rentrait à pied dans son moulin hypothéqué. 27 % ! Il voulait donc mettre sa fille sur la paille ? Le saligaud ! La fureur lui troublait la vue. Et l'instant d'après, elle se retrouvait toute molle, avec le feu aux joues et les genoux tremblants.

« Je suis bien partie pour lui tenir la dragée haute », se disait-elle avec ce qu'il lui restait de lucidité. Car ce qui lui avait semblé imparable lorsqu'elle avait vu le squelette découvert par les garçons lui paraissait à présent impossible à utiliser. Que pouvait-elle faire ? Révéler aux autres son identité ? Leur exposer ce qu'elle soupçonnait ? Comment savoir ce qu'ils décideraient ? Alerteraient-ils les gendarmes ? Dans ce cas, elle perdrait tout contrôle. Il serait peut-être emprisonné. Peut-être expulsé. Ou pire, condamné, si ses soupçons se confirmaient. Sinon, il reviendrait à Font Trigance et lui ferait payer comptant bien plus que 27 % ! Dans tous les cas, il sortirait de sa vie. Et, cette fois, définitivement. Était-ce là ce qu'elle souhaitait ? Non. Alors, que faire ? Aller lui jeter à la figure entre quat'z'yeux qu'elle le tenait ? Ah ! pauvre fille ! elle ne tenait rien du tout ! D'abord, elle manquait de preuves. Et puis, s'il était vraiment ce qu'elle croyait, il ne devait pas être un enfant de chœur. Il ne se laisserait pas intimider. Il la menacerait à son tour. Peut-être pire. Non. Pour le moment, il valait mieux se taire et voir venir. Lorsque l'échéance tomberait, l'échéance qu'elle pourrait peut-être honorer grâce à l'essor inattendu de la cantine, elle lui laisserait comprendre, par d'habiles sous-entendus, qu'elle savait tout. Et qu'elle pouvait le perdre. Si elle le voulait. Mais qu'elle ne le voulait pas. Parce que, parce que... « Oh ! Misère ! Parce que je suis mordue ! Voilà, c'est dit : je suis mordue ! Si on m'avait dit qu'une chose pareille pouvait m'arriver ! À moi ! Je suis folle de ce type ! J'en suis malade ! Et ça m'est bien égal qu'il soit un assassin ! S'il me le demandait, je lui tiendrais ses victimes ! Vous entendez, Bonne Mère ? Je les lui tiendrais ! »

La Bonne Mère dut se dire que c'était un peu excessif. Qu'il convenait de ramener son imprévisible fidèle à des sentiments plus décents. Aussi fit-elle, de la pointe d'un rayon, riper le couteau d'office que l'exaltée tenait en main. Le sang gicla.

— Zut ! dit Héloïse en portant vivement son pouce entaillé à ses lèvres.

Alors, elle vit Félicité qui grignotait avec délice les frisons d'épluchures du bord festonné de ses petites dents. Quant à la bassine, elle était remplie de pommes de terre au point que l'eau débordait sur la table et s'égouttait sur le plancher :

— Sainte Vierge ! J'en ai épluché pour vingt ans..., grommela-t-elle.

Ce qui était nettement exagéré, mais fit sourire l'interpellée.

*

Angelo en avait par-dessus la tête du père Grangier. Le casse-pieds lui avait demandé l'hospitalité pour deux jours, et voilà qu'il s'incrustait. De plus, il fallait le conduire partout en voiture, car le bougre n'appréciait guère la marche à pied. C'était des visites au village à n'en plus finir. Chez le curé, chez le bedeau, chez l'épicière, chez le boulanger, surtout ! Ne s'était-il pas mis en tête de monter une chorale avec les enfants du catéchisme ! Une chorale qu'il appelait tantôt psallette, tantôt manécanterie ! Comment apprendre le français s'il y avait autant de mots pour une seule et même chose ?

Pendant que ce foutu curé discutaillait avec les uns et les autres, ou battait la mesure dans l'église, il devait l'attendre sur la place, assis comme un imbécile dans le tilbury, saluant tous ceux qui le saluaient, et ils étaient nombreux ! Car ces gens avaient une drôle de coutume : se souhaiter sans arrêt le bonjour. Passaient-ils, en une heure d'horloge vingt fois devant le même particulier, vingt fois, ils y allaient de leurs vœux quotidiens, assortis de considérations diverses et contradictoires sur la température. Rien de tel ne se faisait chez lui, à la Bandita. Un bonjour, un bonsoir, un au revoir et un merci. Point final. Les Piémontais sont gens austères. Les Provençaux les fatiguent vite. Comme les Napolitains, ils parlent sans arrêt pour ne rien dire, font des phrases remplies de mots inutiles et meublent les rares moments de silence par des discours avec les mains. Grangier était pire que les autres. Bavard. Négociateur. Entremetteur.

Le forgeron passa, une lame de faux rouillée à la main :

— Bonjour ! Beau soleil !

— Bonzor ! *Bellissimo*...

Ne s'était-il pas mis en tête de lui faire embaucher le fils aîné du boulanger pour l'aider aux écritures :

— Un garçon qui a une orthographe parfaite. Qui est intelligent, droit. Il vous rendrait bien des services. C'est lourd à gérer, un domaine comme Font Trigance. Et je sais de quoi je parle, croyez-moi ! Songez à toutes ces paperasses dont maître Revest se chargeait pour vous jusqu'ici et qui, à présent, vont, par la force des choses, vous incomber...

À présent, c'était le menuisier qui traversait la place, avec trois planches sur l'épaule :

— Bonjour ! Fait frais !

— Bonzor ! Oun peu...

Angelo n'avait rien contre le petit Baude. Il éprouvait même de la sympathie à son égard. C'était ce garçon dégourdi qui lui avait fait un brin de conduite, certain soir de novembre où il avait suivi en se cachant la charrette du moulin. Il y avait un siècle, lui semblait-il. Et pourtant, une année à peine s'était écoulée. Incroyable ! L'an passé, à la même époque, quand il descendait de Lavanade avec des fascines sur son charreton, les enfants s'échappaient en criant de frayeur :

— *Lou Cristou ! Lou Cristou** !

Le forgeron revint avec sa lame aiguisée. Ses prévisions météorologiques avaient changé :

— Bonjour ! Va peut-être pleuvoir...

— Bonzor ! C'est *possibile*...

Aujourd'hui, les mêmes enfants s'approchaient avec des mines respectueuses pour venir faire à Verdi, son hongre, l'offrande d'un croûton de pain. Personne, au village, ne l'avait reconnu. Personne. Mis à part la *putana*. Qui avait de bonnes raisons... Peut-être le *ragazzo* ? Comment s'appelait-il, déjà ? Filiberto. Au fond, il eût aimé être reconnu. Pour savourer le goût de la revanche. Il avait été le plus pauvre ; il était à présent le plus riche : le maître de Font Trigance. Pour ces gens-là, qui n'étaient jamais sortis de leur trou, il était devenu une espèce de seigneur, ennobli par la propriété de cette terre prestigieuse, la plus fertile et la mieux placée du pays, tout d'une pièce, en bordure de la rivière mais sur un versant incliné, ce qui donnait à la bastide, joliment perchée, un petit air de château.

Et, à nouveau, le menuisier :

— Bonjour ! Demain, ça va souffler.

— Bonzor ! *Si, domani.*

Il ne craignait pas les questions sur cette richesse subite qui avait de quoi intriguer. Il avait préparé une réponse imparable : *un eredità*, un héritage, comme ils disaient ici. Il avait fait un héritage en Italie : va donc vérifier ! Et il pensait fugitivement à ce « père inconnu » qui avait peut-être de la fortune, qui sait ?

Il eût surtout aimé montrer son aisance actuelle à Aldo, son ancien compagnon de charbonnière qui lui avait volé ses économies. Et même son pistolet. Où était-il, à présent, le salopard ? Sans doute à traîner sa misère et ses coups tordus dans quelque

* « Le Christ ! »

coin pas net. Qu'il crève ! Au fond, ce qui l'empêchait de revendiquer au grand jour son identité, c'était la façon peu glorieuse dont il avait été chassé du village à cause de la *putana.* Elle avait pris un *granchio**, la garce ! 27 % ! Elle allait en baver ! Pourtant, il n'osait pas lui souhaiter le même sort qu'à Aldo. À cause de la *bambola.* Sa fille. Leur fille. Qui ne serait jamais de père inconnu. Puisqu'elle en avait deux. Et pourtant aucun pour la porter sur le bras...

« Tiens ? Le cantonnier ? »

— Bonjour ! Beau temps, hein ?

— Bonzor ! *Maraviglioso !*

Le père Grangier sortit de la boulangerie, tenant à la main un cornet de papier gris. Il grimpa dans le tilbury. Sitôt assis, il tira du paquet une petite couronne dorée et la lui tendit :

— Goûtez-moi ça, Mazzola ! C'est délicieux ! Il y a de quoi damner un saint !

Et comme il était lancé, il poursuivit :

— Figurez-vous que le petit Baude a été renvoyé du séminaire à cause de ces gâteaux !

Angelo, qui commençait à se faire à son langage, le questionna du regard.

— Parfaitement ! Il a frappé le père Signoretti qui prétendait les lui confisquer !

Un geste enveloppant de la main vint à point compléter le sens de la phrase. Angelo rit. Décidément, ce *ragazzo*, qui, en plein séminaire, cassait la gueule à un curé, lui plaisait ! Il allait l'embaucher !

— Bonjour, mon père !

— Bonjour, mes enfants !

L'abbé saluait les passants des deux mains, comme une reine à son couronnement. Une reine... Angelo écrasa entre ses lèvres un sourire un peu méprisant :

*« Finocchio*** *! »* pensa-t-il.

Mais il dit :

— Zé vous ramène à Aix, *padre* Granzier ?

---

* Littéral : « prendre un crabe ». Argotique : « se faire pincer les doigts ».

** « Pédé ! »

— Demain, si vous voulez, consentit Grangier à regret.

— *Si ! Domani !* lança gaiement Angelo, et il fit claquer les rênes sur le dos de Verdi.

*

Marité était enchantée. Finalement, son Philibert, on se l'arrachait. Deux jours au moulin, deux jours à Font Trigance, il apprenait les écritures. Il ne faisait pas de doute que, cet apprentissage terminé, le père Grangier lui trouverait un bon emploi dans un bureau. Peut-être dans une banque. Ou même à la préfecture, qui sait ? Elle était fière de cette amitié que leur témoignait l'ecclésiastique. Les Grangier étaient comme les Revest. Des Solliérains, bien sûr, mais des gens de la haute. Une autre classe que les Baude, eux-mêmes déjà supérieurs aux Ripert et aux Ardisson, mais malgré tout de simples boulangers. Elle s'étonnait et s'émerveillait de le trouver aussi affable, direct, « à la bonne franquette ». Depuis qu'il avait raccompagné Philibert, il ne se passait pas un jour sans qu'il fît un détour par la boulangerie. Il croquait un brassadeau sur le pouce tout en devisant avec la pratique, et les clientes (même les femmes des libres-penseurs !) étaient charmées de tant de simplicité. C'était vraiment généreux de sa part de ne pas tenir rigueur à Philibert de son incartade et de s'occuper aussi bien de lui. Car enfin, brassadeau ou pas, c'était tout de même grave d'avoir frappé un surveillant. Elle en connaissait plus d'un qui se serait désintéressé de son sort. Mais, lui, non ! Il l'avait recommandé à l'Italien qui l'avait, lui aussi, embauché. Et il lui témoignait de l'affection. Même de l'amitié ! Elle ne s'expliquait pas pourquoi son garçon était si réservé, presque rogue, à la limite de l'impolitesse avec lui, alors qu'en toute logique il aurait dû lui baiser les pieds. Bah ! Philibert avait encore les nerfs malades. Il avait du mal à reprendre le dessus. Heureusement, l'abbé comprenait que tout irait mieux lorsqu'il se serait remplumé. Et puis ce pèlerinage lui ferait le plus grand bien…

— N'est-ce pas, mon père ?

— Certainement, madame Baude ! La stimulation du voyage, le changement d'air, la spiritualité des lieux saints !

— Tous ces garnements doivent vous donner bien du souci, allez ! Seront-ils nombreux à faire le déplacement, cette année ?

— À dire vrai, je n'en sais encore rien ! Mais dût-il être tout seul, votre fils en sera, je puis vous l'assurer !

— Tu entends, Philibert ? Dis merci à M. le curé !

Et Philibert, après un vague signe de tête accompagné d'un grognement, s'éloignait le front buté.

— Il faut l'excuser, mon père, se désolait la brave femme, parfaitement inconsciente du drame que vivait son enfant.

Car Philibert n'en pouvait plus. Entre Grangier, le moulin et Font Trigance, il ne savait sur quel pied danser.

D'abord, il y avait le curé qui, se sentant soutenu par les boulangers, le serrait de près. Le petit Baude ne serait pas le premier qui, après s'être montré réfractaire, lui céderait, puis s'en féliciterait. Ainsi Saint-Gormand, le favori en titre, lui avait donné du fil à retordre. À présent, il était jaloux comme une maîtresse. Il s'était mis à haïr celui en qui il voyait un rival. Il l'avait provoqué, accusé, dénoncé à plusieurs reprises. N'avait-il pas réussi à le faire renvoyer ! Cela amusait follement l'abbé. Mais Saint-Gormand n'était qu'une petite frappe vaniteuse. Et puis, il commençait à montrer des signes alarmants de puberté, tare rédhibitoire : Grangier n'aimait que le bois vert. De vilains poils follets endeuillaient ses lèvres et ses parties secrètes. Sa voix ne tarderait pas à muer. De plus, il n'avait jamais eu le charme austère du jeune Baude. Que le « paysan » résistât autant n'était pas fait pour lui déplaire. Car l'abbé était une espèce de Don Juan de la pédophilie. Il tissait patiemment sa toile. Sa soie était la gentillesse, arme redoutable dans ce séminaire où tout n'était que dureté. On croyait s'y reposer et on s'y engluait. Usant de toutes les ruses, du raisonnement tordu à une compassion calculée en passant par le goût partagé de la timbrophilie, de la musique et des arts, il attaquait en finesse sur plusieurs fronts. Rares étaient ceux qui ne succombaient pas. Et, lorsque par extraordinaire il devait s'avouer vaincu, il sortait des arguments de maître chanteur qui dissuadaient les récalcitrants de parler. Il était subtil, insidieux, prudent, toujours prêt à exécuter une habile retraite. Il savait que le trouble qu'il faisait naître était déjà une brèche dans la résolution de ses proies. Tant qu'ils ne parlaient pas à leurs parents (et les enfants, craintifs ou honteux, ne le faisaient jamais), ils restaient à sa merci. À son sens, Philibert en était à cet instant de résistance extrême qui précède de peu la défaite. Il le regardait se débattre avec la jubilation du vieux matou qui surveille un moineau. Il le voyait angoissé, perturbé, inquiet. Qui sursautait pour un rien. C'était une question de jours. Aussi ne tenait-il pas à relâcher la pression en retournant à Aix. Voilà pourquoi il s'incrustait à Sollières, sous prétexte de monter une chorale, au grand dam d'Angelo. Angelo qui posait un autre problème à Philibert. Car le garçon avait reconnu, presque aussi vite qu'Héloïse, sous les élégances du nouveau propriétaire, la puissante stature et les traits virils de l'ancien charbonnier, du pauvre homme qu'il avait contribué à faire condamner en racontant une extravagante histoire de supposés crimes commis en Italie. Et si, croyant mentir, il avait dit vrai ? Si l'homme l'avait appris ? S'il était revenu dans le but de se venger ? D'où venait l'argent avec lequel il avait acheté Font Trigance ? Tout comme elle inquiétait la meunière, cette fortune subite le terrifiait. L'histoire du squelette que lui avait racontée Marius, à voix basse sous leurs communes couvertures, l'avait amené à une même conclusion : il avait affaire à un bandit qui détroussait les voyageurs sur la grand-route, puis les jetait au fond d'un puits. Comme Héloïse au café, il avait aussitôt demandé s'il y avait un seul squelette, ce qui avait stupéfait le petit. Un squelette, n'était-ce pas assez ? Toutefois, il ne comprenait pas pourquoi Mme Garrassin, qui l'avait forcément reconnu, elle aussi (ne lui avait-il pas, l'année dernière, « manqué de respect », raison pour laquelle il avait été arrêté ?), oui, pourquoi Mme Garrassin ne disait-elle rien ? D'autant qu'ayant accès aux papiers du domaine il avait eu en main une reconnaissance de dette qui la concernait d'un montant de mille francs prêtés à 27 %, assortie d'une prise d'hypothèque sur son moulin. Il savait ce qu'était une hypothèque. Chez lui, on en avait parlé. Quant aux 27 %, étant fort en calcul, il voyait de quoi il retournait. Donc cet homme, probablement un assassin, avait un moyen de faire taire la meunière. Lequel ? Mais, au fond, pourquoi lui-même ne parlait-il pas ? Parce qu'il avait peur. Comme il avait peur de l'abbé Grangier. Et un peu aussi de

Mme Garrassin et de son secret. Un secret qui valait au moins mille francs. Mille francs à 27 %. Et le pauvre Philibert, au lieu de se remplumer au bon air de Sollières, continuait à dépérir. Plus Angelo se montrait aimable, plus Héloïse le cajolait, plus l'abbé Grangier lui faisait des avances, plus il se refermait. Si seulement il avait pu parler à Gabriel ! Mais Gabriel avait bien assez à faire avec son père qui le battait pour un oui pour un non. Comment se plaindre à son ami si cruellement privé de tendresse d'être trop aimé et par trop de gens ? D'ailleurs, il n'avait même pas le temps de parler à son ami. Le soir, il rentrait du moulin ou de Font Trigance à la nuit. Et il devait encore aller chanter à l'église sous la direction du père Grangier, qui lui jetait des regards enamourés ! Si seulement Gabriel avait fait partie de la chorale ! Mais la chorale n'était pas destinée aux rejetons de la Libre-Pensée.

12

Évariste Mestre était plongé depuis le matin dans les minutes Revest. Il n'avait même pas déblayé le quart de la première étagère. Pire ! Les dossiers, tassés par les ans, prenaient de l'épaisseur à force d'être feuilletés, si bien que plus il classait, plus il en augmentait le volume. Jamais ces archives ne pourraient rentrer dans les caisses que maître Laugier avait fait porter ! Il poussa un soupir accablé qui remplit malencontreusement ses sinus de poussière. Il éternua. Les yeux noyés de larmes, il s'assit, découragé. Non seulement il y avait des quintaux de paperasse, mais le peu qu'il avait examiné lui montrait clairement que tout était mélangé, les minutes propres à l'étude et les archives personnelles des Revest. Il fallait pratiquement tout lire pour ne pas se tromper. Après réflexion, il décida de faire deux tas, qu'il déposa à même le tapis élimé. Toutefois, certains papiers le laissaient perplexe. Ainsi cette lettre adressée au notaire et postée de New York dans laquelle il était question de Font Trigance, nom d'une propriété qui apparaissait dans une prise d'hypothèque, mais qui se terminait par des salutations d'ordre privé.

« À ce train-là, j'en ai pour tout l'hiver », se dit-il. Et le seul mot d'hiver lui donna un frisson dans le dos.

Ce bureau glacé était sinistre. Quel dommage ! Dehors, le soleil brillait. Un soleil d'automne, mais un beau soleil aux yeux de ce Lyonnais résigné aux éternelles buées de la Saône. Il alla jusqu'à la fenêtre qu'il ouvrit en grand. Il faisait un froid !

Surpris par cette lumière qui ne s'accompagnait pas de chaleur, il allait repousser le battant lorsqu'un délicat parfum de gâteau sorti du four lui mit l'eau à la bouche. C'est que, dame ! il n'avait rien mangé depuis 6 heures et il ne devait pas être loin de midi. Non seulement la fille de l'ancien notaire lui avait signifié qu'il n'y avait pas de bois pour allumer la cheminée, mais elle n'avait pas jugé bon de lui offrir une petite tasse de café. La veuve et l'orpheline lui faisaient la gueule, comme s'il eut été responsable du malheur qui les frappait.

« Passer l'hiver dans ce trou, voilà qui va être gai ! », se dit-il.

Il enfila sa redingote et sortit. Une bourrasque de mistral tenta de le déshabiller. Un tourbillon de feuilles mortes vint s'abattre sur ses jambes. Il leva la tête pour localiser l'ennemi. Au ras des génoises rustiques, le ciel, d'un bleu estival, faisait son innocent. Un soleil vif projetait l'ombre des platanes sur le sol, dessinait chaque branche avec une netteté d'eau-forte. Pas une âme. Pas un chat. La place et les rues adjacentes avaient l'immobilité d'un tableau, n'était le jet d'eau de la fontaine qui, déporté par le vent, s'écoulait par saccades à côté de la vasque. Évariste huma l'air froid et se laissa guider par la bonne odeur de fournil. Il ne fut pas long à en trouver la source. C'était une porte-fenêtre ordinaire qui donnait simplement sur la rue. Une boulangerie ? Seul le fumet – mais quel fumet ! – lui servait d'enseigne. Il jeta un coup d'œil à l'intérieur, vit un comptoir recouvert d'une plaque de marbre sur laquelle trônait une balance avec deux plateaux en laiton. Une petite femme potelée, très brune, en coiffe et tablier blanc, était occupée à ranger des miches de pain sur une simple planche à faire lever les pâtons. Le clerc entra et referma soigneusement la porte derrière lui. Une douce chaleur parfumée lui sauta au visage. Il soupira d'aise.

— Bonjour, madame ! dit-il avec courtoisie.

La boulangère le regarda d'un air surpris mais bienveillant. Elle avait un bout de nez de rien du tout entre deux belles joues rouges et des yeux noirs de toute beauté.

— Bonjour, monsieur… monsieur ?

Évariste comprit que c'était une invitation à se présenter. Peut-être, dans cette boutique, ne servait-on pas les inconnus ?

— Mestre ! dit-il avec empressement. Évariste Mestre !

— C'est un nom de chez nous, ça ! dit-elle aussitôt.

— Pourtant, chère madame, je suis lyonnais.

— Bah ! dit-elle avec un air farceur, ce sont des choses qui arrivent à des gens bien...

Et elle rit sans malice. Évariste rit aussi. Tout allait pour le mieux.

— Je suis le clerc de maître Laugier, qui a acheté l'étude Revest...

— Comment ? C'est déjà fait ?

— À dire vrai, seule la promesse de vente a été signée, mais il faut bien classer les minutes, n'est-ce pas ? précisa Évariste.

— Ah ? Aussi, je me disais...

Aussitôt, elle enchaîna :

— Qu'y a-t-il pour votre service, monsieur Mestre ?

— Eh bien, madame... madame..., hésita-t-il.

La boulangère crut qu'il lui demandait son nom

— Thérèse. Mon vrai nom, c'est Thérèse. Mais tout le monde, ici, m'appelle Marité.

— C'est un prénom original, Marité.

— C'est à cause de la cafetière, dit la boulangère avec un air de s'excuser.

Évariste se demanda quel rapport il pouvait y avoir entre ce prénom atypique et l'ustensile ménager. Devinant sa perplexité, la bonne femme poursuivit :

— Nous sommes cousines, mais je suis l'aînée ! Deux jours, ce n'est pas beaucoup, pourtant ça compte !

Évariste comprenait de moins en moins. Fort heureusement, son interlocutrice enchaîna :

— Thérèse, c'était notre grand-mère. Quand je suis née, mon père m'a donné son nom : ici, ça se fait ! Mais quand, deux jours plus tard, *l'autre* est née, son père, qui était le frère du mien, l'a copié ! Ils se sont disputés. Rien à faire ! L'oncle était têtu comme un âne ! Il n'a pas voulu en démordre. Ce qui fait qu'on était deux Thérèse, deux Thérèse Passerel, et c'était compliqué...

Évariste, qui était la politesse même, retint son envie de rire.

— Alors, mon père (qui était le plus intelligent des deux) a demandé à la mairie d'ajouter un « Marie » devant mon « Thérèse ». Le secrétaire lui a répondu que c'était impossible parce que les papiers étaient déjà partis à la préfecture. Mon père a insisté et, finalement, le maire a accepté. Ce qui fait que, depuis, à Sollières, on me dit Marité ! Mais mon vrai nom, c'est…

— … Marie-Thérèse ! J'ai compris ! dit le clerc, enchanté par la pittoresque anecdote.

Puis, fronçant tout à coup les sourcils :

— Mais, madame Marité, la cafetière… ?

— La cafetière, c'est *l'autre*, puisqu'elle a marié le fils Juvénal du café ! Mais je parle, je parle… Qu'est-ce qui vous amène, monsieur Mestre ?

Après cette plaisante parenthèse, Évariste revint à la réalité, à savoir son estomac qui gargouillait.

— Eh bien, voyez-vous, madame Marité, j'ai senti une odeur de… de… de je-ne-sais-quoi, en fait, mais très agréable et, pour tout dire, fort appétissante !

Le visage de la boulangère s'éclaira :

— Vous voulez dire de brassadeau ?

— Ma foi, peut-être, si vous le dites, sans doute s'agit-il de brassadeau !

— C'est une *espécialité* ! dit-elle, remplie d'orgueil. Attendez ! Je vais vous en chercher. Mon mari vient tout juste de les sortir du four.

Elle disparut dans le fournil et revint presque aussitôt, chargée d'une corbeille d'osier remplie de petites couronnes dorées qui embaumaient la fleur d'oranger.

— C'est bien ce que j'ai senti ! s'exclama Évariste, ravi.

— Tenez ! Servez-vous, monsieur Mestre, dit la bonne femme en lui tendant la corbeille. Je sens que vous mourez de faim !

— Mourir, c'est un peu exagéré, mais il est vrai que…

La phrase s'étouffa dans le brassadeau mordu à belles dents. La boulangère posa la corbeille et s'appuya des deux coudes au comptoir.

— Alors, comme ça, dit-elle, vous venez ranger les papiers du notaire ? C'était un brave homme, vous savez ! Une bonne pâte…

Évariste, qui avait la bouche pleine, se contenta de hocher la tête. Marité secoua sa main dodue et, l'œil allumé :

— Vous allez en voir de belles, là-dedans !

— Vous croyez ? s'étonna le jeune homme, pour qui ces paperasses n'avaient qu'un intérêt professionnel.

— Pardi ! C'est qu'ils étaient notaires depuis plus de cent ans, les Revest ! Ils doivent avoir des papiers qui datent au moins de la Révolution !

Et aussitôt, s'avisant que le garçon avait terminé son brassadeau :

— Tenez ! Prenez-en un autre, monsieur Mestre !

Puis revenant à son affaire :

— C'est tout de même triste, une grande maison qui s'en va comme ça...

Évariste avait attaqué le second gâteau. Il opina du chef. Marité se pencha :

— Si vous voulez mon avis, ce n'est pas bien ce qu'il a fait, Maximin.

Évariste ouvrit des yeux étonnés.

— Maximin,vous savez, le fils Revest.

Marité comprit que, justement, le jeune homme ne savait rien. On l'avait simplement envoyé d'Aix pour classer les minutes. C'était une bonne occasion de reprendre l'histoire à zéro. Elle aspira une bouffée d'air et se lança. En moins d'une demi-heure, le jeune clerc fut au courant de tout, mis à part la filiation douteuse de l'héritier indigne qui était une affaire privée, réservée aux gens de Sollières.

— De la peinture ! Je vous demande un peu ! Il est allé à Paris pour faire de la peinture ! Et vous croyez peut-être qu'il peint bien ? Même pas ! C'est tout barbouillé ! Plein de couleurs ! Minable ! Il met du bleu dans les arbres et du vert sur les figures. Vous avez déjà vu des feuilles bleues et des gens verts, vous ?

Évariste dut convenir que non. La boulangère reprit :

— Et en plus, il a rompu ses fiançailles avec Mlle Loisel qui est pourtant une perle, jolie comme un cœur et maîtresse d'école. À mon avis, elle était trop bien pour lui ! Beaucoup trop ! Tenez ! Moi je vous le dis, celui-là, il finira sous les ponts !

Le clerc acquiesça, épousant la vertueuse indignation de la boulangère à l'encontre du fils prodigue et sa compassion pour la pauvre délaissée. Cependant, il avait terminé son second brassadeau. Il mit la main au gousset et :

— Dites-moi, combien vous dois-je, madame Marité ?

La réponse le surprit :

— Rien ne presse ! Si vous devez rester ici quelque temps, je vous ferai un *bagot* !

— Un *bagot*? s'étonna le jeune homme.

La boulangère plongea la main sous le comptoir et en sortit deux baguettes de bois tendre finement taillées. Elle les posa côte à côte, saisit un fort couteau à lame dentelée et fit sauter deux échardes jumelles.

— Voyez, dit-elle : un brassadeau, un *tail*. Deux brassadeaux, deux *tails* !

Elle sépara les deux baguettes et lui en tendit une. Évariste prit sa baguette et la regarda, perplexe.

— Qu'est-ce que j'en fais ? demanda-t-il.

Marité partit de rire.

— Vous la gardez, pardi ! Chaque jour, quand vous venez chercher votre pain ou votre brassadeau, vous me la donnez et moi, zou ! je fais un *tail* pareil sur les deux.

Évariste ne comprenait toujours pas.

— Mais le prix ? dit-il.

— Le prix, je vous le fais à la fin du mois. On vérifie les *bagots*, on compte les *tails*, on multiplie et voilà !

— C'est ingénieux comme registre de créances, et, de plus, incontestable, consentit le clerc.

— Alors, vous êtes d'accord ?

— Ma foi, puisque c'est l'usage…

— Je marque votre *bagot*?

— Marquez ! Marquez !

Elle tira de son comptoir un encrier et un porte-plume en bois, teint de violet jusqu'à mi-corps. Avant de marquer la baguette, elle lui jeta un coup d'œil sagace :

— Évariste Mestre ? Ça fait EM. Et tenez, ça tombe bien, on n'a pas de EM ici.

Évariste ne put retenir un petit rire de plaisir pur. Marité rit encore. L'atmosphère était charmante. Mais il fallait s'en aller. Regagner ce bureau glacé. Les brassadeaux lui avaient un peu calmé les tiraillements d'estomac, mais il était jeune et se sentait de taille à ingurgiter plus consistante pâtée. D'autant qu'une riche odeur de fricot mitonné venait de temps en temps se mêler à celle du pain chaud. Le jeune homme se dirigea à regret vers la porte. Lorsqu'il eut posé la main sur la poignée, il se retourna :

— Pourriez-vous me dire, madame Marité, où se trouve l'auberge ?

La boulangère écarquilla les yeux.

— L'auberge ? Quelle auberge ? Il n'y a pas d'auberge ici ! Qu'est-ce qu'on en ferait, dites, d'une auberge ? Tout le monde mange à la maison !

À ces mots, Évariste se sentit désespéré. Sa déconvenue dut se lire sur son visage, car la bonne femme dit aussitôt :

— Il y aurait bien, peut-être, la cantine du moulin. Mais à cette heure, mon pauvre monsieur, ils sont déjà à table !

Évariste était prêt à fondre en larmes. Qu'allait-il devenir dans ce trou perdu sans auberge ? Où allait-il manger ? Et dormir ? Ah ! maître Laugier était un triste sire ! Il lui avait fait miroiter monts et merveilles et puis l'avait expédié avec ses caisses vides par la diligence du courrier. Sous-entendu : « Tiens ! petit couillon de Lyonnais, débrouille-toi ! »

Marité voyait le désespoir se peindre sur les traits fins – mais un peu pâles – du jeune homme. Elle prit un air scandalisé :

— Ne me dites pas que… Oh ! *Ils* vous ont fait ça ! Ah ! ces Aixois !

Brusquement, elle tourna la tête et cria vers l'arrière-boutique :

— Anselme !

Le boulanger arriva aussitôt. Avec sa femme, c'était le jour et la nuit : grand et large, mais sans relief. Non pas plat, et même plutôt épais, mais avec un air mou. Sur sa tête, une toque blanche emprisonnait une drôle de tignasse de clown, épaisse, grise, qui lui faisait deux pompons sur les tempes.

— Anselme, dit la boulangère, je te présente M. Mestre, Évariste Mestre, qui nous arrive d'Aix pour ranger les papiers de ce pauvre maître Revest. Et figure-toi qu'il ne sait ni où manger ni, je crois, où dormir, peuchère.

Évariste opina du chef.

— Ça, c'est bien embêtant, dit le boulanger qui semblait moins vif que sa femme.

— Alors je me suis dit qu'Héloïse pouvait le faire manger au moulin et que même, peut-être, elle lui louerait sa maison du village.

Évariste était stupéfait de tout ce à quoi elle avait pensé en si peu de temps.

— Ce n'est pas impossible, dit Anselme, prudent. Il faudrait lui en parler.

— Je m'en charge ! dit Marité.

Et, se tournant vers le jeune homme avec un bon sourire :

— Vous allez voir ! Tout va s'arranger.

— Merci, madame Marité ! Merci ! s'exclama Évariste qui se sentait fondre de gratitude.

Il faillit même sauter au cou de la brave boulangère lorsqu'il l'entendit crier à la cantonade :

— Berthe ! Mets une assiette de plus pour M. Mestre !

En un rien de temps il se trouva attablé en famille, entre un marmot ébouriffé et une belle adolescente, Berthe, probablement. La boulangère, debout, faisait tomber dans les assiettes creuses des louchées de sauce épaisse et brune violemment parfumée.

— C'est de la daube ! dit-elle en mesurant l'air étonné de l'invité surprise.

— Cela semble délicieux ! répondit-il en salivant.

Déjà, le gamin plantait la fourchette dans un gros cube de bœuf nappé de jus. Il s'apprêtait à l'enfourner quand :

— Marius ! Arrête ! cria le père.

Le petit se figea, la viande en suspens devant sa bouche ouverte.

— Tu n'as rien oublié ? demanda sévèrement le boulanger.

L'enfant posa sa fourchette et fit un rapide signe de croix.

— Bon ! Maintenant tu peux manger !

Marius ne se le fit pas dire deux fois. La boulangère sourit à Évariste d'un air attendri :

— C'est que nous sommes croyants, dit-elle. Et même, avant de travailler un jour au moulin et un autre à Font Trigance, notre aîné était au séminaire ! Si ça se trouve, le reste du temps, il pourrait vous aider ? Il écrit à la perfection.

— Fiche-lui la paix ! Laisse-le manger ! bougonna le boulanger.

La boulangère piqua un fard. Il y eut un bref silence, pendant lequel elle remplit l'assiette du clerc. Et puis, mine de rien :

— Vous allez à la messe, monsieur Mestre ?

Sans être libre-penseur, Évariste n'avait pas mis les pieds dans une église depuis au moins dix ans. Mais l'idée que l'aveu de son impiété risquait de lui ôter cette assiette de sous le nez lui donna des sueurs.

— Tous les dimanches ! assura-t-il avec aplomb.

*

Gabriel Juvénal s'assit à table et tira sa serviette du rond de bois dans lequel elle était enfilée. Le père et l'aîné, assis côte à côte, guignaient déjà la marmite émaillée qui laissait s'échapper un riche parfum de pois chiches au laurier. D'une main, Thérèse souleva le couvercle. Elle s'apprêtait à plonger l'écumoire lorsque :

— Gabriel ! Où est ton frère ?

Le garçon jeta un coup œil sur la chaise haute de Lulu, une sorte de fauteuil d'enfant monté sur de longs pieds, qui lui permettait de s'asseoir à la hauteur des adultes.

— Il doit jouer dehors avec Marius, dit-il.

Et il tendit son assiette. Mais la mère laissa retomber le couvercle :

— Tu vas me faire le plaisir de l'appeler ! Et dis-lui de se dépêcher !

Tandis que son fils se levait en ronchonnant, elle servit Louis et :

— Tu crois qu'il est temps de jouer ? Il est sept heures ! Il fait nuit noire !

Louis haussa les épaules :

— C'est ta faute : tu lui passes tout ! Bientôt, c'est lui qui fera la caisse.

Thérèse leva les yeux au ciel. Mais déjà Gabriel était de retour :

— Il n'y est pas, dit-il.

Et comme il faisait mine de s'asseoir – les autres attaquaient avec entrain leur platée de pois chiches, et il comptait en faire autant :

— Ils ont dû entrer dans la boulangerie. Va le chercher ! dit la mère.

— Tout de suite ? s'indigna-t-il, car son estomac vide commençait à chanter.

— Tout de suite ! Et plus vite que ça ! grogna Thérèse en servant une seconde fois son homme et son aîné.

Gabriel s'exécuta en soupirant. Dix minutes plus tard, il revint bredouille :

— Ils sont en train de manger. Il n'y est pas...

— Comment ça, il n'y est pas ?

— Il doit être chez Barras, dit-il à regret, car il sentait qu'on allait l'expédier là-bas, au bout de la rue Basse et, pendant ce temps, les autres allaient continuer à s'empiffrer.

— Et alors ? Qu'est-ce que tu attends ? demanda Louis en le voyant hésiter.

Gabriel sortit, de plus en plus révolté. « Je vais le ramener à coups de pied au derrière... », se disait-il tandis qu'il sautait par-dessus le bout du parapet. Mais Lulu n'était pas plus chez les Barras que chez les boulangers. Comme il se doutait qu'il n'échapperait pas à une visite chez Maurice, il en prit l'initiative pour être plus tôt débarrassé. Là aussi on était attablé, mais de Lulu, point ! Gabriel retourna au café essoufflé :

— Il n'est ni chez Barras ni chez Castinel !

Thérèse se leva de sa chaise, toute pâle :

— Bonne Mère ! Mais où il est ?

— Peut-être chez Adalbert ? suggéra l'aîné.

— Ou chez Sidonie ? proposa Louis sans trop y croire.

— Et s'il était allé voir Philibert au moulin ?

— Non, Philibert était chez lui.

Cette fois, tous les Juvénal étaient sur le pied de guerre. Après s'être essuyé le museau du coin de leur serviette, ils partirent chacun de son côté. Gabriel profita de ce qu'il était seul pour se servir une bonne louchée de pois chiches qu'il arrosa copieusement d'huile d'olive et mastiqua avec volupté jusqu'au dernier. Après quoi il sortit sur la place.

Devant le café, les Solliérains commençaient à se rassembler. Les femmes consolaient Thérèse qui se tordait les mains. Puis, s'éloignant un peu de la *mater dolorosa*, elles se racontaient à voix basse de succulentes histoires d'enfants noyés, dévorés par des chiens sauvages, enlevés par des bohémiens ou même violés puis étranglés par des sadiques.

Théodore Castinel organisait la battue. Comme premier adjoint assurant l'intérim de maire, ce rôle lui revenait. Il composait les équipes tandis qu'Adalbert allumait les lampes-tempête de la commune, celles que l'on ne sortait qu'en cas de catastrophe. Une lumière fuligineuse, qui empestait le pétrole, éclairait les rabatteurs par en dessous, leur donnant des mines de coin de rue. Ceux-ci devaient prospecter les bords de l'Arc, ceux-là les haies vives qui longeaient la route, ces derniers les fossés du côté de Font Trigance.

Mlle Latil s'en alla porter en catimini un cierge à la Sainte Vierge, mais, au dernier moment, s'avisant qu'il s'agissait du fils du cafetier, elle l'offrit plutôt à saint Vincent, patron des vignerons et des enfants trouvés.

Les patrouilles allaient s'ébranler lorsque Gabriel, enfin rassasié de pois chiches, sortit sur le seuil du café. Un peu à regret, il laissa tomber :

— Moi, je crois savoir où il est...

Toutes les têtes se tournèrent vers lui :

— L'autre jour, à l'école, il parlait de retourner au puits du squelette. Personne n'a voulu. Mais comme il est têtu, à coup sûr, il y est allé.

— Sainte Marie ! S'il est tombé dans ce puits, il se sera tué ! cria Thérèse en portant ses deux mains à sa tête.

Et elle fondit en larmes.

— Mais non ! dit Gabriel avec calme. À mon avis, il y est descendu avec une corde et il n'arrive plus à remonter !

Ce qui était finement raisonné. Car le petit, aussi sûr de lui que l'était son père, n'avait pas pensé qu'au moment de sortir il n'aurait pas les gros bras de Maurice pour le haler. Descendre n'était rien : il suffisait de se laisser glisser en enroulant la corde autour d'une jambe. Mais, pour grimper, il lui faudrait compter sur la seule force de ses biceps à peine plus épais que des cannellonis. Aussi, après de vains efforts qui s'étaient soldés par des ascensions n'excédant pas un mètre, il s'était assis en tailleur au fond du puits, les bras coupés. Il avait laissé brûler jusqu'au bout la dernière bougie, puis il était resté dans le noir à regarder la lune traverser le rond étoilé que le bord du puits découpait là-haut dans le ciel nocturne.

« Ils vont penser à venir me chercher ici ! C'est sûr ! », se disait-il pour se rassurer.

Mais plus le temps passait, plus sa confiance s'effritait. Sur le coup de sept heures, il commença à avoir faim. Alors, la détresse le prit et il se mit à gémir :

— Ma-maaan !

*

Sollières, Bouches-du-Rhône, le 15 novembre 1886

Mon très cher frère,

J'ai été bien occupé ces derniers temps, ce qui explique mon retard à te donner de mes nouvelles, qui sont excellentes. Figure-toi que maître Laugier m'a expédié dans un petit village – charmant au demeurant – pour y classer les minutes d'un fonds qu'il vient d'acheter. Je n'en aurai probablement pas terminé avant le printemps.

Je ne suis pas retourné à Aix depuis, mais je ne m'en plains pas. Les gens d'ici sont fort aimables, et plus particulièrement les boulangers. En un tournemain, ces braves gens m'ont trouvé une table d'hôte et une jolie maison à louer dont le confort te surprendrait. Ainsi, je prends mon repas de midi au moulin – la meunière est magnifique ! –, et le soir je retrouve avec plaisir mon petit chez-moi. Parfois, le fils aîné des boulangers – un garçon intéressant qui est passé, comme nous, par le séminaire – vient me donner un coup de main qui n'est pas superflu : rien, semble-t-il, n'a été bougé dans ces dossiers depuis près d'un siècle ! Mais j'avance pas à pas. Au fond je ne suis pas pressé. Cette nouvelle vie est loin de me déplaire malgré sa rusticité. Et puis elle me permet de m'adonner à la poésie. Aussi, juge de l'émotion que ta dernière lettre m'a donnée. Quel bonheur ce serait, pour moi, de voir l'un de mes poèmes publié dans Le Nouveau Parnasse *! Je te remercie de tout le mal que tu te donnes* *pour moi et j'espère que, de ton côté, ton talent te vaudra bientôt les honneurs que tu mérites.*

Je t'embrasse de tout cœur. Ton frère qui pense à toi,

Évariste

P-S : Je t'envoie un mandat de dix francs sur les vingt que tu me demandais. Je te prie de m'en excuser, mais, pour l'instant, je ne peux faire davantage. B.À.T.

Évariste plia soigneusement le feuillet, puis le glissa dans une enveloppe. Il écrivit l'adresse avec le soin qu'il portait à toute chose :

Monsieur Félicien Mestre
Pension Ravoux
Auvers-sur-Oise.

Il déposa la lettre en évidence sur la cheminée, debout contre un pot de faïence légendé « farine », mais qui contenait des bâtons de réglisse. Distraitement, il en tira un, qu'il se mit à mâchouiller. Puis il retourna vers la table sur laquelle il avait jeté, en rentrant de l'étude, quelques documents vénérables qu'il s'était promis d'examiner à loisir. La lampe à pétrole, avec son réservoir de verre, répandait une lumière blonde sur les papiers épars. Le poêle ronflait. Il eut un sourire de satisfaction. Vraiment, il n'avait pas menti à son frère : cette vie rustique lui plaisait. Des livres, un bon feu, l'amitié de braves gens. Que demander de plus ? La meunière ? Eh oui, pardi ! La meunière ! Mais penserait-il encore à la meunière lorsqu'il serait un poète reconnu, publié dans *Le Nouveau Parnasse*, peut-être couronné par les Jeux floraux ? Mais, en attendant, il s'en fût contenté. Il poussa un soupir, avança une chaise et s'assit. Ayant trempé son porte-plume et lissé soigneusement du revers de la main sa feuille de papier, il fixa un moment le plafond, puis se lança :

Sous un ciel inclément, sur une terre aride,
Tu arraches ton pain aux dieux avaricieux
Qui ont meurtri tes mains et ont creusé des rides
Sur ton auguste front, et harassé tes yeux...

Il s'arrêta, à court d'inspiration, mais content de lui. Quatre vers alexandrins aux rimes embrassées, ce n'était pas mal pour une seule journée. Ils auguraient bien de la suite du morceau dans lequel il se promettait de célébrer la noblesse de ses nouveaux amis, paysans *semeurs d'avenir*, boulanger *dispensateur du pain quotidien*, meunière *femme indomptable*, et même la petite Berthe Baude, *délicate hirondelle*, etc., etc.

Il posa le porte-plume et se frotta les mains. Il pouvait se délasser un peu en parcourant quelques-unes des archives inclassables de feu maître Revest. Sur le haut de la pile, il prit un gros cahier recouvert de parchemin racorni et entouré d'une sangle à boucle. L'ardillon, attaqué par la rouille, résista un peu. Finalement, le livre s'ouvrit sur des pages rousses, gondolées par des années d'humidité. Il écarta la couverture qui se referma nerveusement, comme jalouse d'un secret. Cela le fit sourire. Il pesa du plat de la main pour briser le nerf du carton.

Sur la page de garde, il lut : *Revest Anaclet**. *Livre de raison. Année 1811.*

Un bruit insolite l'attira jusqu'à la fenêtre. Il l'ouvrit, écarta les persiennes et vit passer au-dessous de lui une procession éclairée de loin en loin par des lampions dont la lueur se balançait au rythme de la marche. Il songea aussitôt à une fête votive. Charmé par la perspective d'assister à une scène pittoresque du folklore local qu'il pourrait narrer en octosyllabes, il enfila sa redingote et descendit dans la rue. Il tomba sur la boulangère, sa grande amie et son initiatrice aux mystères solliérains.

— Que se passe-t-il, madame Marité ?

À sa grande surprise, la bonne femme, d'ordinaire si bavarde, lui répondit précipitamment :

— Rien, monsieur Mestre ! Rien du tout ! Rentrez vite chez vous !

Le jeune clerc, désappointé, regarda s'éloigner le cortège, bientôt avalé par le tournant de la rue Basse et la hauteur du parapet. Déçu comme un explorateur exclu de quelque danse nègre, il se dit qu'il lui faudrait encore un certain temps pour apprivoiser ces gens et comprendre leurs coutumes. Il remonta

---

* En Provence, dans une famille comptant beaucoup de garçons, le fils aîné porte son patronyme avant son prénom. *(N.d.A.)*

se plonger dans la lecture du livre de raison de Revest Anaclet, le père de leur ancien maire.

*

Grossis de Sidonie et d'Adalbert qui habitaient le quartier bas, les sauveteurs de Ludovic passèrent en colonne devant le moulin. Héloïse, informée de l'affaire, leur emboîta le pas, laissant Marthe s'occuper de Félicité. Par groupes de deux ou trois, ce qui donnait l'illusion d'une retraite aux flambeaux, ils empruntèrent le chemin qui longeait l'Arc et rejoignait la route au pont de l'Ange, puis, l'ayant franchi, s'élevait et contournait Font Trigance.

Lorsqu'il aperçut, au loin, cette guirlande de lumière qui serpentait à flanc de coteau, Angelo décrocha son fusil et une lanterne, puis il s'engagea dans le raccourci qui montait derrière la bastide. Louis aperçut la lueur qui se dirigeait vers eux. Il donna un coup de coude au forgeron :

— Tu as vu, Théodore ? Qu'est-ce que ça peut bien être ?

— À mon avis, c'est l'Italien.

— Qu'est-ce qu'il vient foutre ?

— Sans doute se rendre compte, parce que, mine de rien, on est chez lui !

— Celle-là, c'est la meilleure ! s'indigna le cafetier, car il estimait scandaleux qu'un étranger prétendît posséder une terre qui, légitimement, leur appartenait puisqu'ils étaient français !

Mais il n'eut pas le temps de développer sa théorie.

— C'est ici ! lui dit Gabriel en le tirant par la manche.

En effet, une corde attachée au tronc d'un petit chêne dessinait une oblique, puis disparaissait dans l'obscurité du goulet. Déjà, Thérèse était penchée jusqu'à la taille par-dessus la margelle :

— Lulu ! Mon petit Lulu ! Réponds-moi ! bramait-elle comme une biche qui a perdu son faon.

— Ma-maaan-an-an... ! bêla l'animal.

Et sa voix amplifiée par l'écho avait de quoi fendre l'âme.

— Ça va, Lulu ? Tu n'as rien de cassé ? demanda Héloïse, pratique.

— Non-on-on ! Mais je ne peux plus remonter-er-er...

— Vous voyez ? Je l'avais dit ! lança Gabriel.

Aussitôt, Louis lui allongea une calotte :

— Tiens ! gronda-t-il. Ça t'apprendra à surveiller ton frère !

Gabriel, ulcéré par cette injustice qui s'ajoutait à tant d'autres, s'en alla pleurnicher un peu plus loin, l'oreille en feu. Cependant, chacun donnait son avis sur la façon de tirer l'imprudent du mauvais pas dans lequel il s'était fourré.

— Il faudrait qu'il s'attache, dit Théodore.

— Oui, mais s'il s'attache mal et que le nœud se défait..., objecta Thérèse.

Tous eurent la vision funeste du petit, désarticulé au fond du trou après une chute de cinq mètres.

— On devrait descendre quelqu'un pour l'aider, suggéra Marceau Barras.

— Si vous voulez, moi, j'y vais, proposa bravement Maurice.

Ils évaluèrent en kilogrammes l'épaisse membrure du garçon, et :

— Non ! Il vaudrait mieux envoyer Gabriel, dit Louis.

Et il se mit à gueuler :

— Gabriel ! Viens ici !

Mais Gabriel remâchait sa rancœur, assis à l'écart sur une souche noyée dans l'ombre. Il regardait avec jubilation le petit nuage de vapeur qui s'échappait en pure perte de la bouche grande ouverte de son père.

« Tu n'as qu'à y aller toi-même ! », grommela-t-il sans desserrer les dents.

— Nom d'une pipe ! Mais où il est passé, ce fils de pute ? glapit le cafetier, ce qui n'offusqua personne, pas même Thérèse tant elle était retournée.

— Je vais y aller, dit Philibert.

Héloïse s'y opposa, car son petit commis ne lui paraissait pas au meilleur de sa forme. Marité la remercia d'un regard muet plein de reconnaissance. Les hommes se regardaient, plutôt embarrassés. Aucun n'osait avouer que l'idée de se suspendre au bout d'une corde au-dessus de cinq mètres de vide leur donnait la suée.

— On va rester ici jusqu'à demain ? dit tout à coup Héloïse. Je descends l'attacher et qu'on en finisse !

Il y eut quelques faibles protestations, et puis, lâchement, tous acceptèrent, comme leurs enfants avaient accepté un mois plus tôt l'offre de Ludovic. Cela était d'autant plus incongru qu'elle était une femme et, vu sa taille, probablement plus lourde que Louis et Adalbert, lesquels passaient, à juste titre, pour des *cliclettes**.

Quand elle se fut encordée, Héloïse prit une lanterne, grimpa sur la margelle et lança un « Allez-y ! » résolu. Louis se récusa, car il avait un tour de reins. Marceau en fit autant, rapport à son épaule récemment démise. Adalbert, Théodore et Anselme, prenant la corde en main, s'y collèrent. Après une première manœuvre délicate d'engagement dans le goulet, ils laissèrent filer. Elle eut un bref frisson en passant à côté du nid de *bombes***, une énorme boule grisâtre, alvéolée, mais fort heureusement sèche.

« Elles ont sûrement bouffé le type, se dit-elle, et après, elles sont allées chercher ailleurs. »

Lorsqu'elle toucha le fond et vit le petit, tassé sur ses talons, aussi faraud qu'une poule mouillée, elle le rassura en lui tapotant les joues. Puis elle l'attacha solidement en lui passant deux brins entre les jambes et, levant la tête vers le haut :

— C'est bon-on-on ! Vous pouvez tirer-er-er ! cria-t-elle.

Le garnement fut remonté en un clin d'œil. Sa mère l'attendait, les bras grands ouverts. Elle s'en empara, l'enroula dans son châle et se mit à le pouponner comme un nouveau-né, sous le regard attendri des autres mères et même de Marité, laquelle oublia un instant que sa cousine la cafetière lui avait, jadis, volé son prénom. Cependant, les hommes s'étaient remis à haler. Mais remonter Héloïse, qui était une belle plante, s'avéra moins facile que soulever les trois sous de poivre du petit cafetier. La corde, tendue par son poids, raclait contre le bord effrité et s'y incrustait, détachant des brisures de mortier et des petites pierres.

C'est à ce moment qu'Angelo arriva sur le replat et vit le groupe figé dans un silence total. Il y avait du rite satanique

---

* « Maigrichons ».

** « Frelons ».

dans cette assemblée nocturne, chichement éclairée par les lampes-tempête et groupée, muette, autour d'un trou. À moins que ce ne fût un simple accident domestique ? En un clin d'œil, il évalua la situation, jaugea l'effort inopérant des trois hommes arc-boutés sur la corde qui entaillait le muret. Il eût fallu une poulie pour atténuer le frottement. Ou tenir le filin écarté de la maçonnerie qui l'empêchait de coulisser. Mais aucun des hommes n'était assez costaud pour dégager la corde et la tirer directement dans le vide. Sans savoir de quoi il s'agissait ni ce que l'on désirait sortir de cette fosse, mais comprenant qu'il y avait urgence, il posa son fusil, s'interposa entre Anselme et le puits, éloigna d'une main la corde et, de l'autre, tira vers lui une bonne longueur que les autres s'empressèrent d'empoigner sans le moindre effort mais par mesure de sécurité. Héloïse, qui, depuis un moment, montait par à-coups et se demandait, le cœur serré, s'ils n'allaient pas finir par la laisser tomber, se sentit d'un coup soulevée. Elle eut l'impression de s'envoler. À présent, le bord du puits arrivait à toute vitesse. Une main en dépassa qu'elle empoigna et serra de toutes ses forces, puis une autre la saisit sous l'aisselle et la fit passer par-dessus la margelle. Elle trébucha et vint s'abattre contre une poitrine qui n'avait rien à voir avec la viande molle d'Anselme qui, à force de manier la pâte à pain, en avait pris la couleur et la consistance.

La surprise d'Angelo fit écho à la sienne. Un même effarement passa dans leurs yeux. Une égale faiblesse leur scia les jambes. Les deux mains imbriquées par l'effort hésitèrent à se disjoindre. Celle que l'Italien avait engagée sous son bras mollit, comme affolée par son indiscrétion. Une seconde, elle se laissa aller contre lui, puis elle s'écarta, se remit sur pied, épousseta sa jupe, dénoua la corde et, d'un bref coup de tête, renvoya en arrière une mèche folle.

— *Va bene** ? demanda Angelo d'une voix brisée.

— Oui, répondit-elle, au bord de l'asphyxie.

Leurs regards se rencontrèrent à nouveau. Mais déjà on les entourait. On les félicitait. On les congratulait. Car on n'avait jamais vu une femme aussi intrépide. Ni un bonhomme aussi

* « Ça va ? »

costaud. Enfin, tout, grâce à eux, finissait en beauté. Sauf pour Gabriel, qui ramassa une autre calotte pour avoir disparu au moment où on avait besoin de lui.

Dans un état second, les deux amants flottaient sur le brouhaha comme sur un tapis volant. Par-dessus les têtes, leurs yeux se croisaient, se fuyaient, se retrouvaient, se lâchaient, s'accrochaient encore, chargés d'un message explosif où se mêlaient la surprise, la honte, la gratitude, la colère, le regret, le remords, le ressentiment, le désir et même l'hypothèque et les 27 % ! Mais il se faisait tard. Et puis, le village était éloigné. Escortée par l'enthousiasme public, Héloïse s'engagea sur le chemin pentu avec l'impression de ne pas toucher terre. Pendant qu'Angelo s'en retournait à Font Trigance dans une totale confusion.

Lulu, porté en triomphe sur les épaules de son père, fit un clin d'œil à Gabriel qui trottinait à ses côtés. Il tapota sa poche et dit à son frère :

— Je l'ai !

Lequel lui répondit en reniflant :

— Je m'en fous !

*

Quand ils furent en vue du moulin, Louis se tourna vers la meunière qui était à la traîne, ce qui ne lui ressemblait pas :

— Dis, Héloïse, si tu nous payais la goutte pour fêter ça ?

Il eût été plus logique qu'il la payât lui-même, mais les Négadis avaient, contrairement au café, l'avantage de se trouver sur le chemin. Pour sa part, Héloïse n'avait qu'un désir : se fourrer dans les draps et se repasser en boucle l'incroyable épisode qu'elle venait de vivre. Mais il lui était difficile de refuser : elle découvrait, non sans une pointe d'agacement, que l'héroïsme, loin de conférer des droits, ne crée que des devoirs. S'y soustraire, c'est prendre le risque de se voir flétrir du méprisant : « Qu'est-ce qu'il se croit ? » Le véritable brave se doit d'être modeste afin de ne pas humilier les foules timorées. Le courage, on doit toujours plus ou moins se le faire pardonner. Elle souleva donc la chaîne qui interdisait l'entrée de son moulin et les précéda dans la cuisine, où Marthe était sur les braises :

— Alors ? demanda la gouvernante, les yeux brillants de curiosité.

— On l'a retrouvé ! Tout va bien ! claironna Louis en entrant avec le rescapé toujours juché sur ses épaules.

Malheureusement, le chambranle était un peu bas pour ce géant improvisé. Ludovic le prit en plein front. Louis le descendit, à moitié assommé.

« Bien fait ! », grommela Gabriel entre ses dents serrées.

On le badigeonna d'arnica, on appliqua sur la bosse une pièce de cinq sous tenue par un mouchoir noué, pendant que Thérèse le berçait et que son frère tentait vainement de l'achever d'un regard meurtrier. Et puis, d'un coup, brisé par tant d'émotions, le petit s'endormit dans le giron de sa mère. On put enfin passer aux choses sérieuses comme le commentaire détaillé de l'expédition, arrosé d'une dégustation de ratafia.

— C'est un drôle de gaillard, cet Italien, apprécia Théodore.

Marthe manifesta sa surprise. Il fallut lui raconter l'arrivée providentielle du maître de Font Trigance et comment il avait tiré Héloïse du puits avec une seule main.

— Parfaitement ! Une seule main ! Aussi facilement que tu soulèves un rat mort par la queue !

Héloïse pensa que la comparaison manquait de poésie. Mais déjà, Louis enchaînait :

— Ah ! ils sont costauds, ces *Babbi* !

Puis, plissant le front avec un air pénétré :

— Dis, Théodore, tu te rappelles *ce* charbonnier ?

Le sang d'Héloïse ne fit qu'un tour. Philibert dressa l'oreille.

— Il était beaucoup plus grand ! dit le forgeron en riant, car le souvenir embellit toujours la vérité.

Héloïse et Philibert, soulagés, sourirent intérieurement.

— C'est possible, admit le cafetier, conciliant. Mais ce que j'en dis, c'est plutôt à propos de l'*esquelette*.

— Je ne vois pas le rapport ! jeta Héloïse, empoignée par l'angoisse.

Philibert nota sa rougeur et le tremblement de ses lèvres.

— Mais si ! reprit le cafetier. Je me souviens qu'au début ils étaient deux. Le grand et un petit. Un petit qui levait bien le coude. Il passait souvent au café, alors que le grand, jamais ! Quand il avait bu un coup de trop, il jouait à planter son couteau dans le platane. Un couteau long comme ça ! Avec le manche en patte de cerf et une lame à deux fils !

— Un poignard ? suggéra Théodore, qui s'y connaissait en métallurgie.

— Oui, c'est ça : un poignard ! Je le revois encore ! Et il était drôlement adroit ! Et puis, un jour, on l'a plus vu. Disparu de la circulation… Si ça se trouve, l'autre lui a réglé son compte et…

Il promena un regard malin sur l'assemblée et laissa tomber lentement, afin de soigner son effet :

— … l'a balancé dans le puits. À mon avis, cette *esquelette*, ça pourrait bien être lui !

— D'abord, on dit UN squelette ! lança Héloïse pour faire diversion. Squelette, c'est masculin !

— Ça, c'est à voir ! rétorqua Louis. Adalbert dit que c'est un homme et on veut bien le croire. Mais au fond, qu'est-ce qu'il en sait ? Il n'est pas le professeur Pasteur, que je sache, Adalbert ! Ça pourrait bien être une femme, dit-il pour finir, sans s'apercevoir qu'emporté par son esprit de contradiction et son ignorance crasse de la grammaire il mettait en doute ses propres déductions.

Adalbert, outragé, se leva et fit claquer le cul de son verre sur la toile cirée :

— Tiens ! dit-il, quand tu passeras l'arme à gauche, tu iras demander au professeur Pasteur de te creuser le trou !

— Ne te fâche pas, Bert ! dit Anselme, bonasse, en tapotant l'épaule de l'irascible fossoyeur tandis que Louis rétorquait avec hauteur :

— Mon trou, je me le creuserai moi-même ! Comme j'ai creusé le trou du papet !

Tous se regardèrent, se demandant s'ils devaient rire ou pleurer. Gabriel, consterné, ferma les yeux. « Qu'il est bête ! Mais qu'il est bête ! », murmura-t-il dans un soupir.

Puis, se tournant vers Philibert qui était venu s'asseoir près de lui :

— Quand j'ai mon certificat, je te jure que je taille la route : j'en ai marre de morfler et d'entendre dire des imbécillités !

— Qu'est-ce que tu feras tout seul et sans le sou ? s'inquiéta le confident involontaire de ce funeste projet.

— Avant de partir, je prendrai la montre en or du papet. Et puis je me trouverai un travail. Comme toi.

Philibert n'osa pas lui dire que ses multiples prestations n'étaient guère rémunérées, même si Héloïse, l'Italien et le clerc lui glissaient de temps en temps une pièce en lui suggérant de n'en rien dire à ses parents.

— Et aussi, reprit Gabriel, je demanderai peut-être à l'abbé Grangier. Il a l'air gentil…

Philibert eut une moue embarrassée :

— Tu sais, l'abbé Grangier, il est… Je ne sais pas comment t'expliquer…

Il eût bien aimé faire part à son copain des louches avances dont il était l'objet, mais, justement, les mots lui manquaient. Et puis, tout à coup, une idée lui vint : s'il lisait l'épisode de Sodome et Gomorrhe, Gabriel, qui était loin d'être bête, comprendrait.

— Je vais te prêter un livre, lui dit-il.

— Quel livre ?

— La Bible.

Gabriel roula des yeux horrifiés :

— Oh là là ! s'il me voit lire la Bible, mon père va m'assommer !

Mais, à mesure qu'il parlait, l'idée de désobéir aussi radicalement aux préceptes paternels se frayait un chemin délicieux dans son cœur meurtri d'enfant mal-aimé. Cet ouvrage interdit, mis à l'index par sa famille, ne pouvait que développer des principes contraires à ceux, détestables, qu'on le forçait à accepter à coups de taloches plus ou moins méritées.

— C'est un gros livre, la Bible ? demanda-t-il, car il n'en avait jamais vu et se doutait qu'il allait devoir le cacher.

— Un peu, dit Philibert avec l'air de s'excuser.

— Tant pis ! Je me débrouillerai, répondit l'autre, déterminé à entrer en rébellion, puis à se faire la belle dès qu'il serait diplômé.

13

Héloïse s'éveilla à 5 h 30, comme tous les matins depuis plus de vingt ans. Cependant, au lieu de sauter sur ses pieds comme à son habitude, elle referma les yeux, sourit aux anges et s'étira voluptueusement. Elle pouvait bien s'octroyer cinq minutes de répit. Cinq minutes, pas plus. Pour se raconter, en ressassant les délicieux détails, l'incroyable aventure de la nuit passée. Quelle histoire ! Qui eût pu imaginer !

Elle n'avait pas eu droit au frôlement discret dont elle osait à peine rêver, mais à une étreinte, un véritable enlacement, et même mieux que ça ! Pendant quelques secondes, elle s'était trouvée suspendue à son bras, totalement livrée, désarmée, impuissante. Le temps d'un soupir, elle n'avait plus été l'intraitable maîtresse du moulin, la patronne résolue sous la volonté de qui tout pliait, l'intrépide amazone qui en remontrait par son audace à un bataillon de mâles poltrons, mais une simple femme, accrochée à un homme, avec le vide sous ses pieds. Et cette expérience nouvelle, un tantinet préhistorique, l'avait émerveillée !

Ensuite, il lui avait demandé : *Va bene ?* Avec douceur. Gentillesse. Avec la tranquille bienveillance du fort qui s'inquiète du faible. Et elle s'était sentie petite, fragile, comme épuisée. Désirait-elle, au fond, autre chose que s'abandonner ? Comme Marité sur l'épaule blanche d'Anselme ? S'en remettre à une autre volonté. Laisser courir. Laisser flotter. Pouvait-on lui reprocher de ne s'être jamais heurtée à une détermination plus farouche que la sienne ? Elle avait toujours eu affaire à des mous, des lâches, des faux culs. Elle les avait piétinés ? Et alors ? Méritaient-ils d'être traités autrement ? Pourtant, elle sentait, enfoui en elle, un abîme de soumission. Sans bien se représenter que, dans cet excès, elle demeurait égale à elle-même, c'est-à-dire outrancière, démesurée, insupportable. Et qu'Angelo, sous son impressionnante charpente, n'était peut-être pas le maître dominateur qu'elle croyait attendre.

« *Va bene ?* » Eh oui ! Tout allait bien ! *Bene... bene... benissimo**, même, comme ils disaient là-bas. Et elle se sentait prête à apprendre l'italien. À ne plus parler que cet idiome. À l'imposer aux autres s'il le fallait ! Se serait-il précipité pour prêter main-forte à la cordée en difficulté au bord du puits s'il y avait jeté autrefois un cadavre ? Non, bien sûr ! Il se serait dissimulé. Il aurait guetté. Tâché d'en savoir plus en ne se montrant surtout pas. Il n'était donc pour rien dans l'affaire du squelette. Il n'était pas un assassin. Elle s'était fait des idées. Et, malgré la louche tentation de complicité qui lui était venue comme une poussée de fièvre, cette certitude la soulageait.

Du coup, dans un accès d'indulgence universelle, elle pardonnait à Sidoine, à Jean-Jacques, aux cousins de Marseille, à tous les Garrassin. Elle lui pardonnait l'hypothèque et les 27 %. Elle lui pardonnait même d'être venu se faire assommer !

Restaient ces sous qui lui tombaient du ciel. D'où venaient-ils ? Et aussitôt, elle trouvait une réponse où la mauvaise foi le disputait à la complaisance. Ah ! les sous ! Quel mirage ! Ça va, ça vient... Au fond, c'est du vent. Ainsi la fameuse toupine des Garrassin. Elle l'avait tenue. Perdue. Elle aurait fait avec, elle ferait sans. La vie était remplie d'imprévus. Pouvait-elle imaginer qu'en épousant Sidoine elle épousait son cousin ? Qu'elle pouvait, tout comme lui, prétendre à l'héritage du moulin puisqu'elle était la petite fille de Fanny Garrassin ? Héritage. Mot magique. Qui d'un crève-la-faim pouvait faire un rentier. D'un mendiant un monsieur. D'un charbonnier un propriétaire. Il avait peut-être fait un héritage là-bas ? Qui pouvait savoir ? Et puis, qu'importaient les sous ! Elle n'avait jamais, comme son défunt, eu la passion des pièces entassées. Ce n'était pas le

* « Très bien ».

métal, mais le pouvoir de l'argent qui l'intéressait. L'opportunité qu'il offrait de construire, organiser, rénover, inventer, décider ! Et d'où que vînt sa fortune, elle devait admettre qu'Angelo en avait la même conception. Font Trigance, qui avait végété des années sous la patte molle des Grangier, puis périclité de leur abandon, renaissait de ses cendres. Les murs branlants remontaient, les fissures étaient colmatées, les vignes jeunes s'alignaient – bien qu'un peu écartées... Il réalisait exactement ce qu'elle avait projeté de faire avant que cet imbécile de Jean-Jacques ne choisisse de s'expatrier pour un chagrin de rien du tout, une mince amourette ! Mais *basta* ! À quoi bon revenir là-dessus ? Elle avait assez à faire avec le moulin. Le moulin des Garrassin qui deviendrait tôt ou tard par ses soins, à force de travail, d'acharnement, d'innovations, une minoterie moderne. La plus moderne du pays. Ils étaient tous deux de la même race. Une race de bâtisseurs. De gens durs, obstinés, autoritaires. Des amants terribles, capables d'en venir aux mains. D'être rivaux. Ennemis. Tant pis... Tant mieux ! Tout ce qui les opposait pouvait les réunir. Au diable les tièdes, les mous, les timorés, les indécis ! Il devrait en convenir. Et, s'il se montrait rétif, elle saurait bien, un jour ou l'autre, l'y contraindre ! Un jour qui n'était peut-être pas si éloigné ? Car la première échéance se rapprochait. Et, à présent, elle en était presque certaine : grâce aux nouveaux clients, à la cantine et au loyer que lui payait le petit clerc, elle parviendrait à le rembourser. Cent vingt-sept francs. Rubis sur l'ongle. Et puis, tiens, elle lui ferait même une fleur ! Un cadeau discret dont il ne saurait rien. Pour la beauté du geste. Jeudi prochain, lorsqu'elle se rendrait à Aix, elle irait acheter chez maître Ughetti un cordeau flambant neuf, avec les nœuds au bon endroit, qu'elle offrirait, sans un mot, à Victor Sévère ! Il en ferait une tête, le *finachou* ! Ah ! ah ! elle allait bien s'amuser !

Et c'est sur ce projet casse-cou d'une nouvelle bataille à livrer qu'elle rejeta l'édredon cerise et glissa ses pieds nus dans ses souliers glacés. Six heures sonnaient au clocher. Les cinq minutes avaient fait des petits...

*

Dès qu'il ouvrit les yeux, Ludovic porta la main à son front douloureux. Le contact sensible de la bosse lui rappela ses multiples mésaventures de la veille : son imprudente descente solitaire dans le puits, son désespoir de ne pouvoir remonter, le sauvetage par Mme Garrassin et, pour finir, le coup de grâce donné par le chambranle de la porte du moulin. Tchac ! En plein front ! Après quoi il ne se rappelait plus rien. On l'avait sans doute ramené à la maison endormi et glissé sous les couvertures, à moitié habillé. Il portait encore son tricot et son caleçon. Mais sa veste et ses hardes étaient posées à cheval sur le dossier d'une chaise.

Le jour naissant filtrait à travers les persiennes. Il devait être environ 7 h 30. En bas, dans le café, il entendait le raclement des chaises sur les dalles, et, de temps en temps, le bruit de la porte d'entrée qui claquait dans une vibration inquiétante de vitres démastiquées. Chaque fermeture promettait une joyeuse chute de verre brisé. Mais rien ne venait. Vaguement déçu, il devait se contenter d'un murmure confus de voix rocailleuses, de brefs appels, de quelques rires étouffés. Une vivifiante odeur de café filtrait par-dessous la porte.

Sans faire de bruit, il se glissa hors du lit qu'il partageait avec Gabriel. Il saisit son pantalon court et tâta fiévreusement ses poches. Ouf ! le coccyx de l'*esquelette* était là, long comme sa main, triangulaire et rougeâtre, car il n'avait pas bénéficié de l'hygiénique traitement à l'eau de Javel. Il le déposa avec délicatesse sur le marbre de la commode et reprit son exploration à la recherche de la dent. Il dut déchanter. La poche était vide. Incrédule, il la retourna et passa un doigt au travers du trou qui en déshonorait le fond. Trop petit pour livrer passage au coccyx, il l'était assez pour avoir laissé filer l'autre fragment.

« Merde ! se dit-il, j'aurai fait tout ça pour rien ? » Et l'envie le prit de retourner là-bas, car rien ne sert de leçon aux brise-fer. Et puis, il pensa que la dent était minuscule. Elle avait pu tomber sur le chemin du retour. Cela rendait sa recherche problématique. Par acquit de conscience, il passa le carrelage de la chambre au peigne fin, pour le cas où sa mère l'aurait éjectée en le déshabillant. Il posa sa joue contre le sol pour bénéficier d'une vue rasante. Rien. Les tomettes, séparées entre elles par un liseré de vernis blanc qui avait bavé par endroits, luisaient sans un grain de poussière jusqu'au ras des plinthes : Thérèse jouissait d'une réputation de ménagère émérite, « une grosse propre », comme on disait.

« Bah ! se consola-t-il, après tout, l'important, c'est le coccyx, parce que tout le monde a un coccyx. Tandis que les dents... Adalbert, qui est bien vivant, n'en a plus une seule ! »

Il entreprit donc de s'habiller. Pour enfiler ses chaussettes montantes de grosse laine, il dut s'asseoir, ce qui fit grincer la chaise :

— S'tu fais ? demanda Gabriel en ouvrant un œil.

— Rien...

— Peux pas rester couché ?

— Plus sommeil...

Gabriel se retourna contre le mur et rabattit la couverture sur sa tête. Dans le second lit de fer, Édouard, qui dormait seul, en écrasait ferme. Ludovic donna en passant un coup de pied dans les souliers du grand qui disparurent sous le sommier. Ravi de son mauvais coup, il sortit de la chambre en rigolant.

*

Angelo se posait un certain nombre de questions à propos de l'équipée de la veille. Comment se faisait-il que les villageois, parmi lesquels se trouvaient plusieurs hommes, aient laissé une femme se livrer à un exercice aussi périlleux ? N'avaient-ils aucun sens de leur rôle de mâles ? Et elle, cette terrible femelle, n'avait-elle donc peur de rien pour aller se balancer dans le vide au bout de cinq mètres de corde, à la merci de trois imbéciles qui n'avaient dans les biceps que du jus de chique ? C'est qu'elle faisait son poids, la garce ! Pas un poids mort de viande désossée ! Elle avait l'énergie batailleuse d'une truite ferrée qui fouette l'air de son corps. Et cet affolement montait dans son bras par leurs deux mains soudées. Comme un fluide électrique. Une gargousse enflammée. C'était aussi violent que lorsqu'ils faisaient l'amour. Et dans son émotion, il avait dit cette platitude : « *Va bene ?* » Mieux valait penser à autre chose, tout au moins essayer...

Néanmoins, que pouvait foutre le petit du cafetier à une heure pareille au fond de ce puits ? Ce puits qui lui appartenait : il avait vérifié sur les planches du cadastre que le notaire lui avait confiées. Il était évident que le garnement n'y était pas tombé : il se serait blessé ou même tué. Il y était donc descendu. Pour quelle raison ? Apparemment, tous le savaient. Sauf lui. Les parents avaient répondu à ses questions par des sourires embarrassés et des bribes de phrases sans queue ni tête : « Les enfants… imprudents… dangereux… accident… sécurité… » Il avait promis de faire poser sur le puits une plaque de métal pour éviter une nouvelle chute. Chute à laquelle il ne croyait pas un instant. Aussi, toute la nuit il s'était dit : « Il faut que je *vais* voir ce qu'il y a dans ce puits. »

Voilà pourquoi, muni d'une corde, d'une lampe-tempête et d'un piochon (on ne sait jamais !), il avait repris le raccourci aux premières lueurs de l'aube. Descendre dans le goulet à la force des bras avait été, pour lui, un jeu d'enfant. Remonter ne serait pas plus difficile. Il avait eu un bref frisson en frôlant de l'épaule un gros nid de *calabroni** accroché à la paroi, à un mètre du bord. Heureusement, il n'était plus en activité. Mais, pour l'instant, il était au fond, perplexe, promenant la lueur de la lampe sur l'appareillage du bâti et le sol accidenté.

C'était un puits ordinaire. Relativement peu profond. Et sec. En examinant attentivement la paroi, on ne voyait pas ces cercles superposés qui indiquent les niveaux successifs de l'eau. Sans doute n'en avait-il jamais contenu ? C'était probablement une vaine tentative, un projet avorté comme il y en a tant en Provence, pays au relief tourmenté où la géologie se plaît à jouer des tours : ici, affleurant le sol, une veine inépuisable qu'aucune sécheresse ne parvient à tarir, dix mètres plus loin une roche bleue qui s'écaille comme du plâtre mort et semble vouloir, avec ses gravats, relier la France à la Chine. Les sourciers jouaient les devins avec leur baguette de coudrier ou leur pendule. L'eau n'en faisait qu'à sa tête. Elle semblait même prendre plaisir à ridiculiser les rhabdomanciens de tout poil.

---

* « Frelons ».

En y regardant de plus près, on pouvait lire tout au long des parois le découragement progressif du puisatier, au fur et à mesure que son espoir de trouver l'eau s'était amenuisé, puis éteint. Vers le haut, les pierres étaient belles, bien choisies, régulièrement alignées, jointoyées avec soin. L'homme, fort de son art, était parti confiant. Et puis, peu à peu, il avait dû sentir poindre l'incertitude. Le travail se relâchait. Un laisser-aller s'installait qui dérivait jusqu'au je-m'en-foutisme. Le dernier mètre n'était même pas dallé. C'était une sorte de cavité informe aux parois de terre blanchâtre perforée par des racines. Le fond n'était qu'un amas de pierres grossières, détachées des derniers rangs de maçonnerie.

Angelo posa sa lanterne et s'assit sur un bloc plus gros que les autres, le menton dans la main.

« *Non capisco**... », grommela-t-il.

D'une main distraite, il épousseta le devant de sa chemise où étaient restés accrochés quelques brins de chanvre détachés de la corde. Le geste, un peu vif, décrocha un bouton qui ricocha et roula avant d'aller se nicher entre deux pierres. Agacé, il se pencha, écarta les cailloux et, au moment de ramasser la rondelle de nacre, sa main s'arrêta. Il y avait, dans le creux dégagé, comme un nid de petits os grisâtres qu'il identifia immédiatement comme étant des phalanges. Les restes d'une patte. Mais de quel animal ? Il avait piégé et fait rôtir à peu près tout ce qui vivait dans ces collines, du royal sanglier au plus mesquin lapereau. Il en avait rongé, un à un, tous les os. Rien ne ressemblait à cela. Pouvait-il s'agir d'une main ou d'un pied ? N'étant ni médecin, ni fossoyeur, ni anthropophage, il ne pouvait franchement l'affirmer. Toutefois...

Intrigué, il décida de déplacer les autres pierres et de les entasser sur un espace préalablement nettoyé. C'est en faisant, du tranchant de son piochon, cette surface nette qu'il trouva la dent. Une dent humaine. Une incisive. Cette fois, il ne pouvait plus douter ! Aucun animal indigène n'avait ce type de dent, large, plate, amincie tout le long de l'arête. Un corps humain était tombé – ou avait été jeté – dans ce puits. Les *calabroni*

* « Je ne comprends pas ».

avaient dû s'en régaler. Ensuite, on l'avait retiré. Restaient seulement quelques débris, des fragments d'os assez petits pour avoir échappé à l'attention de l'opérateur. Ou de l'opératrice ? Mais il abandonna aussitôt cette idée, car il ne pouvait imaginer que se livrant à ce genre d'intervention, la meunière ne l'eût pas parfaitement exécutée. Ainsi avait-il conçu, presque malgré lui, une forme d'estime teintée de dépit pour son infernale maîtresse. Ce travail ne lui ressemblait pas. Il sentait l'amateurisme : les pierres n'avaient même pas été bougées. Il s'agissait probablement d'enfants. Des enfants qui s'étaient contentés de remonter à la surface les os les plus spectaculaires du squelette. Peut-être y avait-il autre chose sous le clapier ?

Posément, il fit un monticule des moellons épars, examinant avec attention tout ce qui pouvait rappeler un vestige de costume. Quelques lambeaux d'une étoffe indéterminée traînaient ici et là. Une boucle de ceinturon. Des chaussures d'homme. Grossières. Sans lacets. Plus parlant, un morceau de drap sur lequel était encore attaché un gros bouton de cuivre. Il l'approcha de la lampe, fit jouer l'ombre et la lumière sur le relief de la calotte nappée de vert-de-gris. Par exemple ! Elle portait les deux épées croisées reliées par une dragonne que l'on trouvait sur les uniformes de l'armée du Piémont. Ceux endossés par les soldats de Vittorio Emanuele. Et aussi les garibaldiens. Il avait, dans le temps, porté cette veste de drap sur sa chemise rouge. Comme Aldo... Du coup, il se mit à chercher fiévreusement. Et il ne fut pas long à trouver le poignard que son ancien compagnon se plaisait à planter dans le tronc des pins pendant qu'il s'échinait à monter les charbonnières. Il avait envié cette lame à double tranchant, à la fois puissante et fine. Il ne l'avait pas oubliée. Il fit tourner deux ou trois fois l'arme dans sa main. Malgré quelques atteintes de cirons dans le manche biscornu et les taches de rouille qui ternissaient l'acier, elle demeurait merveilleusement équilibrée. Il sourit. C'était bien la peine de rouler des épaules, de se pousser du col et de trahir ses amis pour venir crever au fond d'un puits et se faire bouffer par des *calabroni* ! L'imbécile ! Qui n'avait qu'une idée en tête : se payer un râtelier en or pour remplacer ses dents pourries ! Il aurait tué pour ça ! Angelo revoyait le sourire faux cul autour de cette ultime dent. Cette dent qu'il tenait à présent dans sa main. Il imaginait la scène : Aldo, encore à moitié saoul, titubant sur le chemin le soir où il lui avait volé la comptée du bougnat. Au départ, il avait dû courir, craignant d'être rattrapé. Mais les deux armes passées chacune à une épaule et la bourse remplie de gros francs d'argent pesaient à sa chétive carcasse. Il s'était arrêté, à bout de souffle. Après s'être assuré qu'il n'était pas suivi, il avait dû s'asseoir sur la margelle, pensant qu'il s'agissait d'un muret. Il l'entendait rire du sale tour qu'il lui avait joué. Alors, rassuré, il s'était renversé en arrière, croyant s'allonger un moment dans l'herbe afin de reprendre son souffle. Et il avait basculé. *Finita la comedia !*

Il était peut-être mort sur le coup. Peut-être avait-il agonisé des heures ? Ou même des jours entiers. En cherchant sa dent cassée dans le noir. Crevant de faim, de soif, de fièvre, dans ce trou perdu où personne jamais ne venait depuis le départ du propriétaire. Et lui, pendant tout ce temps où la viande du faux cul s'en allait dans les airs, découpée en petits morceaux par les guêpes voraces, s'était gâté le sang à le maudire. L'absurdité de cette vaine rancune envers un mort le déconcertait. Lui, le naïf, la dupe, était là, bien vivant, riche et respecté, pendant que l'autre, la sombre fripouille, finissait sa carrière de matamore en pièces détachées. Les villageois, dont il se moquait en les traitant de culs-terreux, avaient dû se partager son magot et les deux armes qu'il portait. Voilà pourquoi ils avaient paru si embarrassés : les terres lui appartenant, tout ce que l'on y trouvait lui appartenait. Ils avaient eu le réflexe ancestral des serfs surpris par leur maître. La rapine, comme le mensonge et la vengeance, sont les armes des gueux. Mais il pouvait quant à lui se permettre désormais largesse, clémence et sincérité. Il rit. Et son rire clair monta dans le goulet en une cantilène quelque peu satanique. Après quoi, il glissa le poignard d'Aldo dans sa ceinture, empocha la dent et empoigna la corde.

Tandis qu'il dévalait la colline, les caillasses du raccourci ruisselant sous ses pieds, il se disait que la vie était une drôle de loterie. La roue tournait et s'arrêtait où bon lui semblait. Pour être certain de gagner, Aldo avait triché. Pourtant, il avait perdu. Quant à la *putana*, on ne savait pas encore. Les jeux n'étaient pas faits. C'était de lui dont elle dépendait. Comme hier, accrochée à son bras. S'il lâchait, elle était perdue. Mais il ne lâcherait pas. Parce que depuis qu'il était revenu, il n'avait qu'un seul désir : la capturer dans ses bras. Lui interdire toute lutte. Lui faire sentir son poids. S'enfoncer dans sa chair ferme et chaude. L'entendre crier de plaisir. Et puis la battre un peu, aussi. Mais pas trop. Juste assez pour qu'elle retrouve cette rage qui lui faisait bouillir le sang. Et puis il y avait aussi la *bambola*... Alors, qu'attendait-il ? Il se châtiait lui-même en poursuivant cette vengeance. Il allait atteler le tilbury et se rendre à Aix chez maître Laugier pour lui demander de rédiger une mainlevée d'hypothèque. Ce serait sa façon de lui proposer l'armistice.

14

— Non, non et non ! dit le père Grangier en tapotant le lutrin de sa baguette.

Les choristes se turent avec un ensemble qu'était loin d'égaler leur antienne décalée. Aussitôt, libérés de la tension imposée par le chant, les enfants s'agitèrent comme des chatons dans leur panier. Marius profita du répit pour se curer le nez, puis il examina avec attention le résultat de ses fouilles.

— Cochon ! glapit Mlle Latil en lui donnant une tape sur la nuque.

Les beaux yeux noirs du petit se remplirent de larmes. C'était devenu pour lui une stratégie qui démontait tous ceux qui le contrariaient et lui assurait une impunité totale. Il en usait avec la dernière perfidie.

— Voyons, mademoiselle ! s'indigna l'abbé, pris au piège subtil tendu par le maître chanteur en culotte courte.

— Vous lui passerez tout ? se révolta la catéchiste.

Grangier haussa les épaules.

— Reprenons ! dit-il.

Tandis qu'il écartait ses mains épiscopales en prélude au signal du départ, Marius, se sentant soutenu, jeta un regard de triomphe à la vieille fille. Elle piqua du nez sur la partition qu'elle eût été bien en peine de lire, mais qui lui donnait une contenance.

— Un, deux !

— *Per noun langui loun dou camin**…

Malheureusement, ces pèlerins ne marchaient guère en rythme. Les uns étaient déjà au bout du « *camin* » que les autres en étaient encore à « *langui* ». L'abbé soupira et se gratta la joue en grimaçant. Décidément, la messe de minuit chantée qu'il avait promise aux paroissiens de l'abbé Joulian était compromise. Ces consternantes litanies n'avaient pas grand-chose à voir avec le chorus parfait de la manécanterie du petit séminaire. D'abord, la voix de la vieille était une véritable insulte à l'harmonie : stridente, criarde, insupportable. Ensuite, le fossoyeur – édenté –, qui assurait à lui seul les basses, mangeait les syllabes et en faisait une bouillie qui n'était pas sans évoquer l'insipide et gluante soupe d'épeautre dont il disait se régaler. Élisabeth Revest susurrait sans ouvrir la bouche ; enfin, l'abbé Joulian, qui avait un assez bel organe, vocalisait sans fin sur les voyelles comme s'il eût été en chaire, ce qui lui faisait prendre du retard. En revanche, les enfants avaient de la fraîcheur. Mais pas la moindre notion du tempo. Mis à part le jeune Baude, bien sûr, qui avait déjà suivi ses cours éclairés.

— Philibert ! Veux-tu nous chanter le refrain en solo ?

Le garçon réprima un soupir d'agacement, puis il prit sa respiration et démarra à la cadence d'une tarentelle, histoire d'être plus vite débarrassé du pensum :

— *Canten Nouvè, Nouvè, Nouvè… Nouvè su la museto***.

La baguette mit un terme à cette profanation de l'hymne saint.

— Non ! À mon signal ! Et moins vite ! Un, deux !

Philibert obéit et exécuta cette fois le cantique sur un tempo de marche funèbre. L'air de Sollières, s'il n'avait pas altéré le timbre de sa voix, semblait lui avoir fait oublier toute notion du rythme et de la mesure. À moins qu'il ne le fît exprès ? Grangier, qui avait plus d'un tour dans son sac, se tourna vers le benjamin des Baude.

— Marius ! Mon enfant ! Veux-tu essayer ? demanda-t-il avec un sourire tout miel.

---

* « Pour ne pas nous ennuyer en chemin… », cantique de Noël provençal.

** « Chantons Noël sur la musette ».

Le petit, pétant de fierté, fit un pas en avant. Il acheva Mlle Latil d'un regard d'*imperator*. Grangier leva sa baguette, compta les deux temps réglementaires et donna le départ. Marius s'en tira très honorablement. Il suivit même avec une certaine finesse le ralentissement du finale et termina par un *decrescendo* assez réussi.

— Excellent ! s'exclama Grangier. Excellent !

Tandis que le petit se rengorgeait, le père descendit la marche qui le séparait du groupe, mit la baguette sous son bras et tendit une main bienveillante vers la tête bouclée.

« S'il touche mon petit frère, je le tue ! », se dit Philibert.

Fort heureusement pour ses abattis, Grangier croisa le regard assassin de son ancien élève. Il se remémora la mésaventure du père Signoretti et en eut un bref frisson dans le dos. Ce garçon était d'une beauté scandaleuse, mais il n'avait pas le moindre sens de l'humour. La prudence était de mise. Aussi sa belle main pâle demeura-t-elle en suspens au-dessus de la tignasse brune, puis il termina son geste un peu trop familier par une bénédiction de jésuite.

« Serait-il jaloux ? » se demanda-t-il, tout en rassemblant les partitions étalées sur le lutrin.

— Ce sera tout pour aujourd'hui ! dit-il, paterne. Je vous ai promis une promenade, allons-y !

Les hourras de la marmaille montèrent aussitôt sous les vieilles voûtes. Berthe s'approcha de l'abbé :

— Monsieur le curé, mon père m'a dit de vous dire qu'il a dit à ma mère de donner un brassadeau à chacun pour goûter.

Grangier leva un sourcil à cette conjugaison emberlificotée.

— Voilà qui est étrangement dit, mais fort aimable de sa part !

Puis, élevant la voix :

— Mes enfants ! M. Baude vous offre le goûter !

Ce fut un triomphe. Berthe, grande pour ses treize ans et déjà ronde comme une femme, souriait d'un air satisfait. Grangier se dit qu'elle n'arrivait pas à la cheville de ses frères en matière de beauté. Ce qui n'était qu'une affaire de goût, et même de goût particulier, car tout autant que ses cadets, la fillette était ravissante. L'abbé se garda toutefois de faire part de sa remarque au fossoyeur, lequel fermait la marche du groupe bruyant qui évacuait l'église à cloche-pied.

L'abbé Joulian regagna le presbytère, Élisabeth Revest la ci-devant étude et Mlle Latil l'épicerie où elle se promettait de raconter monts et merveilles à Mme Lucien sur la future messe chantée.

— Les enfants du boulanger sont charmants, dit Grangier. Surtout le benjamin ! Il a l'air d'un ange descendu d'un vitrail.

— Un ange ? s'exclama Adalbert, indigné. Vous voulez dire un démon, oui !

— Un démon ? Savez-vous de quoi vous parlez, mon fils ?

— Je comprends que je le sais !

— Je devine quelques innocentes espiègleries dont vous aurez fait les frais, tenta de plaider Grangier.

— Si vous pensez que déterrer les morts est une innocente espièglerie…

Grangier pâlit :

— Plaît-il ?

Adalbert pensa qu'il en avait trop dit. Mais comment, à présent, faire marche arrière ? D'autant que Grangier lui avait pris la manche :

— Cela demande quelque explication, mon fils !

Après une hésitation, le fossoyeur se dit qu'il pouvait tout raconter à l'abbé. L'affaire resterait entre eux. N'était-il pas natif de Sollières ? Il baissa toutefois le ton pour confier ce secret qui commençait à être celui de Polichinelle. Car le propre des secrets n'est pas de rester cachés, ce qui leur ôte tout intérêt et même, à terme, les élimine, mais plutôt d'être contés à voix basse et à une seule personne à la fois. Bénéficiant ainsi de cette transmission aléatoire nommée téléphone arabe, il peut atteindre des sommets de poésie. Pour apporter sa contribution à l'œuvre commune, Adalbert ajouta quelques mètres au puits. Au fur et à mesure qu'il parlait, les yeux de l'abbé s'agrandissaient :

— Un squelette, dites-vous ? Dans un puits ? Quel puits ?

Adalbert donna tous les détails, sans oublier la balle dans l'œil. Grangier fit la grimace.

— À qui en avez-vous parlé ?

— À personne ! s'indigna Adalbert.

Et puis, avec mépris :

— Vous nous connaissez : on n'est pas du genre à appeler les gendarmes ! Avec eux, on sait où ça commence, jamais où ça finit...

Grangier n'émit aucun jugement sur cet étrange point d'honneur :

— Et ce squelette, qu'en avez-vous fait ?

— Pour le moment : rien ! dit le fossoyeur. On n'est pas d'accord sur la façon de l'enterrer. Les rouges veulent lui mettre le drapeau, et nous, bien sûr, le curé, alors...

— Alors ?

— Alors, je l'ai gardé.

— Où ça ?

Adalbert eut l'air gêné :

— Eh bien, c'est-à-dire, je n'allais pas le porter chez moi... Aussi...

— Aussi ?

— Je l'ai mis dans la sacristie.

— Dans la sacristie, voyez-vous ça !

— Voulez-vous que je vous le montre ? demanda Adalbert, soucieux de se faire pardonner sa légèreté.

— Eh bien, c'est-à-dire...

Grangier jeta un regard aux enfants qui se bousculaient sur le parvis de l'église en attendant le départ de la promenade :

— Attendez-nous un instant ! lança-t-il à la cantonade.

Puis il prit Adalbert par le bras et remonta l'allée centrale.

— En avez-vous parlé au père Joulian ? demanda-t-il à mi-voix.

Adalbert prit un air offensé :

— Jamais de la vie ! Le père Joulian n'est pas...

— ... de Sollières ? termina Grangier.

Le fossoyeur répondit oui de la tête.

— Même pas en confession ? s'enquit l'abbé, soupçonneux.

— Eh non ! repartit calmement le fossoyeur. Trouver un squelette n'est pas un péché !

— Certes, acquiesça Grangier.

Arrivé dans la petite pièce sans fenêtre qui faisait office de sacristie, Adalbert glissa une main derrière le socle d'un Saint Roch décapité que l'on reconnaissait grâce à son chien. Il en ramena une petite clé. Puis il se courba pour ouvrir le bas du chasublier. Il en sortit une première caisse de bougies et de cierges entamés, une deuxième contenant les santons de Noël roulés dans du papier de soie, une dernière remplie de pain moisi :

— C'est pour mes poules, s'excusa-t-il.

Ayant fait de la place, il s'enfourna jusqu'à mi-corps dans le placard qui semblait avoir la profondeur d'une crypte. Il en tira, en le traînant sur le sol grenu, un casier de limonade recouvert d'une nappe d'autel tachée de rouille. Il souleva le tissu. Un amas d'os apparut, surmonté du crâne et des fémurs plantés droit dans un coin comme deux piquets. Grangier se frotta le menton. Après une hésitation, il se pencha et prit la tête dans ses mains. Aussitôt, il vit le trou percé à la chignole entre les deux os pariétaux :

— Qu'est-ce que cela ? s'étonna-t-il, les yeux écarquillés.

Adalbert eut une grimace ennuyée :

— Eh bien, c'est-à-dire... Vous comprenez, il y avait quelque chose qui brandouillait dedans, alors nous, enfin plutôt le cafetier... l'a percé pour voir ce que c'était !

Grangier avala péniblement sa salive.

— Et c'était quoi, cette chose ?

— Une balle de fusil. Grosse comme ça ! Et tenez...

Adalbert lui prit le crâne des mains et enfonça un index dans l'orbite amochée :

— Elle est entrée par là !

Puis il lui rendit le crâne. Grangier paraissait sidéré par cette pratique expéditive de la médecine légale.

— Pauvre garçon ! dit-il

— Ah ! vous pensez, vous aussi, que c'est un homme ! triompha Adalbert.

— Ben, c'est-à-dire, je n'en sais trop rien..., dit l'abbé.

Le crâne dans la main gauche, il exécuta de la dextre un signe de croix :

— *In nomine Patris et Filii et Spiritus Sanctus. Amen !*

Adalbert se signa à son tour. Après quoi, Grangier remit le crâne bénit en place, puis se redressa d'un air dégagé comme pour signifier que l'entretien était terminé.

Le fossoyeur poussa le casier dans sa cache, remit en place les trois autres caisses, referma le placard et camoufla la clé. Tandis qu'ils traversaient l'église, Grangier laissa tomber :

— Il serait plus convenable de l'inhumer.

— Moi, je veux bien faire le trou, dit Adalbert, mais la caisse est consignée : je dois la rendre au cafetier.

— Voulez-vous que je m'en charge, mon fils ? demanda Grangier.

Adalbert parut soulagé :

— C'est pas de refus, mon père ! Et même, vous me tirez une belle épine du pied ! Vous comprenez, les cercueils de Léandre, même petits, ils coûtent ! Et comme personne ne le connaît, ce type, qui est-ce qui va payer ?

— Très juste, admit Grangier.

Adalbert proposa :

— Si vous voulez, je vous le mets dans un sac de farine.

— Un sac non consigné ? acheva Grangier avec un demi-sourire.

— Les sacs sont tous consignés, reprit Adalbert qui n'avait pas saisi le trait d'esprit, mais la meunière et le boulanger n'y regardent pas de si près...

*

Assis sur la margelle de la fontaine, Gabriel Juvénal regardait avec envie la marmaille du catéchisme qui s'apprêtait pour la promenade. Des promenades, il pouvait en faire autant qu'il voulait et, de plus, sans avoir de comptes à rendre à personne. Ni parents ni curé. Mais le désir naît de l'impossible...

Philibert vint vers lui et, d'un prompt rétablissement, se hissa à son côté. Pendant un moment, ils regardèrent en silence les garçons qui se bousculaient, se faisaient des *gambettes** et se tiraient des pinces. Plus sages, les filles avaient improvisé une partie de marelle. Berthe sautait d'un pied sur l'autre avec légèreté. À chaque bond, ses tresses brunes s'envolaient, puis retombaient souplement sur son dos.

* « Croche-pieds ».

— Elle est drôlement jolie, ta sœur, dit Gabriel, rêveur.

— C'est normal, admit Philibert, les filles, c'est moins costaud, mais c'est plus beau que les garçons.

Cette considération lui parut une excellente entrée en matière pour la question qui le taraudait :

— À propos, qu'est-ce que tu penses de la Bible ?

— C'est écrit petit, répondit Gabriel.

Mais tout de suite, il ajouta :

— C'est écrit petit, mais ça me plaît.

— Ah bon ? dit Gabriel, surpris. Même l'histoire des deux villes...

— Sodome et Gomorrhe ?

Philibert acquiesça avec satisfaction : il avait eu raison de faire confiance à son ami. Gabriel était intelligent ! Il avait même retenu le nom des villes maudites. D'ailleurs, il reprenait déjà :

— C'est une sacrée histoire !

Philibert faillit dire que c'était même une histoire sacrée, mais il préféra laisser à Gabriel le temps de s'exprimer :

— Le plus beau, c'est la fin : la femme changée en statue de sel ! Ça doit être beau, une statue de sel ! Blanc comme...

— ... comme le sel ! coupa Philibert, agacé par l'anecdote qui prenait le pas sur le fond. Mais qu'est-ce que tu penses, plutôt, de ces hommes qui voulaient « connaître » les autres ?

— Ah ça ! c'est pas de chance ! S'ils avaient su que c'était des anges, ils auraient été plus polis et la ville était sauvée ! Malheureusement, ils les ont pas *connus**. Ils ont été grossiers. Comme nous, des fois, avec les filles, pour les faire maronner. Et alors : vraoum !!!

Et il ponctua l'onomatopée d'un geste exterminateur, parfaitement biblique. Philibert sentit le découragement l'accabler. Malgré son intelligence, Gabriel n'avait rien compris. Qui, d'ailleurs, pouvait comprendre une pareille dégoûtation ? Ses parents eux-mêmes... Il poussa un soupir et s'abîma dans la contemplation de ses souliers. L'autre le tira de sa méditation morose par un discret coup de coude.

— Ton livre, je peux le garder encore un peu ?

---

* En Provence, le verbe « connaître » s'emploie familièrement pour « reconnaître ».

— Si tu veux, répondit Philibert, indifférent.

Et, tout à coup, Gabriel s'anima :

— Parce que, tu vois, toutes ces histoires de vieux qui vivent des trois cents ans et pire, c'est un peu barbant. Mais la suite, c'est mieux ! Surtout Jésus ! C'était quelqu'un, celui-là, par exemple ! Des miracles en veux-tu, en voilà ! Et puis toujours le calme, le mot gentil, le pardon, même à ce saligaud qui l'a dénoncé ! Alors là, moi je dis : chapeau ! Heureusement que, trois jours après, il s'est ressuscité ! Et tout de suite, du haut des cieux, assis à la droite de son père...

Le petit du cafetier s'était redressé. Le visage serein, le regard flamboyant, les deux mains ouvertes au bout de ses bras largement écartés, d'une voix vibrante, il déclama avec le phrasé solennel d'un prophète :

« Paix sur la terre aux hommes de bonne volonté ! »

Sur la place, tous les enfants s'étaient figés, les garçons le poing en l'air, les filles sur un pied. Philibert se tassa sur lui-même et murmura :

— Oh ! Gabriel ! Tu te calmes ?

Après un instant de stupéfaction, la raille du catèche, croyant à une provocation de la Libre-Pensée, ramassa des cailloux et se mit à les lapider. Philibert qui, malgré son passage au séminaire, était absolument contre l'idée que le souffleté devait tendre l'autre joue, rendit coup pour coup à ses coreligionnaires. Par esprit de famille, Marius vint se joindre aux deux isolés. Et Gabriel, malgré sa tentation de sainteté, ne se fit pas prier pour *escarailler** à tout-va.

— *Rascous*** de curés ! brâmait-il.

Et les autres lui répondaient :

— *Peù court**** de rouge !

Fort heureusement, l'abbé Grangier et Adalbert sortirent à ce moment de l'église et mirent fin à la bataille. Le premier en séparant les belligérants à pleins bras, le second en distribuant des taloches.

---

* « Lapider ».

** « Galeux ».

*** « Tondu » (par allusion au crâne rasé des bagnards).

Le calme revenu, les deux Baude retournèrent parmi les leurs, qui ne se privèrent pas de les traiter de Judas.

— Quand je vous parlais de démons, ronchonna Adalbert à l'adresse de Grangier.

Mais l'abbé n'écoutait pas. Il était tout retourné par le mince filet de sang qui coulait sur le front de Philibert, bobo d'ailleurs sans gravité. Avec précipitation, il se tourna vers lui, son mouchoir à la main :

— maître touchez pas ! cria le garçon en faisant un bond en arrière.

— Douillet ! ricana Jocelyn Sévère.

— La fille ! la fille ! se mirent à scander le grand et le petit Venel, les fils du berger.

L'injure était on ne peut plus mal choisie. Philibert, écorché vif sur le sujet, calotta les deux frères à la volée. Ils se mirent à hurler en se tenant les joues. Comme Adalbert tentait d'intervenir, Philibert prit Marius par la main et le tira derrière lui :

— Viens ! On rentre à la maison !

Mais le petit n'était pas du tout d'accord. Le corps raidi à l'oblique, il freinait de toutes ses forces en tirant sur le bras de l'aîné. La tête tournée vers l'arrière, il résistait en bramant :

— Je veux aller en promenade !

— Tu la fermes, ou je t'en mets deux !

Marius, qui connaissait la force de frappe de son frère, se le tint pour dit. Il lui emboîta le pas en se contentant de ronchonner. Après une hésitation, Berthe suivit ses frères, un peu à regret.

— Non ! Toi, tu es une fille, tu crains rien, tu peux rester ! dit Philibert qui, dans l'adversité, conservait le sens pratique.

Le visage de la fillette s'éclaira. Elle retourna auprès de ses amies en jolis pas chassés. L'abbé rajusta son linge en souriant : « Il est jaloux ! Comme Saint-Gormand ! se dit-il. Si je continue à favoriser son frère, il va s'effondrer. »

Tandis que les guerriers du catèche, amputés de la phalange Baude, évacuaient en bon ordre le théâtre des opérations, Gabriel rentra au café se délecter du Livre. Car, s'il n'avait vu dans l'Ancien Testament qu'un invraisemblable conte à dormir debout écrit trop petit, l'enfant mal-aimé avait été bouleversé par la parole des Évangiles. Il avait dissimulé son trésor dans la cour, derrière l'égouttoir à bouteilles. Là, il pouvait s'asseoir à l'insu de tous sur une caisse renversée de Fernet Branca. Le mur de verre, qui tamisait la lumière, lui offrait un rempart idéal contre les indiscrets. De plus, il lui permettait de détecter le moindre mouvement suspect du côté du café, car toute intrusion inopportune faisait tourner une ombre circulaire dans les culs retournés. Il avait alors le temps de fourrer la Bible sous la caisse et de prendre l'air pathétique des persécutés.

15

À présent, Évariste prenait plaisir à classer les minutes Revest. Lorsqu'il travaillait à Aix chez maître Laugier, les innombrables paperasses qui lui passaient entre les mains ne pesaient jamais que leur poids de papier. Ici, en cessant d'être anonymes, elles prenaient un tout autre intérêt. Aux noms de lieux, il associait des vignes, des jardins, des prés ou de grandes haies de peupliers fouettés par le mistral ; aux patronymes, les visages de ces hommes qui traversaient la place d'un pas pesant, attelaient leur charrette, curaient le cheval, allaient boire l'apéritif au café, ceux de ces femmes qui descendaient au lavoir les bras tendus par leur brouette, allaient mettre un cierge à l'église ou s'entassaient, caquetantes, dans la boulangerie tiède en attendant la dernière fournée. Les actes de vente et d'achat lui contaient leur quotidien. Les contrats des méfiants, souvent vains, l'amusaient. Parfois, même, les successions l'endeuillaient.

Ainsi le récent héritage du café, dont l'encre était encore d'un noir brillant. Le défunt notaire avait une belle écriture aisée, légèrement penchée, très lisible, sans ces majuscules ostentatoires qui révèlent la cuistrerie. On devinait un homme calme, affable, indulgent, cultivé. Par contraste, le testament du vieux cafetier, griffonné tout en haut d'une page détachée d'un carnet, bourré de fautes d'orthographe, avec ses grosses lettres heurtées, était pathétique. S'il avait eu le talent de Félicien pour le dessin, il eût pu faire le portrait de ce *Papetami agé de quatre-vin 13 an.* Sec, irascible, inquiet – sans doute à juste titre – que *quéqun* – qui ? – vienne contester la légitimité de son fils unique qu'il aimait pourtant *pardessus tout* et à qui il léguait son commerce de limonade et *tout ses bien* fort judicieusement privés de *s*, car il n'en avait aucun, hormis le café.

Au détour d'un feuillet, il entrevoyait des passions et d'inexpiables rancunes. La boulangerie, par exemple, était la propriété exclusive de Mme Marité – nommée Marie-Thérèse dans l'acte officiel – qui la tenait de son père. Le vieux Passerel avait fait rédiger un contrat de mariage draconien qui spoliait totalement son gendre. Les Baude avaient donc fait, contre leur famille, un mariage d'amour ? Cela les **lui** rendait d'autant plus sympathiques.

Au chapitre des contrats, il y avait la suite récurrente de ceux établis entre Sidoine Garrassin et ses quatre épouses successives. Un véritable Barbe-Bleue, celui-là ! Le dernier en date, qui le reliait sans l'attacher à Héloïse Pascalet, indiquait clairement que le moulin appartenait à sa fille, la petite Félicité. La mère n'en avait que l'usufruit jusqu'à sa majorité. En revanche, la meunière était propriétaire d'une *terre complantée en oliviers* achetée à un certain Auguste Sèbe du Tholonet, ainsi que de la maison de village qu'elle lui louait, pour l'avoir acquise de *maître Arsène Revest, notaire*, en l'état de *remise en ruine à usage d'écurie.*

Évariste avait aussi détecté l'entreprise à long terme, véritable OPA menée en catimini par ledit Victor Sévère, qui achetait deci de-là un morceau de colline, de vigne ou de jardin chaque fois qu'un héritage trop mince contraignait les hoirs à vendre une parcelle pour s'acquitter des droits de succession. Un jour, ce Victor Sévère, qui pour l'instant affermait les vignes de feu maître Revest et plantait à la tâche les nouvelles vignes de Font Trigance, serait le plus gros propriétaire du village.

Certains s'enrichissaient sur une ou plusieurs générations, d'autres se ruinaient lentement. Parfois d'un seul coup. C'était le cas d'une certaine famille Nivière, qui avait acheté puis vendu avec rage, en l'espace de quelques années, vignes, bois, *ferrages** et *terres gastes***, comme à la suite d'un divorce

* « Jardins ».

** « Terres incultes, landes ».

haineux avec le terroir de Sollières. Que s'était-il passé ? Il le demanderait à Mme Marité, qui décidément n'avait pas menti lorsque, le jour de son arrivée, elle lui avait dit que, dans ces archives, il allait en « voir de belles » !

La plus « belle » de toutes était sans conteste la succession Grangier. D'abord, la masse de biens était considérable, tant *d'immeubles de rapport* situés à Marseille et à Aix, que *d'exploitation forestière et scierie* situées dans les Alpes, sans parler du domaine de Font Trigance et des *terres et bois y attenants pour une superficie totale de cent dix hectares, dont trente complantés en vignes.* Généralement, une telle multiplicité de biens permettait de faire, sans trop de litiges, un partage équilibré. Eh bien, non ! Les deux frères, Philippe et Maxime (l'abbé qui faisait chanter les enfants à l'église), s'étaient déchirés. Incapables de parvenir à un accord, ils avaient enseveli le notaire sous des quintaux de lettres où chacun tenait le compte minutieux des dépenses effectuées par l'autre depuis le jour de son baptême, et comptait bien s'en faire rembourser la moitié ! L'un faisait valoir le coût exorbitant des études théologiques et musicales de l'autre, quant au curé, qui vivait à Aix, il réclamait un loyer pour les années que l'autre avait passées au domaine familial sans bourse délier. De guerre lasse, maître Revest avait rédigé un acte de succession indivise qui répartissait les revenus et les charges à égalité. À partir de là, le conflit semblait s'être calmé. Une lettre arrivée de New York, que le notaire avait glissée dans le dossier, apportait un élément de réponse : le cadet avait émigré aux États-Unis. Il y donnait, en quelques lignes, son accord pour vendre le domaine et en fixait même le prix : huit mille dollars. Du coup, cette lettre posait un problème au clerc pointilleux. Devait-il la classer dans les archives personnelles des Revest (le texte contenait des éléments d'ordre privé), dans l'énorme fonds Grangier, ou dans le dossier tout neuf réservé à Angelo Mazzola, qui avait acheté Font Trigance pour la somme proposée par l'« Américain » ?

Il feuilleta avec satisfaction l'acte de vente du domaine qu'il avait lui-même copié avant de l'adresser au notaire de Sollières de la part de maître Laugier sans se douter qu'il entrerait si vite dans l'intimité de ce tabellion campagnard. Certes, son écriture n'avait pas la plénitude sereine de celle de maître Revest, mais il la jugea supérieure à celles des deux Grangier. L'une, celle de l'abbé, évoquait par son aspect linéaire la graphie caroline des anciens livres d'heures et, l'autre, le griffonnage hâtif de billets glissés sous le manteau en échange de lettres parfumées. D'ailleurs, il savait, par expérience, que l'écriture évoluait avec le temps et l'humeur. Ainsi, celle du jeune Philibert, qu'il employait à calligraphier les noms sur le dos et la couverture des classeurs, était encore marquée par les exercices scolaires. Plus tard, en se relâchant un peu, elle perdrait en perfection et gagnerait en personnalité. Le cadet des Grangier semblait, lui, avoir suivi le chemin inverse. Sa lettre américaine était d'une graphie plus sage que les libelles incendiaires adressés au notaire avant son départ. Ainsi les sentiments pouvaient influer sur l'aspect des lettres et des mots tracés. Il n'avait, quant à lui, pas la même écriture lorsqu'il s'exaltait sur un poème et lorsqu'il recopiait un acte en service commandé. Il se promit de tenter un essai psychologique sur le thème de la graphologie.

En attendant, il décida de classer la lettre avec les archives Revest. Il la glissa dans le livre de raison de Revest Anaclet. Il referma le dossier Mazzola qui commençait à prendre du volume, car à l'acte d'achat du domaine venaient s'ajouter le contrat de prêt de mille francs à 27 % (27 % !) à la meunière et l'hypothèque prise sur le moulin. Du coup, les yeux jaunes et la cambrure affolante de celle qui hantait ses nuits lui traversèrent l'esprit. Il poussa un soupir à éparpiller trois grosses liasses de minutes, puis secoua la tête pour chasser l'image importune. Mais elle s'obstinait. À présent, il ne pourrait plus rien classer. Sa tête – litote ! – était ailleurs. Alors, il reprit le journal de Revest Anaclet, vieux de trois quarts de siècle.

*

Ce livre eût-il été daté de 1810 ou de 1812, il ne s'y fût peut-être pas intéressé. Mais 1811 ! Cette date fascinait l'amateur d'alexandrins balancés, et ceux du père Hugo étaient bien ficelés :

1811 ! Ô temps où des peuples sans nombre
Attendaient, prosternés sous un nuage sombre
Que le ciel eût dit oui !

1811, c'était l'apogée de l'Empire. La naissance du roi de Rome. Le point sublime de la légende napoléonienne. Que se passait-il, à Sollières, chiure de mouche sur la carte du monde, en ces temps fracassants ? Eh bien, à dire vrai, le souffle de l'épopée ne semblait pas avoir éclipsé celui du mistral qui avait *bouffé** fort et longtemps cette année-là. Il avait plu, aussi. Et neigé. Le reste du temps, il avait fait beau. Parfois beau temps calme. Parfois légère brise du sud. Peu de brouillard : le site perché ne s'y prêtait pas. On pouvait suivre au jour le jour la météorologie de cette année glorieuse, car maître Revest Anaclet commençait toujours ainsi le compte rendu de sa journée, tout de suite après les quartiers de la lune. Quelquefois, il y ajoutait les passages de grives et le nombre de bêtes tirées, parmi lesquelles, en chasseur passionné, il distinguait les « siffleuses » des « chacha ». Ensuite, il consignait le courrier reçu de la préfecture, puis, point par point, les comptes de la maisonnée, recettes d'un côté et dépenses de l'autre. Une fois par mois, figurait dans la deuxième colonne le règlement du *bagot* au boulanger. Ce détail amusait Évariste, charmé de constater l'ancienneté d'une coutume à laquelle il sacrifiait. Tout était explicité avec la plus grande clarté. Ainsi, le 4 janvier : *Remis 10 francs à Victor Capefigue pour les soins de Fanny Garrassin, en maison de cure à Nice.*

Le 22 janvier, le même débit était inscrit en abrégé : *15 F à V. Capefigue pour Fanny G.*

Le 14 février, encore 15 francs, mais seulement *à VC pour FG,* ce qui dénotait un sens tout notarial du raccourci professionnel.

Ce don charitable était consigné environ deux fois par mois et variait entre dix et quinze francs avec un pic à vingt à la fin du mois de février. Étaient également notés les plantations et les semis avec la surface de la parcelle concernée, le prix des plants ou des graines et la paye des journaliers employés à la tâche. Ainsi, le 14 avril, premier jour de la pleine lune, il avait fait ensemencer en melons charentais une parcelle *d'une superficie de*

* « Soufflé ».

12 ares 35. Trois graines par trou sur un lit de fumier. Suivaient quelques considérations philosophiques sur les mérites comparés des femmes, des équidés et des cucurbitacées : *Pour choisir un cheval, un melon ou une femme, il faut se bander les yeux et confier son âme à Dieu.*

Et encore : *Les femmes sont comme les melons : il faut en tâter vingt pour en trouver une bonne. Tiré trois siffleuses.*

Et une fois encore : *15 francs à VC pour FG.*

Le lendemain, 15 avril, beau temps calme, premier jour de lune descendante, Revest Anaclet avait reçu de la préfecture une note à consigner dans le registre de l'état civil. Elle faisait mention du décès de Fanny Garrassin, survenu le 7 février à l'hôtel-Dieu d'Aix-en-Provence, autant dire chez les assistés. Ce drame lui avait rappelé ce grand classique de Ronsard :

Et Rose, elle a vécu ce que vivent les roses
L'espace d'un matin...

Mais son penchant évident pour la poésie ne l'avait pas empêché de payer vingt-huit sous* sa journée à un dénommé Ardisson Justinien pour la plantation de melons de la veille. L'honnête homme !

Le 16, beau temps, léger vent d'est. Revest Anaclet s'était rendu à Aix par la diligence : dix sous. Il s'était fendu d'un bouquet acheté cent sous à un fleuriste du cours Sextius. Probablement l'avait-il apporté au cimetière ? Ensuite, il avait déjeuné – peut-être de bon appétit – à l'auberge pour soixante sous. Après quoi il avait fait diverses emplettes, parmi lesquelles, dans une quincaillerie de la rue Espariat, une boîte de chevrotines numéro neuf, quarante-cinq sous, et un cadenas à deux clés, cent sous. Comme le bouquet. Enfin, chez un bijoutier du cours Mirabeau, une *bague de femme or et saphir* pour la somme rondelette de trois cents francs.

Le 17 et le 18, pluie fine. Ce qui était signalé comme excellent pour le semis de melons.

---

* Vingt sous = un franc. Les sommes étaient exprimées en sous jusqu'à cent sous, soit cinq francs.

Le 20, retour du beau temps. *Commande d'une plaque de métal circulaire de 1,35 mètre de diamètre à Auguste Castinel* [le grand-père de l'actuel forgeron]. *Tiré deux siffleuses.*

Le 21, beau temps calme. Les melons avaient levé, ce qui n'était pas étonnant vu les excellentes conditions dont ils avaient bénéficié. Auguste Castinel avait livré la plaque munie d'une charnière médiane et de deux pattes de fixation, et en avait demandé cinq francs cinquante, ce qui n'était pas cher.

Le 22, temps légèrement couvert. *Expédition des affaires courantes. Encaissé le premier versement des frais de la succession Latil : cent francs. Tiré une siffleuse et un chacha.*

Le 23, beau soleil, chaud. Les plantules de melon se portaient à merveille. Il n'en manquait pas une. *Réglé vingt-huit sous à Ardisson Justinien qui a fixé la plaque précédemment nommée sur le puits.*

Le 24, orageux. *VC pour FG, vingt francs.* Toutefois, la ligne était annulée à la règle dans la plus pure tradition notariale. On s'attendait à voir, inscrit en mention marginale : « cinq mots rayés nuls », suivi d'un paraphe. Mais non. On lisait seulement, au-dessous : *Tiré un faisan.*

Le 25, de nouveau beau temps. Journée marquée par la visite chez Raynouard Deleuze, marchand de lacets ambulant, pour lui demander la main de sa fille Victorine. La démarche inspirait cette peu galante pensée de chasseur à l'égard de la fiancée : *Faute de grive, on mange du merle.*

La grive était probablement cette Fanny Garrassin, rose éphémère fanée quelques mois plus tôt, ce qui avait décidé le notaire à convoler ailleurs. Fanny Garrassin ? Bien qu'Héloïse fût née Pascalet, Évariste prêtait ses traits à la belle Fanny. Garrassin était seulement le nom de son défunt mari. Comme il n'avait pas connu Sidoine, il l'imaginait avec la stature, le physique avantageux et la virilité rayonnante du polygame invétéré qu'annonçait son état civil de triple veuf. En fait, il le voyait un peu comme ce Mazzola que rien ne semblait effrayer, pas même de consentir des prêts à un taux usuraire ! Mais il ajoutait au meunier, va savoir pourquoi, une barbe. Une barbe noire et carrée. Ainsi, à son idée, étaient les hommes à femmes : grands, forts, barbus et cruels. Un soupir d'asthmatique vint vider ses minces poumons.

« Et si… »

Mais oui ! Il allait montrer le livre de raison à Mme Garrassin quand il irait déjeuner ! L'histoire d'amour de Fanny et d'Anaclet la toucherait. Et elle serait une excellente entrée en matière pour lui laisser entendre que, parfois, les notaires et les meunières…

*

La cantine du moulin tenait davantage de la table d'hôte que de l'auberge. Un rite bon enfant s'était installé. Lorsque midi sonnait au clocher, les ouvriers dépoussiéraient leurs haillons du plat de la main, dépliaient une paire de tréteaux rangés contre le mur du fond, puis posaient, par-dessus, trois planches raboteuses. La table était installée. Restait à monter les bancs de part et d'autre : deux sacs de repasse en guise de pieds et une autre planche en équilibre pour servir de siège. En moins de cinq minutes, la boutique de détail était devenue salle à manger. Chacun sortait alors de son carnier une assiette en fer-blanc, un quart, une cuiller et un tranchet. Les plus *patets** dépliaient une serviette, les autres se contentaient de leur manche pour s'essuyer. Point de fourchette : les gros morceaux se piquaient au couteau, la sauce s'épongeait avec un bout de pain.

Évariste jouissait d'un régime particulier que l'on pouvait qualifier de « faveur ». Pour préserver sa tenue noire de la farine qui volait, Héloïse lui gardait la place en bout de table qui revient d'ordinaire au maître de maison. Pour s'y asseoir, il allait chercher lui-même dans la cuisine une chaise paillée qu'il rapportait une fois le repas terminé. Enfin, l'usage prolétaire de l'écuelle en fer que chacun remporte à la maison après l'avoir torchée d'un morceau de pain prestement avalé lui était épargné. Marthe laissait à son intention sur le potager une assiette de porcelaine dépareillée, vestige d'un ancien service à prétention bourgeoise : une guirlande de roses fanées par les cristaux de soude décorait le marli festonné. Une fourchette et un couteau de table achevaient de singulariser son couvert. Au début, les ouvriers l'avaient un peu charrié, mais la gentillesse du clerc avait eu

* « Délicats ».

raison de ce réflexe de caste. À présent, il faisait partie du décor et les « monsieur Mestre » un tantinet moqueurs des premiers jours s'étaient mués en des « Évariste » de meilleur aloi. Toutefois, on le vouvoyait.

Quand les ouvriers de Font Trigance arrivaient, s'ils étaient deux ou trois, on se serrait pour leur faire une place. S'ils étaient plus nombreux, ils se montaient une autre table et les bancs qui allaient avec. Les chasseurs, quand il y en avait, faisaient presque toujours bande à part.

Une fois les convives installés, Marthe pouvait arriver avec sa marmite fumante tenue à bout de bras par deux maniques de gros piqué. Elle la posait au milieu et chacun commençait à saliver. Pendant que la cantinière servait à la louche ses fricots mitonnés, la patronne apportait le pain, une miche pour six, et le vin, deux *plates** pour la tablée. C'était elle qui découpait les tranches contre sa poitrine et remplissait les quarts en veillant à l'équité. Mais elle le faisait avec le sourire et un mot pour chacun, si bien que l'idée ne venait pas qu'elle pouvait compter ou mesurer.

La tambouille de Marthe n'était pas très raffinée, mais elle était savoureuse et permettait à ces hommes qui peinaient aux quatre vents de « manger chaud », ce qui n'était pas à négliger en ce mois de novembre. Grosse *macaronade*, fayots à la couenne, pois chiches en sauce ou lentilles au petit salé, la pitance tenait au corps, ce qui convenait à ces travailleurs de force. Évariste s'en retournait quelquefois au village un peu ballonné...

Une fois le gros de l'appétit calmé, on se laissait aller à des plaisanteries d'une table à l'autre. Parmi les ouvriers de Font Trigance, il y avait deux Italiens, les frères Taffanelli, qui n'avaient pas la langue dans leur poche. C'était des Napolitains, deux gars courts et râblés, bruns comme des caroubes avec des yeux de jais, aussi différents d'Angelo qu'un Basque ou un Niçois peut l'être d'un Breton. Mais la langue commune était là, malgré quelques divergences de patois. Mario, l'aîné, était maçon, et Giuseppe, le plus jeune, travaillait à la plantation. Tous deux étaient fermement décidés à s'installer en France. Dès qu'ils auraient quatre sous, ils feraient venir leur femme et leurs *bambini*.

---

* « Bouteille de forme aplatie, d'une contenance de deux litres ».

— Combien de *bambini*? demanda Héloïse en leur servant un rabiot de fricot.

— *Tre !* répondit Mario.

— *Due per me !* ajouta Giuseppe.

Alors, les reliant d'un geste circulaire du doigt :

— *Sinqué ?*

Les deux frères s'amusèrent de son accent maladroit :

— *No ! Cinque !*

Ils s'appliquaient à lui faire répéter :

— *Tchine-coué ?*

— *Si ! Cinque !*

Et ils reprirent, en ouvrant un à un les doigts de leurs deux mains :

— *Uno, due, tre, quatro, cinque, sei, sette, otto, nove, dieci !*

Les ouvriers du moulin rigolèrent comme tout innocent à la nouveauté. Eux savaient compter en deux langues : le provençal et le français :

— Je compte jusqu'à dix : un, deux, trois, quatre, cinq, six, sept, huit, neuf, dix ! proposa Pellegrin, pédagogue.

— Zé compté zousqu'à...

Les deux Italiens avaient du mal avec les *u* et les *eu* qui devenaient tantôt *ou* tantôt *é*. Sans parler des *r* qui roulaient comme des galets et des *j* imprononçables qu'ils zézayaient. Ils étaient impayables, ces Taffanelli ! Et bien sympathiques ! Alors, Pellegrin leur proposa le compte en provençal :

— *Un, dous, très, quattré, cinq, siei, sè, huiè, noù, dè.*

Les deux frères s'en tirèrent mieux. Ce qui amena tout le monde à penser, après comparaison des *deux, dous, due* et des *trois, tres, tre*, que si Français et Italiens pouvaient être cousins, Italiens et Provençaux étaient certainement frères.

— *Si ! Fratelli ! Salute !* lança Mario en levant son quart.

— Santé ! répondirent les autres.

Héloïse n'osa pas demander comment on disait 27 % dans leur langue, mais pas à pas, elle progressait. Bientôt...

En attendant, elle apporta sur les tables deux *banastes** remplies d'amandes, de noix, de figues et de raisins. Certains

---

* « Corbeilles de vannerie ».

refusèrent virilement d'un geste de la main : le sucré, comme la dentelle, c'était bon pour les femmes ! Mais les Taffanelli ne se firent pas prier. Ils cassaient les coques de leurs dents blanches et mastiquaient les fruits secs avec un plaisir évident.

« Les Italiens ont le bec sucré », se dit Héloïse, rêveuse. Et elle ajouta mentalement : « On dit que les hommes qui ont le bec sucré sont fidèles. »

Ce qui constituait les prémisses majeure et mineure d'un syllogisme très discutable. Car si on peut estimer que les Italiens chantent presque tous bien, il serait téméraire d'étendre cette constatation à la fidélité. Mais tout la ramenait à cette main qui l'avait tenue pendant quelques secondes au-dessus de sa peur et de la nuit du puits.

Quand 13 heures sonnèrent au clocher, on enfourna en cinq sec les assiettes dans les carniers, on démonta tables et bancs et chacun retourna à son poste.

Le magasin évacué, Évariste n'avait plus qu'à retourner avec sa chaise dans la cuisine. Il y trouva Héloïse attablée face à Marthe. Toutes deux faisaient une pause en buvant le café, avant de laver la vaisselle à quatre mains. L'eau chauffait dans un chaudron suspendu à la crémaillère de la cheminée :

— Je vous sers une tasse, monsieur Mestre ?

Il eût bien aimé qu'elle l'appelât Évariste, mais...

— Avec plaisir, madame Garrassin.

Tandis qu'elle versait le jus brûlant et parfumé, il s'assit sur la chaise qu'il venait de rapporter, puis lui tendit le livre emballé dans une feuille de papier journal.

— Tenez, vous me direz ce que vous en pensez.

Le visage de la meunière s'éclaira d'un sourire coquin :

— Vous me faites un cadeau, monsieur Mestre ? C'est gentil, ça !

Évariste se sentit rougir jusqu'au fond des oreilles. Héloïse se régala un moment de son embarras, car toute pincée qu'elle fût de son Italien, elle n'aimait rien tant qu'allumer les hommes. Surtout les godiches. Elle déplia le paquet, saisit le livre et le tourna un moment dans ses mains avant de soulever la couverture. Elle lut sur la page de garde :

— « Livre de raison. Revest Anaclet. Année 1811. »

Elle porta vivement la main à son cou et serra sa médaille. Pour Évariste, 1811 était l'année de naissance du roi de Rome. Pour Héloïse, c'était celle de sa mère, Flora Garrassin dite Garcin, la fille abandonnée par Fanny, le fantôme maison. Elle posa le livre comme s'il l'eût brûlée. Évariste crut voir du désintérêt dans ce geste. Aussi, il insista :

— Vous verrez, on y parle d'une certaine Fanny Garrassin. Une parente à vous, je suppose. Enfin, plutôt à votre défunt mari…

La meunière pâlit. Évariste pensa qu'en évoquant ce disparu qui devait être cher, vu le portrait flatteur qu'il s'en faisait, il avait chagriné la veuve.

— Pardonnez-moi, madame Garrassin ! Je suis désolé.

— Mais non ! dit Héloïse, déjà ragaillardie.

Elle leva la tête vers la cantinière qui s'affairait du côté de la pile et lança :

— Marthe, commence à faire la vaisselle ! Je vais m'allonger un moment !

Elle se dirigea vers l'escalier en serrant le livre sous son bras. Au moment de poser le pied sur la première marche, elle s'avisa que le clerc était resté au milieu de la pièce, l'air gauche, les bras ballants.

— Et merci encore, monsieur Mestre ! Merci beaucoup ! Ça me fait bien plaisir ! Vraiment ! Bien plaisir !

Brusquement, elle se précipita vers lui et l'embrassa sur la joue.

Évariste irradiait de bonheur. Il remonta au village en apesanteur. Sans s'apercevoir que sa redingote noire était toute poudrée de farine du côté droit. Car si les calculs d'Héloïse étaient souvent ténébreux, ses élans n'étaient jamais discrets.

16

Héloïse vit Louis Juvénal et Théodore Castinel arriver sur l'aire avec des têtes d'enterrement. Elle se porta au-devant d'eux :

— Que se passe-t-il ?

— Des emmerdements, dit Louis, sibyllin.

— Il faut qu'on te parle, compléta Théodore.

Elle les précéda dans la cuisine :

— Alors ? demanda-t-elle.

Le cafetier et le forgeron se regardèrent, comme pour décider lequel des deux allait parler. Finalement, Louis se décida :

— Alors, figure-toi que ce grand couillon d'Adalbert est allé parler de l'*esquelette* au curé !

— Quel curé ? demanda la meunière.

— Grangier !

— Alors ce n'est pas grave : Grangier est d'ici, dit-elle, confiante en l'omerta séculaire qui avait fait ses preuves.

— Oui, mais on ne sait jamais, d'autant qu'il l'a emporté.

— Comment ça, emporté ?

— Eh bien, quand Adalbert est venu me rendre le casier de limonade – tu sais qu'ils sont consignés –, il m'a dit qu'il lui avait donné tous les os dans un sac de farine et…

— … et les sacs de farine, ils ne sont pas consignés ? s'indigna Héloïse.

Théodore étendit les deux mains pour mettre fin à cette querelle de boutiquiers :

— Vos consignes, on s'en fout ! Ce qu'il faut, c'est se mettre d'accord sur ce qu'on dira aux gendarmes pour le cas où Grangier parlerait.

— Oui, reprit le cafetier. Tout le monde pense que cette *esquelette*, c'est l'Italien qui était à Lavanade au début et que c'est l'autre, le grand qu'on appelait le Cristou, qui l'a tué.

— C'est vite dit, reprit Héloïse en sentant les trois sueurs lui couler tout le long du dos.

En réfléchissant deux secondes, il était facile de comprendre que les gendarmes feraient vite la relation entre le charbonnier qu'ils avaient arrêté l'an passé pour lui avoir « manqué de respect » et Angelo Mazzola, le nouveau propriétaire de Font Trigance. Lou Cristou de Lavanade n'était pas le genre d'état civil dont ils se contentaient. Ils avaient dû l'inculper sous son véritable nom, l'ancien charbonnier.

— Oui, c'est vite dit, reprit-elle.

— C'est vite dit, mais c'est la vérité, asséna Louis avec conviction.

Héloïse eut une moue dubitative :

— Tu sais, la vérité, quand on parle de puits…

Les deux hommes consentirent à sourire à ce trait d'esprit. Mais Théodore revint à l'affaire pour laquelle ils s'étaient dérangés :

— Tu n'es pas d'accord pour dire que…

Héloïse lui coupa la parole :

— Non ! Je ne suis pas d'accord ! Pas du tout ! Parce que le squelette, moi, je sais qui c'est ! Je dis bien : JE SAIS !

Le cafetier et le forgeron en restèrent bouche bée. Héloïse plissa un peu ses yeux de chat aux aguets :

— Victor Capefigue, ça vous dit quelque chose ?

Les deux hommes se regardèrent.

— Victor Capefigue ? Attends…

Un silence lourd de réflexion s'ensuivit. On entendait presque grincer les rouages des cervelets. Puis, tout à coup, Louis :

— Victor Capefigue, ce serait pas ce Marseillais qui a enlevé Fanny Garrassin, en…

Il eut un geste vague de la main comme pour indiquer une date indéterminée.

— … en 1810 ! précisa Héloïse.

— Peut-être, consentit le cafetier.

— Pas peut-être ! Certainement ! reprit Héloïse. Attendez…

Elle se leva promptement, alla prendre le livre de raison resté sur la crédence et revint le poser sur la table.

— Li-vre-de- ra-sson-re-vé…, déchiffra péniblement Louis.

— Livre de raison. Revest Anaclet. Année 1811, lut d'un trait Théodore, en levant brièvement les yeux au plafond.

Du coup, Héloïse ne s'adressa plus qu'au forgeron. Elle lui montra du doigt les détails qui l'avaient alertée, en se félicitant que ce Victor Capefigue eût ce patronyme inoubliable si odieusement marseillais :

— Regarde, Théodore : en janvier 1811, on voit une fois dix et une fois quinze francs versés à ce type par Revest Anaclet. En février, une fois quinze et une autre fois vingt. Et ça continue. Deux versements par mois jusqu'au mois d'avril où, cette fois, Revest Anaclet…

— Le père de l'ancien maire ?

— Exactement ! Le 14 avril, comme il est lui aussi maire et notaire, il reçoit de la préfecture une note lui signalant que le 11 février, Fanny Garrassin (qu'il devait bien aimer puisqu'il donnait des sous pour elle) était morte. Pire ! Elle était morte à l'hôtel-Dieu avec les assistés alors que Victor Capefigue continuait, depuis deux mois, à lui soutirer des sous soi-disant pour la faire soigner dans une maison de cure pour riches ! À Nice ! Avec le gratin ! Alors, qu'est-ce qu'il fait, Revest Anaclet ?

Les deux hommes se regardèrent, perplexes. D'une même voix, ils demandèrent :

— Oui ! Qu'est-ce qu'il fait ?

Héloïse frappa d'un index nerveux la page gondolée datée du 16 avril :

— Il va à Aix, Revest Anaclet. Il achète un cadenas et une boîte de chevrotines à neuf grains pour calibre 12. N'oubliez pas qu'il est chasseur ! Le lendemain, il commande à ton grand-père une plaque de métal pour fermer son puits, il la fait installer par le grand-père Ardisson et il attend tranquillement que Victor Capefigue vienne lui demander sa rente ! Au jour dit, il lui donne rendez-vous près du puits. Et poum ! Il le descend ! *Tiré faisan.* Vous avez déjà tiré des faisans en avril ?

— Non, consentit Louis. Le faisan, c'est en automne.

— Parfaitement ! Par « faisan », il entend « voleur, bandit, saligaud ».

— Tu as raison ! dit Louis, admiratif.

Encouragée par ce satisfecit, Héloïse poursuivit :

— Une fois le type abattu, il le balance dans le puits préparé pour le recevoir et il le ferme avec le cadenas. Voilà !

Louis émit un long sifflement :

— Ça, on peut dire que c'est un meurtre avec préméditation !

— C'est sûr, lui accorda Théodore, mais ce Capefigue, c'était un drôle de salopard ! Demander des sous pour faire soigner une morte après l'avoir abandonnée, malade, à l'hospice !

« Oui, c'était un drôle de salopard, se dit Héloïse avec un pincement de cœur, et ce drôle de salopard, c'était mon grand-père ! »

À ce point, Louis tiqua :

— Mais pourquoi Revest Anaclet donnait-il des sous pour Fanny Garrassin ?

— Parce que son père l'avait reniée et qu'il devait l'aimer, dit Théodore avec sentiment.

Et il lut, en enflant un peu sa voix, l'immortel vers de Ronsard :

Et rose elle a vécu ce que vivent les roses,
L'espace d'un matin...

— Qui c'est, Rose ? demanda Louis.

— Rose, c'est Fanny ! expliqua Théodore.

— Alors là, je comprends plus rien ! se désola le cafetier.

— Tant pis ! reprit Théodore en riant. Rose ou Fanny, c'est joli !

— Oui, c'est joli, reprit Héloïse, rêveuse, car on n'aime jamais autant les poèmes que lorsqu'on est amoureux.

— Joli, joli, faudrait savoir ! C'est Rose ou c'est Fanny ? interrogea Louis qui commençait à s'énerver.

La meunière et le forgeron échangèrent un regard accablé, puis Théodore se leva, invitant son compagnon à en faire autant. Louis ronchonnait :

— Si c'est Rose, c'est Rose ! Si c'est Fanny, c'est Fanny !

Théodore préféra ignorer les humeurs du cafetier. Il dit :

— Eh bien Héloïse, tu nous sauves la mise. Si les gendarmes viennent, on leur montrera ton livre. Surtout, garde-le bien !

— Je comprends ! dit la meunière avec conviction.

Comme ils allaient sortir, elle proposa :

— Vous prendrez bien un petit coup de vin marquis ?

C'était une proposition qui se passait d'assentiment. Déjà les trois verres étaient sur la table, aux trois quarts pleins du fameux apéritif couleur de rubis.

— Au salut éternel de Revest Anaclet ! lança Louis, qui avait déjà oublié Rose et Fanny.

— À mon avis, il est encore au purgatoire, dit Théodore. Mais Victor Capefigue...

— ... qu'il rôtisse en enfer ! dirent-ils tous trois d'une seule voix, avant de choquer gaiement leurs verres.

Lorsqu'ils quittèrent le moulin, Héloïse les suivit des yeux avec un sourire au coin des lèvres.

« Voilà deux fins limiers, murmura-t-elle. Ils t'enverraient vingt innocents au bagne et vingt autres en enfer ! Ils ne sont même pas étonnés qu'un type qui s'est pris une décharge de chevrotines se retrouve avec une balle dans la tête ! N'empêche, cette balle, je vais devoir la récupérer... »

Elle retourna au buffet pour ranger le livre de raison. Avant de refermer le tiroir, elle s'empara de l'enveloppe que le clerc y avait oubliée. Les trois timbres bruns à dix cents et le cachet *US Postage* ne laissaient planer aucun doute, non plus que la signature très lisible au bas du feuillet. Elle l'avait lue et relue, cette lettre. Passant sur les considérations insipides de l'« Américain », elle avait longuement médité sur le post-scriptum : *Que diriez-vous de conclure la vente de Font Trigance pour huit mille dollars ?*

Il s'agissait bien de la réponse de Philippe Grangier à maître Revest lorsque, croyant disposer de la toupine des Garrassin, elle avait eu l'idée d'acheter Font Trigance. Huit mille dollars. L'avait-*il* acheté pour huit mille dollars, le domaine ?

« Bah ! Qu'importe ! se dit-elle. Je ne sais même pas combien ça fait de francs, huit mille dollars ! »

*

Louis et Théodore marchaient d'un pas accordé sur le chemin pierreux qui montait au village.

— C'est quelqu'un, Héloïse ! dit Louis. Tu as vu comment elle à découvert toute seule le nom de l'*esquelette*? Victor Capefigue ! C'est Victor Capefigue ! Qu'est-ce que tu en dis ?

Théodore s'arrêta et se gratta le front :

— J'en dis que ce n'est pas lui.

— Comment, ce n'est pas lui ? s'insurgea le cafetier. Elle nous a tout expliqué : les sous qu'il extorquait au notaire, la plaque, le puits.

— Tu l'as vue, la plaque, sur le puits ?

— Non. Mais depuis le temps, elle a pu s'effriter.

Théodore haussa les épaules :

— Soixante-dix ans, c'est rien pour du fer ! Crois-moi : c'est mon métier ! En plus, mon grand-père savait travailler ! Et puis, pourquoi Revest Anaclet aurait fait boucher un puits qui appartenait aux Grangier ? Je viens fermer tes volets, moi ?

Louis était déçu :

— Cette plaque, à ton avis, elle n'a jamais existé ?

— Si ! Mon grand-père en parlait. Le maire lui avait demandé de la lui fabriquer rapidement parce qu'il était pressé. Comme il n'avait pas le métal nécessaire, il est allé en chercher chez le forgeron du Tholonet. Sa charrette a versé, enfin, toute une histoire, mais surtout...

Louis le regardait avec attention :

— ... surtout, je me demande comment on peut jeter un type en 1811 dans un puits qui a été creusé autour de 1860...

— Oh, putain ! C'est vrai ! s'écria Louis. *L'Anti-sourcier*! J'étais petit, mais je me rappelle encore.

Après une minute de silence, il reprit :

— Donc, Revest Anaclet n'a pas descendu Victor Capefigue.

La conclusion n'était pas celle que Théodore attendait :

— Si ! À mon avis, il l'a descendu. Mais il l'a jeté dans un autre puits. Un puits qui lui appartenait. Un puits un peu caché, pas trop loin de la route, vu que le saligaud devait venir de Marseille par la diligence...

Tout à coup, il donna un coup de poing dans sa main :

— Je sais ! s'écria-t-il.

Il prit le cafetier par le bras et l'entraîna d'un pas rapide vers le sentier à moitié effacé qui descendait jusqu'au pont de l'Ange. Là, ils reprirent le chemin haut vers le croisement de la Poste. Deux cents mètres avant la bifurcation, Théodore lui montra, en contrebas, un cabanon au toit percé, environné de figuiers dépouillés en cette saison. Alentour, le champ était inculte, envahi par des plants de fenouil qui faisaient un mètre de hauteur.

— C'est là ! dit-il. Mon grand-père disait toujours que c'était une terre à melons. Dans le temps, on pouvait les arroser grâce au puits. Un puits que personne n'a jamais vu !

— C'est vrai, acquiesça Louis qui raisonnait plus lentement. Dans son livre, Revest Anaclet parle de melons...

Ils descendirent un raidillon qui les mena contre le mur dont le mortier s'effritait. Les figuiers dressaient leurs branches crochues contre le ciel pâle. La porte défoncée branlait sur un seul gond. Il leur fallut la soulever pour entrer. L'intérieur du cabanon était envahi par un roncier.

— Le puits est là-dessous, j'en suis sûr ! dit Théodore.

— Ça va pas être facile, se désola le cafetier.

Mais Théodore était débrouillard. Il fourragea dans les décombres qui entouraient la ruine et en tira un mancheron de charrue auquel tenait encore par deux boulons le montant métallique du soc.

— Tu vas voir, dit-il.

En un rien de temps, il parvint, muni de cet outil de fortune, à ouvrir un passage dans les plantes barbelées.

— Chapeau ! dit Louis lorsque apparut, sous les broussailles écartées, un pan de margelle circulaire coiffée d'une plaque de métal rouillée.

Ils s'approchèrent en prenant garde de ne pas déchirer leurs frusques. Alors, sur le côté, dans un lacis d'épines particulièrement dense, ils virent le cadenas mangé de rouille, mais qui, malgré les ans, avait su garder son secret. Acheté cent sous en 1811, un cadenas de qualité !

— Et voilà ! dit Théodore avec un geste du pouce. Je te parie ton café contre ma forge que Victor Capefigue est au fond !

Louis n'en revenait pas. Il hochait la tête avec admiration.

— Oui, mais alors, finit-il par dire, l'*esquelette*, qui c'est ?

Théodore eut un sourire malin :

— J'ai mon idée...

Louis, qui en avait rarement, ou alors éculées, le pria de se mettre à table.

— Tu veux que je te le dise ?

— Oui ! dit le cafetier piqué par la curiosité.

— Eh bien, reprit Théodore après avoir marqué un silence pour soigner son effet, à mon avis, le squelette, c'est...

— C'est ? reprit Louis, finement manipulé.

— C'est Octave Pascalet !

Le cafetier se raidit :

— Non ! Ça, c'est pas possible ! Octave Pascalet est mort en Algérie !

— Tu as vu sa tombe ? demanda abruptement le forgeron.

— Non ! C'est loin, l'Algérie !

— Justement ! Rappelle-toi : qui nous a dit qu'il était mort ?

— Bah, le maire...

— Tu vois ! À mon avis, Octave Pascalet s'est évadé. Il est revenu de nuit à Sollières et...

Théodore épaula un fusil imaginaire :

— ... pan !

Louis n'en croyait rien. Il dit :

— Qui est-ce qui l'aurait tué ? Tout le monde l'aimait, Octave Pascalet !

— Surtout les femmes ! À mon avis, il avait fait un peu trop de cocues.

Victime comme tout un chacun de l'omerta visant les « principaux intéressés », Louis ne savait pas que parmi les cocus figurait son père, qui, d'ailleurs, avait pris une part active à la déportation du célèbre putassier, puisqu'il l'avait dénoncé. En revanche, il n'ignorait rien de la liaison entre le bonhomme et Mme Clotilde Revest, ni de la filiation illégitime de Maximin.

— Tu veux dire...

— ... que le maire a descendu l'amant de sa femme comme son père avait descendu celui de sa fiancée.

Car, selon l'adage : les pins ne font pas des cades.

— Oh là là ! J'en peux plus ! dit Louis.

Il se laissa tomber, les jambes fauchées, sur le petit banc de pierre où jadis les ancêtres de cette lignée vindicative et passionnée venaient prendre gentiment le soleil. Ils n'avaient guère le physique de l'emploi, ces Revest, avec leur air bonasse. Comme quoi, il ne faut jamais se fier aux apparences...

— Pourquoi, à ton avis, s'est-il occupé d'Héloïse et de Jean-Jacques ? demanda Théodore, soucieux d'étayer son argumentation.

— Tu as raison, dit Louis. Ça ressemble à du remords.

— C'était plutôt sa rédemption, nuança Théodore qui, tout secrétaire de la Libre-Pensée qu'il était, ne dédaignait pas de temps à autre le vocabulaire efficace de la secte ennemie.

Louis fronça les sourcils :

— C'est quoi, la rédemption ?

— Tu peux pas comprendre : c'est un truc de curé...

Louis se contenta de l'explication. Pourtant, après un moment d'intense réflexion, il demanda :

— Pourquoi tu l'as pas dit à Héloïse ?

Louis ricana :

— Tu plaisantes ? Si je lui dis ça, à Héloïse, il faut que je lui dise aussi que son père couchait avec Mme Clotilde et que Maximin est son frère.

— Et alors ? demanda Louis, en pleine crise de sincérité.

— Et alors ! Ça te ferait plaisir, à toi, qu'on vienne te dire...

Mais il s'arrêta tout de suite, sentant sous ses pieds un terrain glissant. D'abord, parce que la mère du cafetier avait, elle aussi, couché avec Octave Pascalet, ensuite parce que sa femme avait été fiancée à Jean-Jacques et que son second, Gabriel, s'il n'avait ni la stature, ni le nez, ni les yeux jaunes des Pascalet, était bien délié pour un Juvénal, tous plus couillons les uns que les autres. Ce qui, au fond, si on réfléchissait bien, ne voulait rien dire : son Maurice n'était-il pas un benêt, alors que les Castinel... Il sentit tout à coup une petite sueur entre les deux épaules : ne serait-il pas, lui aussi, une innocente victime de l'omerta des « principaux intéressés » ? Et Louis vint bêtement conforter ce soupçon en laissant tomber :

— Non, ça ne me ferait pas plaisir !

— Qu'est-ce qui ne te ferait pas plaisir ? demanda Théodore, soupçonneux.

Louis le regarda, surpris :

— Ben, ce que tu viens de dire, que Maximin est mon frère.

Théodore faillit éclater de rire. « Non, mais, que je suis bête ! pensa-t-il, qu'est-ce qu'elle serait allée faire avec ce fada, Julie ? En plus, c'est un *gisclé.* »

Et il compara son épaisse membrure aux chétives épaules du cafetier qui disait en hochant la tête :

— C'est bien beau, tout ça, mais qu'est-ce qu'on fait pour l'*esquelette* ?

— Nous, on la boucle et on reste sur Victor Capefigue. Comme squelette, il est parfait ! Crois-moi : Octave Pascalet, c'est encore trop frais. Tu fais disparaître la balle et le tour est joué.

— Disparaître la balle ? Pourquoi ? demanda Louis, assommé par les complications de l'affaire.

Théodore lui donna, de l'index, trois petits coups sur le front :

— Parce que, si on en croit le livre de Revest Anaclet, Capefigue a pris une décharge de chevrotines ! Les chevrotines, ça s'éparpille. Mais pas les balles. Vu ?

— Ah oui ! C'est vrai ! dit Louis avec l'air émerveillé de celui qui vient d'avoir une révélation.

Ils prirent le chemin du retour. Louis avait la cervelle qui fumait. Quant à Théodore, qui marchait en silence, il se disait : « Je savais que Louis n'avait pas inventé le marteau à bomber le verre, mais là, il s'est surpassé. Quant à Héloïse, elle est trop fine pour n'avoir pas senti que son histoire ne tenait pas debout, mais pourquoi tient-elle tellement à tirer d'affaire un type qui est parti au feu de Dieu et qui lui a "manqué de respect" ? »

Lui, il tenait avant tout à ce que son bref intérim de maire, consécutif au décès du titulaire, ne soit pas entaché par une enquête de gendarmerie. Comme il l'avait dit fort justement : on sait où ça commence, on sait pas où ça finit. Si la maladresse d'Adalbert leur valait, malgré tout, une visite de la maréchaussée, il convenait que le village tout entier s'exprimât d'une seule voix. Ainsi, l'affaire tournerait court. Tout rentrerait dans l'ordre d'ici aux élections.

« D'ailleurs, il faudrait commencer à y penser », se dit-il.

— Qu'est-ce que j'en fais, de la balle ? demanda Louis.

— Tu te la mets où je pense !

Louis eut un petit rire, tandis que Théodore, tout à coup, se disait : « Mais où serait-il allé chercher un fusil de guerre, maître Revest ? Il avait été réformé. »

Ses cellules grises étant plus véloces que celles du cafetier, il en vint à se demander : « Et si ce n'était pas Octave Pascalet ? Il était trop malin pour se faire pincer par un cocu, Octave ! Et contrairement à son père, qui était un excellent fusil, maître Revest tirait comme un Marseillais : il aurait manqué un bœuf dans un corridor. Comment lui aurait-il mis une balle dans l'œil ? »

Il continuait à marcher, tête baissée.

« Et puis, tant pis ! Si les gendarmes viennent, on leur servira Victor Capefigue. S'ils ne marchent pas, Octave Pascalet. Et s'ils font encore la fine bouche, reste l'Italien. Finalement, on a trois squelettes possibles. Et puis, il n'est pas certain que Grangier va parler. »

17

Après avoir refermé la porte avec soin, le père Fontanel vint s'asseoir à son bureau. Il s'y accouda et prit sa tête dans ses mains.

« Cela devait arriver... », murmura-t-il.

Il demeura un moment prostré, puis : « Encore une chance que ces gens soient de bons chrétiens et voient où se trouve l'intérêt de l'Église. »

Il saisit machinalement une mine de plomb sur l'écritoire et se mit à dessiner au centre de son buvard une perspective de croix artistement imbriquées. Cette construction graphique correspondait à l'idée qu'il se faisait de l'Église : un entrelacs de consciences, qui n'admettait aucune brèche. Tous dans la poigne de Dieu. Et cette poigne n'avait pas à se montrer caressante. Fontanel eût été plus à l'aise chez les intraitables frères de Jérusalem que chez les jésuites. Sa foi était quelque peu roide, pour ne pas dire tranchante.

Il leva la tête vers le grand crucifix polychrome. Le supplicié était représenté de façon réaliste et le sang vermillon qui coulait de ses plaies paraissait encore frais. Toutefois, on sentait le plaisir que le sculpteur avait pris à représenter la musculature harmonieuse d'un homme dans la force de l'âge. Ce Christ-là n'était pas un gringalet. Seule une longue agonie avait pu terrasser cette charpente d'athlète. Les bras écartelés offraient une torsade superbe de muscles. Les mains percées mais parfaites, les côtes tendues au-dessus d'un ventre modelé, les cuisses puissantes et les chevilles nerveuses n'évoquaient ni la torture ni la mort. C'était une belle académie, soignée, équilibrée, dans l'esprit de Vitruve. En revanche, la tête aux yeux suppliants tournés vers le ciel donnait fâcheusement dans le mélodrame sulpicien. Le profil était un peu fade, avec la bouche ouverte sur un cri – doute tragique du Fils de l'Homme au moment suprême : *Eli, Eli, lamma sabacthani ?*, ou noire jouissance d'un supplice voluptueux ? – et les traits adoucis, presque féminins. Une certaine ambiguïté naissait de la juxtaposition du visage androgyne et du corps viril. Une sensualité un peu trouble en émanait, encore accentuée par la représentation complaisante des instruments de la Passion, cordes, clous, épines.

Fontanel s'arracha à la contemplation de l'étrange bondieuserie, bien dans le goût de ce XIXe finissant. Il eût préféré avoir sous les yeux un cadavérique crucifix médiéval ou une âpre passion janséniste : « Pardonnez-moi, Seigneur ! Je sais que Votre image n'est pas Votre esprit, saint soit-il. Trois fois saint. »

Il tentait d'endormir son esprit dans le ronron de la prière. Il ne pouvait y parvenir. Malgré l'application qu'il mettait à s'abîmer dans la méditation, il ne pouvait étouffer de brusques accès de gaieté. C'était comme des bulles de gaz venant crever allègrement l'eau épaisse d'un marécage, une giclée d'étincelles jaillies au hasard de la cendre, mille germes de blé soulevant de leur tige coudée la terre tendre du printemps. « Cette fois, je le tiens ! »

Saint-Gormand avait parlé ! Ulcéré par l'absence prolongée de Grangier parti raccompagner le rival qu'il était parvenu à faire renvoyer, le giton, dans un accès d'absurde jalousie, venait de dénoncer son maître. Une fois le mur du silence tombé, un torrent s'était rué dans la brèche. Trois autres élèves disaient avoir pâti en secret de multiples attouchements. D'anciens séminaristes s'étaient subitement réveillés pour témoigner que la chose ne datait pas de la veille. Un énorme scandale couvait.

Fontanel avait réussi à convaincre les parents des plaignants qu'un procès en correctionnelle ne ferait qu'affaiblir l'Église déjà menacée sur tous les fronts par un gouvernement anticlérical. Enfin, le déballage au grand jour laisserait planer sur leurs enfants une flétrissure suspecte et indélébile. Dans ces affaires de mœurs, la victime n'est-elle pas salie à l'égal du bourreau ?

Les parents, tous fervents catholiques, en étaient convenus. Toutefois, en échange de leur silence, ils exigeaient l'éloignement du coupable. Et monseigneur, d'autant plus embarrassé qu'il avait honoré Grangier de son amitié, venait, dans une entrevue à la Pilate, de le charger d'exécuter la sentence résultant d'un procès par contumace. Le prévenu avait été jugé et condamné avant d'être entendu. La porte du prétoire était déjà fermée. Et lui, Fontanel, devait se rendre à Sollières en service commandé, pour dire à Grangier, qui ne se doutait de rien : « Disparaissez ! »

Comment se défendre de jubiler ?

En général, on exilait les prêtres soupçonnés de pédophilie dans quelque cure perdue dans la montagne. Le diocèse ne manquait pas de ces paroisses déshéritées, où le presbytère prenait l'eau. Là, les proscrits pouvaient battre leur coulpe tout leur saoul. Ou laisser leur vice s'épanouir à loisir avec des petits chevriers. Grangier n'était pas homme à s'en aller vivre dans un hameau. Il avait du bien. Il se défroquerait. Enfin ! Et Fontanel, qui haïssait le bonhomme au moins autant pour sa morgue de nanti que pour ses mœurs dépravées, n'était pas loin de se frotter les mains.

« Pardonnez-moi, Seigneur, mais n'est-ce pas Vous servir qu'éloigner de Votre saint troupeau une brebis galeuse ? »

La démarche n'était pas contestable. Ce qui l'était davantage, c'était le plaisir avec lequel il s'apprêtait à l'accomplir. Il eût pris sur l'heure la diligence qui passait par Sollières. Toutefois, il décida de ne pas céder à cet empressement suspect. Grangier pouvait revenir à Aix à tout moment. Il lui laissait une semaine de répit. Une semaine. Pas un jour de plus. Mais il était sur des charbons ardents. Ces charbons qui, dit-on, pavent l'enfer de bonnes intentions.

Le père supérieur comprenait parfaitement, à présent, le désarroi du jeune Baude, cet enfant à la vive intelligence et à la foi lumineuse, que les turpitudes de ce prêtre indigne et les intrigues de son mignon avaient éloigné du service de Dieu. En revanche, Saint-Gormand, dont le caractère lâche et veule lui apparaissait désormais, deviendrait son ministre. Et le vice affreux qu'il avait fait sien se perpétuerait. Décidément, aujourd'hui comme hier, les voies du Seigneur demeuraient impénétrables…

*

Héloïse était perplexe. La date de la première échéance était passée depuis trois jours. Angelo ne s'était pas manifesté. Viendrait-il en personne ? Ou se contenterait-il de lui envoyer un huissier ? Tout compte fait, elle avait le droit pour elle : l'acte précisait que les versements devaient se faire « en » l'étude. Or, il n'y avait plus d'étude. Le petit clerc, perdu dans ses paperasses – et son livre de raison ! –, était-il habilité à présider au remboursement ? Peut-être. Ou peut-être pas. En tout cas, si un huissier venait, elle le paierait rubis sur l'ongle. Cent vingt-sept francs. Net. Elle avait réussi à réunir la somme. Un peu grâce aux nouveaux clients qu'elle avait démarchés, un peu grâce au loyer de la maison, beaucoup grâce à la cantine qui marchait de mieux en mieux. Les chasseurs de Salon s'étaient probablement donné le mot, car elle voyait de plus en plus souvent des inconnus portant fusil venir demander un casse-croûte au débotté.

« Hé, hé ! pensait-elle, et pourquoi pas, un de ces jours, *L'Auberge du moulin neuf* ? »

Elle ne se doutait pas que Marthe, Thérèse et Marité avaient œuvré dans l'ombre et en silence pour lui venir en aide. Pour l'aider à rembourser son emprunt à 27 %. L'une avait recruté les ouvriers de Font Trigance, l'autre lui avait trouvé un locataire pour sa maison, et la dernière avait recommandé la cantine aux chasseurs venus prendre un bock au café. Ce dévouement muet l'eût étonnée. Au fond, elle ne croyait pas que l'on pût l'aimer.

Pétroleuse comme toujours, elle se disait : « Tiens, il n'est pas encore né, celui qui me fera mordre la poussière ! »

Elle jetait un coup d'œil satisfait sur le petit tas de billets et de pièces rassemblés dans un mouchoir brodé. Un mouchoir qu'elle avait gardé trois jours dans son corset. Maîtresse femme, mais femme tout de même. À qui ne manquait qu'un amant docile et vigoureux. Bon Dieu ! qu'attendait-il pour venir ? Elle saurait lui faire oublier ce malencontreux coup de balance...

En tisonnant les braises de la cheminée, elle imaginait la scène. Il entrerait un soir. Un soir où elle serait seule. Comme sa colère à elle était retombée depuis qu'elle avait brillamment relevé le défi qu'il lui avait lancé, elle pensait qu'il devait forcément en être de même pour lui. Elle l'avait assommé, soit ! Mais elle était prête à payer. À payer deux cent soixante-dix francs, soit 27 % de mille francs, son geste détestable. Qu'elle eût voulu n'avoir jamais fait. Mais quoi ! la vie n'a pas de marche arrière. Comme les regrets, les remords sont inutiles. C'était une somme, deux cent soixante-dix francs ! Elle les lui donnerait volontiers. Pour se faire pardonner. Et puis, ne venait-elle pas de contraindre Victor Sévère à lui planter ses vignes à la bonne distance ? Mieux encore : elle avait écarté les soupçons qui pouvaient peser sur lui grâce à cette histoire de Victor Capefigue. Ah ! celui-là ! Elle espérait bien que Revest Anaclet lui avait fait son affaire ! Mais il n'avait pas pu l'ensevelir en 1811 dans un puits creusé autour de 1860. Où l'avait-il fourré ? Mystère ! Qui était le premier squelette ? Re-mystère ! Mais elle s'en moquait. La seule chose qui comptait pour elle était la future visite de son créancier. Visite qui se faisait attendre. Allons ! il n'allait pas continuer à bouder pour un petit coup sur la tête de rien du tout ! Est-ce qu'il en était mort ? Non ! Alors ? Après la guerre, on peut faire la paix. Se mesurer à la loyale. Les yeux dans les yeux. Il lui suffisait de venir.

Il baisserait un peu la tête pour éviter de se cogner au chambranle – une autre blessure au front serait d'un effet déplorable – et il dirait simplement :

— Bonzor…

Non. Il ne pourrait pas dire « bonzor » puisqu'on serait le soir. Il dirait bonsoir. Mais « bonsoir » la privait de cet accent doré qui lui donnait des picotements partout. Bon. Je recommence.

Il entrerait donc un jour et… Mais le jour était moins romantique. Et puis, il y avait toujours vingt personnes qui tournaient dans le moulin. Qui braillaient d'un côté et de l'autre. Et je te charge ceci d'un coup d'épaule appuyé d'un « han ! » préhistorique. Et je te pousse cela dans un ferraillement de roues. Sans parler des chevaux, des mulets et des ânes qui secouaient leur harnais en soufflant par-devant et en lâchant par-derrière des pelletées de crottin ! Belle romance ! Sauf le dimanche. Oui. Le dimanche. Il vaudrait mieux qu'il vienne un dimanche. Un dimanche après-midi. Juste assez tôt pour pouvoir dire

« bonzor ». Vers 16 heures. À présent, les jours étaient courts. Il ferait déjà moins clair. Surtout s'il pleuvait. Oh, oui ! c'était une bonne idée, ça ! Il pleuvrait. Il pleuvrait même à verse. Une véritable tempête. Avec des éclairs. Du tonnerre. Tout ! Quand il fait orage, on n'est plus soi-même. Il frapperait à la porte. Elle irait ouvrir. Et elle le verrait. Trempé comme une soupe. Avec les cheveux dégoulinants tombant sur ses yeux. Verts. Comment avait-elle pu oublier leur couleur ? Elle ouvrirait grand la porte et elle dirait :

— Mon Dieu ! Entrez vite ! Vous êtes tout mouillé !

Vous ? Elle lui dirait vous ? Faut voir... Attends. J'essaye avec « tu » :

— Mon Dieu ! Entre vite ! Tu es tout mouillé !

Ça n'allait pas. Intime mais plat. Une familiarité ménagère. Qui sentait le potage aux légumes. Trouver quelque chose sans « tu » ni « vous ». Par exemple :

— Mon Dieu ! Quel vilain temps ! Heureusement que j'ai un bon feu !

Pas mal, pas mal. Je continue. Alors, je l'aiderais à ôter son manteau. Et juste au moment où je l'accrocherais à la patère, il viendrait dans mon dos, passerait ses bras autour de ma taille, se pencherait sur moi et me dirait à l'oreille avec cette voix qui me démonte :

— *Putana... putana mia...*

Après ? Oh ! après...

Et tandis qu'elle détaillait par le menu un corps à corps inoubliable, Félicité, qui rampait à quatre pattes depuis un moment, tirait sur sa robe pour tenter de se mettre debout. Elle la prenait dans ses bras et la berçait avec passion en murmurant une litanie de :

— Mon petit rat, mon amour, ma poupée...

Elle essayait même quelques :

— *Bambola...*

Mais la petite se débattait, incommodée par ces débordements qui l'étouffaient. Elle avait presque un an, et un unique but dans sa jeune vie : marcher. Vingt fois, elle parvenait à se dresser sur ses courtes jambes. Vingt fois, elle retombait lourdement sur son derrière. Inlassablement, elle recommençait.

Insensible aux coups que lui donnaient avec une malignité particulière, les pieds de la table, le coffre de l'horloge ou les montants du buffet. Pour la protéger de ses ennemis de bois, Héloïse lui avait posé un *frontau* sur la tête. Ce casque d'osier renforcé de bourrelets de crin, sa robe raide d'empois, ses yeux en pépin de raisin lui donnaient l'air farouche d'un guerrier chinois. Alors, elle imaginait une autre scène, plus tendre, où Félicité tenait le premier rôle. Angelo entrait et la petite, subjuguée, faisait vers lui ses premiers pas en balbutiant :

— Pa… pa…

Elle secouait la tête et, au lieu de rougir de la consternante mièvrerie de ses constructions mentales, elle se disait : « Mais que je suis bête ! Elle ne dit pas un mot ! »

Aussitôt, elle repartait dans des rêveries fantasques, imaginant mille folies, comme d'aller se baigner nue dans le bassin de Font Trigance, délires qui, heureusement, se heurtaient à son sens pratique : « maître baigner nue, par un froid pareil, dans cette eau pourrie ! »

Et elle soupirait si fort, penchée sur l'âtre, que les braises se mettaient à rougeoyer. Elle les asticotait avec les pincettes jusqu'à ce qu'un brandon moins sec siffle d'un reste de sève emprisonné sous l'écorce. Alors : « Vite ! Je fais un vœu ! »

Et elle faisait toujours le même. Et il ne venait toujours pas. Les jours succédaient aux jours. Tous semblables, bien que de plus en plus froids puisqu'on dévalait à grand train le dernier mois de l'année.

« Tout de même ! Quel culot ! Il ne va pas me faire attendre jusqu'à Noël ? »

Et cette teigne d'Héloïse, qui était rien moins que patiente, finit par se résoudre à un plan moins romantique mais plus efficace. Puisqu'il ne prenait pas l'initiative, elle allait s'en charger. Aller elle-même à Font Trigance ? Jamais de la vie ! Elle se trouverait sur un terrain inconnu dont elle ne serait pas maîtresse. Il lui fallait plutôt l'attirer aux Négadis où elle aurait tout préparé, orchestré, minuté. Comment ? En le convoquant, pardi ! Pourquoi continuer à tourner autour du pot ? Elle n'avait qu'à lui envoyer le petit Mestre en émissaire. Le jeune clerc ne lui refuserait pas ce service. Il ne lui refusait jamais rien : il n'y avait qu'à voir ses yeux d'épagneul quand il la regardait. Elle sourit en évoquant son jeune soupirant si frêle, si palpitant. Le pauvre, il devait avoir une queue grosse comme… allons, un peu de tenue, madame veuve Garrassin ! Elle rit franchement, puis elle chassa l'image un peu ridicule du rond-de-cuir avec sa coquillette, pour revenir à son savoureux projet. Elle n'avait qu'à attendre une belle dépression bien établie pour cinq ou six jours et faire son annonce – comme à la manille – au dernier moment. Elle suspendit les pincettes à leur crochet de cuivre et monta se coucher rassérénée par la décision qu'elle venait de prendre.

*

Elle fut réveillée vers 5 heures par le crépitement des gouttes de pluie sur les tuiles de l'avant-toit. Elle sauta du lit, haut comme un sarcophage, courut jusqu'à la fenêtre. Elle dut pousser de toutes ses forces les volets déjà gonflés d'humidité. Ils claquèrent contre la façade et elle reçut une bourrasque de pluie sur ses bras nus. Il faisait encore nuit noire. Il lui faudrait attendre le lever du jour pour savoir si la Sainte-Victoire portait son bonnet de nuages, signe de mauvais temps installé pour trois, six ou neuf jours, comme pour le mistral. Mais elle pouvait déjà s'en aller ranimer le feu et faire chauffer l'eau du café. À tâtons, elle ôta le verre de la lampe à pétrole, battit la mèche d'amadou qui palpita d'une fragile couronne bleue : elle régla la flamme avec la mollette de cuivre. Bientôt, protégée par son manchon de verre, la lueur rousse forma un halo dans l'obscurité. Une main portant la lampe, l'autre en abat-jour, elle descendit l'escalier sur la pointe des pieds pour ne pas réveiller Félicité.

Elle aimait ces petits matins frisquets de la mauvaise saison. Quand la maison était encore sombre et silencieuse avant l'arrivée bruyante des ouvriers et de la cantinière.

Dès que le poêle de la cuisine était chargé et la bouilloire installée sur les cercles de fonte, elle faisait une tournée d'inspection qui prenait des allures de cour amoureuse. Elle était la maîtresse. Seule à bord, comme un capitaine. Elle réveillait son moulin tout en douceur. D'abord, le magasin où elle allumait un à un les quinquets après les avoir remplis d'huile. Puis l'atelier avec ses meules immobiles comme des géants de pierre prêts à reprendre leur ouvrage interrompu la veille. Là, il y avait de nouvelles lampes Carcel à pression qui sifflaient quand on les mettait en marche, mais fournissaient un éclairage plus brillant que celui des lampes à huile. Anselme Baude était venu voir comment elles fonctionnaient. Il se tâtait pour en acheter une, vu qu'un boulanger, c'est surtout la nuit que ça travaille. Mais Anselme était toujours long à se décider. Rien à voir avec son fils. Il était dégourdi, ce petit. Il avait tout de suite compris le fonctionnement des factures et des acquits. Plus tard, il ferait un excellent comptable. Ce serait mieux pour lui que de passer sa vie en soutane à se tirer tristement sur la nouille en craignant de devenir sourd !

Dès que la lumière fut stabilisée, elle s'assura qu'aucune pièce mécanique n'était fêlée en faisant vibrer l'âme des engrenages et des pignons sous l'archet d'un maillet. Elle s'assura que les cribles destinés à tamiser la farine blanche n'étaient pas obstrués de son, en passant sa lampe au travers. Un bon rendement dépendait de la propreté des filtres. En cas de négligence, le tapis se bourrait et les issues étaient trop riches en farine, ce qui était bon pour les cochons, mais pas pour les bénéfices. Enfin, elle alla rendre une visite à la roue, cette belle roue en fer rivetée à chaud dont Théodore Castinel était si fier. Le souvenir lui revint de cette nuit glaciale où elle avait trouvé le pauvre Sidoine stupéfait devant l'ancien volant de bois saisi par la glace. Sidoine ! Que lui avait-il pris de s'expédier dans l'autre monde avec de la mort-aux-rats ? Croyait-il que la Camarde allait l'oublier ? Patience ! Elle tient ses comptes, la Faucheuse. C'est chacun son tour.

Le jour était levé à présent. Un jour gris. Mouillé. Bouché de partout. La montagne était couverte jusqu'à mi-pente. L'air humide. C'était le temps qu'elle attendait. De plus, comble de chance, on était samedi.

« Merci, Bonne Mère ! dit-elle. À midi je parlerai au petit clerc. Ce serait bien le diable si le temps se levait d'ici à demain ! »

Mais peut-on savoir, du diable ou de la Bonne Mère, qui a le dernier mot en matière de nuages ? Surtout les gros, les noirs, les chargés de tonnerre et d'éclairs.

18

À présent, Héloïse voyait les ouvriers qui débouchaient sur l'aire, courbés sous les gros capuchons des sacs de farine empruntés à Anselme contre un demi-sou. Le boulanger assurait ainsi, les jours de pluie, le retour de la consigne. On eût dit une procession de pénitents qui s'avançait à travers la pluie, mais une procession bruyante et rigolarde. Des rogations à l'envers.

Le grand Ripert fut le premier à entrer dans l'atelier, suivi de l'Enclume et des Pellegrin père et fils.

Dès qu'ils avaient franchi le seuil de briques, les hommes éjectaient le sac plié d'un coup d'épaule, s'ébrouaient comme des chevaux et battaient de la semelle sur le sol cimenté.

— Oh là là ! Qu'est-ce qu'il tombe !

Et ils riaient comme des enfants, joyeuse complicité des hommes du Sud avec l'eau du ciel. Toujours trop rare. Toujours bonne à prendre. Jusque dans ses excès.

Héloïse les attendait près du comptoir, dans son large tablier blanc à bavette, déjà coiffée et corsetée, sa cafetière à la main.

— Je vous sers un café, Ripert ?

— C'est pas de refus, madame Héloïse.

Elle versait de haut le liquide noir dans de lourdes tasses bon marché cerclées de vert, qui vaudraient bientôt une fortune chez les antiquaires du cours Mirabeau. Une buée parfumée s'élevait dans l'air froid. Fameux, le café de la patronne ! Jamais un grain d'orge ni de chicorée.

— Un sucre ? Deux ?

— Un demi, seulement, merci !

Ripert tournait longuement son jus pour y laisser dissoudre la douceur. Non sans regretter que ses frugales papilles soient habituées à la saveur d'une moitié de sucre puisqu'on lui en proposait obligeamment deux. Mais il ne pouvait pas emporter un grain et demi dans sa poche.

« Tiens ! se disait-il, tu m'en trouveras, toi, des patronnes qui attendent leurs ouvriers le matin avec du café frais et leur demandent s'ils veulent un sucre ou deux ! Une place comme ça, quand tu l'as, *fan* des pieds, tu fais pas ton malin, tu te la gardes ! Quand je pense à ce saligaud de *Babbi*, qui lui prête des sous à 27 % ! S'il nous la met sur la paille et qu'elle doit vendre, qu'est-ce qu'on va devenir ? Il mériterait une bonne leçon, celui-là ! Mais vu son gabarit, il vaudrait mieux s'y mettre à plusieurs... »

Maintenant, c'était Marthe qui arrivait sous son grand parapluie de berger, son panier au bras rempli de pommes rouges, l'ourlet de sa jupe relevé.

— Ho ! Marthe ! Qu'est-ce que tu nous fais de bon, à midi ? demanda le grand Ripert.

— Des saucisses salées avec de la purée de pois cassés à la menthe ! Et, si j'ai le temps, de la compote pour le dessert.

— Mmm, on va se régaler !

« Sept employés du moulin, plus quatre maçons, plus huit ouvriers agricoles, plus le petit clerc (ça m'étonnerait qu'avec ce temps on ait des chasseurs), nous fera pile vingt couverts, soit cent sous, cinq francs de recette, donc un peu plus de trois francs net », compta Héloïse qui commençait à mettre de côté le montant de la deuxième échéance.

À midi, dès la dernière bouchée de pois cassés avalée, elle fourra dans les bras d'Évariste le parapluie de Marthe et l'expédia à Font Trigance chargé du message suivant à répéter mot pour mot :

Bonjour, monsieur Mazzola. Madame Garrassin vous propose de passer dimanche après-midi à 16 heures au moulin pour vous faire régler l'échéance.

Après un bref regard de condoléances à ses bottines vernies, le petit clerc partit sur le chemin boueux d'un pas de fantassin, gonflé par l'importance de sa mission. Il enjambait les flaques en répétant : « Bonjour, monsieur Mazzola… Madame Garrassin… dimanche après-midi… 16 heures… l'échéance… bonjour, monsieur Garrassin, non, monsieur Mazzola… »

Il pleuvait à seaux. Huit gouttières raides tombaient du parapluie de berger, enfermant le pauvre garçon dans une cage d'eau portative. Elles battaient le sol détrempé avec une telle violence que des éclaboussures de boue rouge lui fouettaient les genoux. Les bottines étaient fichues. Peut-être le pantalon allait-il lui aussi y passer ? Vaporisée à travers la toile tendue, la pluie battante lui glaçait les joues. Il s'arrêta pour reprendre son souffle devant l'oratoire qui marquait la mi-chemin entre le moulin et le domaine. Le petit toit de tuiles en avancée sur la niche lui offrit un abri moins précaire. Il s'y réfugia un moment, décidé à attendre un semblant d'accalmie.

Bien au sec derrière son grillage, entre deux bouquets fanés d'immortelles, la Vierge Marie ne semblait pas s'en faire plus que ça. C'était une statuette de série, en plâtre de Paris. Sous sa robe bleue et son voile blanc, elle écartait pacifiquement les bras en un geste conventionnel de bienvenue. Évariste se demanda comment une image aussi faible pouvait susciter tant de ferveur. Il avait noté avec quelle constance les Solliéraines, la meunière y compris, l'appelaient à la rescousse à la moindre occasion, sous l'appellation locale pittoresque de « Bonne Mère ». Elles l'accommodaient à toutes les sauces. Étaient-elles surprises ? Bonne Mère ! Déconcertées ? Bonne Mère ! Désolées ? Bonne Mère encore ! Ravies ? Bonne Mère toujours ! Ici, la maternité de Marie semblait l'avoir emporté sur sa virginité. Le jeune clerc sourit. D'autant que la pluie semblait vouloir se calmer un peu. Rien n'est violent et passager comme un orage provençal. Évariste songea aux interminables précipitations lyonnaises qui pouvaient durer des jours entiers, à crachoter trois gouttes sur le pavé luisant des rues. Ici, c'était un déluge à tuer un saumon et cinq minutes après le soleil sur un arc-en-ciel. Il pouvait à présent repartir. Il le fit en reprenant sa cantilène : « Demain… dimanche… Madame Garrassin… 17 heures… au moulin… régler… etc., etc. »

Il se sentait inquiet. Pour se donner du courage, il se disait : « Allons, du cran ! Il n'y a aucun risque ! Juste un message à délivrer ! Je frappe à la porte, je le débite, puis je m'en retourne. »

Mais il ne pouvait empêcher son cœur de palpiter. Car il voulait s'acquitter à la perfection de cette première mission que lui avait confiée la meunière. Et qui était peut-être le prélude à une véritable collaboration entre eux ? Une relation de confiance ? Et s'il allait la décevoir ? Une femme si… et si… et même… Ah ! quelle affaire ! D'autant qu'il avait aperçu une fois, en se promenant, le maître de Font Trigance, ce type qui prêtait de l'argent à 27 %. Impressionnant, le bonhomme !

En fait, les choses se passèrent plus facilement qu'il ne s'y attendait. Il n'eut ni à frapper à la porte ni à faire le pied de grue sur le perron. Malgré la pluie dont il semblait se foutre comme de l'an quarante, l'Italien se tenait devant la bastide, en chemise blanche et gilet cintré, ce qui lui faisait des épaules monumentales. L'humidité lui avait bouclé les cheveux. Cette toison dense, qui descendait en favoris sur les joues, lui donnait un air de noblesse, quelque chose de jupitérien.

« Royal », se dit Évariste en songeant à son début de calvitie qui lui faisait une vague tonsure.

L'homme était en train de remiser des sacs de chaux abandonnés sur l'aire par les ouvriers maçons : le beau temps de la veille ne laissait guère augurer de ce déluge. La plupart étaient encore fermés par leur ficelle de chanvre. Angelo prenait sans façon un col dans chaque main. Cinquante kilos d'un côté et cinquante de l'autre. Cent kilos en tout, et cela sans le moindre signe d'effort. Le petit clerc en eut le souffle coupé. La vue de cette puissante musculature lui arracha un soupir d'envie. Il se sentit miteux, minable, misérable. D'autant que l'autre gaillard lui dit en manière d'excuse :

— Doué saqui, z'est plou fatchilé ! Za écouilibré.

« Ben voyons… », se dit Évariste qui avait du mal à transporter une pile de dossiers sans se froisser les ligaments du dos.

Mais l'homme ne semblait pas disposé à utiliser sa force – herculéenne – contre lui. Bien au contraire. Comme nombre de géants, on le devinait débonnaire, encore que les traits de son visage fussent rudes. Il avait une belle gueule virile d'Italien du

Nord. De Ligure. Ni trop blond ni trop brun. Châtain de poil et mat de peau, avec des yeux clairs. Un grand nez florentin, un menton de statue, mais un bon sourire. Il s'était approché et l'avait salué cordialement. Et il lui avait donné une fort civile poignée de main, bien qu'un peu ferme. Après quoi Évariste lui avait récité son laïus par cœur, Mme Garrassin... dimanche... 17 heures et tout ça... et puis il s'en était retourné, la dextre endolorie mais le cœur léger, rendre compte de sa mission.

Héloïse l'attendait devant la porte de l'atelier, juste à couvert sous la génoise avancée qui faisait un embryon de marquise à cet endroit. Il ferma son parapluie et le lui tendit pour éviter de l'entrer ouvert dans la maison, ce qui porte malheur. À Lyon comme à Marseille.

— Alors ? demanda-t-elle, sans lui laisser le temps de se mettre à l'abri sous l'auvent.

— Alors, c'est fait ! dit Évariste glorieux et, pour ne pas amoindrir l'éclat de sa réussite par un comportement mesquin, il resta crânement sous la pluie qui eut, à ce moment précis, la mauvaise idée de redoubler.

— Qu'est-ce qu'il a répondu ? s'enquit la meunière.

Évariste se troubla. Devait-il rapporter une réponse ? Elle ne le lui avait pas demandé. Qu'avait répondu l'Italien ? Ma foi, pour ne pas qu'elle le déjuge, il risqua un prudent :

— Il a répondu : Ah !

Héloïse tiqua :

— Quel genre de « Ah » ? « Ah », comme : « Ah ! ah ! ah ! je suis bien content » ! Ou : « Ah », comme : « Ah ? tiens par exemple, quelle surprise » ! Ou encore « Ah », comme « Ah, ah ! on va voir de quel bois je me chauffe » ! Ou alors...

Évariste qui prenait sur la tête toute l'eau de la gouttière, pliée à cet endroit, n'était guère en état d'ajouter sur le carnet secret d'Héloïse consacré aux diverses nuances du « ah », un nouvel alinéa permettant d'y classer celui qu'avait prononcé son créancier. Et, d'ailleurs, à y bien réfléchir, en avait-il prononcé un ? Le désespoir d'avoir failli lui inspira un lâche :

— Il a dit « Ah ! » Comme « Ah oui ! Ah ! bien sûr ! Ah ! j'irai ! Même si, Ah ! il pleut comme aujourd'hui et même pire... »

Ce qui était un mensonge caractérisé.

— À la bonne heure ! dit Héloïse.

Elle tourna les talons et entra dans l'atelier sans songer à le remercier. Demeuré seul sur le seuil, Évariste fit enfin le pas en avant qui le mit à l'abri. C'était trop tard : il était trempé jusqu'au caleçon. Ses chaussures de ville, son pantalon, jusqu'à son habit noir étaient gâtés. Sans compter qu'il lui fallait à présent remonter au village sous une pluie qui ne semblait pas vouloir se calmer. Autant y aller tout de suite ! Il serra contre lui sa redingote, en releva le col et se jeta sous l'averse tête basse, sautant par-dessus les fondrières qui formaient peu à peu des lacs rougeâtres. D'ici à une heure, le chemin creux serait complètement inondé. Il faudrait alors faire le tour par la grand-route et le pont de l'Ange, soit un kilomètre de plus. À ce moment, Héloïse revint dans l'atelier en brandissant l'immense parapluie bleu de la gouvernante, sous lequel pouvaient se tenir les trois sœurs Ardisson et même, par très mauvais temps, leur père ivre :

— Monsieur Mestre ! Marthe vous prête son parapluie ! cria-t-elle.

Mais le petit clerc était déjà loin. Sa mince silhouette noire gesticulait comiquement, sautant sans raison apparente d'un bord à l'autre du chemin. Héloïse comprit que le battement de la pluie couvrait sa voix. Elle haussa les épaules et murmura avec un sourire attendri :

— Il est gentil, ce petit clerc ! Bébête, mais gentil.

19

Ce dimanche resterait gravé dans la mémoire des Solliérains. Des rouges comme des blancs.

Depuis bientôt un mois que Grangier était là, les paroissiens s'étaient habitués à une messe dominicale *de première*, célébrée *mano a mano* par deux prêtres qui rivalisaient d'éloquence. Les petits intermèdes chantés à plusieurs voix ajoutaient encore à la qualité du pieux rassemblement. On en parlait dans les chaumières. Si bien que la modeste troupe de fidèles qui assistait d'ordinaire à la célébration s'était peu à peu transformée en une foule dense qui s'agenouillait, se levait, priait et chantait avec une ferveur grandissante. Le père Joulian s'en réjouissait et rendait chaque jour grâce au Seigneur de lui avoir dépêché ce distingué stimulateur de foi.

Ils en étaient à l'introït lorsqu'un landau tiré par une belle mule s'arrêta devant le parvis. Malgré la pluie, le père Joulian avait laissé les portes grandes ouvertes afin que l'harmonie des chœurs puisse traverser la place, parvenir assez fort jusqu'au café, situé juste en face, pour perturber les éternels débats politiques des rouges. La porte de la voiture s'ouvrit. Trois hommes noirs en descendirent et, le dos courbé sous l'averse, se précipitèrent dans l'église pour s'y mettre à l'abri.

Un rapide coup d'œil en arrière permit au père Joulian de reconnaître le père Fontanel, le directeur du petit séminaire. Grangier, lui, vit que le supérieur était non seulement accompagné de cet imbécile de Signoretti, mais aussi du frère Ladislas, le secrétaire de monseigneur. Il fronça les sourcils. C'était beaucoup de gens déplacés pour venir lui rendre une simple visite... Il n'en poursuivit pas moins la célébration avec son élégance coutumière. De son côté, le père Joulian, stimulé par ce renfort inattendu, papillonnait comme s'il eût été subitement pourvu d'ailes blanches. Oublieux de son arthrite chronique, il gambadait, s'agenouillait, virevoltait avec la grâce d'une ballerine. Marius Baude, en enfant de chœur, parvenait à peine à le suivre. L'office se termina en apothéose sur un gloria particulièrement bien envoyé. Joulian lança un *ite missa est* plein d'allégresse et les paroissiens lui répondirent par un *deo gracias* si joyeux, si entraînant, que l'on ne s'étonna pas de voir la pluie cesser un moment.

Philibert, qui était assis au premier rang, tenta d'évacuer discrètement les lieux par le bas-côté. Peine perdue.

— Baude ! hucha le supérieur de son ton implacable.

Le garçon dut s'approcher malgré qu'il en eût. Quelle ne fut pas sa surprise de voir un sourire bonhomme sur les traits rudes du religieux :

— Comment allez-vous, mon garçon ?

— B... bien..., mon père..., balbutia le malheureux.

— Le séminaire ne vous manque pas trop ?

— N... n... si ! dit-il au dernier moment, car le non qui lui était venu spontanément lui avait semblé un manque de respect.

— À la bonne heure ! lança jovialement Fontanel.

Et il ajouta :

— Nous serons peut-être amenés à réviser votre cas.

« Et merde ! », pensa Philibert. Mais il répondit :

— Merci, mon père.

Grangier s'approcha et, avec sa préciosité coutumière :

— Bonjour, mon cher ! Que nous vaut l'honneur ?

— Rien de très honorable, je le crains, laissa tomber Fontanel en l'écrasant d'un regard d'ange exterminateur.

— Mais encore ? glissa prudemment Grangier.

Le supérieur jubilait de voir l'autre perdre pied.

— N'en avez-vous vraiment aucune idée ?

— Eh bien, dit Grangier, j'admets que j'ai été un peu longtemps absent...

Le supérieur le toisait sans répondre.

— … que j'aurais dû vous demander de m'excuser…
Toujours rien.
— … vous donner de mes nouvelles…
Le visage du religieux s'anima d'un sourire sardonique :
— Mais nous en avons eu, Grangier, de vos nouvelles !
— Par qui ? s'étonna un peu vite le maladroit.
Alors, avec un air angélique, Fontanel susurra :
— Par l'élève Saint-Gormand. Est-ce bête !

*

Le dimanche matin passa à la vitesse de l'éclair. Comme Marthe avait laissé, la veille au soir, la cuisine impeccable, Héloïse passa son temps à se pomponner. Elle commença par un bain debout dans le tub de zinc, vestige d'un temps lointain où Sidoine enfant avait attrapé la gale et le médecin ordonné, pour éradiquer le parasite, d'énergiques bains à la créosote. Ensuite elle se poudra abondamment tout le corps. Elle brossa ses grands cheveux et les coiffa en un chignon bouffant qui lui faisait autour des tempes et du front une auréole de frisottis. Alors, elle enfila une chemise délicate et, par-dessus, son meilleur corset, décoré de baigneuses en éventail sur chaque faisceau de baleines. Elle avait mis au point une méthode personnelle pour endosser en solo ce carcan de satin. Après avoir logé ses seins sous le glacis du plastron, elle attachait solidement les lacets du dos à une espagnolette, puis se penchait en avant et tirait jusqu'à obtenir la minceur de taille désirée. Comme elle ne faisait rien à moitié, elle se fabriquait une stupéfiante silhouette en diabolo que n'osaient pas les bourgeoises. Elle ressemblait plutôt à l'une de ces belles dodues dont raffolait le comte nain de Toulouse-Lautrec. Cela faisait bisquer les femmes et bander les hommes. Tant mieux ! Elle aimait l'un et l'autre. Sur ce corps aux courbes exagérées, il ne lui restait plus qu'à enfiler un pantalon fendu à volants de valenciennes, des bas brodés retenus par des jarretières à rubans, deux ou trois jupons plats garnis de dentelle à l'ourlet et, par-dessus ces dessous fous, une petite robe grise de rien du tout, presque un sarrau de pensionnaire, avec de longues manches ajustées recouvrant le dos de la main et un décolleté timide refermé par une modestie. Elle compléta sa tenue par un boléro qu'elle avait coupé et cousu elle-même en suivant le patron mensuel de *L'Illustration.* La courte veste, fermée par des brandebourgs et des cabochons de jais, faisait valoir en même temps la minceur de la taille et l'adresse de la brodeuse.

« Parfait ! », se dit-elle, en se regardant de face et de profil dans le miroir du dessus de la commode. « Je n'ai pas fait la même bêtise que la première fois, avec cette robe miroitante de putain en maison. Aujourd'hui, on dirait que je sors de la messe. Il ne me manque que le chapeau. »

Aussitôt, elle en tira deux ou trois d'un carton cylindrique posé sur l'armoire. Elle les jucha l'un après l'autre sur son chignon. Mutine, elle les pencha sur le front, sur le côté, drapa une voilette, noua un ruban, ébouriffa une aigrette, lissa un plumet, prit des mines, battit des paupières, se mordit les lèvres, se trouva belle. Alors, pour le plaisir d'une insolence, elle leva haut un genou et, d'un moulinet de cheville, fit virevolter sa jupe sage sur un éclair coquin de froufrous. Elle rit. Puis elle remit les chapeaux à leur place, car il n'était, hélas, pas question de recevoir chez soi chapeautée. Dommage. Elle descendit dans la cuisine. Il était midi.

Félicité, parée de rubans comme un poulet de comices, attendait sagement sur une chaise haute décorée de balustres. Elle manipulait avec un sérieux de sénateur les perles de bois d'un boulier pyrogravé. Héloïse prit une louchée de pois cassés et vint s'asseoir auprès d'elle. La petite, excitée par ces préparatifs, tendait déjà vers sa mère une bouche goulue. La première cuillerée de bouillie passa comme un petit bleu.

— Coquine ! Tu aimes ça, hein ? riait Héloïse.

Et la petite riait aussi, réclamant encore de cette délicieuse soupe verte. Lorsque l'assiette fut presque vide, Héloïse vit qu'elle avait pris, en même temps que la purée, un tronçon de saucisse. Elle hésita : Félicité n'avait que quatre dents. Et puis, tout à coup, elle se décida.

— Attends, mon cœur, je vais te faire un *mousté*...

Elle prit en bouche un morceau de saucisse et se mit à le mâcher longuement. Lorsqu'elle en eut formé une pâte bien lisse, elle en prit une pincée qu'elle glissa dans la bouche de Félicité. La petite poussa des cris de joie et la becquée passa tout entière de l'oiselle au poussin ravi.

— Et maintenant ? Si on marchait un peu ? lui demanda Héloïse.

La petite, qui ne disait encore rien mais comprenait déjà tout, lui tendit les bras. Alors, penchée sur le corps instable de sa fille, elle lui fit arpenter le couloir de long en large, tout en lui chantonnant d'un air d'en avoir deux :

— C'est ça, mon petit rat ! Marche ! Encore ! Fatigue-toi ! Parce que ce ne serait pas plus mal si, à 16 heures, tu dormais à poings fermés.

*

Autant la matinée était passée tambour battant, autant l'après-midi traîna en longueur. Félicité, fatiguée par trop d'exercice, s'endormit tout de suite. Demeurée seule dans la cuisine, Héloïse s'accouda sur la table, le menton dans ses mains. Toutes les deux minutes, elle levait les yeux sur la grande horloge, un meuble étroit au balancier biscornu : une Colombine et un Pierrot de métal à califourchon sur un croissant de lune émaillé. Quel Garrassin avait acheté cette fantaisie à la poésie un peu lourde ? Pour sa part, elle la trouvait affreuse. Et lente ! Pour remonter du VI jusqu'au XII, la grande aiguille semblait traîner derrière elle toute la misère du monde. Encore deux heures. Une heure et demie. Une heure...

La pièce était sombre, chichement éclairée par le rougeoiement du foyer et la lueur d'un jour gris traversant la porte vitrée. Pour réchauffer l'atmosphère, elle alluma les quatre bougies du dessus de la cheminée, une urne de marbre avec des anses de tisanière. Un objet indéfinissable. Sans âge et sans style comme la pendule. Elle trouvait tout moche aujourd'hui. Elle soupira. Le moulin des Négadis, avec son lourd mobilier qui faisait pâlir d'envie les gens de Sollières, n'était rien comparé à Font Trigance ! Elle se leva. Alla jusqu'à la porte. Tordit le cou pour voir le ciel. Au-dehors, les averses alternaient avec des accalmies de plus en plus longues. Elle revint s'asseoir. Quatre heures moins dix. Son cœur se pinça. Dans dix minutes, quinze au plus, il serait là. Elle tendit l'oreille, croyant entendre un bruit. Rien. Mais elle savait que la disposition du chemin bordé de hauts murs étouffait les sons. Il arrivait que l'on vît un attelage sur l'aire avant même de l'avoir entendu. De toute manière, elle ne pouvait pas courir au-devant de lui. Elle se devait d'attendre. Avec le calme apparent d'une veuve courageuse qui va régler une échéance. Même si le chambardement qu'elle sentait dans sa poitrine, et plus encore entre ses cuisses, était loin de cette sérénité. Quatre heures moins cinq. Une agitation la prit. Elle se mit à faire les cent pas entre la porte et la cheminée. Elle avait chaud. D'un doigt, elle écarta le boléro de son cou. Un fil de la modestie s'accrocha à l'un de ses ongles. Zut, cassé ! Elle le porta à sa bouche et commença à le ronger. Elle sursauta au borborygme annonciateur venant du ventre de la pendule. Après ce prélude en ressort mineur, 16 heures sonnèrent. Et deux minutes après, la réplique. Quatre autres coups. Sombres, fêlés. L'un après l'autre, ils remplirent l'espace, le firent vibrer comme l'onde d'un lac. À ce moment, un rayon de soleil perça les nuages et projeta sur la table, où se trouvait le mouchoir, le dessin des persiennes qu'elle avait tirées pour protéger les vitres de la pluie. Ah, mais, non ! Ce n'était pas du jeu ! Il devait pleuvoir ! Encore trois jours au moins ! Elle pesta en se disant que l'on ne retenait jamais que les jours qui ne font pas mentir l'adage. Le temps d'aller de nouveau à la porte, de comprendre que, sous un ciel d'aquarelle, le mistral jouait déjà dans les peupliers, et il était 16 h 15. Son cœur cognait contre ses côtes. Et s'il ne venait pas ? Peut-être, les trois gours de Font Trigance avaient-ils jailli en même temps et coupaient-ils la route ? Mais non, il fallait des pluies d'une autre violence pour amorcer les sources. Alors, le petit clerc n'avait peut-être pas compris le sens du « ah » ? Ou avait-il menti ? Pourquoi ? Quatre heures vingt. Elle entendit, venant de la chambre, le gazouillis de Félicité. Mon Dieu ! Elle allait pleurer ! Aussi prépara-t-elle en vitesse sa ration de lait. Elle vérifia la température contre sa joue. Trop chaud. Elle rafraîchit le biberon sous un filet d'eau de la cruche. Rien n'allait comme elle voulait ! Elle bondit dans l'escalier, donna l'objet à la petite qui le prit à deux mains. La petite tétait si goulûment qu'une fusée de bulles moussait à l'intérieur de la bouteille facettée. Le niveau du lait baissait rapidement. Bientôt, la petite bouche pompa deux ou trois fois à vide, puis la main de poupée rejeta le récipient asséché. Héloïse posa la bouteille sur un coin de la commode et changea les langes de sa fille. Tout cela avait pris du temps. Lorsqu'elle se retrouva dans la cuisine avec Félicité au bras, il était 16 h 45. L'inquiétude fit place à la colère. Elle prit la petite à témoin :

— Non, mais tu te rends compte ? Il veut nous humilier ? Pour qui se prend-il ? Ah, mais, non ! On a sa fierté ! Viens ! Allons-nous-en…

Et elle fit cette chose absurde, alors que le soir tombait sur un jour pourri, de jeter une pèlerine sur ses épaules, d'enrouler la petite dans un châle et de partir droit devant elle, dans la direction opposée à Font Trigance. Et, pour la première fois, elle ne dévia pas de son chemin.

À ce moment, Angelo montait dans le tilbury et prenait les rênes. Quinze minutes, c'était juste le temps qu'il lui fallait pour arriver au moulin à présent qu'il ne pleuvait plus. Il arriverait à 17 heures pile. 17 heures, comme le lui avait demandé le jeune rond-de-cuir. Sans doute un clerc envoyé par maître Laugier pour expédier les affaires courantes de l'étude Revest. Ce qu'il ferait, ce qu'il dirait, il n'en savait trop rien. Mais il sentait dans la poche intérieure de sa veste l'enveloppe qui contenait la mainlevée d'hypothèque. Elle lui dirait mieux que des mots que la menace était levée. Qu'elle avait tout son temps pour payer. Qu'il proposait un armistice. Sans doute le jeune homme serait-il présent pour ratifier le paiement ? Pourtant, il avait apporté un soin particulier à sa toilette et piqué une perle noire dans la soie cerise de sa cravate. Il se félicita de ce que Grangier ne fût pas là pour lui demander d'un air narquois où il se rendait dans cet équipage. En effet, depuis une quinzaine, l'abbé, sans doute lassé de marcher à pied, ne passait que de temps en temps au domaine. Il s'était quasiment établi au presbytère chez le bon père Joulian, ravi d'avoir un condisciple, et se restaurait ici ou là chez les paroissiens, au hasard des invitations. Bon débarras !

*

Le dimanche, Victor Sévère rôdait à travers champs. Il était certain de ne croiser personne car les rouges comme les blancs respectaient le repos hebdomadaire. Pour les uns, la trêve revêtait un caractère vaguement sacré, pour les autres, elle offrait l'opportunité de se tourner les pouces en toute bonne conscience. Le matin, pendant que les premiers allaient à la messe, les seconds disputaient une partie de boules, puis tous se retrouvaient pour l'apéritif au café. Lorsque ce moment œcuménique et alcoolisé se prolongeait plus que de raison, les épouses, qui trépignaient devant la soupe en train de refroidir, envoyaient les petits chercher leur père. Et Louis corrompait la marmaille en offrant des tournées de sirop rouge. L'après-midi était pour tous consacré en partie à la sieste – dont la longueur était proportionnelle au nombre de petits verres avalés –, en partie à la manille. Toujours au café.

Pour Thérèse Juvénal, le dimanche était une grosse journée. Pour les autres femmes, il était à peu près semblable à tous les jours de la semaine. Sauf que lorsqu'elles avaient gouverné les bêtes, puis la vaisselle et passé un vague coup de balai, elles n'avaient pas à partir se faire suer aux champs. Elles se réunissaient chez l'une ou l'autre par affinités et papotaient jusqu'à plus soif en sirotant des liqueurs de ménage et en tricotant bande après bande des hectares de couverture au crochet. Si le temps était vraiment beau, c'est-à-dire ni trop chaud ni trop frais, il leur arrivait de s'installer sur le pas d'une porte. Sans jamais dépasser l'oratoire et la croix qui marquaient l'entrée et la sortie du village. Pas plus qu'un ouvrier n'aurait l'idée saugrenue d'aller passer son dimanche à l'usine, celle d'arpenter la campagne ne leur venait à l'esprit. Les déjeuners sur l'herbe, auxquels se livraient à la belle saison des citadins en goguette, leur paraissaient le comble de la stupidité : pourquoi s'en aller manger froid et à croupetons sur une nappe sillonnée de fourmis alors que l'on pouvait déjeuner confortablement assis autour d'une table ? Les casse-croûte sur le pouce étaient réservés aux journées harassantes consacrées au *dessagatage**, au ramassage des

* « Opération qui consiste à ôter les gourmands au pied des vignes ».

sarments et aux vendanges. Ainsi la nature avait-elle aussi son jour de congé, à l'abri de ceux qui s'acharnaient à la mettre en coupe réglée. Les arbres pouvaient se balancer dans la brise sans crainte d'être émondés, l'herbe des chemins foulée à longueur de semaine, se redresser pour onduler, les oiseaux chanter au sommet de leurs gammes, les lapins des champs s'asseoir sur leur derrière et grignoter du serpolet.

Mais Victor Sévère, lui, rôdait. Il ne se laissait jamais aller à une rêverie bucolique aussi vaine que stérile. Il marchait tête baissée et ramassait tout ce qu'il trouvait. Ici un demi-mètre de ficelle pour attacher les vignes, là, trois piquets oubliés au bout d'une rangée, qu'il se dépêchait de dissimuler : demain, en passant avec sa charrette, il les embarquerait. S'il dénichait un boulon, il cherchait l'écrou. Un simple clou rouillé finissait dans sa poche. Quand il avait plu, la récolte était meilleure, car les eaux de ruissellement nettoyaient la terre et faisaient ressortir le moindre objet perdu. Et pour avoir plu, ce dimanche-là, il avait plu !

En passant devant le moulin dont les volets étaient tirés, il cracha par terre. De quoi se mêlait-elle, celle-là ? Qu'est-ce qu'elle en avait à foutre qu'il plante les vignes à un mètre soixante-quinze ou à un mètre quatre-vingt-cinq ? Un cordeau ! Elle lui avait offert un cordeau ! Un cordeau marqué d'un nœud tous les mètre soixante-quinze ! Alors qu'il avait eu tant de mal à fabriquer le sien, faux mais régulier ! Elle voulait faire économiser des sous à ce type qui lui faisait 27 % d'intérêt ? Elle aurait mieux fait de venir le voir. Il lui aurait prêté. Il en avait, des sous. À ne plus savoir qu'en faire. Une pleine boîte de Phoscao…

En se demandant combien il lui aurait prêté, il se dirigea vers Font Trigance, histoire de vérifier depuis les hauteurs que l'écartement irrégulier des vignes ne sautait pas aux yeux. Et là, il vit l'Italien sortir le tilbury, puis prendre le petit chemin qui passait par le pont. Il était habillé comme pour une noce. Où pouvait-il aller, frusqué comme ça ? Prestement, il se dissimula, puis, de buisson en buisson, il suivit l'attelage par un sentier qui passait à flanc de coteau. Le raccourci lui permit même de le devancer. Il vit la voiture entrer sur l'aire du moulin. L'Italien en descendit, frappa à la porte après avoir tiré sur ses manches et le revers de sa veste, comme quelqu'un qui veut se présenter à son avantage. Tiens, tiens ! Il y aurait quelque chose entre ces deux-là ? Était-ce sa manière de le rembourser ? La salooope !

Estimant qu'il en avait assez vu, il décida que c'était l'occasion de prospecter les alentours de Font Trigance, puisque le maître était absent. Avec tous ces travaux, il trouverait certainement des outils oubliés. Il retourna sur ses pas. Quelle ne fut pas sa déception, au moment où il allait dévaler le sentier, de voir un landau arrêté devant le bassin ! Quatre curés, pas moins, en étaient descendus. Il reconnut Grangier qui frappait à la porte.

« Ah ! ah ! pensa-t-il, tu peux toujours frapper ! Il est occupé ailleurs, le *Babbi* !

Comme les voix montent mieux qu'elles ne descendent, il entendit les paroles qu'échangeaient les religieux :

— Il n'y a personne, se désola l'interpellé.

« Je te crois, qu'il n'y a personne ! », rigola Sévère.

— Allons, dépêchez-vous, Grangier !

— Je dois prendre quelques affaires qui...

— Quelle importance ! Vous avez bien une soutane ou un pantalon de rechange ! grinça le plus grand des curés.

— Mais..., tenta encore Grangier.

— Vous reviendrez ! dit fermement l'abbé.

Grangier baissa la tête et obtempéra. Il entra dans la voiture qui tourna vivement et prit le chemin jusqu'au pont de l'Ange. Là, elle vira à droite et se dirigea vers la route d'Aix. À peine avait-elle disparu derrière une haie de lauriers que le tilbury arriva.

« Ouf ! se dit Sévère. Heureusement que je ne suis pas descendu ! Qu'est-ce que je lui aurais dit s'il m'avait trouvé chez lui ? En tout cas, son affaire a dû mal tourner : il n'est pas resté une heure ! »

Et avec son esprit fouineur, il décida de tenter d'en apprendre un peu plus. Il descendit sur le chemin et se mit à marcher avec l'air dégagé d'un simple promeneur. Lorsque la voiture le dépassa, il adressa au cocher ce salut franc et jovial dont il avait le secret :

— Bonjour, monsieur Mazzola !

— Bonzor ! répondit Angelo d'un air sombre, ce qui conforta le bonhomme dans son idée que le patron revenait d'un rendez-vous manqué.

Il lui montra le ciel nettoyé dans lequel filaient, sous l'aile du mistral naissant, ces longs nuages étirés que l'on appelle « queues de jument ».

— Le temps s'est vite levé ! dit-il.

— Mmmm..., bougonna Angelo, agacé par ces perpétuelles considérations météorologiques.

— Pourtant, ça devait durer jusqu'au soir.

Angelo ne se donna pas la peine de répondre à une phrase qui n'était pas une question.

— Des fois, le beau temps, ça surprend, poursuivit Sévère avec un sourire finaud.

— *Si*..., répondit Angelo, absent.

— Vous venez du moulin ?

— Mmmm...

— Et vous l'avez trouvé fermé.

— Mmmm ?

Sévère eut un petit rire égrillard :

— Eh, eh ! Tourne, tourne, joli moulin, *chaspent** petites mains...

Et il ponctua sa parodie de berceuse d'un miaulement de chatte en chaleur. Cette fois, Angelo dressa l'oreille. Aussitôt, Sévère prit un air innocent :

— Remarquez, il n'y a rien à dire : elle est veuve ! Et puis, ce garçon de la ville, il s'ennuie...

— Qué garçon dé la ville ?

— Le petit notaire, pardi ! Quand il pleut, qu'est-ce qu'on peut faire d'autre à la campagne, hein ?

Et il se mit à rire gras. Angelo sentit le sang lui monter à la tête et des picotements de sueur tout le long de son dos. Qu'est-ce qu'il disait, le cul-terreux ? Elle couchait avec le petit clerc ? Cet avorton, ce gnome, cette demi-portion ? Elle avait eu l'audace de lui envoyer son amant pour lui fixer un rendez-vous ? Peut-être avaient-ils, ensemble, combiné l'intrigue ? En espérant

---

* Chasper : « peloter ».

le rouler dans la farine ? Elle comptait le payer en nature vite fait, bien fait ? Et puis, pensant que la pluie le retiendrait chez lui, elle en avait profité pour se faire sauter à la sauvette par le titulaire ? Voilà pourquoi elle n'avait pas ouvert ! Ils devaient rigoler tous les deux, derrière les persiennes tirées. Se moquer de sa grande tenue. Peut-être étaient-ils même en train de… La vision du coquelet déplumé juché sur la toison dorée d'Héloïse lui fut une telle douleur qu'il vit subitement le paysage serein se fondre dans un bain de rouge. Au fait, elle avait peut-être couché aussi avec le notaire, ce vieil imbécile qui avait une aussi bonne opinion d'elle ! Une garce capable de se faire engrosser par calcul pouvait bien manipuler un vieux ! C'était un monstre, cette femme ! Une chienne ! Lucrèce Borgia !

Victor Sévère, qui scrutait le visage du patron et le voyait se décomposer, buvait du petit-lait. Brusquement, le fouet claqua en l'air. Le cheval, surpris, partit d'un trot enlevé, sans se douter que la menace ne lui était pas destinée. Sévère regarda s'éloigner la voiture avec un sourire satisfait. « Tiens ! marmonna-t-il, celle-là, je te l'ai plantée à un mètre soixante-quinze ! Pile ! »

Héloïse n'avait pas bien compris qu'il ne faut jamais chercher d'histoire aux serpents. Si on les laisse ramper en paix, ils vont leur chemin sinueux à ras de terre. Mais si on a le malheur de les provoquer, ils se retournent et se cambrent pour piquer.

*

Lorsque Héloïse rentra au moulin, les joues brûlantes d'avoir marché la rage au cœur contre le vent, il était plus de 19 heures. La nuit était tombée depuis belle lurette. Elle accrocha sa pèlerine derrière la porte, fit manger à Félicité une bonne platée de semoule au lait, puis une pomme au four écrasée à la fourchette. Ivre de grand air et gavée, la petite s'endormit aussitôt contre le sein de sa mère. Ses longs cils de poupée dessinaient une frange sur le haut des joues rougies par le froid. Héloïse se pencha, baisa la petite bouche entrouverte et se mit à marmonner :

— Eh bien tant pis ! Tant pis *pour lui* ! Nous sommes bien mieux toutes les deux ! Seules ! Et toujours ensemble, toujours…

Le cœur gros, elle alla coucher la petite, puis revint touiller tristement ce qu'il restait de braises sous la cendre. Il était 21 heures. Il n'était pas venu. Qu'attendait-elle pour aller au lit, elle aussi ?

Elle ne pourrait jamais dire si elle avait entendu frapper à la porte vitrée avant de la voir s'ouvrir à la volée et exploser contre l'angle de la crédence. La pèlerine vola avant de s'abattre sur le sol. Le panier oublié par Marthe sauta en l'air. Des pommes roulèrent partout, mêlées aux éclats de verre.

— Qu'est-ce que c'est ? haleta-t-elle, affolée par ce cataclysme.

Question superflue. C'était Angelo. Et pas très bien luné...

Sa carrure masquait toute l'entrée, sa tête touchait le chambranle. Il leva le fouet et le fit claquer. La lanière cinglante frôla sa joue. Une terrible excitation la pétrifia. Il vint vers elle sans « bonzor » ni bonsoir. Marcha sur la pèlerine comme si c'eût été un paillasson. Il passa un bras autour de sa taille, la souleva aussi facilement qu'elle soulevait Félicité, la colla contre lui et lui cracha au visage :

— *Putana !*

À dire vrai, elle s'y attendait. Elle en avait même rêvé plusieurs fois. Ce qui la décontenança, ce fut l'odeur de l'alcool. Il lui gâchait tout son roman, l'imbécile !

— Vous avez bu ? s'offusqua-t-elle. C'est dégoûtant !

Le vouvoiement et l'air hautain étaient si méprisants qu'Angelo frémit. Comme il était décidé à rendre coup pour coup et que la bouteille de *grappa* qu'il avait bue cul sec en rentrant, furieux, du moulin, lui donnait de l'audace, il la posa à terre, prit son élan et lui allongea une paire de gifles à tuer un cheval. Héloïse vacilla, à moitié assommée. Il lui semblait qu'elle venait d'éternuer sa cervelle. Elle le regardait fixement, hébétée, les jambes flageolantes. Pour l'empêcher de s'écrouler sur le carrelage, il la retint par le col de sa robe. La modestie, déjà affaiblie, se décrocha. Le tissu lui resta dans la main. Ne sachant qu'en faire, il le fourra dans l'échancrure qu'il venait d'ouvrir. Ne réussit qu'à prolonger la déchirure et à faire sauter un bouton de l'élégant boléro. Puis deux. Puis trois. Aggrava son cas en voulant l'amoindrir. Héloïse regardait d'un air stupide les boules de jais sauter de leur boutonnière et ricocher sur le sol. Cet absurde saccage lui donna un sursaut d'énergie. Elle saisit la louche qui était restée sur la table et en donna un coup sur les grandes mains empêtrées dans les brandebourgs de soie. C'était peu de chose, mais un choc précis sur le poignet peut être infiniment douloureux. Angelo émit un sifflement comme s'il s'était brûlé. Il lui arracha la louche des mains et la jeta à travers la cuisine. Elle atterrit sur la cheminée où elle renversa toute une série de pots en faïence. Après quoi il déchira posément le col du boléro et le haut de la robe. Jusqu'à la taille.

— Ah, mais ! Ah, mais ! protestait Héloïse, blessée dans sa vaisselle et ses chiffons plus que dans sa chair, qu'elle avait ferme et portée à goûter les émotions fortes.

D'une main, elle tentait de rassembler les vestiges de son corsage, pendant que de l'autre elle repoussait – assez mollement, il faut l'avouer – Angelo déchaîné. Ce qu'elle regretta bientôt lorsqu'elle vit luire, dans sa main, la pointe effilée d'une lame. Fini les portes claquées, les assiettes cassées et les rubans froissés ! On passait de l'amour violent à l'assassinat. Ce n'était plus un jeu. Il était saoul. Il avait perdu la tête. Elle ne comprenait pas pourquoi, subitement, il était comme fou. Mais le fait était là. Dans un moment d'égarement, il allait la tuer. Lui trancher la gorge. Et l'abandonner là. Dans une mare de sang. *Le Petit Marseillais* titrerait : « Le moulin de la mort », voire : « Le moulin rouge ». On le rattraperait. On le jugerait. Le condamnerait. Lui couperait le cou. Ce qui lui ferait une belle jambe ! Elle serait morte. Saignée à blanc. Raide et froide. Couchée de tout son long. En bas. Dans une caisse. À côté de Sidoine. Et, comme sa mère et sa grand-mère, Félicité grandirait à l'orphelinat. Cette dernière image lui déchira le cœur. C'est fou ce que l'on peut se raconter en une seconde de pure terreur ! En sanglotant, elle se jeta à genoux dans la pose pathétique – mais ô combien sensuelle ! – d'une Esther implorant le roi Assuérus.

— Non ! gémit-elle. Non, pitié ! Je vous en prie ! Je t'en supplie ! Épargne-moi, pour l'amour de D… de notre enfant !

C'était un peu mélo. Il ne manquait que la sœur Anne à la fenêtre du grenier. Mais avec les Italiens, il ne faut jamais craindre d'en faire trop. L'excès est leur mesure. Elle enserrait ses jambes à pleins bras, pressait son visage contre ses cuisses, et même un peu plus haut, et là, brusquement, à certaine fermeté qu'elle sentit contre sa joue, elle comprit qu'il n'allait peut-être pas la tuer tout de suite…

Il y eut un moment de flottement. Angelo ne comprenait pas tout du discours larmoyant, mais la pose – elle avait fait ses preuves – était magnifique, de la belle esclave soumise et dénudée prosternée aux pieds de son maître. S'il eût été un amateur d'art, familier des pinacothèques, il n'eût pas été surpris de bander autant. De sa hauteur, il voyait, en plongée raccourcie, cette masse de cheveux fauves écroulée sur la nuque blanche et, dans le bas du tableau, parmi les jupons dévastés, sculptant l'affolante cambrure de la taille et des reins, le laçage serré du corset dans ses œillets de métal. C'était, en même temps, offrir et refuser. Fouetter la bête en serrant le mors. De quoi scier les nerfs. Alors, il releva Héloïse par son chignon, la retourna et la courba en avant sur la table. Une nouvelle vague de terreur la submergea. Elle comprit seulement qu'elle était sauve lorsqu'elle sentit le premier croisillon du lacet céder sous le fil de la lame. Et puis, un à un, les autres suivirent, dans un bruit précipité d'engrenage enclenché. Le dernier lien coupé lui libéra la poitrine. Le corset, ouvert, s'aplatit sur la table. Lorsque Angelo, la prenant brutalement par un bras, la fit pivoter, elle se garda de s'en faire un écran. Face à un homme qui bandait, elle savait se tenir. La donne changeait de main. Elle se dressa devant lui en victime, échevelée, le visage tuméfié, les joues baignées de larmes, dans la gloire suspecte d'une demi-nudité se résignant au viol. Parmi les lambeaux du corsage, deux seins, fermes, opulents, magnifiques, blancs couronnés de rose. La lame glissa des doigts d'Angelo. Elle tomba sur les carreaux, infime cliquetis dans le battement de son sang qui l'assourdissait. Il avança une main. Effleura la pointe d'un sein. Aussitôt, le tétin prit le grain et la teinte d'une framboise, cependant que l'autre demeurait large et pâle, sage, comme poudré. Angelo gémit un « ah » étranglé et coiffa l'autre sein de sa main libre.

À ce moment, alors qu'elle avait jusque-là, malgré les coups reçus et la menace du couteau, anticipé la situation, Héloïse perdit tout contrôle. Dans ce bouillonnement de désir fébrile partagé, où l'obscénité redevient innocence, elle se jeta sur lui, arracha sa chemise, fit sauter le col, la cravate et la perle noire, les bretelles, le gilet avec sa chaîne et sa montre en or, s'acharna sur la ceinture, la taille du pantalon, fit un saccage de brides et de crochets, froissa, troussa, arracha sans pudeur tout ce qui séparait leurs deux peaux. Elle n'avait pas assez de jambes et de bras pour étreindre, de mains pour palper, de bouche pour lécher. C'était une fringale cannibale, après un an de jeûne forcé. En avait-elle assez rêvé ! L'amant unique. Le faune sans nom. Sans histoire. Sans passé et sans avenir. Elle le retrouvait. Avec sa force. Sa vigueur. Son odeur. La densité de sa chair. Le grain de sa peau. Et pourtant, elle avait oublié la couleur de ses yeux...

Angelo poussait des grognements de satyre. Héloïse, les jambes nouées autour de sa taille, le dos calé contre le corps de la pendule, l'encourageait avec des mots atroces à redoubler d'ardeur, à ne pas cesser, surtout, non, à aller plus loin, plus fort, plus vite, encore, encore et qu'elle allait mourir. Et la pauvre pendule, contrariée dans son mouvement ménager par ce ballet à contretemps, se troubla, ralentit et finit par s'arrêter, Pierrot et Colombine, amoureux platoniques, interloqués sur leur tranche d'astre bidon. Tant de fièvre ne peut mener qu'à la syncope. Ils crièrent en même temps. Angelo se retrouva, anéanti, le front et les poings contre le mur. Héloïse se sentit glisser, sans nerf, le long de ce grand corps qui ne fit, pour la retenir, pas plus d'effort qu'un tronc de chêne.

C'était fini. Rien n'avait changé. Ils se retrouvaient face à face. Hostiles. La meunière et son créancier. La garce sans cœur et l'amant trahi. Elle tenta vainement de capter son regard. Il le lui déroba. Alors, pour se donner une contenance, elle se mit à ramasser les pommes qu'il avait renversées en entrant. Du coin de l'œil, elle suivait ses gestes. C'est terrible, un homme qui se rhabille après l'amour. Qui récupère avec ses nippes son rang social, son autorité. L'instant d'avant, ils n'étaient qu'un sang, qu'une pulsation, ils ne savaient plus où commençait l'un, où finissait l'autre, ils riaient, ils mouraient ensemble, et maintenant, le visage fermé, il tirait sur ses manches pour en boutonner les poignets. Rien ne serait plus comme avant. Le faune avait un nom, un statut : M. Mazzola, propriétaire. Elle ne connaîtrait jamais Angelo, un homme tendre et blessé qu'elle avait assommé avec un fléau de balance, un certain soir de décembre, un soir comme celui-là. À présent, il s'était rajusté, la panoplie du maître de Font Trigance était restaurée. Il semblait même avoir retrouvé son calme et son sang-froid. Comme si toute la *grappa* qu'il avait ingurgitée pour se donner le courage de revenir la baiser s'en était allée avec le foutre qu'elle sentait ruisseler le long de ses cuisses. Brusquement, il vint vers elle et, sous son nez, frotta son pouce contre son index :

— *Ora, molla la grana** *!* dit-il froidement.

Le geste était éloquent. Elle eut un sourire amer et lui montra du menton, au milieu de la table, le pochon que formait le mouchoir brodé. Il le prit, l'ouvrit, compta les pièces dans sa main ouverte.

— *Bene*, dit-il.

Avant de fourrer le tout dans sa poche, il prit trois sous troués. Trois. Pas un de plus. Et les lui jeta au visage. Elle pâlit. Mais ne broncha pas. Il sortit, monta en souplesse dans le tilbury, fit adroitement virer l'attelage et s'en alla sans se retourner.

Dans le cadre de la porte défoncée, les bras chargés de pommes, les seins nus, Héloïse sanglotait de rage. À sec. Comme à l'orphelinat. Elle se tourna et rentra dans la cuisine. Les morceaux de verre brisé crissaient sous les semelles de ses bottines. Elle prit un balai, le glissa sous la table d'un geste mécanique, et ramena, mêlée aux tessons, une courte lame à deux tranchants emmanchée d'une patte de cerf. Il était donc dans les mains du « grand », le poignard du « petit » ? Il n'y avait plus de doute possible : c'était bien lui, l'assassin…

---

* Littéral : « lâche le grain ». Argotique : « crache le blé ».

20

Les rouges étaient aux cent coups. Ils s'étaient réunis en comité restreint dans la cuisine du cafetier. Autour de la toile cirée, le bureau de la Libre-Pensée cogitait ferme.

— Maintenant que Maximin Revest nous a claqué dans les doigts, je ne vois pas qui on pourrait mettre comme maire, dit Théodore Castinel en écartant ses grosses mains brunies par la forge.

— Si toi tu ne vois pas, il y en a d'autres qui *voyent*! insinua Louis avec un air d'en avoir deux.

— Qu'est-ce que tu veux dire ? s'inquiéta Ripert.

— Je veux dire que le père Grangier rôde beaucoup dans le village, avec son histoire de chorale et de pèlerinage. Ça peut donner des idées à certains...

Ripert éclata de rire :

— Un curé ! Ça ne peut pas être maire !

Théodore émit un long sifflement :

— C'est là que tu te trompes ! Un curé, ça peut parfaitement devenir maire ! Ça s'est déjà vu.

— Coquin de sort ! On est en république, oui ou non ? s'indigna le charretier.

— Justement, se désola Théodore. Justement ! Un curé est un citoyen comme les autres ! S'il se présente et s'il a la majorité, il est élu, et bonsoir !

Il eut un geste éloquent de la main abattue. Ripert n'en revenait pas :

— Ça, par exemple !

Le laissant à son accablement, Théodore entreprit un exposé de la situation.

— Entendons-nous bien : depuis le départ de Jean-Jacques, on n'était plus que dix conseillers. On aurait pu rester comme ça jusqu'aux prochaines élections. Malheureusement, la mort du maire nous oblige à des partielles. C'est la loi. Il faut élire deux nouveaux d'ici à trois mois. Si ces deux sont des blancs, on perd complètement la mairie, vu qu'on était cinq à cinq, sans compter le maire, bien entendu.

Louis poussa vers le forgeron une feuille de papier à lettres ligné et un crayon gris :

— Fais la liste, dit-il. Ça nous aidera à réfléchir.

En haut et au milieu de la page, Théodore écrivit : Revest Arsène. Puis il traça une ligne verticale un peu tremblée qui partageait la page en deux. Dans la colonne de gauche, il calligraphia : Juvénal Louis, Partégal Justin, Pascalet Jean-Jacques, Ripert André, Castinel Théodore. Par courtoisie, il s'était inscrit en dernière position, bien que l'ordre alphabétique lui fût favorable. Ce qui était délicat. Il poussa un léger soupir de satisfaction car la demi-page d'écriture était particulièrement réussie. Surtout les majuscules. Enfin, il se concentra sur la colonne de droite : Ardisson Jean-André, Barlan Adalbert, Baude Anselme, Pellegrin Modeste, Venel Alban. Sans doute la fatigue commençait-elle à se faire sentir, à moins que la mine de plomb ne commençât à s'émousser, mais les deux derniers noms étaient moins nets.

— Voilà ! dit-il à regret, en poussant la page au milieu de la table. Maintenant, Louis, donne-moi une règle !

— Pour quoi faire ? demanda le cafetier, méfiant.

— Pour barrer les morts, répondit le forgeron avec gravité.

— Jean-Jacques n'est pas mort ! répliqua le premier.

— Qui sait ? rétorqua l'autre.

Car quitter Sollières, c'était, fatalement, mourir un peu…

Louis en convint. Mais comme il n'avait pas de règle sous la main, il lui proposa le manche de l'écumoire en émail bleu qui était parfaitement rectiligne. Il fallut bien s'en contenter. La copie achevée mettait en évidence la menace qui planait sur la Libre-Pensée. Un périlleux 4 à 5 qui pouvait se transformer en un accablant 4 à 7 !

— Il faut trouver deux candidats et, sur les deux, au moins un capable de nous faire le maire. Sinon les autres nous mettent le curé et...

— ... bonsoir ! acheva Ripert.

Il y eut un moment de silence pensif. Louis en profita pour remplir les verres d'un petit clairet.

— À la bonne vôtre ! dit-il en levant son godet.

On trinqua.

— Moi, pour remplacer Jean-Jacques, je verrais bien Marceau Barras, dit Ripert. Il est moins rouge que nous, mais il n'est pas blanc-blanc.

— Il serait plutôt rose clair, dit Justin en riant. Mais ce n'est pas une mauvaise idée. Qu'est-ce que tu en dis, Théodore ?

— J'en dis que si, par malheur, le curé était élu conseiller par l'autre bord, il serait bien capable de voter pour lui. Et là...

— ... bonsoir ! dit de nouveau Ripert qui commençait à aimer l'expression.

— D'un autre côté, Marceau est populaire. On est certains qu'il sera élu, tempéra le forgeron en se frottant le menton. En plus, si on ne le prend pas, les autres vont le prendre, et là...

— ... bonsoir !

— Ho ! Ripert ! Tu nous fatigues avec tes bonsoirs ! lança Louis.

Le charretier se tassa sur sa chaise.

— Va pour Marceau ! Tout le monde est d'accord ? demanda Théodore en faisant du regard un rapide tour de table.

Tous hochèrent la tête. C'était fait.

— Et l'autre ? reprit le forgeron.

Ils se regardèrent avec perplexité. Le silence s'épaississait.

— Et si on mettait l'*esquelette* ? dit Louis, farceur.

— C'est une idée, ça ! À Sollières, on a déjà vu les morts voter, mais jamais encore être élus, dit Théodore en riant.

Comme Justin et Ripert n'étaient pas au courant, il fallut leur raconter toute l'histoire avec le puits, les petits, la chignole, la balle et *tutti quanti*. Cela prit du temps, et quelques canons supplémentaires de clairet. Si bien qu'au bout d'un moment chacun, allumé au rosé, proposait des candidats de fantaisie, comme Jeannot l'Enclume et même Lou Ravi, histoire de faire rigoler les camarades. C'était une réunion agréable, mais on n'avançait pas beaucoup.

— Si ça se trouve, c'était une bonne pâte, cette *esquelette*, dit Théodore.

— Ou alors, un pauvre type, ajouta Louis, équitable.

— N'empêche, un saligaud lui a bien réglé son compte ! reprit le forgeron en faisant mine d'épauler un fusil.

— Ça doit faire drôlement mal, une balle dans l'œil ! apprécia Ripert en aspirant l'air entre ses dents serrées.

— Penses-tu ! dit Justin, rassurant. Avec une balle dans l'œil, tu claques d'un coup ! Clic, pan, enlevez, c'est pesé !

À ce moment, le petit Ludovic entra en trombe dans la cuisine. Il jeta son cartable qui, après une glissade spectaculaire, alla se nicher sous le buffet.

— Dis, petit merdeux ! brailla Louis, tu vas faire un peu attention à tes affaires, oui ? Tu crois que je vais t'acheter un cartable neuf tous les ans ?

Le petit bougonna une vague excuse. Il piqua une pâte de coing dans le compotier de verre moulé, puis s'évacua sans demander son reste. Théodore plissait ses yeux malins :

— Et si..., dit-il en laissant sa phrase en suspens.

— Si ? demandèrent-ils tous à l'unisson.

Avant que l'unisson ne répondît, Théodore lança :

— Si on mettait le maître d'école ? Il nous ferait le maire, lui ! Et le secrétaire par-dessus le marché ! Et pour être rouge, il est rouge ! Peut-être plus rouge que nous !

— Plus rouge que nous, ça m'étonnerait..., dit Ripert avec un petit rire condescendant.

— Malheureusement, rouge ou pas, c'est impossible ! déplora Louis.

— Pourquoi ?

— Parce qu'il n'est pas d'ici !

— Il est d'Aix ! Aix, c'est à trente kilomètres, à tout casser ! reprit Théodore en haussant les épaules.

— Pour nous, d'accord ! Parce qu'on est évolués ! Mais il faut penser aux électeurs. Ils ne voteront jamais pour un étranger !

Surtout s'il est fonctionnaire. Tu comprends, un fonctionnaire, ça demande son changement et pff ! ça disparaît de la circulation. Sauf si c'est marié avec une fille de chez nous…

Tous commençaient à lever les yeux au plafond pour trouver une fiancée du terroir susceptible de fixer ce fonctionnaire volant. Hélas, les tendrons n'étaient pas légion à Sollières. Il y a comme ça, de temps en temps, dans les groupes ethniques fermés, des générations mâles suivies de générations femelles. Comme si mère Nature, alertée par des signaux alarmants, décidait tout à coup qu'il fallait donner un coup de neuf à un sang menacé d'appauvrissement en expédiant les jeunes se reproduire dans d'autres azimuts. Ils avaient les yeux qui se touchaient et les oreilles en éventail, les Solliérains, à force de se marier entre eux. Il en était des trop grands, des trop petits, des trop maigres et des imbéciles. Et puis, ils se suicidaient pour un oui ou pour un non, et même pour un peut-être. Fort heureusement, cette classe 86 se verrait contrainte à une salutaire exogamie, notion qu'elle eût prise pour un gros mot. Des garçons, ces temps-ci, il y en avait de reste : les fils Castinel, les Partégal, les Pellegrin… mais des filles, point. Mis à part :

— Berthe Baude ? risqua Ripert.

— Berthe Baude, malheureux ! Elle a le même âge que mon Maurice : treize ans ! s'exclama Théodore.

— Mais elle est bien formée ! s'obstina le charretier qui avait l'œil.

— Espèce de cochon ! s'indigna le forgeron. C'est une *minote** !

— Une minote qui a des *tétés* comme ça ! dit Ripert en pointant ses deux pouces en avant de son torse velu.

Et il ajouta :

— C'est tout sa mère…

Il y eut quelques rires. Les *tétés* de Marité (que l'on surnommait entre hommes « Maritété »), tout comme ses beaux yeux noirs d'Italienne, jouissaient d'un certain prestige.

— Dans le temps, ça se faisait, s'enferra Ripert qui, visiblement, n'était pas insensible à la tendreté du bois vert.

---

* « Petite fille ».

— Mais, aujourd'hui, ça ne se fait plus ! trancha Théodore. L'incident est clos. Passons à autre chose !

— Dans un autre genre, il y aurait bien Fortunée Ardisson, risqua Justin.

Une salve de rires accueillit sa proposition.

— Fortunée ? Elle est minable !

— Ce n'est pas ce que pense Ange Espanet.

— Elle a peut-être du vice, insinua Ripert.

On pouffa, comme à toute liaison irrégulière.

— Et puis elle est trop vieille pour lui ! Quel âge il peut bien avoir, M. Loisel ? Trente-deux, trente-trois ans ? Fortunée, elle a au moins…

— Pardon ! Je vous arrête ! Fortunée a trente-cinq ans. Pile. Pas plus. Pas moins. Elle est de la même année qu'Héloïse.

À ce prénom prononcé par hasard, le silence se fit. Ils échangèrent des regards entendus. Héloïse ! Voilà ce qu'il fallait à M. Loisel ! Une belle femme, intelligente, instruite, avec du bien et du caractère ! Et, pour être de Sollières, elle l'était plutôt deux fois qu'une ! Restait à convaincre les fiancés que leur union était une affaire d'État…

— Je m'en charge ! dit Théodore.

*

Héloïse, le front plissé par la perplexité, regardait le forgeron s'emberlificoter dans de confuses explications. Il tortillait le bord de son chapeau qui mollissait à vue d'œil.

— Sois un peu plus clair, Théodore ! De quoi parles-tu, exactement ?

— Des élections ! répliqua le forgeron.

Héloïse ricana :

— Qu'est-ce que tu veux que ça me fasse ? Les femmes ne votent pas.

Théodore souffla bruyamment pour marquer son impatience :

— Mais elles peuvent donner leur avis, non ?

La meunière haussa les épaules :

— Si ça peut te faire plaisir !

Rasséréné, le forgeron se frotta les mains :

— Alors voilà ! Figure-toi que, pour la mairie, nous avons pensé à M. Loisel.

— Ce n'est pas une mauvaise idée, mais...

— ... mais il n'est pas d'ici ?

— Exactement !

— C'est ce que tout le monde pense...

— Eh bien, tant mieux ! Si tout le monde est d'accord, n'en parlons plus ! Tu prendras bien une goutte de vin fleuri ?

— Juste deux doigts, dit-il en tendant son index et son majeur à la verticale tandis qu'elle lui versait une solide rasade d'apéritif d'un rouge flamboyant.

Théodore goûta, puis il fit claquer sa langue :

— Fameux ! dit-il. Qu'est-ce que tu mets là-dedans ?

— Des fleurs, répondit-elle, sibylline.

Théodore s'excusa :

— C'est un secret ? Comme les brassadeaux d'Anselme ?

Elle se contenta de sourire. Embarrassé, il posa sur la table son petit verre presque plein. Héloïse comprit qu'il n'avait pas terminé son exposé.

— Allez, accouche ! dit-elle.

— D'un autre côté, reprit le forgeron, s'il était marié avec quelqu'un de Sollières, ça changerait tout.

— C'est sûr ! dit Héloïse, conciliante.

Elle jeta un bref coup d'œil sur la pendule.

— Excuse-moi ! Je te fais perdre ton temps, bredouilla le maladroit.

— Mais non ! dit Héloïse avec un rien d'impatience.

— Tu vois, il faudrait lui trouver une femme comme il faut, une belle femme, pas trop jeune, pas trop vieille non plus, pas bête, instruite, indépendante, une femme de caractère, dans le genre...

— ... d'une meunière. Veuve de préférence ? compléta Héloïse avec un sourire d'ange.

Théodore se troubla d'être percé à jour. Mais il était soulagé.

— Alors, qu'est-ce que tu en dis ?

— J'en dis que vous ne manquez pas de toupet ! maître marier de force ! Non, mais vous vous croyez au Moyen Âge ?

— Personne ne veut te forcer ! bougonna le forgeron. C'était juste pour savoir ce que tu en pensais. Si tu avais été d'accord, tu nous sauvais la mise. Tandis que là, bonsoir ! C'est Grangier qui va passer…

— Grangier ? Pourquoi Grangier ? s'étonna Héloïse, piquée par la surprise.

— Parce que, depuis la mort de maître Revest, il n'a pas quitté Sollières ! Cette histoire de chorale et de pèlerinage, ça lui fait des partisans. J'ai jamais vu autant de monde à la messe ! Tiens, dimanche, il est arrivé trois curés pour le voir. Ils étaient cinq en tout sur la place. Cinq ! Tu te rends compte ? Et après, zou ! ils sont tous partis à Font Trigance : Victor Sévère les a vus ! Tu sais, les *Babbis*, c'est tout curé et compagnie ! Il est collé à cet Italien comme la gomme à un cerisier ! Ils doivent nous mijoter quelque chose…

Tandis qu'il parlait, Héloïse réfléchissait à toute vitesse. Au fond, ce que Théodore venait lui proposer, c'était ni plus ni moins que la mairie. À elle. Une femme. M. Loisel ? Le pauvre, elle en faisait son affaire ! La mairie, voyons voyons, la mairie… C'était intéressant, ça, la mairie ! On pourrait en faire des choses et des choses en tenant la mairie ! Pour commencer, tiens ! un garde-fou au parapet. Un garde-fou en fer riveté à chaud. Comme la roue du moulin. Et puis une toiture pour abriter le lavoir, et aussi un pont à la place du gué des Blancannes, une grande école carrée comme à Trets, une fontaine avec quatre becs… Pourquoi ne pas capter l'eau des Fontaites qui se perdait depuis cent ans dans le cresson ? Nettoyer les chemins mangés par les ronces ? Curer les ruisseaux remplis de berles ? Restaurer les murs du cimetière qui s'effondraient ? Organiser un ramassage des balayures et des tinettes ? Planter des platanes tout le long du chemin des Fonts ? Mieux encore, construire un château d'eau, mettre l'eau courante à la pile et même… l'électricité ! Parce qu'entre nous maître Revest était le meilleur des hommes, mais il ne s'était jamais beaucoup bougé pour Sollières ! C'était d'ailleurs pour ça qu'il était bien vu : si tu ne fais rien, forcément, tu ne contraries personne !

Et puis, s'occuper de la mairie lui changerait les idées. Parce qu'elle n'en pouvait plus de remâcher sa fureur, chaque fois qu'elle entendait prononcer le nom de Font Trigance. Trois sous ! Il lui avait jeté trois sous troués à la figure ! Même pas le prix d'une putain poivrée ! Avoir été violée, passe encore ! (Elle ne pouvait guère oublier la part active qu'elle avait prise à l'opération...) Mais humiliée ! Il le payerait, ça ! Il le paierait ! Ainsi, elle l'attendait pendant qu'il débattait avec quatre curés ! Et il avait eu le culot de venir lui faire cette séance quand ils étaient partis ! Lâche ! Hypocrite ! Vicieux ! Ah ! Il allait trouver à qui parler ! Battus à plate couture, les calotins ! Ridiculisés ! Écrabouillés ! Laminés ! Enterrés ! Car la veuve Garrassin retrouvait intacte sous son déguisement de patronne, l'ancienne rage de la petite Pascalet, l'orpheline assistée.

— Bon ! dit Théodore en faisant de nouveau claquer sur la table le cul de son verre vide. Je vais dire aux autres que c'est non. C'était une mauvaise idée.

— Attends ! dit Héloïse comme il s'approchait de la porte, la tête basse, en regardant le fond de son chapeau.

Le forgeron se retourna, une lueur d'espoir dans les yeux.

— J'accepte ! dit-elle.

Dans un élan d'enthousiasme, il se précipita sur elle et la prit dans ses bras :

— Merci, Héloïse, merci ! dit-il avec sentiment. Tu sauves la République !

Elle se raidit pour échapper à l'étreinte et aux joues mal rasées du bonhomme :

— Dis, tu ne crois pas que tu exagères ?

Théodore se mit à rire de plaisir. D'un coup de poing, il enfonça son chapeau jusqu'au ras des sourcils, et :

— Je vais tout de suite voir le maître d'école !

— Jamais de la vie ! s'écria-t-elle en lui opposant ses deux mains, maintenant, laisse-moi faire !

Dès que Théodore fut sorti, elle alla droit au tiroir de la crédence. Elle l'ouvrit, prit le poignard et, de la pointe, fit rouler la balle qu'elle avait subtilisée à Thérèse et remplacée par un plomb de pêche au lancer.

— Cette fois, je te tiens ! murmura-t-elle. Si Grangier sort son squelette pour nous emmerder, on va bien rigoler !

*

— Ainsi, vous faites collection de timbres.

— C'est, en effet, un passe-temps que j'affectionne, répondit M. Loisel en refermant son registre toilé avec un certain embarras, car il lui semblait subitement puéril, face à cette femme qui menait toute seule un moulin, de se passionner pour de petits bouts de papier colorés.

— Je vous comprends, dit Héloïse. Il n'y a pas grand-chose à faire à Sollières.

Le maître d'école se récria :

— Être instituteur et secrétaire m'occupe à plein temps, croyez-le !

— Certes ! dit-elle.

Tout à coup :

— Dites-moi, monsieur Loisel, aimeriez-vous être maire ?

L'instituteur se troubla. Il en rêvait, d'être maire. Mais la question était abrupte

— Eh bien, c'est-à-dire, madame Garrassin…

La meunière avait un sourire engageant. Sans détour. Elle poursuivit :

— Comme secrétaire, vous faites déjà le travail. À mon avis, vous devriez avoir aussi les honneurs. Ce serait justice.

— C'est un fait ! dit-il, sans bien comprendre où elle voulait en venir.

Était-il possible que ces peigne-culs du conseil municipal lui aient dépêché une femme pour le sonder ? Ne pouvaient-ils se déplacer eux-mêmes ? Ah ! Ils n'étaient pas fiers depuis que le fils du notaire leur avait claqué dans les doigts ! Ils ne savaient plus comment s'y prendre pour faire machine arrière ! Les lâches ! Les opportunistes !

— Comment me trouvez-vous ? demanda brutalement la meunière.

— Plaît-il ? s'étouffa le pédagogue, interloqué.

— Oui ! Comment me trouvez-vous ? Comme…, comme femme, je veux dire ?

— Madame Garrassin… vous me gênez…, dit le jeune homme en piquant un fard.

Elle le regardait droit dans les yeux avec un sourire ambigu sur ses lèvres bombées qui donnaient des idées ! M. Loisel se dit qu'elle avait, certes, le nez aquilin, mais que le reste était bien appétissant. Et même mieux que ça ! Le regard, notamment, qui était assassin !

— Ne vous gênez pas ! Soyez franc ! maître trouvez-vous à votre goût ?

— Madame Garrassin ! maître feriez-vous une proposition malhonnête ? demanda l'instituteur sur un ton qu'il estimait galant.

— Absolument ! répondit-elle.

Cela le laissa sans voix. Rouge comme une crête de coq, il bredouilla :

— Mad... mada... madame Ga...

— Appelez-moi Héloïse ! Votre petit nom à vous, c'est ?

— Théodule ! répondit-il précipitamment.

Elle fit une grimace.

— Je préfère Loisel. Je vous appellerai Loisel. Si vous le voulez bien...

Elle fit volte-face et se dirigea d'un pas chaloupé vers la porte de la classe, savourant la sidération du pédagogue. Le jeune homme se précipita à sa suite et, d'une voix blanche :

— Madame Garrassin, pardonnez-moi, mais voulez-vous me dire ce que signifie ce... cette...

« Voilà ! se dit Héloïse. Il est à point. Si j'étais venue lui débiter ma demande à froid, il me jetait à la porte. Maintenant, j'ai mes chances... »

Elle se tourna vers lui. Il était, en effet, bouleversé. Ses lèvres étaient pâles. Ses yeux battaient la campagne. Il se demandait, d'une part, s'il ne laissait pas passer une occasion en or et, de l'autre, si accepter avec un temps de retard ne le rendrait pas ridicule. Car il convient de sauter sur ces opportunités. Comme un lion ou un léopard. Hélas, il n'avait pas grand-chose d'un fauve. La meunière, amusée, posa la main sur son bras et, avec une voix neutre que démentait son regard enflammé :

— Asseyez-vous, Loisel, j'ai à vous parler...

Le jeune homme obéit, fasciné par ce chaud et froid servi sur le pouce. Héloïse se dit qu'elle allait se régaler à débrider ce grand dadais avec son air godiche de vieux puceau républicain. Au fait, comment était-il, physiquement, son promis ? Elle n'avait pas encore pris le temps de bien le regarder. Ni grand ni petit, ni gros ni maigre, ni beau ni laid. Plutôt brun. Banal. Ordinaire. Normal. Avec, pour être juste, des traits réguliers et le teint frais. Des joues glabres, une moustache tirée au cordeau, des cheveux coiffés avec la raie au milieu, des lunettes rondes cerclées d'acier. Un air de séminariste laïque. Si propret qu'il en était asexué. Parfumé, même : une légère senteur de girofle l'environnait, qu'elle jugea provenir du cosmétique avec lequel il lustrait ses cheveux châtain foncé. Comment pouvait-il être monté ? Comme un âne ou comme un poulet ? Va savoir ! Quelquefois, on a des surprises. Des bonnes, bien que plus souvent des mauvaises. Mais l'heure n'était pas encore à la gaudriole :

— Vous êtes instituteur et secrétaire de mairie à Sollières depuis sept ans. Je ne crois pas exagérer en disant que vous jouissez de l'estime générale.

Loisel prit un air modeste. Elle embraya :

— Mais si ! Vous semblez donc tout désigné pour succéder à maître Revest.

Le brave garçon se rengorgea.

— Malheureusement…

Il se rembrunit.

— … vous n'êtes pas d'ici, comme on dit. Et cela vous enlève toute chance d'être élu.

Le visage de l'instituteur se figea. Il tenta de protester. Elle ne lui en laissa pas le temps :

— Croyez-moi ! D'autres s'y sont essayés avant vous sans succès. Notamment le commandant Nivières qui était un honnête homme, bardé de décorations : il n'a pas récolté d'autre voix que la sienne. Que voulez-vous, les Solliérains sont méfiants ! Ils craignent d'être séduits et abandonnés. C'est un peu ridicule, mais c'est ainsi. On n'y peut rien. Pour les rassurer, il faut avoir des attaches au village : des propriétés, des parents ou un mariage. C'est là que j'entre en scène. Si l'on excepte Berthe Baude qui a treize ans et Fortunée Ardisson qui ferait peur à un chimpanzé, je suis la seule épouse possible. Je vous mets le marché en main : c'est moi et la mairie, ou alors vous devenez le secrétaire de l'abbé Grangier !

Le pédagogue était tout blanc. Lui, sorti premier de sa promotion à l'École normale, devenir le secrétaire d'un curé !

Pourquoi ne pas entrer carrément dans les ordres ? Mais se marier, si vite, le canon sur la tempe… Il balbutia :

— maître permettrez-vous de réfléchir un jour ou deux ?

Elle refusa d'un balancement de tête :

— C'est oui ou c'est non tout de suite, parce que demain, voyez-vous, moi, j'aurai peut-être changé d'avis ! Si cela peut vous rassurer, sachez que je ne compte ni venir vivre chez vous, ni vous demander de vous installer au moulin. Et ne comptez pas trop sur moi pour vous faire des enfants !

Des enfants, il en avait quarante tous les jours sur les bras ! Il pouvait s'en passer. Mais ce projet bizarre de logement séparé…

— En quelque sorte, c'est un mariage blanc que vous me proposez ?

Elle sourit intérieurement : « C'est gagné : il se demande déjà s'il va pouvoir me grimper dessus. »

— Non, dit-elle, pas vraiment un mariage blanc. Seulement un mariage de raison. Nous ne serions pas les premiers. La plupart se marient pour l'argent. Nous, ce sera…

Un éclair de gaieté piqueta de paillettes ses beaux yeux dorés.

— … pour la République !

Et elle éclata d'un rire cristallin.

« Elle est drôle, elle est belle, intelligente, je pourrais tomber plus mal ! », se dit Théodule.

Elle vit son menton s'affermir et ses épaules se carrer sous la blouse grise. Il lui tendit sa dextre, comme pour un marché.

« Sans blague ! pensa-t-elle, il va me balancer “tope là !” comme un maquignon ? »

Mais non. Il se contenta de dire :

— Eh bien, madame Ga… Héloïse, vous m'avez convaincu ! Nous voici donc fiancés !

Elle mit sa main dans la main tendue et la serra un peu. Un tout petit peu. L'instituteur serra plus fort, histoire de montrer qu'il n'était pas une mauviette. Alors, elle mollit sa patte et la retira avec un « ah ! vous m'avez fait mal ! », d'une sensualité bien dosée. Théodule Loisel eut un rire viril de mâle sûr de lui.

« Ça va être un jeu d'enfant », se dit-elle. Et elle lui sourit.

— Héloïse, m'accorderiez-vous une faveur ? demanda le garçon, mis en confiance par son attitude bon enfant.

« Foutre ! se dit Héloïse, voudrait-il déjà m'embrasser ? Il ne manque pas d'air ! Mais, après tout, ne sommes-nous pas fiancés ? »

Aussi lui répondit-elle avec un sourire piquant :

— Je vous en prie, Loisel.

— Voyez-vous, dit l'instituteur en rougissant un peu, j'aimerais bien goûter…

Et il se tut, chaviré par son audace.

— Goûter quoi ? demanda Héloïse avec une bienveillance légèrement moqueuse.

— Goûter votre… votre…

« Comment peut-il appeler ça ? », s'interrogea Héloïse sur le point d'éclater de rire.

— … confiture de pastèque !

*

Mlle Loisel posa sur la toile cirée à carreaux deux assiettes creuses en faïence, décorées de roses bleuâtres. Cette couleur incomestible lui donnait des nausées. À moins que ce ne fût… Elle jeta un regard morne sur son frère qui allait de la table à la fenêtre d'un pas énervé. Il était excité comme une puce, Théodule :

— Te rends-tu compte, Adeline ? Je vais enfin être maire ! Maire !

Elle faillit lui répondre : « Moi aussi ! » Mais sa science parfaite de l'orthographe, infiniment supérieure à celle de Louis et du papet, l'en empêcha. Et puis elle n'avait pas envie de rire. Oh non ! Pas du tout ! Elle s'assit lourdement en poussant un soupir. D'une main, elle déplia sa serviette et, de l'autre, souleva le couvercle de la soupière. Une odeur écœurante de poireaux bouillis lui remonta l'estomac au bord des dents. Elle réussit à maîtriser son haut-le-cœur en avalant sa salive. Jusqu'à quand parviendrait-elle à cacher son état ? C'était une affaire de jours, d'heures, peut-être. Elle avait tout fait pour se débarrasser de son hôte importun. Elle avait sauté, elle s'était suspendue à la rampe de l'escalier, elle avait même essayé l'aiguille à tricoter. Rien à faire.

Elle n'avait réussi qu'à se faire un peu saigner. Il était bien accroché, le monstre. Alors, elle l'écrasait sous son corset et cette pression contre nature lui donnait des malaises, des vertiges de plus en plus fréquents, de plus en plus difficiles à dissimuler. Elle allait finir par tomber dans les pommes. Son frère, affolé, appellerait le docteur Portal et, là, tout serait découvert ! Le village en ferait des gorges chaudes. Elle serait la risée de tous.

« Sainte Vierge ! Pourquoi m'imposer une épreuve pareille ? Je vous en prie ! Aidez-moi ! »

Mais la Sainte Vierge, qui avait de coupables indulgences pour cette peste d'Héloïse, ne semblait pas pressée de secourir la malheureuse. Elle semblait même prendre un certain plaisir à la voir s'engluer. D'abord le mariage reporté, puis l'abandon définitif du fiancé lunatique. Allait-elle, finalement, par quelque coup d'éclat, la tirer de ce bouillon ? Ou comptait-elle l'y laisser mijoter ? Voire s'y noyer ? La Sainte Vierge, comme tout un chacun, a ses têtes. Et puis elle préfère être appelée Bonne Mère. Une vierge, surtout sainte, c'est clair et froid comme le cristal. Tandis qu'une bonne mère, ça peut tout pardonner...

Théodule parlait, parlait... Adeline, tout entière mobilisée par son problème, n'entendait rien. Tout à coup, son frère posa une main sur la sienne. Elle sursauta :

— Qu'est-ce que tu en penses ? demanda-t-il.

— De quoi ?

— Adeline ! Tu ne m'écoutes pas ! dit-il sévèrement.

— Mais si..., répondit-elle avec précipitation, comme une élève prise en faute.

Théodule s'adoucit :

— Eh bien ! Que penses-tu de la meunière, Mme Garrassin ?

Adeline eut un geste vague de la main. Personnellement, elle n'avait rien contre la meunière qui lui avait offert son beau globe terrestre. Mais qui était aussi la sœur de ce... de ce... Ah ! l'horrible individu ! Profiter de la naïveté d'une pauvre fille ! Et la planter là ! Avec un enfant dans le ventre ! Abandonnée aux quolibets et au mépris de tous ! Il devrait y avoir un châtiment spécial pour punir de pareils criminels !

— Alors, tu n'es pas contre ?

— Contre quoi ?

— Ce mariage !

— Quel mariage ?

Cette fois, Théodule fronça les sourcils. Sa sœur commençait à l'inquiéter. D'ailleurs, ce n'était pas la première fois qu'il remarquait son étrange comportement. Elle avait d'incompréhensibles distractions, le regard vague, les traits amers. Quand elle partait se promener dans la campagne, elle ne rapportait plus pour sa classe ces mille petits riens – escargots, galets, fossiles, mues d'insectes – destinés à illustrer les leçons de choses, ni ces rutilants feuillages d'automne avec lesquels elle faisait, jadis, de si jolis bouquets. Elle ne ramenait qu'un air las et des yeux de plus en plus cernés. Se pouvait-il que le départ de cet imbécile de Maxime Revest – dont il n'avait qu'à se louer ! – menaçât la santé de sa sœur ? La sotte ! Regretter ce godelureau ! Ce jean-foutre ! Ce songe-creux ! Elle n'aurait guère de peine à trouver beaucoup mieux, son Adeline, jolie et sage comme elle l'était ! Surtout lorsqu'il serait maire. Maire et marié ! Tiens, il demanderait à Héloïse – il se répétait ce prénom avec une chaude familiarité et un sentiment tout neuf de propriété – de l'emmener avec elle à Aix un jour de marché. Voilà qui lui changerait les idées...

— Tu parlais de mariage ? Quel mariage ? demanda Adeline avec un frisson d'espoir.

Quelqu'un l'aurait-il demandée ? Ah ! Elle accepterait n'importe qui, à présent ! Peut-être même Jeannot l'Enclume ou Adalbert. Non, pas Adalbert, tout de même...

— Mon mariage avec Héloïse !

— Héloïse... Pascalet ? cria-t-elle, les yeux exorbités.

Théodule, pris de court, se gratta la tête.

— Pascalet ? Pourquoi Pascalet ? C'est plutôt Héloïse Garrassin puisque...

Adeline se leva brusquement. Sa chaise tomba en arrière. Elle l'enjamba, partit en courant dans le couloir, poussa la porte de sa chambre et la referma à clé derrière elle. Alors, seulement, elle se jeta sur son lit en sanglotant. Mais ses yeux étaient secs. Elle avait trop pleuré. À présent, elle en était certaine, une force malfaisante se jouait d'elle. Se réjouissait de ses tourments. Ourdissait dans l'ombre d'autres épreuves. D'autres cruelles facéties.

Comme de faire épouser à son frère la sœur de son suborneur. Chaque jour, désormais, serait pire que la veille et cependant plus doux que le lendemain. Elle hoquetait :

— Je n'en peux plus... Je n'en peux plus...

— Adeline ! Ouvre-moi ! Allons ! Sois raisonnable ! Ouvre-moi ! glapissait Théodule à voix contenue, tout en *cigognant* la poignée.

Il ne comprenait rien à la réaction de sa sœur au nom de Pascalet. Certes, Jean-Jacques, le frère d'Héloïse, l'avait demandée, mais elle l'avait refusé ! Certains disaient même que c'était pour cette raison qu'il avait quitté Sollières. S'en repentait-elle à présent que Maximin Revest avait rompu leurs fiançailles ? Il poussa un soupir :

— Ah ! les femmes ! Comment savoir ce qu'elles veulent ? Elles n'en savent rien elles-mêmes...

Alors lui apparut tout à coup, net comme un chromo sur le vernis noir de la porte, le visage rieur d'Héloïse encadré de boucles follettes, mi-rousses mi-dorées, évadées du chignon à la diable : le front haut, le menton volontaire, le profil busqué, la bouche charnue et les yeux caramel pétillants de malice.

« Avec celle-là, au moins, pas de complications : c'est clair comme un miroir, droit comme un I, franc comme l'or ! »

Et il alla se coucher en bandant. Car Héloïse, malgré son grand nez, était capable, à trente-cinq ans passés, de retourner un homme en trois minutes avec deux sourires et un seul regard.

*

C'était une nuit étoilée. Froide et claire.

Angelo était accoudé sur la main courante de pierre qui encadrait les balustres du perron. C'était une position dominante. Celle qu'adoptaient d'instinct, depuis des siècles, les maîtres de Font Trigance lorsque le désir les prenait d'embrasser leurs terres d'un seul coup d'œil. Un coup d'œil de propriétaire et d'esthète.

La campagne, qui se pique rarement de géométrie, avait été maîtrisée avec tact et délicatesse, si bien que l'ensemble offrait une aimable impression de naturel. De naturel civilisé. Cette élégance débonnaire que le XVIIIe siècle avait su donner aux résidences rurales du pays d'Aix conférait à la maison un petit air de gentilhommière. Bien qu'aucun apanage n'y eût jamais été attaché, les gens de Sollières, admiratifs de son bel air, l'appelaient entre eux le « château ».

Bien disposées à l'adret, épousant les courbes des coteaux vallonnés, les terres à vignes – une trentaine d'hectares – confortaient la bastide sans l'étouffer, comme des accoudoirs et un dossier de cathèdre. Ainsi établie, sans ostentation, mais avec ce qu'il faut d'assurance, il ne lui restait plus qu'à se régaler du panorama que ses maîtres avaient aménagé à ses pieds pour le simple plaisir des yeux. Il y avait d'abord la terrasse briquetée en quinconce avec ses deux platanes, puis le bassin, une pièce d'eau à la française entourée d'une margelle de pierre blonde. L'eau de la source s'y déversait par un mufle bosselé de tuf si bien que l'on ne savait plus s'il s'agissait d'un lion ou d'un dauphin. Un léger courant dessinait un chemin d'eau, noir et miroitant, dans le tapis de feuilles mortes qui recouvrait la surface. Aux quatre coins, se dressaient de grands vases d'Anduze. Ils avaient dû, dans le temps, s'enorgueillir de plantes exotiques, mais la flore locale les avait, depuis, colonisés. Sur le côté, incongru et poétique, parfaitement inutile, un puits plébéien (celui-là même qu'avait creusé l'Anti-sourcier) donnait une touche bon enfant. La prairie nivelée, partagée par le ruisseau d'écoulement où prospéraient des touffes d'ajoncs, descendait en pente douce jusqu'à l'Arc. Et là, dans le creux, en plein dans la ligne de mire, un heureux hasard, qui ne devait rien à l'esprit symétrique d'un architecte, avait niché, pour couronner la perspective, un ponceau d'opérette, bombé, harmonieux bien que de bric et de broc : le pont de l'Ange. La rivière s'y enfonçait un moment, puis elle serpentait jusqu'à un gros bouquet de saules échevelés qui dissimulaient le moulin, maison industrieuse, irrégulière, bourdonnante, sans grâce, mais vivante, alors qu'avec ses élégances, la bastide de Font Trigance n'était jamais qu'un joli tombeau.

Angelo soupira, conscient que son expédition punitive de la semaine précédente lui avait ôté toute chance de s'y faire jamais une place. Sa mainlevée d'hypothèque, il pouvait en faire des cocottes en papier. Certes, il avait bu. Une bouteille entière de *grappa*. De quoi tuer un bœuf. Mais était-ce une excuse ? Pour l'avoir violée, peut-être. Et d'ailleurs, l'avait-il vraiment violée ? Viole-t-on une femme qui ne vous laisse pas le temps de vous déshabiller ? Qui s'accroche à vous ? Qui vous crie « encore » ? Non. Le pire, c'était après. Pourquoi lui avait-il jeté ces trois sous ? Oui, pourquoi ? C'était un acte froid. Odieux. Impardonnable. Car il savait qu'elle était fière. Et, même s'il se doutait, après ce corps à corps enragé, qu'elle en pinçait pour lui, il comprenait que son orgueil serait le plus fort. Elle lui rendrait ses mille francs et ses 27 % d'intérêt jusqu'au dernier sou. Peut-être devancerait-elle même l'échéance. Que ferait-il de cet argent ? Cet argent, qu'au fond, il lui avait volé ? Mieux valait ne pas songer à ce qui pourrait arriver si elle apprenait qu'il avait acheté Font Trigance avec le trésor des Garrassin. Elle était femme à prendre un fusil et à venir le lui décharger dans le ventre !

Il frissonna. Il était en chemise avec un simple gilet de satin sur le dos. C'était joli mais pas très chaud. De même, ses bottes de cheval dont les fines semelles ne faisaient guère barrage au froid distillé par les dalles du perron.

Avant de rentrer, il regarda une dernière fois le bassin. « Il faudra que je le *fais* nettoyer... », se dit-il dans un français approximatif qui s'accordait avec le charmant laisser-aller du courtil.

Il avait tout de suite pensé à donner un ordre plutôt qu'à s'y coller lui-même. Car on s'habitue vite à être servi. À payer. Comme on s'habitue au linge fin, aux gilets bien coupés, aux souliers sur mesure. Il lui arrivait de moins en moins souvent d'aller fendre du bois dans le bûcher. En revanche, il montait volontiers son cheval au lieu de l'atteler. Il s'était offert une selle et un fusil d'aristocrate. Quand il longeait dans cet équipement les friches et les terrasses qu'il projetait d'ensemencer, il ressemblait de plus en plus à ce qu'il était devenu par forfaiture : le maître de Font Trigance.

D'un œil sagace, il suivit le tracé du ruisseau d'écoulement afin de s'assurer que son cours n'était pas entravé par une racine ou un éboulement, ce qui provoquerait, au moment de la vidange, l'inondation du pré. Auquel cas, il faudrait... Alors, il vit, là-bas, à quelque cent mètres, une forme blanche, immobile, arrêtée au milieu du pont. Un Solliérain eût tout de suite pensé à l'âme en peine de Fanny Garrassin, la grand-mère d'Héloïse, cette pauvre fille abandonnée, soixante ans plus tôt, par son galant, puis reniée par son père meunier. Cette malheureuse dont ils s'étaient arraché sans scrupule les beaux draps brodés. Et qu'ils avaient transformée en demi-sainte, bourrelés de remords qu'ils étaient. Mais Angelo ne croyait pas aux fantômes. Il plissa les paupières pour tenter de percer l'obscurité et, brusquement, il vit la silhouette basculer par-dessus le parapet. Elle disparut dans le fouillis de végétation qui dissimulait la rivière :

— *Santa Madonna !* cria-t-il.

Il bondit, sauta les six marches, partit à fond de train dans le pré spongieux qui aspirait ses bottes. Il ne lui fallut pas deux minutes pour arriver sur la rive en surplomb. Son cœur battait la chamade. Il cherchait à voir, en contrebas, dans le noir opaque. À cet endroit, l'Arc était enfoncé dans un ravin, entre deux versants abrupts encombrés de broussailles. Une tache plus claire semblait flotter au milieu. De cette hauteur et dans cette pénombre, il ne pouvait guère juger de la profondeur de l'eau bien qu'il connût ce trou. Il avait vu souvent les garçons s'y baigner du temps où il était charbonnier. Les enfants, toutefois, n'avaient pas sa corpulence. Et puis, en sautant, ne risquait-il pas d'assommer le noyé ? Si noyé il y avait... Il renonça donc à plonger, mais dévala jusqu'au fond en s'agrippant aux arbrisseaux qui cédèrent un à un sous son poids. Il glissa, se rattrapa, s'écorcha les mains et le front, barbota dans la boue et finit par tomber en arrière, faisant gicler une gerbe d'eau glacée. Le lit de la rivière était irrégulier. Parfois il touchait le fond, parfois il perdait pied. C'est moitié nageant, moitié pataugeant qu'il finit par saisir, un peu au hasard, un morceau d'étoffe. Il l'empoigna, tira de toutes ses forces et comprit à son poids qu'il enveloppait un corps. Toussant et crachant, il parvint à le haler jusqu'au bord. Il le hissa sur la berge hérissée de rejets de gainier et de fragon. Là, dans l'eau jusqu'aux genoux, il s'arrêta un instant pour reprendre son souffle, puis, à tâtons, il chercha le visage et la veine du cou. Le sang battait faiblement. Alors, il chargea le corps sur son épaule comme un fagot de joncs et entreprit de remonter jusqu'au pré. Ce ne fut pas facile. La terre argileuse, lissée par sa descente, se dérobait sous ses pieds. Il parvenait à gravir un mètre, redescendait presque d'autant, reprenait l'ascension, glissait, se battait contre la glaise et les épines, alourdi tant par le corps inerte que par ses bottes remplies d'eau. Mais, peu à peu, avec acharnement, centimètre par centimètre, il progressait.

« *Puta Madre** ! », grommelait-il entre ses dents serrées.

Lorsqu'il parvint au bord de la ravine, il ne s'attarda guère en formalités. Il équilibra son fardeau d'un coup d'épaule et remonta jusqu'à la bastide à grandes enjambées. Arrivé sur le perron, il poussa la porte du pied, entra de même dans le salon et déchargea son colis sur la méridienne en se penchant en avant comme il l'eût fait d'un sac de charbon ou de pommes de terre. C'est seulement alors, à la lueur du feu qui couvait dans la cheminée…

— *Una ragazza… Madre di Dio*** !*

Avec précaution, il écarta les cheveux trempés qui couvraient le visage. Ses doigts laissèrent une tache de boue rouge sur le front blême, ce qui ajouta encore au dramatique de la situation. Mais sous les traits livides de la noyée, il reconnut la jeune maîtresse d'école qu'il avait vue à plusieurs reprises traverser la place avec ses petites élèves lorsqu'il attendait le père Grangier. Il fallait s'occuper tout de suite de la pauvre fille. D'abord, la réchauffer. Pour cela, il devait la débarrasser de cette chemise de nuit gorgée d'eau qui s'égouttait sur le carrelage, puis la rouler dans une bonne couverture. Il s'approcha de la méridienne en hochant la tête :

— *Perche ? Carina come sei****…*

Il avait beau être mordu jusqu'au sang par les charmes pulpeux d'Héloïse, il était un homme et, qui plus est, italien. Comme il s'était hérissé à l'impressionnante laideur de Fortunée, il avait remarqué la grâce de la jeune fille. Et même les beaux yeux noirs et les *tétés* de la boulangère… Adroitement, car il ne

---

* « Putain de Bonne Mère ! »

** « Une jeune fille ! Mère de Dieu ! »

*** « Pourquoi ? Jolie comme tu es… »

déshabillait pas toujours les femmes au couteau, il dénoua le lien qui fronçait la chemise autour du cou, le fit coulisser dans sa baigneuse, puis, ayant desserré le col, il glissa l'ouverture autour des épaules minces, tout le long du buste et des bras sans vie qui retombèrent comme bourrés de son. À ce point, il souleva le corps en l'amenant contre lui afin de dégager les fesses. Il ne restait plus qu'à évacuer le tissu mouillé le long des jambes, au-delà des pieds chaussés de bottines à lacets. Ah ! elle avait tout fait pour ne pas se manquer, la folle ! Se jeter à l'eau en chemise et avec des souliers ! D'ailleurs, ces chaussures montantes de fille sage donnaient quelque chose de piquant à sa nudité. Il sourit et se pencha pour l'en débarrasser. Elle était fine et délicate autant qu'Héloïse était charnue et charpentée. C'était un corps d'adolescente avec des épaules de poupée, des seins petits et ronds comme des demi-pommes, une taille... une taille ? *Madre de Dio !* Mais elle était enceinte ! *Povereta !* Voilà pourquoi elle avait voulu se tuer !

Tout de suite, il pensa à la *mama* qu'un saligaud avait séduite et abandonnée. Peut-être avait-elle songé, elle aussi, à en finir ? Pour ne pas avoir à affronter le regard méprisant des autres. Peut-être même, un jour, celui du *bastardo* ingrat. Fuir l'opprobre, la vie de vergogne qui l'attendait. Et puis, finalement, ils avaient été heureux, tous les deux. Seuls contre le monde entier. Il ne faut jamais désespérer. Jamais tirer sa dernière cartouche. La vie n'est pas aussi chienne que l'on croit. Chaque jour qui vient peut réserver une bonne surprise. Celle qui, subitement, fait tout basculer. Qui transforme l'eau en vin et la mélasse en miel. Il allait lui dire tout ça lorsqu'elle se réveillerait. Il trouverait les mots. Un peu d'italien, un peu de français. Au diable la grammaire ! En attendant, il la couvrit jusqu'au ras du menton, la borda comme jadis la *mama* le bordait. Puis il mit trois bûches dans le feu et partit se changer.

Lorsqu'il revint, habillé de sec mais les cheveux encore mouillés, Adeline n'avait pas repris connaissance. Mais elle était moins pâle. À moins que ce ne fût la lueur du feu qu'il avait ravivé ? Les flammes droites montaient haut. Sans fumée. Sans étincelles. Il s'y entendait pour monter des foyers ouverts qui chauffaient plus fort que des poêles. Il posa sur le bord de la cheminée une cafetière de métal, puis vint s'asseoir d'une seule fesse sur la méridienne où la jeune fille était allongée. Il lui prit une main, l'ouvrit, et se mit à la tapoter.

— Madémoisel... *signorina*...

Adeline ouvrit les yeux comme dans un conte de fées. Elle eut le bon goût de ne pas dire « Où suis-je ? », ce qui eût tout gâché. C'était l'un des nombreux scénarios échafaudés par Héloïse et voir une autre qu'elle y jouer le rôle principal l'eût sans doute tuée. Mais Adeline ne jouait pas. Elle se remit à pleurer. Angelo tenta de la consoler. Contrairement à ce qu'il avait espéré, il ne trouva pas les mots. Ni les bons. Ni les mauvais. Il ne faut jamais faire confiance à l'inspiration. C'est une infidèle. Une lunatique. Une planche pourrie qui se dérobe sous les pieds. D'ailleurs, les eût-il trouvés qu'Adeline ne les eût peut-être pas écoutés. Elle parlait... parlait... Tout le chagrin et toute la peur qui depuis deux mois l'étouffaient s'écoulaient en un flot de paroles incontrôlable comme d'un tonneau débondé. Peut-être osait-elle enfin s'exprimer parce qu'elle s'adressait à un homme qui ne comprenait pas la moitié de ce qu'elle disait ? Angelo saisissait quelques phrases et, croyait-il, le sens général du récit. Que son frère allait devenir maire, ou père, ou se marier ? Qu'elle ne pouvait pas lui avouer sa faute, ou son suicide manqué ?

Elle se tordait les doigts, se dévorait les lèvres, lui reprochait, entre deux sanglots, de l'avoir sauvée. Sans même s'apercevoir à quel point il était séduisant. Sans comprendre qu'elle était en train de vivre un petit miracle. Un de ces instants rares que l'on a toute sa vie pour regretter. À bout d'arguments, elle finit par s'abattre contre lui :

— *Zitta... zitta...*, murmurait-il en caressant doucement le dos frêle secoué de sanglots.

Au lieu de se calmer, elle reprit de plus belle :

— Maintenant, qui voudra d'un bâtard et d'une femme déshonorée ?

Et Angelo, emporté par son bon cœur et ses souvenirs douloureux d'enfant sans père, répondit bêtement :

— *Io !*[*]

---

[*] « Moi ! »

Alors, la Sainte Vierge, *Madre de Dio*, Bonne Mère, *Santa Madonna*, et un peu aussi *puta Madre*, se dit en se frottant les mains : « Bien joué ! »

21

Le repas de noce fut un véritable assassinat. Dans l'arrière-salle du café, la table était dressée sur des planches disposées en fer à cheval et habillées de draps blancs qui retombaient jusqu'à terre, dissimulant les tréteaux qui servaient de pieds. La vaisselle était en faïence et, pour tout dire, un peu dépareillée. Les verres étaient ceux du café. Il y en avait à absinthe, juchés sur leur long pied ; d'autres, moins sophistiqués, destinés à débiter le vin, le muscat et les liqueurs, s'amenuisaient au fur et à mesure que le taux d'alcool s'élevait. Afin que chacun eût le sien, Thérèse avait complété avec des gobelets à sirop pour bébé et des chopes à bière diversement gravées. Les couverts ne titraient pas beaucoup d'argent. Mais les serviettes brodées et glacées au fer étaient dignes d'une table princière. Tirées des armoires à linge où elles dormaient empilées, elles faisaient l'orgueil des ménages. On comparait, mine de rien, les initiales enlacées. Marité Baude était la seule à en avoir trois, ce qui la remplissait de fierté et lui fournit l'occasion de raconter une fois de plus dans quelles dramatiques circonstances elles lui avaient été attribuées. Thérèse Juvénal haussa les épaules. En tant qu'hôtesse, elle avait autre chose à faire qu'à ressasser éternellement cette histoire ancienne d'état civil trafiqué !

De loin en loin, pour assurer la décoration, elle avait artistement disposé dans des verres à moutarde de petits bouquets d'ellébore, la seule plante indigène ayant assez d'inconséquence pour fleurir en hiver. C'était aussi de fleurs d'ellébore qu'était composé le bouquet d'Adeline, ce bouquet qu'elle avait jeté dans la foule des invités à la sortie de l'église et qu'Élisabeth Revest avait reçu sur la tête. Ce qui avait bien fait rire l'assemblée. La vieille fille, qui, malgré son deuil, avait profité de la double noce pour venir rapiner une messe, était rentrée chez elle ulcérée par cette gaieté. Mais elle avait emporté le trophée.

Les couverts des quatre mariés, dressés au milieu de la table, avaient été obligeamment prêtés par Mme Portal. Ils se composaient d'assiettes en faïence de Moustiers décorées de grotesques, de verres *à fond d'eau* et d'argenterie véritable, sauf les couteaux, de stupéfiants sabres emmanchés de cuir repoussé que le docteur avait rapportés du Maroc où il avait officié dans le service de santé.

Les Loisel furent invités à s'asseoir. Le frère et la sœur s'installèrent tout naturellement côte à côte à la place d'honneur, flanqués, de part et d'autre, de leurs nouveaux époux. À peine furent-ils assis que Théodore s'approcha du maître d'école. Il lui dit quelques mots à voix basse. Théodule se leva promptement et demanda à la nouvelle Mme Loisel si elle voulait bien se déplacer : il avait à parler politique avec le stratège de la Libre-Pensée. Héloïse ne se fit pas prier. Ici ou là, quelle importance ? Elle était accablée. Elle se laissa tomber sur sa chaise, les jambes molles, le cœur sec et rugueux comme un noyau de pêche. Oubliant un peu vite qu'elle avait été la première à se fiancer, elle se demandait ce que son ex-amant pouvait trouver à sa voisine, cette fille maigrichonne et pâlotte qu'il venait d'épouser.

« Et moi, pauvre imbécile, qui suis allée lui offrir un globe terrestre ! Si j'avais su, j'aurais mis une bombe dedans ! Boum ! Du sang partout ! »

Qu'avait-elle donc, cette *esquilanchole**, pour que tous les hommes tombent à ses pieds ? Jean-Jacques d'abord, puis Maximin, maintenant Angelo. C'était donc ça qu'ils aimaient, ces imbéciles ? Pas de seins ! Pas de fesses ! Quarante kilos toute mouillée ! Une jolie frimousse ! Un museau fin ! Un joli nez ! Pff... Loisel avait les mêmes à peu de chose près. Le visage régulier, un profil droit, des oreilles bien dessinées, de beaux

* « Maigrichonne ».

sourcils, le teint clair. D'ailleurs, il marquait plutôt bien avec son habit noir du dimanche et son col cassé. Elle lui sourit. Surpris, l'instituteur battit des paupières comme une fille. Bah ! Il lui faudrait s'en contenter. Ne plus penser à l'autre. Chasser de ses rêves le grand nez de condottiere, le front abrupt, le menton de statue, les lèvres pleines et ourlées. Aussi évitait-elle soigneusement de regarder sur sa gauche. Malheureusement la robe d'Adeline était si blanche et Angelo si grand que, malgré tous ses soins, l'image du couple dépareillé s'obstinait à parasiter le coin de son œil baissé. Couple absurde en vérité. Comment la petite souris pourrait-elle soutenir les assauts de cette montagne de muscles ? Pauvre fille !

« Ah, Bonne Mère ! je voudrais bien voir ça… »

Ce qui était une façon de parler car imaginer la scène la déchirait de haut en bas. À peine fut-elle assise auprès de sa belle-sœur et rivale, que Thérèse, gardienne pointilleuse des bienséances, fit remarquer que deux femmes côte à côte, surtout deux mariées, cela ne se faisait pas. Cela risquait même de porter malheur ! Ce fut donc Angelo qui, pour la contenter, dut, cette fois, se déplacer. Ainsi se trouva-t-il assis à côté d'Héloïse dont le cœur, l'instant d'avant presque arrêté, s'emporta dans un galop effréné.

Un hasard particulièrement malencontreux – à moins que ce ne fût l'un de ces tours perfides dont la Bonne Mère avait le secret – voulut que deux tréteaux fussent placés là pour assurer la jonction des tables. Leurs pieds écartés laissaient peu de place aux genoux des convives. Pour faire tenir quatre jambes honnêtes dans cet espace réduit, il eût fallu qu'elles fussent de bois. La géométrie et l'anatomie s'étaient vicieusement liguées contre les amants ennemis. Un long moment, leurs muscles crispés se raidirent de crampes, puis, la chair étant ce qu'elle est, faible la plupart du temps et même pire quelquefois, ils finirent par se relâcher. Au premier contact involontaire, ils s'écartèrent vivement. Comme brûlés. Au deuxième, ils furent moins prompts. Au troisième, ils lambinèrent. Au quatrième, ils savaient déjà, l'un et l'autre, que malgré tout le mal qu'ils se voulaient, les Loisel seraient encornés. Et pourtant, on en était à peine aux hors-d'œuvre…

Les plats passaient de main en main dans une bruyante bonne humeur : les tournées d'apéritifs commençaient à faire leur effet. Le premier service se composait d'un assortiment de charcutaille à base de grives et de sanglier, jambon, saucisson, fromage de tête, terrines diverses et petits pâtés. Le tout archi-salé afin de donner soif, et assaisonné de haut goût pour bien énerver. Les grains de poivre et les baies de genièvre craquaient sous la dent, râpaient la langue, emportaient la bouche dans leurs parfums brutaux. Le vin que l'on jetait sur ce feu ne parvenait qu'à l'attiser. Il flambait dans les bouteilles. La lueur dansante des chandelles y allumait des reflets d'enfer.

Collés l'un à l'autre sous la nappe, Héloïse et Angelo gardaient, au-dessus, leur quant-à-soi. Tandis qu'ils échangeaient des sourires distraits, évitaient soigneusement de se regarder, leurs cuisses soudées s'échauffaient à roussir les épaisseurs de tissu qui les séparaient.

— Merci, monsieur Mazzola..., dit Héloïse d'une voix distraite en tendant une main modeste vers le verre qu'il venait de remplir.

— À présent, Héloïse, vous devez l'appeler Angelo ! dit M. Loisel qui était un peu pompette.

— Merci, Angelo..., reprit-elle d'un air indifférent.

Mais ce prénom qu'elle lui donnait pour la première fois amena sous sa langue un tel afflux de salive qu'elle dut enfouir son visage dans sa serviette pour le dissimuler. Angelo ! C'était rond et chaud. Ferme. À la fois souple et nerveux. Ça remplissait la bouche. Le genièvre, le poivre et le piment n'étaient rien à côté. Les cochonnailles musquées, plus fades que soupe de raves. Le vin rosé, pipi de chat.

— Vous voyez ! C'est mieux ainsi ! apprécia en riant l'époux casse-cou.

— Vous ? C'est bien cérémonieux, vous, pour de jeunes mariés ! s'exclama Théodore qui était rouge comme un coq de combat.

— Tu... tu vois..., tenta timidement Théodule.

Mais le regard glacé que lui lança son épouse le dissuada de continuer sur le chemin de la familiarité. Elle se pencha pour dévisager le forgeron par-dessus son conjoint déconfit :

— C'est peut-être cérémonieux, mais c'est comme ça !

Il n'allait tout de même pas, après l'avoir mariée de force, soi-disant pour sauver la République, lui dire comment elle devait se comporter ! Car avec une superbe mauvaise foi, à présent qu'elle sentait Angelo si proche, elle en voulait à mort au libre-penseur de l'avoir déroutée. Mais Théodore ne se laissa pas intimider. Il éclata de rire, puis, sur un ton pincé :

— Oh, oh ! Rentrez les « tu » et les « toi » ! Mâdâme Loisel a parlé !

Héloïse vit le pauvre instituteur se ratatiner. Le malheureux faisait les frais d'une querelle dont il était bien innocent. Elle en eut d'autant plus de remords qu'une pression accrue de la cuisse d'Angelo lui disait... lui disait quoi, au fait ? Que peut dire une cuisse sinon : « Je te veux » ? Que peut entendre d'autre la cuisse qui l'écoute ? Et Loisel, dans tout ça ?

« Pauvre garçon ! se dit-elle. C'est moi qui suis allée le chercher. Je vais le tromper ; dois-je, en plus, l'humilier ? » Car la promesse que lui faisait cette jambe collée contre la sienne lui donnait une tendresse imprévue pour le futur cocu. Elle posa sa main sur celle de Théodule et lui glissa à l'oreille :

— Pardonnez-moi, Loisel. Laissez-moi le temps de m'habituer...

Le visage du jeune homme s'éclaira. Angelo pinça les lèvres pour écraser un sourire. Sa jambe ne se déroba pas. Héloïse se dit que les événements prenaient bonne tournure. Elle planta résolument sa fourchette dans une grive confite et décida, en attendant la suite, de s'en mettre jusque-là !

*

Depuis qu'il sentait contre la sienne la cuisse chaude d'Héloïse – chaude à travers quatre épaisseurs de linon, de soie, de taffetas et de flanelle –, la vision qu'Angelo portait sur le monde s'était sensiblement modifiée. Ainsi, elle ne lui vouait pas une haine mortelle malgré son inqualifiable visite au moulin, le viol qu'il lui avait fait subir – subir ? – et surtout les trois sous troués. Apparemment, elle en redemandait. Tout de même ! Quelle *putana* ! Aussi, ce double mariage avec le frère et la sœur qui lui avait paru digne d'une tragédie grecque lui faisait, à présent, l'effet d'une farce. Au fond, avait-il vraiment eu, un moment, la tentation d'épouser sa débitrice ? Épouse-t-on ces femmes qui ont le diable sous leur jupe ? Non. On les prend pour maîtresses. Celle-là plus qu'une autre. Car elle ajoutait à un tempérament aussi chaud qu'imprévisible le vice d'une passion unique : son moulin. Elle eût tué pour faire tourner ses meules. Y avait-il place pour un compagnon dans cette relation fanatique ? Le gentil maître d'école s'était trompé de rôle. Il s'en repentirait. La diablesse lui en ferait voir de toutes les couleurs. D'après Victor Sévère, elle avait déjà fait crever son premier mari qui s'était empoisonné après un an de vie commune. Et sur la question des poisons, le bonhomme s'y connaissait. Il avait bien distillé le sien en lui glissant qu'elle couchait avec le petit clerc ! *Bugia ! Frottola** *!* Le pauvre garçon était assis en bout de table, il tenait les pieds chauds à sa cavalière, une demoiselle rondelette avec un air déluré. Il n'avait pas la tête d'un amant congédié qui assiste au mariage de sa maîtresse. Et puis, quelle idée ! Cette demi-portion ! L'instituteur, au moins, avait l'air d'un homme. Si elle avait eu un amant, c'était lui ! Sous ses dehors pleins de jovialité, Victor Sévère n'était qu'une vipère. Et il n'allait pas garder une vipère à son service. L'ancien notaire le lui avait recommandé, mais l'ancien notaire était mort. Il ne serait pas blessé de le voir revenir sur sa décision. Dès lundi, il bombarderait les frères Taffanelli chefs d'équipe. Et puis il prendrait le petit Philibert à plein temps. Malgré son jeune âge, le garçon était sérieux et compétent. Les deux Napolitains iraient chercher leurs épouses et leurs *bambini* au pays et Font Trigance deviendrait enfin une maison vivante où il ferait bon vivre. Aussi chaude et bruyante que le moulin. Comme elle, il aurait des domestiques et des employés. Il ne vivrait plus comme un loup avec la seule compagnie de Fortunée. Adeline, malgré son prénom imprononçable, serait parfaite dans le rôle de la *sposa* douce et effacée. *Carina... poverella***... Elle lui serait éternellement reconnaissante de lui avoir évité le déshonneur de mettre au monde un enfant sans père. Et pas trop regardante sur

---

* « Mensonge ».

** « Jolie, pauvrette ».

d'éventuelles infidélités. Comme tout Italien raisonnable, il aurait une femme et une maîtresse. Une femme que l'on respecte et une maîtresse que l'on baise à en perdre le souffle. Voilà tout.

Ainsi, par la seule énergie que lui communiquait la cuisse d'Héloïse, Angelo échafaudait un monde parfait où il ne lui resterait plus qu'à jouir de la vie. Il ne se représentait pas qu'il eût suffi que cette cuisse s'éloignât d'un centimètre pour que ce monde s'écroulât.

*

Adeline retenait son souffle, au bord de la nausée. Le fumet de ces cochonnailles lui soulevait le cœur. Sa robe de mariée, taillée quatre mois plus tôt sur sa minceur de jeune fille, la serrait au point de l'étouffer. Elle eût donné sa vie pour prendre congé. Mais elle savait que lorsqu'elle quitterait la fête, ce serait en compagnie de ce mari dont elle ne savait rien, sinon qu'il lui avait proposé de bien étrange façon d'endosser un enfant qui n'était pas le sien. Pourquoi ? En indécrottable romantique, elle imaginait quelque terrible chagrin d'amour qui cadrait mal avec le physique avantageux du bonhomme. Elle n'était pas aveugle. Elle voyait qu'il était bel homme, et même mieux que ça. Toutes les femmes roucoulaient autour de lui que c'en était indécent. Toutes, sauf sa nouvelle belle-sœur que cette virilité conquérante semblait laisser de marbre. Elle était à peine polie. Mais quoi de plus normal pour une mariée ? Toutes ses pensées devaient aller vers Théodule. Théodule si rassurant avec son habit noir et son petit faux col, ses joues bien rasées, sa chevelure sage. Alors qu'il y avait tant de sauvagerie sous l'élégance appuyée de Mazzola, sa cravate bouffante d'un rouge strident, ses cheveux bouclés serrés, sa bouche charnue qu'aucune moustache ne venait voiler. Il était mâle de la tête aux pieds. Ce qui émoustillait les autres femelles l'épouvantait. Jean-Jacques l'avait eue par surprise. Il n'avait guère pris le temps d'éveiller sa sensualité. Elle n'avait rien vu, rien compris, rien senti ! Elle s'était en quelque sorte retrouvée grosse par l'opération du Saint-Esprit. Aussi jetait-elle des regards angoissés sur cette main d'homme deux fois plus grande que la sienne. Il s'était montré si correct pendant leurs brèves fiançailles. Il ne l'avait jamais embrassée. Jamais touchée. Il s'était contenté de lui sourire avec une aimable complicité. Mais ce soir ? Irait-il se coucher dans une autre chambre après lui avoir souhaité bonne nuit ? Certainement pas. Elle devrait lui donner un gage de sa reconnaissance. Elle était sa femme à présent. Et la taille de sa main l'engageait, non sans appréhension, à se remémorer les règles géométriques de l'homothétie.

*

Le père Joulian était aux anges. Il repoussa son assiette et recula un peu sa chaise pour donner de l'aisance à son bedon qui frottait contre la table. Seigneur ! quelle ripaille ! Le Très-Haut lui pardonnerait bien un petit péché de gourmandise après sa performance de la matinée. L'église remplie de rouges. Dans les deux travées ! Et même debout, au fond, jusque dans le tambour ! Des gens qui n'avaient pas entendu la messe depuis le jour de leur baptême. Il se doutait un peu qu'il s'agissait plus de stratégie électorale que d'une conversion de masse : le secrétaire de la Libre-Pensée, malin comme un singe, ratissait large. Mais le principal était que ces mécréants fussent là. Il en avait profité pour lancer un sermon magnifique sur la parabole de la brebis égarée : *Et cet homme n'aimera-t-il pas cette brebis, encore plus fort que les autres ?*

Ç'avait été du délire. Ces ouailles d'un nouveau genre, peu au fait des usages liturgiques, l'avaient applaudi à tout rompre. Et lui, emporté par leur enthousiasme, avait salué. Comme à l'opéra. C'est sûr, demain, à l'office de 7 heures, Mlle Revest lui en ferait reproche. Tant pis ! La chaleur de ces paroissiens de rencontre le consolait de l'ingratitude de l'abbé Grangier qui, après s'être gobergé à sa table pendant près d'un mois, s'en était allé en compagnie de ses confrères sans dire au revoir ni merci, comme un pet sur une toile cirée.

Il rota discrètement. Allez ! On pouvait passer au dessert ! Anselme Baude, le boulanger, un bon chrétien celui-là, avait préparé toute une plaque de ces brioches moelleuses fourrées de crème et saupoudrées de sucre glace qui deviendraient un jour fameuses sous le nom apocryphe de « tropéziennes ». Le museau poudré de blanc, chacun y allait à présent de sa prestation. Quelques gaudrioles, des romances et des airs d'opéra. Pressés de s'exécuter, le maître d'école envoya « Le Temps des cerises » et le nouveau propriétaire de Font Trigance, une chanson de chez lui, « Bella ciao ». Une voix superbe, cet Italien ! Plus puissante que celle de Jean-Jacques Pascalet. Ah ! s'il voulait venir chanter à l'église... il aurait certainement de nouveaux(elles) paroissiens(siennes). Mais quelque chose lui disait qu'il ne fallait pas trop y compter. Les Italiens, c'est tout blanc ou tout rouge. Sans nuances. Contrairement à ses ouvriers qui ne manquaient jamais la messe du dimanche, Mazzola n'avait pas mis les pieds à l'église depuis son arrivée.

Pendant que l'abbé imaginait une chorale, Louis entreprit de raconter *celle* du saucisson au paradis, que chacun connaissait par cœur mais dont on ne se lassait jamais. Elle prenait d'ailleurs un relief tout particulier aujourd'hui puisque l'on avait, chose rare, un curé à table.

— ... alors, tous les saints regardent le saucisson que le pauvre charcutier a porté pour payer son entrée au paradis. « Qu'est-ce que ça peut bien être ? demande saint Pierre. — Ma foi..., répond saint Jean. — Et toi, qu'est-ce que tu en penses ? — J'en sais pas plus que vous..., dit saint Paul. — Si on allait demander à Marie ? » Bonne idée. Ils y vont. La Sainte Vierge réfléchit un moment, puis dit : « Si on enlevait la ficelle, ça ressemblerait beaucoup au Saint-Esprit... »

Une explosion de rires salua cette grosse gauloiserie. Le cafetier, qui n'était pas un parangon de finesse, jugea bon de la compléter par un provocateur :

— Qu'est-ce que vous en dites, curé ?

L'abbé Joulian répondit du tac au tac :

— J'en dis que la ficelle est un peu grosse...

Il fut applaudi comme le matin à la messe. Tandis qu'il retournait à son dessert avec un petit air modeste, le cafetier lança :

— Bravo, curé ! Si vous nous racontiez encore *celle* du mouton perdu ?

L'abbé Joulian faillit s'étouffer dans son verre de mousseux :

— La brebis égarée, mon fils ! La parabole de la brebis égarée !

— Ma foi, égarée ou perdue, c'est la même chose, non ?

— C'est un fait. Mais, en principe, je ne prêche qu'à l'église.

— Eh bien, pour nous faire plaisir, vous changerez, non ?

Aussitôt, un concert de voix s'éleva, scandant sur l'air des lampions :

— Le curé ! le curé ! le curé !

L'abbé Joulian hésita. Il se demandait si prêcher des rouges dans un café ne serait pas légèrement sacrilège. Et puis il se dit que les premiers chrétiens, saint Paul en particulier, prêchaient n'importe où et n'importe qui : les pharisiens, les Corinthiens, les Éphésiens et même les Galates. N'avait-il pas un peu le rôle de missionnaire face à cette assemblée d'incroyants ? Qui pouvait savoir si, parmi ces mécréants, il ne s'en trouvait pas un qui, l'ayant écouté, l'entendrait ? Il se leva sous les vivats, fit cesser les applaudissements d'un beau geste évangélique des deux bras écartés, puis, la serviette encore nouée autour du cou, il se lança dans un prône somptueux qui devait un peu à Matthieu, un peu à Luc et beaucoup au rosé :

« [...] *que vous en semble ? Lequel d'entre vous, s'il a cent brebis et vient à en perdre une, n'abandonne pas les quatre-vingt-dix-neuf autres dans le désert, pour courir après celle qui s'est égarée, jusqu'à ce qu'il l'ait retrouvée ? Et quand il l'a retrouvée, il la met, tout joyeux sur ses épaules, et de retour chez lui, il assemble amis et voisins et leur dit : Réjouissez-vous avec moi, car je l'ai retrouvée, ma brebis qui était perdue. En vérité, je vous le dis, il y aura plus de joie dans le ciel pour un seul pécheur qui se repent, que pour quatre-vingt-dix-neuf justes.* »

Tous s'étaient tus, charmés par la belle voix de baryton dont les vocalises frisaient la roucoulade. Cette histoire de mouton leur parlait de leur quotidien avec des mots simples et beaux. Ils voyaient parfaitement Alban Venel avec une *fède** fatiguée sur son dos lorsqu'il rentrait des Alpes après la transhumance.

---

* « Brebis ».

— *En vérité, je vous le dis...*, c'est beau ! murmura Gabriel, ému aux larmes.

— Tu parles ! Au début, ça semble beau et puis après..., dit Philibert qui craignait la toute nouvelle indulgence du père Fontanel au moins autant que son ancienne sévérité.

*

Lorsque le tilbury s'arrêta sur l'aire du moulin, Théodule déposa un baiser sur le front de sa sœur et tendit la main à son beau-frère. Adeline, gagnée par l'angoisse à l'idée de se retrouver seule avec cet homme, étreignit sa belle-sœur comme une demoiselle peut s'accrocher à sa mère au moment de sauter le pas. Cette femme d'expérience, belle, intrépide, enjouée, qui avait dix ans de plus qu'elle, lui inspirait confiance. Héloïse se raidit. « Non, mais, tu ne voudrais pas que je te plaigne ! », pensa-t-elle.

Par-dessus l'épaule blanche de la mariée, elle croisa le regard d'Angelo posé sur elle. Pour la première fois depuis le début de la journée, elle le soutint sans faiblir. Jusqu'à ce qu'elle vît se dessiner sur les lèvres mobiles, le mot infâme qui les liait : *Putana !*

Elle détourna la tête et sauta avec légèreté sur le sol. Elle se sentait d'une humeur à faire bouillir la fontaine d'eau chaude ! La voiture vira. Il était clair que les Loisel allaient bénéficier, ou pâtir, pour leur nuit de noce, de feux allumés ailleurs.

Longtemps Adeline, tournée vers le moulin, agita sa main. Théodule en faisait autant. Un bref instant, Héloïse envia cette tendre complicité du frère et de la sœur. Elle pensa à Jean-Jacques. À leur relation brutale et passionnée. Si peu fraternelle. Si violente qu'elle pouvait aller jusqu'à la rupture. Elle secoua la tête afin de repousser ce voile de tristesse.

— Vite ! Nous avons peu de temps ! dit-elle en prenant Théodule par le coude.

Le jeune homme eut un haut-le-corps. Non qu'il n'eût pas le désir de faire d'elle sa femme autrement que sur le papier, mais cette hâte affichée manquait de délicatesse. Il avait de l'âme malgré son athéisme « non dogmatique », comme il se plaisait à préciser. Toute précipitation le heurtait. Héloïse sentit sa réticence au raidissement de son bras. Elle eut un rire clair :

— Voyons, Loisel ! Ne vous méprenez pas ! Nous avons peu de temps pour nous préparer à recevoir nos invités !

— Nos invités ? demanda-t-il, surpris.

— Pardi ! N'oubliez pas que je suis veuve : nous allons avoir droit au charivari !

— Le charivari ? Qu'est-ce que cela ?

— Un concert de casseroles réservé aux seconds mariages, autrement dit mariages de seconde main.

« Seconde main » se disait d'un cheval acheté d'occasion. La comparaison froissa la sensibilité du jeune homme.

— Mais nous venons à peine de les quitter ! dit-il.

— Il n'empêche ! C'est la coutume ! Ils vont venir et nous devrons leur offrir à boire.

— Ils ont déjà beaucoup bu…

— Et vous, pas assez ! dit-elle en le poussant pour le faire entrer dans la cuisine tiède où le poêle, chargé jusqu'à la gueule par Marthe, ronflait doucettement. En un tournemain, elle alluma la lampe à pétrole de la suspension, puis souffla sur l'allumette enflammée en le regardant droit dans les yeux. Théodule rougit. Ravie de son embarras, elle poursuivit :

— Pour commencer, enlevez-moi ça !

Elle glissa entre le cou et le faux col cassé un doigt indiscret. Le bouton sauta. La bande amidonnée se dressa comme un ressort et reprit sa forme rectiligne. L'impeccable tenue du maître d'école en fut, d'un coup, bouleversée, lui donnant un petit air fripon de bourgeois en goguette. Choqué par le geste, il esquissa une prudente retraite.

— Mais… ne vont-ils pas arriver ?

— Mon Dieu ! s'exclama-t-elle, feignant la consternation, j'ai oublié de vous dire que nous devons les recevoir en chemise !

Cette fois, le jeune homme était atterré :

— En chemise ?

— Que voulez-vous, reprit-elle avec un sourire d'ange, ils sont censés nous surprendre dans nos… ébats !

Théodule se dit qu'il allait refuser tout net de se prêter à cette pantalonnade. Il avait entendu parler de traditions grivoises, mais celle-là les dépassait toutes. C'était indigne ! De la dernière vulgarité ! Comme elle le voyait reculer pas à pas, le visage figé par la contrariété, elle changea de registre :

— Cessez de faire l'enfant, Loisel ! Vous m'avez épousée pour devenir maire : vous n'allez pas tout gâcher par une sotte pudeur si près du but ! À votre âge, vous n'êtes plus puceau, tout de même ! Allons ! Déshabillez-vous !

Elle comprit qu'elle l'avait vaincu, sinon convaincu. Il allait obéir. Mais il ne le faisait pas de bon cœur. Lorsqu'elle le vit porter une main tremblante à sa cravate, elle fut, malgré tout, prise de pitié :

— Pendant que vous vous préparez, je vais faire un brin de toilette, dit-elle avec un clin d'œil plus affectueux que lubrique, ce qui rassura un tantinet le pédagogue malmené.

Lorsqu'elle revint en jupon et corset, sa formidable chevelure lâchée sur les épaules, sa robe et ses bas sur le bras, elle le trouva debout et emprunté au milieu de la pièce. Il n'avait enlevé que son habit et son gilet, soigneusement pliés et déposés sur le dossier d'une chaise. Le caleçon long qui dépassait des pans fendus de la chemise était totalement ridicule.

— Enlevez-moi ça ! s'écria-t-elle, indignée.

Il s'exécuta de mauvaise grâce, répugnant à exhiber ses jambes nues qu'il avait pourtant bien faites, joliment poilues et musclées. C'est que, depuis sa sortie de l'École normale, il s'obligeait tous les matins à une gymnastique de santé destinée à éviter courbatures et scoliose. Une... deux... plié... tendu... mains aux épaules... flexion... torsion. Si enfantine que fût cette mise en forme, répétée quotidiennement depuis tout ce temps, si elle ne l'avait pas sculpté comme dix ans de bûcheronnage, elle lui avait modelé un corps souple et harmonieux.

« Tiens ? Mais il n'est pas mal du tout..., pensa-t-elle. Et tous ces poils, c'est intéressant ! »

Elle s'approcha de la chaise, prit le costume et le jeta en boule à travers la pièce. Elle en fit autant de sa robe et de ses bas dont l'un resta pendu à l'espagnolette.

— Ah, mais ! que faites-vous ? s'indigna Théodule.

— Eh bien, je leur donne à penser que vous êtes un fameux gaillard !

Théodule ferma les yeux, épouvanté.

— Autre chose…

— Quoi, encore ? gémit le malheureux qui s'attendait au pire.

— Eh bien… il faudrait…

Elle s'approcha de lui. Tout près. Vraiment très près.

— Permettez-vous ?

Les yeux d'ambre flamboyaient de gaieté. C'était une farce, un jeu, rien d'autre, qu'elle lui proposait. Un jeu malicieux. Un début de complicité. Théodule se dit qu'il était sot de faire tant d'histoires.

— Oui, dit-il, je permets, mais que dois-je permettre ?

— Ceci…, dit-elle en appliquant ses lèvres en ventouse contre le cou palpitant du jeune homme qui, malgré sa gaucherie, commençait à montrer un peu d'émotion.

Elle se gardait pourtant de l'étreindre. Les mains dans le dos, comme une pensionnaire, elle aspira un moment avec application, puis, se reculant, considéra le résultat de l'opération. Un vampire n'eût pas fait mieux. Une marque bien rouge et boursouflée marquait sa peau blanche légèrement émerisée par la barbe naissante du soir.

« Il n'a pas mauvais goût…, pensa-t-elle en se léchant les babines, et puis il sent bon : l'odeur de brun se marie bien avec celle de la girofle… »

Mais elle dit :

— Pour bien aller, vous devriez m'en faire autant…

— Où ? demanda-t-il d'une voix incolore.

Elle fit mine de réfléchir :

— Eh bien… nous dirons… ici ? dit-elle en montrant du doigt le haut d'un sein bombé par l'armature du corset.

L'instituteur ne se fit pas trop prier. Il n'avait certes pas la maîtrise de sa compagne, mais il s'en tira honnêtement. Il prétendit même se remettre à l'ouvrage sous prétexte que la marque n'était pas assez prononcée. Héloïse n'y eût pas vu d'objection, malheureusement, on entendait la sérénade des casseroles qui s'approchait. Théodule s'écarta vivement. Pas assez, cependant, pour lui cacher qu'il bandait. Une virilité pas si ridicule bosselait le devant de sa chemise froissée. Pour la dissimuler, il se courba en avant, tenta de croiser les jambes, coinça ses deux mains jointes entre ses genoux. Héloïse le trouva charmant :

— Vous êtes parfait, Loisel, dit-elle. Par-fait !

Et elle s'approcha de la porte, prête à l'ouvrir au premier signal.

En fait, si le charivari était de rigueur, la chemise, les suçons et les vêtements éparpillés n'étaient pas inscrits au cahier des charges. Ils relevaient de l'initiative personnelle. Héloïse innovait, comme elle avait jadis innové avec le figuier aux jarretières du 1er mai. S'il l'avait su, le sage M. Loisel en fût mort de honte. Mais il n'aurait qu'à s'en louer : elle lui taillait sur mesure le genre de réputation qui fait gagner des élections. Les langues de pute qui murmuraient que l'instituteur faisait un mariage de raison parce qu'il guignait la mairie seraient ridiculisées. Sans parler de l'abbé Grangier. Comment un curé rassis et efféminé pourrait-il rivaliser avec un paillard capable de commencer sa nuit de noce sur la table de la cuisine ?

*

Les Solliérains furent estomaqués par la mise en scène de la meunière. La tradition voulait que les participants fissent un peu rougir les *novis* par des sous-entendus graveleux. Ensuite, ils devaient s'incruster pour les laisser languir. Là, ils étaient largement dépassés. Ils burent un petit coup de marc vite fait, puis s'éclipsèrent en un temps record.

Ils remontèrent au village en rigolant. La vision d'Héloïse en cheveux et corset les avait tous émoustillés, et les patronnes firent les frais de ce grand vent lubrique que la meunière avait fait lever. Du coup, le suçon, cette filouterie qui avait fait les délices d'un XVIIIe libertin, mais que le prude XIXe avait laissé tomber en disgrâce, redevint à la mode. Au lavoir, ces dames écartaient volontiers les lacets de leur corsage pour montrer le dernier que le patron leur avait fait. Elles comparaient avec un sérieux de médicastre la forme et la couleur du stigmate. Elles en tiraient des conclusions sur l'adresse et l'ardeur de l'exécutant. La palme fut remportée sans contestation possible par Marité qui en exhiba triomphalement un à l'intérieur de la cuisse gauche. C'était gonflé. Mais chacun savait que les Baude avaient fait un mariage d'amour…

*

Lorsque les visiteurs eurent évacué les lieux, Héloïse se cambra devant son mari, les mains sur les hanches, la chevelure en bataille, les yeux rieurs.

— Eh bien, Loisel ! Où en étions-nous ?

Et, tout de suite :

— Vous pourriez peut-être ôter vos lunettes ?

Il lui obéit à toute vitesse, mais ne sut où ranger ses verres. Elle les lui prit des mains, les replia soigneusement et les posa sur la table à côté de la bouteille de marc. Sans ses bésicles il avait l'air désarmé. Son visage était celui d'un enfant. Il avait de beaux yeux gris-bleu, un peu graves, et de longs cils, ce que son lorgnon cachait, comme son costume de petit curé cachait une toison pectorale surprenante. Gentiment, elle le prit par la main et l'entraîna jusqu'au lit de noyer de la chambre basse qui avait vu tant de Garrassin ouvrir les yeux, puis les fermer. La lampe à pétrole qu'elle tenait haut, jetait des lueurs d'incendie sur l'édredon cerise qui couronnait le catafalque. Marthe, qui décidemment pensait à tout, avait allumé du feu. Héloïse déposa le luminaire sur la cheminée, puis lui tournant le dos, elle souleva ses grands cheveux de flamme à pleins bras :

— Voulez-vous bien m'aider à délacer mon corset ?

Les flammes nimbaient d'une auréole cuivrée sa silhouette en contre-jour. Théodule eut la tentation de baiser cette nuque odorante et blanche, mais il n'osa pas. Il se concentra sur le laçage, craignant se s'y embrouiller. Au fond, cette fermeture n'était pas différente de celle d'une bottine. Il n'était pas plus bête qu'un autre. Il en viendrait à bout avec un peu d'attention. Ah ! il aurait dû garder ses lunettes ! Cependant qu'il s'appliquait, Héloïse se rappelait le délaçage époustouflant qu'Angelo lui avait fait au couteau. Angelo… Angelo et la petite souris ! Un frisson la parcourut de la tête aux pieds. Ses yeux se remplirent de larmes. Lorsqu'elle se retourna, Loisel fut chaviré de les voir briller si fort. Il n'en revenait pas que ces épaules rondes, ces beaux seins lourds, toute cette chair blonde et chaude fussent à sa disposition. Il pouvait les étreindre, les caresser, les baiser, les mordre, si le cœur lui chantait. À ce moment, il eût donné en échange la mairie qu'il n'avait pas encore et même peut-être l'école ! Mais qui lui demandait d'échanger ? Cette femme superbe était comprise dans le lot. Sa chance lui parut trop grande. Insolente. Injuste. Car au fond de tout instituteur laïque sommeille un loup janséniste. À distribuer notes, pensums et distinctions, on finit par croire que tout doit se mériter. Que des faveurs obtenues sans effort sont déjà une punition. Qu'il n'est pas de lumière sans ombre. De bonheur sans revers. Que le soleil d'hiver doit se payer comptant par un été de chien. Qu'avait-il accompli, lui, pour recevoir cela ? Rien. Absolument rien. Ce qui fait qu'au lieu de sauter en marche sur la cavale qui s'offrait il se demandait pourquoi, comment et d'où elle venait. Ce genre de questionnement n'est pas bon pour l'érection. Si bien qu'après un corps à corps aussi vain que confus les deux partenaires se retrouvèrent côte à côte, en nage, les yeux rivés au plafond. Théodule était malade de confusion. Pour tenter de justifier sa déconfiture, il balbutia :

— Pourtant... tantôt... vous avez vu...

Héloïse se leva sur un coude. Elle regarda le visage défait de l'amant pitoyable. Et sa poitrine bien modelée, joliment décorée d'une toison brune et soyeuse qui promettait beaucoup mieux. Allait-elle se laisser abattre par une petite panne de rien du tout ? Elle lui sourit :

— Ne vous inquiétez pas, Loisel ! Je vais vous arranger ça !

Et elle plongea la tête la première sous l'édredon rouge. De saisissement, Théodule faillit avoir une syncope. Il savait, certes, que cela existait. Il en connaissait même le nom. Fellation. Avec deux *l*. Mais sa science était toute théorique. Plus lexicale qu'usuelle. D'ailleurs, il n'imaginait pas qu'une telle pratique pût sortir de l'ombre trouble des lupanars. Toutefois, il comprit vite qu'elle méritait sa réputation. En un rien de temps, il retrouva la fermeté qui l'avait trahi. Aussitôt, il voulut en user. Héloïse tempéra son enthousiasme d'une main autoritaire posée à plat sur sa poitrine fourrée :

— Du calme, Loisel, il n'y a pas le feu au lac, comme on dit...

Et, malgré ses protestations – légèrement convenues –, elle s'en retourna sous les draps mener à terme ce qu'elle avait commencé. Théodule était dérouté. Mais il finit par profiter de l'aubaine en se disant qu'il était des gâteries qui valaient bien la confiture de pastèque. Héloïse avait l'esprit scientifique. Elle était bien décidée à ne pas ajouter la déception d'une décharge prématurée à ce début chaotique. Et Théodule, naïvement ravi de n'avoir rien d'autre à faire qu'à se laisser pouponner, ne se doutait pas qu'il s'embarquait pour une infernale traversée de la nuit qui le laisserait au petit matin nu et mou comme un lombric, lessivé, démoli, les bras en croix sur l'édredon cerise tandis qu'elle s'en irait en fredonnant préparer le café.

*

Le tilbury arriva sur la pelouse qui entourait Font Trigance. Le bruit rude des roues sur le chemin rocailleux devint presque soyeux. Verdi s'arrêta dès qu'il sentit l'herbe sous ses pieds. Il releva la tête avec grâce et attendit sans impatience la suite des événements.

Angelo sauta de son siège, puis il contourna le véhicule pour aider Adeline à mettre pied à terre. La jeune mariée attendait, toute raide sur la banquette. Elle tenait dans ses deux poings crispés, croisés sur sa poitrine, le boutis que Thérèse avait obligeamment prêté pour réchauffer ce voyage nocturne au grand air de décembre. Elle se leva et jeta un regard effarouché sur Angelo qui lui tendait non pas une main, comme on le fait généralement pour aider une dame à descendre de voiture, mais les deux. Cela allait la contraindre à lâcher la couverture. Elle hésita. Mais Angelo était assez grand pour ne pas avoir à attendre qu'elle se penche vers lui. D'un seul geste enveloppant, il saisit à bras-le-corps la fille et son caparaçon. Au lieu de poser le tout à terre, il l'amena contre lui, puis l'équilibra d'un bras passé autour du dos, l'autre sous les genoux pliés. Adeline se trouva emportée comme elle l'était, petite fille, par son père. Elle en fut tout étonnée. Et, du même coup, presque rassurée. Angelo sentit mollir le corps raidi par l'angoisse. Il en fut amusé. Alors qu'il hésitait à monter les marches du perron,

Mario Taffanelli arriva, portant une lampe-tempête. Il saisit le cheval au mors et :

— *Padrone, conduco il cavallo alla scuderia** ?

— *Si ! Gracie !*

Les voix étaient étouffées par l'humidité qui montait de l'Arc. La nuit était épaisse, trouée par les halos dansants de la lampe-tempête et des lanternes de la calèche. Déjà le Napolitain et l'attelage s'éloignaient. Angelo lança à la cantonade :

— *Mario ! Aspetta ! Abbiamo da parlare***...

L'aîné des Taffanelli eut un petit rire complice :

— *Si, domani. Ma per ora, buona notte**** !

Angelo se félicita de la bienheureuse initiative prise par son employé. Pour dételer le cheval et le conduire à l'écurie, il eût dû remettre un moment Adeline sur ses pieds. Le début de détente qu'il avait senti en eût, fatalement, été compromis. En se chargeant de la tâche de palefrenier, Mario lui rendait un sacré service ! Comme tous les ouvriers agricoles, le bonhomme dormait dans la *fénière***** au-dessus de l'écurie. Angelo l'avait mise gratis à leur disposition pour le temps que dureraient les travaux. Avant la cantine du moulin, ils y faisaient leur frichti sommaire loin de tous, entre hommes sans femme. Angelo savait ce qu'il en était de ces logements de fortune souvent ouverts aux quatre vents. Il en avait connu plus d'un après son évasion. On s'y serrait les coudes entre déracinés. On y était frères. Mais on ne pensait guère à faire des manières aux maîtres qui utilisaient la force et la détresse des expatriés. Que Mario eût pensé à rendre ce service au patron le soir de ses noces était une attention délicate. Décidément, c'était un bon homme, peut-être même un homme bon. Il serait parfait dans le rôle de métayer qu'Angelo comptait lui confier.

À présent que le cheval était en main, il ne lui restait plus qu'à s'occuper de cette petite fille qui n'en menait pas large. La

---

* « Patron, je conduis le cheval à l'écurie ? »

** « Attends ! Nous devons parler... »

*** « Oui, demain, mais à présent, bonne nuit ! »

**** « Fenil ».

porte franchie, il ne s'attarda guère dans le vestibule. Tout élégant qu'il fût, il était sombre et glacé.

Angelo monta directement à l'étage dans le noir, poussa de l'épaule la porte de sa chambre et posa son ballot si léger sur le lit. Adeline se renferma aussitôt dans sa couverture. Angelo s'approcha de la cheminée où il avait, le matin, dressé un bûcher qui n'attendait que l'allumette. En un instant, les flammes montèrent, claires et pétillantes, jusque dans le conduit. Une lueur rousse, vivante, anima les gypseries du plafond, sortit de l'ombre les meubles astiqués par Fortunée. Il négligea d'allumer les deux candélabres jumeaux qui encadraient le cartel à balancier. C'était bien suffisant comme lumière pour ce qu'il avait à faire. Et qu'il envisageait sans déplaisir. Brusquement, une giclée d'étincelles fusa dans l'âtre. Et là, devant lui, se dressa Héloïse avec ses cheveux et ses yeux affolants de la couleur des flammes, ses seins blonds et lourds qui remplissaient la main. Lui aurait-elle laissé le temps d'allumer du feu ? Le feu, elle le portait toujours sur elle entre ses cuisses blanches, sous sa toison fauve, dans sa seconde bouche vorace, sans interdits. Ils auraient roulé tout habillés sur le lit. Ils se seraient battus, déchirés, mordus, encastrés jusqu'à en être anéantis. *Puta Madre !* Qu'est-ce qu'il pourrait faire de tout ça, le maître d'école ? Il prit son visage dans ses mains et le frotta pour effacer la vision. Il se leva. Contre le feu, son ombre était immense. Adeline, qui le regardait du coin de l'œil, entre les plis de la couverture, en eut un hoquet de suffocation.

Lorsqu'il vint s'asseoir au bord du lit, son poids fit flancher le matelas. Elle glissa sur la courtepointe et vint s'arrêter contre sa cuisse, le souffle coupé, le cœur en bataille. Dans cette débâcle, la couverture lui avait échappé. Malgré son début de grossesse, elle était toute menue dans sa robe blanche de mariée. Angelo porta la main au petit col sage retenu par deux boutons de nacre. Elle le repoussa, se débattit, se tortilla pour lui échapper, mais réalisa aussitôt que toute fuite était absurde, inconséquente, injurieuse même. Cet homme, qui lui avait offert le rempart de son nom et de sa fortune, était son ami. Son unique ami puisqu'il était le seul à connaître son secret. Il ne désirait pas lui faire de mal. Et puis il était plus que séduisant. Agenouillée sur le lit, elle fondit en larmes, désemparée.

Angelo était interdit. Tout ce remue-ménage était celui d'une pucelle. Or, elle était enceinte. L'avait-on forcée ? Il laissa retomber sa main et la regarda, les yeux pleins d'ombre sous les sourcils froncés. Affolée par cet air inquiet, la pauvre Adeline crut à de tardifs regrets. Se repentait-il de l'avoir épousée ? Elle voulut lui expliquer comment Jean-Jacques l'avait abusée. Ces quelques minutes d'absence. Le peu de bonheur qu'elle en avait eu et la longue détresse qui avait succédé. Le remords qui l'habitait. La peur que, depuis, les hommes lui inspiraient. D'autant plus violente qu'ils avaient l'air mâles. Et d'aussi mâles que lui, elle n'en avait jamais vu. Maladroitement, elle commença par la fin :

— Cet enfant, balbutia-t-elle en sanglotant, cet enfant, c'est...

Elle ne put achever. Angelo lui faisait un bâillon de sa main. Il ne voulait pas en savoir davantage. Cela l'arrangeait de croire qu'elle était innocente du malheur qui l'accablait. D'une voix consolante, il lui dit avec traduction simultanée :

— *Basta ! Stai zitta !* Tais-toi... *Bisogna dimenticare...* oublier... cet enfant... ce *bambino... è mio...* il est à moi !

Adeline, transportée de gratitude, prit cette si grande main dans les siennes et la baisa dans le creux de la paume avec dévotion. Angelo la serra contre sa poitrine et lui tapota le dos comme pour consoler un chagrin d'enfant. Elle ne fut pas longue à s'y laisser aller et ne protesta pas lorsqu'elle sentit que cette main s'affairait à délacer sa robe de nonnette puis son corset. Angelo était plus adroit que Loisel. Il pouvait faire d'une seule main et à l'aveugle ce qui avait requis les dix doigts et toute l'attention du maître d'école (il est vrai, privé de ses lunettes). Adeline se trouva dégrafée sans presque s'en apercevoir. Le soulagement que lui apporta l'ouverture du carcan baleiné compensa un peu l'appréhension du corps à corps qui s'annonçait. Elle ferma les yeux en se disant que le pire était sans doute à venir mais qu'elle ne pouvait s'y soustraire. Elle avait tort. Fidèle à la décision qu'il avait prise au cours du repas de noce lorsqu'il avait contre la sienne la cuisse impudente d'Héloïse, Angelo ne la baisa ni ne lui fit l'amour. Il se contenta de l'honorer. Comme on peut honorer une épouse que l'on a décidé de respecter. Cela était d'autant plus méritoire qu'il était équipé pour de plus flamboyantes chevauchées. Il n'utilisa pas la moitié de ses ressources, ne lui prodigua que des caresses si chastes qu'elles en étaient presque fraternelles. Et Adeline s'en trouva bien. Il se retira sans même l'avoir froissée, sans lui avoir fait sentir ni son poids ni sa force, simplement sa chaleur qui était une bénédiction entre ces draps glacés.

À ce moment, un chant à deux voix monta sous la fenêtre. C'était les frères Taffanelli qui, selon la coutume napolitaine, venaient faire un brin de sérénade aux nouveaux mariés. Il y était question de *luna*, de *notte*, et d'*amore*, toutes choses infiniment plus délicates que le charivari de casseroles. La nuit était moins bleue et beaucoup plus froide que dans le golfe de Capri, mais le cœur y était. Adeline eut l'impression d'être entrée dans un conte de fées. Cette belle maison, cette langue mystérieuse, ces voix dorées, cet homme bon et doux, rien ne manquait au tableau. Verdi même, bien qu'il fût alezan, avait joué à merveille son rôle de cheval blanc. Tout était d'un romantisme à tomber par terre : *Ils se marièrent et ils eurent beaucoup d'enfants.* Elle se blottit contre le flanc de son époux qui avait poussé la délicatesse jusqu'à ne pas ôter sa chemise. Bientôt, elle s'endormit apaisée sur l'épaule rassurante du prince charmant qui, les yeux grands ouverts dans le noir, se demandait où, quand, et comment il allait enfin pouvoir baiser sa belle-sœur. Car on ne partage pas plus ses rêves que ses rages de dents.

*

Héloïse prit le moulin sur la cheminée, écarta la tirette métallique du couvercle et fit couler les grains fraîchement torréfiés dans la logette arrondie où jouait l'engrenage. Elle se dit que ce système de broyage était infiniment supérieur à celui des meules, lourdes, difficiles à manier, archaïques, pour tout dire. Il faudrait un jour ou l'autre y venir. Faire couler le blé dans un entonnoir terminé par un broyeur de métal. Comme pour le raisin. On ne pouvait continuer à le fouler aux pieds comme au temps des Romains ! Deux rouleaux dentés, actionnés par une roue à aube, une machine à vapeur, un moteur à pétrole ou même l'électricité feraient le travail de vingt ouvriers.

Tout à sa rêverie mécanique, elle prit machinalement l'appareil entre ses genoux. Le contact anguleux du bois contre ses cuisses endolories la fit sourire. La nuit avait été mouvementée. Après un début difficile, Loisel avait plutôt bien assuré le service. Et même, il avait montré une faculté surprenante à renaître de ses cendres, à prendre le train en marche, à s'accommoder de certaines fantaisies. Elle avait eu raison de ne pas s'avouer vaincue au premier revers. Elle voyait en lui une terre en friche, certes, mais fertile et qui ne demandait qu'à être cultivée. Le « vieux puceau républicain », comme elle l'avait d'abord cruellement appelé, deviendrait un amant acceptable. Et même mieux que ça. Elle y veillerait. Il était à bonne école. Il venait brillamment de réussir l'examen d'entrée. Mais pour l'heure, il était ratatiné. Il n'ouvrirait pas un œil avant 10 heures, le pauvre ! Et il en serait confus, lui qui se levait tous les matins à l'aube pour préparer sa classe ! Elle se mit à tourner la manivelle en imaginant avec une certaine tendresse son air penaud de chat mouillé. Du plaisir, elle en avait eu. Elle en avait toujours. Il lui était même arrivé d'en avoir avec Sidoine. Elle le prenait à ses amants plus qu'ils ne le lui donnaient. Elle était impérieuse. Elle menait toujours la danse. Mais le désir dans tout ça ? Le désir, ce cheval fou qui vous emporte le mors aux dents, ivre de vertige et de peur, vers une chute inévitable ? Elle soupira.

Bientôt le grésillement cessa, le bruit lisse de l'engrenage qui tournait à vide lui indiqua que tout le grain était moulu. Elle sortit le tiroir de son logement, huma la poudre brune, puis la versa dans la passoire de la cafetière. L'eau chantait déjà sur le poêle. *Eau qui chante ne bout pas…* Délicatement, elle la fit couler en filet sur la mouture qui exhala un petit nuage de vapeur parfumée. Elle attendit un instant l'alchimie de la poudre et de l'eau avant de verser tout le contenu de la casserole. C'était là le secret de son café qui passait pour inégalable : ne pas l'ébouillanter ni le noyer, le laisser d'abord infuser. Quand tout le liquide fut passé, elle s'en servit une tasse et l'avala brûlante sur un morceau de sucre directement mis en bouche. C'était sa façon de déguster le café frais. Cela lui permettait de faire la part entre la douceur de l'un et l'amertume de l'autre. Sans les mélanger. Les autres tasses qui suivaient au fil de la journée, et elles étaient nombreuses, ne bénéficiaient pas de ce traitement raffiné. Café réchauffé…

Elle se leva, jeta un regard à la pendule. 7 heures. Que pourrait-elle bien faire ? Tout était en ordre et astiqué. Si Félicité avait été là, elle aurait pu jouer avec elle, l'entraîner à faire les jolies menottes ou à marcher autour de la table. Mais Marthe l'avait emmenée dans sa pèlerine, trop heureuse de l'avoir à elle seule pour un dimanche tout entier. Allait-elle déjà s'habiller ou… Elle tourna un moment dans la cuisine, désœuvrée, puis, oubliant qu'un instant plus tôt elle avait généreusement octroyé à son mari encore trois heures de sommeil réparateur : « Il ne va tout de même pas dormir jusqu'à midi ! se dit-elle. Tiens, je vais lui porter le café au lit ! »

Elle versa une autre tasse, la posa sur une assiette, hésita entre un ou deux sucres – elle ne savait rien des goûts de cet homme qu'elle avait pourtant dégusté de la tête aux pieds sinon qu'il devait aimer le parfum de la girofle –, les mit finalement sur le bord, puis partit dans le couloir. Arrivée dans la chambre, elle s'arrêta au bord du lit. Ah, ça, pour dormir, il dormait ! Un coup de canon ne l'eût pas réveillé. Il était couché à plat ventre en plein mitan du lit, aussi nu que sa mère l'avait fait, l'édredon cerise bouffant autour du corps qui l'écrasait. Une illustration parfaite de la luxure et de ses dangers.

« Il n'y a pas à dire, il est bien fait », murmura-t-elle en détaillant, la tête penchée, cette académie d'un œil d'anatomiste.

Des épaules épanouies aux fesses pommées en passant par la taille bien prise, il n'y avait rien à jeter. Les jambes velues étaient plus solides qu'on ne l'eût cru, les chevilles paraissaient d'autant plus fines que les mollets étaient musclés.

« Jamais je n'aurais imaginé qu'il puisse être bâti comme ça sous son petit costume ! », pensa-t-elle.

Elle s'approcha. Huma, les narines palpitantes, ce drôle de parfum d'épice exotique. Eut la tentation d'avancer la main. N'en fit rien. Il était touchant, ainsi abandonné, ses cheveux d'ordinaire si bien coiffés tout ébouriffés, ses joues quotidiennement raclées bleuies de barbe. Quelle barbe, nom de Dieu ! Un vrai régal ! Dans le sommeil, il avait perdu son air pincé. Retrouvé son âge tendre. Comme les vieux chevaux dorment debout, les hommes rassis ronflent sur le dos. À trente-trois ans, Loisel avait encore des vestiges d'enfance. Il dormait en désordre. Une jambe raide, l'autre pliée. Les pieds en portemanteau. Un bras soutenait son front, l'autre pendait du lit. Jusqu'à la hauteur du coude, ils étaient couverts d'un fin pelage brun couché de côté qui s'estompait sur le dessus de la main. Les doigts, souples, frôlaient le sol.

Héloïse posa la tasse sur la table de nuit. Elle se pencha. Entre l'index et le majeur, une tache d'encre violette maculait la peau. Délicatement elle prit la main molle et glissa les deux doigts dans sa bouche. Ce contact humide et chaud réveilla le maître d'école. Il ouvrit un œil. Il lui fallut quelques secondes pour tout remettre en place dans sa tête, du mariage de la veille jusqu'à cette femme en chemise, agenouillée au bord du lit, qui lui suçait bizarrement la main.

« Tiens ? Voilà autre chose », pensa-t-il. Mais au lieu de s'étonner, il décida de mettre en pratique la maxime qu'il servait volontiers à ses élèves sur un ton pète-sec : *On n'apprend jamais rien si on a peur de dire que l'on ne sait pas.*

— Brrr… j'ai froid ! dit-il en se fourrant d'un coup de reins sous l'édredon.

Presque aussitôt, il en sortit une moitié de tête hirsute. Une idée bizarre lui était venue de ce qu'il pouvait faire de ses deux doigts mouillés. Une idée qui, la veille, l'eût fait rougir.

— Vous ne voudriez pas venir me réchauffer ?

« Il apprend vite… », se dit Héloïse en se glissant près de lui. Lundi matin, lorsqu'il accompagnera sa *cardeline** à l'école, Angelo ne pourra pas ignorer sa tête de déterré…

---

* « Mésange ». Se dit d'une femme frêle.

22

Comme Héloïse l'avait prévu, Angelo fut impressionné par les traits tirés et les yeux caves du maître d'école. Il en tira les conclusions qu'elle en attendait. Il déposa un chaste baiser sur le front d'Adeline qui le reçut avec un sourire céleste, l'assura qu'il viendrait la chercher ce soir à la sortie de l'école, puis remonta en voiture : direction le moulin. Tandis que Verdi adoptait un petit trot élégant, il se représentait tous les avantages du double mariage que lui et sa maîtresse venaient de contracter. D'abord, ils étaient à présent apparentés : rien ne les empêchait de se fréquenter. Ainsi, il pouvait, sans crainte de faire jaser, aller, comme il s'apprêtait à le faire, rendre une visite de courtoisie à sa belle-sœur. Enfin, détail pratique, leurs époux respectifs étaient astreints, de par leur métier, à des horaires. Ils auraient, chaque jour, une plage de liberté de 8 h 30 à 11 h 30, puis la même l'après-midi. Il leur suffirait de s'organiser. Personne n'est plus facile à cocufier qu'un fonctionnaire qui doit pointer !

Au moulin, les ouvriers étaient au travail depuis 7 heures. Dans le broyage infernal des meules, le brassage bouillonnant de la roue, c'était un va-et-vient continu, des conseils, des huchements, des mises en garde, des appels, des grincements d'essieux, de mécanique, le choc mat des sacs que Ripert chargeait d'un coup de reins sur le plateau de la charrette.

Héloïse, un facturier sous le bras, un calepin à la main, notait le nombre de sacs, son, repasse et farine, que le charretier devait livrer à chaque client dans la journée. Il y ajouterait, en fin de chargement, les caissons contenant les boîtes d'extrablanche destinées aux épiciers. Il s'agissait de ne pas de se tromper dans une commande, de ne pas oublier tel ou tel produit que le client, sinon, irait peut-être acheter chez un concurrent.

Les sacs bistre, tassés les uns contre les autres, s'alignaient impeccablement. Ripert connaissait son métier. Depuis qu'Héloïse avait acheté une presse à poncif, chaque emballage portait, dans un cartouche arrondi, le nom du moulin imprimé à l'encre noire. C'était une nouveauté, que seules se permettaient les grandes minoteries et qui classait le moulin Garrassin parmi les fabriques qui comptaient.

Héloïse était tout à son affaire. Elle pointait un doigt impérieux sur tel sac décousu ou mal lié, sur un cachet déformé, une étiquette imparfaitement arrimée, car la farine, soumise comme l'alcool au système des acquits, se transportait dans des sacs plombés qui devaient porter au col des indications précises sur le poids, le type de la mouture, le pourcentage de balle, de blé dur ou de farine de fèves que le produit contenait.

— Descendez-moi ça, Ripert ! Je veux une marchandise impeccable !

Le charretier obtempéra sans rechigner. Elle biffa sur son calepin les deux sacs incriminés. Lorsqu'elle leva la tête, elle fut un peu surprise de voir le tilbury s'arrêter à côté de la charrette sur laquelle on pouvait lire, inscrit en hautes lettres blanches sur fond bleu : MOULIN GARRASSIN. Verdi et Vicomte, placés tête à queue, se toisèrent avec un égal mépris. Angelo, en revanche, sentit une petite bouffée d'admiration à la voir bien plantée dans son rôle de patronne donnant des ordres que l'on ne discute pas. Contrairement à son jeune mari, elle avait une mine superbe, le teint frais, l'œil luisant, les joues lisses et rebondies. Sur son chignon bouffant, elle portait, pour préserver ses cheveux de la farine, un joli foulard coloré, noué à la diable, qui lui donnait un petit air gitan. C'était bien plus coquin que les sempiternelles coiffes blanches sous lesquelles étaient ensevelies les autres Solliéraines. Elle ne l'attendait pas de si tôt, mais il en eût fallu davantage pour la démonter. Toutefois, elle eut un geste instinctif de coquetterie. D'un doigt, elle remonta une boucle folle qui lui battait le front, la glissa sous l'étamine, puis se porta hardiment au-devant de lui. Elle avait préparé au moins vingt phrases à lui servir, mais vu les circonstances, ce fut autre chose qui tomba :

— Un moment, Mazzola, je dois faire partir ce chargement !

Mazzola ! Angelo n'en revenait pas. Quel aplomb ! Et cette présence d'esprit ! Elle s'était frottée contre lui trois heures durant et voilà qu'elle l'appelait par son patronyme comme un simple voisin ! Il suivit d'un œil étonné la silhouette qui s'en retournait vers sa charrette et son charretier. Il lui sembla, à son regard effaré, que le grand type rustique, à la fois cocher et portefaix, était plus malmené qu'il n'en avait l'habitude. N'était-elle pas en train de lui faire une démonstration d'autorité ? Il devait convenir qu'il trouvait plutôt excitant de voir une femme diriger autant d'hommes, et cela d'une main de fer. Le menton sur la paume, il fit mine de s'intéresser à l'opération jusqu'à ce qu'elle fût terminée. En fait, il ne quittait pas des yeux la belle cambrure, la nuque altière et les longues mains dont il savait l'habileté. Héloïse referma enfin son calepin, tendit au charretier un rouleau de factures, puis elle donna une claque sur la croupe du cheval et lança d'une voix nette :

— *Ite** !

La charrette s'ébranla. Le charretier bougonna un vague « à ce soir ! ». Elle revint vers lui d'un pas assuré car, pendant que Ripert finissait de charger, elle avait eu le temps de fignoler ce qu'elle allait lui dire. Elle leva la tête et, le regardant droit dans les yeux avec impudence :

— À présent, je suis à vous...

Le sous-entendu de cette simple formule de politesse était tel qu'Angelo se mit à bander. Il avait fort heureusement sur le dos un élégant manteau anglais à bavolet capable de cacher cette réaction prévisible.

— Voulez-vous me suivre ? demanda-t-elle.

Et elle l'entraîna dans le magasin de détail où il n'y avait jamais de pratique avant 10 heures. Dès qu'ils furent entrés, elle referma la porte qui fit tinter sa batterie de clochettes, puis elle passa derrière le comptoir. Angelo ne put que se placer de

---

* « Va ! »

l'autre côté. Ainsi se retrouva-t-il à la place exacte qu'il occupait un an plus tôt, lorsqu'il était venu naïvement se faire assommer. D'ailleurs, en levant les yeux, il vit, accrochée derrière elle à un clou forgé, la balance romaine qui avait failli le trépaner. Héloïse vit son visage se durcir. Elle suivit son regard. Tourna la tête. Comprit. Alors, elle décrocha la balance et la lui tendit, comme prête à recevoir sur la tête le coup vengeur qui le libérerait. Mais en sachant toutefois qu'il n'allait pas le donner. Angelo ne fut pas dupe. Il la laissa le bras tendu. Il glissa une main dans son manteau et en tira une enveloppe qu'il posa doucement sur le comptoir. Sans y toucher, Héloïse nota le tampon circulaire qui portait une Justice coiffée de rayons, assise sur un trône et, tout autour, écrit en rond : Notaire. Elle leva sur lui un regard interrogateur. Posément, il ouvrit l'enveloppe, en tira un feuillet plié en deux. Il le lissa du plat de la main et le tourna vers elle. Au-dessous de l'en-tête à l'enseigne de maître Laugier, était calligraphié en belles anglaises : *Acte de mainlevée d'hypothèque.* Elle battit des paupières, déconcertée. Lorsqu'elle leva les yeux, elle vit qu'il la regardait. Sans tendresse. Mais avec un désir si violent qu'elle se sentit déshabillée, les pointes des seins durcies sous la camisole, le sexe d'un coup trempé. C'était un marché qu'il lui proposait. Un marché avec une *putana.* Elle aurait voulu refuser. Mais elle ne pouvait pas. C'était trop chaud. Trop fort. Trop lourd. Elle sentit qu'elle vacillait malgré elle par-dessus le comptoir, comme tirée dans le vide par cette mortelle envie de chute contre laquelle personne ne peut rien. Il fit l'autre moitié du chemin. Ils se frôlèrent du bout des lèvres comme deux chats qui se flairent. Et puis ils se crochèrent de la langue et des dents, mordant ici, léchant là, se barbouillant la figure de salive, ânonnant des syllabes sans suite, des petits cris et des gémissements. Ce n'était pas un baiser, c'était déjà de la fornication. Seul le comptoir bien établi entre eux les retenait de rouler dans la poussière de farine. Tout à coup, la balance romaine qu'Héloïse tenait toujours lui échappa des mains et tomba dans un ferraillement. Angelo se jeta en arrière. Il était essoufflé comme après un cent mètres. Il frictionna son visage à deux mains, écarquilla les yeux afin de les remettre en place. Il lui mit sous le nez son pouce, son index et son majeur écartés. Trois doigts. Trois heures. Puis il les retourna vers lui : chez moi. Héloïse fit oui de la tête. Il sortit, monta en voiture et s'en alla. Ils n'avaient pas prononcé un mot.

*

Longtemps après, Héloïse se dit qu'elle ne se rappelait pas le temps qu'il faisait ce jour-là. Le ciel était-il bleu, était-il gris ? Pleuvait-il ? Peut-être que le soleil brillait ? Ou bien que le mistral soufflait ? Le thermomètre indiquait-il 20 °C ou gelait-il à pierre fendre ? Toutes ces minces variations de la nature n'étaient rien comparé à l'orage qui l'habitait.

Dès que les tables de la cantine furent démontées, elle laissa Marthe se débrouiller avec la vaisselle et Félicité. Elle lui lança au visage un vague besoin de prendre l'air et elle partit sans se soucier des regards qui pouvaient la suivre.

Elle marchait. Comme ivre. Ne sentait pas le chemin sous ses pieds. Il l'attirait à lui de là-bas, comme si elle était attachée à une corde invisible qu'il enroulait, mètre après mètre, autour de son bras. Rien n'eût pu l'empêcher d'y aller. Si Loisel s'était trouvé sur son chemin, peut-être lui eût-elle marché sur le ventre.

Le perron était vide. La porte entrebâillée. Dès qu'elle l'eut poussée, elle se sentit happée, écrasée contre le battant qui claqua derrière elle. L'odeur de son amant la liquéfia d'un coup. Sa bouche s'empara de la sienne avec une violence à lui casser les dents. Ils reprirent ce pourléchage de chiens haletants qui les avait laissés sur leur faim le matin. Mais à présent, ils étaient seuls. Personne pour les empêcher de se palper, se pétrir, se trousser à pleins bras en toute obscénité. Ils voulaient tout. Tout de suite. Tout en même temps. Se frotter. S'encastrer. Se manger. Ils allaient d'un bord à l'autre du couloir, se heurtaient aux murs de la nuque et du genou, bête bizarre, apoplectique, soudée par tous les bouts, agitée de spasmes, de convulsions, animée de grognements. Tout à coup, il la souleva dans ses bras et l'emporta dans l'escalier. Accrochée à son cou, elle ne cessa pas un instant de le lécher. Arrivé à l'étage, il traversa le palier jusqu'à la chambre nord qu'avait occupée l'abbé Grangier. Les volets étaient clos. La cheminée flambait. Il la posa sur le sol, donna un tour de clé et se mit aussitôt à se déshabiller. Elle ne se fit pas prier pour l'imiter. En un rien de temps elle tomba sa robe, ses trois jupons, son pantalon, sa chemise et ses bas. Restait l'infernal corset. Angelo était déjà nu. Magnifique. Il bandait admirablement. Elle vint se coller à lui, la tête sur son épaule, cependant qu'il tirait les lacets. La mince dépouille de satin tomba entre leurs pieds. Ils demeurèrent un moment immobiles, enlacés, debout, peau contre peau, émerveillés. Surtout ne rien dire. Ne pas tenter d'expliquer. Laisser leurs deux corps se retrouver. Faire l'amour. Les yeux dans les yeux. Ne pas y chercher le remords, le regret, ni une quelconque vérité. Simplement la montée du plaisir. Attentifs au moindre tressaillement. Bien en face. Bien profond. Chaque pulsation de l'un répondant à la pulsation de l'autre. En veillant à ne pas se perdre en chemin. Pour parvenir en même temps au sommet. Et tomber ensemble.

Après l'amour, ils demeurèrent un moment prostrés, les yeux grands ouverts, bras et jambes emmêlés. Peu à peu, leurs souffles retrouvèrent des rythmes différents. Angelo prit une inspiration, ouvrit la bouche. Héloïse crut qu'il allait parler. Mais il eut un geste fataliste de la main. Son discours ne fut qu'un soupir. À quoi bon ? Comment nommer cette force qui les poussait l'un vers l'autre ? L'un dans l'autre ? Et les rejetait ensuite face à face, hostiles, déjà prêts à s'affronter ? Il la prenait pour une putain. Elle, pour un assassin. Et pourtant, ils étaient là. Ensemble. Nus. Que pouvaient-ils faire ? Héloïse se redressa sur un coude. Elle passa un doigt léger sur le front bombé, le fit glisser le long de la pommette, de la joue, du menton, du cou. La tête. Qu'y avait-il, là-dedans ? Mystère... Elle continua son chemin sur l'épaule, dessina les pectoraux du plat de la main. Le cœur. Autre question. Sans réponse. Puis elle descendit de plus en plus pesamment vers le ventre. Là, elle savait. Déjà le souffle d'Angelo s'était accéléré. Non, ils ne pouvaient rien faire. Sinon recommencer. Il se tourna d'un coup et la prit sous lui, guettant sur son visage un vague rictus d'inconfort. Mais non. Elle acceptait son poids. Comme aucune femme, jamais, ne l'avait accepté. Il ne voyait rien d'autre dans ses yeux à la pupille élargie que le désir de le sentir entrer en elle, s'y installer, y exploser encore et encore, jusqu'à ce qu'elle soit remplie de lui. Et cette chiennerie le tuait. Ce qui ne l'empêcha pas de faire ce qu'elle attendait. Avec toute l'insupportable lenteur qu'elle espérait, alternant avec des coups de reins à lui ouvrir le ventre. Elle finirait bien par fermer ces putain d'yeux jaunes et crier : « An-An-An-Angelo ! » Mais non. Elle n'allait pas plus loin que les « A-A-A »... Elle ne faisait que les moduler du soupir au cri. Il n'était toujours qu'un mâle anonyme à qui elle avait arraché un enfant et qui lui donnait du plaisir. Et, pour lui, elle demeurait la *putana*. Ils n'avaient pas d'avenir. Dans ce lit de curé, ils jouissaient et souffraient d'une même maladie : la passion. Une maladie qui ne devient pas chronique. Qui tue d'un coup. Ou qui guérit.

*

Angelo la laissa en passant devant le moulin. Il ne descendit pas de voiture. Lorsqu'elle fut sur le chemin, il se contenta de lui adresser un haussement de sourcils en signe d'interrogation.

— *Domani ?*

Elle répondit en fermant brièvement les yeux :

— Oui.

La nuit tombait. Il pouvait être 17 heures. Fin décembre, les jours sont courts. Marthe l'attendait sur le seuil de la cuisine en berçant Félicité dans ses bras. La petite pleurait à chaudes larmes. Dès qu'elle vit sa mère, elle lui tendit les bras. Héloïse la prit contre elle. Les pleurs cessèrent, mais l'enfant continuait à sangloter, tout habitée par son angoisse d'abandon. Le visage de Marthe était figé par la réprobation :

— Eh ben, madame Héloïse, c'est pas trop tôt ! Je commençais à me faire du mauvais sang ! Elle ne vous a pas vue depuis samedi, cette pauvre petite ! Elle n'a pas l'habitude... Et puis, cet après-midi, on a eu des clients ! Heureusement que Philibert était là...

Héloïse piqua un fard. Elle avait vraiment tout oublié... Tandis qu'elle se promettait de gratifier son commis providentiel, la gouvernante tordit le cou. Juste à temps pour voir disparaître le tilbury derrière le pont. Aussitôt, avec un air pincé :

— Si c'était pour aller vous promener en calèche, vous auriez aussi bien pu emmener Félicité !

Le mot pompeux de « calèche » fit sourire Héloïse. Elle haussa les épaules :

— Allons, qu'est-ce que tu vas t'imaginer ? Je l'ai croisé sur le chemin qui allait chercher sa femme à l'école. Il a proposé de me ramener...

— Aussi, je me disais...

Héloïse se garda bien de lui demander ce qu'elle se disait. Pourtant Marthe, lui jetant un coup d'œil torve :

— En tout cas, ça vous a fait du bien, cette promenade, vous avez bon air !

« Je comprends que ça m'a fait du bien..., pensa-t-elle. Un an sans toucher un homme et depuis deux jours, c'est une véritable course à la queue ! »

Mentalement, elle compta : « Sept fois avec Loisel et quatre avec lui, ça fait onze coups ! Pas mal... pas mal... Avec une heure de plus devant moi, j'arrivais à la douzaine ! » Et elle éclata de rire.

— Qu'est-ce qui vous prend ? s'indigna Marthe, interloquée.

— Rien ! dit-elle, les yeux brillants de larmes de gaieté. Je comptais...

— Et ça vous fait rire, de compter ? reprit Marthe d'un ton pincé.

— Tu voudrais que ça me fasse pleurer ?

Marthe eut un soupir résigné, puis elle tourna les talons et rentra dans la maison. Un riche parfum de bœuf mitonné emplissait la cuisine.

— Mmm, ça sent bon ! dit Héloïse. J'ai une de ces faims !

— C'est le grand air, estima Marthe.

— Oui, certainement..., reprit-elle, en se mettant de nouveau à rire.

— Au moins, ça vous met de bonne humeur de prendre l'air !

Héloïse s'assit à table, Félicité sur ses genoux. À présent, la petite était calmée. Voir sa mère rire d'aussi bon cœur semblait l'avoir rassurée. Elle se mit à jouer avec la médaille qui portait les initiales de Fanny, la grand-mère fantôme. Marthe posa devant elles une assiette de panade onctueuse. Déjà, l'enfant, stimulée par le parfum de la bouillie, ouvrait grand la bouche :

— Coquine ! Tu as faim, toi aussi ? bêtifia tendrement Héloïse.

Tout en lui donnant la becquée avec une cuillère impossible, emmanchée sur le côté, elle poursuivait ses rassurantes litanies :

— Elle va manger tout ça, ma petite rate, ma jolie poupée, et puis, hop ! à la dernière bouchée, au lit !

De la pointe de la cuillère, elle rattrapait les morceaux qui s'échappaient des commissures et les fourrait de nouveau dans la bouche avide. Cela ressemblait un peu à un ravalement de maçonnerie, la cuillère en guise de truelle. Mais en beaucoup plus délicat. Dès qu'elle eut terminé, Marthe rafla l'assiette et l'emporta sur le potager. Héloïse prit sa fille dans ses bras, la petite tête au creux de son cou. La joue appuyée sur les boucles brunes, elle lui caressa longuement le dos. Bientôt, un ronron de chat bienheureux monta de la bouche entrouverte. L'enfant, apaisée, offrait au regard des deux femmes attendries son visage poupin mais bien dessiné.

« Elle a la bouche de son père », pensa Héloïse, et elle sentit sur ses lèvres le goût et la densité de celles d'Angelo. « Bonne Mère ! Mais qu'est-ce qui m'a pris de me marier avec un autre ? »

Mais aussitôt, se rappelant le regard d'Angelo où se mêlaient désir, rancune et mépris : « Parlons pas de malheur ! Il me ferait pisser le sang ! »

La Bonne Mère faillit lui répondre : « C'est aussi mon avis… »

Elle se contenta de lui expédier l'image de Loisel, aussi confiant dans son sommeil que Félicité, tout nu et pas si mal que ça, la figure enfoncée dans l'édredon cerise, la main pendante, les doigts tachés d'encre violette. Une douce émotion, teintée d'un soupçon de remords, envahit Héloïse.

« Tout de même, se faire encorner le lendemain de son mariage ! »

Mais tout de suite : « Oh ! et puis zut ! Il veut être maire ? Tant pis pour lui ! Mon cul n'est pas à la République ! Il est à moi ! J'en fais ce que je veux ! »

Sur ces fortes pensées, elle monta coucher Félicité dans leur commune chambre. Elle dormirait avec Loisel dans celle du bas lorsqu'il viendrait, mercredi soir, comme ils en étaient convenus. Le mercredi et le samedi. Le reste du temps, chacun chez soi, c'était leur accord.

Lorsqu'elle redescendit, Marthe était occupée à trier des lentilles. Héloïse s'assit à côté d'elle et entreprit de l'aider, faisant glisser un à un, du bout des doigts, les minuscules grains verts sur le bord d'une assiette. Un caillou, une brindille, un fétu de paille étaient aiguillés sur le côté, puis poussés sur la table.

« Qui sait si Loisel aime les lentilles ? », se demanda-t-elle. Mais dans la foulée : « Quelle importance, puisqu'il n'en mangera pas... » Et puis : « Avec sa sœur à Font Trigance, ce soir, il va forcément souper tout seul, peut-être froid ! »

Elle le vit, piteux, avec ses lunettes et sa raie au milieu, regardant une assiette figée. Ou même, qui sait, vide !

Brusquement, elle n'y tint plus. Elle se leva. Marthe la suivit d'un regard incrédule lorsqu'elle la vit jeter sa pèlerine sur ses épaules.

— Vous allez *encore* prendre l'air ? lança-t-elle d'un ton acide.

— Je vais porter un peu de ta daube à... à mon mari. Je reviens tout de suite.

Marthe, qui connaissait comme tout Sollières l'affaire de la chemise et des suçons, leva discrètement les yeux au ciel.

« Si c'est pour faire tout ce tintouin et m'obliger à rester au moulin jusqu'à pas d'heure pour garder la petite, ils feraient aussi bien d'habiter ensemble, ces deux-là ! », pensa-t-elle. Mais comme il s'agissait de la patronne, elle se garda de donner son avis. Elle se contenta de faire couler deux bonnes louchées de daube dans une gamelle en fer-blanc munie d'une anse mobile. Toutefois, elle la posa sur la table avec un brin d'humeur.

— Tenez ! dit-elle. Et faites vite : je vous attends...

Mais Héloïse avait l'air ailleurs. L'idée typiquement masculine de faire un petit cadeau au conjoint que l'on vient de tromper lui tournait dans la tête. Généralement, l'attention inhabituelle éveille les soupçons qu'elle prétend écarter et contraint le maladroit à des justifications improbables. Mais quand on s'installe dans l'adultère, on n'est pas à un mensonge près... Héloïse promenait un regard critique sur les bricoles qui encombraient le dessus de la crédence et les étagères du vaisselier. Un cadeau, oui, mais quoi ? Tout à coup, elle sut. Elle alla ouvrir le tiroir où elle avait rangé le couteau d'Angelo, la balle du squelette et le livre de raison de Revest Anaclet, toutes choses apparemment disparates. Elle tira du livre la lettre qu'Évariste Mestre y avait oubliée. Sur l'enveloppe, se trouvaient les trois timbres bruns de dix cents à l'effigie de Thomas Jefferson. Ils étaient parfaits. Oblitérés de trois tampons bien nets, tous alignés. Pas une dent ne manquait. Elle sortit le feuillet de sa pochette, l'encarta dans le livre et glissa l'enveloppe vide dans la doublure de sa pèlerine. Elle souriait de bonheur à l'idée du plaisir qu'elle allait faire à son petit mari.

— J'y vais ! dit-elle.

— C'est ça ! Allez-y ! soupira Marthe avec un brin d'insolence.

*

— Loisel ! C'est moi ! Je vous ai apporté ça !

L'instituteur passa la tête à la fenêtre. Il vit, en bas, la silhouette de sa femme qui tendait d'une main la lanterne et de l'autre un petit récipient métallique. Les deux se balançaient à bout de bras. La longue pèlerine, écartée et jetée en arrière par le geste d'offrande, lui faisait une cape royale. La lumière de la loupiote posait une coulée d'or sur son chignon perché et un petit pompon de vapeur signalait son haleine. Il la trouva belle à pleurer.

— Je descends tout de suite !

Derrière ses volets, Mlle Latil, alertée par l'appel, jubilait :

— Je sens que les suçons, ça va recommencer !

Ses persiennes étaient équipées de lamelles basculantes que l'on pouvait orienter afin de surveiller en douce le voisinage. Comme sa fenêtre était placée en vis-à-vis de celle du maître d'école – un rouge ! –, elle l'avait utilisée au début pour surveiller le suppôt de Satan, s'attendant à le voir célébrer des messes noires sur sa toile cirée. Elle avait été bien déçue. Les Loisel, frère et sœur, avaient des mœurs on ne peut plus bourgeoises. Mais ce soir, elle sentait qu'il allait s'en passer de belles !

Dès qu'il ouvrit la porte, Héloïse se faufila de profil dans le couloir avec une souplesse de matador qui accompagne la corne. Loisel, surpris et ravi, lui souriait de toutes ses dents, qu'il avait blanches et régulières. Elle éprouva cependant le besoin de justifier sa visite impromptue :

— Marthe a fait une daube ! Je ne vous dis que ça ! J'ai pensé que ça vous ferait plaisir…

— Et comment ! s'exclama le pédagogue.

Elle lui tendit la petite marmite et fit mine de vouloir se retirer.

— Vous monterez bien un instant ?

— Oui, mais, juste une minute… Marthe m'attend !

Il la précéda dans l'escalier. La cuisine était toute petite, mais bien rangée. Sur le réchaud à pétrole, une casserole d'émail laissait s'échapper un pauvre fumet de pâtes trop cuites, triste menu des hommes abandonnés. Héloïse se félicita de sa visite. Elle évacua sa pèlerine en une gracieuse véronique, et :

— Je vais vous arranger ça…

C'était exactement ce qu'elle lui avait dit le soir de leurs noces quand il n'arrivait pas à bander. Loisel en fut tout retourné. Il coula un bras autour de la taille ferme et l'attira contre lui.

— Loisel, vous n'y pensez pas !

Visiblement, il y pensait. Et même, il ne pensait qu'à ça. Elle jeta un regard pratique autour d'elle. Il n'y avait que la table et deux chaises. N'était-ce pas le moment d'exécuter *ex abrupto* la figure hardie qu'elle avait laissé supposer aux musiciens du charivari ? Elle s'appuya des fesses contre le plateau, poussa un peu pour s'assurer qu'il soutiendrait le choc. Parfait. C'était du bon bois. Bien lourd. Peut-être du chêne. Elle dégrafa promptement Loisel qui n'en fit pas tout un plat, releva son cotillon et l'attira entre ses cuisses ouvertes. Comme ils étaient à peu près de la même taille, la jonction se fit sans problème. Restait que les jambes tendues d'Héloïse n'offraient pas un angle idéal. Loisel, qui se dégourdissait à toute vitesse, trouva un remède à la chose en les prenant chacune sous un bras. Ayant, au cours des deux derniers jours, déjà largement donné de sa personne, il ne sentait aucune urgence et commença donc une lente promenade qui se prolongea, se prolongea… au point qu'Héloïse, qui n'avait accepté l'échange que par complaisance, finit par se dire qu'en se laissant aller, elle pouvait peut-être en tirer un peu, et même beaucoup, de plaisir.

« Oh là là ! dit-elle tout étourdie en se rajustant, quand je pense que nous avons fait un mariage de raison ! »

Loisel rit. À présent, il la regardait aller dans la cuisine qu'elle ne connaissait pas, papillonner de-ci de-là, ouvrir portes et tiroirs, pour en tirer des assiettes, des verres et des couverts pour deux. Les pâtes avaient profité de l'intermède pour se coller au fond de la casserole. Elle les jeta et les remplaça par la daube qu'elle mit à réchauffer. Bientôt ils se trouvèrent assis face à face, de part et d'autre de la toile cirée, gais et légers comme des enfants qui font un goûter. Loisel mangea avec un bel appétit. À chaque bouchée, il lançait des « mmm ! » de délectation. Lorsqu'il eut terminé, Héloïse nota qu'une bonne couche de sauce restait au fond de son assiette. Il était trop bien élevé pour la torcher avec du pain et s'envoyer le tout par le gosier, comme le faisaient la plupart des Solliérains. Mais il regardait le jus parfumé avec regret. Héloïse lui adressa un clin d'œil engageant :

— Allez, Loisel, ne faites pas de manières !

Il lui opposa une dénégation un peu précieuse. Alors, elle se leva, vint à lui, détacha du bout des doigts un gros morceau de mie de pain au centre de la miche, le sauça avec application et fit mine de vouloir lui donner la becquée. Il détourna la tête, se débattit, lui saisit les poignets. Ils chahutèrent un moment. Le morceau de pain finit par tomber sur le sol et Héloïse sur les genoux de son mari. Il tenait toujours ses poignets. Mais il avait cessé de rire. Héloïse était extrêmement sensible à ces changements d'humeur.

— Encore ? dit-elle, incrédule.

Pour toute réponse, il la retourna et l'installa à califourchon sur ses cuisses. Docile, elle se laissa pénétrer, puis attendit, immobile, je ne sais quel miracle qui était peut-être déjà en train de se produire. Elle était étonnamment bien. Leurs deux têtes étaient imbriquées, le menton de l'un reposant sur l'épaule de l'autre. Elle sentait, contre son cou, la légère rugosité de sa barbe. Il avait vraiment une barbe très vivace pour un homme aussi jeune et aussi bien élevé. Elle remua doucement la joue pour mieux la sentir râper sa peau.

— On voudrait mourir comme ça..., dit-il à voix basse.

Héloïse en fut secouée. Il s'était tant et tant donné depuis deux jours qu'il ne lui restait plus beaucoup de ressources. S'il s'était démené pour s'extirper une dernière larme de foutre, il eût, fatalement, été un peu ridicule, alors que ce tendre emboîtement sans but était une conclusion parfaite à trop de gesticulations.

Elle recula un peu sa tête, la pencha sur le côté et prit une de ses lèvres entre les siennes. Sa moustache était soyeuse. Comme ses cheveux. Depuis qu'ils étaient mariés, ils avaient beaucoup baisé, mais ils ne s'étaient pas embrassés. Un peu comme si ce fameux mariage de raison dont ils feignaient de s'amuser les autorisait à forniquer, mais leur interdisait une caresse plus noble, réservée aux vrais amoureux. Ainsi les prostituées qui comptent pour rien ce qui se passe entre leurs cuisses et réservent leur bouche à l'homme de leur vie. Ils s'embrassèrent doucement, à petits coups de langue, tout le temps que mit cette ultime érection à se résoudre complètement. Et même là, ils demeurèrent encore enlacés, mêlant leurs souffles, se frôlant à peine, dans un apaisement total.

— Je vous aime beaucoup, Loisel..., murmura Héloïse.

Il s'agissait certes d'un verbe qui se conjugue nu et se passe en principe de compléments comme d'adjectifs, mais Loisel l'entendit pour ce qu'il était : une forme de promesse. Il eut le bon goût de ne pas ajouter : « Moi aussi. » Il se contenta d'une légère pression des bras autour de sa taille.

Ils fussent peut-être restés ainsi une partie de la nuit si l'horloge du clocher ne s'était mise à sonner. Héloïse, soudain raidie, compta les coups. Jusqu'à neuf. Vivement, elle sauta sur ses pieds.

— Mon Dieu ! Et Marthe qui m'attend...

Elle s'enroula dans sa pèlerine et, jetant un regard contrit sur le couvert encore mis :

— Pardonnez-moi : je vous laisse la vaisselle...

Loisel la rassura d'un geste de la main. Au moment de sortir, elle se ravisa, fit volte-face :

— J'allais oublier ! Je vous avais apporté cela...

Loisel saisit l'enveloppe qu'elle lui tendait. Il y jeta les yeux, puis les leva sur elle, émerveillé :

— Trois *ten cents* ! Et moi qui n'ai que des *twenty* et des *thirty* ! (Il prononçait « tène cintse, touèneti et seurti ».)

— Vous parlez anglais ? demanda-t-elle.

— Un peu..., répondit-il avec modestie.

Cependant, il tournait l'enveloppe dans ses mains. Il lut l'adresse. Maître Arsène Revest – Place de la République – Sollières – Bouches-du-Rhône – France.

— Tiens, dit-il, je ne savais pas que maître Revest était, lui aussi, timbrophile. Pourquoi donc ne m'en a-t-il jamais parlé ? Nous aurions pu échanger...

Héloïse pensa à la lettre que l'enveloppe contenait :

— Il a peut-être simplement reçu cette lettre, cela ne veut pas dire qu'il collectionnait.

— Là, je vous arrête ! dit Loisel sur un ton de spécialiste. L'enveloppe n'est pas américaine. Regardez !

Et il lui montra un filigrane invisible sous le revers gommé. Elle acquiesça pour ne pas le contrarier.

— Il s'agit de l'un de ces courriers que les amateurs se font adresser par le truchement de la Société internationale de timbrophilie.

Héloïse ne comprenait rien. Elle fronça les sourcils. Loisel eut un petit air gêné.

— Je vous accorde qu'il est légèrement puéril de se faire expédier un courrier dont on connaît le contenu pour le simple plaisir de voir son nom figurer sur une enveloppe affranchie et oblitérée dans un pays étranger, mais...

— Ma foi, non, dit-elle, moi, je trouve cela plutôt amusant !

— Vous êtes indulgente. En tout cas, je vous remercie. Ces trois timbres me font grand plaisir !

— Vous m'en voyez ravie ! dit-elle en lui posant un baiser d'oiseau sur le bout du nez.

Dès qu'elle fut partie, il poussa les deux couverts au bord de la table, y étala *Le Petit Provençal*, alla chercher porte-plume et encrier, puis il sortit du tiroir un bloc de papier à lettres et tout un assortiment d'enveloppes. Sur la première, il écrivit : Madame Héloïse Loisel-Garrassin – Moulin des Négadis – Sollières – Bouches-du-Rhône – France. Sur la seconde, qui était sensiblement plus grande et bistrée : *Philathely International Society* – 42e Street – Manhattan – New York – USA. Il y colla deux Cérès rouges à un franc. Enfin, il prit le bloc de papier à lettres et calligraphia au milieu de la page de sa belle écriture penchée :

Je vous aime. Il estima qu'il serait plus élégant de ne pas signer. Il plia le feuillet, le glissa dans la première enveloppe, la cacheta avec soin, puis il mit le tout dans le pochon, accompagné de deux autres Cérès qui serviraient, selon l'usage, à payer le timbre de *thirty cents* que son correspondant collerait sur sa lettre avant de la confier aux *US Postages.*

*

Héloïse descendit au moulin en balançant sa jupe et sa lanterne. Tout au long du chemin, elle chantonna :

Je voudrais un mari
Docile et sans reproche
Qui aille dans ma poche
Un tout petit mari
Je le voudrais petit
Et surtout bien gentil…

Lorsqu'elle arriva, Marthe l'avait mauvaise. Elle l'attendait toute harnachée sur le pas de la porte, son panier au bras, sa capote attachée sous le menton.

— 22 heures ! Alors, là, franchement, vous exagérez !

Comme elle ne répliquait pas, Marthe lui lança avec aigreur :

— Je suppose que vous avez mangé avec *lui…*

— Hum…, répondit-elle distraitement.

Marthe était frustrée de la prise de bec qu'elle mijotait depuis son départ, quelque quatre heures plus tôt.

— J'espère, qu'au moins, *il* l'a trouvée bonne, ma daube !

— Excellente ! dit Héloïse en balançant sa jupe.

Marthe soupira. La patronne l'avait prise au dépourvu. Depuis sa visite à Font Trigance avec Félicité, elle avait formé le projet de la marier à l'Italien. Ce qui présentait le double avantage de l'appareiller avec un bel homme et d'éponger la dette à 27 %. Et voilà que, sans lui demander son avis, elle était allée épouser le maître d'école ! Certes, il n'était pas vilain, M. Loisel, mais quelle idée !

— Franchement, je me demande ce que vous lui trouvez, à cet homme !

— Pourquoi ? Il ne te plaît pas ? s'enquit Héloïse, feignant la surprise.

— Pour ce que j'en ai à faire..., répondit la gouvernante avec mépris.

Et puis elle ajouta :

— Je le trouve « froid ».

Héloïse se dit que l'adjectif ne convenait pas exactement à son petit mari si prompt à s'enflammer et si long à s'éteindre. Elle se mit à rire.

— Ah ! ah ! ricana Marthe, je vois que vous comptez encore ?

« Treize à la douzaine ! », pensa Héloïse. Mais cela lui coupa net l'envie de rire. Demain, à 15 heures, elle avait rendez-vous avec Angelo.

« C'est vrai, je suis une *putana* ! », se dit-elle. Et il lui sembla que le mot avait un peu perdu de sa charge érotique pour retrouver sa signification première. Elle sentait ce qu'il y avait de légèrement hystérique dans ses crises de rire : il lui avait fallu deux hommes, et pas des mauviettes, pour l'amener à cette joie nerveuse.

*

Adeline n'avait pas l'habitude d'être servie. D'ordinaire, lorsque ses petites élèves avaient quitté l'école, elle prenait son porte-monnaie et son panier à provisions pour aller se ravitailler à l'épicerie de Mme Lucien. Elle en rapportait des pâtes, du riz, des œufs, des pommes de terre, des légumes secs ou des saucisses salées qu'elle faisait cuire sommairement. Quelquefois, elle commandait un poulet qu'on lui livrait avec ses grosses pattes jaunes et sa tête pendante, ce qui la dégoûtait un peu. Théodule n'était pas un convive difficile : il lui suffisait de se remplir l'estomac. Ensuite, elle lavait la vaisselle, puis allait se coucher. Aussi fut-elle surprise, en arrivant à Font Trigance, de trouver le couvert mis sur une petite table ronde dans le salon du bas. La nappe tombait jusqu'à terre, les assiettes, les verres et l'argenterie étaient plus qu'élégants. C'est qu'Angelo, se sentant aussi coupable qu'Héloïse, au lieu d'offrir trois timbres, avait mis les petits plats dans les grands. Lassé d'attendre que

Grangier le débarrasse de ses souvenirs de famille, il s'était enfin décidé à les utiliser. Le linge de table comme les cristaux et la porcelaine étaient époustouflants. Pour être juste, il n'en avait jamais vu d'aussi beaux. Restait à servir dans ces merveilles autre chose que la soupe du charbonnier, avec ses macaronis, ses patates germées et ses lardons. Fortunée, à qui il s'était ouvert de son problème dans la matinée, s'était exclamée :

— Alors là, monsieur Mazzola, c'est pas difficile ! Le lundi soir, ma sœur Marthe fait la daube pour la servir le lendemain à la cantine du moulin. Si vous voulez, je vais vous en chercher un peu. Ce sera dix sous la portion…

C'est ainsi qu'Adeline et Angelo mangèrent ce soir-là, mais dans de la porcelaine à chiffre, exactement la même chose qu'Héloïse et Loisel sur la toile cirée, excepté les pâtes d'accompagnement qui atteignaient au sublime : Angelo était très fort pour faire cuire les pâtes.

Lorsque le repas fut terminé, Adeline se leva pour emporter le couvert dans la cuisine. Angelo l'arrêta d'un geste :

— *Domani*, Fortounée lé fait !

Adeline sourit :

— Demain, Fortunée le fera…

Angelo répéta avec application :

— Démain… Fortounée… lé féra…

Adeline fit non de la tête :

— Demain… de… de…

— Démain… dé… dé…

Alors, elle posa ses doigts légers de part et d'autre des belles lèvres pour les contraindre à ne pas s'écarter :

— De… demain…

Angelo, cette fois, réussit sa voyelle :

— De… main !

— Voilà ! C'est parfait !

— Voilà ! C'est parfait ! reprit Angelo avec la docilité d'un perroquet.

Adeline rit de tout son cœur. Elle était vraiment ravissante. Fraîche comme une fleur. Elle avait ces jolies dents bien alignées et ces yeux gris-bleu un peu tristes qui donnaient à son frère ce charme grave que l'on mettait un certain temps à détecter, mais qui n'en était, ensuite, que plus captivant. Héloïse était d'ailleurs en train d'en faire les frais. Angelo prit les petites mains et les baisa tour à tour. Et il recommença. Et elle riait. Et puis il baisa les poignets. Et la saignée du bras. Et elle riait toujours. Alors, il se dit qu'il pouvait peut-être tenter un baiser sur la bouche, un baiser chaste, lèvres fermées. Il s'approcha doucement, l'effleurant à peine, s'attendant à la voir tourner la tête, s'échapper. Mais elle n'en fit rien. Ses lèvres s'entrouvrirent sur un souffle précipité dont il ne pouvait dire s'il était d'affolement, de résignation ou de désir, mais il n'y croyait guère. Il s'écarta un peu et vit le fin visage tendu vers lui, les yeux fermés et la bouche tendre animée de si étranges vibrations qu'il comprit tout de suite que la troisième et improbable supposition était pourtant la bonne. Toute la sensibilité d'Adeline était à cet endroit. Jean-Jacques, sans le savoir, en avait bien profité. Elle n'avait pourtant pas la grande bouche charnue d'Héloïse, mais de jolies lèvres pâles et bombées, des lèvres de bébé, un peu gercées, qui avaient quelque chose de fragile, de puéril, d'un peu sucré, à peine, comme un bonbon anglais. Il se passa la langue sur les lèvres et retourna tout de suite au chantier. À cet exercice, il n'était pas plus mauvais que le grand Pascalet. Il y mit un égal savoir-faire et en tira le même bénéfice. À cela près que, là où le lovelace n'avait cherché que son plaisir, il prit le temps de s'inquiéter de celui de sa partenaire, bien aidé en cela, il faut en convenir, par l'essorage serré que lui avait fait subir Héloïse dans l'après-midi. Il la porta jusqu'au grand lit que Fortunée avait refait. C'était un bel avantage qu'il avait de pouvoir ainsi soulever sans effort les femmes et les enlever comme des proies. L'émotion que faisait naître ce simulacre de rapt lui économisait la moitié des préliminaires. Il s'enchanta de l'entendre pousser de petits cris affolés et déchargea, dans un grand frisson, toute l'énergie qu'il retenait depuis le début. Il eut à ce moment l'impression que l'enfant qu'elle portait était vraiment à lui. Alors que la *bambola*, qui avait pourtant la fossette de la *mama*, l'appellerait toujours *zio*...

Adeline, tout amollie, avait la tête sur sa poitrine et un bras passé autour de sa taille. Apparemment ce grand corps nu et dur ne lui faisait plus peur du tout. Il l'avait peut-être guérie de ce saligaud de Jean-Jacques. Il tapota doucement la fine épaule, et :

— *Carina*, comment tu dis *zio* en français ?

— *Zio* ? s'étonna Adeline qui revenait de loin.

— Pas « ziô »... t'zio... t'... t'..., dit-il en faisant péter la dentale.

— T'zio ? répéta parfaitement Adeline sans toutefois comprendre ce qu'elle disait.

Alors, il posa une main sur son ventre, et :

— Ton frère, pour lui...

— Ah, oui ! mon frère... On dit : oncle, mon oncle.

— Mon oncle ? répéta Angelo, surpris.

Et puis :

— C'est pas zoli...

Adeline eut un petit rire. Elle frotta doucement sa joue contre sa poitrine :

— Tu as raison, ce n'est pas zoli. Moi aussi, je préfère *zio* !

À sa respiration régulière, Angelo comprit qu'elle s'était endormie. Il se demanda pourquoi il ne pouvait pas parler avec Héloïse alors qu'avec elle c'était si doux et si facile. Et pourtant, demain, il retournerait dans la chambre fermée à clé où le lit défait conservait les traces raidies de leur plaisir sans issue.

23

— Sur la table ! Vous m'avez bien entendue : sur la table !

Mme Lucien hochait la tête avec stupéfaction. Thérèse, Marité et Julie Castinel avaient les yeux qui leur sortaient de la tête. Enchantée de faire son petit effet, Mlle Latil poursuivit en écartant les bras comme pour y tenir deux tonnelets :

— Et il lui tenait les jambes comme ça !

— *Fan* des pieds ! dit la cafetière.

— Et après la table, la chaise !

— Comment ça, la chaise ? demanda Marité en fronçant ses beaux sourcils.

— Eh bien, lui, il était assis normalement, tranquille, et elle par-dessus !

— De face, de dos ou en travers ?

— De face ! Et vous pouvez me croire que les suçons, ça y allait !

Julie Castinel jeta un regard plongeant et perplexe sur son épaisse juponnaille qui descendait jusqu'à terre :

— Mais sa robe, ça devait les empêcher...

— Vous pensez bien que sa robe, elle l'avait relevée ! On lui voyait les cuisses jusque-là !

Et la vieille fille fit, du bord de la main, un geste tranchant au ras de l'aine comme si elle avait voulu se couper une jambe.

— Dégoûtant, je vous dis ! Dégoûtant !

— Oh mais dites ! s'insurgea Thérèse, si ça vous dégoûtait tant que ça, vous n'aviez pas besoin de regarder !

La catéchiste pinça les lèvres, se redressa et, exécutant une rapide volte-face, sortit de l'épicerie.

Les trois clientes et l'épicière échangèrent des sourires entendus :

— N'empêche..., dit Marité avec un air rêveur.

— Oui, n'empêche..., reprit Thérèse.

— Tu aurais cru ça, toi, du maître d'école ? demanda la boulangère.

— On peut dire qu'il cachait bien son jeu, celui-là ! apprécia Julie Castinel.

Et elles pouffèrent en se disant qu'elles n'y avaient jamais pensé vu qu'il avait l'air si sérieux M. Loisel, mais qu'au fond, sans être à tomber par terre, comme l'Italien de Font Trigance, il n'était pas mal du tout et même plutôt joli garçon...

Elles s'en retournèrent chez elles d'un pas un peu lascif faire part à leur conjoint des nouveaux exploits du candidat à la mairie. Du coup, poussés par une saine émulation, les Solliérains, après avoir sacrifié à la mode des suçons, se lancèrent à corps perdu dans les figures acrobatiques sur des supports inusités.

Julie Castinel s'en tira bien contente mais avec le cul un peu brûlé, la forge de Théodore lui ayant démontré que même éteinte depuis la veille, elle conservait assez de calories pour mettre à mal sa beauté callipyge. Après avoir déclaré que « tout ça, c'était des couillonnades », Louis Juvénal s'essaya néanmoins à chevaucher en même temps sa femme et son zinc et démolit d'un coup de pied trois bouteilles de Cinzano. Quant à Marité, elle déclara forfait lorsque Anselme, emporté par un lyrisme boulanger, voulut lui laminer les fesses sur le tour avec le *bistordier*[*].

L'après-midi, Héloïse s'en allait retrouver Angelo à Font Trigance et ils baisaient comme des bêtes, sauf le jeudi et le dimanche, jours en principe chômés, où les Loisel, passant avec délice du statut de maîtres à celui d'élèves, prenaient en leur compagnie des leçons peu pédagogiques.

Les élections se déroulèrent dans une atmosphère de stupre généralisé. Comme de juste, ce maître d'école qui portait si haut

---

[*] « Grand rouleau à pâtisserie de professionnel ».

et flamberge au vent l'honneur républicain fut élu conseiller à une large majorité : les blancs, écrabouillés, n'avaient pas bougé. Ils n'avaient même pas présenté de candidat. Grangier semblait s'être volatilisé. Lors de la réunion plénière, Loisel fut élu maire à l'unanimité. On fêta cette grande victoire au café, les rouges et les blancs mêlés. Philibert, enchanté par sa nouvelle charge de commis au moulin, reprenait des couleurs et Gabriel, derrière l'égouttoir à bouteilles, s'essayait à des Notre Père et des Je vous salue Marie.

*

Mon cher Félicien,

Il y a bien longtemps que je ne t'ai donné de mes nouvelles. Rassure-toi, elles sont aussi bonnes que possible. Mais que veux-tu, il se passe tant de choses, ici !

Tout d'abord, laisse-moi te conter la dernière. Figure-toi que nous avons marié, et cela le même jour, le maître d'école et sa jeune sœur. Je dis « nous » car je me sens, à présent, tout à fait de Sollières. Ce fut une noce étonnante, un peu rustique, mais pittoresque à souhait. Nous avons beaucoup mangé, beaucoup bu, et je me suis couché fort tard, les villageois m'ayant entraîné avec eux dans une surprenante coutume qu'ils appellent « charivari ». Il s'agit d'aller donner un concert de casseroles aux nouveaux mariés, puis de les contraindre, par une occupation intempestive des lieux, à différer le plus longtemps possible le moment où ils pourront consommer. Je t'accorde que ce rituel est un peu leste, mais, rassure-toi, il ne s'adresse qu'aux unions de la deuxième chance entre veufs ou divorcés.

Avec qui ces jeunes gens ont-ils convolé, me demanderas-tu ? Je te répondrai que la demoiselle a épousé un riche propriétaire, un Italien récemment installé dans la région, quant au jeune homme, je te le donne en mille, il a choisi… la meunière dont je t'ai déjà parlé ! Je vois d'ici ton air étonné car je t'avais laissé entendre que cette sémillante veuve ne m'était pas indifférente. Il faut croire que mon cœur est plus inconstant que je ne le pensais… T'en découvrirai-je la cause ? Eh bien, voilà : imagine-toi que le hasard m'avait donné pour me tenir le bras dans l'église la belle-sœur du forgeron, une petite personne délicieuse à souhait. Son prénom est Ernestine. Elle est demoiselle des Postes à Fuveau, d'une humeur accorte, d'une grâce charmante, avec beaucoup d'esprit. Nous avons été complices dans l'instant. Nous avons ri, oserai-je le dire, comme des bossus lorsque la jeune mariée, à la sortie de l'église, a jeté dans la foule son bouquet – ce bouquet qui est, comme tu le sais, censé désigner la prochaine épousée – et que ledit bouquet est tombé sur la tête de Mlle Revest, la fille de feu le notaire dont je suis en train de classer les papiers. Quand je dis fille, c'est plutôt vieille fille que je devrais dire, bien qu'à mon avis, elle n'ait pas quarante ans. Elle n'est, en fait, pas plus disgraciée qu'une autre, mais si revêche, si austère, si bigote en un mot, qu'aucun galant ne s'y est jamais risqué, malgré des espérances qui se sont renforcées depuis la mort de son père. J'en parle savamment, ayant classé son testament ! Cet homme était un sage : il a laissé à son fils l'étude (que le malotru s'est empressé de vendre) et tous les vignobles, qui ne sont pas rien, à sa fille. Il y en a, au bas mot, pour cent mille francs ! Pourtant, aucun fiancé ne s'est déclaré : on dira après cela que les gens de la terre ne pensent qu'à l'argent et la propriété ! Pour ma part, je les apprécie chaque jour davantage. Quant à ma chère Ernestine, je crois bien que je lui plais...

Je t'embrasse de tout mon cœur, ton frère qui pense à toi.

Évariste Mestre

P-S : Pardonne-moi si je ne peux, ce mois-ci, t'envoyer de mandat : j'aimerais faire présent d'un gentil colifichet à Ernestine dont l'anniversaire tombe le 20 de ce mois.

*

La réponse ne se fit pas attendre. Elle arriva quasiment par retour de courrier. Toutefois, elle ne se présentait pas sous la forme discrète d'une enveloppe affranchie et oblitérée, mais sous celle, conquérante, de Félicien Mestre en personne, en chair et en os. Las de puiser par à-coups dans une eau qui se raréfiait, il avait décidé de capter le fleuve Revest, ou du moins ce qu'il en restait, à sa source, c'est-à-dire entre les cuisses, si serrées fussent-elles, de l'héritière.

Un samedi matin, on vit descendre de la diligence des frères Richelme un fringant jeune homme au mollet galbé, portant canne, chapeau et un léger bagage à main. Il jeta un bref coup d'œil sur le café, puis, faisant volte-face, il s'engouffra dans l'église où le père Joulian terminait sa messe de 7 heures. Il en ressortit un moment après au bras de l'abbé qui, tout en devisant, l'accompagna chez les Revest. L'homme d'Église fit retomber deux fois la main de bronze qui ornait la porte de l'étude. On ne pouvait trouver meilleur ambassadeur : Élisabeth se précipita pour lui ouvrir.

— Mon père ? dit-elle, toute vibrante d'émotion.

Félicien Mestre eut un mouvement de recul vite réprimé à la vue de cette chose sèche, toute de noir vêtue.

« Rappelons-nous qu'elle vaut cent mille francs ! », se dit-il pour s'encourager. Il lui tendit la main en claironnant :

— Félicien Mestre !

Interloquée, Élisabeth avança une main hésitante. Au lieu de la serrer, il la baisa avec enthousiasme en roucoulant :

— Mademoiselle Revest, je présume ? Mon frère m'a tant parlé de vous !

La pauvre fille ouvrait des yeux de hibou :

— Votre frère ?

— Évariste ! Évariste Mestre, le... l'associé de maître Laugier !

Élisabeth, qui avait traité le petit clerc par le mépris, apprenait simultanément qu'il s'appelait Évariste Mestre et qu'il était l'associé – ce qui l'eût surpris lui-même – du plus important notaire d'Aix. Elle éprouva un début d'estime pour lui, bien qu'il n'eût pas l'entregent de son aîné. Le bon père Joulian ajouta naïvement :

— M. Mestre est lui aussi notaire à...

— ... Paris ! compléta vivement le coquin.

En fait, il était, tout comme Maximin, diplômé, et pouvait exercer ce métier usant pour les fesses, mais avait opté pour un travail plus expéditif, à savoir le tir au pigeon. Favorablement impressionnée par la politesse du bellâtre, Élisabeth lui proposa, ainsi qu'au père Joulian, une tasse de café. Si bien que lorsque

Évariste arriva sur le coup de 8 heures pour reprendre sa tâche de classement, ce fut son frère qui l'accueillit avec l'affabilité charmante d'un maître de maison.

Le mariage Revest-Mestre serait le premier que Loisel ratifierait de son paraphe.

Il fut décidé et célébré en un temps record, la veuve et l'orpheline étant convaincues qu'il ne fallait pas lambiner car, vu l'âge et l'état de la fiancée, semblable occasion ne se représenterait probablement plus. Maximin, informé alors que les bans étaient déjà publiés, se précipita à Sollières pour tenter de confondre le scélérat. Rien n'y fit : on se doute que la vente accélérée de l'étude ne plaidait guère en sa faveur et avait quelque peu entamé son crédit auprès de sa mère et sa sœur. Elles le jetèrent à la rue. Il se consola en emportant avec lui le tableau de *Coquine.* Mais, au moment de prendre la diligence, il s'avisa qu'il était bien encombrant. Il le confia à Louis :

— Juvénal, vous donnerez cela de ma part à Héloïse…

Comme Thérèse crevait de curiosité, dès que la voiture eut disparu, le cafetier écarta le gros papier qui emballait la toile.

— Mmm, c'est joli ! dit-il.

Puis, en tournant la tête :

— Je trouve qu'elle lui ressemble un peu…

— À qui ?

— À Héloïse !

— Bof ! estima Thérèse, d'abord, Héloïse est plutôt blonde…

— Je parle pas des cheveux !

— Et tu parles de quoi, alors ? s'inquiéta la cafetière en guignant le joli sein nu de la bergère.

Avant que Louis n'eût trouvé un mot pour se justifier, elle attaqua, bille en tête :

— Tu les as vus, toi, les *tétés* d'Héloïse ?

— Ben non, répondit Louis, c'est ma sœur de lait…

Et il ajouta sur un ton de regret :

— N'empêche, Loisel, il doit pas s'emmerder !

Quelques jours après, Félicien emporta Élisabeth en voyage de noces à Venise. Tout ça partait très fort !

— Vous direz, après ça, que le bouquet de la mariée, c'est de la superstition ! dit Marthe à Héloïse qui rigolait.

*

C'était un fait, Loisel ne s'emmerdait pas. Héloïse non plus, d'ailleurs. Toutefois, il ne tarda pas à s'agacer de ses manières dominatrices. Il était accoutumé à régner sur quarante morveux infernaux, parfois d'un coup de règle, plus souvent d'un haussement de sourcils. Depuis qu'il était maire, il en faisait autant avec ses administrés. Non qu'il fût hautain ou cassant, mais il avait conscience de sa fonction et de celle des autres. Ce n'était, de sa part, ni arrogance ni fatuité, simplement la conviction que dans une société chacun doit se tenir à sa place et œuvrer pour le bien commun. Sans être autoritaire, il avait de l'autorité : une façon feutrée de commander qui rendait l'obéissance indolore. Mais il ne fallait pas s'y tromper : il commandait. C'était, pour tous, une évidence. Sauf pour sa femme. À se voir ravalé au rôle peu glorieux d'instrument sexuel, le maître instinctif qu'il y avait en lui eût pu faire la gueule ou se révolter. Mais ce maître contesté était un maître d'école et, de plus, sorti premier de sa promotion : il avait des lettres. Et, à son répertoire, d'autres morceaux que les « vols de gerfauts » et « éléphants gétules » qu'il faisait apprendre par cœur à ses élèves. Si bien qu'un soir, la désarçonnant d'un coup de reins :

De la douceur, de la douceur, de la douceur,
Calme un peu ces transports fébriles, ma charmante…

Le tutoiement surgi au chaud du lit, alors qu'à la ville ils se vouvoyaient façon XVIIIe, avait déjà de quoi surprendre. Même s'il était dû à la plume ambiguë de Verlaine. Héloïse se figea.

Sois langoureuse, fais ta caresse endormante,
Bien égaux tes soupirs et ton regard berceur,
Va, l'étreinte jalouse et le spasme obsesseur
Ne valent pas un long baiser, même… qui mente !

Mais, pendant qu'il lui sussurait le poème à l'oreille, lui donnait-il pour autant ce long baiser alexandrin ? Non, pas du tout ! Il l'attachait d'un double nœud aux barreaux chantournés du lit avec ses bas. Que faire ? Que dire ? Il venait, d'un coup, d'inverser les rôles. Certes, ce n'était qu'un jeu. Un jeu un peu tordu qu'elle pouvait refuser. Mais qu'elle était forcée d'accepter. Pouvait-elle, sans être ridicule, avoir des indignations de rosière ? Elle lui avait appris le solfège : à présent, il composait. Avec sa nature à lui et un certain talent. Et puis il avait une contenance invraisemblable, aiguisée jusqu'à la performance par ses dix années de chasteté consentie. Avec un sens très pratique de l'opportunité, il utilisait à son avantage ce qui eût pu le desservir. Non, il n'était pas si sage que ça, M. Loisel, sous son habit strict de maître d'école. Il pouvait même se montrer quelquefois très vilain ! Si bien qu'elle finit par trouver érotiques ses éternels costumes noirs, ses lunettes, ses cols cassés et sa coiffure impeccable de laquelle pas un cheveu ne dépassait. Le parfum de girofle se mit à la troubler. Elle découvrait, un peu surprise, mais intéressée, qu'un homme à peine plus grand qu'elle pouvait la dominer autrement que par son poids. Angelo avait cinq jours, lui n'en avait que deux. Pourtant, il gagnait du terrain.

24

S'ils se prenaient toujours avec une égale jubilation, Héloïse et Angelo ne parvenaient toujours pas à parler. Parler, c'était, fatalement, aborder le coup de balance qu'elle lui avait donné, le trésor des Garrassin qu'il avait étouffé, le poignard, la balle, les trois sous troués, Loisel, Adeline et Félicité. Alors, ils se taisaient. Plus ou moins écœurés par l'odieuse image d'eux-mêmes qu'ils se renvoyaient. Chaque étreinte les laissait pantelants, affolés, en proie à un désir déjà prêt à renaître, mais muets, enfermés dans des non-dits qui leur interdisaient le langage articulé. Ils n'échangeaient que les mots strictement nécessaires pour se fixer le rendez-vous suivant.

Le jeudi ou le dimanche, lorsqu'il leur arrivait de prendre un repas à quatre, en compagnie de leurs époux respectifs, ils se contentaient de se passer l'eau, le vin ou le sel avec des hochements de tête. Héloïse voyait pourtant que, sous la douce mais ferme férule d'Adeline, il faisait d'incroyables progrès en français. Loisel, souvent, l'en complimentait. Il en était à employer des subjonctifs et des doubles négations que la plupart des Solliérains ne maîtrisaient qu'à moitié, leur français n'étant qu'une traduction sommaire du provençal, leur vraie langue usuelle. Son accent n'était plus que saupoudré de *ou* et de *é* chatoyants, ses *r* frisaient au lieu de rouler. Il avait même, quelquefois, des élégances d'expression que les deux instituteurs saluaient de petits rires complices ou d'applaudissements amusés. En revanche, il tutoyait les gens à tout-va, même le sous-préfet qui était venu inaugurer le garde-fou du parapet et en était resté sur le cul. Mais lorsqu'ils se retrouvaient tous les deux, nus et collés l'un à l'autre dans la chambre nord qui prenait peu à peu des airs de capharnaüm et des senteurs de tanière, il lui servait le sabir rudimentaire du charbonnier, truffé de borborygmes et de patois piémontais. Quand ils étaient trop épuisés, ils demeuraient côte à côte, allongés sur les draps froissés raidis de sperme, le regard fixe, ahuris, sans un geste tendre, sans même se toucher. Et puis l'un des deux se retournait. Et ils recommençaient.

Si ardentes qu'elles soient, les liaisons régulières exigent de l'organisation. Il est des détails pratiques, des trivialités que l'on ne peut pas éluder. D'abord, cette chambre qui était devenue leur repaire. Angelo la maintenait toujours fermée. Il n'avait pas eu de mal à convaincre Adeline que Grangier en avait emporté la clé qu'il conservait toujours sur lui. La maison était si grande et si froide ! La jeune femme se disait qu'elle aurait bien le temps, au printemps, de l'explorer. Cette enfilade de pièces glacées la rebutait. Pour l'instant, le grand salon du bas et leur chambre, qui étaient bien chauffés, lui suffisaient.

En revanche, il avait eu plus de mal avec Fortunée. Cette rage de ménage qui la tenait l'amenait souvent devant la porte close, dont il lui arrivait même de secouer la poignée.

— Arrêté, Fortounée ! Jé té dis qué Grangier a emporté la clé !

Mais l'autre rechignait :

— Théodore Castinel, il vous ouvre ça en deux minutes !

— On verra…

— C'est tout vu ! Je passe à la forge et je lui dis…

— Tou loui dis rien dou tout !

Elle essayait pourtant une autre fois d'actionner le bouton de porcelaine. Il lui jetait un regard furibond :

— Si tou continou, jé té fous à la porté !

— Ça va… ça va…, disait-elle en faisant le gros dos.

Elle vidait les lieux sans cesser de ronchonner :

— Si ça se trouve, c'est plein de rats, là-dedans…

En général, ces prises de bec se passaient dans la matinée, alors qu'Adeline était en classe. À midi, elle déjeunait avec son frère au village. À midi, aussi, Fortunée, qui était censée avoir fini son service, rentrait chez elle. Il était donc seul dans la maison et pouvait aller où bon lui semblait. Il en profitait pour allumer du feu dans la chambre, vider l'eau de la cuvette, changer celle du broc, apporter une bouteille de vin, des verres et une carafe d'eau, tâches qu'il ne pouvait, évidemment, confier à personne. Le service qu'il effectuait s'arrêtait là : le lit n'était jamais fait, des serviettes sales s'entassaient sur le dossier des chaises, les verres à vin se collaient dans un cercle violet sur le marbre de la commode, les bouteilles vides s'accumulaient, le calcaire se déposait dans les carafes. Des deux grandes armoires de mariage placées en regard, l'une, qui portait un soleil au fronton, était fermée. L'autre, décorée d'une coquille, grande ouverte et comme cambriolée. Sans se soucier de l'allégorie un peu lourde du mobilier traditionnel provençal – le soleil pour Apollon et la coquille pour Vénus –, ils en tiraient au hasard du linge qu'ils laissaient tomber çà et là. Sans soin, ils marchaient dessus. Sur le manteau de la cheminée, une brosse bouffie de cheveux cuivrés était posée sur un missel entre un crucifix de campagne et une patène : l'abbé avait dû célébrer ici sa messe quotidienne. Angelo prenait la touffe à pleine main pour l'arracher aux poils de soie. Avant de la jeter au feu, il la reniflait. Et il commençait à bander. Là-haut, dans son cadre ovale, les Grangier l'écrasaient d'un regard méprisant. Et il n'était pas loin de leur donner raison. Finalement, avoir une épouse et une maîtresse n'était pas aussi gai qu'il l'avait imaginé. Mais il n'y pouvait rien. Cette femme le tenait. La simple odeur de ses cheveux lui mettait le ventre à l'envers. Il se demandait simplement comment ils pourraient s'organiser quand les Taffanelli reviendraient de Naples avec leurs familles. Quand la maison serait pleine d'allées et venues, de domestiques. Devraient-ils se cacher dans des réduits encore plus infâmes que cette chambre en pagaille qui sentait le foutre et la sueur ? Des hôtels borgnes, des taudis, des galetas, des soupentes... Elle y viendrait. Il savait qu'elle y viendrait. Qu'ils descendraient ensemble, une à une, toutes les marches de l'abjection. Alors ? Ne feraient-ils pas mieux de tout planter là et de s'enfuir ensemble ? Sans plus regarder derrière eux ? Partir ? Loin ? Très loin ? Livrés à leur folie d'amants indignes et acceptant leur indignité ? Si seulement, ils arrivaient à parler...

*

Philibert essuya sa bouche avec la serviette à carreaux rouge et blanc, brodée dans le coin d'un discret mais ferme MTB. Il la plia en deux, la roula et la glissa dans le rond de serviette. Ce fricot de pâtes était un délice. Il s'était bien régalé. Il se leva, traversa la cuisine, le magasin, écarta le rideau de perles et jeta un regard circulaire qu'il estimait adulte sur la place où arrivaient en courant les petits de l'école. C'est alors qu'il vit, sortant de l'église, l'abbé Grangier. Ses joues se mirent à flamber. Marius, qui tentait d'asperger Ludovic en bouchant le tuyau de la fontaine, abandonna son jeu imbécile pour se précipiter vers le prêtre en criant :

— Bonjour, mon père ! Bonjour !

Philibert se mit à hurler :

— Marius ! Viens ici ! Tout de suite !

Le petit se retourna et lui jeta :

— Tu m'embêtes !

Et il retourna se pendre à la soutane de l'abbé. La soutane ? Non, Grangier n'était pas en soutane. Il portait un long manteau noir qui, de loin, pouvait tromper. Pourtant un pantalon, noir lui aussi, en dépassait. D'ailleurs, négligeant les sauts de cabri du petit, il se dirigeait droit vers l'aîné.

— Philibert ! Je voudrais te parler...

— Non ! Non ! Je n'ai pas le temps ! cria le garçon, en reculant pas à pas pour se réfugier dans le magasin. Il se heurta à sa mère qui était accourue, attirée par ce vacarme inhabituel.

— Mère ! Où est père ? demanda-t-il d'une voix bouleversée.

Marité exagéra son air interloqué :

— Ton père ? Tu sais bien qu'il fait la sieste !

Philibert se dirigea en courant vers l'escalier. Sa mère l'arrêta net :

— Ah non ! dit-elle, ne va pas me le réveiller ! Il faut qu'il ait son compte de sommeil. C'est toi qui vas te lever à 2 heures ?

Philibert marqua le pas et regarda autour de lui, effaré. Marité se tapota le front de l'index, comme pour lui demander s'il n'était pas un peu toqué, puis elle rentra tranquillement dans sa cuisine. Alors, Philibert s'approcha du comptoir. Il déchira une page du livre de compte, suça la mine du crayon et se mit à écrire à toute vitesse :

Père,

L'abbé Grangier est revenu. Il touche les garçons. C'est pour ça qu'on m'a renvoyé. Faites attention à Marius. J'ai honte.

Philibert.

Il plia la feuille en quatre et alla la déposer sur le pâton de levain qui levait doucement sous un torchon mouillé. Il savait que c'était la première chose que son père allait voir lorsqu'il se réveillerait. À présent, il devait descendre au moulin pour tenir la bascule de détail.

« Mon Dieu, pria-t-il, faites qu'il ne soit plus sur la place ! »

Lorsqu'il sortit, la place était déserte. Il devinait, derrière la grille de l'école, le rang un peu agité que M. Loisel tentait de discipliner. Il s'approcha, prit un barreau dans chaque main, et :

— Il est là, mon frère ?

Marius sortit du rang sa tête bouclée :

— Et où tu veux que je sois, grand couillon ?

— Marius ! gronda M. Loisel.

Et Philibert, roulant des yeux d'ogre :

— À quatre heures et demie, tu rentres tout de suite à la maison !

— De quoi je me mêle ? répondit le petit en haussant les épaules.

*

Il arrive toujours un moment où une femme, même une *putana*, redevient ménagère. Pourtant, Angelo n'avait pas été en dessous de ses performances habituelles. Bien au contraire. Il était allongé sur le dos, les bras derrière la tête, époustouflantes torsades de muscles des poignets aux aisselles ombrées d'une légère touffe de poils moites. Héloïse s'y frotta un moment, puis elle fronça le nez. Il y avait quelque chose de choquant, d'incompatible entre l'odeur vivante de ce corps mâle échauffé par l'amour et le relent rance qui montait des draps souillés maintes fois refroidis. Elle se leva. Sans bouger, il la suivit des yeux, un peu surpris, mais captivé par sa nudité en mouvement. Elle alla droit à l'armoire à la coquille, se pencha et y plongea jusqu'à mi-corps, ce qui, en même temps, lui tendit et lui ouvrit les fesses. Il sauta du lit, se colla contre elle, lui saisit les hanches et la prit ainsi, sans fioritures et par-derrière, la tête entre les étagères. Elle ne protesta pas et s'activa même à lui donner le plaisir simpliste qu'il attendait de cette brutale saillie. Mais lorsqu'il se retira, elle demeura dans la position en maugréant :

— Des draps, il n'y a pas de draps…

— *Che* draps ? dit Angelo qui s'était déjà recouché.

Il lui fit un signe de la main, l'engageant à revenir vers lui :

— *Lascia perdere ! Vienni** *!*

Mais Héloïse, cette fois, se redressa et fit front :

— Pourquoi me parles-tu en italien ?

Angelo, décontenancé, sourcilla :

— Pourquoi, pourquoi… jé né sais pas !

— Ah, tu vois !

— Jé vois quoi ?

— Qué tou parlé français ! lança-t-elle en imitant son accent.

— Eh oui, jé parlé français, dit-il, avec un petit rire.

C'était la première fois qu'elle le voyait rire depuis qu'ils couchaient ensemble. Leur liaison était si furieuse que, dès le début, elle avait pris un tour tragique. Elle se retourna, ouvrit en grand les portes de l'armoire des deux bras écartés. Angelo avait trop donné pour ressentir encore de l'émoi. Il se contenta d'admirer ses formes plantureuses mais sans mollesse, la taille bien prise, les hanches royales et les belles fesses montées sur de longues jambes. Il se dit même, fugitivement, que ce corps souple et dense était en version femelle ce que le sien était en mâle : une sorte de chef-d'œuvre, ou d'erreur de la nature car, par la précision de la musculature, il évoquait davantage l'animal que l'humain. Il en ressentit presque de la tendresse. Bah, puisqu'elle voulait des draps ! Il se leva et s'approcha de l'armoire au soleil :

— Jé crois qu'ils sont là, dit-il.

---

* Littéral : « laisse perdre ». Argotique : « laisse tomber ».

Il fit le geste d'ouvrir le meuble, mais la porte résista.

— C'est fermé à clé..., constata-t-il, déjà prêt à renoncer.

Mais Héloïse insista :

— Tu ne sais pas ouvrir une porte d'armoire ?

— Si, dit-il ennuyé, jé sais, mais...

Ils n'étaient tout de même pas venus là pour faire de la serrurerie !

— Eh bien, alors ouvre-la ! ordonna-t-elle avec fermeté.

Il soupira, chercha sur les meubles et au milieu des décombres un objet susceptible de crocheter le pêne, finit par trouver sur la table de nuit une longue épingle d'argent qu'elle avait tirée de son chignon. C'était Loisel qui la lui avait offerte :

— Surtout, ne la casse pas ! dit-elle.

— *Ma che*, jé l'ouvré ou jé l'ouvré pas ? dit-il avec un peu d'humeur en écartant ses deux mains, les doigts en éventail.

— Tou l'ouvré ! dit-elle.

Et ils se mirent à rire, enfin conscients de la drôlerie de la situation : une homme et une femme nus, même pas mariés, en train de se chamailler devant une porte d'armoire fermée. Angelo se dit qu'une heure plus tôt il se vautrait tout seul dans les affres d'une passion fatale, qu'il était prêt, pour elle, à foutre sa vie en l'air et qu'ils étaient là, maintenant, tous les deux à poil, en train de rigoler. Il fit sauter la serrure en un clin d'œil. Les deux battants s'ouvrirent dans un grincement sinistre de manoir hanté.

— Eh bien voilà ! dit Héloïse. Ils sont là, les draps !

Angelo s'apprêtait à retourner se coucher, quand :

— Ça, par exemple ! Non, mais quel toupet !

Il tourna la tête. L'index tendu, elle montrait, dans le bas de l'armoire, un sac de jute qui portait, imprimé d'un côté, MOULIN GARRASSIN.

— C'est tout de même un sou la consigne ! ronchonna-t-elle en tirant hors de l'armoire le sac lié au col par une ficelle de chanvre.

Angelo leva les yeux au ciel :

— *Avara !* dit-il

— Non ! répondit-elle, pas *avara* : économe !

Elle traînait sur le carrelage le sac qui semblait faire son poids.

— Qu'est-ce que ça peut bien être ? dit-elle, comme pour elle-même.

— Régardé ! dit Angelo que cette affaire commençait à agacer.

Héloïse batailla un moment avec la ficelle. Elle finit par écarter à deux mains le col du sac.

— Sainte Vierge ! exhala-t-elle en tombant assise sur le lit.

Angelo rampa jusqu'à elle sur les coudes pour voir ce dont il s'agissait :

— *Santa Madonna !* lança-t-il d'une voix étranglée.

*

L'abbé Joulian était en prière. Il était même effondré. Ses mains n'étaient pas jointes mais crispées, les phalanges blanchies. Comme si la force de la pression exercée sur ses pauvres doigts perclus d'arthrite pouvait mieux propulser son oraison vers le ciel. Ces Solliérains lui en faisaient voir de raides. Les grosses galéjades vaguement sacrilèges des rouges n'étaient rien à côté des turpitudes que venaient lui avouer ceux qui passaient pour de bons chrétiens. Il avait cru toucher le fond lorsque la mère de l'ancien notaire lui avait découvert comment elle avait détourné le fiancé de sa meilleure amie, en la poussant, avec son enfant, vers une mort certaine. Eh bien non ! Après la respectable dame catéchiste qui s'était révélée une abominable garce, voilà qu'il découvrait un prêtre défroqué pour affaire de mœurs. Et cela n'était qu'une peccadille comparé à l'autre péché que cet individu abject venait de lui confier. Pourtant cet homme vil était son semblable, une créature de Dieu, une créature qu'Il avait choisie dans Sa grande sagesse pour porter Sa parole !

« Seigneur, aidez-moi ! Comment pourrais-je rester pur à devoir brasser, jour après jour, cette fange ! Ne m'abandonnez pas ! Donnez-moi la force de voir toujours Votre sainte Face ! Quels sont Vos desseins ? Éclairez-moi ! Guidez-moi ! »

Mais le Seigneur savait que la vertu comme la foi du vieux curé étaient solides, et qu'Il n'avait pas besoin d'intervenir personnellement pour les conforter. Le brave homme avait d'ailleurs dit au pécheur exactement ce qu'Il lui eût dit

Lui-même, s'Il eût été doué du langage articulé plutôt que de la transmission de pensée. À savoir qu'il n'obtiendrait pas le pardon divin sans qu'il eût, auparavant, dans la mesure du possible, imploré celui des mortels qu'il avait affligés. Qu'il devait, d'abord, payer sa dette en ce monde. Que le sacrement de la confession n'était pas une pattemouille imbibée d'eau de Javel qu'il suffisait de passer sur le vice pour le transformer en vertu. Et puis, l'eau de Javel était inconnue au paradis. Pour laver le linge sale en famille, on n'y utilisait que l'eau bénite. Le Seigneur, malgré tout, ne pariait pas lourd sur les chances qu'avait Grangier d'y trouver, même à long terme et dans un coin peu éclairé, une petite place sur un strapontin. Peut-être, à la rigueur, Philibert Baude, qui avait une belle âme, aurait-il la bonté de lui pardonner de l'avoir, par ses louches manœuvres, écarté de la prêtrise ! L'enfant semblait d'ailleurs assez bien s'en remettre. Mais l'autre... l'autre !

*

— Vous voulez savoir où est Philibert ?

Marité réfléchissait. Avec cette histoire de travail à mi-temps, elle ne savait jamais où se trouvait son petit. Ce qui n'était pas grave, vu qu'il était assez grand pour retrouver son chemin tout seul. Mais le père Grangier attendait. Il avait une drôle de tête. Qu'est-ce qu'il avait maigri ! Il dansait dans ses habits ! Ses habits ? Tiens, c'est vrai, il n'était pas en soutane. Ça, par exemple ! Il n'aurait pas attrapé la tuberculose, par hasard ?

Sans trop se représenter que la tuberculose n'était pas incompatible avec la soutane, la boulangère se recula prudemment, histoire d'échapper à une éventuelle contagion. Elle se mit à compter sur ses doigts :

— Attendez, mon père. Le lundi matin, Philibert est à Font Trigance. L'après-midi, au moulin ! Le mardi, pareil ! Le jeudi, je suis sûre qu'il va au domaine tout le jour puisque son frère va avec lui. Et il fait tout le samedi au moulin puisque je lui fais porter les fougasses le matin, et qu'il me rapporte la corbeille le soir. Mais le mercredi et le vendredi...

Elle hochait la tête, perplexe :

— Si vous voulez mon avis, ces deux jours, il doit être le matin au moulin et l'après-midi au domaine. Pourquoi il serait toujours le matin d'un côté et l'après-midi de l'autre ? Ils ont dû s'arranger, Héloïse et l'Italien…

Tout à coup, son visage s'éclaira. Ses yeux se mirent à pétiller : elle avait enfin quelque chose d'intéressant à raconter :

— … l'Italien qui est devenu son beau-frère ! Depuis le temps que vous n'êtes pas venu ici, vous ne savez pas tout ça, mon père ! On a marié le maître d'école et sa sœur ! Et puis, maintenant, le maître d'école est maire ! C'est un rouge, vous me direz… et je vous répondrais, d'accord, c'est un rouge, mais c'est aussi un bon maire, vous savez !

Elle pensa évoquer les suçons, la table et la chaise, mais elle se demanda si ces détails croustillants étaient de nature à le faire monter dans l'estime d'un curé. Elle enchaîna :

— Et puis, il est capable ! Figurez-vous qu'il n'était pas plutôt élu qu'il a fait poser un garde-fou au parapet ! Ce parapet qui était un danger mortel pour les petits. Et même pour les grands ! Tenez, je me rappelle le jour où Sidoine Garrassin, l'ancien mari d'Héloïse – qui s'appelle maintenant Mme Loisel –, s'est démis l'épaule et s'est fracturé trois côtes en…

— Vous pensez que Philibert est à Font Trigance ?

Marité était un peu vexée de s'être fait interrompre dans l'exposé de son numéro spécial de la gazette solliéraine.

— Je ne le pense pas : j'en suis sûre ! Enfin, presque…

— Je vous remercie, dit Grangier.

Il sortit. Marité balança un moment sa tête en ricanant pour elle-même :

— À mon avis, il a attrapé quelque chose de mauvais ! Ça m'étonnerait qu'il fasse de vieux os… Pourvu que mon Philibert n'aille pas trop s'en approcher !

*

Anselme descendit d'un pas pesant l'escalier de la chambre. Sa joue portait encore imprimée la trace des plis de l'oreiller. Il bâillait à s'en décrocher la mâchoire. Ses cheveux étaient redressés en un toupet qui lui faisait une demi-crête.

— Ça y est ? Tu es réveillé ? demanda obligeamment Marité.

— Non ! Je dors encore ! répondit Anselme en se grattant la tête.

— Ah ! Il s'est encore levé du mauvais pied..., déplora la boulangère.

Anselme haussa les épaules. Il mâcha un moment sa langue, puis :

— Quel temps il fait ?

— Beau. Il y a même un petit mistral qui s'est levé...

— Alors, je vais voir le levain, il faudrait pas qu'il ait croûté.

Et il se dirigea vers le fournil. Bientôt, un beuglement en sortit :

— Qui c'est le couillon qui a enlevé le torchon de dessus le pâton ?

Marité se précipita pour évaluer l'étendue du désastre. Sans la protection de son torchon mouillé le pâton de levain risquait non seulement d'avoir croûté, mais encore d'être complètement tombé. La fournée allait être jolie ! Elle trouva Anselme devant son tour. Il tenait un papier plié dans la main. Il l'ouvrit.

— Tiens, dit-il, c'est Philibert. Il m'écrit des lettres, maintenant ? Et il prend le levain pour le facteur ? Il est fada, ce petit...

Il commença à lire, mais le sens général du texte avait du mal à se frayer un chemin jusqu'à ses méninges enfarinées.

— Mais qu'est-ce qu'il raconte ?

Tandis que Marité recouvrait soigneusement d'un chiffon humide le pâton sacré, il se mit à ânonner à mi-voix.

— *Père, l'abbé Grangier est... Il touche... C'est pour ça que... Faites attention à... J'ai honte. Philibert.*

Il leva la tête :

— Mais pourquoi il a honte, cet imbécile ? Il a honte de quoi ?

Et il recommença la lecture, en la commentant cette fois :

— *Père, l'abbé Grangier est revenu...* bonne nouvelle ! *Il touche les garçons...* pfff... *c'est pour ça qu'on m'a renvoyé...* pour ça ? Pour quoi ? *Faites attention à Marius...* pourquoi à Marius ? *J'ai honte. Philibert.*

Les lèvres serrées, il modula un long pet d'incompréhension. Et il reprit *da capo*, mais un ton plus haut, histoire de se secouer le cervelet. Et il étoffa le commentaire :

— *Père, l'abbé Grangier est revenu.* Bon. J'ai compris. L'abbé Grangier est revenu. Il est revenu, il est là. Bien. Très bien. Ensuite : *Il touche les garçons.* Il touche… Il touche…

Et, d'un seul coup, il comprit. Son visage se décomposa. Son front devint blême.

— Coquin de sort ! Où il est, ce saligaud, que je l'étrangle !

Marité, qui en était restée à Philibert et au pâton de levain, se mit à pleurnicher :

— Anselme ! Calme-toi ! Tu vas pas l'étrangler pour un bout de levain ! C'est pas grave ! C'est tout de même ton fils, Philibert…

— Pas Philibert ! Grangier ! brama Anselme d'une voix suraiguë. Où il est ?

— Qui ?

— Philibert !

— À Font Trigance…

— Et Grangier ?

— Aussi…

— Oh ! pute borgne ! hurla le boulanger en levant au plafond des yeux désespérés.

Il saisit le bistordier, traça à travers le fournil et le magasin, puis partit sur la route de Font Trigance en gueulant :

— Grangier ! Je vais te tuer ! Je vais te tuer !

*

Angelo tenait dans ses mains la tête du squelette. La stupéfaction lui avait remis dans le gosier l'idiome maternel :

— *Ma che cosa c'è*[*] *?*

Passé le choc de la macabre apparition, Héloïse était beaucoup moins surprise que lui. D'une part, elle avait déjà vu le squelette et, de l'autre, elle savait qu'Adalbert l'avait confié à Grangier. Or, ils étaient dans la chambre de Grangier : tout s'emboîtait.

En revanche, ce qui la surprenait, c'était la surprise d'Angelo. Et ce qui surprenait Angelo, c'était qu'elle ne soit pas plus surprise. Il lui jeta un regard soupçonneux :

— Tou sais cé qué c'est !

---

* « Mais qu'est-ce que c'est ? »

Elle détourna les yeux :

— Eh bien, c'est... c'est ce qui était dans le puits, le soir où tu m'as remontée...

Il retourna le crâne et considéra le trou bien net fait à la chignole.

— Pourquoi y a-t-il oun trou ?

— Parce que... parce que... il y avait une balle dedans... une balle entrée par l'œil... tu le sais bien..., lâcha-t-elle, embarrassée.

Angelo examina l'orbite percée.

— Pourquoi jé lé saurais ?

— Parce que...

Elle s'arrêta. Mais son regard inquiet parlait pour elle. Angelo la regardait, les yeux agrandis par l'incrédulité :

— Tou crois qué c'est moi qui l'ai toué ?

Elle détourna la tête.

— Tou mé prends pour oun assassine et tou couches avec moi ? Mais, j'ai jamais toué personne !

Il se dit qu'il mentait un peu car, en fait, il avait descendu quelques Prussiens du temps de Garibaldi. Mais à la loyale. Chacun ayant un fusil à la main.

Face à cette évidente, bien que partielle, sincérité, Héloïse pensa à l'histoire rocambolesque de Capefigue qu'elle avait racontée à Louis et à Théodore, à la balle qu'elle avait volée à Marité pour le protéger. Mais elle se fût fait tuer plutôt que de l'avouer. Elle l'affronta avec arrogance :

— Et toi, ça t'empêche de me baiser que je t'aie assommé ?

Angelo demeura interdit. C'était la première fois qu'ils évoquaient la scène abominable. Ils se toisèrent un moment, le regard farouche, le menton haut, l'épaule rejetée en arrière et puis, peu à peu, leur parade guerrière perdit de sa superbe. Leurs épaules tombèrent. Ils s'assirent côte à côte sur le lit. Angelo dit :

— Jé mé doutais qu'il y avait dou pas clair dans cé pouits. J'y souis rétourné. J'ai compris qué c'était oun mort. J'ai pensé à Aldo, mon associé. En bas, j'ai trouvé soun couteau...

— ... que tu as laissé tomber chez moi le soir où...

Il la coupa d'un grognement. Le coup du viol et des trois sous troués valait celui de la balance. Non, il n'était pas blanc-bleu, lui non plus, dans leur histoire tordue.

— Je croyais qu'il avait eu oun accident. Mais cé n'est pas loui : Aldo, il n'avait plous de dents, rien qué dé chicots tout pourris... Régardé ! Céloui-là, il a dé bellé dents !

Et il ajouta :

— Sauf cellé-là qui est cassée...

Tout à coup, il se leva et, l'index de la main droite levé :

— *Aspetta** !

— Il partit complètement nu dans le couloir glacé. Héloïse attendit un moment, puis elle se dit que la séance de baise quotidienne était compromise. Elle commença à se rhabiller. Elle chercha ses bas. Elle en dénicha un seul. L'autre était introuvable. Elle l'avait enfilé et fixé par sa jarretière lorsqu'il arriva. Il lui montrait comme un trophée un infime morceau de... bois ? Il ne remarqua même pas sa tenue – nue avec un seul bas – qui était pourtant on ne peut plus affriolante. Il alla droit au lit, prit le crâne et emboîta sur la cassure en biais la dent qu'il avait trouvée dans le puits. L'assemblage était parfait.

— *Ecco !* dit-il.

Et puis, avec un petit rire :

— Il est plous zoli...

Il leva les yeux pour rencontrer ceux d'Héloïse. Qui allaient de la mâchoire reconstituée au cadre ovale dans lequel la famille Grangier s'ennuyait depuis plus de trente ans. Il y avait, en haut, le père, avec sa belle tête de bonapartiste réformé, la mère, aussi sèche qu'une morue pendue dans un cellier, en bas, le futur abbé, déjà faux cul et distingué, et puis avec son regard frondeur et ses dents écartées qui ne lui avaient pourtant pas tellement porté chance :

— Philippe Grangier ?

*

— Mazzola !

Héloïse et Angelo furent instantanément changés en statues. Lui, encore pieds nus et la chemise ouverte, resta les mains

---

* « Attends ! »

bloquées sur les lacets du corset, elle les doigts plantés dans son chignon qu'elle s'efforçait de restaurer.

— Qu'est-ce que c'est ? souffla-t-elle.

Angelo s'approcha de la fenêtre à pas de loup. Il tenta de voir à travers les volets. Mais les persiennes constituaient un écran continu qui dissimulait le perron. Il se retourna vers Héloïse et, d'un mouvement de la tête, lui signifia qu'il ne voyait rien.

— La porte ? dit-elle dans un murmure.

— Jé l'ai fermée…

Elle eut un soupir de soulagement.

— Mazzola !

Ce second appel les remit en transe. Elle prit sa taille dans ses mains, se cambra et, à voix étouffée :

— Vite ! Tire ! Dépêche-toi !

Angelo donna un bon coup sur les lacets, les noua à la diable, puis ils se mirent à s'habiller en vitesse, chacun pour sa peau, ramassant ici et là les frusques qu'ils avaient tantôt jetées n'importe où dans leur hâte de se mélanger.

— Mazzola !

La troisième semonce mit un coup de fouet à leur fièvre. Leurs doigts ripaient sur les boucles, s'embrouillaient dans les boutons, ne parvenaient pas à joindre les crochets.

— J'ai perdou oune botte ! se désola Angelo en jetant autour de lui un regard effaré.

Il plongea à plat ventre, la dénicha sous le lit, l'enfila de force, assis par terre, les genoux écartés. Héloïse endossa sa robe à la volée, le fermoir s'accrocha dans son chignon, elle tira, une touffe de cheveux y resta accrochée. Elle fourra ses pieds, dont l'un nu, dans ses bottines, se tordit les talons, marcha sur les lacets.

Quand ils furent debout, ils regardèrent l'image consternante que leur renvoyait la psyché. Celle d'un couple de coquins surpris dans un lit de fortune. Exactement ce qu'ils étaient. Rouges, débraillés, décoiffés. Affolés. Il était évident qu'Angelo ne pouvait se présenter ainsi attifé devant un quelconque visiteur. Encore moins justifier la présence à ses côtés de sa belle-sœur dans cette tenue obscène. Ils sentaient l'adultère à plein nez. Ils devaient attendre. Se cacher. Jusqu'à ce que l'autre se soit découragé. D'ailleurs, on ne l'entendait plus.

— Jé crois qu'il est parti..., dit Angelo.

Ils se mirent à respirer plus librement. En bas, sur le perron, Grangier, la tête levée, considérait, perplexe, l'alignement des volets fermés. Il était évident que Mazzola n'était pas là. Ni Philibert. Sa mère devait s'être trompée. La porte d'entrée était close. La maison semblait vide. C'était le moment où jamais d'aller récupérer le squelette qu'Adalbert lui avait confié. Ayant passé ici son enfance, il connaissait l'emplacement, dans le fond de la grange, d'une petite porte qui communiquait avec la *gatouille*, et donnait dans la cuisine. Une sorte d'entrée de service. Il contourna le bâtiment.

Héloïse et Angelo s'étaient enfin détendus. À petits coups rasants, elle défroissait sa jupe, cependant qu'il rentrait, du plat de la main, les pans de sa chemise dans son pantalon. Mais, tout à coup, un pas dans l'escalier... Ils se regardèrent, de nouveau figés, les yeux écarquillés. Héloïse articula des lèvres, comme les sourds-muets :

— La clé !

Elle lui montrait la porte. Angelo se mit à tâter ses poches. Sans rien trouver. Une coulée de sueur lui glissa le long du dos. Toujours en silence, et par gestes, il signifia :

— Dé l'autré côté !

« Ah ! l'imbécile ! », pensa-t-elle.

Elle se tourna vers l'entrée et vit, tout en haut, contre le chambranle, un petit verrou de sécurité. Elle se jeta en avant, le poussa d'un doigt. Rien à faire. Il était bloqué. Empâté par plusieurs couches de peinture. Alors, Angelo l'écarta sans ménagement et poussa le loquet de toutes ses forces. La tige se décolla et même une partie de la patère. Le verrou était poussé, mais il ne tenait plus que par une vis. Avec une pichenette, on pouvait le faire sauter. Le souffle court, ils regardaient fixement tantôt la ridicule languette de métal, tantôt la poignée. Les pas se rapprochaient. C'était bien vers cette chambre que se dirigeait l'importun. Les pas cessèrent de l'autre côté. La clé tourna dans la serrure. La poignée pivota. On poussa le battant. Il résista. Mais là-haut, la minuscule vis se dégagea un peu et pencha sa tête fendue hors de son habitacle. Une seconde tentative lui fit franchir un autre millimètre. Le cœur battant, la bouche sèche, les deux amants ne respiraient plus. La clé tourna encore dans la serrure. Une fois. Deux fois. Trois fois. On poussa la porte. Elle ne broncha pas. Mais la vis tomba. Sans bruit : il y avait, juste en dessous, le fameux bas d'Héloïse. Le verrou, miraculeusement, restait suspendu à une peau de peinture sèche. La porte était ouverte. Il ne restait qu'à la pousser. Pourtant, après un bref instant de silence, les pas s'éloignèrent, puis prirent le rythme caractéristique d'une descente d'escalier. Héloïse et Angelo se regardèrent, puis ils fermèrent les yeux avec un soupir de soulagement. Sauvés ! Il ne restait plus qu'à attendre que l'intrus se fût éloigné. Mais à ce moment, de sous la fenêtre, monta un cri terrible :

— Grangier !

— Anselme ? souffla Héloïse, car la voix haut perchée du boulanger, une voix de bouteille vide, était reconnaissable entre mille.

Elle s'approcha des persiennes et, comme il se tenait entre le bassin et l'escalier, elle le vit, rouge et congestionné, qui faisait des moulinets avec son bistordier.

— Grangier ! Saloperie ! Grosse pute ! Pédé ! Sors que je t'arrange !

Héloïse et Angelo étaient atterrés. Tous les Solliérains s'étaient-ils donné rendez-vous à Font Trigance pour venir les débusquer ? Mais, en bas, le boulanger continuait :

— Si ça te plaît de te faire enculer, tu vas voir où je vais te le mettre, mon bistordier !

On se doute si Grangier fut prompt à obtempérer ! D'abord parce que le père Baude ne semblait pas très au fait de ses pratiques sexuelles, enfin parce que, mœurs spéciales ou pas, personne n'a envie de se faire enfiler par une branche de platane d'un mètre de long et aussi grosse que le bras. Il se terrait dans la cuisine, collé contre le mur, plus blanc qu'un navet. Anselme se décida à prendre la maison d'assaut. Il grimpa les marches du perron. Héloïse ne le vit plus. Mais pour ce qui était de l'entendre, on l'entendait ! Il donnait de grands coups dans la porte en utilisant son rouleau comme un bélier.

— Bonne Mère ! Il va tout démolir ! gémit Héloïse.

La voix d'Anselme, subitement calmée, reprit un ton plus bas :

— Héloïse ? Tu es là ?

— Sainte Vierge ! Mais pourquoi il m'appelle ? Pourquoi il m'appelle... moi ? haleta-t-elle, les yeux fous.

Angelo, un doigt sur la bouche, lui intima l'ordre de se taire. Elle obéit. Mais elle tremblait comme une feuille. Pourtant, Anselme mit un terme à sa manœuvre d'enfoncement. Il redescendit le perron et s'éloigna sur le chemin qui menait au pont en se retournant de temps en temps. Il s'arrêtait, jetait sur la bâtisse des regards perplexes, et puis il repartait. À un moment, il revint même sur ses pas, l'air pas franc du collier. À tous les coups, il mijotait quelque chose... Héloïse pensa que son cœur allait flancher. Elle se tenait la poitrine à deux mains, le souffle court, les mains moites. Finalement, les frusques et le tricot blancs du boulanger disparurent derrière la haie de saules qui bordait la rivière. Peu de temps après, Grangier qui devait guetter son départ derrière une fenêtre du rez-de-chaussée, sortit, lui aussi, et se dirigea du côté du croisement de la Poste. Mais il était vêtu de noir et la nuit était tombée. On ne distinguait plus très bien sa silhouette. Dès qu'il l'estima assez loin, Angelo se précipita sur la porte et fit tourner la poignée. En vain. Elle était fermée. En faisant tourner la clé au hasard – fermé, ouvert, fermé –, Grangier était tombé sur un nombre impair. C'est la raison pour laquelle il n'avait pu ouvrir une porte qu'il venait lui-même de clore. Il était plus de 19 heures. Adeline et Loisel étaient sortis de leur classe depuis un bon moment. Et eux, ils étaient là. Enfermés.

— *Porca miseria !* se mit à bramer Angelo en menaçant le ciel de son poing levé.

Il ne balança guère. Il recula, prit son élan et, d'un coup d'épaule, fit sauter le battant qui ouvrait pourtant vers l'intérieur. Avant de partir à fond de train dans l'escalier, il jeta un regard sur la porte démantibulée. Héloïse était déjà en bas. Elle sortit et vit, sur le seuil, le foulard de gitane qu'elle nouait sur son chignon pour protéger ses cheveux de la farine. Elle avait oublié de l'ôter en partant des Négadis, s'en était aperçue en arrivant à Font Trigance et l'avait glissé dans sa ceinture. Angelo, qui avait pris l'habitude de la happer à l'intérieur du couloir, l'avait, dans sa hâte de l'étreindre, fait tomber...

En tout cas, le maladroit n'avait pas traîné. Il était déjà là, non pas sur le tilbury, mais en selle. Verdi était plus vite sellé qu'attelé : le parcours serait plus rapide à cheval qu'en voiture, enfin, le dérangement de la chevauchée justifierait sa tenue débraillée. Il tendit un bras à Heloïse, la tira jusqu'à lui. Elle tomba plus ou moins en travers de la selle devant lui. Verdi accusa le choc. C'est que, contrairement à la maîtresse, cette cavalière faisait son poids. Sans compter que le maître n'était pas particulièrement léger. Mais c'était un hongre puissant et de bonne volonté. Il décida d'accepter cette invraisemblable charge. Pour une fois. En espérant que cela ne se reproduirait pas.

25

Angelo fit une arrivée pétaradante sur la place. Il tira sur le mors de Verdi qui, surpris par cette astreinte, ne put faire autrement que se cabrer. Il poussa même un hennissement d'indignation. Retombé sur ses quatre jambes, il se mit à piaffer. Attirés par cet *estrambord**, les habitués du café se ruèrent dehors. Thérèse eut une grosse émotion à la vue de ce centaure qui caracolait devant l'école. Elle jeta un regard résigné sur Louis, un mégot au coin des lèvres et le torchon sur l'épaule.

— Il y en a qui ont de la chance..., soupira-t-elle.

Et elle rentra précipitamment pour ne plus voir ça.

Adeline était éblouie. Elle regardait ce cavalier magnifique sorti tout droit d'un roman de Dumas :

— Est-ce possible ? Est-ce bien mon mari ?

— Nous commencions à nous inquiéter..., dit Loisel.

— Jé m'étais égaré..., répondit Angelo, ce qui était assez vrai, bien qu'un peu elliptique.

Il mit pied à terre avec élégance, la cravache sous le bras. Le désordre de sa tenue était idéal pour accréditer une chevauchée au galop. Il serra virilement la main du beau-frère et posa un baiser sur le front de l'épouse. Dans le rôle du maître de Font Trigance, il était parfait. Il prit Adeline par la taille, la souleva et l'installa confortablement en croupe alors qu'il avait transporté Héloïse devant lui, comme un paquet. Enfin, il mit le pied à l'étrier et remonta en selle.

---

* « Joie, enthousiasme ».

— *Scusi*, dit-il, mais on né peut pas monter tous les trois...

« Encore heureux ! », pensa Verdi.

— Aucune importance, je vais descendre à pied, le rassura Loisel.

Angelo se dit que cela laisserait le temps à Héloïse de s'attifer. D'ordinaire, leur petite affaire était parfaitement montée : Philibert arrivait au moulin à 14 h 30. Héloïse s'en allait. Elle arrivait à Font Trigance à 15 heures. Ils avaient deux heures pour s'en mettre jusque-là. À 17, ils faisaient une rapide toilette et se rhabillaient. À la demie, ils étaient prêts. L'attelage et le retour au village, avec arrêt pour laisser Héloïse dans un bosquet, prenaient trente minutes. Angelo arrivait sur la place à 18 heures pétantes. Adeline, qui avait eu le temps de corriger ses cahiers, l'attendait. Elle montait en voiture. Le mercredi et le samedi, Loisel y montait aussi. Les Mazzola le laissaient au moulin. Quelquefois, le maître d'école insistait pour les retenir un moment : une goutte de ce vin fleuri que sa femme réussissait si bien ? Et les deux coquins, qui deux heures plus tôt se roulaient en sueur dans des draps froissés, se serraient cérémonieusement la main. L'adultère était minuté. Mais il ne supportait pas l'irruption d'un curé en mal de rédemption, suivie de celle d'un forcené résolu à le sodomiser avec un mandrin de platane.

Tandis que Loisel fermait le portail de l'école, Verdi descendait au petit pas le raidillon de la rue Basse. Il ne s'agissait pas de galoper ni même de trotter. La maîtresse attendait un bébé : il ne fallait pas la secouer. Et puis cette placide promenade en pente lui permettrait de se remettre un peu de la cavalcade à bride abattue de tantôt, tout en montée, avec une femme en plomb couchée en travers de la selle. L'animal se demandait à quoi rimait ce changement de cavalière. Mais comment un hongre eût-il pu comprendre ce qui se passait dans la tête, le cœur et la culotte d'un homme entier ?

*

Avant de rentrer chez elle, Héloïse s'arrêta au bord du chemin. Elle prit de la boue dans ses mains et s'en barbouilla la jupe et les joues. En la voyant arriver dans cet état, Marthe porta les mains à son front :

— Mon Dieu, madame Héloïse ! Mais qu'est-ce qu'il vous est arrivé ?

— Je suis tombée, répondit-elle.

— Tombée ! Quel malheur ! Mais pendant tout ce temps...

— J'ai dû perdre connaissance...

— Perdre connaissance ! Toute seule ! Et en pleine nuit ! Vous auriez pu y rester...

« Eh oui, se dit Héloïse, c'est vrai, j'aurais pu y rester... »

Seulement, voilà, elle n'avait eu qu'une idée : s'en aller. Pas une seconde, elle n'avait envisagé de tomber le masque. De profiter de l'opportunité pour dire à Loisel : pardonnez-moi, mais c'est ainsi ! Le mariage de raison s'arrête là ! Vous êtes maire. Je suis libre. C'est cet homme que j'aime. Je n'y peux rien. N'en faisons pas tout un plat et restons bons amis. Pas une seconde ! Et apparemment, Angelo non plus. Parce que quitter les Loisel, épousés pourtant par dépit, c'était renoncer à la belle image d'eux-mêmes que leur renvoyaient leurs conjoints respectifs. C'était se retrouver face à face, tels qu'ils étaient : brutaux, vindicatifs, menteurs et lubriques. Peut-être, bienheureuses victimes du double piège de Pygmalion, étaient-ils en train de changer ?

Cependant, Marthe n'avait pas fini de déplorer l'accident :

— Je vous le dis depuis le début : ce n'est pas prudent de se promener comme ça, toute seule.

Et comme la patronne ne répondait rien, elle ajouta :

— Un jour ou l'autre, ça devait arriver !

« C'est vrai : ça devait arriver un jour ou l'autre... », répéta mentalement Héloïse.

— Au moins, promettez-moi que vous ne le ferez plus !

Héloïse hésita une fraction de seconde, et puis :

— Oui, je crois que je ne le ferai plus...

Marthe lui prit la main avec passion et la baisa :

— C'est bien, madame Héloïse, c'est très bien !

— Non, mais, ce n'est pas bientôt fini, grosse bête ! ronchonna-t-elle en lui retirant sa patte comme si elle eût craint de se la faire dévorer.

Marthe se ressaisit de tant d'émotion, et :

— Allez vite vous changer. Votre mari va arriver, il ne faut pas qu'il vous voie dans cet état ! D'ailleurs, ça m'étonne qu'il ne soit pas encore là. Normalement, M. Mazzola aurait dû l'amener, mais je n'ai pas vu passer la voiture.

Ne sachant pas ce qu'Angelo allait raconter, Héloïse ne fit aucun commentaire. Cependant, Marthe donnait les dernières directives en endossant sa pèlerine :

— Allez, puisque tout va bien, je m'en vais rassurée ! J'ai couché la petite, je vous ai laissé du civet au chaud et puis je vous ai fait un flan. Je sais qu'il aime ça, M. le maire.

« Tiens ! pensa Héloïse, quand je l'ai épousé, elle le trouvait “froid” et maintenant qu'il est maire, elle lui fait des petits plats ! L'effet du pouvoir sur les femmes… »

Dès que Marthe fut sortie, elle se précipita dans la chambre, se déshabilla, versa l'eau du broc dans la cuvette et se lava rapidement. Mais elle insista sur son entrejambe au point de se blesser. Elle n'avait guère le temps de refaire son chignon, ni de remettre son corset. Elle se contenta d'enfiler sur ses seins nus un corsage flou, de rouler ses cheveux humides en une torsade d'après-toilette qu'elle laissa tomber sur une épaule. Un simple jupon, une jupe et elle était prête. Elle s'aspergea d'eau de rose et retourna dans la cuisine où elle déposa deux couverts face à face sur la table.

Loisel toqua deux coups légers à la porte, mais il n'attendit pas pour entrer. Ce n'était pas exactement des manières de maître, mais presque. Héloïse s'était levée. Un peu comme les élèves ou les conseillers le faisaient lorsqu'il arrivait. Il avait une façon douce mais indiscutable d'imposer le respect.

— Bonsoir, dit-il en ôtant son manteau.

Il le posa sur le dossier d'une chaise et la regarda :

— Vous êtes très en beauté, ce soir…

Héloïse eut une moue de coquette. Il s'approcha, posa un baiser sur sa joue, ou plutôt lui offrit un contact un peu appuyé de la sienne. Elle était râpeuse. De même que Marthe savait qu'il aimait le flan, lui savait qu'elle aimait cette friction un peu rude de la barbe du soir. C'était une caresse légère mais très sensuelle.

— Et puis vous embaumez, dit-il.

Il coula un bras autour de sa taille et l'attira contre lui.

— Vous ne portez pas de corset ?

Il recula un peu la tête pour la regarder dans les yeux. Devant son embarras, il sourit. Mais il n'alla pas plus loin. Il s'assit. Elle savait qu'ils allaient passer une heure à table à débattre de choses et d'autres en dégustant le civet et le flan. De temps en temps, il aurait un mot, un geste, un sourire ou un simple regard appuyé pour lui rappeler qu'il savait qu'elle était nue sous son corsage. Et, quand ils iraient au lit, ils ne se jetteraient pas l'un sur l'autre. Ils prendraient le temps. De se caresser, de se surprendre, de se séduire. Et c'était cet homme-là, si fin, si subtil, si délicat, viril mais sans brusquerie, excellent amant de surcroît (il avait largement dépassé les espérances du maître), qu'elle encornait cinq fois par semaine avec un quintal de barbaque qui perdait ses bottes sous le lit et oubliait la clé « dé l'autré côté » !

— Vous avez l'air ailleurs, dit-il. Seriez-vous fâchée que je sois en retard ?

Elle se récria.

— C'est que j'ai dû venir *pedibus cum jambis.* Angelo est venu chercher Adeline à cheval.

Elle se tint coite.

— Elle était ravie, reprit-il. C'est qu'il a fière allure sur son coursier, notre ami Mazzola !

Il eut un petit rire. Dont on ne pouvait décider s'il était admiratif ou légèrement malicieux. Comment voyait-il son beau-frère de ses yeux gris-bleu si caustiques ?

— Elle semble fort éprise, ajouta-t-il.

Et puis, après un temps :

— Il faut convenir que c'est un très bel homme ! Un peu... piaffant, mais très séduisant.

« C'est ça ! C'est exactement ça, se dit Héloïse. Il est piaffant ! » Et elle parait ce mot de caractéristiques chevalines que Loisel n'avait sans doute pas sous-entendues.

Cependant, il poursuivait son monologue :

— Croyez-vous qu'il m'arrive d'envier sa carrure ? Ce doit être très exaltant, pour une femme, de se faire enlever comme ça !

Pour illustrer sa phrase, il fit claquer ses doigts en l'air. Héloïse se faisait petite. Les yeux baissés, elle émiettait un morceau de pain. Elle sentait qu'il la regardait, mais elle craignait de rencontrer son regard si perspicace derrière ses lunettes cerclées.

— Qu'en pensez-vous ? dit-il, tout à coup.

Elle tressaillit.

— Ma foi, dit-elle, c'est affaire de goût...

— Je crois que vous ne l'aimez pas beaucoup ? dit-il encore, avec un regard si aigu qu'elle sentit des picotements partout.

— Eh bien, dit-elle, pour être franche, je le trouve un peu... italien !

Loisel esquissa une moue :

— Italien ? Qu'entendez-vous par là ?

Héloïse jeta un regard autour d'elle comme pour y chercher l'inspiration :

— J'entends : trop grand, trop élégant, trop riche...

Elle eût bien ajouté : trop mâle, trop puissant, trop bien monté... mais elle était en train de parler à son mari. De lui parler de son amant.

— En somme, vous le trouvez « trop », compléta Loisel avec un sourire.

— Exactement !

Il ajouta, sur un ton taquin :

— Et vous aimez la mesure...

Puis, après un temps :

— Qui l'eût cru ?

Héloïse se dit que même cocu il n'était pas ridicule. C'était sur elle, sur elle seule, que pesait la bouffonnerie de ce vaudeville. Depuis deux mois, elle pataugeait dans la vulgarité. Non qu'Angelo fût vulgaire, mais leur liaison l'était. Son amant était homme à faire tourner la tête d'une Thérèse, d'une Marité, peut-être d'une Adeline, à la cervelle farcie de romans, mais sa tête à elle, sa tête si crânement posée sur ses deux épaules, sa tête de femme d'affaires, de patronne, pouvait-elle attraper sans rougir ce genre de tournis ? Elle se leva et, contournant la table, s'approcha de Loisel pour ramasser son couvert. Elle dit :

— Si vous le voulez bien, j'aimerais quitter l'Italie...

Il la faucha d'un bras leste passé autour de sa taille et l'amena sur ses genoux :

— Je ne vous laisserai pas faire ce voyage en solitaire…

Il se disait que le moment était venu de voir comment s'arrangeait dans un corsage flou un buste de femme sans corset. Elle était visiblement troublée. Il glissa une main sous le volant de la blouse et caressa les beaux seins qui se dressèrent. Mazzola, avec ses bottes et son cheval, avait parfaitement joué son rôle de boute-en-train…

*

Angelo, assis sur une chauffeuse, tisonnait les braises dans la cheminée. Il se sentait un peu à l'étroit dans ses bottes. Là-haut, sur le palier, à côté de leur chambre, il y avait la porte défoncée. Il voyait, comme en un cauchemar, le décor atroce qu'elle ne dissimulait plus : les armoires ouvertes, à moitié vidées, le linge qui traînait partout, les verres et les bouteilles en vrac et, pour apporter une touche de fraîcheur à l'ensemble, sur le lit dévasté aux draps tachés de foutre, une tête de mort percée à la chignole. Il imaginait aisément la réaction d'Adeline confrontée à ce spectacle irréel. Elle en tomberait raide. Peut-être raide morte. D'effroi et de dégoût.

Pour l'instant, elle papillonnait autour de lui, légère, enjouée. Sa grossesse commençait à être bien visible. Mais cela ne lui ôtait pas sa grâce. Bien au contraire. Elle s'était arrondie. Son teint clair de brune avait pris de l'éclat. Ses joues étaient toutes roses. Visiblement, cette promenade en croupe l'avait enchantée. Elle vint derrière lui, noua ses bras autour de son cou et fourra son joli museau dans les cheveux bouclés :

— C'était une bonne idée de venir me chercher à cheval.

— Tou as aimé ?

— J'ai adoré…

Elle l'embrassa sur l'oreille. D'une main tendre, il la serra contre lui. Le baiser s'appesantit. *Carina*… comme elle s'était ouverte à lui depuis leur nuit de noce où elle se tenait toute raide, serrée dans sa couverture ! Il se tourna un peu et, d'un seul bras, l'amena dans son giron, comme un bébé que l'on s'apprête à bercer ou à emporter :

— Tou viens ? On va sé coucher ?

Adeline était dans ses bras comme dans un berceau. Elle eut un rire clair :

— Se coucher, mais peut-être pas dormir tout de suite ?

— Si ! Si ! Tou vas dormir ! Dormir profondément !

Il déposa un baiser sur chacune de ses paupières. Mais elle rouvrit tout de suite ses beaux yeux graves. Les mêmes que ceux de Loisel. Angelo recommença son manège. Et elle le sien.

— Attention, dit-il, c'est défendou ! Tou dors ! Tou dors !

Avec deux autres baisers, il lui referma les yeux. Cette fois, Adeline accepta le jeu. Elle demeura les yeux clos, mais avec un sourire espiègle sur ses lèvres roses un peu gercées.

— Si tou dors pas, lé loup, il va té manger !

Et joignant le geste à la parole, il se pencha d'un coup et lui mordilla les lèvres. Adeline poussa un petit cri. Mais elle serra très fort les paupières. Ses cils faisaient une drôle de frange toute raide entre deux bourrelets roses. Angelo se leva en la tenant contre lui.

— Il est très très méchant, lé loup ! Et il a des grandés dents…, dit-il, en se dirigeant vers l'escalier.

— Houou ! Houou ! Houou ! hurla-t-il à la première marche.

Adeline se blottit contre lui.

— Elle a *paura**, la pétite fille…

Adeline fit mine de grelotter.

— Dis : *ho paura !*

— *Ho paura !* se mit à gémir Adeline.

Et lui :

— Houou ! Houou ! Houou ! Encore…

— *Ho paura !*

— Houou ! Houou ! Houou ! Mais tant qu'ellé dort, lé loup, il la mangé pas !

Ils arrivèrent ainsi à l'étage, alternant les « hou hou hou » et les « *ho paura* », elle, morte de rire et les yeux fermés, lui le regard braqué sur la porte défoncée. Il entra dans leur chambre en marche arrière, se retourna, et ferma le battant avec ses fesses. Ouf ! Adeline le regardait, les yeux pétillants de malice.

— Tou né dors plou ? dit-il.

---

* « Peur ».

— Non ! Et jé crois qué lé loup, il va mé manger...

Angelo rit, un peu pour son accent imité, beaucoup de soulagement d'avoir réussi ce tour de force. On a de ces astuces abjectes face à l'impérieuse nécessité. Il la déposa doucement sur le lit, la troussa avec une extrême délicatesse et mit aussitôt sa menace à exécution. C'était une façon courtoise de lui donner du plaisir sans risquer d'endommager son locataire, ce bébé qu'il attendait patiemment. Adeline poussait de petits gémissements qui l'enchantaient. Il s'allongea auprès d'elle et lui caressa le visage :

— Tou sais, *Carina*, lé loup, il trouvé qué tou as très bon goût...

Elle se serra contre lui. Bientôt, elle s'endormit. Il attendit un moment, dégagea sa poitrine du bras qui s'y était posé, puis il se leva. À pas de loup – ce qui était bien dans le ton –, il se rendit dans la chambre nord, remit le crâne dans son sac, l'enfourna dans l'armoire, s'avisa qu'elle ne fermait plus, le fourra dans l'autre qui était remplie de draps, s'arc-bouta contre la porte pour pouvoir donner un tour de clé, puis il ramassa le linge, tira les draps, emporta verres, carafes et bouteilles. Enfin, il retourna se coucher.

*

— Boudiou ! Mais qu'est-ce qui s'est passé ? s'écria Fortunée, les mains sur les hanches, devant la porte défoncée.

— J'en avais assez dé cetté chambré fermée !

— Ça, pour être costaud, on peut dire que vous l'êtes ! apprécia-t-elle en balayant Angelo d'un regard admiratif. Mais si vous aviez fait venir Théodore, il vous aurait arrangé ça sans rien casser.

Elle avança un pied dans la chambre. Aussitôt, elle fronça le nez :

— Ça sent drôle... qu'est-ce qu'il pouvait bien fabriquer, là-dedans, l'abbé Grangier ?

— Jé crois qu'il disait la messé..., dit Angelo en lui montrant les instruments du culte sur la cheminée.

— Oh, mais dites, ça ne sent pas comme ça, la messe !

Elle traversa la pièce, alla ouvrir la fenêtre et poussa les volets. Une bouffée d'air frais et un flot de lumière entrèrent. Dans cette subite clarté, Angelo vit la brosse à cheveux d'Héloïse. Il fit un bond en avant, la subtilisa et la dissimula derrière son dos.

— Ce doit être l'odeur de renfermé, dit Fortunée.

— Sourément ! dit-il avec conviction.

— Je peux faire le ménage ? demanda-t-elle un peu inquiète, car habituée aux lubies du patron.

— Oui, tou fais lé ménagé !

— Le lit aussi ? s'enquit-elle, incrédule devant tant de normalité.

Angelo haussa les épaules. Elle se dirigea aussitôt vers l'armoire dans laquelle il avait fourré le sac contenant le squelette :

— Ils sont là, les draps ?

Mais avant qu'elle ait franchi les deux mètres qui l'en séparaient, Angelo, voyant que la clé était restée sur la serrure, s'était déjà interposé entre le meuble et elle.

— Non, dit-il, ils né sont pas là ! Il n'y a pas dé draps ! Pas oun sol drap !

Et il enfouit prestement la clé dans sa poche.

— Qu'est-ce que vous en savez ? Allez, zou ! donnez-moi cette clé !

Angelo ne broncha pas. Si elle ouvrait cette porte, le squelette, entré en force, lui tombait sur les pieds.

Elle lui jeta un regard torve :

— Aussi, je me disais… c'était trop simple !

Elle fonça vers l'autre armoire, celle qu'il avait crochetée, en fit jouer les deux battants et :

— De toute façon, il faudra faire venir Théodore, parce que, cette serrure, elle est bousillée !

Angelo sortit sur le palier. Lorsqu'il fut hors de sa vue, il tira la brosse et la regarda avec méfiance. Il l'approcha lentement de son nez comme s'il se fut agi d'un serpent venimeux. Les yeux fermés, il la huma. Longuement. Une fois. Deux fois. Trois fois. Incrédule, il la secoua, la frotta sur sa main et recommença l'opération. Rien. Absolument rien. Alors, le sourire aux lèvres, il descendit l'escalier d'un pas alerte en chantant :

Una matina
Mi son alzatto
O bella ciao, bella ciao, bella ciao ciao ciao
Una matina
Mi son alzatto...

Il s'arrêta, réfléchit et ajouta une coda de son cru :

... non ho trovato, l'invasor[*] *!*

« Il est bizarre, mais au moins, il est content, se dit Fortunée. C'est déjà ça ! N'empêche qu'il a une belle voix ! Il a tout de beau, cet homme : on en mangerait ! »

Angelo sortit sur le perron, ferma les yeux et aspira un grand bol d'air. On sentait comme un petit frisson avant-coureur de printemps. Là-bas, au bord de l'Arc, un amandier était en fleur. Et puis il vit passer sur le pont une drôle de caravane de romanichels : une charrette bâchée attelée à un âne et, tout autour, une tribu d'hommes, de femmes et d'enfants qui marchaient. Celui qui menait la bête par le licou lui fit un grand geste amical de la main et lui cria de loin :

— *Padrone ! Va bene*[**] *?*

C'était les Taffanelli qui revenaient. Ils venaient de faire un peu plus de mille kilomètres à pied. Mais ils arrivaient en terre promise.

*

Théodore était en train de marteler une lame de faux sur son enclume. Des giclées d'étincelles accompagnaient chaque impact.

— Ho ! Théodore ! Ça va ?

— Tiens ! Anselme ! dit-il en posant son marteau.

Et tout de suite, fronçant les sourcils :

— Tu fais pas la sieste ?

— Non ! répondit le boulanger, j'ai pas sommeil...

---

* « *Ô adieu la belle, etc., / Un matin, je me suis levé, Je n'ai pas trouvé l'envahisseur.* »

** « Patron ! Ça va ? »

Théodore écarta les bras avec fatalisme, l'air de dire : « Ce sont des choses qui arrivent. » Il reprit son marteau, le leva, mais Anselme :

— Je voudrais te parler…

Le forgeron arrêta son geste, posa la massette sur l'enclume, s'essuya les mains sur son tablier de cuir, remonta ses lunettes sur son front et :

— Vas-y ! Parle ! Je t'écoute !

Le boulanger lança tout à trac :

— Je viens m'inscrire à la Libre-Pensée…

Théodore écarquilla les yeux :

— Oh, Anselme ! Qu'est-ce qui te prend ? Tu es malade ?

— Non, répondit l'autre, mais les curés, je peux plus les sentir !

Théodore tiqua. Il se frotta le menton.

— Je veux bien, dit-il, mais est-ce que tu crois toujours au bon Dieu ?

Anselme ouvrit ses deux mains :

— Ça, on peut pas l'empêcher…

Théodore fit une grimace :

— Alors…

Et puis il se dit que, au fond, au fin fond, au bon Dieu, il y croyait bien un peu, lui aussi. Oh ! il ne le voyait pas barbu, avec un fils cloué sur une croix et un pigeon en guise de Saint-Esprit. Il ne le voyait surtout pas avec une ribambelle de fainéants en robe noire, violette, rouge et même blanche pour lui servir la soupe et des hosties sans goût qui collaient au palais. En fait, il ne le voyait pas du tout. Mais il lui arrivait, comment dire, de le sentir. Dans la résistance élastique du soufflet quand il activait sa forge, dans l'essaim d'abeilles qui était venu se coller entre la fenêtre et les volets de la cuisine, dans les lettres qu'Étienne lui envoyait du Tonkin et même dans le beau gros cul de Marcelline qui portait une marque de brûlure depuis qu'il lui avait fait son affaire contre la forge. Alors, il dit :

— Réfléchis encore un peu, va…

Mais Anselme :

— C'est tout réfléchi ! Donne-moi le papier, que je le signe !

Théodore aspira avec la bouche en cul de poule :

— Attention ! Si tu signes le papier, ça veut dire que tu seras enterré sans curé…

Anselme ne broncha pas. Le forgeron lui asséna le dernier coup, histoire de s'assurer qu'il ne s'agissait pas d'une lubie :

— SANS curé et AVEC le drapeau rouge !

— Ça me dérange pas, dit Anselme, de toute façon, je compte pas mourir tout de suite. Et il se mit à bâiller.

— Allez, zou ! Va te coucher ! conseilla le forgeron, tu vois pas que tu dors debout !

— Tu as raison, répondit le boulanger, mais ne t'imagine pas que je vais changer d'avis.

Il se retourna et sortit de l'atelier. Théodore, perplexe, le suivit des yeux pendant qu'il traversait la place. Dès qu'il le vit entrer dans la boulangerie, il posa ses lunettes sur l'établi, accrocha son tablier à un clou et se dirigea vers le café. Il poussa la porte. Les vitres démastiquées firent mine, une fois de plus, de vouloir tomber, mais elles demeurèrent malgré tout dans leurs cadres déglingués. Louis était en train de ranger des verres.

— Ho ! Louis ! lança le forgeron, il faut que je t'en dise une belle !

Louis ricana :

— Plus belle que celle que je vais te dire, ça m'étonnerait !

— Tu te trompes ! dit Théodore avec un fin sourire.

— Si je me trompe, toi, tu te mets le doigt dans l'œil jusque-là !

Alors, ils partirent tous deux en même temps, l'un :

— Figure-toi qu'Anselme…

Et l'autre :

— Figure-toi que mon petit…

Et ils s'arrêtèrent. Théodore se dit que, malgré tout l'intérêt que présentait la conversion d'Anselme, les petits, ça passait avant tout. C'était sacré.

— Quoi ? Qu'est-ce qu'il a, ton petit ? Et lequel, d'abord ?

— Gabriel ! Celui qui va passer son certificat.

— Il est malade ?

— Pire !

— Comment, pire ? Tout de même, il n'est pas…

— … mort ? J'aimerais autant !

— Doucement, Louis ! s'indigna le forgeron. Là, tu déparles…

— Je voudrais bien t'y voir ! Il veut… Raaah ! je peux pas le dire ! acheva le cafetier avec un soupir accablé.

— Il veut quoi ? Pas se marier à treize ans, tout de même ? s'inquiéta Théodore.

— Il veut… entrer au séminaire !

Le forgeron en tomba sur le cul. Une chaise pliante vint heureusement suppléer à ses jambes fauchées par la stupéfaction. Il s'éventait d'une main et soufflait à petits coups pour se rafraîchir en même temps le dedans et le dehors. Il ne trouvait rien à répondre. Mais Louis avait besoin de vider son sac :

— Alors, moi, qu'est-ce que tu veux, je lui ai dit que s'il me parlait encore une fois de séminaire, je l'étranglais de mes propres mains, tu m'entends ! De mes PROPRES mains !

Et, ce disant, les yeux exorbités, la bouche crispée sur un rictus d'assassin, il mimait sous le nez de son client le geste jubilatoire de l'étrangleur sadique. Théodore se recula un peu et :

— Là, Louis, tu exagères !

— Comment, j'exagère ? Je voudrais t'y voir à ma place !

Théodore sentit les trois sueurs à l'idée que son Maurice… Et puis, il pensa à son grand couillon d'Étienne qui était allé se vendre, après qu'il lui eut acheté un homme pour le remplacer au service militaire. Il s'était saigné aux quatre veines pour économiser les sous, car il le voyait forgeron à Sollières comme lui, plutôt que soldat. Seulement, voilà : le fils, lui, voulait voir du pays ! Sur le coup, il avait eu la tentation de le maudire. « Va, fils indigne qui fais pleurer sa mère ! Va, loin de mes yeux ! Disparais pour toujours ! » Et maintenant il était bien content de recevoir ses lettres du Tonkin et d'apprendre qu'il était passé sergent-chef. Si Gabriel voulait devenir curé plutôt que de rester au pays à vendre des apéritifs, c'était son droit. Sa liberté. Son père n'avait rien à dire. Il devait s'incliner.

— Tu sais, Louis, commença-t-il d'un ton si sage que le cafetier se calma aussitôt, dans « Libre-Pensée », il y a « pensée » et puis « libre ». Ça veut dire que chacun peut bien penser librement ce qu'il veut. Bon Dieu, pas bon Dieu, Bouddha, Mahomet et même le Grand Manitou ou les vaches sacrées. Et que personne, tu m'entends, personne, même pas son père, n'a le droit de l'empêcher de penser ou de venir penser à sa place. Alors, si son fils veut devenir curé, un VRAI libre-penseur doit l'accepter.

La démonstration était aussi simple que lumineuse. À sa tête qui balançait encore un peu, on voyait que Louis en avait gros sur le cœur, mais qu'il ne trouvait rien à objecter. Pour se tirer d'embarras, il demanda :

— Et Anselme ? Qu'est-ce qu'il a ?

Théodore pouffa de rire en mettant sa main devant sa bouche :

— Anselme...

Mais il riait trop. Il ne pouvait pas articuler.

— Anselme...

— Oui, Anselme..., reprit Louis, qui commençait à s'impatienter.

— Anselme, iiiiiiiiiil veut... entrer... à la Liiiiiii-bre-Pensée !

Louis se laissa tomber sur l'autre chaise pliante :

— Putain de Bonne Mère...

L'insultée se dit que c'était une opération blanche. Les effectifs demeuraient stables. On perdait un boulanger, on gagnait un curé. Sur la longueur, l'avantage resta pourtant dans son camp. Anselme revint quelques années plus tard – lorsqu'il attrapa la fièvre typhoïde – sur les termes de son testament philosophique. Quant à Gabriel, il resterait au séminaire seulement le temps de s'apercevoir que la Sainte Vierge du parloir avait pour lui les yeux noirs, les tresses lourdes et les jolis petits *tétés* de Berthe Baude. Mais il demeurerait croyant, et même fervent.

26

Il n'y avait pas de bureau de poste à Sollières. L'officine centrale était à Fuveau. Elle rayonnait sur quatre villages. Dans l'armoire aux imprimés, il y avait quatre casiers qui leur étaient réservés. Celui de Sollières était le dernier, en bas, à droite, car le plus long à se garnir. Excepté les circulaires de la préfecture pour l'étude et la mairie, celles de l'académie pour l'école, les factures du moulin et les lettres du Tonkin destinées à Théodore Castinel, il n'y avait pas grand-chose. Les Solliérains avaient peu de contacts avec le monde extérieur. Quelquefois, Donatien devait attendre plus de quinze jours pour que la masse accumulée vaille le déplacement. Huit kilomètres. Qu'il devait faire à pied. Ces quinze jours lui donnaient le temps d'ouvrir délicatement à la vapeur les messages personnels. Il les lisait sans hâte, puis les recollait avec soin d'un léger voile de gomme arabique qu'il conservait dans un flacon de verre dont le bouchon était muni d'un pinceau plongeant. Ce n'était pas vile curiosité. Plutôt conscience professionnelle. Car il se faisait une très haute idée de sa mission. Il était une sorte de messager, non pas céleste mais terrestre, qui pouvait apporter dans les foyers la joie ou la désolation. Si les nouvelles étaient bonnes, il donnait tout de suite la lettre d'un air content. Si elles étaient mauvaises, il y mettait les formes. Il commençait à préparer le destinataire par des considérations navrées sur la politique, l'état des chemins et les saisons qui n'étaient plus ce qu'elles avaient été.

On se doute que cette lettre d'Amérique, adressée à Mme Loisel-Garrassin, fit son petit effet. Il la tourna et retourna dans ses mains avant de la décacheter. Le *Je vous aime* sans signature lui fit monter les larmes aux yeux. Il trouvait les lettres d'amour toujours un peu comiques – surtout si on considérait ceux à qui elles étaient adressées –, mais celle-là, dans son extrême simplicité, avait une force à vous labourer le cœur. Et Donatien, malgré ses grands pieds de marcheur, avait un cœur de jouvencelle. La première émotion passée, il se mit à réfléchir. Il connaissait bien Héloïse. Après l'école et la mairie, c'était le moulin qui recevait le plus de courrier : mandats, factures, commandes, etc. Il n'imaginait pas trop la meunière, femme active, toujours occupée, avec un amant américain. C'était loin, l'Amérique ! Et puis, en réfléchissant bien, il se rappela Philippe Grangier, le plus aventureux des Sollièrains. Ah ! il lui en avait apporté, à celui-là, des lettres parfumées, du temps où il vivait à Font Trigance ! Des lettres qui, d'ailleurs, n'étaient pas toujours très convenables… Mais quoi ! Il n'y avait rien à dire. Philippe Grangier n'était pas curé comme son frère ! Il était célibataire et assez beau garçon. Il devait plaire aux femmes, avec ses costumes bien taillés et ses belles dents un peu écartées. Et puis, les mâles, c'était comme ça : « Je lâche mon coq, gardez vos poules ! » Mais cette lettre ! Qu'elle était belle ! Coquin de sort, mais qu'elle était belle ! Ainsi, Philippe Grangier, un monsieur qui avait des maîtresses, des femmes raffinées qui lui envoyaient de Marseille, d'Aix et même de Paris des lettres parfumées s'était entiché d'Héloïse et, dix ans après, il ne l'avait pas oubliée ? Quel roman ! Bien sûr, Héloïse était une belle femme – avec, toutefois, un grand nez –, mais elle n'était, à l'époque, qu'une simple servante ! Pas du tout de la classe des Grangier ! Comme quoi, l'amour… Ou alors, peut-être lui avait-elle résisté ? Oui, elle devait lui avoir résisté : les hommes sont fous des femmes qui leur résistent ! D'ailleurs, il allait bien voir sa réaction lorsqu'il lui remettrait la lettre. Il se faisait fort de lire sur le visage de ses clients. Et c'est un fin psychologue doublé d'un hardi fantassin qui prit d'un bon pas la petite route en lacet qui montait à Sollières.

*

— Madame Garra… Madame Loisel ! C'est le courrier !

Héloïse était sur l'aire en train de faire partir un voyage, comme le jour où Angelo était venu la relancer. Elle ne portait pas son petit foulard romanichel (qu'elle avait fourré au fond d'un tiroir), mais un turban à la turque avec des pampilles dorées. Elle tourna la tête vers le facteur et, à la cantonade :

— Posez-le sur le comptoir, Donatien ! Et puis allez dans la cuisine : Marthe vous offrira le café !

Le bonhomme hésita à faire ce qu'on lui demandait : s'il allait dans la cuisine, il risquait de manquer l'ouverture de la lettre et la réaction qu'il se promettait de décrypter. Aussi s'approcha-t-il de la charrette :

— Alors, comme ça, vous expédiez de la farine…

— Oui, dit Héloïse, ici c'est un moulin. Si c'était la poste, on expédierait des lettres…

Ripert arriva, courbé sous une balle de cent kilos :

— Allez ! Pousse-toi, facteur, que tu vas te faire écraser !

Donatien fit un petit saut de côté. Ripert empila son sac. C'était le dernier. Il grimpa sur la banquette, Héloïse lui tendit le rouleau de factures et elle donna le départ à Vicomte avec le traditionnel : *Ite !* La charrette s'ébranla. Le facteur et la meunière la suivirent un moment des yeux. Puis Héloïse se retourna et lui tendit la main :

— Voyons ce courrier !

Donatien avait mis la lettre au-dessus de quelques autres en provenance des Contributions Directes, des Filatures du Midi et des Grandes Forges de Marseille. Dès qu'elle la vit, Héloïse comprit de quoi il s'agissait. Elle sourit. Son visage, toujours un peu abrupt, prit une expression si tendre que Donatien pensa : « *Fan* de Chine ! Ils ont dû s'aimer, ces deux-là ! »

Mais il dit :

— C'est une lettre d'Amérique…

— Je le vois bien ! répliqua Héloïse qui s'était déjà ressaisie.

— Vous ne l'ouvrez pas ?

Elle lui jeta un regard assassin et, sans lui répondre, glissa d'un geste vif la lettre de Loisel sous les autres.

— Au moins, vous me garderez le timbre ? s'enquit le facteur, déconfit.

— Non ! lui asséna-t-elle sans pitié, en l'exécutant d'une rafale de ses yeux dorés.

Elle fit volte-face et entra dans le magasin, le laissant déconcerté. De loin, il lui demanda :

— Je peux aller boire le café ?

— Si vous voulez..., répondit-elle sans se retourner.

Elle n'avait qu'une hâte : se retrouver seule avec la lettre. Que pouvait-il lui dire ? Qu'il espérait l'amuser par ce courrier, puisqu'elle avait trouvé plaisante l'idée de s'en faire expédier ainsi des quatre coins du monde ? Oui, sans doute... C'était gentil, tout de même, d'avoir pensé à ça ! Il était vraiment adorable, ce Loisel ! Si discret... Enfin discret, pas au lit, en tout cas ! Mais réservé, pas très bavard, un peu secret. Cherchant le mot précis plutôt que le mot drôle. Le mot juste. Un peu abrupt parfois. C'était exactement ça : il était juste. Juste et strict. Comme ses costumes sombres taillés au plus près. Ses gestes économes. Ses sourires bouche fermée. Il fallait le bousculer un peu, le déshabiller, se frotter contre sa toison brune pour découvrir ce qu'il y avait en lui de pas convenable. De pas convenable du tout. Mais c'était une affaire entre eux. Elle était la seule à partager son intimité – avec Mlle Latil...

Elle s'éventait avec la lettre, faisait durer le plaisir de l'attente en évoquant les pittoresques débuts de mandat de son jeune mari : les Solliérains affolés de s'apercevoir qu'à la mairie quelque chose avait changé. Ils auraient dû s'en douter dès l'affaire des suçons, de la table et de la chaise : ils avaient élu un homme jeune. maître Revest avait été un maire à l'ancienne. Un peu sinueux. Parfaitement accordé à ses administrés qui étaient les rois de l'à-peu-près. Loisel, lui, tranchait dans le vif. Adalbert avait été le premier à en faire les frais. Le nouveau maire lui avait signifié qu'il ne pouvait pas être à la fois employé municipal et conseiller. C'était illégal. Il lui fallait choisir entre son emploi de fossoyeur-cantonnier et son mandat d'élu. Mais s'il optait pour le premier, ses revenus seraient plus que triplés car, depuis vingt ans, on le défrayait au lieu de le payer. Adalbert demanda ce que signifiait « défrayer ». Loisel le lui expliqua. Aussitôt, le bonhomme s'indigna d'avoir été aussi longtemps pris pour un imbécile. Il demanda s'il pouvait toucher des arriérés. Loisel lui dit qu'il ne fallait pas exagérer. Il rechigna un peu, mais accepta l'offre en se disant qu'il allait dorénavant se gaver de grives et ne plus jamais toucher à un étourneau.

La deuxième victime de cette nouvelle méthode fut le docteur Portal, sommé d'ouvrir un après-midi par semaine un dispensaire gratuit pour les « nécessiteux ». Le médecin savait que le mot de « nécessiteux » n'avait pas grand sens à Sollières, où se plaindre de la misère en pleurant la bouche pleine était un sport national. Il se doutait que ses patients ordinaires allaient profiter de l'aubaine pour venir consulter gratis. Il se montra réticent. Mais Loisel lui fit valoir que la place d'Adalbert au conseil était vacante et qu'un peu de popularité ne lui nuirait pas lors des prochaines élections. Portal s'inclina.

À Louis, qui le félicitait d'avoir rabattu leur caquet aux deux blancs les plus actifs de la commune, Loisel avait interdit, sous peine de procès-verbal, de vendre, même un blanc limé, à une personne âgée de moins de vingt et un ans. Le cafetier dut afficher, à côté de sa pancarte des vins du Postillon et de Louis Pasteur réunis, un avis préfectoral sur la protection des mineurs et la répression de l'ivresse publique. Il rouspéta mais s'exécuta.

Justin Partégal n'avait pas eu le temps de se réjouir de la déconvenue du cafetier. Adalbert lui avait remis en mains propres une lettre, tamponnée de l'hôtel de ville et signée Loisel, lui stipulant que l'école était obligatoire non seulement pour les garçons, mais aussi pour les filles et qu'il était *instamment* prié d'y envoyer sa Colombe et sa Joséphine. Le meunier à vent en resta sur le cul.

Les Solliérains voyaient que l'on était entré dans une ère nouvelle. L'ère de la rigueur. Mais, à côté de cela, on avait déjà installé un garde-fou au parapet, redressé le mur du cimetière et débouché les becs de la fontaine où on devait, depuis la nuit des temps, attendre une demi-heure pour remplir un petit arrosoir. Le nouveau maire n'avait pas que du mauvais. Loin de là ! De plus, il avait fait réparer le toit de l'église qui prenait l'eau comme un panier, ce que maître Revest n'avait jamais osé faire, craignant de s'aliéner les suffrages des rouges. Depuis, l'abbé

Joulian, qui s'y entendait en moutons perdus et autres brebis égarées, récitait, pour lui, des neuvaines. On ne sait jamais…

Héloïse sourit au souvenir de la délégation qui était venue lui demander son soutien, comme à la bonne épouse d'un roi irascible. Au fond, Loisel gouvernait le village comme elle dirigeait le moulin. Avec sagacité mais sans faiblesse. Elle avait cru, au début, qu'elle pourrait être un peu maire à sa place. Et puis elle s'était aperçue qu'il avait des idées arrêtées. Souvent les mêmes que les siennes, d'ailleurs. Ainsi pour le parapet qui avait été commandé, exécuté et posé avant qu'elle lui en eût touché un mot. Alors, elle avait laissé faire.

Souvent, après l'amour, les bras derrière la tête, le dos calé par un oreiller, il lui racontait ses démêlés avec ses administrés. Pendant ce temps, elle traçait, du bout des doigts, des signes cabalistiques d'envoûtement dans les poils de sa poitrine. Il s'en amusait. Elle aussi. Car elle ne croyait guère à la sorcellerie. Ni au bon Dieu. Et pas plus au diable. Comme lui. Peut-être un peu à la Bonne Mère ? En tout cas, ces moments de complicité étaient délicieux. Et si différents de ses empoignades muettes avec Angelo !

Au souvenir de l'horrible séance de la veille, avec Anselme, le squelette et Grangier, elle eut une bouffée d'angoisse. Elle s'éventa une dernière fois avec la lettre, puis elle glissa l'ongle du petit doigt sous le pli, écarta la pochette, tira le feuillet, le déplia. « Je vous aime. » Elle prit les trois mots comme un coup de poing au plexus. Elle chancela. Dut s'appuyer au comptoir. C'était tout lui, ça : sobre mais percutant !

*

Le vendredi, à 14 h 30, Philibert arriva aux Négadis frais comme l'œil et au pas cadencé. Il s'étonna un peu de ne pas voir Mme Loisel partir en promenade comme d'habitude, d'autant qu'il faisait un soleil d'or, presque un soleil d'été. Il s'étonna encore davantage lorsqu'elle vint lui demander :

— Dis-moi, Philibert, tu connais bien l'abbé Grangier ?

Le garçon se rembrunit. Au terme « connaître » il donnait plusieurs sens, y compris le sens biblique. Il croyait cette histoire enterrée. Mercredi soir, quand il était revenu du moulin, un peu après 19 heures – étonné, d'ailleurs, de n'avoir pas encore vu rentrer la patronne –, son père avait commencé par l'engueuler, sa mère avait pris sa défense, Berthe s'était rangée dans un camp, Marius dans l'autre et puis, finalement, tous les Baude étaient tombés dans les bras les uns des autres en pleurant d'amour. Après cette belle séance lacrymale, ils étaient convenus que l'on passerait l'affaire Grangier sous silence – ce qui était un pari très risqué pour qui connaissait Marité. Et si Philibert aimait sa mère, hélas, il la connaissait.

« C'est plus fort qu'elle ! Elle a encore parlé ! », ragea-t-il.

À Héloïse, qui le regardait avec insistance, il répondit un vague « mmm... » qui n'engageait à rien. Mais la patronne s'obstinait :

— Dis-moi, Philibert, est-ce qu'il fait la collection de timbres, l'abbé Grangier ?

Philibert ouvrit de grands yeux. Il s'attendait à tout autre chose. Mais il était soulagé.

— Ah ça, dit-il, les timbres, il en est enragé ! Les timbres et les...

Il s'arrêta au bord de l'aveu, s'attendant à ce que Mme Loisel tente de lui tirer les vers du nez, genre « les timbres et les... quoi ? et *tutti quanti.* » Non, *tutti quanti*, c'était plutôt le genre de M. Mazzola, alias Angelo, alias le charbonnier, alias le Christ de Lavanade, ce qui faisait un gros, un très gros secret. Mais la meunière ne lui demanda rien de plus. Elle fit volte-face en le remerciant. Il poussa un soupir. Un moment après, il la vit passer qui tenait Félicité dans les bras :

— Je sors ! lui lança-t-elle. S'il se passe quelque chose, je suis à Font Trigance !

— D'accord ! répondit-il.

Il s'installa derrière le comptoir en prenant l'air sérieux.

*

Héloïse marchait vers le domaine de son pas à enfoncer un mur. Mercredi soir, dans l'affolement de leur fuite, Angelo ne lui avait pas fixé de rendez-vous. Mais ce n'était pas le désir de se faire grimper dessus qui la poussait. Pas du tout. Elle avait même emmené Félicité pour éviter tout malentendu. Elle désirait simplement savoir ce qu'Angelo comptait faire des restes de Philippe Grangier. Car elle connaissait à présent, non seulement l'identité du squelette, mais aussi celle de son assassin. Et cela grâce à la lettre d'Amérique de Loisel. Passé la délicieuse émotion que son contenu lui avait suscitée, elle s'était intéressée au contenant, c'est-à-dire à l'enveloppe. Non pas en timbrophile, mais en limière. Cette enveloppe – qui avait mis deux mois pour faire l'aller-retour malgré les annonces de la Compagnie transatlantique qui prétendait traverser l'océan en sept jours ! – lui rappelait en tous points celle qu'elle avait offerte à son mari et qui contenait une lettre adressée à maître Revest par Philippe Grangier à propos de Font Trigance. Or, au moment où cette lettre avait été expédiée, Philippe Grangier était en train de se faire bouffer par les frelons au fond du puits des Blancannes. Il ne pouvait guère écrire d'Amérique. En revanche, quelqu'un qui connaissait cette petite manie bébête des timbrophiles pouvait parfaitement le faire à sa place. Sans avoir, pour cela, à bouger d'Aix. Et ce quelqu'un, c'était forcément son frère ! Son frère, avec qui il avait eu de gros différends au sujet de l'héritage. Son frère, qui savait bien qu'il n'y avait pas plus de Philippe Grangier à New York que de suce-miel au café. Il le savait bien puisque c'était lui qui l'avait tué ! Restait qu'il l'avait fait avec une balle un peu bizarre pour un curé... Mais quand on est capable de zigouiller son frère, on l'est aussi de se trouver une arme capable de vous innocenter... Elle s'imagina en train d'aligner Jean-Jacques avec un calibre 12, d'appuyer sur la détente et de le voir sauter en l'air comme un lapin avant de retomber. Elle lui en voulait d'être parti sans un mot et de n'avoir pas, depuis, donné de nouvelles. Pourtant, cela lui parut monstrueux.

Quand elle arriva au bas du pré, Héloïse n'en crut pas ses yeux. Il y avait un monde ! On se serait cru sur la place du palais de justice un jour de marché. Il y avait un vieil âne tout pelé entouré d'une ribambelle de gamins inconnus qui se roulaient dans l'herbe, sales et beaux comme seuls savent l'être les petits Méditerranéens. Dans le bassin, les frères Taffanelli. Sur le bord, Angelo et Loisel ! Elle se félicita d'avoir emmené sa fille. La petite commençait à se jeter en arrière parce qu'elle avait envie, elle aussi, de se traîner par terre comme les petits Napolitains. Mais

Héloïse fut intraitable. Elle saisit fermement dans sa main l'avant de la robe, ce qui bloqua d'un coup l'équilibriste. Félicité se mit à ronchonner.

Lorsqu'elle fut plus près, Héloïse comprit qu'Angelo s'était enfin décidé à faire vider et nettoyer la pièce d'eau. Les frères Taffanelli étaient dans la boue jusqu'aux genoux en train de charger sur un tombereau des pelletées d'un limon noir qui ne sentait pas la rose. Verdi, attelé à cette chose rustique et puante, arborait un air dégoûté. Décidément, on lui aurait tout fait ! Quant à Loisel, fidèle à ses méthodes actives de pédagogie, il avait saisi l'occasion pour proposer *in vivo* à ses élèves un problème vicieux sur les robinets, les vidanges et les capacités. Gabriel Juvénal et Maurice Castinel étaient en train de mesurer le bassin avec une chaîne d'arpenteur, Marius Baude chronométrait avec la montre gousset du maître le temps que mettait la fontaine à remplir un double décalitre, Lulu surveillait le niveau du bassin avec une canne étalonnée, et, comme d'habitude, Jobert et les frères Barras faisaient les imbéciles.

Sans doute les deux hommes la virent-ils en même temps, mais seul Loisel lui fit le signe d'approcher. Angelo était visiblement embarrassé. Il lui adressa un sourire contraint. Il portait une incroyable veste de cuir fauve avec des revers en daim, une cravate de soie blanche, une culotte d'équitation et ses fameuses bottes de sept lieues qu'il perdait sous le lit. Il était à couper le souffle. À côté de lui, Loisel qui était plus petit et tout en noir faisait un peu curé. Mais lorsqu'elle fut à portée, ils échangèrent un regard vif, sitôt éteint qu'allumé, dans lequel étaient passés, plus vite que l'éclair, deux mots meurtriers : « piaffant » et « italien ». Héloïse écrasa un sourire. Elle vit que Loisel en faisait autant. Il se tourna vers Angelo et, lui montrant Verdi qui chauvissait méchamment des oreilles, il lui dit :

— Angelo, votre hongre n'a pas l'air content ! Ce n'est guère là une tâche pour lui. Vous devriez acheter un vrai cheval...

Verdi redressa la tête et lui jeta un regard en biais. Il ne savait pas s'il devait s'offusquer de n'être pas considéré comme un « vrai » cheval à cause d'une petite opération de rien du tout ou se féliciter d'avoir enfin trouvé une personne sensible au déclassement qu'il devait subir. Car enfin il était un spécialiste de la monte et de l'attelage léger, un aristocrate né dans le Poitou, pas un tâcheron ! Déjà, depuis deux jours, on lui imposait le voisinage d'un âne étranger…

— Il vous faudrait un cheval de labour, une bonne grosse bête comme Vicomte !

— Vicomte n'est pas un cheval de labour, c'est un cheval de trait, dit Héloïse en souriant.

— Pardonnez-moi, répondit Loisel. On ne peut pas tout savoir. Mais on ne demande qu'à apprendre… Et il lui adressa un salut courtois, mais avec un regard si malicieux et si sensuel à la fois, qu'Angelo, tout d'un coup, avec sa tenue pétaradante de faux gentilhomme eut l'air d'un paon qui faisait la roue.

— Eh bien, dit Héloïse en soutenant ce regard, il y a différentes sortes de chevaux : les chevaux de trait, comme Vicomte, qu'on utilise pour tirer des charges, d'où leur nom, et les chevaux de labour, beaucoup plus puissants, à qui l'on peut demander des performances exceptionnelles.

— Des performances exceptionnelles ? Comme c'est intéressant…, dit Loisel, avec, toujours, son sourire coquin.

Alors, elle ajouta :

— Et puis, bien sûr, il y a les chevaux comme Verdi, qui sont beaucoup plus fins, et ont un… tout autre emploi !

Elle crut qu'elle avait gagné la guéguerre des sous-entendus. Mais Loisel ajouta :

— Malheureusement pour lui, Verdi est un hongre…

Elle eut envie de lui sauter au cou, de l'embrasser à bouche que veux-tu. Mais il y avait trop de monde. Elle ne pouvait pas. Alors, elle le fit par procuration en lui mettant Félicité dans les bras. Elle comprit que Loisel ne s'y trompait pas. La petite, aussitôt, se mit à lui tirer les poils sur le dos des mains. Elle avait tout de suite remarqué cette singularité qui semblait l'enchanter. Il devait souvent lui claquer les doigts pour la faire cesser. Mais là, il l'abandonna à son vice innocent.

— Vous semblez vous y connaître en chevaux, dit-il. Vous devriez aider Angelo à choisir le sien…

« Il va un peu loin. À quoi joue-t-il ? », se demanda Héloïse, légèrement inquiète.

— Qu'en dites-vous, Angelo ?

Angelo n'avait rien écouté. L'échange à fleurets mouchetés lui était passé nettement au-dessus de la tête. Il regardait d'un œil mauvais la petite en train d'épiler avec volupté les mains de son beau-père. Il se sentait à l'écart.

— J'en dis qué…

Mais il ne put aller plus loin.

— M'sieur ! M'sieur ! Regardez ! cria Ludovic en montrant une sorte de tringle, peut-être un tuyau qui émergeait lentement de l'eau noire.

Mario Taffanelli s'avança lourdement, d'une démarche chaloupée, en poussant de ses jambes la mélasse pâteuse. Il prit l'objet en main, tira. La chose semblait bien enfoncée dans la boue. Il la prit à deux mains, la secoua un moment. Elle finit par s'arracher avec un bruit de succion. Malgré la vase qui l'empâtait, Héloïse vit que c'était un fusil. Elle pensa tout de suite à la balle et se tourna vers Angelo. Un peu pâle, il se mordait les lèvres. Le Napolitain était au milieu du bassin. Il voulut envoyer l'arme à son frère qui était près du bord. Il prit son élan, mais le jet tourna court. Le calibre tomba à plat, faisant gicler la boue. Une sorte de besace était attachée au pontet. Mario apporta le tout sur la margelle. Il ouvrit le sac pourri qui se déchira. À l'intérieur, il y avait un vieux pistolet et une boîte en métal. Elle était à peine rouillée. Il souleva le couvercle. À l'intérieur, trois balles en plomb marquées d'une croix entaillée au couteau.

*

Le soleil se levait au ras de l'horizon, dans une coulée de plaine entre la Sainte-Baume et la Sainte-Victoire. C'était une aurore de mars, entre l'or et le rose. Des buées mauves s'étalaient dans les fonds, s'effilochaient sur les amandiers fleuris qui suivaient en rang le bord des champs. Quelques solitaires s'aventuraient, hardis, sur le flanc des collines et luttaient de toute leur neige avec le vert des pins d'Alep. Les blés, à leur germination, veloutaient la campagne, les vignes, tondues de frais, jouaient de l'éventail. Ça sentait l'herbe et la terre mouillée.

Verdi trottait, pimpant, sur la route de Marseille, virant le cul à ce soleil rasant qui le forçait à marcher sur son ombre. Comme il n'avait ni l'ardeur frontale ni la sottise d'un Bucéphale, il s'en foutait éperdument. Il se retrouvait à ses pompes, cheval civilisé, la crinière et la queue au vent, bien étrillé, peigné, luisant, harnaché de cuir fin dans les brancards légers d'un coupé de luxe, avec, devant lui, rectiligne et en pente douce, un bon chemin gravillonné. Assis dans le tilbury, Héloïse et Angelo, côte à côte, regardaient droit devant. En silence. Chacun sur un bord du siège capitonné, ils veillaient à ne pas se toucher.

— Oh ! Et puis zut ! Tiens ! La voilà, cette balle ! dit Héloïse, en faisant claquer le morceau de plomb dans la main de son compagnon.

Angelo la fit rouler dans sa paume :

— Jé lé savais..., dit-il.

Restait à préciser ce qu'il savait. Alors, il se mit à parler. De son engagement à seize ans dans les Chemises rouges. De Garibaldi. Des batailles. De la défaite. Et puis d'Aldo Capellani, son associé. Qui lui avait appris le métier, puis avait disparu après l'avoir volé. Non content de le laisser nu et cru, il avait monté une entourloupe bien tordue visant à le faire accuser d'assassinat. Eh oui ! parmi les garibaldiens, il n'y avait pas que des poètes : il y avait aussi, comme dans tout bataillon levé un peu vite, des flibustiers que les scrupules n'étouffaient pas. Capellani avait descendu le propriétaire, puis il l'avait jeté dans un puits rempli de frelons avec son couteau et sa veste d'uniforme pour faire croire que c'était lui. Il connaissait les collines, Capellani, il savait qu'un bon nid de frelons peut nettoyer un sanglier en dix jours. Comble de vice, ce Philippe Grangier, il ne l'avait pas aligné avec son fusil perfectionné, un Smith and Wesson à carcasse basculante mais avec le pistolet de ce pauvre innocent de Mazzola, une pétoire antique, grossièrement radoubée, reconnaissable entre mille, et qui ne tirait que de grosses balles de plomb bricolées. Il avait pris soin de jeter les deux armes ensemble dans le bassin de Font Trigance qui était tout près, se doutant que l'on y chercherait l'arme du crime. Et, en perfectionniste, il avait ajouté des balles pour pouvoir comparer, afin que même le plus imbécile des gendarmes ne puisse pas s'y tromper.

Héloïse, ébahie, regardait cet homme avec qui elle avait fait l'amour à en perdre le souffle, à qui elle avait même arraché un enfant et qu'elle ne connaissait pas. Elle le découvrait. Idéaliste, naïf, blessé. Ils auraient pu se rencontrer, s'aimer. Ils s'étaient percutés, trahis, manipulés.

— Tou comprends, si la policé met lé nez là-dédans, c'est moi qui l'ai toué, Grangier !

Elle réfléchit un moment. Elle pensa à Loisel qui, en voyant le fusil, les balles et le pistolet, avait tout de suite décidé de les porter à la gendarmerie, car « il pourrait s'agir d'armes ayant servi à perpétrer un crime ». Quelquefois, il était emmerdant, Loisel, avec sa rage de clarté ! Elle posa sa main sur le poignet d'Angelo :

— Écoute ! Ils ont l'arme, mais ils n'ont pas la victime. Et la balle qui l'a tué, elle est là ! Tu n'as qu'à sortir Grangier de son armoire et l'enterrer où tu voudras !

Elle fit le geste de s'en laver les mains.

— Mais tous ces gens autour du pouits...

Avec une moue dubitative, elle ajouta :

— Tu sais, ici, les gens n'ont pas trop l'habitude de parler aux gendarmes. Ce squelette envolé va devenir une espèce de fantôme familier...

Et elle pensa : « Comme Fanny Garrassin... »

Angelo fit claquer les rênes sur le dos de Verdi qui avait profité de sa distraction pour ralentir sournoisement. Semoncé, l'animal releva la tête et s'empressa de reprendre le rythme en faisant claquer ses sabots. L'affaire du squelette était réglée. Héloïse se dit qu'elle lui devait bien ça. Elle ne l'avait pas ménagé. Comme elle n'avait pas, non plus, ménagé Loisel, épousé de force. Elle ne ménageait personne. Elle empoignait ce qu'elle désirait. Sans se soucier des bris et débris. Mais pour la première fois de sa vie, elle sentait comme un petit malaise, un serrement de gorge, quelque chose qui pouvait ressembler, en cherchant bien, à un début de compassion. Pourtant, elle allait faire ce mensonge à Loisel. Un mensonge de plus. À Loisel, qui lui avait écrit une si jolie lettre. Une lettre grâce à laquelle elle savait non seulement qu'il l'aimait – ce dont elle se doutait un peu –, mais aussi qu'Angelo ne connaissait qu'une moitié de la vérité. Sans doute son associé avait-il assassiné Philippe Grangier. Et avait-il arrangé son crime pour l'en faire accuser. Mais il l'avait fait sur ordre de son frère. Qui l'avait sans doute payé pour ça. Et puis il l'avait probablement fait chanter en ne lui révélant pas où se trouvait le corps. L'abbé, tenu à la gorge, avait dû payer. Payer. Payer. Se compromettre toujours davantage. Se trouver contraint, pour expliquer l'absence de son frère, d'inventer cette histoire de New York. Et puis de l'accréditer en écrivant des lettres à sa place. Et voilà que cet imbécile d'Adalbert lui avait confié ce squelette sorti miraculeusement d'un puits comme un diable de sa boîte. Alors, il l'avait emporté à Font Trigance pour le faire enfin disparaître. Mais quelque chose l'en avait empêché. Le squelette était resté dans sa cache provisoire au fond de l'armoire, où Angelo, Fortunée ou quiconque pouvait à chaque instant le dénicher. Si quelqu'un découvrait ce squelette et l'identifiait, il découvrait du même coup que, depuis plus de dix ans, l'abbé écrivait à la place de son frère de fausses lettres, des billets à ordre et des procurations. Voilà pourquoi, croyant la maison vide, il s'était enfin décidé, était monté jusqu'à sa chambre et... Quel salopard, tout de même ! Et qui allait s'en tirer. Comme Aldo Capellani. Simplement parce que dans cette chambre, il y avait un homme et une femme en situation irrégulière...

Ils passèrent une excellente journée. À midi, ils déjeunèrent de poisson dans une auberge sur la Corniche. Et puis ils firent l'amour. Ils ne pouvaient pas se quitter comme ça, sur un coup sommaire, tiré debout à la va-vite, la tête dans l'armoire entre les étagères. Ils s'appliquèrent. Mais le désir n'était plus là. Ce ne fut pas une déroute, beaucoup s'en seraient contentés, mais ils avaient connu la fièvre de la passion. Elle était retombée. Il ne lui trouva pas la fraîcheur rieuse d'Adeline, elle regretta les inspirations un peu sombres de Loisel. Après l'amour, il lui remit un acquit pour les mille cent cinquante-trois francs qu'elle lui devait encore. Elle ne les prit pas pour une rémunération injurieuse de la *putana*, plutôt comme une sorte de dot offerte à Félicité. Dans l'après-midi, ils allèrent chercher le boulonnais qu'ils avaient choisi le matin, une bête superbe, gris pommelé avec des paturons noirs. Angelo l'attacha au bout d'une longe, à l'arrière du tilbury. Il fallait au moins un cheval de cette classe pour remplacer le percheron de Victor Sévère, lequel se consolait de sa mise à pied en achetant une à une les vignes des Revest qu'il se repentait, un peu tardivement, d'avoir plantées aussi écartées. Car Élisabeth Revest épouse Mestre était revenue de Venise. Son mari était retourné s'occuper de son « étude notariale » à Paris. Toutefois, il venait régulièrement à Sollières. Et, à chaque fois, sa femme vendait un morceau de champ. Mais elle était enceinte : ceci ne valait-il pas cela ?

Lorsqu'il vit ce lourdaud arrimé à son train, Verdi accéléra perfidement l'allure afin de mettre à mal la montagne de muscles. Il en fut pour ses frais. Il ignorait que, dans le temps, de tels colosses avaient servi de montures aux chevaliers. L'animal était puissant mais véloce. Et puis c'était un cheval entier.

27

Angelo se régalait du plan miroitant qu'offrait la surface de la pièce d'eau. Les frères Taffanelli avaient fait de l'excellent travail. Ils avaient même décapé au ciseau à froid le masque de la fontaine, si bien que l'on voyait à présent qu'il s'agissait de deux dauphins cambrés, enlacés par la queue. Débarrassés du tuf qui les obstruait presque, les becs lançaient deux longs jets courbes, cristallins et musicaux en diable. L'un, très mince, modulait en majeur un petit air de flûte, l'autre, plus plein, l'accompagnait en mineur au basson. Restauré à l'italienne, l'ancien bourbier provençal jouait presque du Vivaldi. À l'endroit où la mélodie naissait de l'eau, deux petits bouillons tenaient le cœur d'ondes jumelles, concentriques, qui se croisaient, se mariaient, puis allaient en s'élargissant jusqu'à venir caresser, presque éteintes, la bordure de pierre blonde. Ce n'était pas une vague, juste une inspiration. Aux quatre coins, les vases d'Anduze, un peu écaillés, avaient encore grand air. Dès que tout risque de gel serait écarté, on y planterait des boutures de géranium rosat que les Napolitains avaient rapportées de chez eux. Ce serait parfait.

Angelo tourna un peu la tête vers la gauche. À la place du puits sec creusé par l'Anti-sourcier qui avait fait rigoler tout Sollières, on voyait à présent un petit monticule de terre fraîche. Rien à regretter. Le paysage à la française gagnait en symétrie. Angelo se dit qu'il allait y faire planter un olivier, un arbre qui dure mille ans et a peu de racines.

Il n'avait pas connu Philippe Grangier, mais l'idée qu'une pivotante pouvait lui entrer par le trou de chignole et lui sortir par celui de l'œil le contrariait. Il en avait déjà assez vu, le bonhomme ! Finir dans un sac de farine au fond d'une armoire, après s'être fait bouffer par des frelons et perforer le crâne par un cafetier ! Et encore, il ne savait rien des tribulations intermédiaires, à savoir le sac de plâtre volé, le cuvier de Sidonie et le casier de limonade au fond du chasublier, sans parler du baptême à l'eau de Javel ! Il méritait un peu de repos. Aussi ne l'avait-il pas jeté au fond du trou tel quel. Il l'avait bien arrangé dans un coffre de marine à coins de cuivre qu'il avait trouvé dans le grenier, le crâne posé sur les fémurs croisés. Sur une feuille de papier, il avait écrit : Philippe Grangier 1845-1875, et puis, après une hésitation : *Morte assassinato.* Il avait glissé la feuille dans une enveloppe, puis l'avait ajoutée aux restes du malheureux. Au dernier moment, il avait fait glisser la balle dans le trou, comme un sou dans une tirelire. Ensuite, il avait descendu le coffre avec une corde et fait, bien qu'il ne crût pas en Dieu, un signe de croix. En se disant que si ça ne lui faisait pas de bien, ça ne pouvait pas lui faire de mal non plus. Le lendemain, il avait demandé aux Taffanelli de démolir et de boucher le puits.

À regarder ainsi l'emplacement de l'ancien puits, il pensa tout à coup à celui des Blancannes, où Philippe Grangier avait terminé sa courte vie et commencé son pittoresque périple *post mortem.* Il avait promis aux Solliérains, le soir où il en avait tiré Héloïse, il y avait de cela presque six mois, de le faire fermer par une plaque métallique afin d'éviter de prochains accidents. Depuis, l'idée lui était sortie de la tête. Peut-être pourrait-il la concrétiser ? Il décida de se rendre à la fermette où vivaient les Taffanelli pour leur demander de lui prêter un instrument susceptible de mesurer. Ensuite, il irait métrer le diamètre de la citerne, puis, après avoir sellé Verdi, monterait au village pour commander la plaque à Théodore Castinel. Il éprouvait une grande volupté à ces besognes d'oisif, lui qui avait travaillé à en avoir les muscles raides. Depuis que les Taffanelli s'étaient installés au domaine, il ne faisait pratiquement plus rien, sinon se promener à cheval, chasser et séduire chaque jour un peu plus Adeline qui approchait de son terme. En cela, il était très différent d'Héloïse qui ne pouvait demeurer cinq minutes assise sans chercher à s'occuper les mains. Il était, de nature, méditerranéen : plutôt taillé pour la paresse. De temps en temps, et juste pour assurer son prestige, il se chargeait d'une tâche herculéenne qui tenait de l'exploit, comme tirer tout seul, et à force de bras, Garibaldi, le boulonnais, empêtré dans un fossé bourbeux. Après quoi, il remettait, l'air de rien, un peu d'ordre dans sa coiffure, puis époussetait négligemment ses revers. Les Napolitains, qui étaient costauds mais de petit calibre, n'en revenaient pas.

La ferme, adossée à l'écurie, était une dépendance inutilisée depuis que les Grangier avaient confié le fermage de leurs terres aux Sévère, père et beau-fils, le jeune travaillant sous l'implacable férule de l'ancien. Les Sévère préféraient vivre en tribu au village, dans une maison à étages que le propriétaire leur prêtait.

La petite ferme n'avait pas l'élégance de la maison de maître agrémentée d'encadrements de pierre taillée. C'était une maison rustique, bâtie à chaux et à sable. Mais elle était entourée de lilas blancs et couverte d'un rosier liane qui embaumait. Lorsque Angelo arriva, Rosalia et Immacolata, les épouses Taffanelli, se précipitèrent au-devant de lui, prêtes à s'agenouiller et à lui baiser les mains. Elles étaient seules. Les hommes travaillaient aux champs où on avait repris la plantation des vignes. Les enfants étaient à l'école. Adeline et Loisel leur apprenaient à parler, à lire et à écrire le français.

Alors qu'Angelo tutoyait tout le monde, du fossoyeur au sous-préfet, les deux femmes lui donnaient du *lei* et du *comandatore.* Elles tinrent absolument à lui faire visiter la *casa.* Il les suivit. On ne pouvait rien imaginer de plus différent et de plus semblable à la fois que ces deux femmes. L'une était ronde comme une pomme, l'autre maigre comme un clou. Mais toutes deux, vêtues de noir de la tête aux pieds, avec des foulards attachés serrés sous le menton, se confondaient en courbettes.

En bas, il y avait une grande pièce commune avec une cheminée rude surmontée d'un madrier en châtaignier. On ne s'était guère donné la peine de plâtrer ni de moulurer les poutres comme dans la grande maison. Elles étaient apparentes, presque noires, arc-boutées sous les solives irrégulières qui faisaient ressembler le plafond à un champ labouré. Le sol était en gros carreaux de Salerne, flammés, poreux et fendillés. Une longue table massive et des bancs constituaient l'unique mobilier. Les assiettes et les verres, les ustensiles de cuisine, dont une gigantesque marmite à *pasta* dans laquelle on eût fait cuire un âne, s'alignaient sur de simples planches posées sur des chevrons bâtis dans les murs. Tout cela était pauvre, mais sentait le propre. On comprenait, aux sourires fiers des deux femmes, que cette maison de paysans représentait pour elles un luxe inespéré.

Elles insistèrent pour lui montrer l'étage auquel on accédait par un escalier marseillais, cambré sur sa voûte de plâtre. En haut, directement sous le toit, il y avait trois pièces en soupente qui communiquaient entre elles par des ouvertures sans porte. Des vêtements de travail étaient accrochés un peu partout à de simples clous. Dans chaque compartiment, une paillasse posée à même le sol. Angelo comprit que les deux couples avaient chacun la leur et que les enfants, frères, sœurs et cousins, dormaient sur la troisième. Pourtant, à voir l'air enchanté de Rosalia et d'Immacolata, on sentait que cette installation représentait pour elles un formidable progrès. Angelo se dit qu'elles venaient tous les jours à la grande maison où six chambres vides et meublées ne servaient à rien. Elles y astiquaient les carreaux, les vitres et les cuivres ou pelaient des légumes sous l'autorité de Fortunée qui se donnait des airs de gouvernante. On se pousse si vite du col ! Lui-même... Il revit la cabane dans laquelle il ne pouvait pas tenir debout et où il avait vécu pendant plus de dix ans. Tandis qu'il montait d'un pas lent et régulier – son pas de charbonnier – vers le puits des Blancannes, il se dit, tout en faisant tourner autour de sa main le mètre de couturière qu'elles lui avaient prêté, qu'il allait leur donner l'armoire qui avait servi de cercueil provisoire à Philippe Grangier. L'armoire et puis aussi le lit. Le lit dans lequel... Il sourit. Avec, pour être juste, un reste d'émotion.

*

C'était un sentier qui montait raide entre deux crêtes de roche rouge feuilletée. Les grosses pluies d'automne et les orages d'été le transformaient quelquefois, pour une heure ou deux, en torrent. Le sol en était érodé, fendillé, creusé de cavités remplies de gravillons qui roulaient sous les pieds. Dans les anfractuosités poussaient des touffes de genêts et de lilas d'Espagne qui n'attendaient qu'un coup de chaud pour lancer leurs fleurs. On était en avril. Le printemps avançait par à-coups. Un jour on enfilait le manteau, le lendemain on dégrafait le col. Ce jour-là, il faisait chaud. Il y avait dans l'air une vibration, comme un halètement de toutes ces plantes qui se gonflaient de sève. Lorsqu'il arriva sur la terrasse, Angelo fut surpris par le crescendo du bruissement. Et plus il approchait du puits, dissimulé derrière une touffe de térébinthes, plus le bruit croissait, enflait, jusqu'à devenir un bourdonnement soutenu. Encore un pas et il vit s'élever au-dessus du buisson, un lourd nuage qui s'abattait et retombait en vrombissant. De gros frelons, plus longs que le doigt, s'en détachaient, montaient dans le ciel en dessinant des vrilles, puis replongeaient dans le tas. L'ensemble gonflait, virait, palpitait avec la mobilité d'un vol d'étourneaux. Il fit un bond en arrière. Il connaissait suffisamment les collines pour savoir que ce genre de nuage était plus dangereux qu'un scorpion ou une vipère.

« *Madonna !* pensa-t-il. *I calabroni ! Sono tornati** *!* »

Il n'y avait pas trente-six façons de se débarrasser d'un nid de frelons. Il fallait l'arroser de pétrole et y mettre le feu. Encore fallait-il s'en approcher. Il serait plus prudent d'attendre la nuit car, comme les abeilles, les poules et les chiens, les frelons rentrent à la niche à la tombée du jour. Il vaudrait mieux, d'ailleurs, aller demander de l'aide au cantonnier. Adalbert était équipé d'une tenue étanche d'apiculteur qu'il utilisait pour récupérer les essaims d'abeilles vagabonds. Angelo décida de remettre à plus tard ses mesures. Lorsqu'il arriva au domaine, il comprit qu'il n'était plus temps de faire un aller-retour au village à cheval. Il était presque 17 heures. En attelant le tilbury, il pourrait ramener Adeline et Adalbert par la même occasion.

---

* « Les frelons ! Ils sont revenus ! »

Lorsqu'il lui eut demandé sa collaboration pour éradiquer un nid de *calabroni* installé dans le puits des Blancannes, le cantonnier, qui avait de mauvais souvenirs à ce sujet, écarta ses deux mains à la Pilate :

— Désolé, monsieur Mazzola. Moi, je ne peux rien décider tout seul. Il faut demander à M. le maire !

Angelo s'indigna :

— Il faut démander à M. lé maire la permission d'enfumer trois *calabroni* ?

Adalbert prit un air buté :

— C'est comme ça !

En soupirant, Angelo se dirigea vers l'école.

— Hé ! Loisel ! lança-t-il, viens dire à ton employé dé vénir m'aider à brouler oun nid dé frélonse !

— Où ça ?

— Là-bas, chez moi...

Et, voyant l'hésitation de son beau-frère :

— Tou viens aussi ?

Loisel se dit qu'il faisait beau et que cette petite promenade en voiture à la tombée du jour serait bien agréable. Du doigt, il héla Adalbert qui faisait mine d'observer en l'air quelque passionnant phénomène météorologique :

— Adalbert ! Allez chercher votre combinaison ! Nous vous attendons !

Le cantonnier prit l'expression réservée d'un chat à qui l'on veut confier la garde d'une souris.

— C'est comme vous voulez, monsieur le maire, mais à mon avis...

Loisel eut un haussement de sourcils :

— Eh bien, pour aujourd'hui, nous nous en passerons, de votre avis !

Adalbert tourna bride sans demander son reste. Il revint bientôt avec un gros sac de toile duquel dépassait un masque grillagé. Loisel et Adeline étaient déjà installés dans la voiture. En voyant Adalbert monter sur le marchepied, Louis sortit du café :

— Qu'est-ce qui se passe ?

Adalbert lui répondit :

— Un nid de frelons...

Et, après un clin d'œil appuyé :

— ... là-haut !

Aussitôt, Louis se tourna vers le café et, à la cantonade :

— Tu entends, Théodore ? Il y a un nid de frelons !

— Où ça ?

— ... Là-haut !

Théodore passa la tête entre les mailles du rideau en perles de buis :

— Si on y allait ?

Puis, vers l'intérieur :

— Tu viens, Anselme ?

— Non, répondit le boulanger, il faut que je prépare ma fournée...

— Ta fournée ? À cette heure ? s'étonna Louis.

— Eh oui, répliqua le boulanger, faire du pain, c'est pas comme servir un canon de rosé : ça prend du temps !

Le forgeron et le cafetier partirent donc tranquillement à pied par le raccourci tandis que le tilbury prenait la route et que le boulanger rentrait chez lui. Ils arrivèrent tous à peu près en même temps sur la terrasse. Adalbert était en grande tenue, avec le masque, les gants et les bottes. Il tenait d'une main une bouteille de pétrole et de l'autre une torche de papier qu'il comptait enflammer avec son briquet. Angelo et Loisel tenaient chacun une lanterne. La nuit était tombée. Les frelons étaient rentrés au logis. On entendait à peine un léger bruissement qui venait du goulet. Ils purent s'approcher. Une épouvantable odeur de charogne s'élevait de la margelle effritée. Le puits ne contenait pas seulement un autre nid de frelons. Il contenait aussi un autre Grangier.

*

Avec Loisel, il ne fallait guère espérer étouffer l'affaire. On vit arriver une escouade de gendarmes en uniforme, bicorne et galons dorés, sous le commandement du brigadier Janvier. Ils remontèrent le cadavre qui avait drôlement morflé depuis un bon mois que les frelons s'en régalaient. Quelques jours de plus et il n'en restait que les os. On l'eût néanmoins facilement identifié à sa croix pectorale. Quoique les accessoires, dans ces cas-là, mieux vaut s'en méfier !

Le professeur Demaison, médecin légiste agréé, attaché au tribunal d'Aix-en-Provence, était à Plombières pour prendre les eaux en compagnie de son épouse qui ne parvenait pas à enfanter. Le docteur Portal, qui était sur place, fut donc chargé de l'autopsie. Il s'en acquitta avec sa prudence coutumière, en tenant compte des bruits qui couraient. Comme de juste, Marité avait parlé. L'information concernant les mœurs de Grangier et l'obligation imposée par monseigneur de quitter la robe étaient parvenues jusqu'à ses oreilles par le truchement de son épouse, via le parloir de l'épicerie. Il conclut au désespoir conduisant au suicide, ultime péché chrétien. Une goutte de plus ou de moins comptait-elle dans l'éternité que l'ex-abbé passerait à rôtir en enfer ? Il le voyait, au bord du puits, hésiter un instant, fermer les yeux, puis s'y jeter les bras en croix (pourquoi en croix, mais pourquoi pas ?), la tête la première. Cinq mètres de chute libre, voilà qui était largement suffisant pour lui occasionner cet enfoncement du crâne qu'il avait constaté.

À son retour, le docteur Demaison contresigna sans même le lire l'acte d'expertise. Il était tout content : madame, qui à son insu, avait rencontré aux bains un officier de cavalerie, était enfin grosse…

*

— Tripoter des petits garçons, c'est ignoble ! dit Loisel en tirant machinalement sa cravate.

Il la posa bien à plat sur le dossier d'une chaise pour éviter de la froisser. Assise au bord du lit, Héloïse était en train de rouler ses bas.

— D'un autre côté, reprit-il, on peut imaginer la vie pitoyable de ces malheureux contraints à la chasteté. C'est diablement malsain ! Ils ne sont jamais que des hommes… Dans son propre intérêt, l'Église devrait autoriser les prêtres à se marier.

Héloïse se dit qu'il avait vécu dix ans de la même façon et ne s'était pourtant pas laissé aller à ce genre de déviation. Il pouvait donc lui arriver d'être indulgent ?

Il déboutonnait sa chemise. Elle étirait le coulissant de son jupon.

— Imaginez-vous la détresse de ce chrétien qui croit en Dieu et craint Sa colère ? Il est déshonoré sur cette terre et assuré de sa damnation. Il erre au hasard, hagard, désespéré. Il tombe sur ce puits, en regarde le fond qui lui évoque la noirceur de l'enfer. Pris de vertige, il se penche et s'y jette !

— Vous êtes un poète ! dit Héloïse en rigolant.

Loisel rit aussi, ce qui le fit atterrir illico de son envol lyrique. Il redevint pratique :

— Il a dû se tuer sur le coup. En tombant de cette hauteur dans un puits sec, il s'est fracassé le crâne !

— Fracassé le crâne ? s'étonna Héloïse.

— Parfaitement ! Une fracture avec enfoncement d'au moins dix centimètres !

Héloïse se dit que cette fracture *avec enfoncement* ressemblait diablement à un coup de bistordier. Mais quoi, Grangier ne l'avait pas volé ! Et puis elle n'allait pas lui chercher des poux dans la tête, à Anselme, lui qui avait su oublier avec tact son foulard de gitane sur le perron de Font Trigance un mercredi après-midi. De toute façon, cette histoire commençait à l'agacer. Loisel était là, qui pérorait, encore en pantalon mais déjà torse nu, et il ne s'était même pas aperçu qu'elle n'avait plus, sur le dos, que son corset. Elle se leva. Vint vers lui.

— Moi, je pense, dit-elle, qu'il aurait mieux fait de se pendre !

— Se pendre ? s'étonna Loisel. Comment, se pendre ?

Elle saisit la cravate, la fit claquer, l'enroula autour du cou de son mari, la torsada comme un garrot et puis, le tenant au licou en serrant un peu mais pas trop, l'entraîna vers le lit :

— Comme ça !

*

Le suicide étant officiellement reconnu, le père Joulian n'accompagna pas son ex-confrère à sa dernière demeure. Aucun des Solliérains, rouge ou blanc, ne fit le déplacement. Grangier fut enterré comme un chien. Sans fleurs, sans discours et sans regret. Pas un parent, pas un ami, pas un voisin. Seuls Adalbert, Loisel, Angelo et le brigadier de gendarmerie Janvier étaient présents. L'un comme professionnel, le second comme maire, le troisième parce que le corps avait été découvert chez lui et le dernier pour signifier que l'enquête était close et que tout s'était bien passé. Pourtant, Philibert, qui avait, plus qu'un autre, eu à souffrir de ses assiduités, fit un détour par le cimetière en se rendant à Font Trigance. Il se faufila dans l'entrebâillement de l'optimiste portail de fer qui proclamait : *Nous étions ce que vous êtes, vous serez ce que nous sommes.* Il se dissimula derrière le tronc d'un cyprès et suivit, de loin, la cérémonie qui n'en était pas une. Il vit les quatre hommes faire coulisser les cordes dans les poignées du cercueil hâtivement cloué par Léandre. Un cercueil de pauvre. Aux planches trop minces. Si bien que le corps décomposé empoisonnait l'air et jutait même un peu au travers. Et Grangier, fratricide et pédophile, prêtre défroqué, s'en alla sous cette forme immonde, accompagné par le regard perplexe de ce garçon de treize ans qu'il avait peut-être aimé. Son unique chance d'être pardonné.

Pour Adalbert, Loisel, Angelo et le brigadier Janvier, ce fut un moment éprouvant. D'autant qu'il faisait un grand beau temps chaud, un temps à ne pas mettre un vieux cadavre à la rue. Ils revinrent sur la place, écœurés. Louis leur fit signe de venir s'installer en terrasse : il leur offrait un panaché. Les quatre hommes acceptèrent et vinrent s'asseoir à l'ombre des platanes qui commençaient à s'enfeuiller. À la table voisine, il y avait Théodore et Anselme qui sirotaient deux blancs limés. Louis était derrière eux, mégot à l'oreille, torchon sur l'épaule, plateau à la main. Il regardait venir vers eux Victor Sévère et son gendre.

— Ho ! Théodore, dit-il à mi-voix, tu connais la dernière ?

Visiblement, il désirait être aussi entendu des notables. S'étant assuré qu'ils l'écoutaient, il lança :

— Il paraît que Victor a fait un cadeau à son beau-fils…

Mis à part le brigadier Janvier qui venait d'Aix, tous éclatèrent de rire, car tous savaient dans quel esclavage non rémunéré était tombé le pauvre garçon, avec pour seule compensation, l'autorisation de pouvoir baiser de temps en temps, mais pas trop pour ne pas perdre bêtement ses forces, Lucie Sévère qui n'était pas un prix de beauté. Alors, Louis ajouta :

— Oui, il lui a acheté un imperméable pour tailler les vignes sous la pluie !

Ce fut un délire. Qui monta encore d'un ton lorsque Victor Sévère fut à portée de voix, son gendre sur les talons. Le malheureux était chargé comme un âne, de pelles, de cordes et d'une caisse à outils. Tout ce fourbi disparate se prenait dans ses jambes, alors que Victor allait devant, les coudes en dehors, d'un pas leste et dégagé, comme un cornac qui mène son éléphant.

— Où vous allez comme ça ? demanda Louis.

— À la Poste, répondit le vieux, car le jeune n'avait pas voix au chapitre.

— Vous allez prendre la diligence ? rigola le cafetier en appréciant le chargement biscornu.

— Non, on va planter des melons. Tu le sais peut-être pas, mais j'ai acheté le morceau des Revest, laissa tomber Sévère avec un rien de suffisance.

— Les melons, ça demande de l'eau..., dit Théodore avec une moue.

— Pas de problème ! De l'eau, on en a en pagaille ! dit Sévère en mimant des deux mains le jaillissement d'un geyser.

— Sans blague ? demanda le forgeron.

— Il y a un puits !

Théodore se tourna vers Louis :

— Tu entends ? Il paraît qu'il y a un puits...

— Je le crois pas ! dit l'autre en haussant les épaules.

— Moi non plus, reprit le forgeron. S'il y avait un puits, tu penses bien qu'on l'aurait déjà vu !

— Eh, eh ! répondit finement Sévère, vous pariez ?

— Je comprends que je parie, dit le cafetier. S'il y a un puits à la Poste, c'est bien simple : je paie la tournée !

— Vous n'avez qu'à venir voir ! dit Sévère.

Théodore se leva :

— Tu viens, Anselme ?

Mais avant qu'il ouvre la bouche, Louis lança un piquant :

— Non ! Tu sais bien que lui, il doit préparer sa fournée...

Anselme haussa les épaules et rentra chez lui. Alors, Théodore s'adressa à Loisel et à Janvier :

— Venez, monsieur le maire, et vous aussi, brigadier, vous pourrez témoigner ! Et tant qu'on y est, joignez-vous à nous, monsieur Mazzola : plus on est de fous…

Loisel tenta d'arguer qu'il avait du travail et Janvier qu'il devait prendre la diligence pour retourner à Aix. Mais Théodore :

— Ça tombe impeccable, brigadier, c'est justement sur le chemin de la Poste…

Finalement, cédant à tant d'injonctions, ils y allèrent tous, même Adalbert que personne n'avait invité. Arrivés au-dessus du cabanon, Sévère leur désigna la ruine d'un geste noble et modeste de propriétaire :

— C'est là ! dit-il.

Ils descendirent en se tenant aux surgeons d'osier. Sévère passait devant, sûr de lui, comme un guide de haute montagne. Il souleva la porte et leur montra le tas de ronces. De nouvelles pousses avaient effacé la brèche que Théodore y avait ouverte l'automne dernier.

— Allez ! Vas-y ! Nettoie-nous ça ! dit Sévère à son gendre qui aussitôt, docile, s'y colla, tandis que les compères se poussaient du coude en rigolant.

Bientôt le puits apparut, avec sa plaque et son cadenas.

— Vous avez perdu ! lança Sévère, triomphant.

Théodore se frottait le menton :

— C'est un fait ! Il y a un puits. Mais qui nous dit qu'il y a de l'eau dedans ?

Sévère devint blanc de colère :

— Ça alors ! Mauvais perdant ! S'il y a un puits, il y a de l'eau ! Tu as déjà vu un puits sans eau, toi ?

Adalbert inclina légèrement la tête :

— Ça arrive…

Alors Sévère, se tournant vers son beau-fils dont les avant-bras étaient tout égratignés :

— Alors ? Tu dors ? Ouvre-le, ce puits, nom de Dieu ! Qu'est-ce que tu attends ?

— Peut-être son imperméable…, avança Louis.

— Quel imperméable ? ronchonna Sévère, d'autant plus énervé que tous rigolaient, y compris le brigadier à qui Loisel avait eu le temps, en descendant, d'expliquer la blague.

— Monsieur le maire, ils sont pittoresques, vos administrés, avait apprécié le militaire.

Pendant ce temps, avec une barre à mine, le beau-fils faisait sauter le cadenas. Ensuite, il s'acharna sur la plaque qu'il finit par faire glisser, puis basculer. Écartant tout son monde, Sévère s'avança en majesté. Il se baissa, ramassa une petite pierre et, après l'avoir bien montrée à l'assistance, comme un prestidigitateur qui s'apprête à faire un tour de cartes, il la laissa tomber :

— Gloup ! dit le puits.

— Voilà ! lui répondit Sévère.

— Bon ! dit Théodore. J'admets ! Il y a de l'eau. Mais ça ne veut pas dire qu'il y en a assez pour arroser des melons. Il y en a peut-être juste deux doigts..., dit-il en montrant son index et son majeur soudés à l'horizontale.

— Juste ! Descends en bas ! ordonna Sévère, ulcéré. Tu vas leur dire !

Le beau-fils commençait un peu à rechigner. Mais la corde que le vieux lui avait fait apporter était bien un peu destinée à ça... Il comprit qu'il ne pouvait pas refuser. Il l'attacha autour de sa taille, prit l'autre bout dans la main et le présenta à son beau-père avec un regard misérable.

— Qui c'est qui le descend ? demanda le vieux.

Tous les regards se tournèrent vers Angelo qui avait déjà montré son savoir-faire en de semblables circonstances. Avec son pantalon clair et sa veste légère rayée, il n'était guère en tenue pour se livrer à ce genre de besogne. Mais l'idée de faire au débotté une démonstration de force ne lui déplaisait pas. Il prit la corde en main, l'assujettit par deux boucles autour de son poignet et dit fermement :

— Mainténant, tou y vas !

Le garçon disparut dans le trou en s'aidant des pieds comme l'avait fait Ludovic. Angelo laissait filer. Tout à coup, un cri d'épouvante, suivi d'une secousse, monta du puits. Le beau-fils s'était lâché des pieds.

— Remontez-moi ! brailla-t-il d'une voix étranglée.

Théodore donna un discret coup de coude à Louis, en lui glissant :

— Tu vois ? Qu'est-ce que je te disais ?

Le cafetier lui fit un signe admiratif du pouce dressé. Déjà le beau-fils, tracté par Angelo, réapparaissait. Il était blanc, avec les yeux exorbités. Il bégayait :

— Bo-bo-beau-père… En bas… il y a…

— Il y a de l'eau ou il y en a pas ? s'impatienta l'interpellé.

— Il… il… il… y en a, hoqueta le garçon, mais il y a aussi…

— Quoi ? Il y a quoi ?

D'une voix larmoyante, il laissa tomber :

— Une *esquelette*…

— On ne bouge pas ! dit le brigadier, subitement professionnel.

Puis, à Loisel :

— Monsieur le maire, je crois que je vais devoir prolonger mon séjour.

*

Comme de juste, l'enquête ne donna rien. Le brigadier Janvier s'en retourna à Aix le cul battant. Il était pourtant persuadé que le cafetier et le forgeron savaient quelque chose et l'avaient amené là pour faire enrager Victor Sévère. Leur coup avait parfaitement réussi, puisque à force de reconstitutions, interrogatoires et fouilles annexes du secteur, un mois était passé. Les plants de Sévère avaient jauni et attrapé l'oïdium. Il eut beau les couvrir de soufre, rien n'y fit. Sa première saison de maraîcher était foutue.

Loisel était perplexe. Cela faisait beaucoup de puits pour peu de vérité.

— Et vous ? N'auriez-vous pas une petite idée, demanda-t-il à Héloïse en lui jetant par-dessus ses lunettes un de ces regards qui la transperçaient.

— Moi ? s'indigna-t-elle en ouvrant de grands yeux innocents.

— Oui, vous ! répondit Loisel, insistant.

Héloïse papillonnait dans la cuisine en évitant de le regarder. Et puis, tout à coup, elle vint s'asseoir face à lui et lança tout à trac :

— Je vais vous étonner…

Loisel sourit :

— Venant de vous, rien ne saurait m'étonner…

Elle fit mine de s'en offusquer. Pourtant, elle se leva et alla prendre dans le tiroir de la crédence le livre de raison de Revest Anaclet. Penchée par-dessus son épaule, elle lui fit, en suivant du doigt les passages révélateurs, la démonstration qu'elle avait déjà faite à Louis et à Théodore. Peu à peu, elle se courbait et appuyait ses seins contre son dos.

— Vous êtes convaincante, dit-il, en se frottant un peu à ce dossier improvisé, histoire de lui montrer qu'il avait reçu son message.

Et puis :

— Donc, ce pauvre macchabée serait ce Victor Capefigue et son assassin le grand-père de Mlle Revest, enfin je veux dire, Mme Mestre ?

— Exactement !

— Mais ce Victor Capefigue et cette Fanny Garrassin, qui étaient-ils ?

Héloïse renonça à dire : « Mes grands-parents ! » C'était bien compliqué tout ça ! D'ailleurs, Loisel ferma le livre et dit en l'attirant à lui :

— 1811, on peut estimer qu'il y a prescription...

Elle lui avait offert un morceau de vérité. Un petit. Tout petit. Un de ceux qu'elle possédait. Comme Louis, Théodore, Anselme, Adeline, Angelo et aussi Grangier. Chacun en avait une part. Personne ne l'avait en entier. Sauf peut-être la Bonne Mère ? Qui avait réussi, via Angelo, à donner au fils de Jean-Jacques la part du magot Garrassin qui lui revenait. Mais qui avait laissé filer, va savoir pourquoi, Aldo Capellani. Peut-être, avec l'argent que lui avait donné l'abbé pour assassiner son frère, avait-il enfin pu s'offrir la ganache en or qu'il convoitait ?

*

— Dites, vous saviez, vous, qu'Héloïse avait eu une histoire avec Philippe Grangier ?

Julie Castinel et Thérèse se regardèrent, interloquées.

— Ça m'étonnerait, grinça Mlle Latil.

Les deux femmes et l'épicière se tournèrent vers la vieille fille, surprises de la voir prendre le parti de la meunière qu'elle avait plutôt l'habitude d'accabler.

— Ça m'étonnerait, reprit la catéchiste, parce que si elle avait pu mettre le grappin sur Font Trigance, elle n'aurait pas marié le moulin !

Rassurées de voir la teigne toujours égale à elle-même, elles en revinrent au thème principal :

— Qui vous a dit ça ? demanda Julie Castinel.

Mme Lucien s'avança un peu par-dessus son comptoir et, baissant la voix :

— Donatien... Il paraît qu'il lui écrit toujours des lettres d'Amérique...

— Par exemple ! s'exclamèrent d'une seule voix les deux femmes.

— Et elle lui répond ? demanda Mlle Latil, décidée à prendre le train en marche.

— Ça, il n'en sait rien ! Elle poste peut-être ses lettres à Aix ?

— Dommage, soupira la peste.

Elles se tournèrent d'un même mouvement vers la porte d'entrée où venait de sonner la clochette. Elles allaient pouvoir partager la nouvelle avec une autre ménagère. À leur grande surprise, ce fut un homme qui entra : Évariste Mestre. En général, la matinée était réservée aux dames. Les messieurs seuls, veufs ou vieux garçons, ne venaient s'approvisionner que le soir, leur journée terminée.

— Bonjour, monsieur Mestre ! Qu'est-ce que je vous sers ? demanda Mme Lucien avec son plus beau sourire commercial.

— Rien du tout ! répondit gentiment Évariste. Je voudrais simplement vous demander un renseignement.

— Si je peux..., dit-elle prudemment.

— Eh bien, connaîtriez-vous, par hasard, et vous aussi, mesdames, l'adresse de Philippe Grangier à New York ?

Les quatre femmes échangèrent des sourires entendus.

— Sans indiscrétion... pour quoi faire ? risqua l'épicière.

Évariste comprit qu'il devait s'expliquer. Au fond, sa démarche n'était pas un secret : plus il y aurait de Solliérains au courant, plus elle risquait d'aboutir :

— C'est que maître Laugier m'a chargé de régler la succession Grangier. Malheureusement, nous ne savons pas où joindre

Philippe pour lui faire part du décès de son frère et l'engager à nous contacter.

— C'est bien embêtant, ça, compatit l'épicière, malheureusement, je ne vois pas…

— Moi non plus…, ajouta Julie Castinel

— Et moi, pas plus…, termina Thérèse.

— Vous n'avez pas une idée de qui, à Sollières… ? insista le clerc.

Alors, Mlle Latil fit un pas en avant :

— Moi, si j'étais à votre place, j'irais demander à Mme Loisel !

— Mme Loisel ? s'étonna Évariste.

— Oui ! confirma la pipelette, elle, je suis presque sûre qu'elle sait.

— Eh bien ! Je vous remercie et j'y vais de ce pas ! lança Évariste, guilleret.

Lorsqu'il fut sorti, toutes quatre partirent de rire, et Mlle Latil :

— Demain, je lui demanderai s'il a son renseignement et comme ça, nous, on saura…

La vieille venait de marquer un point.

*

— L'adresse de Philippe Grangier ? Pourquoi voulez-vous que je connaisse l'adresse de Philippe Grangier ? s'étonna Héloïse, tout en se disant qu'elle la connaissait parfaitement : Six pieds sous terre – Font Trigance – Bouches-du-Rhône.

— Pourtant, à l'épicerie…

Héloïse eut un petit rire :

— Oh là là ! Si vous croyez tout ce qu'on dit à l'épicerie…

Pourtant, un léger voile d'inquiétude la perturba :

— Attendez ! dit-elle.

Elle se dirigea vers la crédence, en tira le livre de raison et la lettre qu'il contenait :

— Vous souvenez-vous ? Ce livre, c'est vous qui me l'avez donné…

— Oui, répondit Évariste qui avait un peu oublié ses vaines tentatives de séduction de la meunière depuis qu'il était fiancé à Ernestine.

— À l'intérieur, il y avait ceci : une lettre de Philippe Grangier.

Évariste, plein d'espoir, prit le feuillet, le lut, le relut, le tourna dans tous les sens :

— Rien, il n'y a rien..., dit-il, déçu.

« Il ne pense même pas à l'enveloppe qui, d'ailleurs, ne porte pas plus d'indication. Quel fin limier ! », se dit Héloïse. Et l'envie de s'amuser un peu de la naïveté du jeune homme lui vint, irrésistible, comme une envie d'éternuer :

— Voyez-vous, monsieur Mestre, si j'étais à votre place, savez-vous ce que je ferais ?

Une nouvelle lueur d'espoir se dessina sur le pâle visage :

— J'écrirais simplement comme adresse : « Philippe Grangier – New York – USA. »

Évariste prit aussitôt un air de cocker grondé :

— Vous vous moquez, madame Loisel ?

— À votre avis ?

Évariste s'apprêtait à s'en aller un peu vexé, mais elle lui offrit un petit verre de vin fleuri, ce qui le rasséréna.

Le dimanche suivant, lorsqu'il se rendit à Fuveau pour faire sa cour à Ernestine, il lui parla de sa déconvenue et du conseil saugrenu que lui avait donné la meunière. La demoiselle des Postes, qui se faisait une très haute idée du service qui l'employait, réfléchit un moment et puis :

— Vois-tu, ce n'est pas si bête que ça ! Cette lettre n'arrivera certes pas très rapidement, mais si les postiers américains sont aussi consciencieux que les postiers français, elle devrait finir par être distribuée...

Évariste en était encore à cette période délicieuse autant qu'éphémère où l'on a une confiance absolue en celui ou celle que l'on va épouser. Il rédigea donc sous ses yeux une courte lettre de condoléances, la termina en conseillant à l'affligé de contacter maître Laugier (dont l'adresse suivait) en vue de recueillir l'héritage qu'il évalua globalement à trois cent mille francs. Il glissa la missive dans une enveloppe, sur laquelle il écrivit hardiment : Philippe Grangier – New York – USA. Puis il la confia à Ernestine qui se dépêcha de l'affranchir, de l'oblitérer et de l'expédier. Ainsi, partit sur un paquebot qui faisait, depuis un mois, la traversée en sept jours, une lettre qui avait peu de chances d'arriver...

28

Ce soir, Félicité dormait à Font Trigance. Adeline l'avait emportée sous prétexte de s'accoutumer à s'occuper d'un bébé. La jeune femme était à présent bien ronde sous sa robe innocente et attendait le sien tous les jours. En fait, elle était empêchée par son ventre, vite lasse, toujours essoufflée, si bien que ce bébé d'entraînement, vivace et dru, qui commençait à marcher, c'était surtout Angelo qui s'en occupait. Il montrait à l'égard de la petite une patience qui stupéfiait les Taffanelli, attachés à leur progéniture, mais peu enclins à perdre du temps à pouponner.

La tenant par la main, il l'accompagnait dix fois autour de la pièce d'eau, jouait, pour l'amuser, à y faire des ricochets, l'emmenait avec lui sur le dos de Verdi. Quand elle ne pouvait plus se tenir sur ses jambes tremblantes, elle lui tendait les bras. Il la faisait sauter contre sa poitrine et la petite, roucoulante, donnait, comme un cabri, des coups de front dans ses pectoraux. Comme elle s'était entichée des poils de Loisel, elle avait tout de suite repéré ce qu'il y avait d'intéressant chez cet homme-là : la formidable densité de sa musculature. Elle avait déjà de ces intuitions…

Angelo s'acharnait à lui faire prononcer « *zio*… t'… t'zio… » en écartant les lèvres comme un chimpanzé pour bien faire sonner la dentale. Elle l'imitait avec beaucoup de bonne volonté, grimaçait tant et plus et puis la bouche ourlée, qui ressemblait tant à la sienne, s'arrondissait tout d'un coup et laissait tomber un *zo* désarmant. Angelo se sentait fondre devant son sourire espiègle qui lui creusait dans la joue la fossette de la *mama.* Tant pis ! Elle l'appellerait Zo. Peut-être même Zozo, ce qui n'était pas très… piaffant ! Mais il comprenait à son regard éperdu qu'il serait l'homme de sa vie. Loisel était son beau-père et il se montrait affectueux avec elle. Mais sans excès. On sentait qu'il s'intéresserait vraiment à Félicité Garrassin lorsqu'elle saurait parler, puis capable d'apprendre à lire, à écrire et à compter. Il aurait peut-être, à ce moment-là, quelques démêlés avec Zozo qui l'envoyait valser en l'air, haut, si haut, plus haut que personne, peut-être, ne l'enverrait jamais.

— Cette petite, il en est gaga, disait Fortunée.

Et puis elle ajoutait :

— J'espère qu'il s'occupera aussi bien du sien…

*

Héloïse et Loisel étaient assis côte à côte, de part et d'autre de la cheminée où couvait un ultime feu de printemps. Trois bûches de genévrier. Juste pour couper l'air. Et le parfumer. Elle brodait une chemisette pour le futur bébé. Il lisait *Le Petit Provençal.* Dans le corps de l'horloge, Pierrot et Colombine s'en allaient balalin-balalan sur leur escarpolette émaillée. L'absence de Félicité avait un peu écourté le repas. Il n'était que 20 heures. Trop tôt pour aller se coucher…

Farine, toujours en mouvement, cherchait le long des plinthes l'aubaine de quelque imprudente bestiole. C'était un animal fantasque mais affectueux. Il adorait se faire flatter et se pliait avec volupté sous la main amicale, mais il ne supportait pas d'être soulevé, encore moins tenu dans un giron. Il avait le goût de l'indépendance. Malheureusement ce trait de caractère faisait qu'on l'oubliait souvent et qu'il n'avait pas son compte de caresses. Il avait donc mis au point un astucieux stratagème pour attirer sur lui l'attention des humains. Il choisissait son partenaire à deux pattes, de préférence une personne assise, mesurait d'un coup d'œil la hauteur de ses jambes, prenait son élan, bondissait et passait par-dessus ses genoux avec la dextérité d'un cheval de concours franchissant l'obstacle. À peine avait-on le temps de le voir qu'il était déjà passé, aussi fluide qu'un ectoplasme. C'était à peine s'il effleurait, du bout de ses pattes, le sommet de la haie. Hélas, ses pattes qui avaient traîné dans tous les recoins du moulin étaient toujours enfarinées. Et si légères qu'elles fussent, elles laissaient leur empreinte sur les vêtements. Si bien qu'en quémandant juste un peu d'affection Farine récoltait souvent un bon coup de balai. Il filait la queue en berne, mais un moment après, il recommençait.

Après avoir exploré la totalité des trous et des fentes – il ne trouva qu'un hanneton à moitié endormi qu'il agaça un moment et finit par croquer –, Farine commença à s'ennuyer. Il jugea que la femme n'était pas franchissable avec son cercle à broder et ses fuseaux de coton posés sur ses genoux. En revanche, l'homme offrait un oxer idéal. Il y avait presque vingt centimètres entre ses cuisses et le bas du journal. C'était un challenge, mais, en visant bien, il pouvait le faire. Il allait le faire. Il bondit.

Loisel eut un hoquet de surprise. Il souleva vivement le journal et jeta un regard amusé sur les deux petites fleurs blanches que les coussinets de Farine avaient laissées sur sa braguette.

— Ce chat est infernal ! dit Héloïse.

— Mais non, dit Loisel en riant. Il a simplement besoin d'un peu de tendresse…

Et il lança, dans la direction du matou, deux ou trois de ces petits baisers par lesquels on appelle ses congénères. L'animal ne se fit pas prier. Il arriva du fond de la cuisine la queue verticale, la tête fière, quasiment au pas espagnol. Il vint se frotter contre le pied de la chaise de Loisel, et celui-ci commença à le flatter. Le chat s'allongeait, se cambrait, s'aplatissait, se redressait ; tantôt il cédait à la caresse et tantôt lui résistait avec toutes les manifestations de l'extase. Loisel, visiblement, s'amusait à mettre l'animal dans tous ses états. Il lui grattait le menton, lui couchait les oreilles en arrière, lui frottait le dos, et Héloïse, captivée, regardait cette belle main d'homme qui se livrait à ce jeu légèrement pervers. Finalement, Farine, n'en pouvant plus de plaisir, se jeta sur le dos les quatre pattes en l'air. Loisel lui gratouilla le ventre du bout des doigts :

— Regardez comme il est drôle !

Et puis, passant du ravissement à l'indifférence avec cette inconséquence dont seuls sont capables les chats, Farine s'en alla comme il était venu. Loisel reprit sa lecture. Mais Héloïse ne brodait plus. Elle regardait la main de Loisel. C'était une main soignée, mais pas du tout féminine. Même pas une main délicate. Elle était plutôt râblée. Nerveuse. Avec des doigts osseux. Assez longs. Mais pas trop. La paume large. Et les ongles carrés. Nets. Bien taillés. Une main solide. Le dessus était couvert d'un fin duvet brun qui s'épaississait en remontant vers le poignet. La bande blanche de la chemise qui dépassait de la manche sombre lui faisait un bracelet bien net qui coupait court aux regards mais pas à l'imagination. Héloïse savait que ce duvet ne montait pas plus haut que le coude. Qu'il était doux. Comme ses cheveux et sa moustache. Il avait un système pileux assez développé mais soyeux. Beaucoup plus développé que celui d'Angelo, en tout cas. Et elle devait reconnaître que comme signe extérieur de virilité, le poil méritait d'être comparé au muscle. Et même... Elle avait d'ailleurs été surprise, et plutôt agréablement, dès le premier soir, par cette toison que rien ne laissait supposer, car, n'était la moustache, il était toujours rasé et coiffé avec le plus grand soin. Les épaules, le dos et les fesses étaient lisses, leur peau d'une finesse extrême. Seuls les avant-bras, les jambes et le torse étaient velus. Ce demi-pelage n'était ni excessif ni hirsute, plutôt artistement distribué, orienté même, avec des houppes, des rosettes, des franges, des éventails, comme pour souligner, mais sans ostentation, des reliefs légers, harmonieux, et l'étonnante blancheur de la peau. C'était un V largement ouvert, symétrique et bien lissé qui, parti des aisselles, dessinait la poitrine, se resserrait le long de l'estomac et du ventre, puis descendait sans discontinuer, par vagues de plus en plus denses, jusqu'au pubis avec lequel il se confondait, si bien que le sexe clair tranchait avec une certaine indécence sur ce fond sombre et fourré. Elle aimait frotter son museau à cette touffe un peu animale. Elle posa les yeux sur les deux petites fleurs blanches déposées par Farine, juste à la place où ce sexe, qu'elle pouvait parfaitement imaginer – pas si long que ça mais assez large, râblé comme la main –, devait être couché sur le côté gauche, au-dessus des bourses, également velues, plutôt petites mais très denses.

Elle se dit : « Si j'étais un homme, je crois que je banderais… »

Elle ne bandait pas à proprement parler, mais elle commençait à être émue. Elle se remua même un peu sur sa chaise pour tenter de remettre de l'ordre dans ce chamboulement. En vain. Loisel continuait à lire son journal, parfaitement inconscient de la convoitise dont il était l'objet. De temps en temps, il levait les sourcils ou les fronçait, comme étonné ou indigné par telle ou telle nouvelle. Il soupirait pour déplorer les progrès que faisait dans l'opinion cette ganache de général Boulanger ou il hochait la tête pour approuver avec conviction quelque nouveau décret particulièrement opportun promulgué par le gouvernement où pourtant ne siégeait plus Jules Ferry, son idole. Sans lire un seul mot, Héloïse devinait à peu près l'actualité, rien qu'à le regarder. Elle se surprenait à reproduire ces imperceptibles mouvements. Son front se plissait un peu, une ride d'attention le fendait verticalement et puis il reprenait sa forme habituelle. C'était un beau front de penseur, haut et large, dégagé sur les tempes par les cheveux coiffés en arrière, de part et d'autre d'une impeccable raie médiane. Ses cheveux, il les glaçait toujours avec ce cosmétique à odeur de girofle, comme s'il craignait de dévoiler au commun qu'ils étaient ondulés. C'est-à-dire, beaucoup moins sages. Lorsqu'ils s'étaient un peu agités au lit, ces cheveux artificiellement disciplinés reprenaient leur pli et retombaient en avant, en désordre, ce qui lui donnait, d'un seul coup, dix ans de moins. Et là, justement, une fine mèche s'était évadée de la nappe lustrée et dessinait une impertinente virgule sur la peau blanche. Héloïse se vit en train de l'ébouriffer à pleines mains, de faire vibrer à chaud le parfum de girofle. Elle se tortilla encore un peu sur sa chaise.

« Non, mais, je suis malade de m'exciter comme ça sur un homme en train de lire le journal, avec des lunettes et la raie au milieu ! », se dit-elle.

Quand elle était allée lui faire cette invraisemblable proposition de mariage, elle l'avait trouvé ni grand ni petit, ni gros ni maigre, ni beau ni laid, plutôt brun, ordinaire, banal, normal. Elle s'était même demandé, avec sa verdeur habituelle, comment il était monté. Comme un âne ou comme un poulet ? À présent, elle savait. Ni comme l'un ni comme l'autre. Il était monté normalement. Normal, c'était tout son portrait. Sauf qu'il avait quelque chose, quelque chose, comment dire, d'indéfinissable. Elle pensa : « Ce doit être ce qu'on appelle "le charme". »

Voilà ! Il avait du charme ! Et ce charme la mettait dans un état !

« Oh là là ! Je vais rester collée à ma chaise », se dit-elle. Lorsqu'elle s'adressait à elle-même, elle parlait crûment.

Et lui qui ne se doutait de rien, qui continuait à lire tranquillement sa gazette ! Il était assis sur sa chaise, exactement comme le soir où elle lui avait apporté la daube de Marthe et où il lui avait dit : « On voudrait mourir comme ça... » C'était joli. Ils avaient été si bien, l'un dans l'autre, sans bouger, juste à s'effleurer du bout des lèvres pendant qu'il débandait ! Et, pourtant, le lendemain, elle avait couru comme une folle à Font Trigance se faire enfiler par tous les trous. Angelo ! C'était du passé. Fi-ni maintenant. Elle ne comprenait ni pourquoi ni comment. Comment elle avait pu s'éprendre si fort et se déprendre si vite de lui. Mais c'était comme ça. À quel moment précis ça s'était passé ? Peut-être le jour où ils avaient trouvé le squelette dans l'armoire, ou le lendemain quand elle avait reçu cette lettre de New York : *Je vous aime.* Non. Pas tout à fait. Elle avait encore couché avec Angelo après la lettre. Quand ils étaient allés ensemble à Marseille acheter le boulonnais. Mais ça n'avait pas été terrible. D'ailleurs, ils n'avaient cherché ni l'un ni l'autre à recommencer. Ça s'était dissous d'un seul coup. Comme du sucre dans du café. Ils s'étaient retrouvés amis. Libérés. Qu'est-ce qu'il pouvait bien faire à cette heure Angelo ? Il devait jouer avec Félicité. Ou baiser Adeline. Il devait la baiser depuis le début, puisqu'elle était enceinte. Mais elle s'en fichait. Ce n'était plus son affaire. Il lui ferait certainement d'autres enfants. Toute une ribambelle de *bambini.* Ce qui ne l'empêcherait pas de prendre une ou plusieurs autres maîtresses. Et de faire des cadeaux à Félicité. Il était italien de la tête aux pieds, Angelo ! *La famiglia*, voilà ce qui comptait pour lui. Tandis que Loisel... Lorsqu'elle lui avait demandé, mine de rien, dans le noir, après l'amour, le soir de la lettre, s'il aimerait avoir un enfant, il lui avait répondu : « Pas plus que ça... » Il n'avait donc pas d'idée de petits Loisel derrière la tête. Ce « Je vous aime » était pour elle. Rien que pour elle. Pour elle qui partait tous les après-midi boire du vin et se faire tringler par son beau-frère. Et, pendant ce temps-là, « Je vous aime » dansait sur l'eau, vogue, vogue, petit bateau... Salope ! Finalement, oui, en y réfléchissant bien, c'était depuis la lettre. Elle s'était aperçue d'un seul coup qu'Angelo ne lui disait plus rien. Quand elle le voyait, elle le trouvait beau, bien sûr, puisqu'il l'était, mais il ne lui faisait pas plus d'effet que Théodore Castinel. La comparaison lui donna envie de rire. Elle imagina le forgeron avec son gros ventre dans diverses positions plus ou moins obscènes. Non, vraiment, Théodore ne lui faisait aucun effet. Celui qui lui faisait de l'effet, et pas qu'un peu, avec son petit air trop sage mais ne t'y fie pas, c'était :

— Loisel !

Le jeune homme leva les yeux de son journal :

— Oui ?

Elle s'agita un peu sur sa chaise :

— Si j'osais...

Il sourit :

— Vous arrive-t-il de ne pas oser quelque chose ?

Elle prit un petit air boudeur. Loisel avait laissé tomber son journal. Il semblait on ne peut plus attentif et intéressé.

— Osez ! dit-il. Osez !

Elle se leva, vint s'asseoir sur ses genoux en amazone, passa ses bras autour de son cou, appuya sa joue contre la sienne et se frotta un peu contre sa barbe du soir. Ah oui, vraiment, elle adorait cette barbe !

— Ah ? dit-il, Mme Loisel est comme son chat ? Elle a besoin, elle aussi, de tendresse ?

Elle fit mine de se pelotonner, ce qui était un peu farce, car elle était presque aussi grande que lui.

— Mais si Mme Loisel continue à s'agiter sur les génitoires de son mari, elle n'aura peut-être pas que de la tendresse, minauda-t-il.

En effet, il semblait en l'état de lui offrir un peu, et même beaucoup plus. Ils se retrouvèrent vite, elle jupons troussés, lui braguette ouverte, parfaitement encastrés dans l'exacte position qu'ils avaient, un peu par hasard, trouvée ce soir-là et qui leur avait laissé, à tous deux, si grand souvenir. À cela près que l'on était mercredi, qu'ils n'avaient pas fait l'amour depuis dimanche et que Loisel, au lieu d'être exsangue, était à son meilleur niveau. Elle regrettait un peu que toutes ces épaisseurs d'étoffe interposées entre eux la privent du contact avec la toison douce qu'elle aimait tant, mais ce n'était que partie remise. Ils avaient toute la nuit devant eux. C'était juste une mise en bouche qu'ils s'offraient. Sur le pouce. Vite fait, bien fait. Il était en place, bien ferme, bien serré. Il ne lui restait plus qu'à le déguster à petites gorgées de son gosier secret qu'elle maîtrisait aussi bien que ses lèvres et ses joues. Elle s'y employa en douces pressions et puis, tout à coup, bizarrement, elle le sentit grandir, pousser, monter en elle, enfler, s'épanouir, y prendre une telle ampleur, y occuper tant de place, s'y établir en puissance, en majesté, que, saisie d'effroi, elle s'arrêta de bouger. Elle savait que c'était impossible. Physiologiquement impossible. Mais la sensation était là, irréelle, affolante, de se dilater autour de ce tronc vivace, de perdre ses contours, de s'émietter. Elle était totalement investie, irradiée, prête à éclater. Ce fut une explosion immense, un bouquet de feu d'artifice qui, parti du plexus, courut tout le long de ses membres et fourmilla en scintillements jusqu'au bout de ses doigts. Ce n'était pas une chute. C'était un envol. Une assomption. Son cerveau se déconnecta. Elle se retrouva flottant dans un espace infini, tout blanc, qui sentait le girofle. Elle partit en arrière, la bouche et les yeux grands ouverts, comme foudroyée.

— Holà ! Holà ! dit Loisel affolé en la rattrapant de justesse alors qu'elle basculait.

Le maître d'école n'avait jamais vu ça ! Elle n'allait tout de même pas lui claquer dans les bras, comme un vulgaire président du Conseil ? Depuis qu'ils étaient ensemble, il savait, certes, qu'il la contentait. Qu'elle ne simulait pas le plaisir. Elle était sensuelle. Elle aimait le sexe. Avec une franchise déroutante. Mais il avait cessé de s'en offusquer en découvrant, un peu tardivement, que, lui aussi, il aimait ça. Pas seulement le coup de reins simpliste qui libère, mais les petites complications, les feintes, les interdits, les jeux d'ombre, les inversions de rôles, les changements de pas. Il portait sur lui des signes évidents de virilité qui eussent dû l'en informer bien avant.

Mais l'École normale, sous son récent vernis laïque, avait conservé intacte l'immémoriale méfiance chrétienne pour les plaisirs charnels. À force d'idéal, elle l'avait presque châtré. Car si elle faisait mine de valoriser le corps, avec ses jeux sains au grand air, ses exercices de gymnastique un peu bébêtes, en fait, elle n'en retenait que le fonctionnement mécanique : des bielles, des rotules, des pistons, de l'oxygène et du gaz carbonique. Elle ignorait pudiquement ces zones d'humeur et de frisson où Héloïse se plaisait. Où elle l'avait entraîné. Parce qu'elle avait tout de suite aimé son corps velu, trop sexuellement marqué, qui l'avait toujours encombré. Qu'il s'efforçait de neutraliser sous des tenues de séminariste. Elle s'y frottait encore, longtemps après avoir joui. Du coup, il s'était mis à l'aimer, lui aussi. À le servir au lieu de l'ignorer. À l'exploiter au lieu de le brimer. Était-il godiche et cul pincé lorsqu'elle était venue, avec un culot de commissaire, lui demander sa main ! Aujourd'hui, il se sentait à l'aise dans sa peau. Calme. Déterminé. Ce qui lui avait donné l'aplomb nécessaire pour mettre au pas ces diables de Solliérains qui avaient une fâcheuse tendance à prendre leurs puits pour une annexe du cimetière et à croire que leur village se situait dans une zone indépendante, affranchie des lois républicaines. Cette nouvelle assurance, il la lui devait. Il en était conscient. Tout était parti du lit. Où ils s'entendaient à présent mieux que bien. Au début, elle s'était un peu amusée à le bousculer, à l'effaroucher. Et puis, peu à peu, elle avait reconnu en lui un partenaire. Elle était toujours exigeante, impérieuse, souvent tendre mais jamais mièvre. Pourtant, elle s'était en quelque sorte adoucie. Surtout depuis la lettre dont elle ne lui avait pas touché mot, mais qu'elle avait laissée en évidence sur la table de toilette.

Loisel savait tout ça. Mais là, il voyait qu'il se passait quelque chose. Quelque chose d'entièrement nouveau. Elle n'était plus l'amazone un peu inquiétante qui le chevauchait volontiers ou acceptait comme une gageure de se laisser gentiment molester, mais une chair vaincue et palpitante, totalement désemparée. Il ne se doutait pas qu'avec trois mots, trois petits mots d'une insigne banalité, tracés à l'encre violette de sa belle écriture penchée – trois mots qui avaient, malgré tout, traversé deux fois l'océan sur un paquebot mixte de la Compagnie transatlantique –, il avait, d'une pichenette, balayé les cent kilos de muscle d'Angelo et sa queue grosse comme ça. Pourtant, il avait compris qu'il y avait quelque chose entre eux. Il l'avait compris dès le soir de leurs noces. Lorsqu'il s'était penché pour ramasser ses lunettes et qu'il avait vu leurs deux jambes soudées. Et puis ces rires nerveux, ces brusques abattements, ces distractions, ces petits cadeaux que rien ne justifiait. Jusqu'à ce jour de février où Mazzola était arrivé en retard, à cheval, débraillé, et où il l'avait trouvée nue sous son corsage flou avec les cheveux mouillés. Ce même jour où Anselme Baude était parti à Font Trigance avec son bistordier, en bramant qu'il allait tuer Grangier. Grangier que l'on avait retrouvé mort un mois plus tard. Mort et... un peu assommé. Que s'était-il passé ? Ce jour-là, il avait pourtant décidé de jouer son va-tout. Le lendemain, il les avait presque forcés à partir ensemble à Marseille acheter ce cheval. Et il avait attendu. En se disant que, peut-être, ils ne reviendraient pas. Il savait, aujourd'hui, qu'il avait pris un risque fou : leur histoire n'était pas un banal adultère. Elle ne datait pas d'hier. Elle était beaucoup plus compliquée. Il le savait depuis que le brigadier Janvier, avant de quitter Sollières après toutes ses vaines enquêtes, lui avait dit :

— À propos, monsieur le maire, il a fait du chemin, en peu de temps, votre charbonnier !

— Mon charbonnier ?

— Mazzola, votre beau-frère...

Depuis, il se disait que, peut-être, cette petite Félicité qu'Angelo aimait tant...

Il savait beaucoup de choses, Loisel. Beaucoup plus qu'Héloïse et les Solliérains ne l'imaginaient. Et ce qu'il ne savait pas, il avait assez de finesse pour l'imaginer. Mais ce qu'il ignorait, c'était qu'il avait tué la *putana* que l'on avait trop désirée et trop peu aimée. De ses cendres chaudes naissait une autre femme. Une femme inconnue. Neuve. Lavée. Il l'attira contre lui et se mit à lui caresser la nuque.

— Doucement, doucement..., murmura-t-il en picotant sous son oreille de petits baisers.

Elle releva la tête. Elle pleurait à chaudes larmes.

— Loisel..., dit-elle en reniflant, Loisel..., je crois que je vous aime...

Il tenta d'effacer les larmes avec ses pouces, mais il y en avait tant qu'il eut bientôt les mains toutes mouillées : Héloïse ne faisait jamais rien à moitié.

— Eh bien, dit-il, voilà plutôt une bonne nouvelle ! Il n'y a pas de quoi pleurer !

29

Théophraste Barbaroux était député socialiste des Bouches-du-Rhône. Il briguait un second mandat. C'était un homme épanoui, qui avait un beau ventre, le teint rubicond et une faconde toute méridionale. Il s'en vint faire une tournée électorale à Sollières, accompagné de Désiré Seguin, suppléant, un maigrichon ambitieux, qui guettait, sur le visage congestionné de son patron, les signes avant-coureurs de l'apoplexie. Sollières comptait peu d'électeurs, mais quand on fait de la politique, il ne faut rien négliger. Il serra beaucoup de mains, frictionna autant de têtes plus ou moins blondes et fit de galants compliments à ces dames, sur leur élégance et leur bonne mine. Louis offrit une tournée générale au café. Et puis, comme c'était midi passé et que l'on n'avait pas prévu de banquet, Loisel proposa la cantine du moulin. Le député, qui se la jouait proche du peuple, accepta avec ravissement. Lorsque Héloïse lui proposa de le servir dans la cuisine, eu égard à son costume noir, il refusa avec ostentation. Il partagerait la table rustique des ouvriers – qui étaient aussi des électeurs, depuis que la République avait aboli le suffrage censitaire. Il posa son gibus sur le comptoir et s'assit à la place d'Évariste en écartant d'un geste noble les pans de sa queue-de-pie.

D'abord, les ouvriers furent un peu intimidés et puis, Pellegrin, qui était un blanc mais n'avait pas la langue dans sa poche, lui dit tout de go qu'il ferait aussi bien de faire voter une loi qui généraliserait à toute la France le principe des caisses de solidarité. L'élu fronça les sourcils. Alors, le mécanicien du moulin lui exposa qu'ils en avaient une depuis belle lurette aux Négadis, Ripert en avait d'ailleurs bien profité quand il avait eu sa pneumonie – le charretier acquiesça gravement –, mais que ce n'était pas une raison pour s'en contenter comme des égoïstes. L'altruisme, c'était la noblesse du socialisme.

Barbaroux se mit à réfléchir. Il considéra Désiré Seguin qui passait son temps à épousseter d'un air pincé la farine qui déshonorait son pantalon à sous-pieds, puis ce jeune maire sympathique, plein d'allant, désintéressé, un peu naïf, contrairement au suppléant qui rêvait visiblement de devenir député à la place du député et avait toujours l'air de vouloir lui faire avaler en douce le bouillon d'onze heures. De plus, ce Loisel avait mis en pratique (il ne se doutait pas que le mérite en revenait à sa femme) les théories que le parti se contentait de proposer sur le papier. Enfin, il avait une épouse superbe, énergique, visiblement très éprise et qui le vouvoyait, ce qui avait grand air. Au moment de quitter le moulin, pas mal allumé par de solides rasades de vin fleuri et de petit marc du pays, il lui glissa à l'oreille :

— Cela vous dirait-il, Loisel, de me suppléer ?

Le maître d'école faillit s'étouffer :

— Camarade député, ce serait un grand honneur !

Désiré Seguin, ulcéré, quitta le parti socialiste et se jeta à corps perdu dans le boulangisme, parti bravache et creux, typiquement français, qui avait beaucoup de gueule mais peu d'avenir.

Après une tournée de propagande, qui vit souvent revenir Loisel congestionné, car il était sobre et peu habitué aux débordements électoralistes, Théophraste Barbaroux fut élu : les élections étaient pliées. Le maître d'école assuma sa charge de suppléant – c'est-à-dire rien, pas même un sou de gratification – pendant quelque six mois qui lui permirent de restaurer son foie malmené par cet éphémère enthousiasme politique. Le camarade Barbaroux, qui buvait du champagne à Paris avec des danseuses nues, semblait l'avoir oublié. Mais trop de champagne nuit. Il péta un câble sanguin un soir de bamboche en galante compagnie, ce qui se faisait couramment sous la IIIe République. Et Loisel, abasourdi, se retrouva député. Il lui fallut un certain temps pour s'en remettre. Il en eut même un accès de fièvre dont Héloïse vint à bout à force de tisanes d'écorce de saule. Mais cela lui permit, dès sa guérison, de faire ce voyage à la capitale dont il rêvait depuis l'École normale. Il prit le tout neuf PLM accompagné de sa femme, de sa sœur qui était de nouveau enceinte, de son beau-frère et de leurs deux enfants. Le voyage fut éprouvant. Il reçut une escarbille dans l'œil qui le mit au supplice et qu'Héloïse dut soigner en lui soufflant dans l'orbite. Félicité fut insupportable et Jules se fit pipi dessus. En arrivant gare de Lyon, ils se serrèrent tous dans un taxi automobile et, comme de vrais provinciaux, ils se rendirent tout de suite au Champ-de-Mars jeter un coup œil sur cet incroyable A de métal qui faisait tant parler et dont ils avaient vu des croquis dans *Le Petit Provençal.*

— C'est du fer soudé à chaud comme ma roue ! fit remarquer fièrement Héloïse.

Et Loisel modéra :

— Oui, mais c'est beaucoup plus gros !

— Oh ! C'est haut ! dit Adeline en renversant la tête en arrière.

— C'est haut, mais cé n'est pas très beau..., estima Angelo qui n'avait pourtant jamais vu la tour de Pise ni le Campanile, mais qui avait, malgré tout, le goût italien.

— Eh bien, moi, je la trouve très bien ! s'obstina Héloïse.

— Je suis entièrement de votre avis ! conclut Loisel.

Au même moment, Théophile Gautier faisait circuler dans Paris une pétition circonstanciée qui réclamait la démolition de cette inqualifiable atteinte à l'harmonie de la capitale. Émile Zola et Paul Cézanne étaient en train de la signer.

Dans les jambes de leurs parents, Jules et Félicité se tiraient des pinces : ils étaient encore trop petits pour regarder si haut. On était le 14 juillet 1889, cent ans, exactement, après la prise de la Bastille. C'était l'ouverture de l'Exposition universelle.

— On devrait envoyer une carte à Théodore, proposa Héloïse.

Ils trouvèrent l'idée excellente. Angelo acheta pour vingt sous un cliché photographique de la tour, développé en sépia sur fond bistre. Loisel tira de sa poche intérieure le stylographe qu'Héloïse lui avait offert pour fêter sa récente promotion. De sa belle écriture penchée, il écrivit :

Cher Théodore, nous voici à Paris, désormais convaincus que Gustave Eiffel vous a volé votre idée.

Ils signèrent tous quatre en riant, puis affranchirent la carte avec un Cérès vert à cinq centimes. Félicité fit tomber dessus le cornet glacé qu'Adeline venait de lui acheter à un marchand ambulant. Loisel la gronda. Elle pleura juste assez pour se faire consoler par Zozo qui la prit dans ses bras.

Cette carte postale (tachée), témoignage d'un instant éphémère de bonheur parfait, serait achetée trente euros en 2008 par un collectionneur marseillais.

Épilogue

Bloodshed on Bleecker !
A Smith and Wesson lesson

More warfare between New York gangs. The Frenchman Philippe Grangier, a familiar with the Police, was gunned down by twelve shots as he was coming out of his infamous Cabaret Les Chemises rouges, *well known for all sorts of illegal activities.* Goldjaw *died before being able to see his club completely destroyed by a fire which nearly burned down the entire block.*

*His wife, Laura, says she knew nothing of the illicit activities of her husband. A bizarre as it may seem, she could be telling the truth. As it stands, Mrs Grangier has been living in Coney Island with her son for the past ten years. Only child of Minister Ingalls, she is known for her commitment and benevolence toward the church**.

* « Bain de sang à Bleecker Street. Une leçon au Smith et Wesson. Encore un règlement de comptes entre gangs new-yorkais. Le Français Philippe Grangier, bien connu de la police, a été abattu de douze balles alors qu'il sortait de son tristement célèbre cabaret "Les Chemises rouges", centre de multiples trafics. "Gueule d'or" n'a pas eu le temps de voir son établissement détruit par un incendie qui s'est étendu à tout le quartier. Son épouse, Laura, affirme n'avoir jamais rien su des activités illégales de son mari. Aussi étrange que cela puisse paraître, il semble qu'elle dise la vérité. En effet, Mme Grangier vit depuis dix ans à Coney Island avec son fils. Fille unique du pasteur Ingalls, elle est bien connue pour sa piété et sa charité au sein de sa paroisse. »

Peter Twain, employé à la poste centrale de New York, section des courriers en instance, replia l'exemplaire du *New York Times* en date du 14 juillet 1889 qu'il venait d'acheter pour dix cents au coin de la 42e Rue. Il le déposa sur son bureau avec un sourire d'intense satisfaction. Il savait enfin vers quel quartier diriger cette lettre qui dormait depuis deux ans dans un casier et portait cette adresse pour le moins elliptique : « Philippe Grangier – New York – USA. »

REMERCIEMENTS

Je tiens à remercier Emmanuel Aliotta et Jean-Marc Bertolucci pour l'argot italien qu'ils ont mis à ma disposition, Peter Schubert pour son article dans le *New York Times*, Véronique Perrin pour ses conseils relatifs aux notes de bas de page, Manu pour sa « Smith and Wesson lesson » et Vince pour ses récurrentes leçons d'informatique et ses ambassades auprès des puissances étrangères.

DU MÊME AUTEUR

CHEZ LE MÊME ÉDITEUR

Arlette Aguillon
La Maîtresse du moulin

En 1880, près d'Aix-en-Provence, les commérages vont bon train. De quel mal étrange succombent les épouses successives du meunier ? Héloïse, sa jeune servante qui le tient pour responsable de la disparition de son propre père, a-t-elle un lien avec ces morts suspectes ? Qui est le père de l'enfant qu'elle porte ?

Confidences, bavardages, fausses révélations, supputations, calomnies… La rumeur s'amplifie. Dévots et libres-penseurs s'affrontent. Tout le monde ment. Par intérêt ? Par lâcheté ? Au loin, on commence à construire la tour Eiffel et la statue de la Liberté. Annonçant la fin inéluctable des moulins, le fracas du monde moderne qui s'installe parvient, assourdi, jusqu'au pied de la Sainte-Victoire qu'inlassablement, Cézanne peint…

Héloïse parviendra-t-elle à prendre sa revanche ? Angelo lui pardonnera-t-il de l'avoir manipulé ? Mais, surtout, a-t-il un lien avec les trois meurtres ?

ISBN 978-2-8098-0014-2 / H 50-5192-5 / 336 pages / 18,95 €

Cet ouvrage a été composé
par Altlant'Communication
aux Sables-d'Olonne (Vendée)

Impression réalisée par

CPI
Brodard & Taupin

La Flèche
en mars 2009

Édition exclusivement réservée aux adhérents du Club
Le Grand Livre du Mois
avec l'aimable autorisation des Éditions de l'Archipel

Imprimé en France
N° d'impression : 51774
Dépôt légal : mars 2009